쓴다는 것,
이토록 이상한 곳에서

쓴다는 것, 이토록 이상한 곳에서

1판 1쇄 인쇄 2018년 10월 05일
1판 1쇄 발행 2018년 10월 15일

지은이 차성연

발행처 문학의숲
발행인 이은주

신고번호 제300-2005-176호
신고일자 2005년 10월 14일

주소 (121-896) 서울특별시 마포구 양화로7길 84
전화 02-325-5676
팩스 02-333-5980

값은 표지에 있습니다.
ISBN 979-11-87904-12-0 93810

쓴다는 것, 이토록 이상한 곳에서

차성연 평론집

문학의숲

머리말

일일이 헤아려보진 않았지만, '타자'와 '수행(遂行)', '계속'이라는 말을 가장 많이 쓴 것 같다. 타자를 향해 계속 다가가기. 이것이 '이토록 이상한 곳'에서 '쓴다는 것'의 의미일 거라 생각한다. '타자'는 '여기' 아닌 '저기', '다른' 세계라는 말로 변주되어 쓰이었다. 타자의 형태, 혹은 위치가 명확하게 그려질 수 있다면 걸어가는 몸과 마음이 좀 더 든든하겠다 아쉬워하기도 했다. 하지만 그럴 수 없다는 것만이 분명한 시대이다. '무엇'이 있을지는 알 수 없어도 올바르다고 생각하는 방향을 향해 계속 갈 수 있는 태도가 중요하다고 느끼는 요즘이다. 특수한 삶의 방식을 밀고 나가면서도 보편으로 수렴될 수 있는(있다고 여겨지는) 어떤 가치를 향해 다가가는 것. '특수한 보편, 무수한 이야기들의 겹침'이라는 제목으로 평론 쓰기를 시작하여 '아직' 그 언저리의 생각을 맴돌고 있다.

소설은 시간의 형식으로 시작되었으나 점차 공간의 형식이 되어가고 있다. '다른' 세계로의 이동이 자유롭지 못해서일 것이다. 지구 전체가 동일한 시스템으로 묶여 있으니 어디든 갈 수 있지만 출발 지점과 도착 지점이 다르지 않다. 닫힌 세계 속에서 장구한 시간의 서사가 가능하지 않은 이유이다. 그런 점에서 그리움이나 회한의 정서, 선망의 태도는 다시 검토되어야 한다고 생각한다. 이미 있는 것을 향한 그리움, 지나간 것에 대한 회한, 선명한 것에 대한 선망은 '다른' 세계에 대한 상상을 고갈시킨다. 흐르지 않고 고여 있으면 깊어지기도 하겠으나 결국은 썩게 된다는 점에서 '계속'과 '수행'의 의미를 중요하게 여겼다.

황정은의 작품에서 반복적으로 그려지는 "개수구멍 없는 개수대"의 이미지는 닫힌 세계의 표상으로서 너무나 절묘하다. 「뼈도둑」의 '그'는 "개수구멍 없는 개수대"가 있는 방을 나와 연인의 뼈가 묻혀 있는 곳으로 걸음을 내딛는다. 한파로 얼어붙은 죽음의 세계를 향해 걸어가는 '그'의 움직임이 오래도록 기억에 남았다. 방 안에 남아 있어도 죽음에 이를 것은 마찬가지지만 '그'는 '가만히' 있지 않고 또 다른 죽음의 세계 속으로 발을 내민다. '수행'의 의미를 명확히 드러내 보여주는 장면이다. 계속해서 수행함으로써 존재할 수 있고 의미가 생성될 수 있으며 '다른' 어떤 것이 될 수 있다. 보이는 명확한 '무엇'을 향해 가는 것이 아니라 계속 다가감으로써 '무엇'이 생성될 수 있는 것. 그러므로 '그'가 한 걸음 내딛은 세계는 죽음의 세계가 아니라 '그'가 내딛음으로써 미미하게 무언가 생성되는 세계가 될 수 있다.

시 작품들에서도 꿈틀거리는 움직임, 흔들리며 미끄러지는 상태, 돌출되고 이동하는 미미한 존재들의 형상이 눈에 띄었다. 그(것)들이 발생시키는 효과가 수행적이고도 윤리적인 이유는 그러한 운동이 분명 '무엇'을 만들어내긴 하지만 애초에 그것을 겨냥하여 운동을 시작하지는 않는다는 데 있다. 목적이 분명한 욕망은 목적 자체의 올바름 여부를 떠나 목적지로의 경로 '바깥'에 대해 폭력적일 수밖에 없다. 경로에서 벗어난, 뒤처지며 누락되는 것들에 대한 폭력을, 그(것)들은 존재 그 자체, 미미한 운동의 지속을 통해 고발한다. 어떠한 기대도 바람도 없이 '계속' 흔들리고 꿈틀거리는 운동은 존재의 현현 그 자체로서 윤리적인 의미를 획득하지만, 또 한편 거대한 시스템을 어떻게 해보겠다는 거창한 충동 없이도 어느새 파괴의 틈새를 벌려놓는다는 점에서도 윤리적이다.

이렇게 작품을 읽으며, 그 작품에 대해 글을 쓰며 배웠다. "소설이 세계를 바꿀 수는 없겠지. 하지만 사람은 바꾼다. 쓰는 자는 바뀐다. 이것이 내가 경험으로 깨닫게 된 유일한 믿음이다."라고 쓴 정용준 작가의 말에 전적으로 공감한다. 그러므로 나에겐 '타자를 향해 계속 다가가기'가 곧 '쓴다는 것'이 된다. '쓰는 자'로서 계속 바뀌어갈 수 있기를. 머리말을 쓰면서도 그랬지만 더 이상 작품에 숨어서, 작품에 기대어 쓰는 글이 아닌 '다른' 글을 쓸 수 있기를 바란다.

비평이란 각각의 개별 작품들에서 공통의 어떤 선(線)이나 움직임을 찾아내는 작업이라 생각한다. 이 책에 실린 글들에서 찾아낸 어떤 선이나 움직임이 있다면 이런 것이 아닐는지 어설프게 제시해보는 것으로 머리말을 대신한다.

| 차 례 |

1부

1. 이야기의 힘

2. 이야기의 변이

2부

1. 생성의 시작(詩作/始作)

2. 삶을 '짓는' 수행적 시쓰기

3. 삶을 통과한 말

1부

1. 이야기의 힘

– 소설 서평

추억의 힘과 거장의 힘 — 황석영, 『해질 무렵』

동심원이 아닌, 칠레의 세계 — 이장욱, 『기린이 아닌 모든 것』

'공멸(共滅)'에의 예감, 합리적인 윤리 — 구병모, 『그것이 나만은 아니기를』

'나쁜 피'의 감정수업 — 정용준, 『우리는 혈육이 아니냐』

'계속해보겠습니다'의 태도 — 황정은, 『계속해보겠습니다』

열정의 미학 — 박형서, 『끄라비』

차이를 '지우는/생성하는' 보편의 이야기 — 윤고은, 『알로하』

존재 증명의 달리기, 위로에의 염원 — 조해진, 『목요일에 만나요』

회색 지성의 '윤리적' 애도 — 고종석, 『독고준』

특수한 보편, 무수한 '이야기'들의 겹침 — 김연수론

추억의 힘과 거장의 힘

— 황석영, 『해질 무렵』

이른 바 '거장'이라고 불리는 이들의 행보는 대중의 주목을 받기 마련이다. 혼돈이나 위기의 상황에서는 더욱 그렇다. 우여곡절의 순간을 지나오며 믿을 만한 언행을 보여 왔기에 '거장'의 반열에 올랐을 것이며 그렇게 가다듬어졌을 혜안을 통해 신중하게 펼쳐지는 그들의 행보는 암중모색에 빠져 있는 대중에게는 하나의 대안이 될 수 있기 때문이다. 물론 이러한 기대와 주목의 무게를 감당하지 못하고 대중의 질타 속에 잊혀지는 '거장'들도 드물지 않다.

황석영 또한 문학판의 '거장' 중 한 사람으로 평가받는 작가이다. 시대적 과제를 외면하지 않았고 문학적 도전과 실험도 게을리 하지 않았다. 무엇보다도 그는 원로작가의 대열에 서 있으면서도 '과거'라는 시간 뒤로 숨는 방식을 택하지 않고 늘 '현재'의 테제를 다루어 왔다. 물론 최근의 『해질 무렵』(문학동네, 2015)이나 『강남몽』(창비, 2010) 등 많은 작품들에 과거의 시간이 담겨 있긴 하지만(소설이라는 형식이 어떻게 '과거'를 담지 않을 수 있을까) 그것은 늘 '현재'에 대해 무언가를 말하기 위해 소환된 것이었다. 이는 바꿔 말해 그의 탁월한 현실 감각을 보여주는 것이기도 하다. 시쳇말로 '촉이 있다'고 할까. 현재의 상황을 어떤 이야기로 풀어내야 하는지, 대중이 어떤 이야기를 원하는지를 짚어내는 감각이 있다는 것. '강남'이라는 핫한 기표를 활용하여 한국의 천민적 자본 형성사를 그린 『강남몽』만 보아도 알 수 있다.

작품에 그려진 '강남'은 과거의 그곳이지만 소설의 발화와 소통은 '강남'을 향해 끓어오르는 현재의 욕망을 겨냥함으로써 가능해 진다. 선망이든 질투이든, 냉소이든 비난이든 누구나 '강남'이라는 기표와 접속하는 순간 자신의 적나라한 감정의 실체를 확인하게 된다. 그러니 어찌 『강남몽』과 소통하지 않을 수 있었겠는가.

탁월한 현실 감각이란 양날의 검이다. 늘 최전선에 서서 당대의 과제를 두고 대중과 소통하는 수행력을 지닐 수 있는 한편, '현실'에 대한 날선 감각을 잃고 '감각'적 현실의 표면 위에서 부유하게 될 가능성도 얼마든지 있다. 얼마 전 출간된 『해질 무렵』에서도 이러한 양날의 유효성을 확인할 수 있다. 단군 이래 최고의 청년 실업률을 기록하며 '헬조선', '저옥불반도'라 일컬어지는 대한민국의 현실 속에서, "현재의 젊은 사람들을 위한 소설"을 쓰고 싶었다는 작가의 현실 인식은 시의적절하다. 극작가의 꿈을 안고 온갖 알바를 전전하며 반지하 월세방에 살고 있는 정우희의 삶은 청년 세대의 삶을 대변한다. "나는 우희씨처럼 하고 싶은 일이 없다구. 나는 그저 이 세상에 나 같은 사람도 존재하고 있다는 걸 확인하려고 닥치는 대로 이 일 저 일 하고 있는 거 같아"(122쪽)라고 말하는 김민우의 삶도 다르지 않다. 전문대학을 나와 비정규직을 전전하다 철거지역에서 용역을 관리하는 일을 하게 되었고, 포클레인의 쇠팔에 맞아 숨진 아이를 목격한 이후 동반자살 사이트에서 만난 사람들과 함께 스스로 죽음을 택한다. 이들의 상처와 고민, 아픔과 절망은 이 작품이 당대의 과제를 정면으로 마주하고 있음을 보여준다.

『해질 무렵』은 이러한 청년들의 삶을 지난 세대의 삶과 겹쳐놓는다. 소설의 화자인 박민우는 가난한 산동네를 벗어나 유학까지 다녀온 성공한 건축가이다. 영산읍사무소 서기직으로 일하던 아버지의 실직 후 온 가족이 서울에 올라와 산동네인 '달골'에 정착하게 되었고, 일류대에 합격하고 나서는 "다시는 달골로 돌아가지 않을 작정"(111쪽)을 하게 되며 실제로 그렇게 한다. 주인물을 건축가로 설정한 데에서, 폐허 위에 늘 새로운 것을 '높이' 쌓아올려야 했던 근대화의 역사를 환기하려는 작가의 의도를 확인하기란 어렵지 않다. 별다른 기반 없이 이룬 박민우의 성공은 온갖 불의에 눈 감는 것은 물론이고 권력과 결탁하기를 서슴치 않았기 때문일 텐데, 이러한 과정은 고향 친구인 '윤회장'이란 인물을 통해 잠시 암시될 뿐 자세히 다루어지지는 않는다. 다만 무조건적인 재개발을 통한 사업의 확장과는 거리를 두고 인간 중심의 건축론을 펼치는 선배 건축가 김기영과의 대조를 통해 박민우의 삶과 건축 철학에 우회적 비판을 가하고 있을 뿐이다. 작고한 건축가 정기용을 모델로 한 인물 김기영은 다음과 같이 말한다.

> (…)그 대가로 우리는 수많은 이웃들을 왜곡된 욕망의 공간으로 몰아넣거나 내쫓았습니다. 건축이란 기억을 부수는 것이 아니라 그 기억을 밑그림으로 사람들의 삶을 섬세하게 재조직하는 일입니다. 우리는 그 같은 꿈을 이루어내는 일에 이미 많이 실패해버렸습니다.(97쪽)

왜곡된 공간으로 내쫓긴 인물들은 다름 아닌 박민우의 이웃들이다. 박민우가 달골을 잊고 있는 동안 첫사랑 차순아는 성폭행을 당하고 그녀의 연인이 된 재명이형은 삼청교육대에 끌려간다. 그리고 달골의 옛모습은 흔적도 없이 사라져버리고 재개발을 거쳐 아파트단지가 들어선다. 이처럼 박민우의 성공한 삶은 누군가의 삶을 왜곡시킨 결과 위에 서 있는 것이다. 중요한 것은 이것이 젊은 세대의 삶을 왜곡시키는 결과로 이어진다는 점이다. 철거 현장에서 젊은 김민우가 돌이킬 수 없는 상처를 얻게 되고, 그 정황을 차순아의 기록을 통해 알게 된 박민우는 "내게는 너무도 익숙한 장면이 눈앞에서 생생히 재현되는 듯했다. 가슴이 답답해져왔다. 우리가 뭔가 보이지 않는 끈으로 가냘프게 연결되어 있었던 것만 같은 묘한 기분이 들었다."(176쪽)고 말한다. 작가 스스로 밝히고 있듯이 "지난 세대의 과거는 업보가 되어 젊은 세대의 현재를 이루"고 있는 것이다.

노동개혁과 관련된 문제 등 산적한 현안들이 세대 간 대립으로 치환되어 논의되는 시점에서 이 또한 매우 논쟁적인 문제의식에 해당한다. 작가도 이를 의식했는지 황석영은 "지난 과거를 비판적으로 바라봐야 더 나은 현재를 이룰 수 있다"며 "이는 세대 갈등을 조장하는 일이 아니라 세대와 세대를 잇는 과정"이라고 언급한 인터뷰 기사를 찾아볼 수 있다. 세대 간 갈등이든 화해든, 지난 세대에 속하는 작가가 젊은 세대의 아픔을 직시하면서 지난 세대의 과오를 지적한 점은 날카로운 현실 인식의 결과로 볼 수 있다. 하지만 『강남몽』이 작품 자체의 목소리가 아니라 작품을 둘러싼 발화와 소통의 지점에서 더 많은 논쟁이 오고갔던 것처럼, 『해질 무렵』 역시 작품 자체의 목소리를 통해 그 날카로운 현실 인식을 확인하기는 힘들다는 점이 문제적이다. 매체를 통해 전달되는 작가의 목소리나 "해질 무렵으로 걸어가는 우리 모두에게 거장이 건네는 도저한 질문"이라 띠지를 둘러 판매하는 출판사의 광고를 통해, 『해질 무렵』은 청년 세대에게 전하는 메시지가 되고 과거에 대한 비판적 성찰이 될 뿐, 정작 작품의 서사구조를 통해서 확인하기는 힘들다는 말이다.

작품에서, 지난 세대의 과오는 박민우의 과거를 통해 들춰지긴 하지만, 앞에서도 언급했듯이 그 구체적 과정은 생략되어 있다. 자신의 삶을 회고하는 서술 방식을 통해 독자는 오히려 박민우가 살아온 과정을 이해하고 공감하게 된다. 그와 비슷한 세대에 속하는 독자들은 더욱 그러할 것이다. 달골에서 성장기를 보낸 시절에 대한 회상은 과거에 대한 비판적 성찰이 아니라 '추억 코드'로 더 많이 소통될 것 같다. 온 동네 학생들의 선망의 대상이던 첫 사랑 순아와의 데이트, 동네 주먹계를 평정했던 재명이 형과의 에피소드 등은, 장편이라고는 하지만 그다지 길지 않은 작품 중 상당한 분량을 차지하면서 읽는 재미를 더해주지만 '응8'류의 추억담들과 다를 게 무엇인가라는 의문을 떠올리게 한다.

박민우가 자신의 삶을 돌이켜보게 되는 것은 잊고 있던 차순아의 존재를 떠올리게 되면서부터이다. 박민우와 차순아 사이의 연결고리가 바로 정우희이다. 차순아의 연락처를 박민우에게 전달하고, 차순아의 죽음 이후에도 그녀를 가장하여 메일을 보냄으로써 둘 사이의 가상의 만남이 이어지도록 한다. 젊은 세대의 삶을 대변하는 존재로서 지난 세대의 인물 박민우에게 과거를 돌아보도록 하는 계기를 던져주었다는 점에서, 이는 지난 세대의 책임을 묻는 젊은 세대의 엄중한 문책이라고 볼 수 있다. 그러나 '엄중하다'고 하기엔 정우희의 의도나 목소리가 지나치게 가려져 있으며, 문책에 대한 대답이라 할 만한 박민우의 회고 또한 지나치게 개인적 회한에 치우쳐 있다.

> 일기랄까, 수기랄까. 어쭙잖은 글을 쓰는 시간은 내가 나를 위로하기도 하고 꾸짖기도 하고 그래도 잘 견디었다, 잘 살아왔다 격려하는 시간이기도 하지요.
>
> (…)
>
> 박선생님과 함께했던 날들이 내겐 소중한 추억이었듯이 나 역시 누군가에게 추억할 만한 존재이길 바란다면 욕심일까요? 첨부파일을 읽고 싶지 않으면 그냥 지워버리셔도 상관없습니다.(100~101쪽)

> 나로서는 형편없는 산동네의 가난을 벗어나 전혀 다른 삶을 살았다는 것 자체가 기적이며, 그 때문에 나 같은 사람의 내면은 좀 더 복잡할 수밖에 없다. 나와 같은 사람들에게는 그러해주는, 우리가 함께 만들어낸 여러 장치와 인물들이 필요했을 것이다. 나도 그런 것들 속에서 가까스로 안도하고 있던 하나의 작은 부속품이었다.(143~144쪽)

김민우와 연인 사이는 아니지만 서로의 처지를 이해하며 가깝게 지내던 우희는 그의 어머니인 차순아의 회고 기록을 읽으며 그 글의 첫 독자가 박민우가 되어야 한다고 생각한다. 아들의 이름을 '민우'라고 지을 만큼 박민우의 존재가 그녀의 삶에 크게 자리잡고 있다고 보았기 때문이다. 차순아와 그의 아들 김민우, 그리고 정우희까지 이들은 모두 박민우가 외면하고 밀어냈던 존재들이다. 그러한 존재를 드러내는 것만으로도 박민우에게는 충분히 성찰의 계기가 되리라 여겼던 것일까. 위와 같은 '차순아-정우희'의 목소리는 너무나 소박하고 힘이 없다.

차순아는 글을 쓰는 시간을 위로이자 꾸짖음, 격려의 시간이라 쓰고 있다. 실제로는 정우희가 쓴 글이지만 이는 차순아가 직접 우희에게 건넨 말이며, 우희 또한 글을 쓰는 사람으로서 이 말의 의미를 잘 이해하고 있다. 그래서인지 우희는 순아의 기록을 거의 그대로 박민우에게 전달하는 것을 자신의 역할로 생각한 듯하다. 순아의 목소리를 빌려 박민우에게 전달된 우희의 글은 그저 자신의 지난 삶을 압축해 놓은 '사실'의 나열 그 이상도 이하도 아니다. 거기에는 삶의 중요한 매 순간마다의 고뇌나 선택의 내적 동기 같은 것들이 지나치게 생략되어 있다. 위로이자 꾸짖음, 격려이고자 했지만 그 무엇도 되지 못한 '추억담'에 그치고 말았다는 말이다. 하여 '차순아-정우희'의 글은 젊은 세대가 지난 세대에게 던지는 문책으로서의 의미는 사라지고, 단순한 전달자로서의 역할만 남는다. 이것이 황석영이 생각하는 작가의 역할인 것일까.

지난 세대 삶의 한 전형을 제시하기 위해 굵직한 흐름만을 그대로 전달하는 것이 작가의 역할이며 그것을 꾸짖거나 격려하는 것은 독자의 몫일 뿐이라는 것? 황석영은 한 인터뷰를 통해 이번 작품을 경장편으로 낸 이유를 독자와의 소통을 위해서라고 아래와 같이 밝히고 있다. 이 역시 작가의 현실 '감각'을 확인할 수 있는 대목인데, 소통을 위해 삶의 생생한 구체성이 생략되어야 하는지는 의문이다. 그렇다면 꾸짖든 격려하든 독자가 판단할 수 있는 세밀한 근거 자료라도 제시해주어야 하는 게 아닐까. 박민우나 차순아의 회고적 진술에는 삶의 구체적 세목들이 빠져 있다.

> "현대인들은 긴 소설을 느긋하게 못 읽는다. 이를테면 주말 아이들과 캠핑 가서 첫날 실컷 놀고 다음 날 오후 돌아올 정리 다 해놓고 부부가 각자 한 권씩 책을 읽자고 해서 읽을 수 있는 분량이 딱 좋을 것 같다. 서사를 해체하고 압축하면서 100여 장을 과감하게 쳐냈다. 〈해질 무렵〉은 원고지 560장 정도 된다. 독자들이 단숨에 책을 읽으며 인생에 대해 생각할 수 있게 해야겠다는 것이다."[1]

젊은 세대의 아픔을 바라보며 지금이 과거를 되돌아보아야 할 시점이라는 판단을 내린 작가의 현실 감각은 정확하지만, 그것이 삶의 구체적 실체를 통해 뒷받침되지 못한다면 다만 '감각적' 판단에 그치게 된다. 극단에서 퇴근한 후 밤새 편의점 알바를 하는 정우희의 일상을 세밀하게 그린 2장을 제외하면 다른 이들의 삶, 특히 지난 세대에 해당하는 박민우나 차순아의 삶은 개성적 인물로서의 생생한 구체성이 소거되어 지나치게 일반화된 양상으로 압축되어 있다. 『강남몽』에 대한 평가에서도 이러한 지적이 있었다. "작가는 매우 의도적으로 인물에게서 의지와 감정, 갈등과 고뇌를 비롯한 일상적 삶의 내면질료들을 삭제한다. (…) 그러나 『강남몽』은 사실적인 재현과 서사적 흡인력을 확보했지만 바로 그 이유로 인물의 개성적인 질감과 소설적 역능을 희생했다."[2] 이러한 평가는 『해질 무렵』에 대해서도 거의 그

---

1) 조철, 「"이전 세대의 업보가 젊은 세대를 힘들게 한다" 시대와 삶의 회한 담은 장편 〈해질 무렵〉 펴낸 소설가 황석영」, 『시사저널』 2015. 11. 26.

2) 권채린, 「강남은 꿈꿀 수 있는가」, 『(내일을 여는) 작가』 2010. 겨울.

대로 적용된다고 본다. 이것이 세대마다의 전형을 제시하려는 작가의 의도일 수도 있지만 이를 통해 독자는 반성이나 격려가 아닌 '추억'을 하게 된다.

추억은 힘이 세다. 추억은 위로하고 격려하는 힘을 갖고 있고 그 힘으로 어려움을 극복해낼 수도 있다. 하지만 모두가 알고 있듯 추억의 힘은 현재의 모순에 눈감고 현실에 순응하는 데 더 크게 작용한다. 회고의 서사가 추억보다는 성찰에 가까워지기 위해서는 '과오'의 내용이 좀 더 분명해야 하고 현재와의 끈이 더 치밀해져야 한다. 거장의 작품이기 때문에 기대하고 요구할 수밖에 없다. 현실 '감각'이 아니라 현실 '비판'이 필요한 시점이기에 더욱 그렇다.

동심원이 아닌, 칠레의 세계

— 이장욱, 『기린이 아닌 모든 것』

1.

코페르니쿠스적 전환은 어떤 프레임의 '바깥'을 상상할 수 있을 때 가능한 것이다. '이것이 진실'이라는 언명은 바깥의 시선에 의해 '이것은 거짓'으로 뒤바뀔 수 있다. 그러나 '이것은 진실이 아니다'와 '이것은 거짓'은 동일한 의미를 지니지 않는다. 우리가 흔히 상상할 수 있는 바깥이란 지금의 프레임보다 조금 더 큰 프레임에 불과한 경우가 대부분이어서 '이것은 진실'에서 '이것은 진실이 아니다……'로의 전환에서 맴돌기 마련이다. '이것은 거짓'이라 말할 수 있으려면 또 다른 '진실'을 볼 수 있어야 하지만 '진실'은 더 이상 보이지 않거나 너무 많은 '진실'들이 난무하고 있다.

진본/위본을 논하거나 필연적 인과의 사슬에 얽매어 있는 것은 이제 다소 진부한 이야기일 수 있다. 이장욱의 소설은 아직 이 진부한 이야기의 언저리에 머물러 있다. '이것은 진실이 아니긴 하지만……'의 다음을 잇지 못해 오래 머뭇거리고 있는 작가의 작품에는, 품고 있는 질문을 쉽게 놓아버리지 못하는 진중함이 있다. 이번에 출간된 두 번째 소설집 『기린이 아닌 모든 것』(문학과지성사, 2015)의 표제작 「기린이 아닌 모든 것에 대한 이야기」는 '이것은 기린이 아니다'라고 얘기함으로써 비로소 기린을 보게 되는 언어적 아이러니를 다루고 있다. 이는 '거짓'을 말하지만 그것이 사후적으로 현실화되는 삶을 살아온 '나의 운명'에 관한 이야기이기도 하다. 아버지가 수상하다고 거짓말을 하자 아버지가 간첩단의 일원이 되어 끌려가고, 친구가 도둑이라고 거짓말을 하자 그 친구 스스로 도둑임을 자백하는 일이 반복되면서 "그것이 나의 운명"이라고 받아들이게 된 한 박물관 관리인의 이야기. 그러나 "진실이 보존되는 곳, 아니 그것 자체가 진실인 공간"이라 믿었던 박물관의 유일한 보물 '기린불'이 위작 논란에 휩싸이자 '나'는 그것을 불태워 버린다. 진실의 기표가 사라짐으로써 진실과 대면하는 순간은 유보된다. 그 텅 빈 중심을 무엇으로든 채우는 일은 어렵지 않다. 종교가 될 수도 있고 이념이 그 자리를 차지할 수도 있다. 작가 이장욱은 그 자리를 비워놓은 채, 대체가능한 무엇을 찾기에 골몰하기보다는 그 주변을 맴도는 일에 열심인 편이다. 중심이 채워진 삶은 그것이 비록 진실이 아닐지라도 충만할 수 있지만 중심을 비워놓은 삶은 늘 불안하고 우울하며 그로 인한 죽음충동에 시달릴 수밖에 없다. 중심의 소멸인 죽음을 통해서만이 지독한 불안과 우울을 잠재울 수 있기 때문이다.

첫 소설집 『고백의 제왕』(창비, 2010)에 실렸던 「곡란」의 집단자살모임은 죽음을 중심의 자리에 놓고 맹목적으로 매달리는 자들의 집합이지만 죽음을 유보하기 위해서 계속 이야기를 하자고 제안하는 '고희성'은 불안을 견디며 살아가려는 쪽이다. 고희성이 강박적으로 반복하는 "살아야지!"라는 외침은 삶에 대한 의지가 아니라 불안을 견디려는 외로운 주문과도 같은 것이다. 「기린이 아닌 모든 것에 대한 이야기」의 '나'가 "그것이 나의 운명"이라고 말하는 이유 또한 운명이라고 받아들이지 않고는 어떻게도 설명이 되지 않는 불가해한 삶을 견디기 위함이다. 「칠레의 세계」에도 삶의 우연성을 견디지 못해 "완강한 인과의 사슬"로 자신의 삶을 해독하려는 남자가 등장한다. 그 남자는 우연한 죽음의 순간, 자신의 전 생애를 "부인할 수 없는 필연의 사슬"로 연결하는 목소리를 듣는다.

> 자네는 그런 과정에 익숙하지 않은가? 처음에는 뭔가 의아한 느낌이었다가, 점점 의심스러워지다가, 드디어 의심의 여지 없이 명백한 확신의 꼬리를 붙잡게 되는 것. 꼬리에 꼬리를 물고 발생하는 사건들을 명료한 인과의 사슬로 잇는 것. 급기야 앞뒤가 꽉 막힌 한 편의 이야기를 완성하는 것. 흩어져 있던 사건들이 문득 하나의 의미를 향해 모여들어서, 부인할 수 없는 필연의 사슬로 연결되는, 그런 과정 말일세.
>
> —「칠레의 세계」(193쪽)

거대한 우연성의 세계를 필연의 사슬로 엮는 일은 불가능하다. 흩어져 있는 모든 사건들을 하나의 원리로 통합하여 설명하려는 편집증적 욕망은 근대적 이성의 세계를 추동해온 욕망이기도 하며 인간의 근원적 욕망이기도 하다. 이러한 실현 불가능한 욕망을 가능하게 하는 방법 중 하나는 바로 프레임을 만들어내는 것. '나'라는 프레임을 만들고 내가 볼 수 있고 인지 가능한 것만을 프레임 안에 가둠으로써 해독가능한, 완전무결한 세상이 만들어질 수 있다. 그러나 프레임을 좀 더 넓혀보면 촘촘한 인과의 고리로 연결되었던 사건들 사이에는 무수한 구멍이 존재함을, 완강한 필연의 고리는 느슨한 무의미의 선이었음을 알게 된다. 이는 꽉 채워져 있던 중심이 사실은 텅 빈 기표였음을 확인하는 과정이기도 하다. "하나의 의미"를 말했던 목소리는 뫼비우스의 고리를 끊고 "다른 세계"를 보기를 제안한다. 이항적 대립의 세계보다 조금 더 넓은 프레임이라 할 수 있는 뫼비우스의 고리를 끊으라는 말은, '이것은 진실'의 세계와 '이것은 진실이 아니다'의 세계가 아닌 "다른 세계"를 열어젖히라는 말이기도 하다. 그것은 "우리가 생각했던 것과는 조금 다른,/ 길고 복잡한 해안선을 가진,/그런 세계"이다.

2.

이장욱의 소설은 양립하기 힘든 것들을 나란히 놓는 문장들로 채워져 있다. "속물적이면서 동시에 비관적"이라거나(46쪽) "성격 활달하지만 말이 없는 편"(149쪽), 혹은 "멀리 있어야만 가까이 있을 수 있는 사람"(153쪽)과 같은 문장들. 안과 밖이 구분되지 않는 뫼비우스의 띠처럼 양가적인 것이 하나의 대상에 동시에 깃들 수 있음을 보여주는 문장들이다. 이 세계 또한 '이쪽'과 '저쪽'이 함께 있는 다층적인 공간임을 보여주는 것이기도 하다.

> 말하자면 이런 느낌이었다. 여행자인 그녀와 나는 이쪽에 있고, 여행지의 풍경과 사람들이 저쪽에 있다. 이쪽과 저쪽은 서로를 바라보지만 그 사이를 가로지르는 유리벽 같은 게 있다.(…)
>
> 그런데 그 중간에 하루오가 슥 들어와 양쪽의 경계를 흩뜨려 놓는다. 유리벽 같은 것이 갑자기 사라져버려서 바깥의 공기가 밀려 들어온다. 그런 것이다.
>
> —「절반 이상의 하루오」(18~19쪽)

「칠레의 세계」에서 말해진 '다른 세계'가 뫼비우스의 띠를 가위로 잘라버리는 일, "영원히 회전하는 띠의 바깥"으로 나가는 일로 제시된 것과 유사하게, 「절반 이상의 하루오」의 '하루오'는 '이쪽'과 '저쪽' 사이의 유리벽을 사라지게 하는 방식으로 등장한다. 자살 여행에서 "몇 겹의 삶이 지나간 듯 오래 잔 느낌", "어쩐지 바다 밑바닥에서 빠져나오는 기분"을 느끼면서 '유사 죽음'을 경험한 후 "다른 세계로 옮겨진" 하루오. 그는 '나'와 '그녀'의 삶이 '이쪽' 혹은 '저쪽'의 삶 속으로 깊이 빠지려 할 때마다, 즉 반복되는 일상 속에서 깊은 무력감을 느낄 때마다 그들의 눈에 띈다. 이러한 하루오의 출현은 프레임의 바깥으로 나오라는 전언일 텐데, 여기서의 바깥 역시 지금까지의 삶을 지배해 온 무기력과 불안을 채워 줄 수 있는 '다른 진실'을 의미하는 것은 아니다. "하루오는 기이하게도 죽고 싶었던 마음이 어디론가 사라져버렸다"고 했지만 그것은 텅 빈 중심이 '다른 진실'로 채워졌기 때문이 아니라 중심이라는 것에 관심이 없어졌기 때문으로 볼 수 있다. 해답을 찾아 채워 넣어야 할 동심원의 세계가 아니라 "길고 복잡한" "칠레의 세계", '이것은 거짓'이라고 명명백백하게 보여주는 세계가 아니라 희미한 형상을 알아보기 위해 계속 다가가야 하는 세계로 이동했기 때문이다. 작가 스스로 "수수께끼는 푸는 것이 아니라, 겪고 사랑하고 싸워가야 하는 것"(「작가의 말」, 290쪽)이라고 했듯이, 해답을 중심에 두고 그곳만을 바라보는 삶이 아니라 질문을 품고 살아가는 과정 자체에 의미를 두는 것이라 할 수 있다.

3.

어느 시점의 한 단면이 아니라 살아가는 과정 전반을 놓고 본다면, 모두의 삶은 그다지 다르지 않다. 방황하는 시기가 있는가 하면 찬란한 시기가 있고 쓸쓸한 뒤안길을 걷는 시기도 있는 법이다. 한 시기 안에서는 양립하기 힘든 것들이 생애 전반에 걸쳐서는 반드시 나란히 깃들어 있기 마련이다. 프레임을 넓혀서 바라보면 '유니크'한 삶 속에서 모두의 삶을 보게 된다. 모두의 삶은 저마다의 '유니크'함을 지니고 있지만 굴곡진 삶의 패턴은 비슷한 곡선을 그린다. 「우리 모두의 정귀보」와 「아르놀피니 부부의 결혼식」은 그런 삶을 비슷하면서도 매우 다른 분위기로 그려낸다. "무명이었다가 사후에 유명해진 화가 정귀보"에 대한 평전을 의뢰받은 '나'는 시종일관 정귀보의 삶이 "특기할 만한 것이 없"고 "놀랄 만큼 단조롭다"고 말한다. 실제로 그의 삶은 어떤 점에서 우리 모두의 삶과 닮아 있기도 하지만 또 어떻게 보면 정귀보만의 유니크한 삶이기도 하다. 그의 유서는 『세계 잠언집』의 문구들을 짜깁기한 문장들로 채워져 있어 그것이 유서인지 아닌지조차 판명하기 어려웠고 따라서 그의 죽음에 대한 논란은 명확한 답을 얻지 못한 채 '실종'으로 마무리되고 만다. 유서에서도 알 수 있듯이 그의 작품세계는 "이 세상 어디에나 있는 이미지"의 조합으로서 보는 이에게 "이건 어딘지 나를 닮았"다는 느낌을 주었다. 그러면서도 묘한 끌림이 있어 "인간의 얼굴을 보편적 궁극의 상태로 밀고 간 유일한 작가"라는 뉴욕 평단의 호평을 이끌어 냈다. 이 시대의 '유니크'함은 매우 평범한 것들의 조합에서 탄생한다는 전언은 「아르놀피니 부부의 결혼식」에서도 읽을 수 있다.

> 백색 패널로 된 벽은 구불구불하고 길고 하얀 미로를 이루었는데, 정귀보는 그 텅 빈 미로를 천천히 산책하는 것을 좋아했다. 같은 곳을 지나면서도 같은 곳인지 모르겠고, 다른 곳을 지나면서도 다른 곳 같지 않은 길을 그는 천천히 걸었다.(…)
>
> 아아, 이것이 곧 인생이요 세계가 아닌가.
>
> —「우리 모두의 정귀보」(158~159쪽)

> 어쨌든 나는 약간의 흥미를 느꼈어. 이 사람, 유니크하다. 오해는 말아줘. 세련됐다거나 시크하다는 뜻이 아니니까. 오히려 반대였지. 세련이나 시크 같은 건 전혀 모른다는 식이었으니까. 뭐랄까. 현학적인데 어딘지 허무주의적인 데가 있달까. 아니면 속물적이면서 동시에 비관적이라고 할 수도 있겠지.
>
> —「아르놀피니 부부의 결혼식」(46쪽)

"아무도 없는 집에서 네 시간 동안 청소와 식사 준비를 해놓고 나오는" 중년의 이혼녀 가사도우미는 집주인의 취향과 성향, 신체적인 특징 등을 집

안 사물들의 조합을 통해 파악한다. "소녀시대와 이미자의 앨범 옆에 슈베르트"가 놓여 있는 이질적인 것들의 조합을 통해 "이 사람, 유니트하다"고 판단하게 된다. 그녀는 그 집 거실에 걸려있는 얀 반 에이크의 〈아르놀피니 부부의 결혼식〉을 보며 "삼십대라고 생각하면 삼십대고 칠십대라고 생각하면 칠십대로 보이는" 집주인과의 결혼식을 상상한다. 그것이 그녀만의 상상인지 혹은 실제인지는 중요하지 않다. 중요한 것은 이 소설 자체가, 화자인 그녀가 자신의 결혼식에 작가를 초대하는 청첩장이었다는 점이다. 기록을 통해 결혼식의 증인이 되어 달라는 요청. 이는 무엇이 진실인지 알 수 없는 세계, 상상인지 실제인지 모를 세계, '나'만의 것인지 '모두'의 것인지 모호한 세계에서, 무언가를 기록한다는 것, 작품을 남긴다는 것의 의미를 묻는 일이기도 하다. 「우리 모두의 정귀보」에서 정귀보에 대한 평전을 의뢰받은 작가는 "아무런 할 말이 없다"는 이유로 집필을 중단하려 하지만 실종 120일째 되는 날 정귀보의 시신이 발견되자 다시 글을 쓰기 시작한다. 아래와 같은 의문을 품은 채.

> 그러나 나는 뭘 어떻게 시작해야 하는지조차 알 수 없었다. 그의 인생을 연대별로 정리할 것인지, 큰 사건별로 정리할 것인지, 몇 개의 시대로 나눌 것인지도 판단할 수 없었다. 대체 처마에서 떨어지는 빗방울에 얼비친 햇빛이라든가, 야 씨발아 난 여자만 좋아해-라든가, 쌍둥이를 동시에 사랑한다는 것은 과연 무엇인 것일까? 그런 것에 의미를 부여해서 이렇게 저렇게 정리한다는 것은 무슨 뜻일까? 그런 것을 쓰려는 나라는 인간은 대체 무엇이란 말인가? 평전이 아니라 차라리 연보만으로 한 권의 책을 만드는 게 낫지 않겠는가? 시간 순서에 따라 철저하게 객관적이며 확인 가능한 정보만으로 이루어진 책을 말이다. 설령 그것이 단 한 페이지로 이루어진 책이라고 할지라도……
>
> —「우리 모두의 정귀보」(179~180쪽)

이것은 아마도 작가 자신이 늘 품고 있는 질문일 것이다. 무엇이 진실인지 실제인지도 알 수 없는 세계에서 쓴다는 것은 과연 무엇인가. 「아르놀피니 부부의 결혼식」에서처럼 비록 상상의 세계일지라도 기록을 하는 것이 작가의 의무이자 임무인 것인가. 그 상상의 세계조차 새롭고 독창적인 것이 아니라 이미 있는 것의 조합에 불과한 데도? 그러나 "수수께끼는 푸는 것이 아니라, 겪고 사랑하고 싸워가야 하는 것"이라 말하는 작가라면, 질문의 대답을 찾지 못할 지라도 계속해서 써야 하고, 쓸 수밖에 없을 터이다. 모든 것이 희미한 개와 늑대의 시간에 서서, "번개가 친 뒤에 가만히 서서 천둥을 기다리는"(「어느 날 욕실에서」, 242쪽) 그 사이의 시간을 견디면서 말이다. 비록 그 시간이 지난 후 "수만 개의 전구를 한꺼번에 켠 듯한" 번개의 찬란한 빛 속에서 확인하게 되는 것이 욕조 속의 시체일지라도, 해답보다는 그 언저리의 치열함이 "삶과 사랑"이라고 생각하는 작가라면 틀림없이 그러할 것이다.

'공멸(共滅)'에의 예감, 합리적인 윤리

— 구병모, 『그것이 나만은 아니기를』

미디어가 발 벗고 나서서 '배려'를 권장하고 있는 데에는, 경제 성장을 위해 저축과 절약을 권장했던 배경만큼, 또는 더 가까운 시기에 가족의 사랑을 강조했던 배경만큼 어떤 이데올로기적 의도가 숨어있는 것 같지는 않다. 경제 성장을 위한 자본금을 형성하는 데 급급했던 군부독재 시절 서민층이 콩나물 값을 아껴 저축했던 돈은 대기업의 성장 자금으로 쓰였고, 불안정한 삶 속에서 모두가 벼랑 끝에 내몰릴 때 그런 불안쯤은 가족이 알아서 사랑으로 극복하라는 메시지는 최소한의 사회적 안정망도 마련되어 있지 않은 제도적 현실을 은폐하는 가림막이 되었다. 물론 우리가 '배려'하기만 하면 우리를 둘러싼 문제적 상황들이 '따뜻하게' 극복될 것 같은, 미디어의 '재현'적 효과가 있긴 하다. 사회적 제도를 통해 해결해야 할 문제들을 '배려'를 통해 해소하려는, 그럼으로써 문제의 원인을 개별 주체에게 떠넘기려는 이데올로기적 배경이 작용하고 있기도 하다.

그럼에도 불구하고 '배려'라는 덕목이 여전히 '가족애'와 같은 덕목보다 더 가치 있어 보이는 이유는(필자만의 주관적 판단일지 모르겠으나) 그것의 방향이 타자를 향해있기 때문이다. 절약이든 가족의 사랑이든 모두 '나'의 확장태인 '우리' 가족, '우리' 나라의 잘 먹고 잘 살기를 위해 권장되었다면, '배려'는 최소한 '나' 아닌 '너'를 향한 덕목이라는 것이다. 물론 '나'의 안위를 해치지 않는 딱 그만큼의 범위 내에서만 행해지는 실천을 의미한다는 점에서 여전히 '나'의 견고한 폐쇄성은 허물어지지 않고 있지만 말이다. 또한 궁극적으로 '너'를 위하는 것이 곧 '나'를 위하는 것이 될 수 있기에 '배려'가 지닌 타자지향적인 가치에 의문을 제기할 수도 있겠다. 이처럼 타자와 관련된 윤리적 개념으로서의 '배려'는 결코 단순하지 않은 철학적 문제를 함의하고 있다.

구병모의 두 번째 소설집 『그것이 나만은 아니기를』(문학과지성사, 2015)을 말하기 위해 지나치게 에둘러온 감이 있지만, 타자에 대한 배려와 돌봄은 이 소설집에 실린 8편의 작품이 집요하게 파고드는 질문이다. 작가에게, 혹은 우리 모두에게 이 질문이 문제적인 이유는 머지않아 도래할 미래가 '인류 공멸'일지 모른다는, 비극적이지만 떨쳐낼 수 없는 공동의 운명을 예감하고 있기 때문이다. 위기의 상황에서 인간은 서로에게 도움의 손길을 내민다. 대재난의 현장에서 발현되는 휴머니즘은 인간의 본성이 이기적이지 않다는 근거로 흔히 거론되곤 한다. 이기적인 인간이든 이타적인 인간이든, 인류가 멸종할 지도 모르는 상황 앞에서 어린 아이나 여성을 살리려는 손길은 어쩌면 종의 존속을 위해 인간의 유전자 깊숙한 곳에 각인되어 있는 동물적 선택의 발현인지도 모른다. 어쨌든 우리 모두는, 미디어에서조차 '배려'를 얘기하게 된 지금의 현실이 대재난과 동등한 수준의 위기적 상황임을, 암암리에 공유하고 있는 것이다. 80일이나 비가 내리지 않아 마을의 우물이 말라버린 상황에서(「파르마코스」), 피부와 뼈가 녹아내릴 정도의 강한 부식성을 지닌 비가 60일째 계속 내리고 있는 상황에서(「식우蝕雨」) 다른 존재를 배려하거나 책임진다는 것의 의미를 『그것이 나만은 아니길』의 작품들은 묻고 있다.

당신도 틀렸다고 생각하십니까. 혹 내가 이기적이고 못난 마음을 먹어서 여인을 그리 대했을까요. 나는 그 상황에서 할 수 있는 최선의 대답을 한 것으로,

우리 마을에 실개울이나마 끝없이 흐르고 초록의 기운이 남아 있으며 강물과 같은 평화가 넘치던 날들이었다면 얘기는 또 좀 달랐을 겁니다. 사람 목숨은 최소한의 습기로 이루어져 있다고 들었습니다. 한 방울의 물이 충족되지 않은 내 몸에서 남을 돌보는 말이 곱게 나간다면 그거야말로 위선이 아니겠습니까.

— 「파르마코스」(63쪽)

무엇보다 한순간의 충동으로 하해와 같은 베풂과 나눔을 실천한들 바퀴나 엔진 소리로 미루어 이제 이 차도 오래가리라는 보장이 없어서 나중 가면 피차 난처해질 뿐만 아니라, (…) 최악의 경우 시신을 둘러메고 다녀야 할지 모른다. 누군가 한 존재를 책임진다는 것은 그러한 일이다. 옆자리를 나눈다는 행위는 그 자리가 비어 있다고만 해서 가능한 일이 아니다.

— 「식우蝕雨」(164쪽)

위와 같은 질문은 타자에 대한 '돌봄/베풂/나눔'이 결코 '나'의 안위가 우선적으로 보장되는 선에서 이루어지는 시혜적인 것이 될 수 없음을 역설한다. "옆자리를 나눈다는 행위는 그 자리가 비어 있다고만 해서 가능한 일이 아니"라는 진술은 설령 옆자리가 비어있지 않더라도 '나'의 자리를 내어주어서라도 타자를 돌볼 수 있어야 함을 의미한다. '돌봄/베풂/나눔'이란 그런 것이다.

그러나 구병모의 소설이 타자에 대한 무조건적 환대와 같은 윤리적 당위성을 강조하고 있는 것은 아니다. 마을의 우물이 말라있는 상황에서 지나가는 여인에게 한 모금의 물을 주기를 '합리적으로' 거절했던 「파르마코스」의 '루'가 물과 함께 온갖 벌레와 개구리를 토하는 몹쓸 형벌을 받게 된다거나, 비를 피해 이웃한 도시(O시)로 탈출을 감행한 G시의 시민들이 과거 O시에 오리 전염병이 나돌았을 때 이를 외면했던 전적으로 인해 O시에 들어서지 못하게 되는 일련의 서사적 전개는, 단지 인과응보의 도덕적 결말로 나아가기 위한 수순은 아니라는 것이다. 「파르마코스」의 마을 사람들은 루의 사정이야 어떻든 루를 통해 물만 얻으면 그만이라는 식이고 "신전을 가장한 감옥"에서 오직 필요에 의해 무의미한 말을 내뱉어야 했던 '루'는 저주의 말을 퍼부어 마을을 수장시킨다. '루'와 달리 지나가는 여인에게 충분한 양의 물을 주었던, 그리하여 아름다운 꽃과 보석을 토해내게 되었던 '수' 또한 시의원에게 이용당하다 죽임을 당한다. 여기에는 착한 콩쥐(수)는 복을 받고 못된 팥쥐(루)는 벌을 받는다는 식의 선명한 대비가 없다. 온갖 민담과 설화, 우화들이 짜깁기된 구병모의 이야기는 권선징악, 인과응보의 예정된 결말을 비틀어 그 누구도 선한 자가 될 수 없는 현실을 보여준다. 「식우蝕雨」에서도 애초에 국가의 중심이었던 G시의 시민들은 출동한 군경의 도움을 받아 바리케이트를 뚫고 O시에 입성하지만 이미 얼굴의 절반이 녹아내려 피투성이가 된 상태이다. 이러한 소설의 결말은 다만 모두의 '공멸'이 예정되어 있을 뿐인 우리의 현실을 직시하게 한다.

결국 우리 모두가 타자의 자리에 놓이게 되었다. 타자의 위치에 있는 누군가를 '발견'하고 시혜적 베풂을 '선사'할 수 있는 입장이 아니라는 말이다. '내'가 곧 타자이고 '나'를 돌보듯이 누군가를 돌보지 않는다면 '나'와 '너', 우리 모두가 멸(滅)에 이르게 될 위기에 처해있다. 하루 아침에 일자리를 잃게 된 미화원, 퇴출대상이 된 고객센터 계약직 직원들이 하나 둘 덩굴식물로 변해가듯(「덩굴손증후군의 내력」), 우리 모두는 누가 더 낫고 더 못한 처지를 말하기도 무의미하게, "이미 서로가 서로의 팔에 영겁의 운명처럼 얽히고" 설킨 채, "잘해야 불쏘시개나 되는 게 마지막 운명일 쓰레기들"과 같은 존재가 되었다.

> (…) 새로운 발병 사례가 발견되지 않고 덩굴식물이 완전히 사라지는 날이란, (…) 궁극적으로는 이 도시에 그리 변할 만한 이유가 있는 사람이 한 명도

남지 않는 날일 터다. 이유가 제 발로 사라져줄 리는 없으니, 사라지는 것은 어디까지나 이유를 품은 사람이어야 한다.

—「덩굴손증후군의 내력」(239쪽)

위의 인용문에서 "이유가 제 발로 사라져줄 리" 만무하다는 인식은 99%의 삶을 벼랑 끝으로 내몬 시스템 자체의 변화는 불가능해보인다는 작가의 비극적 통찰을 보여준다. "사라지는 것은 어디까지나 이유를 품은 사람이어야" 하므로 우리 모두는 힘없는 식물로 변하거나, "결국 행위도 언성도 없는 이름 모를 동물"이(「이물(異物)」) 될 수밖에 없는 것이다. 「덩굴손증후군의 내력」에서 도시 곳곳에 널려있는 인면수(人面樹)나, 「이물(異物)」에서 비좁은 반지하방 한 켠을 차지하고 있는 '털 뭉치'와 같은 동물에게서, '우리'가 느끼는 감정은 연민이나 동정이기보다는 '언캐니(uncanny)'한 것에 가깝다. '나'의 외부에 있고 '나'와는 다른 외양을 지닌 그것들을 마주하면서, '나'였고 '나'이게 될, 그리하여 결코 '나'와 분리되지 않는 느낌, 익숙하지만 낯설게 다가오는 감정에 휩싸이게 된다. 지금은 아니지만 언젠가 '나' 또한 인면수로 변하게 될 것이며, 형체도 알아볼 수 없이 짙은 어둠을 끌어안고 완강한 침묵 속에 있는 그것이 결코 '나'와 다르지 않음을 직감하고 있기 때문이다.

대재난에 준하는 공멸의 위기 속에서 인간은 서로에게 연민하고 공감해야 한다는 것이 윤리적인 답변이겠지만, 우리 현실에서는 여전히, 만인은 만인에 대한 적이다. '언캐니'한 감정을 불러일으키는 타자는 친숙하기보다는('나'로부터 비롯된 그 기원을 깨닫지 못하기에) 공포스럽고 때로는 혐오스럽기까지 한, "나에 대한 침입자"로 받아들여진다. 「이물(異物)」의 양선은 사회복지사로서 자신이 생각하기엔 아니지만 남들이 보기엔 대단히 예외적인 '타자에 대한 연민'을 지녔고 그러한 그녀의 '감정'은 늘 할당된 것 이상의 노동을 감당하는데 쓰인다. 동료들의 냉소 속에서 지쳐가던 그녀는 어느 날 갑자기 나타난 조용한 '털 뭉치'를 통해 비로소 타자의 얼굴을 본다. 그것은

"무엇을 물어도 대답하지 않고 그 자리에 버려진 지 오래된 쓰레기처럼 못 박혀" 있는 판잣집의 소녀와 같은 형상이기도 하고, 언젠가 자기 안에 깃들었던 "자궁 속의 태아"이기도 했으며, 무엇보다 자신의 모습이기도 하다. 불가해하지만 '털 뭉치'라는 구체적인 형상을 통해 자신 앞에 모습을 드러낸 타자. 그 앞에서 양선은 모든 이들이 타자에 대해 어떻게 규정짓고 어떠한 감정을 지니게 되는지를 깨닫는다.

> 비로소 두 사람은 뭔가 일이 잘못되었음을, 단지 침묵을 유지하고 손해를 일으키지 않았다는 이유만으로 그 존재를 서로가 서로에게 떠넘기며 어디의 무엇인지조차 알아보지 않으려 했던 털 뭉치의 정체가 실은 지극히 조용한 침입자임을 알아차린다. (…) 내 밖에 있는 나 아닌 모든 것은 나에 대한 침입자이기 때문이며 그것의 내면에 무엇이 들었거나 말았거나 어떤 사연이 얽혀 있는지는 물론 어떤 경로를 통해 여기 도달했는지도 관심 가질 까닭은 없었고, 문제라면 그것이 그 자리에 조용히 머물러주면서 가능한 한 내게 고통과 불편을 덜 줄 것인지의 여부일 뿐이다.
>
> —「이물異物」(210쪽)

이처럼 구병모의 소설은 이 시대의 화두라 할 만한 '돌봄/베풂/나눔'에 대해 얘기하면서도 쉽게 그것을 권장하거나 윤리적인 당위성을 강조하지 않는다/못 한다. 오히려 그것을 둘러싼 곤경, 연민이라는 감정의 이중성, 공멸의 위기 속에서도 만인이 만인에게 적이 되는 현실을 복합적으로 제시한다. 타자의 형상 또한 연약한 돌봄의 대상으로서가 아니라 모호하고 불가해한 것으로 그려진다.

따라서 소설집의 제목인 '그것이 나만은 아니기를'은 '나만이' 예외가 될 수 없는 99%가 직면한 현실을, 그 안에서 '나만이' 예외가 되고자 하는 욕망이 만들어내는 타자의 문제를 적시하고 있다. '나만이' 예외가 될 수 없는 현실에서 홀로 예외가 되고자 하는 (불가능한) 욕망이란, 공멸의 위기에서 혼자만 살아남겠다는 이기적인 욕망이 될 수도 있고, '여기' 아닌 '다른 곳'에 대한 지향이 될 수도 있다. 공멸의 위기를 만들어낸 것이 다름 아닌 우리 자신이었음을 망각한 채, 개입 불가능한 선험적 현실로 당면해있는 위기 앞에서, 우리 모두는 오직 '나' 또는 '우리' 가족의 일용할 양식만을 위한 삶을 살게 되었고, 세상은 이를 위협하는 것들로 가득한 그리하여 그것들에 대해 방어/공격해야 하는 전장(戰場)이 되었다. 생존하기 위해 몸을 움츠린 채 타자를 연민하는 자, 다른 곳을 꿈꾸는 자를 냉소하거나 조롱하면서 자신 또한 타자임을 감추며 살아가고 있다.

첫 번째 수록작 「여기 말고 저기, 그래 어쩌면 거기」의 제목이 말해주듯, '지금-여기'의 바깥을 향해있는 자들에게 낯선 이방인으로서의 타자는 메시아적 의미를 지닌다. 구병모의 소설에서 이들은 영웅의 모습이 아니라 물고기와 인간의 중간 형태(『아가미』의 '곤'), 중력을 무시하고 높은 곳에 오를 수 있는 능력으로(「여기 말고 저기, 그래 어쩌면 거기」의 '하이') 나타난다. 이들은 냉소나 조롱이 아니라 선망과 매혹의 대상이 된다. 선망과 매혹으로서의 타자를 통해 우리는 다른 세계를 본다. 그 세계를 작가 구병모는 이렇게 쓴다. "형태는 기묘했으나 따뜻했고 세상이라는 산포도 안에 찍힌 그 어떤 점보다도 합리적이며 생성과 소멸의 시기를 잘 아는 세계"라고. 공멸의 위기의식 속에서 '돌봄/베풂/나눔'을 이야기하는 작가는 다른 세계 속에서 따뜻함과 합리성을 보고자 한다. 구병모가 말하는 '돌봄/베풂/나눔'은 따뜻하기도 하지만 합리적이어야 하는 것이다. 그렇기 때문에 구병모의 소설은 합리적 인과관계를 형성하려는 장문(長文)으로 채워지며 그 안에 복잡다단한 질문들을 숨겨놓는다. 쉽게 답할 수 없는 질문들이지만 문장의 매혹을 따라 계속 가다보면, 어느 순간 따뜻하고도 합리적인 '다른' 세계의 문을 열게 될 것이다.

'나쁜 피'의 감정수업

— 정용준, 『우리는 혈육이 아니냐』

현재의 불행에 관한 대부분의 이야기는 그 원인을 추적하는 과정으로 채워지기 마련이다. 출생의 비밀이나 어린 시절의 트라우마에서 그 원인을 찾는 이야기는 이제 막장 드라마에나 등장할 만큼 흔한 것이 되어 버렸고, 불합리한 사회 구조에서 원인을 찾는 이야기는 더 이상 대중의 공감을 얻지 못하고 있다. 원인을 알아야 불행을 개선할 수 있는 가능성을 얻게 될 텐데, 전자의 이야기는 개인적 유심론에 그치는 것이어서 공감을 얻을 수는 있을지언정 결과적으로는 아무 것도 바뀌지 않은 채 끝나 버린다. 반면 사회의 부조리함이란 이제 바뀔 수 없는 것으로 인식되고 있으므로 후자의 이야기는 그저 말해 무엇하냐는 식의 공허함만을 남길 뿐이다. 그런데 '나'의 불행이 '나'의 육체에 흐르는 '나쁜 피'에서 비롯된 것이라면? 이는 전자의 이야기와 흡사한 듯 하지만 전혀 다른 성질의 것이다. 단순히 마음을 치유해서 해결될(물론 치유가 쉬운 것은 아니지만) 문제가 아니기 때문에 '나쁜 피'를 이야기하는 것이고, 문제의 원인이 대를 이어 내려왔음을 의미하기 때문에 불합리한 사회 구조보다 어쩌면 더 근본적인 부분을 건드리는 이야기가 될 수 있다.

정용준의 두 번째 소설집 『우리는 혈육이 아니냐』(문학동네, 2015)는 바로 이 '나쁜 피'에 관한 이야기라고 말할 수 있다. 작품 속 인물들은 자신들에게 '나쁜 피'가 흐르고 있다고 믿는다. 그도 그럴 것이 그들의 아버지는 살인자이거나 무자비한 폭력을 휘두르는 자인 경우가 대부분이다. 그렇다고 자신들의 불행을 아버지 때문이라 말하지도 않는다. 아버지들에게도 그럴 만한 이유가 있었다(고 믿는다). 다만 자신들이 "뭔가를 계속 죽여야 하는", 제어하기 힘든 어떤 폭력성에 사로잡히게 되는 까닭을 '나쁜 피'로 설명할 수 있을 뿐이다. 죽지 않는 한 '피'는 바꿀 수 없으므로 '나쁜 피'라는 원인을 찾는 것은 그들이 겪는 불행을 개선하는 데에 하등 도움이 되지 않는다. 피의 대물림은 선택할 수 있는 성질의 것이 아니기 때문에 누구에게도 책임을 물을 수 없고, 다만 그 피에서 비롯된 자신들의 폭력성을 스스로 통제할 수 있기만을 바랄 뿐이다. 그렇게 그들은 삶을 견딘다.

엽기적인 방식으로 아버지가 어머니를 죽이는 장면을 처음부터 끝까지 지켜봐야 했던 '나'는 "그래도 우린…… 혈육이 아니냐"라고 말하는 아버지에게 차마 "내 피는 당신의 피와 무관합니다"라고 말하지 못한다.(「우리는 혈육이 아니냐」) 「내려」의 '나' 또한 아버지의 폭행이 아버지 스스로도 어쩌지 못하는 죄책감에서 비롯된 일임을 알고 있다. 아버지를 흥분시켰던 소년이 아니라 소년의 여동생을 죽이게 된 우발적 사건에 의해 아버지는 동생을 안고 '나'만을 무자비하게 폭행했다. 따지고 보면 '나'의 불행은 아버지로부터 비롯되었지만 그렇다고 아버지의 잘못이라 말하기도 힘든, 그 누구의 잘못도 아닌 폭력에 의해 '나'의 인생은 평탄하지 못했다. 「474번」의 474번 죄수는 자신이 "뭔가를 계속 죽여야 하는" 이유를 아버지에게서 찾는다. 고립된 집에서 그 누구와도 접촉하지 못한 채 누나와 살았으므로 아버지에 대해 아는 것은 아무 것도 없지만 본능적으로 그것이 아버지에게서 물려받은 '피'에서 비롯된 것임을 깨닫는다. 누나라고 불렀던 어머니 또한 이를 직감했고 그를 떠났다. 버림받은 그들은 그들의 본성(폭력성)을 이용해 살아남거나 본성을 숨길 수 있도록 감정을 통제하며 살아왔다. 정용준의 소설은 그들이 애써 통제해온 감정들이 흔들리고 가라앉아 있던 폭력성이 고개를 드는 순간들에 대해 쓰고 있다.

순식간에 열다섯 명을 죽이고도 결코 흥분하지 않고 스스로 사형을 원했던 '474번 죄수'는 누나로 추정되는 인물이 매일 찾아와 면회요청을 한다는 사실을 알고 동요한다.(「474번」) 「우리는 혈육이 아니냐」에서 "아무리 대단한 일이라도 남들의 사건이 내게 무심하고 평범하게 감각되는 것처럼 그때의 일도 단순히 하나의 사건일 뿐"이라 말하며 아버지에게 "그 어떤 사적인 감정이 없다"고 여겼던 '나' 또한, 아버지와의 대면 이후 "정체불명의 감정들"과 씨름한다. 바로 그의 '피'가 내 안에 있기 때문이다. 상처를 인정하느냐 마느냐의 문제가 아니라 아무리 부정해도 끊을 수 없는 '피'의 속성에 문제의 핵심이 있다.

> 이 순간 나를 정말 역겹게 하는 것은 이제는 나 스스로가 헷갈리기 시작했다는 것이다. 그는 내게 아무것도 아닌 존재가 아니라는 것. 그에게 연연하고 있는 나 자신을 통제할 수 없다는 것. 내 의지와 상관없이 그는 나의 아버지일 수밖에 없다는 것을 인정해야 한다는 강제된 생각들.
>
> —「우리는 혈육이 아니냐」(61쪽)

「우리는 혈육이 아니냐」의 '나'가 특히 참을 수 없어 하는 것은 아버지의 식탐이다. 아버지를 만나던 날, 먹이를 옮기고 있던 개미의 대열에 침을 뱉고 싶은 충동을 느꼈던 것처럼 아버지의 "적극성, 노력, 긍정적인 성향, 왕성함"에 '나'는 반감을 느낀다. 죽어야만 멈추는 피의 순환을 계속하려는 생에의 욕구가 '나'를 불편하게 하는 것이다.(정용준 소설의 지속적인 테마인 죽음충동과도 연결되는 부분이다.) "몸속에 남아 있는 피를 투석기에 모두 돌리면 나는 그와 아무 상관없는 사람이 될 수 있을까"라는 진술은 혈육이라는 관계가 단절하고자 하는 의지만으로 끊어질 수 있는 것이 아님을 말해준다. 이는 단지 혈육에 대한 수긍, 나아가 운명에 대한 순응을 의미하는 것이라고 보기 힘들다. 피를 나누어 가졌음을 부인할 수 없듯이 태어나는 순간 공동의 운명이 되었음을, 씻을 수 없는 무언가를 공유하게 되었음을 의미하는 것이다. 죽은 영혼의 목소리가 등장하는 「이국의 소년」이나 「내려」와 같은 작품들을 참조하면 이 시대를 살아가는 누구도 예외가 될 수 없는 죄의 문제, 그 죄에 대한 연대 책임의 문제와 연결된 것이라고 짐작할 수 있다.

베트남전에 참전해 민간인을 죽여야 했던 「이국의 소년」의 아버지는 그 기억으로 인해 앞서 언급한 작품들의 아버지처럼 폭력을 휘두른다. 하지만 그 폭력의 대상에서 아들만은 제외되는데 이는 민간인 학살의 과정에서 성폭행을 하고 살려주었던 여인이 낳은, 그러나 곧 입을 다친 뒤 죽어가야 했던 아이의 목소리를 따른 결과였다. "당신의 아들은 그렇게 쉽고 간단한 방법으로 고통받아서는 안 된다"는 목소리. "다른 방법, 다른 시간에 좀더 분명한 형식이어야 한다"고 말했던 그 방법이란 아들이 군대에서 스스로의 턱밑에 총을 겨누는 것이었다. 동생은 때리지 않고 '나'만 때렸던 「내려」의 아버지는 반신불수가 되어 '나'의 보살핌 아래 놓인다. 그 즈음 "내 모든 행위를 이인칭으로 서술하는 목소리가 찾아왔다." "이것은 자아일까. 아니면 무의식일까. 내심인가. 본심인가." 알 수 없는 목소리는 '나'가 기차에서 떠밀었던 동생의 것으로 추측할 수 있다. 객관적으로 행위만을 서술했던 동생의 목소리는 점차 '나'의 감정이 위험 수위를 넘을 때마다 '나'를 제어하는 목소리가 된다.

> 아버지는 과거를 보고 이 세계가 아닌 다른 세계를 응시하는 죽은 생물이다. 저 작고 볼품없는 머리통을 납작하게 밟아 으깨고 싶은 기분이 든다. 그쯤 되면 목소리가 끼어든다. 차분하게 이 상황을 진술하며 동시에 지금 느끼고 있는 감정이 별거 아니라는 식으로 해석한다. 그는 아버지를 시시하게 묘사하고

뜨겁고 날카로운 감정을 미지근하고 둥글게 만들어버린다. 나는 그에게 저항하고 싶지만 결국엔 목소리의 말대로 행한다.

—「내려」(200쪽)

죽은 영혼의 목소리는 살아남은 자들을 단죄하기도 하고 더 이상 죄를 짓지 못하도록 통제하기도 한다. 어느 경우이든 아들들은(살아남은 자이든 죽은 자이든) 아버지의 죄를 이어받아 고통 받고 있다. 아버지의 죄는 상황의 불가피함에서 비롯된 것이어서 아버지만의 것은 아니지만, 그렇기 때문에 더더욱 아들의 것이라고 말하기 힘들다. 하지만 아들들은 죄의식을 느끼며 어떤 의미에서는 대속의 삶을 살아간다. 이처럼 죄의식은 정용준의 작품을 성립하게 하는 기본 감정이다. 죄의식은 개별적인 성격을 지니기도 하지만 전쟁과 같이 인류 공동이 짊어져야 하는 문제와 연관되기도 하며, 나아가 인간 존재가 숙명적으로 떠안아야 하는 원죄의식까지 포괄하는 것이기도 하다. 기원으로 거슬러 올라가면 인류 모두가 '피'를 나누고 있다고 볼 수 있듯이 우리 모두는 죄를 나누어 지고 있으며, 설령 그것이 현 세대에 저지른 일이 아닐지라도 피를 대물림하듯 죄의식을 물려받을 수밖에 없다는 인식이 『우리는 혈육이 아니냐』의 작품들에 공통으로 깔려 있다.

누구의 잘못이라고 겨냥해 말하기 힘든 일들로 인해 죽어간 영혼들. 그들에 대한 죄의식이 그들에게 목소리를 부여하고 작품을 이끌어가게 한다. 물론 그들의 발화가 우리의 죄를 씻어줄 수는 없다. 목소리의 등장은 속죄를 위한 것이 아니라 '피'가 그러하듯이 벗어날 수 없는 숙명을 보여주는 것이며, 그렇기 때문에 목소리에 순응할 수밖에 없는 것이다. 정용준의 소설은 이러한 목소리를 받아쓰는 한 형식이기도 하다.

정용준의 소설은 한편으로 죄에 대해 탐구하기 위해 쓰여지는 것처럼 보인다. 죄가 인류 공동의 것이라면 인류가 자연의 일부이듯이 죄 또한 자연스러운 것은 아닌가. 이런 질문을 다루고 있는 작품이 「474번」이다. "뭔가를 죽여야 하는" 본성을 가졌다고 생각하는 474번은 살인을 죄라고 생각하지 않으며 자신은 죄의식이 없다고 말한다. 폭우나 번개와 같은 것이 사람을 죽게 하듯이 자신의 살인은 본성을 실현하는 자연스러운 행위이며, 아무도 자연을 악하다고 하지 않듯이 자신의 행위도 죄로서 비난받을 수 없다는 논리이다. 그가 살인 현장에서 스스로 잡히고 자신에 대한 사형집행을 요구하는 것은 그러므로 죄에 대한 처벌로서가 아니라 죽음이라는 형식을 실행하기 위해서이다. 이렇게 보면 죽음이란 운명에 대한 최초이자 최후인 저항이 된다. 타인을 죽이는 것이 자연스러운 행위라면 그 행위를 멈추게 하는 죽음은 자연에서 벗어난, 운명에 대한 저항이 되는 것이다. 다음의 경우에도 그렇다.

> 가끔 자는 동안 감당할 수 없는 재앙 같은 게 일어났으면 좋겠다고 생각한다. 자는 동안 우리 모두 죽어버렸으면 좋겠다. 죽는구나, 인식도 없이. 아프구나, 느낌도 없이. 갑자기 전구에 불이 나가듯 삶이 단번에 소멸되길 바랐다. 지진에 땅이 갈라지고 쪼개진 틈으로 주택 전체가 삼켜지는 것도 좋겠다. 뒷산이 무너져 흔적도 없이 건물이 흙더미에 깔리는 것도 좋겠다. 남겨진 이들이 없이, 죽은 자에 대해 생각할 자들이 없이. 모두 죽어 깨끗하게 사라지면 좋겠다.
>
> ― 「새들에게 물어보는 사람이 있네」(246쪽)

치매인 어머니와 죽은 누나의 아이를 돌보는 고달픈 삶. 이 궤도가 운명이라면 궤도에서 이탈할 수 있는 방법은 죽음밖에 없다. 스스로 죽든 누군가에게 죽임을 당하든 죄를 양산하게 되므로 지진이나 산사태 같은 자연재해를 통해 깨끗이 사라지는 것은 죄 없이 운명에서 벗어날 수 있는 유일한 방법인 것이다. 그러나 자연은 인간의 능력 바깥에 있으므로 대부분의 삶은 지속된다. 치욕을 견디며 고통스럽게. 이웃집 남자가 아내의 몸을 팔아 돈을 번다고 해도 이를 저지하거나 항의하지도 못한 채, 이웃집 여자의 노랫소리를 들으며 때로 함께 노래를 부르며. 노래의 가사는 이렇다. "파란 하늘에 새가 날아가면/ 새들에게 물어보는 사람이 있네./ 나쁜 이는 누구인가. 좋은 이는 누구인가./ 모두에게 좋은 일이 있길 바라요." 살아가는 것이 죄인지, 죽는 것이 죄인지, 새들에게 물어볼 수밖에 없는 질문만을 남긴 채 정용준의 소설은 끝난다. 그러나 남는 것은 있다. 소설을 읽는 내게도 죄의 피가 흐르고 있음을 깨닫는 것.

「작가의 말」에는 "이제 나는 '물음'과 '울음'이 달라 보이지 않는다."는 문장이 있다. 또 "소설이 세계를 바꿀 수는 없겠지. 하지만 사람은 바꾼다. 쓰는 자는 바뀐다. 이것은 내가 경험으로 깨닫게 된 유일한 믿음이다."라는 문장도 있다. 울음만이 가득한 삶. 답도 없이 삶을 견디는 인물들의 이야기를 읽으며 읽는 이 또한 계속 묻게 되고 계속 울게 된다. 그러면서 바뀐다. 그의 유일한 믿음은 깨지지 않을 것 같다.

‘계속해보겠습니다’의 태도

— 황정은, 『계속해보겠습니다』

황정은의 신작 『계속해보겠습니다』(창비, 2014)는 필경사 바틀비의 “그렇게 하지 않기를 원한다(I would prefer not to)”를 떠올리게 한다. 제목이 서술어이기 때문에, 그 서술어가 사소하지만 결코 사소하지 않은 어떤 태도를 선언하고 있기 때문에, 소극적으로 보이는 그 태도가 끈질기고 맹목적이며 또한 불가항력적인 것이기 때문에 그러하다.

바틀비의 태도는 ‘살아있음’과 ‘살아있지 않음’의 경계에 있는(un-dead) 자신의 존재를 드러내는 유일한 방식이기도 했다. 문자를 있는 그대로 베껴쓰는 일은 무언가를 생산하는 살아있는 일이 아니며 그렇다고 아무 것도 하지 않는 죽은 상태인 것도 아니다. 필경사가 되기 전 그는 수취인 불명의 우편물을 불태우는 일을 했었다. 가야할 곳에 가지 못하고 반송되어 떠도는 우편물 또한 우편물로서 존재한다고 하기도, 그렇다고 우편물이 아니라고 말하기도 애매한(un-dead) 상태이다. 그러한 상태, 자신의 존재를 세계에 현현하는 한 방식으로 바틀비는 “그렇게 하기를 원하지 않는다”가 아니라 “그렇게 하지 않기를 원한다”고 말했다. 일하기를 원하지 않는다고 하면 배제될 뿐, 개체에게도 세계에게도 유의미한 변화는 없다. 그러나 일하지 않기를 원한다고 발화함으로써, 한다는 것과 하지 않는다는 것, 원한다는 것과 원하지 않는다는 것의 경계가 드러나고, 세계의 지시체계에는 균열이 생긴다. 마찬가지로, 혹은 그 역으로 “세계의 입장에서는 무의미할지도” 모를, “무의미에 가까울 정도로 덧없는 존재들"이 '계속해보겠습니다'라고 말함으로써 존재 '있음'을 드러내고 경계 '있음'을 드러내는 방식을 『계속해보겠습니다』는 보여주고 있다.

"세계란 원한으로 가득하며 그런 세계에 사는 일이란 고통스러울 뿐"이라 말하면서 원한에 앙갚음한다거나 고통을 삭감하려하지 않고, "본래 공허하니 사는 일 중엔 애쓸 일도 없다."는 태도로 일관하는 것. 그리하여 스스로를 껍데기로 만들어 삶/죽음의 기로에까지 밀어붙이는 방식. 남편이 공장의 거대한 톱니바퀴에 말려들어 죽음을 맞이한 이후, '애자'의 삶이 그러했다. '사랑'이 전부인 애자에게 '사랑'이 빠져나간 이후의 삶이란 그야말로 살아있다고도 살아있지 않다고도 말하기 애매한(un-dead) 상태이다. '소라'와 '나나'라는 두 딸이 있지만 그 둘의 존재조차 그를 살아있는 상태로 되돌리지 못한다. "어미로서는 몹쓸 지경이지만 사람으로서는 안됐다."라고 말해질 만큼 두 딸을 거의 방치한 채 망가져간, 혹은 "자신의 고통을 완성하고 완전해"진 삶. 그것은 죽었는지 살았는지 모르게 껍질만 남아있던 나방의 이미지와 겹친다.

> 죽었을까 살았을까.
>
> 이미 죽은 것,이라고 생각하고 보면 회백색이더라도 선명하고 곱던 빛깔이 미심쩍고, 살아 있는 것,이라고 생각하고 보면 며칠이고 움직이지 않았다는 점이 미심쩍다. 그런 나방도 있을까. (…) 그런 생리의 나방. 보통이 아니라면, 보통의 나방이 아닌 나방.(33쪽)

이 작품에서 나방은 소라, 나나, 나기가 어린 시절 살았던 집의 이미지이기도 하다. 나방의 양 날개를 펼쳐놓은 듯, 가운데 벽을 중심으로 대칭을 이루는 공간의 한쪽에 애자와 소라, 나나가 살았고, 다른 한 쪽에 나기와 그의 어머니 순자씨가 살았다. 나방 모양의 집에 깃들어 살았던 그들은 모두 나방처럼 '언데드(un-dead)'한 상태로 살아가는 존재들이었고 그 껍질 속에서 서로의 내밀한 부분을 내보이고 접촉하며 살았다. 그러므로 『계속해보겠습니다』는 그 껍질 속에서 그들의 고통을 완성해가는 이야기, 껍질 바깥 세상과의 경계를 완전하게 드러내는 이야기이다.

그러니까 『계속해보겠습니다』는 껍질만 남은 나방과 같이 '언데드'한 상태에 대한 이야기, 그러한 존재들이 살아가는 태도에 관한 이야기라고 말할 수 있겠다. 껍질 속에 웅크려 침묵하는 것이 아니라 '계속해보겠습니다'의 태도로 무의미한 세계를 살아냄으로써 존재 '있음'을 드러내고 경계 '있음'을 드러내는 방식에 관해 말하는 소설인 것이다. 그것은 경계를 지우는 방식이 아니라 경계를 분명하고 선명하게 하는 방식이며 경계에 도달해도 '계속'해서 밀어붙이는 태도와 관련된 것이다. 임신한 나나가 아기 아버지와의 결혼을 당연한 것으로 생각하지 않는다든가, 소라가 나나의 임신에 거부감을 갖는 것, 태어나 존재하게 된 것에 대해 결코 기꺼워하지 않는 일련의 태도들이 그들과 세상 사이의 경계를 선명하게 드러내는 방식이다. 그럼에도 불구하고 나나의 임신을 받아들이고 언젠가는 "태어나길 잘했다고 말하게 되는 순간"에 대해 타진해보는 것, 언제나 '세계의 끝'(나/너의 죽음)을 생각하고 그 순간을 기다리지만 "길게 망해가자"라고 말하며 "금방 망하지는 않을" 세계를 묵묵히 살아가는 것이 그들이 닿아있는 경계를 '계속해서' 밀어붙이는 태도이다.

애자만큼이나 사랑에 대해 "전심전력"인 인물이 나기이다. 동성의 동급생 '너'에게 마음을 주고 언제나 '너'를 바라보지만 돌아오는 것은 무지막지한 폭력뿐이다. 비록 '너'가 직접 가하는 폭력은 아닐지라도 세상이 그의 사랑을 대하는 방식은 분명 폭력적인 것이다. 그렇기 때문에 폭력에 민감할 수밖에 없는 나기는, 금붕어를 괴롭히는 나나의 뺨을 때리며 "이걸 잊어버리면 남의 고통 같은 것은 생각하지 않는 괴물이 되는 거야."라고 말할 수 있다. 나기에게 이 세계는 '(이성애를) 하지 않기를 원하도록' 내버려 두지 않는, "상상할 수 없다고 세상에 없는 것으로 만들"어버리는 괴물로 가득한 곳이다. 그에게 세상과의 경계는 불가항력적이다. 그의 앞에 선명하게 그어진 경계선을 밀고 나가는 방식은 '너'를 계속 기다리는 것. 애자에게 삶이 고통일 뿐이듯, 나기에게도 살아가는 일은 고통일 뿐이지만, 애자도 나기도 처연하고도 무연한 자세로 '계속해서' 살아간다. "내가 기다리고 있는 것은 결국 너의 죽음인지도" 모르겠다고 하면서 "죽었다는 소식을 받기 전까지는 살아 있는 것"이라 믿으며 '계속해서' 기다리는 것이 그의 삶이다.

『계속해보겠습니다』에는 딸기를 먹지 않는 두 인물이 등장한다. 바로 '나기'와 '모세'씨. "껍질의 경계가 모호해서 난감해"하는 나기는 과일가게 아들이어서 항상 물크러진 과일만을 먹어야 했기에 껍질을 벗겨 먹을 수밖에 없었고, 모세는 아버지에게 "과일에서 가장 더러운 부분이 껍질"이라고 배웠기 때문에 반드시 껍질을 벗긴 과일만 먹었다. 나기의 경우 인물의 성정체성에 대한 상징으로 읽을 수 있으며, 모세의 경우에는 가풍에 대한 암시로 풀이할 수 있다. '보통'이라 소개되는 모세의 가족은 나란히 앉아 텔레비전을 향해 묻고 대답하고, 아버지의 요강을 어머니에게 치우게 하는 그런 가족이다. 자신들이 상상할 수 없는 다른 세계를 인정하지 못하고, 과일의 껍질을 벗겨먹듯 그 세계를 도려내버리는 방식으로 살아가는 사람들. 나나가 임신한 아기의 아버지인 모세는, 나나를 부모님께 소개하고 결혼하는 것을 당연한 수순으로 생각하지만 나나는 그런 가족을 받아들일 수 없어 결혼은 '하지 않는 것으로' 한다. 나나는 한때 나기를 원했으나 거절 당했고, "나름의 밀도와 정도로는 모세씨를 좋아"하지만 부부라고 해서 자신의 요강을 치우게 하는, 그것을 너무나 당연한 것으로 여기는 모세와는 가족이 될 수 없다고 판단한다. '보통, 혹은 평범'이라는 것과의 경계를 앞에 두고 생각하고 생각한 끝에 나나는 '그것에 속하지 않기'를 택한 것이다. 이것이 "좋아하는 것보다도 싫어하는 것보다도 좋아하지 않는 것이 잔뜩 있"는 나나의 태도이다.

경계의 저쪽에 '보통, 평범, 일반'이라는 이름이 있다면, 이쪽에는 "하나뿐이라는 이름의 부족"이 있다. 소라, 나나, 나기가 있다. "나는 어디까지나 소라./ 소라로 일생을 끝낼 작정이다./ 멸종이야./ 소라,라는 이름의 부족으로."라고 말하는 소라는 나나의 임신을 받아들이지 못한다. 그것은 나나가 어머니인 애자와 같은 존재가 되는 것에 대한 두려움이며 가장 가까운 존재인 나나와 멀어지는 것에 대한 두려움이다. 세상은 출산에 대해, 어머니가 되는 것에 대해 산부인과의 폭신하고 세련된 소파처럼 "이렇게 편안하고 안락하다고 무책임한 거짓말"을 해대지만, 죽은 아버지와 이미 거의 죽은 상태인 어머니를 둔 소라와 나나는 그것이 "무엇보다도 비명과 고통과 출혈"임을 알고 있다. 그러나 나나는 "무섭더라도 감당하겠다고" 마음먹었고, 소라는 싫더라도 "처음부터 무조건적으로 좋은 것도 미심쩍으니까" 받아들여보기로 한다. 이 세계에서 저마다 홀로이고 '하나뿐인 부족'이기 때문에 지독히 외로울 뿐이지만 또 다른 '하나뿐'인 존재를 '몸으로, 정서로' 받아들이기로 하는 것이 경계의 이쪽, 소라와 나나의 태도이다.

> 세계는 어때? 괜찮아? 아기를 낳아도 괜찮아,라고 생각할 수 있을 만큼은 괜찮아? 나를 왜 태어나게 했어, 아기가 그렇게 말하면 어떡하지? (…) 괜히 태어났어,라고 생각한다면? 생각하고 생각해도 생각할 것이 남아 있는 것 같아. 그래서 더 생각하고 싶은데, 그런데 생각을 더 하다보면 이렇게 더 생각하는 것이 좋은가. 정말 좋은가. 그런 생각까지 하게 돼. 있잖아. 모두들 어떻게 하는 걸까. 모두들 어떻게 아기를 만들어? 어떻게 아기를 낳아? 모두 이런 걸 부지런히 생

> 각하며 아기를 만드는 거야? 실은 모두들 부지런하게 이런 걸 고민한 결과로 아기를 낳고 살 결심을 하는 거야?(183쪽)

한 존재와 다른 한 존재가 맞닿는 경계, 거기에 서서 이처럼 계속해서 생각하고 질문을 던지는 것이 그들의 태도인데, 이로 인해 한 존재와 다른 한 존재 사이의 경계는 분명한 선을 잃지 않으면서 확장되고 중첩된다. 내 몸 속에서 싹튼 하나의 존재가 점차 이 세계에 '하나뿐인 부족'으로 독립해 나가고, 그 '하나뿐인 부족'들이 만나 서로의 교집합을 형성해감으로써 어떤 공동체가 만들어질 수 있을 것이다. 하지만 그렇다고 해서 '하나뿐'인 속성이 사라지는 것은 아니고 '계속해'나가는 에너지만을 충전하고 공유하는 공동체. 소라, 나나, 나기의 관계가 그러하다. 바로 이 관계가 『계속해보겠습니다』의 세계를 이루고 있다. "그러니까 뭐랄까, 나기와 나나와 나는 말하자면, 한뿌리에서 자란 감자처럼 양분을 공유한 사이"라고 말해지는 그들의 관계는 아름답고 따듯하지만, 외롭고 처절하다. 공동체를 이룬다고 해서 외롭지 않은 것도 아니고, 각자의 세계가 좁아지는 것도 아니다. 내내 외롭고 서로 다를 뿐이지만 '양분'과도 같은 무언가를 공유하고 나누는 관계이다.

그들이 함께 있을 때 거의 항상 무언가를 먹고 있는 것은 아마도 그 때문일 것이다. 어린 시절 그들을 "양분을 공유한 사이"로 묶어준 것은 나기의 어머니 순자씨가 매일 아침 신발장 위에 올려놓았던 세 개의 도시락이었다. 나기가 멀리 일본으로 가기 전날 밤에도 그들은 "여섯시간 동안 끊임없이 먹고" 마셨고, 다 자란 이후에도 일 년에 한 번씩은 엄청난 양의 만두를 만들며 종일 먹고 마신다. 나기는 '샾'이라는 음식점을 하고 있고 소라와 나나는 수시로 드나들며 그가 만든 음식을 먹는다. 유사 가족과도 같은 이들의 공동체는 그러나 유사성이나 동일성으로 묶여지지 않는다. 각각 다른 존재로, 독립된 '부족'으로 살아갈 뿐이다.

봐 이 공간에 셋뿐인데 이렇게 다르잖아. 간장을 좋아하냐 좋아하지 않냐, 하다못해 그런 질문에도 답이 다르잖아. 다 달라. 사소하게도 다르고 결정적일 때도 다르지. 말하자면 나는 간장에 무덤덤한 부족, 소라는 간장을 좋아하는 부족, 나나는 간장을 싫어하는 부족.

(…)

하나뿐인 부족도 있는 거지 세상엔.(53~54쪽)

"세 개의 투명한 점"으로 외따로 존재하는 그들이지만, 그럼에도 불구하고 그들을 공동체라 부를 수 있는 까닭은 "양분을 공유"하여 생성된 에너지로 '하지 않기'라는 태도를 잃지 않고 '계속해서' 살아가고 있기 때문이다. 살아가는 일에 있어서 일정한 방향을 공유하고 있는 것도 아니다. 같은 점이 있다면 함께 망해가고 있다는 것. 공룡이 천만년에 걸쳐 멸종해갔듯이 인류가 망해가는 기나긴 행로를 함께 가고 있다는 것뿐이다. 『백의 그림자』의 '무재'와 '은교'를 통해 어렴풋하게 그려졌던 공동체의 형상이 이번 작품에서 더 또렷해진 느낌이다. 세계가 지금보다 나아질 수 있다거나 조금 더 의미 있어지리라는 일말의 기대도 없이 망해가는 길을 '계속' 가고 있다는 점에서 그러하다. 그러면서 아이는 태어나고 그들은 아이와 함께 또 먹고 마실 것이다.

열정의 미학

— 박형서, 『끄라비』

박형서의 소설을 읽으면 과연 '소설이란, 혹은 이야기란 무엇인가'라는 질문을 끊임없이 떠올리게 된다. "이야기 자체에 관한 이야기면서 우리의 척박한 삶에 왜 이야기가 필요한지를 말해주는 이야기"인 「자정의 픽션」이나 그 후속편인 「아르판」과 같은 작품들 때문만은 아니다. 시시때때로 동물이나 무생물이 화자가 되어 우화적 형식을 띤다든지 작가의 맨얼굴이 등장한다든지 소설적 인과관계를 무시하고 황당무계한 이야기를 나열한다든지 하는 식으로, 대다수의 작품에서 근대적 소설문법을 벗어난 소설작법을 구사하면서 늘 소설이라는 형식을 두고 실험을 거듭하고 있기 때문이다. 그의 이전 작품집들이 『자정의 픽션』(문학과지성사, 2006) 이나 『핸드메이드 픽션』(문학동네, 2011)이라는 제목을 달고 있는 것도 작가 자신이 늘 '픽션'이라는 것에 대해 고민하고 있음을 보여주는 대목이다.

이번에 출간된 작품집의 표제 '끄라비'는 열대의 한 휴양지 이름이다. '나'를 사랑하여 최대한의 호의를 표시하며 교감을 나누기도 하고, 연인과 함께 방문했을 때는 엄청난 재난을 일으키며 격렬한 반감을 표시하기도 하는 '끄라비'가, 바로 태국의 한 지역명이라는 사실을 눈치채고 나면(다소 시간이 걸리긴 하지만) 이번에도 박형서식의 작법이 계속되고 있음에 반색을 표하게 된다. 그러나 늘 "다르게" 쓰고자 했던 작가이기에 『끄라비』(문학과지성사, 2014)의 작품들은 전과 같으면서도 다르다. 특히 330억년을 주기로 대폭발과 대붕괴를 반복하는 우주에서 다음 우주의 유일신을 교육시키는 '만사브다르'들의 이야기, 「티마이오스」는 그 상상력의 범위가 우주적 진폭으로 확장되고 있음을 보여준다. 상상력의 외양뿐만이 아니라 서사에 대한 사유까지 우주만큼 확장된 느낌이다. 우선 우주의 유일신을 교육시키는 방식을 '서사'로 설정한 점이 그렇다.

생명 진화와 유전에 관한 법칙 및 우주의 모든 지식체계를 '서사'를 통해 교육시킨다는 설정은 서사의 의미를 대폭 확장한 것인 동시에 서사의 효용과 가치가 세계의 어떤 본질을 꿰뚫고 있는 것임을 말해준다. "만물이 태어나고 늙고 병들고 죽는 과정 전반에 대한 물리적이거나 영적인, 객관적이거나 주관적인, 일시적이거나 항구적인 서사"를 통해 교육하는 시스템은 1+1=2가 아닌 2+α의 결과를 낳는다. 다음 세계의 유일신으로 교육받은 제타는 "받아들인 부분만으로 전체 구조를 파악해 결말에 해당하는 내용까지 정확히 예측"하게 된다. "개별 현상에 대한 경험적 지식이 아니라 온전한 통찰"에 이르게 된 것. 이러한 비약을 통해 제타는 마침내 우주의 생애주기를 은연중에 깨닫게 되고 마지막 서사 교육만을 남겨두게 된다. "그것은 무한한 반복, 반복의 영원이었다." 그러나 마지막 순간, "의심과 함정과 역전의 서사를 주도하는 마사브다르" 가야바의 개입으로 제타는 죽음을 맞이한다. 다음 우주의 유일신은 바로 "믿음과 통찰과 귀납의 서사를 창조하는 만사브다르" 초아였다.

물론 이 모든 과정은 소설 창작에 대한 하나의 알레고리로 볼 수 있다. 서사를 통한 교육을 담당하고 있는 초아란 작가를 의미하는 것이고 초아가 교육시키는 제타는 소설 속 인물, 혹은 독자이며 330억년을 주기로 나타나는 우주의 대붕괴/대폭발은 하나의 작품이 탄생·소통되는 과정을 의미하는 것으로 볼 수 있다. 신적인 존재인 작가는 소설이라는 한 우주를 철저하게 통제하려 하지만 작가의 손을 떠난 서사는 독자에게서 +α의 다른 의미를 획득하고 부풀려지며 일정 기간의 유통 기한을 주기로 소멸, 또 다른 서사로 재탄생하는 과정을 반복한다.

또한 이 과정은 사랑에 대한, 삶에 대한 알레고리이기도 하다. 더 넓혀 말하자면 박형서의 모든 소설이 사랑을 포함한 인간 삶에 대한 알레고리로 읽을 수 있다. '끄라비'의 맹목적인 집착과 질투, 그로 인한 폭력적 반응 등은 사랑에 눈이 멀어 대상뿐만 아니라 자기 자신까지 파멸로 이끄는 과정을 흥미롭게 알레고리화한 것이며, π(파이)의 근사치를 구하려는 실현 불가능한 욕망에 사로잡혀 자신의 전 생애를 헌납하는 한 여인의 이야기인 「Q.E.D.」 역시 그러하다. 우리의 삶이란 늘 손에 넣을 수 없는 것을 욕망하며 그로 인해 겪게 되는 결핍과 상실감을 안고 죽음에 이르는 과정이 아니던가. 「Q.E.D.」의 난해한 수학적 진술들을 모두 이해할 수는 없다 해도 그 맥락을 누구나 파악하게 되는 이유는, 풀리지 않는 삶의 난제 앞에서 모두가 같은 고민을 했기 때문일 터이다.

> 너무 늦지는 않았을까?
>
> 초조하게 자문해보았다. 여자는 더 이상 젊은 나이가 아니었다. 하지만 설령 늦었다 한들, 너무나 오랫동안 해왔기에 이제 와 멈출 수는 없었다. 진법 체계를 재고하는 게 옳은 일인지 따져 물을 수도 없었다. 그것은 여자 앞에 놓인 단 하나의 길이었다.
>
> —「Q.E.D.」(194쪽)

π의 근사치를 구하려는 일이 어떻게 진법체계와 연관되는지는 이해하기 어렵지만, 자신의 젊은 시절을 헌납한 일을 포기하지 못하고 '단 하나의 길'을 갈 수밖에 없는 여자의 심정은 누구나 이해할 만하다. 이렇게 일상의 세목을 포착한다거나 미세한 감정의 결을 언어화하는 작업보다는 삶의 굵직한 선들을 개념

화하고 세계를 통찰하고자 하는 박형서의 작품들은 자주 알레고리적 형식을 띠게 된다. 삶의 과정을 타자와의 팽팽한 대결구도로 알레고리화한 「무한의 흰 벽」도 마찬가지다. 「티마이오스」의 제타가 "개별 현상에 대한 경험적 지식이 아니라 온전한 통찰"에 이르게 되었듯이, 작가 박형서 또한 그러한 통찰에 이르려는 욕망에 사로잡혀 있는지 모른다. 이번 작품집에는 그 욕망이 어디를 향하고 있는지를 보여주는 문장들이 담겨 있다.

그랬다. 나는 끄라비가 되었다.

—「끄라비」(42쪽)

"바보야, 세상 모두가 와카라니까."

—「아르판」(76쪽)

무한한 반복, 반복의 영원

—「티마이오스」(138쪽, 139쪽, 167쪽)

영혼이 마침내 육신을 벗고 떠나가는 최후의 순간까지도 성실히 수식을 검토하는 한편, 일상에서 끌어올린 감각을 섬세하고 풍요롭게 묘사함으로써 방정식에 부족한 부분을 채워 넣었다. 그것들은 인간의 삶을 정의하는 두 종류의 상호 보충적인 근이 되었다. 앞선 스물 아홉 권의 노트는 그렇지 않지만, 여자의 마지막 노트엔 증명이 담겨 있다.

—「Q.E.D.」(211~212쪽)

그것은 두 극단이 만나는 지점, 처음이자 끝인, 개별이자 전부인, 양자이자 합일인, 소멸이자 생성인, 무한이자 영원인 어떤 비약, 초월의 지점을 가리키고 있다. 연인의 형상을 한 '나'와 끄라비는 마침내 하나가 되었고, 와카를 그리워하고 와카를 닮고 싶어하던 '나'가 결국 깨닫게 되는 것은 "세상 모두가 와카"라는 사실이며, 두 극단의 '만사브다르'가 개입하는 서사 「티마이오스」는 소멸과 생성의 무한한 반복을 통해 우주는 영원하다는 메시지를 전하고 있다. 평생을 수학적 논리에 매달렸던 여자는 마지막 순간 "두 종류의 상호 보충적인 근"에 의해 삶이 정의될 수 있음을 깨닫는다. 이처럼 박형서의 소설은 동양철학적인 사유와도 통하는 '초월적 순간의 형이상학'을 향해 있다. 이러한 사유는 전혀 새로운 것이 아니지만 그것이 매우 정확한 수학적 진술에 의해, 치밀하게 구조화된 과학적 논리에 의해, 혹은 전혀 논리적이지 않은 유희적 농담에 의해 뒷받침되어 있기 때문에 새롭게 다가온다. 박형서의 소설은 언제나 그만이 시도할 수 있는 새로움으로 가득 차 있지만 늘 진지하고 어딘가 익숙한(?) 느낌을 주는 것도 이러한 연유에서 비롯되었을 것이다.

'익숙하다'는 느낌에 대해 설명이 필요할 것 같다. 현재의 한국 소설이 펼쳐 보이고 있는 지형도 내에서 박형서의 소설은 전혀 익숙한 느낌을 줄 수 없는 작품이고, 또 20대 정도의 독자들에게도 그의 소설이 익숙하게 다가가지는 않을 것이다. 그렇다면 바디우가 20세기를 지배했다고 말한 바 있는 '실재의 열정'을 박형서의 소설이 간직하고 있기 때문에 익숙한 느낌을 준다고 말한다면 어떨까. 그의 소설은 언뜻 만화적이고 유희적인 상상력으로 인해 '실재의 열정'과는 무관해보이기도 하지만, 거기에는 언제나 일정한 '맥락'이 존재하고 그를 통해 '의미'를 발견해내려는 열정이 내재돼 있다. 세계를 설명할 수 있는 원리가 존재한다는 믿음이 박형서의 소설 저류에 보이지 않게 묵묵히 흐르고 있다. 작가가 자주 사용하는 기법인 알레고리 자체가 어떤 의미를 드러내기 위한 하나의 완결된 체계라 할 수 있다. 「Q.E.D.」의 여자가 가진 열정, 자신의 전 생애를 바친 믿음이 바로 '실재의 열정'이 아니겠는가.

그러나 박형서의 믿음은 언제나 의심으로 가득하고 그의 인물들은 패배의 쓴 맛을 본다. 「티마이오스」의 초아는 "의심과 함정과 역전의 서사를 주도하는" 가야바에 의해 제타의 죽음을 목격하게 되고, 「무한의 흰 벽」의 승부사는 '아가씨'와의 사랑을 이루지 못한 채 마지막 승부에서 패배하여 '의자'가 되고 만다. 「Q.E.D.」의 여자는 끝내 불규칙한 수의 세계를 설명할 수 있는 "단 하나의 간결한 규칙"을 찾지 못한 채 Q.E.D.(증명 종료)를 찍는다. 이처럼 실재를 향한 열정, 보편 원리를 향한 믿음은 대립적인 두 항목의 갈등으로 끊임없이 의심받고 회의되며 마침내 그 열정의 에너지가 소진되기에 이르지만, 소멸이자 생성인 무한의 지점을 거치며 다시 시도되고 지속된다. 그러므로 박형서 소설에서의 실패는 결코 실패로 끝나지 않는, 실패의 무한 반복이며, 그 반복을 통한 영원으로의 도약이다.

「맥락의 유령」은 세상만사를 바라보며 해석하는 작가의 사유 패턴을 짐작하게 하는 작품이다. 우연히 탑승한 택시 안에서 '나'는 연달아 세 명의 죽음을 목격하게 된 기사의 이야기를 듣는다. 이야기는 순간의 사건들에 맥락을 부여하는 작업이기도 해서, 기사는 자신이 목격한 예외적이고 우연한 죽음들을 연결하여("서로 관계없는 것들을 짝"지어) 인과관계의 고리를 만들어간다. '나'는 경제학을 전공한 이성적 유형으로서 그에 대해 연신 냉소 섞인 농담을 던진다. 그러면서도 이야기는 또 다른 이야기를 이끌어내기 마련, 자신의 지나간 시련과 우연한 성공의 사연들을 떠올리게 된다. 그렇게 서로의 사연들이 이야기됨으로써 이성적 논리의 세계와 운명론적 비(非)논리의 세계가 만난다. 작가 박형서는 이 소설의 택시 기사, 혹은 '나'처럼 순간순간 일어나는 사건들에 이런 저런 인과관계 및 연관성을 배치하면서 이야기를 만들고 논리의 잣대를 적용해 수정을 가하기도 하며 마침내 서로 다른 두 세계의 접점에 도달하고자 한다. 이는 모든 현상들에서 의미를 발견하고자 하는 열정, 해석한 의미를 서사의 방식으로 표현하고자 하는 욕망에서 비롯되는 것이며, 그 열정과 욕망이 품은 에너지로 인해 끊임없이 시도될 수밖에 없는 무한 반복의 과정이다.

> 그래서 최근에는 소설을 구상함에 있어 가능한 모든 패를 늘어놓은 다음 오직 필요성의 원칙에 따라 적당히 조합해내는 작업에 익숙해졌다. 문제는 작업의 경험이 쌓이는 과정에서 알게 모르게 견고딕체가 되어버린 조합, 그리고 익숙이라는 비예술적 감각들이었다. 이제쯤 크게 한 번 방향을 틀어주지 않는다면, 그러니까 예를 들어 트럼프를 화투짝으로 바꾸지 않는다면, 나는 이쪽 벼랑을 피하려다 저쪽 벼랑에 떨어지는 신세가 될 게 분명했다. 아직은 '박형서적인 뭔가'가 등장하지 않았고 등장할 때도 아니다. 계속해서 탐험해야 한다. 소설이란 기본적으로 대답의 양식이 아니라 질문의 양식이기 때문이다.
>
> —「어떤 고요」(269쪽)

자전적 소설인 「어떤 고요」의 위와 같은 진술들을 보면, 박형서의 소설은 앞으로도 여전히 반복을 통한 도약을 계속할 모양이다. 여전히 '소설이란, 혹은 삶이란 무엇인가'라는 질문을 품은 채, 그의 열정은 식지 않을 것 같다. 박형서가 비예술적 감각이라 일컬은 '조합'은, 프랑코 모레티에 의하면 이 시대의 소설 작법이 될 수밖에 없는 성격을 지니고 있다. 지나간 것, 이미 있는 것을 조합해내는 것만이 허락되는, 전망 없는 닫힌 세계에서 조합을 비예술적 감각이라 일갈하며 탐험을 계속하려는 열정은 박형서만이 가질 수 있는 소중한 호기(豪氣)일 것이다.

차이를 '지우는/생성하는' 보편의 이야기

— 윤고은, 『알로하』

1. '틈/구멍'의 역전

인상적인 소설적 장면, 혹은 상황 설정으로 기억되는 소설들이 있다. 육체의 갈라진 틈에 문신을 새기는 장면이 그러했고(천운영, 「바늘」) 쓰레기를 뒤지며 그 주인의 취향을 감별해내는 설정(하성란, 「곰팡이꽃」)이 그러했다. 내게 윤고은은 백화점 화장실을 소설 쓰는 장소로 둔갑시킨(「인베이더 그래픽」) 소설가로 기억되었다. 이번에 새로 출간된 작품집, 『알로하』(창비, 2014)에도 기억될 만한 장면들이 가득했다. 죽은 '프레디 머큐리'의 목소리가 들리는 집(「프레디의 사생아」), 음주통화로 인해 휘발된 기억들을 조직적으로 폐기해주는 업체(「해마, 날다」), 책을 홍보하기 위해 지하철 2호선을 돌며 하루 종일 책을 읽어야 하는 직업(「요리사의 손톱」) 등 윤고은을 '기발한 상상력의 작가'로 각인시키는 장면 및 설정들이 읽는 재미를 더해 주었다.

그러나 그의 소설을 기발함이나 재미로만 기억할 수는 없다. 윤고은의 소설을 기억하게 하는 기발함이란, '재난'이나 '종말'조차 일상으로 받아들여질 만큼 무뎌질대로 무뎌진 우리의 감각을 일깨우기 위한 것이기 때문이다. 어느새 우리에겐 '예외'라는 것이 없어졌다. '예외상황'이나 '비상사태'조차 시스템의 관리 항목에 포함되어 버린 지 오래고, 그 안에서 살아가는 우리는 결코 '예외적 존재'가 될 수 없게 되었으며 우리들 모두가 예외 없이 비슷하게 무감해져 버렸다. 하여 요즘의 소설이 기발한 상황 설정에 기민해졌다는 사실은 우리들의 무감각을 증명하는 것이며 그만큼 우리들 '모두' 시스템에 길들여지고 있다는 반증일 뿐이다. 윤고은의 소설은 그러한 반증으로서의 역할에 충실한 동시에 시스템의 '틈/구멍'을 발견하려는 시도를 멈추지 않고 있다는 점에서 기억되어야 할 것이다.

일상적 의미로서의 '구멍'은 예외적 존재이지만, 윤고은 소설에서의 '구멍'은 파놉티콘으로 풀이된다. 『알로하』의 작품들은 예외적 존재에서 파놉티콘의 체제로 수용되는 서사적 전개를 보인다. 「해마, 날다」에서 '달'은 "누군가가 눈을 들이대고 우리를 엿보는" 구멍이라 말해지며 「P」의 '장'은 모두가 신청하는 해파리 검사에 혼자만 신청하지 않은 '구멍'으로 존재하다 결국 몸 안에 "자신을 엿볼 수 있는 구멍"을 얻게 된다. 여기서 '해파리'는 회사에서 반강제적으로 사원 모두의 몸에 넣어 내시경 검사를 하는 데 사용된 초소형 캡슐이다. 장을 제외한 다른 사원들은 스물네시간 안에 그것을 배출했지만 유독 장의 것만은 소장 점막에 붙은 채 배출되지 않았고 장은 이를 감시카메라가 몸 안에 내장된 것으로 느낀다. 이 역시 언제 어디서나 통제와 감시의 시선을 느끼는 현대인의 불안, 나아가 공포를 보여주는 매우 의미심장한 장면으로 기억될 만하다.

> 장은 자신의 모든 것이 캡슐내시경 해파리를 통해 어딘가로 보고될 것 같은 공포를 느꼈다. 그리고 어느새 그 공포는 만성적이 되고 있었다. 장은 회사에서 사용하는 컴퓨터로는 어떤 사적인 것도 검색하지 않았다. 장은 모든 사적인 관심사는 휴대전화로만 검색했는데 그 역시 안전하지는 않았다. 장이 생각할 때 자신을 엿볼 수 있는 구멍은 컴퓨터나 휴대전화 혹은 사무실이나 기숙사에 설치된 것이 아니라 장의 몸에 있기 때문이었다.
>
> — 「P」(170쪽)

장의 공포는 자신의 고유한 영역을 침범 당한 자가 느끼는 불쾌함과는 다른 차원의 것이다. 체제 내에 자신의 확고한 영역을 가지지 못한 자는 불쾌함을 느낄 여유가 없다. 언제든 바깥으로 밀려날 수 있는 사람에게 '사적인 것'이란 개별성의 표지가 아니라 조직이 요구하는 획일성으로부터 돌출된 무엇, 즉 '예외적인 것'으로 간주될 가능성인 것이다. 그리하여 장이 동료 '송'의 도발을 밀고함으로써 체제 내부로 다시 돌아오게 되고 그때에야 비로소 해파리가 배출되는 소설의 결말은, 장이 예외적인 것이 될 가능성이 없어졌을 때에야 감시의 시선을 거두는 시스템의 치밀함을 보여준다. 똑같이 해파리가 배출되지 않은 채 조직에서 밀려난 송은 회사를 고발함으로써 저항하려 하지만 장이 밀고함으로써 결국 자살로 생을 마감하게 된다. 장이든 송이든 '예외적인 것'이 될 가능성을 품은 자들은, 죽거나 흡수되거나, 어떠한 방식으로든 예외성을 버리게 된다. 현실을 살아가는 우리들 또한 매 순간 느끼고 있듯이 이제 체제의 틈이란 발견할 수 없는 것, 존재하지 않는 것이 되어버렸다. 아무리 견고한 시스템일지라도 틈이 있기 마련이지만 틈을 발견하려는 자가 없다면 존재하지 않는 것이나 마찬가지다. 언제든 내부에서 외부로 밀려날 수 있다는 유동성을 무기로 불안과 공포를 조장하고 스스로 통제와 감시의 시선을 내면화하도록 하면서 '틈'은 조용히 외면당하고 있다. 이제 예외성은 틈이자 구멍이다. 모두가 순응하는 가운데 예외적인 '다른 하나'는 시스템의 틈이 될 가능성이지만, 그것을 구멍으로 만듦으로써, 즉 감시의 시선을 들이댐과 동시에 스스로 감시자가 되도록 조장함으로써 '틈/구멍'은 메워진다.

이번 소설집에서 '틈/구멍'의 역전은 예외적 존재가 비예외적 존재로 뒤바뀌는 문제와 연결되어 있다. 소설 속 인물들이 느끼는 불안과 공포의 원인은 체제의 바깥으로 밀려나는 데 있으며 이는 다른 말로 하면 혼자만 궤도를 이탈하여 '예외적인 존재'가 되는 데 대한 존재론적 두려움이기도 하다. 이에 대응하여 윤고은의 소설은, 도둑의 표적이 되는 'x'를 모든 대문에 표시함으로써 식별 불가능하게 만들어버리는 아라비안 나이트의 이야기처럼, 서로간의 차이를 무화시키는 방식을 보여준다. 『알로하』에서 양자 간의 차이는 의도적으로 혼동됨으로써 무화된다. 주체의 고유함을 드러내주던 '차이'는 이제 무엇이든 집어삼키는 자본에 의해 새롭고 유니크한 상품이 되어버렸기 때문이다. 'CHEF'S MAIL'을 'CHEF'S NAIL'로 잘못 읽는 실수로 시작되는 「요리사의 손톱」에는, 왼손과 오른손을 혼동하여 지문인식기에 인식되지 못하고 "일과 일 아닌 것, 낮과 밤, 그 외에 또 이중적인 많은 것들을 혼동"하는 지속적인 '정'의 실수가 나열된다. 마침내 구조조정된 정의 집 앞에 '237'이라는 새로운 표식이 나붙자 이웃들의 집에 모두 '237'을 써넣는 정의 행위는 차이의 표식을 지움으로써 자신의 예외성을 가리려는 것으로 해석할 수 있다. 정은 '책벌레'라는 업체에 소속되어 지하철을 순환하며 책을 읽는 일을 하게 되고, 집을 비워줘야 하는 등의 여러 가지 압박 속에서 지하철 선로에 투신하게 된다. "CCTV에 찍힌 정의 모습은 선로 아래로 몸을 던진다기보다는 책 속으로 무게중심을 기울이다가 삶 자체가 기울어버린 것처럼 보였다." 이러한 정의 투신은 『민달팽이의 집』이라는 책을 읽다가 '민달팽이'가 되어 책의 행간으로 사라져버린 것으로 서술된다. 죽음의 순간에조차 『CHEF'S NAIL』과 『민달팽이의 집』('정'이 읽는 책 제목)을 혼동하고, 그럼으로써 정은 "나름의 필연적인 이유를 부여"받는 『CHEF'S NAIL』의 수많은 목록들 중의 '하나'가 되지 못하고 '모든' 민달팽이 중의 하나가 되고 마는 것이다.

> '민달팽이를 모아 굵은소금이 가득한 단지 안에 넣는다. 뚜껑을 닫았다가 오분 후, 다시 열면 그 안에 달팽이는 없다. 끈적끈적한 액체만 남아 있다.'
>
> —「요리사의 손톱」(209쪽)

정이 반복해서 읽는, 혹은 읽어야 하는 『민달팽이의 집』의 한 구절이다. 체제의 압박에 잠식되어 고유성을 잃어가는 민달팽이들을 보여주는 『민달팽이의 집』에 비해, 『CHEF'S NAIL』이라는 책은 저자가 직접 쓰고 편집한 세상에 하나밖에 없는 책으로 소개된다. "내용은 창세기와 비슷했다. 아주 긴 목록들의 나열이었다. (…) 이 모든 목록이 무질서하게 얽혀 있는 건 아니었고, 꼬리잡기하듯, 끝말잇기하듯, 바로 앞과 뒤의 연결로 이어져 있었다. (…) 그렇게 세상이 모두 낳고, 낳고, 낳고, 또 낳아서 결국에는 하나의 관계로 이어짐을 보여주는 이야기였다."(213쪽) 윤고은은 이중적인 것을 혼동하는 정의 삶에 두 책을 겹쳐놓음으로써 체제의 안과 밖, 존재의 개별성과 보편성, 소설의 역할 등 많은 문제를 복합적으로 제기하고 있다. 극한에 내몰린 정의 죽음은 어차피 민달팽이가 될 수밖에 없는 존재의 한계, 모두를 민달팽이로 만드는 시스템의 억압적 논리를 보여주는 것이기도 하면서, 한편으로는 수족관 안의 물살을 따라 앞만 보고 따라가거나 수족관 바깥으로 다이빙하는 것 외에 취할 수 있는 '다른 방식'이 있음을 보여주는 것이기도 하다. 비록 육체적으로는 죽음을 맞이했지만 그가 숨어들어간 책은 날아올라 "새처럼 퍼덕이며 날갯짓을" 했으니 말이다. 이는 보이지 않았던 '틈'을 찾아 스며들어간 것이며 모두와 다른 듯 다르지 않은 삶을 종결지음으로써 비로소 '다른' 존재가 되는 그만의 방식이기도 하다.

2. 예외성을 연결하는 기원의 서사

「요리사의 손톱」에 등장하는 두 권의 책, 『민달팽이의 집』과 『CHEF'S NAIL』은 윤고은 소설의 두 형식을 잘 대비해 보여준다. 「월리를 찾아라」나 「해마, 날다」, 「P」와 같이 "굵은 소금이 가득한 단지" 안에 갇힌 민달팽이의 삶을 담은 작품들, 그리고 「알로하」나 「콜럼버스의 뼈」처럼 세상의 모든 존재가(그 존재가 품은 이야기가) "결국에는 하나로 이어짐"을 보여주는 작품들이 있다. 「알로하」의 '윤'은 부고 기사를 쓰는 '나'에게 자신의 부고 기사를 부탁하며 이야기를 들려준다. 윤이 들려주는 이야기는 신문의 어딘가에서 읽은 이야기의 짜깁기이기도 하고 또 동시에 다른 누구도 아닌 그만의 이야기이기도 하다. 모두의 이야기인 동시에 각각의 개별적 이야기. 비슷비슷한 것 같으면서도 저마다 다른 이야기.

> 당신이 내게 말해준 이야기들은 정작 당신의 것이 아니었다. 당신의 이야기는 대부분 당신이 겪은 것이 아니라 읽은 것이었다. 당신이 읽은 이야기들은 모두 거리에서 시작된 것이었다. 신문지 위에 몇줄로 남은 인생들을 당신은 덮고 자다가, 깔고 앉다가 읽게 되었고, 읽은 말들을 기억하게 되었다. 말은 말과 만나 더 크게 몸을 부풀렸다. 그러다 어느 시점에는 그 말이 원래 누구의 것이었는지 불분명해지고 말았다. 그래서 그 말들은 다시 당신의 것이 되었다.
>
> —「알로하」(64쪽)

노숙자인 윤의 삶은 타인의 삶을 조합함으로써 예외성의 표식을 지우고 어디에나 있을 수 있는 삶이 되지만, 다시 그럼으로써 어디에도 없는 그의 삶이 된다. 『CHEF'S NAIL』이 "나름의 필연적인 이유를 부여"받는 이름들의 목록이면서 그 이름들이 모두 연결되어 있음을 보여주는 책이기에, 「알로하」나 「콜럼버스의 뼈」는 체제의 틈이자 구멍으로서 예외적인 삶을 보여주었던 윤고은의 인물들을 좀 더 보편적인 차원에서 존재론적으로 감싸안는 이야기로 해석할 수 있겠다. 「알로하」의 윤은 파도 너머로 사라지지만 남은 자들은 그의 이야기를 기억한다.

이번 소설집에서 가장 따듯한 이야기 「콜럼버스의 뼈」에도 "원래 누구의 것이었는지 불분명"한 소문이 넘쳐난다. 태어나면서 아버지와 헤어진 '나'에겐 아버지의 것이라고 하는 서로 다른 이야기들이 날아든다. 그것은 아버지의 이야기가 아니었지만 부분적으로 아버지의 것이면서 동시에 모두의 이야기가 될 수 있는 그런 것이다. 마치 아버지가 살았던 집의 주소가 쎄비아의 어디에도 존재하지 않는 것이면서 어디든 될 수 있는 것과 마찬가지 이치이다. '나'가 우연히 만난, 콜럼버스의 후손이라고 하는 콜롬의 가족들이 들려준 이야기와도 흡사하다.

> 연구진이 수많은 뼈들을 조사한 결과 밝혀낸 사실은 두 가지였다. 하나는 콜럼버스가 유대인의 형질을 갖고 있지는 않았다는 점, 그리고 또 하나는 콜롬버스의 DNA에서 어떤 특징을 발견했지만, 그건 다른 모든 DNA 제공자들의 것과 공통적으로 일치해서, 아무런 힌트가 되지 못했다는 점이었다. 결과로만 보자면 콜럼버스는 그들 누구의 조상도 될 수 있는 셈이었다.
>
> —「콜롬버스의 뼈」(282~283쪽)

'기원 찾기' 서사의 새로운 버전이라고 할 만한 이 작품은 정확한 한 지점으로서의 개별적 기원을 찾는 데는 실패하지만, 오히려 그 실패가 우리들 공동의 기원을 환기시킨다는 점에서 위로가 될 수 있는 이야기이다. 콜롬 남매들의 아버지가 "가끔 자신의 친자식이 누구였는지 잊어버렸고, 그걸 다시 기억할 필요가 없다고 생각"함으로써 "그들 다섯 남매는 이미 모두 그의 자식들"로 받아들여진다. "콜럼버스의 뿌리 찾기" 이벤트에 DNA를 제공했던 콜롬 남매들은 연구진이 내놓은 위와 같은 결론을 통해 "다섯 남매 모두 콜럼버스의 형제들로" 묶이게 된다. 공동의 기원을 토대로 형성된 "그들의 우애와 화목"은 타인에게로 확산되어 아버지를 찾지 못한 채 불면의 나날을 보내는 '나'를 위로한다.

이처럼 윤고은의 소설은 시스템을 문제 삼는 차원에서 존재론적인 물음을 제기하는 차원으로 외연을 확장해가고 있는 중이다. 인물들이 겪는 불안과 공포의 근원에 시스템의 문제뿐만 아니라 '외로움'이라는 존재론적 고독의 문제가 함께 놓여 있음을 늘 놓치지 않고 있었기에, 이러한 변주는 예견된 것이기도 하다. 셰헤라자드가 이야기를 계속했던 이유는 목숨을 부지하기 위해서였지만 외로움 때문이기도 했을 터, 불안하고도 외로운 우리는 계속해서 이야기를 만들어내고, 또 그 변전으로서의 윤고은 소설을 계속 읽게 될 것이다.

존재 증명의 달리기, 위로에의 염원

— 조해진, 『목요일에 만나요』

조해진의 「목요일에 만나요」(『목요일에 만나요』, 문학동네, 2014)는 도시의 한가운데 솟아있는 '통곡의 의자'에 대한 단상에서 시작된다. "수도에 사는 중산층에서부터 지도에는 잘 표시되지도 않는 아주 작은 섬의 최하층 주민들까지" 그 나라에 사는 모두는 그 통곡의 의자에 앉아 죄를 고백하고 구원받기를 원한다. 지금 대한민국에 있는 이들도 한 사람도 빠짐없이 통곡의 의자에 앉아 고백해야 마땅한 죄를 안고 살아가고 있다. 그러나 차가운 바다 속에 있는 아이들을 생각하며 아무리 죄를 고백하고 통곡을 한다 해도 우리는 구원받을 수 없을 것이다. 우리의 죄는 너무나 낡고 오래된, 조직적인 과오에서 비롯되었으며 그것을 알고도 모른 채 우리들 각자는 자기만의 힘겨움에 사로잡혀 살아왔으므로 아주 오랜 시간이 지나 통곡의 의자에 앉게 된다 해도 구원에 이르기는 힘들 터이다. 아니, 살아남은 우리들의 구원을 이야기하기엔 아직 모두가 뼈아프게 참혹하다.

조해진의 소설 또한 구원을 말하고자 하는 것은 아니다. 오히려 구원에 대한 일말의 희망도 없이 우리가 알고도 모른 채 해온 타자의 고통에 대해 결코 모른 채 할 수 없는 절박함을 담아 이야기하고 있다는 점에서 조해진의 소설은 윤리적이다. 조해진 소설의 인물들이 타자의 고통에 대해 모른 채 할 수 없는 이유는 그들 스스로가 고통스럽기 때문이다. 그들은 어머니의 호흡기를 제거해야 하는 곤경에 빠져있거나(「목요일에 만나요」) 생활

고에 시달리다 자살한 애인을 잊지 못하고 있으며(「영원의 달리기」) 초등학생 시절의 성폭행 기억으로부터 자유롭지 못하다.(「유리」) 혹은 해외입양아(「PASSWORD」)이거나 성소수자(「북쪽도시에 갔었어」)로서 타자의 자리에 놓여 있는 인물이기도 하다.

그러나 그들이 타자이기 때문에 그들 스스로가 고통스럽기 때문에 타자의 고통에 예민할 수밖에 없고 그러한 인물들을 다루기 때문에 조해진의 소설이 언제나 타자에 대해 얘기해왔다고 말하는 것은 온당하지 못하다. 이미 이 세계는 1% 정도를 제외한 대다수를 고통 속에 빠뜨리고 있으며 우리들 각자는 저마다의 이유로 충분히 고통스럽다. 그렇기 때문에 오히려 더 타자의 고통을 외면하고 있지 않은가.

조해진 소설의 인물들이 고통스럽고 또 그로 인해 타자의 고통에 절박하게 응답하게 되는 데에는 좀 더 근원적인 이유, 존재론적인 차원이 놓여 있는 것 같다. 환상 속에서 '이보나'라는 또 하나의 자아상을 만나는 소설 「이보나와 춤을 추었다」에는 "인간 이전에 거인들이" 있었고 "신에 의해 거인들이 모두 죽자 그들의 뼈는 산이 됐고 피는 강과 바다가 됐으며 머리카락은 꽃과 풀로, 몸은 그대로 대지로 화했다"는 북유럽 신화가 소개되는 장면이 있다. 이 신화는 인간들이란 결국 거인들의 죽음을 딛고 그들의 뼈와 피와 살을 밟으며 살아가는 존재임을 말해준다. 그리하여 그들의 고통을 기반으로 가능해지는 인간의 삶은 "거인들이 우는 시간"으로 채워질 수밖에 없다고 말하고 있는 것이다.

> 죽어서도 영혼을 갖지 못하게 된 가엾은 거인들은 자신들의 이야기가 아무도 들어줄 수 없는 구차한 혼잣말 같다고 느껴질 때면 간혹 이렇게 울었다. 산은 흔들리고 강과 바다는 난폭해지며, 꽃과 나무는 바람에 휘날리고 땅은 차가워진다. 거인들이 울 땐, 그저 가만히 서서 그들의 슬픔이 잦아들 때까지 기

다려주어야 한다. 이것이, 이보나가 내게 가르쳐준 세상에 대한 예의였다.

—「이보나와 춤을 추었다」(99쪽)

그러니까 조해진의 소설은 누군가의 고통을 딛고 살아가는 자로서 지켜야 할 '예의'에 대한 이야기이다. 이 예의가 바로 조해진 소설의 윤리에 해당하는 것일 텐데, 그것이 "그저 가만히 서서 그들의 슬픔이 잦아들 때까지 기다려주"는 것일 뿐이라는 점이 조해진 소설만의 윤리적 태도를 말해주는 대목이다. 「이보나와 춤을 추었다」에서 "그들과 나 사이에 완벽한 소통을 가능하게 하는 언어는 없"다고 말하면서도 미하우, 요안나와 같은 이방인과 유대감을 느끼며 만남을 이어가는 이유도 거기에 있다. 또 『로기완을 만났다』(창비, 2011)의 '나'가 탈북자 '로'의 여정을 뒤좇아 가는 이유이기도 하다.

하지만 미하우와 요안나와의 만남이 위계적인 시선 속에서 이루어지는 시혜적인 태도이거나 일시적인 위안은 아니다. 미하우, 요안나와 「이보나」의 '나', 『로기완을 만났다』의 '나'와 '로'는 앞에서 제시한 바대로 '거인들의 아픔'을 밟고 서 있는, 그런 식의 같은 기원을 가지고 있기 때문에 필연적으로 서로를 알아보았다고 말해야 온당할 것이다. 여기서 서로를 알아본다는 것은 연민이나 공감에서 기인한 것과는 조금 다르다. 말하자면 비슷한 상처를 공유한 자들의 연대의식에 가까운 것인데, 지금의 이 세계는 이미 살아가고 있다는 것만으로도 공동의 상처를 공유하게 되는 그런 세계이기 때문이다. 앞서 타자의 고통에 대한 응답이 좀 더 근원적인 차원, 존재론적인 차원에 놓여 있다고 말했던 이유이기도 하다.

더 정확히 말하자면 종말적 세계의 존재론이라 명명해볼 수 있겠다. 『목요일에 만나요』에 그려진 종말적 세계는 「새의 종말」에서처럼 새가 멸종된 세계, 「밤의 한가운데서」처럼 "미래가 없는" 파국의 세계, 여행금지 국가나 접근금지 구역과 같은 형상이다. 대단히 알레고리적으로 형상화되어 있긴 하지만 "세계적 대공황의 여파로 무너진 경제 시스템과 불량 국가로의 몰락은 금융자본주의의 어두운 얼굴을 되비추는 창백한 거울"(167쪽)이라는 문장에서 알 수 있듯이, 그러한 세계는 이제 전혀 낯설지 않은 우리 모두의 현실이다. 그곳으로의 접근을 금지시키는 것은 그곳이 '다른' 세계이기 때문이 아니라 우리의 현실을 적나라하게 드러내는 실재적 세계이기 때문이다. "나날이 치솟는 불임률 탓에" 단 한 명의 아이라도 있으면 각종 면세 특권과 보조금이 주어지는 사회, "단 한 명의 낙오자도 허락할 수 없다는 일종의 집단 강박증"에 사로잡힌 사회(「새의 종말」, 196쪽), "싸우고 있거나 미쳐 있거나, 혹은 그저 오늘만을 살아 넘기기 위해 자신의 가치와 가능성을 땅바닥에 내동댕이치는 사람들"이 거리에 즐비한 국가.(「밤의 한가운데서」, 173쪽)

이런 세계에서 타자의 고통은 곧 나의 고통이 된다. 타자는 더 이상 소수이거나 주변인이 아니며 바로 나 자신이다. 하여 우리들은 모두 서로의 고통을 감지할 수 있지만 그렇다고 해서 모두가 우리들의 '같은 기원'을 예민하게 응시하는 것은 아니다. 「영원의 달리기」에서 "미친 자와 미칠 정도로 괴로운 자의 차이는 뭐지? 폭력과 죽음, 공포와 분노, 슬픔과 고통, 이런 것들을 예민하게 느낀다고 해서 내 인생이 뭐가 달라지는 거냐고, 어?"라는 질문이 제기되는 것처럼, 미치거나 미칠 정도로 괴롭지 않기 위해 '폭력과 죽음'같은 것들을 외면한 채 그저 조용히 평범한 일상을 영위해가는 것이 이 세계를 살아가는 최선의 방법으로 여겨지기도 한다. 그러나 그럴 수 있을 만한 수위를 이미 넘어섰다는 것이, 즉 조용하고 평범한 일상이 더 이상 가능하지 않을 만큼 폭력과 고통의 수위가 높아졌다는 것이 이 세계에 대한 작가의 진단이고, 인간이란 본래 '기원'을 응시하게 되는 그런 존재이므로 이 세계를 함께 살아가는 존재로서 공유하게 되는 '같은 기원'을 깨닫지 않을 수 없다는 것이 작가의 존재론이라 할 수 있겠다.

조해진 소설의 중요한 한 축은 어떻게 보면 다소 진부할 수 있는 '기원

찾기' 서사이다. 「PASSWORD」에서 해외입양아인 '나'가 "내가 다만 누군가의 삶을 위한 도구일 뿐이라는 결론"에 도달하며 생모를 찾아 나서게 된다든지, 「밤의 한가운데서」에서 인공수정으로 태어난 '나'가 "내게 고향이란 유리 배양관에 불과"하다는 자기인식을 하게 되는 이야기들이 그러하다. 이러한 서사를 진부함에서 멀어지게 만드는 것이 바로 출구 없는 세계, 종말론적 세계에 대한 작가의 날카로운 진단이다. 하여 개별적인 그들의 '기원 찾기'는 우리들 공동의 '같은 기원'에 대한 응시가 될 수 있다.

> 내겐, 도망갈 곳도 도망갈 시간도 없었다. 양부모가 흐느껴 울던 병원의 복도로부터 14년이나 되는 세월을 가르며 부지런히 달려왔는데도 그때처럼 내게는 전화를 걸어 나를 알고 있느냐고 물어볼 만한 곳도 없었다.
>
> —「PASSWORD」(29쪽)

> 수화기를 내려놓았을 때, 이제 더 이상 내가 전화할 곳은 없었다. 통증에 가까운 황홀감을 되새기며 살아갈 수밖에 없는 형벌 같은 날들이 아직 너무도 많이 남아 있던 저녁이었다.
>
> —「북쪽 도시에 갔었어」(55쪽)

> 그녀의 등뒤에서 여자아이의 흐느낌은 점점 더 통곡에 가까운 울부짖음으로 변해가고 있었다. 쓰라리면서도 차가운, 조그맣고 둥근 유리 조각들이 넘실거리던 파도처럼 영원히 반복될 레퀴엠이었다. 어서 빨리 이 도시를 빠져나가 어딘가에 전화를 걸고 싶지만 어쩐지 이곳은 입구도 출구도 없는 밀폐된 유리알 속 같다.
>
> —「유리」(161쪽)

우리들의 기원은 "인간과 인간 사이의 열정, 감정의 교류, 순간적인 합일과는 상관없"는 유리 배양관 속이며(「밤의 한가운데서」, 178쪽) 그처럼 차가운 문명의 빛과 그늘 속에서 성장해왔다. "의학 기술과 수학적 확률 속"에서 태어나고 자라난 우리들은 하여 자신의 존재를 누군가로부터 따뜻한 목소리로 확인받기를 원한다. 조해진 소설에서 누군가에게 전화를 걸고 싶은 욕구, 혹은 이제 더 이상 전화 걸 곳이 없다는 상실감이 자주 서술되는 것은 이 때문일 것이다. "입구도 출구도 없는 밀폐된 유리알 속" 같은 세계에서, 혹은 누군가의 고통을 딛고 살아가야만 하는 세계에서, '나'는 더 이상 누군가에게 소중한, 살아갈 만한 가치가 있는 존재가 아니다. '나'의 기원을 응시할수록 타자의 고통을 보게 되는 치욕과 환멸 속에서도 조해진 소설의 인물들은 누군가를 향해 전화를 걸고 싶어 한다. 이는 인간에게 근원적으로 내재된 타자지향성 내지는 소통에의 욕구이기도 하겠지만, 기원의 탐색이 불가능한 시대, 자기동일적 기원을 확인할 길이 없는 시대의 존재 증명에의 욕구이기도 하다. 그러니까 누구도 자신의 존재를 증명해주지 않는 세계에서 서로에게 서로의 존재를 확인해주는 존재로서, 살아가야할 최소한의 근거가 되어주는 것이다.

> 언어도 없고 언어를 조직할 수 있는 혀와 입술도 없는 나는 아무 대답도 하지 못할 것이다. 그저 당신이 거기 있었고 내가 당신을 발견했다는 것을 당신이 알아주길 기도할 뿐, 위로가 되기를 간절히 염원하면서.
>
> —「영원의 달리기」(117쪽)

일상의 '나'와 꿈 속의 '나'가 서로에 대해 교차 진술하는 구조를 갖고 있는 「영원의 달리기」에서 꿈 속의 '나'는 일상의 '나'에게 위와 같이 전한다. 당신을 '발견'하고 '알아주었다'는 것이 '위로'가 되기를 "간절히 염원"한다고. '나'가 곧 당신이고 당신이 곧 내 안의 타자이며, '같은 기원'을 가진 동류의 존재로서 우리 모두는 곧 이 작품의 '나'이자 당신이 될 수 있다고 한다면, 우리가 서로에게 할 수 있는 일은 '발견'하고 '알아주는' 일, 그것이 "위로가 되기를 간절히 염원"하는 일이 될 터이다. 그리하여 '나' 혹은 당신은 영원의 달리기를 계속한다. "나를 증명할 수 있는 것은 오직 하나, 달리기뿐이다."(「영원의 달리기」, 133쪽) 그것은 곧 "그저 가만히 서서 그들의 슬픔이 잦아들 때까지 기다려주"는 것과 같으며 누군가의 고통을 딛고 살아가는 자로서 지켜야 할 '예의'에 해당하는 것일 터, 조해진 소설의 윤리란 지나치게 착하지도 지나치게 감상적이지도 않은 바로 이 지점에 있다.

구원을 염원하지 않고, "위로가 되기를 간절히 염원"하는 일이 말처럼 쉽지는 않을 것이다. 쉽기는커녕 "누군가에게 고통을 주면서까지 왜 이토록 무모하게 달려야만 하는지"(127쪽) 묻고 또 묻는, 자신의 전존재를 걸고 숨이 턱에 닿도록 달리고 또 달리는 일이 되어야 할 것이다. 쉬운 자기위안으로 혹은 감상적인 슬픔으로 마무리될 수 없는, 영원히 끝나지 않는 기억과 위로가 있어야 함을 조해진의 소설은 말하고 있다.

회색 지성의 '윤리적' 애도

— 고종석, 『독고준』

1. '한 줄의 죽음'에 대한 각주, 혹은 애도문

언제부턴가 간간히 들려오는 유명인의 죽음은 '한 시대가 가고 있다'는 느낌에 실물감을 더해주곤 했다. 조용하거나 소란한 애도는 서둘러 치러지고 견고한 일상은 매끈하게 이어진다. 아직 '가고 있는' 한 시대는 그렇게 '이미' 지나간 것으로 잊혀지고 있다. 대상에 투여되었던 리비도가 회수되는 데는 시간이 걸리기 마련이지만 그러한 애도에 필요한 시간조차 현대인들의 손익계산서엔 끼어들 여지가 없는 모양이다. 단지 시간의 문제만은 아닐 것이다. 회수된 리비도는 자아와 자아가 속한 세속의 비천함을 훤히 비추게 될 것이므로.

고종석은 널리 알려진 이들의 죽음에 대해, 그것이 가리키고 있는 '한 시대'의 지나감에 대해 정당한 절차의 애도가 행해져야 한다고 생각하는 듯하다. 그는 저물고 있는 '한 시대'를 쉽게 보낼 수 없어 『제망매』(문학동네, 1997)나 『엘리아의 제야』(문학과지성사 2003)를 내 놓았고 2010년 『독고준』(새움)을 출간했다. 저널리스트로서의 고종석은 나날의 사회 현상에 일일이 리비도를 투사하며 분석, 정리하는 작업에 익숙해있으며 소설가로서의 고종석은 저널리스트 글쓰기로도 해소되지 못한 잉여의 감정에 기대 사후적 글쓰기를 행한다. 기실 「제망매」는 청춘을 함께 보낸 누이를 애도하는, 그럼으로써 그 시대의 어떤 상징 가치를 그리워하는 후일담 소설이었다. 최근의 『독고준』 또한 전임 대통령이 죽던 날 자살했던 소설가 '독고준'에 대한, 그의 딸 '원'의 애도의 글쓰기이다. 그러나 『제망매』가 잉여의 감정에 한껏 젖어있다면, 『독고준』은 '독고준'이 지향했던 '균형' 감각에 의해 감정의 물기가 말끔하게 지워져 있다. 가고 있는 시대는 눈물로도 애도되어야 하지만 펜으로도 애도되어야 하고 그 펜의 색깔은 회색이어야 한다고 『독고준』의 고종석은 말한다. 회색 지성의 애도문은 균형과 절제의 미학으로 단장되어 있다.

소설 『독고준』이 균형을 취하는 형식은 최인훈의 인물 '독고준'을 빌어와 그의 눈으로 지난 현대사를 바라보고 그것을 또 독고준의 딸 '원'의 시각으로 재해석하는 다원적 시선의 도입이다. 아버지 독고준이 남긴 일기를 읽으며 독고원이 거기에 부연하는 형식을 통해 '회색 지성' 독고준을 가장 잘 이해하는 자의 시각에서 그의 모나고 난해한 부분들을 채워나간다. 독고원은 아버지 준과 마찬가지로 일정한 이념에 치우치지 않는 '회색인'이라는 점에서 아버지의 견해에 전혀 다른 시각을 제시할 수는 없지만, 살아온 시공간의 차이, 즉 세대차에 의해 생길 수 있는 간극을 드러냄으로써 독고준의 시각이 일정 세대에 갇힌 것이 되지 않도록 보완해준다. 이는 굵직한 역사적 사건들에 대해 언급하는 거대 서사와 자잘한 일상사를 소묘하는 미시 서사의 만남이기도 하다. 이를테면 마틴 루터킹의 죽음을 논평하다가 그의 연설문 녹음테이프를, '나'의 음반 취향을, '나'의 애인의 텔레재핑 체질을 이야기하는 식이다. 신동엽의 민족주의를 얘기하다가 자신이 민족주의자인 줄 몰랐던 민족주의자 독고준을, "미국의 대학에서 프랑스 시를 강의하는 중국인"을 병렬해 놓는 방식은 의미의 인접성을 따라가는 환유의 고리처럼 보이기도 하지만, 과반의 병렬은 인접성의 고리조차 찾을 수 없는 맥락 없는 나열이기도 하다. 환유적 병렬, 맥락 없는 나열은 근대적 의미체계가 만들어낸 종적 서열관계와 횡적 연관관계에서 자유롭고자 하는 고종석의 유목민적 스타일이기도 하다.

『독고준』은 '독고준'의 가족이야기이면서 '한 줄의 죽음'으로 대변되는 현대사에 대한 각주이며, 지나친 욕망과 치우친 이념이 만들어낸 세상사에 대한 염오(厭惡)이면서 힘든 이웃에 대한 연민이자 소수자의 옹호이다. 펜으로 쓰는 애도는 반성을 낳고, 과거에 대한 각주는 현재에 개입한다. 이것이 『독고준』의 애도가 윤리적인 이유이다.

2. 회색인의 '윤리적' 자기변호

『독고준』은 '독고준'의 이야기이기도 하지만 '독고원'의 이야기이기도 하다. 독고준을 그리워하는 독고원의 이야기. 이는 독고준의 삶과 죽음의 방식을 이해해가는 과정이기도 하다. 독고원에게 아버지의 자살은 "정말이지 이해하기 힘든" 일이었다. 아버지와 전직 대통령의 죽음을 겹쳐 읽으면서 "자유죽음이 어디 있으랴? 신이 우리에게 부여했다는 자유의지라는 것을 나는 점점 더 못 믿겠다"던 독고원은 마침내 그것이 '자유'를 존재증명하기 위한, 자유의지에 의한 선택이었음을 이해하게 된다. 전직 대통령의 자살이 여러 가지 원인에 의한 타살인 것처럼, 독고준의 자살을, 나아가 모든 이의 죽음을 사회적 타살이라 여겼던 그녀는 그러한 중층결정적 원인들을 인정하면서도 자유의지에 의한 죽음이 있다는 것을, 아버지 독고준의 죽음이 그러했다는 것을 받아들이게 된다.

회색 지성의 애도문은 이렇듯 '회색인의 자기변호'이기도 하다. '독고준'의 죽음, 그 죽음의 방식에 대한 변호를 알아차리기 힘든 방식으로 에둘러 말한 집적물이 바로 소설 『독고준』이다. 이는 곧 '자유주의자'의 '자유' 변호이다. 『독고준』은 독고준의 삶과 죽음을 통해 '자유의 있음'을 증명해 보인다. 사실 인간이 자유의지로 선택했다고 여기는 것들은 모두 보이지 않는 원인들이 복잡하게 얽혀 이루어낸 결과일 뿐이다. 칸트는 이러한 스피노자의 결정론 위에서 자유는 오직 '자유로워지라'는 명령, 즉 자연필연적 인과성을 배제하라는 명령에 의해서만 존재한다고 말한다. 독고준이 자살을 선택한 것 또한 '자유로워지라'는 명령에 충실한 결과였다. 그리하여 '원'은 말한다. "독고준은 세상의 비밀을 알아버렸다. 그리고 이미 결정된 자신의 생을, 마치 자신의 자유의지로 사는 듯 살았다. 그의 마지막도 마찬가지였다. 그는 자신의 투신 역시 이미 정해진 것이라는 점을 알았으리라. 그의 죽음의 방식은 시간의 시작부터 결정된 것이었다. 내가 지금 그에 대해 글을 쓰는 것 역시 시간의 시작부터 결정된 일이었듯."

'회색 지성'의 다른 이름은 '자유주의자', 혹은 '단독자'일 것이다. 회색 지성이 두 극단 사이에 선 단독자로서 균형을 취할 수 있는 것은 인간에게 주어진 자유의지 덕분이지만, 자유의지에 의한 선택조차 자연필연적 인과성에 의한 것임을 인식하고 있는 회색인/자유주의자. 이것이 시간의 시작부터 이미 정해져 있었지만 그것을 괄호 안에 넣고 마치 자신의 자유의지로 '회색'을 선택하는 듯 살았던 회색인 '독고준'의 삶이다. 자신의 죽음 또한 "노령과 무력감"에 의해 이미 예정된 것임을 인식하고 있었지만 자유의지에 의한 선택인 듯 자살로 만듦으로써 『독고준』은 '자유주의자'의 '자유' 변호가 된다.

독고원 또한 '회색인'을 변호한다. '회색인'이란 선과 악 사이의 중간이 아니라 악과 악의 중간일 뿐이며, 드물게 있는 선과 악 사이의 싸움에서 '독고준'은 '선'의 편을 들었던 편파적인 회색인이었다고 '원'은 말한다. 그렇기 때문에 소련과 미국이라는 선택지 가운데 미국을 고르는 행위를, "더 나쁜 것을 버리고 덜 나쁜 것을 선택한 소극적 행위"로 설명한다. 이를 어느 철학자의 표현을 빌어 원이 말한 대로 '기우뚱한 균형'이라 할 수 있을 터이다. 독고준의 균형이 기우뚱할 수밖에 없는 것은 그가 이론적인 입장과 실천적인 입장 사이에서 잦은 태도 변경을 행하기 때문이다. 가라타니 고진이 제시한 것처럼, 현실의 책임을 물을 때 는 자연필연적 인과성을 괄호 안에 넣고 거꾸로 현실적 책임이 분명해 보이는 문제에 있어서도 그 인과성 찾기를 게을리하지 않는, 이러한 태도 변경이 독고준의 선택을 기우뚱하게 혹은 윤리적이게 한다. 독고준이 민중을 신뢰하지 않은 것은 이론적인 입장에서 무제한적인 인간의 욕망을 인정하기 때문이고, 그럼에도 불구하고 민중에 대해 깊은 연민을 가진 것은 실천적인 입장에서 지식인의 책임을 간과하지 않기 때문이다. 모순되는 듯 기우뚱하게 균형을 유지함으로써 멈추지 않고 일정한 방향을 향해 나아갈 여지를 남겨 두는 것.

> 아버지가 윤리나 논리의 척도로 삼은 것은 균형이었다. 더 정확히는, 어느 철학자의 표현대로 '기우뚱한 균형'이었다. 그 기우뚱한 균형 속에서만, 아버지는 편안할 수 있었다. 평등과 자유의 기우뚱한 균형. 정의감과 세속적 이해관계의 기우뚱한 균형. 그 균형이 기우뚱해야 하는 것은 '가치'라는 것이 스칼라가 아니라 벡터이기 때문이다.(134쪽)

「독고준 소묘」에서는 "독고준 문학세계의 열쇠말"이 "자유, 균형, 소수자(차별)"라 했지만 사실 이 모두를 포괄하고 있는 상위 범주는 '윤리'이다. 이는 물론 가라타니 고진이 자신의 저서 『윤리21』에서 사용한 것처럼 공동체의 규범과 관련된 '도덕'이 아니라 자유로서의 윤리성을 의미한다. 자유는 인과성을 인식하는 이론적인 입장을 괄호 안에 넣었을 때 존재할 수 있으며, 또 때로는 괄호를 벗기고 볼 필요가 있다는 균형 감각에 의해 단순한 '현실 긍정'의 차원을 넘어 실천적인 입장에서의 판단을 가능하게 한다.

고종석, 혹은 '독고준'에게 실천적 입장의 판단은 자주 '소수자의 옹호'로 표현된다. 소수자야말로 자유의 한계를 보여주는, 자유가 아니면 자신의 윤리성을 방어할 수 없는 존재들이기 때문이다. '소수자의 옹호'는 〈아내의 봄비〉라는 시를 읽으며 "자기보다 힘든 이웃에 대한 연민"을 찾아내고 "만약에 인간사회가 진보해왔다면, 그 진보의 과정이란 그런 연민의 확산 과정이었을 것"이라 논평하는 태도 표명에서도 드러나지만 독고준의 삶을 통해 더 확연히 드러난다. 이유정이 아닌 김순임과 결혼한 것, 동성애자인 딸의 성정체성을 인정하는 것. 사랑을 열정과 등가의 것으로 본다면 독고준의 사랑은 오히려 이유정 쪽에 기울어 있었다. 하지만 기독교 소수 종파의 독실한 신자인 김순임과 결혼하는 것으로 최인훈의 인물 독고준의 뒷이야기를 설정함으로써 『독고준』의 서사는 관념에서 현실 쪽으로 벡터의 방향을 끌어당긴다. 독고준에게 가족을 주어 현실의 삶에 "정박"시키고 가족 안에서조차 이방인이었던 김순임에게 울타리를 만들어 주는, 독고준과 김순임의 결합은 동성애자인 딸에게도 하나의 울타리가 됨으로써 가족의 구성 자체가 소수자의 연대가 된다.

『독고준』은 여성 동성애자에게 화자의 지위를 줌으로써 소수자 스스로 목소리를 낼 수 있게 했다. 재미있는 것은 독고원이 아버지의 일기를 공개하고 짧은 '독고준론'을 쓰는 일이 곧 자신의 커밍 아웃 과정이 된다는 점이다. 아버지 독고준은 딸의 성정체성을 인정했을 뿐이지만 그의 글은 딸의 삶에 사후적으로 개입하여 소수자로서 살아가기를 독려했다. 회색인으로서의 고독한 정신세계를 아버지로부터 물려받긴 했지만 대학교수로서 무리 없이 살아갈 수 있었던 독고원은 아버지의 일기를 읽으며 '소수자-되기'의 삶을 선택한다.

고종석의 이전 소설들이 '누이에 대한 그리움'으로써 소수자에 대한 연민을 표현했다면, 『독고준』은 소수자 스스로 목소리를 냄으로써 소수자가 주인공이 되는 이후의 소설세계를 예고하고 있다. 혹시 독고준의 등단작으로 소개되는, 재일조선인이 주인공인 소설 〈길 잃은 세대〉는 작가가 구상하고 있는 다음 소설이 아닐까? 독고원은 이 소설을 통해 소수자-경계인-세계시민이 어떻게 동궤에 놓이게 되는지를 보여줌으로써 독고준 문학의 열쇠말을 효과적으로 설명하고 있다. 작가의식의 고갱이를 담고 있는 듯 보이는 이 소설은 그러나 '디아스포라'라 호명되는 초국적 경계인이 이미 하나의 소설적 전형이 되어버린 지금, 고종석의 다음 소설로 발표되긴 힘들어 보인다. 50여년 전에 이런 소설을 발표한 독고준은 너무 일찍 태어났고, 이를 하나의 전형으로 포착해낸 고종석은 너무 늦게 태어난 셈이다. 그렇기 때문에 고종석은 '독고준'을 애도하는 『독고준』을 쓸 수밖에 없다.

3. 세계인물백과사전

『독고준』은 수많은 '독고준들'의 나열이다. 박정희에게 일말의 기대를 품었던 '독고준', 공산주의와 소련에 어떤 윤리적 가치를 부여했던 '독고준', 빅토르 하라와 로맹 가리와 최종천과 박영근을 옹호하는 '독고준'. 독고준이 옹호하거나 비판하는 인물들은 모두 저마다의 '독고준들'이다. 1930년대 중국 전문 기자 신언준, 2000년대의 북한 전문 기자 신준영, 현우림, 복거일, 이동하……. 하지만 그것이 목소리들의 단순한 조합으로 끝나지 않는 것은 "그 수많은 독고준들을 일관하는 원칙", 즉 "약자를 향한 연민"과 치우침 없는 균형 감각이 있기 때문이다. 『독고준』은 이분법적 기준으로는 어느 쪽인지 분간하기 힘든 '독고준들'을 나열함으로써 어떤 '보편'의 목소리를 찾아내려는 시도처럼 보인다. 당연하게도 그 목소리의 주인은 어디에도 속하지 않는, 속하기를 거부하는 '경계인이자 단독자', '회색인'이 될 터이다.

> 왼쪽으로든 오른쪽으로든, 위로든 아래로든, 아버지는 치우침을 경계했다. 아버지는 이상주의자가 아니라 현실주의자였다. 그 현실주의에는 꽤 단단한 윤리적 바탕이 있었다. 비록 그것이 소극적 윤리라 할지라도, 아버지는 경계인이자 단독자였다. 이 경계인에게는 동지가 없었고, 이 단독자에게는 신이 없었다. 신을 지니지 못한 단독자가 할 수 있는 일은 글쓰기뿐이었을 것이다. 아버지는 공동체에 이로움을 주기 위해 글을 쓰진 않았다. 아버지는 글을 통해 공동체를, 세계를 투명하게 보고자 했다. 그런데 그 투명한 시선이 공동체에 이로움을 주었을지도 모른다.(200쪽)

따라서 독고준이 옹호하는 '단독자'들이 대체로 글 쓰는 자들인 것은 우연이 아니다. 《세계백과사전》 편집자라는 독고준의 이력과 소설가가 되지 않았으면 한국어사전 편찬자가 되었으리라는 고백 또한 마찬가지다. 『독고준』은 '세계인물백과사전'을 연상시킬 만큼 많은 인물을 등장시켜 비판하거나 옹호함으로써 그들의 어떤 부분들이 조합된 이상적 인격체를 구상하고 있다. 소설 속 인물들이 대개 그렇듯이 인물 독고준은 작가 고종석의 나르시시즘적 응시의 대상이 되고 있지만 이는 작가 개인의 자기만족을 위한 것은 아니다. 독고준을 통해 이상적 인격체를 구현함으로써 작가가 추구하는 '회색인'의 형상을 빚어내고자 하는 것이다. 그의 기우뚱한 균형이 공동체에 이로움을 줄지도 모를 '회색인'.

어쩌면 고종석이 지향하고, 가장 잘 쓸 수 있는 글은 사전일지도 모르겠다. 지식인 고종석은 세계백과사전을, 저널리스트 고종석은 한국어사전을, 소설가 고종석은 세계인물백과사전을. 세계인물백과사전이 소설가의 글쓰기가 되고, 이를 통해 회색인의 형상을 빚어내는 일은 소설가 고종석만이 할 수 있는 유일한 글쓰기가 될 터이다.

특수한 보편, 무수한 '이야기'들의 겹침

— 김연수論

1. 여럿인 동시에 하나인 '별빛'

루카치가 "별이 빛나는 창공을 보고, 갈 수가 있고 또 가야만 하는 길의 지도를 읽을 수 있던 시대는 얼마나 행복했던가"라고 했을 때, 그 별은 물론 하나였을 것이다. 실제 밤하늘에는 무수한 별들이 빛나고 있을 지라도 우리가 바라보고 길의 지도를 읽을 수 있는 별은 하나여야만 했던 시대가 있었다. 그 별이 빛을 잃어서인지 저마다의 빛들이 찬란해서인지, 이제 별빛이 하나라고 말하는 사람은 없다. 총체성으로서의 보편이 너무 낡은 개념이라고 판단하는 자들의 대답은 둘 중 하나이다. 여럿이거나 없거나.

그러나 저마다의 별빛을 하나의 작품 안에 담아야 하는 작가는 쉽게 답할 수 없다. 세계의 재현자로서 작가가 처한 운명은 자신이 만들어낸 세계와 자신이 속한 세계 사이의 간극에서 비롯된다. 자신이 속한 세계에서는 저마다의 빛으로 살아가는 존재들이지만, 작품이라는 만들어진 세계 안에서 그 빛깔은 달라질 수밖에 없다. 그것을 알고 있기에 작가는 쉽게 별빛이 없다거나 하나가 아니라고 말할 수 없는 것이다. 창공에 빛나는 별빛을 따라 채색할 수 있었던 시대의 작가가 아닌, 지금-여기의 작가는.

2000년대 문학의 장에서 이러한 문제를 고민하는 작가는 많지 않아 보인다. 지금의 문학은 별빛 없는 세계를 이미 선험적인 것으로 인식하고 있다는 점에서 전대의 문학과 구별된다. 1990년대 문학이 보여준 냉소와 좌절, 허무의식이란 그동안 간직하고 있던 '별빛'에 대한 애도(mourning)였다는 점에서 2000년대 문학과 다르다. 이제 2000년대 소설이 보여주는 상상이란 '환상'-물론 전복적인 의미로서의 환상이 될 가능성을 포함하여-이 되고, 출구 없는 일상의 과잉 이미지들은 체계의 알레고리로 브리꼴라주된다. 황정은이나 윤이형의 소설에서 자주 등장하는 '환상'은 너무나 완고하게 문을 닫고 있는 현실 속에서 주체가 찾을 수 있는 유일한 출구이고, 강영숙이나 편혜영의 소설에 널려 있는 시체와 쓰레기들은 닫힌 세계의 비체(abject)인 동시에 난무하는 과잉 이미지들이다. 이러한 소설은 '별빛'이 사라진 자리에 피어난 독특한 환상과 이미지들을 예민하게 응시하고 있다.

김연수는 동시대의 이러한 작가들과는 좀 다른 자리에 있다. 그는 이미지가 아니라 '이야기'에 지대한 관심을 가지고 있으며 그 이야기를 통해 보편으로서의 '별빛'을 찾고자 한다. 이로써 김연수의 소설은 다소 현학적이고 다분히 낭만적인 '이야기'가 된다. 고립된 개인이 기막힌 우연에 의해 누군가와 연결될 수 있다고 말하는 소설은 얼마나 낭만적인가. 그러나 그러한 연결은 지속적이고도 해석학적인 개입(invention)에 의해 가능하다는 형이상학적 사유를 전하고 있다는 점에서 김연수의 소설은 다소 현학적이 된다. 또 그러한 개입이 만들어낸 무수한 '이야기'를 통해 세계의 유일무이한 존재이자 보편인 존재를 빚어냄으로써 이 시대 '별빛'에 대해 답하고 있다. 보편으로서의 별빛은 '여럿인 동시에 하나'라는 것. 여럿인 존재들의 겹침 속에서 서서히 떠오르는 하나의 형상. 그것이 길의 지도를 밝혀줄 별빛은 아닐지라도 이 시대의 보편자가 될 수 있지 않겠는가라는, 질문인 동시에 대답을 소설을 통해 제시하고 있는 작가가 바로 김연수이다.

2. 독해 불능의 세계와 해석적 개입으로서의 이야기

김연수의 근작(近作)들을 읽으면 스핑크스 앞에 서 있는 오이디푸스를 떠올리게 된다. 삶을 바꿔놓을 만한 질문들, 해독되지 않는 텍스트를 마주 한 인물들이 자주 등장하기 때문이다. 「다시 한달을 가서 설산을 넘으면」(이하 「설산」)의 '그'는 여자친구의 유서 앞에서, 『밤은 노래한다』(문학과지성사, 2008)의 김해연은 연인 이정희가 남긴 편지 앞에서, 또 『네가 누구든 얼마나 외롭든』(이하 『네가 누구든』 문학동네, 2007)의 '나'는 할아버지가 남겨놓은 여자의 나체 사진 앞에서 "커다란 의문부호"와 만나고 있다. 총명한 영웅인 오이디푸스는 스핑크스의 질문에 '인간'이라는 답을 내놓고 테베의 왕으로 등극하지만 김연수 소설의 인물들은 (불)완전한 텍스트 독해의 (불)가능성 앞에서 번번이 좌절하고 만다. 세계라는 텍스트 자체가 (불)완전한 것이었으니 불완전한 존재인 인간이 그것을 인식한다는 것은 애초에 (불)가능한 일이었기 때문이다.

불가해한 텍스트 앞에서의 좌절은 초기작부터 이어져온 김연수 소설의 모티프이다. 작가의 등단작 『가면을 가리키며 걷기』(세계사, 1994)에서 『꾿빠이 이상』(문학동네, 2001)에 이르기까지 김연수 소설은 언제나 진실/거짓, 사실/허구, 진본/위본, 필연/우연이 대립하는 세계에서 전자의 존재가능성을 타진해왔다. 그 가능성 없음 앞에서 '가면'을 쓰고 살아갈 수밖에 없는 존재의 환멸이 초기작들의 형식을 '포스트모던'하게 만들었다면, 『내가 아직 아이였을 때』(문학동네, 2002) 이후의 소설들은 '포스트'의 문자적 의미 그대로 '좌절 이후'의 이야기를 하고 있다. 좌절 혹은 단절 이후 소설 속 인물들은 독해 불가능한 세계의 양면성을 그대로 받아들이게 된다.

"커다란 의문 부호"와의 대면을 기점으로 인물들의 삶은 단절된다. 그 기점은 2009년 출간된 소설집 『세계의 끝 여자친구』(문학동네)에서 케이케이의 죽음으로(「케이케이의 이름을 불러봤어」), 죽기 직전 대학생의 눈빛으로(「내겐 휴가가 필요해」), 엄마가 죽던 날의 노을로(「네가 누구든 얼마나 외롭든」), 연인의 아버지를 죽이게 된 사건으로(「웃는 듯 우는 듯 알렉스 알렉스」) 변주된다. 이러한 사건들, 그로 인해 품게 되는 질문들은 전에는 볼 수 없던 세계를 보게 하고 이로써 독해 불능의 세계가 그들 앞에 모습을 드러낸다. 이들은 마치 실재계의 구멍을 들여다본 것처럼, 혹은 세이렌의 노래를 들은 것처럼 상징계적 질서와는 다른 세계가 있음을 알게 된다. 그것은 관측이 불가능한 암흑물질, 삶의 절정이 드리운 그림자, 흔적, 유령들이 존재하는, 보이지 않는 세계이다. 작가는 이를 「네가 누구든 얼마나 외롭든」(이하 「네가 누구든」)에서 사진작가의 입을 빌려 "무슨 일인가 일어난다. 그리고 그 순간, 예전으로는 되돌아 갈 수 없다. 그게 바로 내가 아는 리얼리티다"라고 썼다. 리얼(real), 즉 실재가 드러나는 순간, 예전으로는 되돌아 갈 수 없는 '사건(événement)'이 발생하는 것이다. 사건을 경험한 이들은 비로소 세계란, 또 그 속에서의 삶이란 "모순에 가득 찬 것인 동시에 논리적인 것"임을 이해하게 된다. 하나의 존재론적 상황 안에서의 삶은 내재적으로 충만한 논리에 의해 설명될 수 있지만 그 상황을 벗어난 바깥에서 바라보면 그것은 모순에 가득 찬 것일 수밖에 없다.

사실 스핑크스의 질문에 인간이라고 답했던 오이디푸스도 그 질문의 진의가 실은 "아침에는 아버지를 살해하고 점심에는 어머니와 결혼하며 저녁에는 장님이 되어버리는 자는 누구인가?"였으며 그 답이 바로 자기 자신이었음을 알게 되자 스스로 눈을 찌를 수밖에 없었다. 자신이 왕이었던 세계에서는 이해할 수 없는 사건이 발생하고 이를 기점으로 테베의 오이디푸스와 콜로노스의 오이디푸스로 단절된다. 콜로노스의 오이디푸스는 장님이 되어 세계를 떠돈다. 김연수의 인물들 또한 어느 '순간' 완전히 다른 사람이 되어 낯선 도시를 떠돈다.

(…) 그러니까 아내에게 전화를 걸어 약속시간에 늦는다고 말하며 그 교차로를 지나가던 그 순간부터. 푸른 신호등이 노란색으로 바뀌었다가 다시 빨간색으로 옮겨가던 그 짧은 순간부터. 그로부터 그의 삶은 미세한 균열을 일으키며 부서지기 시작했다.

—「웃는 듯 우는 듯, 알렉스 알렉스」[3]

그 순간 이후 "기븐 네임도, 패밀리 네임도 기억하지 못하는 처지"가 된 「웃는 듯 우는 듯, 알렉스 알렉스」(이하 「웃는 듯 우는 듯」)의 그는 이국의 도시에서 알렉스를 만나 그의 일을 대신하게 된다. 알렉스의 일이란 리 선생의 사랑 이야기를 『레드 스타』란 잡지에 매호 다르게 게재하는 것이었다. 리 선생 또한 삶의 단절을 경험한 사람이다. 그는 자신의 이야기를 매번 다르게 씀으로써 삶의 연속성을 찾고자 했다. 그러면서 "합리적으로 자신의 삶을 설명하려는 생각이 결국에는 새로운 현실을 만든다는 사실"을 깨닫게 된다.

(…) 결국 인생이란 리 선생의 공책들처럼 단 한 번 씌어지는 게 아니라 매순간 고쳐지는 것, 그러니까 인생을 논리적으로 회고할 수는 있어도 논리적으로 예견할 수는 없다는 것. 리 선생 자신이 쓰는 이야기도 매 시기 달랐으니, 그가 쓰는 이야기와 알렉스가 쓰는 리 선생 이야기는 다를 수밖에 없었다.

—「웃는 듯 우는 듯」[4]

이렇게 보면 삶이란 "모순에 가득 찬 것인 동시에 논리적인 것"이라는 말은, 삶의 순간 순간은 모순에 가득 찬 우연의 연속이지만 그것을 논리적인

---

3) 김연수, 『세계의 끝 여자친구』, 문학동네, 2009, 205쪽

4) 위의 책, 224쪽

이야기로 재구성할 수는 있다는 의미가 된다. 이러한 사후적인 구성은 삶에 대한 해석적 개입이라 할 수 있다. 그것이 무죄를 증명하고픈 욕망이든 낭만적인 사랑으로 재구성하고픈 욕망이든 반복적인 개입을 통해 삶의 '진실'이라 할 만한 것이 만들어진다. 알렉스는 매번 다르게 씌어지는 이야기를 통해 리 선생이 구원받는다고 했지만, 「내겐 휴가가 필요해」의 전직형사는 책을 읽으며 과거를 회고할수록 자신의 삶이 잘못되었다는 것을 깨닫는다. 해석적 개입으로서의 삶-이야기는 삶-실재로부터 멀리 가지 못 한다. 언어가 실재 그 자체를 지시할 수는 없다 해도 반복적인 재현을 통해, 이야기의 중첩을 통해 그 실루엣을 드러낼 수는 있다. 그리하여 십년 동안 매일 도서관에 나와 책을 읽었던 전직 형사, 고문당해 죽어가던 대학생의 마지막 눈빛을 잊을 수 없었던 전직 형사는 바다에 몸을 던질 수밖에 없는 것이다.

해석적 개입이 죽음만을 불러오는 것은 아니다. 오히려 끊임없이 새로운 첫 문장을 만들어내면서 단절된 삶을 연결시킨다. '연결'은 김연수 소설의 키워드라 할 만한데, 이는 한 개인의 삶의 지속성을 의미하기도 하지만 개인과 개인의 소통을 의미하기도 한다. 둘 중 무엇이든 그것을 가능하게 하는 것은 바로 이야기이다. 아이를 잃었던 경험을 이야기하면서 통역사 혜미의 삶은 아이를 잃기 전의 삶과 연결되고, 케이케이를 잃은 '나'의 삶과 연결된다.(「케이케이의 이름을 불러봤어」, 이하 「케이케이」) 사진작가의 삶을 이야기하면서 엄마를 잃기 전과 후의 나의 삶이 연결되고, 여자친구 '미아'를 잃었던 김경식의 삶과 연결된다.(「네가 누구든」) 연결된 이야기는 중첩되어 교집합을 만든다. 무수한 이야기들이 겹치고 겹쳐서 만들어낸 교집합. 작가 김연수는 거기에 지금-여기의 '별빛'이라 부를 만한 진실, 혹은 실재 같은 것이 있다고 말하고 있다. 『네가 누구든』에서 '나'의 할아버지가 지니고 있었던 여자의 나체 사진이 서로 겹쳐 놓았을 때만 특수한 아우라를 발산하는 것처럼 무수한 개인들의 이야기는 서로 중첩됨으로써 보편이면서도 특수한 하나의 형상을 만들어낸다.

이를 통해 각 개인은 '진실'을 보게 되고 죽음 혹은 타인과 같은 타자와 연결된다.

이렇게 김연수가 하는 이야기는 모두 "따지고 보면 같은 이야기"가 된다. 오이디푸스 이야기처럼 사건을 통해 단절되고 이야기를 통해 연결된다. 그 이야기는 1991년 5월이 될 수도(『네가 누구든』), 조선시대의 박지원이 될 수도(「쉽게 끝날 것 같은, 농담」), 6.25가 될 수도(「뿌넝숴」) 있다. 그런데 왜 하필 1930년대 만주의 이야기인가? 『밤은 노래한다』는 2004년 4회에 걸쳐 『파라21』에 연재했던 것을 4년여의 개고 기간을 거쳐 2008년에 출간한 것으로 착상 및 자료 조사는 훨씬 오래 전부터 이루어진 것으로 알려져 있다. 따지고 들어가자면 소설가가 되기로 작정한 무렵부터 그 모티프를 마음에 품고 있었다고도 볼 수 있는데, 1930년대 만주의 무엇이 작가를 그토록 매료시킨 것일까?

3. 이방인의 삶, 밀입국자의 언어

두 눈을 잃은 오이디푸스는 낯선 세계를 떠돌다 아테네에 들어가기에 앞서 그곳이 이방인으로서 들어설 수 있는 곳인지를 묻는다. 오이디푸스가 그 문턱에 서서 이방인의 자격으로 질문을 던짐으로써 들어갈 수 있는 자와 들어갈 수 없는 자로 나누는 '경계 있음'이 드러나게 되는 장면이다. 눈에 보이지는 않지만 현실 생활을 엄격하게 분할하고 있는 '국경'의 존재처럼 이러한 경계들은 언제나 있으면서도 이방인의 도래와 같은 예외적 상태에서만 그 실체를 드러낸다.

1930년대의 만주는 이방인들이 모여 질문을 던지는 문턱과 같은 공간이다. 나라를 잃은 조선인들은 중국땅에서 자신이 누구인지 묻는다. 조선 민족으로서 조선 혁명을 이루고자 하지만 그러기 위해서는 먼저 중국 공산당에 가입하여 중국 혁명을 외쳐야 했던 그들. 중국 공산당에 의해 일제의 스파이 '민생단'이라는 누명을 쓰고 죽어갈 수밖에 없었던 그들. 결국에는 서로가 서로를 민생단으로 몰아 죽고 죽일 수밖에 없었던 그들. 그들이 '거기 있음'으로 인해 민족 혹은 국가와 같은 경계, 역사가 만들어낸 '경계 있음'이 드러나게 된다.

해석적 개입을 하는 작가는 역사를 쓰되, 그 공백과 틈을 이야기하게 된다. 역사는 이미 말해진 이야기이므로 공백과 틈을 통해 같은 이야기를 다르게 쓰는 것이 작가에게 남겨진 몫이다. 작가 김연수가 1930년대 만주를 주목한 이유는 '그때-거기'의 시공간이 역사의 공백이며 거기 있던 조선인들은 그 누구라도 될 수 있는/없는 공집합과 같은 존재들이었기 때문이다. 국적 없는 민족으로서 일제라는 집합에도 중국이라는 집합에도 속하지 않지만 거꾸로 언제나 일본이나 중국, 또는 그 어떤 나라의 부분집합으로도 호명될 수 있는 존재들이 바로 그들이다.

> 이런 질문을 던질 수 있다. 1933년 여름, 유격구에 있던 조선인 공산주의자들은 누구인가? 하지만 이 물음의 정답은 없다. 그들은 조선혁명을 이루기 위해 중국혁명에 나선 이중 임무의 소유자들이었다. 그들은 중국 구국군이 일본군에 패퇴한 뒤에도 끝까지 투쟁한 가장 견결하고 용맹스런 공산주의자이자 국제주의자였던 동시에, 한편으로 일단 민생단으로 몰리게 되면 제아무리 고문해도 절대로 자신의 정체를 밝히지 않던 일제의 앞잡이들이었다. 누구도, 심지어는 그들 자신도 자신의 정체를 알지 못했다.
>
> —『밤은 노래한다』(213쪽)

역사가 만들어낸 거대한 공백을 이야기함으로써 "그들 자신도 자신의 정체를 알지 못했"던 만주의 조선인에게 이름을 부여하려 했던 시도가 바로 『밤은 노래한다』이다. 민생단이라는 이유로 같은 민족을, 아니 동고동락을 같이 한 유격구의 동지를 죽인 자라면, 그렇게 살아 남은 자라면 「내겐 휴가가 필요해」의 전직형사나 「웃는 듯 우는 듯」의 리 선생처럼 사건의 반복적 재현을 통해 자신의 무죄를 증명하려 들 것이다. 『밤은 노래한다』 역시 살아남은 자 김해연이 '만주 조선인'의 무죄를 증명하려는 이야기로 볼 수 있다. 그들은 일제의 앞잡이, 민생단으로 오해되었다. 오해된 그들은 자신의 이야기를 하면서 "주어가 생략된, 명사 위주의 문장으로 이뤄진 밀입국자"의 언어를 사용한다. 밀입국자의 언어란 행위에 대해 주체가 될 수 없는 타자의 언어이다. 알렉스는 리선생의 이야기만 들으면 "구토가 치민다"고 하는데, '그'는 "그건 어쩌면 리 선생의 영어가 불완전하기 때문일지도 모른다"고 생각한다. 알렉스의 태도는 타자의 언어를 재현해야하는 재현-작가의 난감함을 보여준다. 주어가 생략된 언어에 누가, 어떻게 주어를 부여할 것인가. 스피박이 타자 재현의 (불)가능성을 말했듯이, 그것은 불가능한 문제에 가깝다. 주어를 부여하는 순간 타자는 타자 아닌 것이 되고, 주어는 더 이상 타자를 지시하는 언어가 되지 못 한다. 김연수 소설의 이방인-타자들 또한 자신이 주어가 되는 언어를 가지지 못한 채 소통의 대상으로만 존재하고 있다.

「모두에게 복된 새해」의 인도인은 '나'의 집에 들어서도 되는지 오이디푸스처럼 묻지는 않는다. 다만 "사트비르 싱이라는 이름의 인도인이 집으로 찾아온다는 애기를 미리 전해들었"던 '나'가 문을 열고 들어선 인도인을 당황스러워했을 뿐이다. 오이디푸스는 물었고 사트비르 싱은 묻지 않았지만, 그들은 이방인이고 그들과 '나' 사이에 문턱이 있음은 다르지 않다. '나'의 당황스러움이 그것을 증명한다. 그렇지만 시간이 지날수록, 싱과 '나' 사이에 낯설고도 어눌한 대화가 오갈수록 그들은, 아니 정확히 말해 '나'와 '나'

의 아내는 문턱을 넘어 연결된다. 인도인은 그들을 연결했지만 여전히 낯선 타자로 남는다.

「네가 누구든」에 나오는 자이니치 김경식과 스웨덴 국적의 '미아'처럼 김연수의 소설에는 꽤 많은 이방인이 등장한다. 그들을 통해 '나'와 사진작가는 연결되지만 그들은 끝내 연결되지 못 한다. 스웨덴으로 떠난 '미아'가 점차 한국어를 잊어버림에 따라 김경식과 '미아'의 소통은 단절된다. 김경식은 "우리는 더 이상 소통할 수 있는 방법이 없어졌어요. 사람이 서서히 눈이 멀어가는 것, 그게 아니라면 사랑하는 사람이 서서히 죽어가는 것, 그런 느낌과 아주 비슷해요."라고 말한다. 김연수의 소설은 이야기를 통한 소통과 연결을 설파하고 있지만 정작 그 이야기를 연결해주는 중간자-타자는 연결되지 못 한다. 이를 알고 있는 알렉스는 "우는 듯 웃는 듯" 탑승구를 향해 걸어가고, 남은 '그'는 "어둠 속 첫 문장들 속으로 걸어"간다. 이것이 작가의 운명일 것이다. 타자 재현의 (불)가능성 앞에서 포기하거나, 지속적인 개입 속에 찾아질 첫 문장을 붙들고 글쓰기를 계속 하거나.

김연수가 후자 쪽에 서 있음은 분명하지만, 그렇기 때문에 불가능을 알고도 '세계의 끝'까지 가고자 하는 작가에게 주어진 '성숙한 낙관'이란 평가에 동의할 수 있는 것이지만, 타자에게 어떠한 주어를 부여할 것인지에 대해서는 아직 흔들리고 있는 것처럼 보인다. 한반도의 역사가 만들어낸 가장 큰 공백이자 틈이라 할 만한 '만주 조선인'의 삶을 썼지만 아직 그들에게 적합한 이름을 명명하지는 못 했다.

4. '나' 혹은 '그'의 이야기

김연수는 한 인터뷰[5]에서 『네가 누구든』의 화자에 대해 말하면서 지금

5) 김연수 · 황종연(대담), 「사람 사이의 소통을 위한 이야기꾼」, 『문학동네』 2007 겨울.

시대에는 전지적 시점이 가능하지 않다고 했다. 전체를 조망할 수 있는 눈이 없는 시대에 어떻게 역사를 해석하는 혹은 사건을 해석하는 전지적 시점을 사용할 수 있느냐는 것인데, 여기서 '바깥' 없는 세계, '별빛' 없는 세계에서의 소설의 운명을 직시하고 있는 작가 의식을 발견할 수 있다. 보편으로서의 '별빛'이 존재하지 않는 세계에서 개인들은 "상상하는 만큼 보게" 되고 "자기 생각대로 행동"하게 되는데 이렇게 저마다의 '자기'들이 공존하는 세계에서는 전지적 시점은 있을 수 없고 다만 그 세계를 관찰하고 편집하는 또 하나의 '자기'가 있을 뿐이다. 그것이 이야기를 이끌어가는 '나'이다. 이러한 시대 편집자적 지위에 있는 작가에게 전지적 시점은 가능하지 않다.

『밤은 노래한다』에서도 이야기를 이끌어가는 것은 '나'이다. 또하나의 '자기'일뿐인 '나'는 1930년대 만주에 살았던 조선인, 그들이 겪은 민생단 사건에 대해 해석적 개입을 하지 못한다. 다만 관찰하고 주석을 달 수 있을 뿐. 그런데 작품의 도입부와 말미에는 '그'가 등장한다. 마지막에 가서 최도식을 죽이기 위해 찾아가는 '그'는 그때까지 '나'로서 이야기를 이끌어가던 김해연이지만 도입부의 '그'는 김해연이 아니다. 도입부의 '그'는 토비인지 공비인지 모를 무리들에 의해 호송인지 호위인지 분간하기 어려운 대우를 받으며 왕우구 쪽으로 걸어갔던 자이다. '그'는 만주에 사는 조선인이라면 누구라도 겪을 수 있는 상황을 보여주었다. 이러한 '그'를 1930년대 만주의 보편인이라고 부를 수 있지 않을까. 그렇다면 작품 말미에서 김해연을 '그'라고 칭한 것은, 이제 김해연이 만주의 보편인이 되었음을 말해 주는 것일 터, 보편인으로서의 김해연은 최도식을 죽이지 못한다. 개인으로서의 김해연은 최도식을 죽임으로써 인생의 한 시기에 있었던 사건을 마무리지을 수 있을 테지만, 보편인으로서의 김해연은 역사의 공백과 같은 시기를 살아가며 변절한 조선인으로도 보이지 않는 정보원으로도 살 수 있었던 최도식을 죽이지 못한다. 보편인이 된 김해연이 최도식을 죽이는 것으로 작품이 마무리 되었다면 1930년대 만주라는 사건적 장소의 의미는 봉합되고 말았을 것이다. 하지만 오히려 사건적 장소의 의미를 찾을 수 없었기 때문에 죽이지 못한 것은 아닐까. 사건에 대한 해석적 개입은 기존의 의미에서 벗어난 새로운 이름을 사건에 부여할 수 있어야 한다. 1930년대 만주라는 사건에 해석적 개입을 할 수 있었다면 그 이름으로 최도식을 죽일 수 있었을 지도 모른다. 『밤은 노래한다』의 결말은 봉합하지 않음으로써 사건에 대한 개입의 여지를 남겨 놓은 것인가, 아니면 사건으로서의 의미를 명명할 수 없었기 때문에 행동하지 못했던 것인가.

『밤은 노래한다』에서 '그'가 등장한 이유는 작가가 지향하는 '삼인칭의 세계'와 관련이 깊다. 김연수는 『나는 유령작가입니다』(창비, 2005)의 작가 후기에서 "일인칭. 나. 내 눈으로 바라본 세계. 이제 안녕이다"라고 썼다. 또 인터뷰를 통해서도 "지금 내 소설에서 중요한 건 삼인칭을 들여오는 일"이라고 했다. 물론 여기서의 삼인칭은 위에서 말한 전지적 시점이 아니라 '일인칭 화자를 내포한 삼인칭' 정도의 의미이다. 이는 무수한 '자기'들의 세계를 쓰지만 거기서 시대의 보편자를 찾고 싶다는 욕망이 아니겠는가. 또 다양한 '자기'들의 세계에 '나'의 관점으로나마 개입하겠다는 작가의 윤리의식으로도 볼 수 있다. '자기'라는 다자의 세계에서 일자로서의 진리는 지양하겠지만 사건적 진실, 사건에 다가서는 과정으로서의 진실은 버리지 않겠다는 것. 이것이 바로 바디우가 말한 사건에 개입하고자 하는 충실성(fidélité), 진리에 다가서고자 하는 충실성이 될 수 있다. 아직은 '그'가 작품의 말미에서 최도식을 죽이느냐 죽이지 않느냐 정도의 개입을 할 수 있을 뿐이지만, 작가가 충실성을 버리지 않는다면 '그'의 개입은 더 집요해지고 넓어질 것이다.

이렇게 보면 『밤은 노래한다』가 '그'-'나'(김해연)-'그'(김해연)로 서술주체의 변화를 보이는 것은 「설산」의 '그'-'나'와 관련이 깊다. 『밤은 노래한다』

가 '나'의 이야기인 반면 「설산」은 '그'의 이야기인데, 사실 「설산」의 '나'와 '그'는 서로 또다른 '자기'일 뿐이어서 '그'의 이야기가 '나'의 이야기로 얼마든지 치환 가능하다. 『밤은 노래한다』는 '나'가 보편자의 지위에 가까이 감으로써 '나'와 '그'의 이야기가 치환 가능해진다. 여기서 '그'의 자리가 커질수록 전지적 시점에 가까워 질텐데 작가는 그것이 가능하지 않다고 보는 것이다. '그'는 '나'와 치환 가능한 수준에서만 서술의 주체로 등장할 수 있다는 것. 이것이 '별빛' 없는 세계에서 소설이 지향할 수 있는 한계이다. '그'를 별빛의 자리에서 바라보는 시선으로 본다면, 지금-여기에서는 그러한 별빛이 가능하지 않다는 것이 작가의 시대 인식이고 그래도 별빛을 찾고자 한다는 것이 작가의 윤리 의식이며 그것은 '나'를 통해서만 가능하다는 것이 작가 김연수의 대답인 셈이다.

따라서 '나'의 이야기는 언제나 또 다른 '나'의 이야기가 될 수 있다. 1930년대 만주의 김해연은 1991년 5월의 '나'가 될 수도(『네가 누구든』), 조선시대의 박지원이 될 수도(「쉽게 끝날 것 같은, 농담」), 6.25에 참전한 중국 인민지원군(「뿌넝숴」)이 될 수도 있다. 이렇게 '나'의 이야기는 환유적인 자리바꿈을 통해 개별자로서의 특이성을 잃는 대신 인간으로서의 보편성을 가지게 된다. 김연수의 소설이 "따지고 보면 같은 이야기"가 될 수밖에 없는 것도 이러한 이유 때문이다. 『밤은 노래한다』를 포함한 김연수의 작품들은 어느 시대 어느 곳의 이야기를 하더라도 그리스 비극과 유사하게 인간 존재의 보편적인 질문을 품게 된다. 그 대신 '1930년대 만주'와 같은 사건적 특이성은 약해질 수밖에 없다. '그'-'나'-'그'로 서술주체의 변화를 주면서 타자에게 적합한 주어를 찾고자 했지만 그것은 어느 시대 어느 곳의 주어도 될 수 있는 것이므로 '1930년대 만주'의 주어가 되지는 못 했다. 따라서 "만주에 사는 한, 사람을 죽이게 될 것"이라는 나카지마의 말은 만주의 특이성을 담고 있는 듯하지만 결국 '한 개인의 운명'이라는 보편성으로 환원되는 것이다. 물론 이것은 '별빛' 없는 세계에서 소설이 갖는 한계일 수 있다. 특이성과 보편성 사이의 간극이 존재하지 않는 세계는 바로 서사시적 세계일 것이다. '보편' 없는 세계에서는 각각의 특이성만을 보여줄 뿐인데, 이러한 '보편' 없는 세계에서 보편성을 추구하는 소설은 어떤 모습일까. 『밤은 노래한다』는, 나아가 김연수의 소설은 그 질문 앞에서 흔들리고 있는 것처럼 보인다.

5. 따지고 보면 같은 이야기, 특수한 보편의 이야기

김연수 소설의 특징을 가장 잘 드러낸 것으로 보이는 『네가 누구든』이 그 원제가 '모두인 동시에 하나인'이었다는 사실은 특기할 만하다. 소설에 등장하는 수많은 인물들, '나'와 정민, 정민의 삼촌, '나'의 할아버지, 이길용/강시우, 칼 하프너/헬무트 베르크의 이야기는 각각의 특수한 개인의 이야기인 동시에 서로 얽혀있는 모두의 이야기가 된다. 그 이야기를 통해 할아버지의 시대와 '나'의 시대가 연결되고 칼 하프너의 공간과 '나'의 공간이 연결된다. 기록된 역사의 틈에 존재하는 수많은 개체들의 삶이 마치 유령처럼 지금-여기에 있는 특수한 '나'에 깃들어 있다고 유령작가 김연수는 말한다. 그렇기 때문에 김연수의 소설은 가장 개인적인 이야기를 하면서도 공동의 역사와 떨어져있지 않고 기록된 역사를 쓰면서도 누락된 개인의 이야기를 하게 된다.

모두인 동시에 하나인 존재. 이것은 '별빛' 없는 시대를 살아가는 '특수한 보편'(singular universal)으로서 작가 김연수가 찾아낸 '별빛'이다. 이렇게 보면 닫힌 세계의 공백을 드러내고 해독 불가능한 텍스트의 틈을 찾아내는 윤리적 작가의 충실성은 보편 속에서 특수를, 특수 속에서 보편을 읽어내는 행위라 할 수 있겠다. 김연수는 『밤은 노래한다』에서 '1930년대 만주'

라는 특수성을 통해 '모두인 동시에 하나인' 보편을 말하고자 했다. 그러나 『네가 누구든』이 존재적 특수성을 겹쳐 놓음으로써 시대의 보편을 말하고자 했다면 『밤은 노래한다』는 사건적 특수성을 그리면서 보편적 존재자를 찾고자 했다는 점에서 두 작품의 체감은 달라진다. 김연수의 화두가 존재론인 만큼 무수한 존재들의 이야기로 가득 채워진 『네가 누구든』이 저마다의 빛으로 가득한 풍성한 밤하늘을 바라보는 느낌이라면 『밤은 노래한다』는 어둠만이 가득한 밤이다. 그 어둠, 공백, 결여에서 밤의 노래가 들려온다. 그 노래는 아름답긴 하나 풍성하진 못 하다. 1930년대 만주의 섬세한 디테일을 놓치지 않고 있으나 그때-거기의 무수한 개인들의 이야기로 풍성하게 채워지지 못함으로써 '특수한 보편'의 노래가 되지 못 했다. 그때-거기에도 있고 지금-여기에도 있는 이야기가 되긴 했지만 그러면서 민생단 사건의 특수한 맥락이 흐려졌고 '1930년대 만주'의 보편자가 되기에 부족한 '그'는 그 사건적 특수성을 명명하지 못 했다. 다만 행동하는 '손', 노래를 듣는 '귀'와 같은 추상적 보편을 찾아냈을 뿐이다.

> 우리가 영국더기 언덕에서 찍었던 그 사진이 생각나요. 그러니까 멀리서 몸을 뒤척이며 흘러가던 강물들. 눈송이들처럼 떨어져 내리던 봄의 하얀 꽃잎들. 십자가를 향해 구불구불 이어지던 영국더기의 언덕길. 사진 속에 찍힌 그 모든 것들은 내가 더없이 아끼던 보물들이었고, 내게 필요한 건 오직 그게 보물이라는 걸 알아보는 단 한 사람뿐이었어요.
>
> — 『밤은 노래한다』(324쪽)

소설의 마지막에 가서야 공개되는 이정희의 편지에는 보물들에 대한 전언이 담겨있다. 그녀는 세상의 눈으로는 보이지 않는 보물들을 보았고 그것을 볼 수 있는 눈을 가진 단 한 사람을 원했다. 세이렌의 목소리와도 같은 이 편지는 낮의 세계에 속해 있었던 한 남자를 유혹해 죽음에 이르게 하지만 죽음에서 되살려 상처를 치유하고 행동하게 하기도 한다. 상처의 치유는 연인의 죽음이라는 사건 이전과 이후의 연속성을 회복하는 일이었고 타인과의 소통을 가능하게 하는 일이었다. 연결과 소통이라는 동어반복은 김연수의 소설에서 앞으로도 계속될 것처럼 보인다. 그의 '여자친구'는 '세계의 끝'에 있으므로. 그렇기 때문에 독자는 김연수의 소설을 계속 기다릴 수밖에 없다. 이번엔 또 어떻게 같은 이야기를 다르게 써 내는지를.

1부

2. 이야기의 변이

– 소설 계간평

뫼비우스의 띠를 따라 걸어가다 보면

— 문학과 몸

1. 문학과 몸? ……

이광수의 「무정」은 형식이 선형을 만나러 가면서 느끼는 선명한 육체적 감각으로부터 시작된다. 집단적 운명에서 벗어난 독립된 개체로서의 근대적 개인은 이렇듯 누구에게도 동일할 수 없는 개별적 감각으로 표현되었다. 그러나 이성의 무릎이 맞닿는 순간의 감각을 기록했던 「무정」이 결국 금욕주의적 계몽주의로 귀결되고 말았던 데에서 알 수 있듯, 근대문학이 개화되던 순간부터 '몸'은 이미 정신의 외피일 뿐이었다.

그 후로도 오랫동안 '몸'은 문학작품의 전면에 나서지 못했다. 식민지 시기와 한국전쟁, 독재정권 시기와 같은 극한의 상황에서 몸은 폭력에 무력하게 노출되어 파괴되고 찢겨진 형상으로 재현되거나 '병든 몸'으로 시대의 병적인 징후를 은유하곤 했다. 그러나 외부적 폭력에 의해 찢겨진 것은 몸이 아니라 정신이었다. 몸은 정신을 이야기하기 위해 동원된 수사학적 장치였으며 은폐된 타자였다. 손창섭 소설에 등장하는 불구의 몸은 전쟁으로 폐허가 된 현실과 그로부터 어떠한 모색도 가능하지 않았던 시대정신의 표상인 것으로 이해되었으며, 김승옥 소설의 병적인 몸은 경제개발과 더불어 강화되어 왔던 근대적 규율권력이 몸을 매개로 개인의 정신을 잠식하고 있음을 보여주는 하나의 상징으로 해석되었다. 죽음에 이르고 마는 소설의 결말은 몸을 구원해 줄 절대적 '정신'의 부재를 의미하는 것이었다.

절대적 '정신'의 출현은 1980년대에 저항적 이념의 형식으로 찾아왔으나 그것은 몸을 구원하기 보다는 고난의 행군에 기꺼이 몸을 던지게 했다는 점에서 이광수식의 금욕주의적 계몽주의에서 그리 멀리 오지 않은 셈이었다. 하여 베를린 장벽의 붕괴는 몸과 정신 사이에 놓인 장벽을 허무는 것이기도 했다. 몸은 정신에 의해 구원될 수 있을 만큼 정신에 의해 지배되는 것이 아니었고 애초에 몸/정신의 이분법은 성립될 수 없는 명제였던 것이다. 따라서 자신의 욕망을 향해 기꺼이 몸을 던지는 1990년대 여성작가들의 소설은 그러한 이분법을 허무는 고군분투였기에 1980년대의 연장이기도 하다.

이렇게 보면 지금까지의 문학사는 소외된 몸의 역사였으며 이제부터 살펴보고자 하는 2000년대 문학[6]이 비로소 몸을 전면에 등장시킨, 어떤 '완성'의 단계에 도달한 것으로 오독될 수 있다. 하지만 이 글은 '몸'을 키워드로 문학사를 재구성하려는 글이 아니며 '지금-여기'의 문학이 몸과 어떻게 관련을 맺고 있는가를 고민하는 글이다. 사실 이제까지의 모든 문학 작품에서 몸이 재현되지 않았던 적은 없었다. 몸을 통하지 않고 인간에 대해 무엇을 이야기할 수 있단 말인가. 몸을 비유하여 정신을 드러내든, 몸에 기입된 기억을 불러내든 몸은 언제나 어디서나 문학 안에 있었다. 따라서 '문학과 몸'을 말하기 위해서는 문학 전반을 훑어야 하는 난관에 이를 수밖에 없는데, 난관을 뚫고 나가는 데에는 역시나 몸/정신의 이분법에 따른 도식화된 일반화의 방식이 손쉬웠다. 이 글의 시작이 문학과 몸에 대한 통상적 독

---

6) 10년 단위의 연대기적 기술에 동의하진 않지만, 편의상 지금부터 거론하는 문학작품들을 2000년대 문학이라 통칭하기로 한다. 2010년대가 시작되었지만 아직 2010년대 문학이라 호명하기에 이른 시기이며 당연하게도 2000년대 문학의 성격을 이어받고 있기 때문이다. 글의 말미에서 2000년대 문학에서 한 발짝 옆으로(혹은 앞/뒤로?) 옮겨진 2010년대 문학의 자리를 아주 잠깐 언급하기로 한다.

해를 소개한 것으로, 혹은 가장 손쉬운 방식의 결락을 드러내는 것으로 읽히길 바라며 이제 몇몇 작가를 따라 2000년대 문학의 몸을 읽어보기로 한다. 독해의 방식은 누군가 내놓은 길을 그대로 따라가면서 급히 가느라 떨어뜨린 물건을 주워담는 것, 즉 이분법의 도식을 그대로 따라가면서 그 중첩된 오류가 우연히 포착하는 결락의 지점을 추수하는 것으로 한다.

2. 몸/정신, 자연/문명, 혹은 역진화/진화

2000년 벽두에 발표된 「바늘」은 새로운 '몸'의 등장을 예고했던 하나의 문학적 사건처럼 보인다. 「바늘」의 의미를 과대평가하려는 것이 아니라 2000년대의 문학이 몸 위에 새기는 문신과도 같은 '몸'의 서사가 될 것임을 인상적인 장면으로 예시하고 있기 때문이다. 「바늘」의 서사 자체는 정신/몸, 남성성/여성성, 동물성/식물성과 같은 이분법의 경계를 심각하게 교란하면서도 결국 가족의 서사로 회귀하여 욕망의 담지체인 몸 이상의 의미로 나아가지 못했지만, 이후 한국문학의 장에 '몸'에 관한 한 무언가 새로운 것이 쓰여지리라는 예감을 가능케 했다. 이분법의 해체는 사실 이제까지 절대적 우위에 있던 '정신'의 해체를 의미하는 것이므로 이제 몸을 통하지 않고는 서사의 전개 자체가 가능하지 않으리라는 작가적 직관이 만들어낸 상징적 장면으로 볼 수 있겠다. '정신'이 부재중인 2000년대의 세계에서 서사의 방향은 '몸'의 지도, 그 수평적 공간성 위에서 표류중이다. 2000년대 문학의 표류기는 모든 표류기들이 그러하듯 앞을 내다볼 수는 없지만 이전 시대의 문학과는 다른 영토를, 우연히 발견한 듯, 하지만 별 것 아니라는 듯, 조금씩 펼쳐 보여주고 있다.

편혜영의 소설은 천운영의 잔혹하고 그로테스크한 육체의 재현을 이어가면서 반문명적 몸, 비체화된(abjection) 몸을 현시하는 형식으로 2000년대 소설의 '몸'을 보여준다. 천운영이 불구의 비천한 몸을 재현함으로써 남성성/여성성의 경계를 교란하고 있다면 편혜영은 인간과 비인간의 경계를 허물어 문명이 구축한 세계 안에서 살아가는 인간의 허구성을 적나라하게 파헤친다. 그녀의 소설에 편재하는 박제되고 토막난 몸의 형상들은 인간이 과연 야생의 짐승과 무엇이 다른지, 문명의 옷을 한꺼풀 벗기면 오히려 더 비천하고 야만적이지 않은지 묻고 있다.

편혜영 소설의 냄새나고 더럽고 토막난 몸들은 문명 세계의 바깥에 유폐되어 있다. 도시에서 처음으로 역병 환자가 발생한 아오이 가든이나(「아오이 가든」) 점점 더 짧은 주기로 실종 사건이 발생하는 저수지와 같은(「저수지」) 공간은 문명 세계가 누수한 배설물의 세계이다. 그곳에선 "시커먼 개구리들이 비에 섞여 내리고", "실핏줄이 엉겨 붙은 탁구공만 한 눈알"이나 "혀가 길게 빠져나온 머리통"이 계속해서 건져 올려지며 시체를 뜯어먹는 구더기와 물고기들이 서식한다. 쓰레기가 넘쳐나고 시체들이 난무하는 그 곳은 문명이 구축한 반듯하고 말끔한 세계의 이면이자 문명의 시스템이 유지되기 위해 방출될 수밖에 없었던 잔여물의 공간이다. 시체를 뜯어먹는 구더기와 물고기가 서식하는 공간에선 인간의 배에 고양이가 들어가고 임신한 누이가 "우무질에 덮인 개구리"를 낳는다. 인간과 비인간의 구분이 무색해지는 소설 속 장면들은 인간이 문명을 이룩하기 위해 떼어놓은 것이 사실은 인간의 비체(脾體abject)였음을, 그것들은 다시 인간의 몸을 뜯어먹고 있음을 보여준다.

편혜영의 '저수지'에는 사지가 잘려나간 시체들이 있지만 구병모의 저수지에는 '아가미' 달린 몸이 자유롭게 유영하고 있다. 세상의 끝에 내몰린 아버지가 저수지에 뛰어들면서 함께 저수지에 가라앉게 된 소년. 그의 몸에는 태어날 때부터 있었던 것인지, "미지의 선천성 질병에서 비롯된 상처인지,

죽음의 위기에 몰린 생체 조직에서 발현된 갑작스러운 이변이나 기적 또는 역진화의 결과인지, 그것도 아니면 단지 환경오염으로 인한 기형의 일종인지" 모를 '아가미'가 있다.

> 뚝뚝 듣는 물기를 뒤집어쓴 상처가 다시금 꽃잎이 열리듯, 콩껍질이 갈라지듯 살며시 벌어졌다. 석류 열매처럼 드러난 속살이 두근거리는 모습은 명백히 생명의 움직임이었다. 결코 아물어가는 상처가 억지로 쑤셔진 게 아니라, 희박한 산소를 찾아 호흡하려는 태곳적 기관의 발현이자 몸부림이었다.[7]

저수지 근처에 살던 노인과 그의 손자 강하에 의해 구조된 소년의 귀 뒤에는 "칼을 수직으로 꽂아서 도려내다만 듯한 곡선의 금"이 있었는데 그것은 "생명의 움직임", "태곳적 기관의 발현이자 몸부림"인 '아가미'였다. '곤'이라 불리게 된 소년은 물고기처럼 오래 물 속에 머물 수 있었고 점차 아름답게 빛나는 비늘마저 갖추게 되면서 어류-인간이 되어간다. 여기서도 인간과 비인간의 경계는 허물어지고 있는데 「아가미」는 인류라는 종의 기원에 해당하는 어류를 인간의 몸에 겹쳐놓음으로써 진화의 과정에서 놓아버린 것, 즉 문명화된 인간의 몸을 갖추기 위해 버려야했던 것을 현시한다.

「아가미」의 곤과 '강하', 노인이 모여 사는 집과 저수지는 편혜영의 그곳처럼 배제된 자들의 장소이며 토사물과 똥오줌과 시체가 잠겨있는 누수된 공간이지만 구병모는 이곳에 아름답고 시원적인 '몸'이 거하게 함으로써 문명화된 삶을 살아내느라 저 깊은 곳에 폐기해 두었던 코라적(chora) 공간에 대한 무한한 그리움을 일깨운다. 상징화되기 이전의 모성적 공간을 함의하는 코라는 전(前)형상적이고 전(前)이데아적인 장소로서 그리움의 대상이기

---

7) 구병모, 『아가미』, 자음과모음, 2011, 39쪽.

도 하지만 부정의 대상이기도 하다.[8] 자신의 기원이긴 하지만 낯설고 이질적인 형상으로 그 실재를 불쑥 드러낼 때 인간은 당혹감과 더불어 역겨움에 휩싸이게 되는 것이다. 하여 그의 아가미를 처음 발견하고 곤이라는 이름을 부여한 강하가 곤에 대해 뭔지 모를, 막막함에 가까운 양가감정에 휩싸이는 것은 당연하다. 곤의 몸을 대하는 순간 그것이 인류의 최초의 모습이었음을, 문명의 성채를 이루기 위해 폐기하거나 변형해야 했던 원래의 몸이었음을, 하지만 이제는 닮을 수조차 없는 몸이 되어버렸음을 직감하며 분노와 질투, 혹은 혐오나 무기력에 빠져든다.

따라서 편혜영의 그로테스크하고 엽기적인 몸과 구병모의 날렵하고 아름다운 몸은 그리 다르지 않다. 문명과 자연이 구분되기 전의 몸이란 역겨우면서도 아름답고 기괴하면서도 친밀한 형상이 아니었겠는가. 모든 이질적인 것들이 뒤엉킨 그 몸을 상상하는 일은 어차피 이미 상징화되어버린 우리의 상상력을 초과하는 불가능의 영역이다. 문명의 힘이 인간의 세포 하나하나를 분석하고 통제하는 시대에 거꾸로 역진화하는 몸, 시원적인 몸을 재현하고자 하는 문학적 상상력은 문명의 거역할 수 없는 통제를 몸의 역능으로 거스르고자 하는 '본능'처럼 보인다. 거듭된 진화를 통해 문명을 건설하고 그 문명에 맞게 몸이 변형되어온 시간, 그 결과물들이 역으로 몸을 공격하고 옥죄어올 때 몸은 다시 생존을 위한 역진화를 택할 수밖에 없을 것이다.

---

8) 제대로 된 '말'을 배우기 전 곤이 내뱉는 소리는 곤의 몸이 상징화되기 이전의 코라적 상태에 가까움을 보여준다. ("그러자 아이는 자음과 모음이 아무 기준도 없이 뒤섞인 국적 불명의 말로 소리를 치며 의사의 손에 자신의 몸을 맡기지 않으려고 몸부림쳤는데, 그 말은 정상적인 언어라기보다는 유아기의 옹알이에 가까웠으며, 몸속 어딘가에 열두 개의 현으로 이루어진 악기라도 감추어진 듯 형용하기 힘든 오묘한 울림이 있었다." – 위의 책, 71쪽) 하지만 「아가미」는 곤의 몸을 아름답게만 재현함으로써 이질적이고 낯선 것들이 가득한 시원적 공간의 의미를 단일화하고 있다. 양가적 의미를 놓치지 않으려는 문장들이 눈에 띄긴 하지만 곤의 몸을 미학화하려는 욕망이 더 큰 나머지 그 의미는 시원적 공간에 대한 낭만적 그리움에 가까워진다.

역진화의 시간은 과거-현재-미래의 직선적 방향을 향해 흐르지 않는다. 문명을 이룩한 근대적 시간은 언제나 직선의 방향성으로써 생물의 진화를 이끌고 인간의 삶을 통제하고 소소한 희원과 충동적 욕망을 시간의 바깥으로 내던지게 했다. 이를 거스르려는 역진화의 시간은 바로 정체되어 있으면서 끊임없이 운동하는 저수지의 물처럼 현재에 머물러 있는 듯 어딘가로 빠져나가는 중이다.

> 곤은 자신이 언제부터 시간의 흐름과 무관하게 살아왔는지를 떠올리지 않았다.(…) 그 어떤 행동도 현재를 투영하거나 미래를 전망하지 않고 어떤 경우라도 과거가 반성의 대상이 되지 않으니 어느 순간에도 속하지 않는 삶이었다.[9]

이러한 곤의 삶이 퇴행이 아니라 역진화인 것은 시간의 흐름을 거스르는 몸의 형상을 통해 성장하는 서사를 보여주기 때문이다. 그의 삶은 물 속에서 자유롭게 유영하는 순간에만 가득 차오를 수 있으니 물 밖의 삶은 여분의 것일 뿐이다. 그런 그가 그나마 물 밖의 삶을 영위할 수 있도록 하는 것은 강하와 노인이 울타리가 되어주었기 때문이며 이녕의 "예쁘다"라는 말로 표현되는 선험적 공감, 해류의 정서적 공감 같은 것들이 힘을 보태기 때문인데, 노인과 강하가 죽은 후에도 삶을 포기하지 않고 그들의 시체를 찾으러 바다에 뛰어드는, 그리하여 바다에 빠지는 다른 사람을 구하기도 하는 삶을 지속하는 것은 바로 그 때문인 것이다. "어느 순간에도 속하지 않는 삶"이었던 그는 타인의 삶을 연결하며 무언가를 찾는 존재로 변화한다. 곤을 시간의 흐름과 무관한 삶으로 몰아넣은 것도 곤의 남다른(singular) 몸이지만 그 몸은 곤의 삶을 변화시켰으며 또 타인의 삶을 연결하는 매개가

9) 구병모, 앞의 책, 47쪽.

되기도 한다.

이렇게 보면 현재에 머물러 있는 듯 직선적 시간의 흐름과 무관한 역진화의 시간은 누군가와 연결되기 위해 빠져나가는 중이다. 시간의 흐름 속에 변하지 않는 실체로 남아있는 것은 '몸'이고 몸의 형태는 변화하더라도 그 몸을 인간의 몸이게 하는 것은 역시나 누군가의 온기이기 때문일까. 『재와 빨강』(편혜영)의 '그' 또한 이국의 공중전화부스 안에서 장거리 통화를 시도하며 "먼 과거와 유일하게 이어진" 이름들을 부른다. 이러한 연결에의 갈망은 문명의 촘촘한 네트워크 속에서 단절적 기관으로 살아가는 인간의 유기체적 본능일지 모른다.

3. 재난의 역습, 몸의 역능

문명 밖으로 내던져진 것들이 몸을 공격하는 대표적인 사례는 전염병과 재난일 것이다. 문명이 각인된 몸은 지구촌의 모든 생물을 제압할 만한 힘을 지녔지만 바로 그 문명의 힘을 잃게 되는 순간 무력해진다. 위험을 예감하고 먼저 몸을 피할 줄 아는 쥐나 갈매기만 못한 인간의 몸은 자신이 고안한 시스템으로 인해 오히려 더 큰 재난에 빠져든다. 과학적으로는 문명의 폐해가 생태계를 파괴시키고 기후의 변동을 유발시켰다고 설명할 수 있지만 문학적으로 재난의 재현이 빈번해진 것은 그 속에서 느끼는 문명인/자연인의 낙차가 너무나 크기 때문일 터이다. 마시는 물조차 정화시스템을 거쳐 각 가정에 배달되도록 고안된 치밀하고도 거대한 문명의 체계가 일시에 무너진다면 그 안에서 하나의 기관으로 생존해왔던 현대인들은 과연 무엇을 할 수 있겠는가?

우선, 문명의 끝과 인류의 멸망은 이미 예견되어 있지만 그럼에도 불구하고 일상은 계속된다는 태도가 있을 수 있다. 편혜영의 「재와 빨강」이 그러한데, 전염병이 창궐한 C국의 도시는 소독약 연기로 자욱하고 방치된 쓰레기가 곳곳에 널려 있지만, 그 와중에도 여전히 출근을 하고 물건을 팔면서 견고한 일상은 계속되고 있다.

> 높은 감염율과 높아져가는 사망률과 확보되지 않은 백씬 소식에도 불구하고 일상의 면역력은 견고했다. 사람들은 여전히 직장에 출근하고 학교에 등교했으며 물건을 팔았다. 전염병이 도는 시기라고 해도 배워야 할 것이 있었으며 진학해야 할 학교가 있었고 그러기 위해서 다녀야 할 학교와 학원이 있었다. 수출해야 할 상품이 있었으며 적절한 마진을 붙여 팔아야 할 수입품이 있었다. 전염의 위험에도 지속적인 사업을 위해 만나야 할 낯선 거래처 사람이 있었다.[10)]

C국의 언어가 능숙하지 않은 상태로 C국 본사에 파견된 '그'는 격리된 아파트에서 뛰어내려 거리의 쓰레기더미를 헤집는 부랑자로, 하수도에 내던져진 비참한 신세로 전락하지만 우여곡절을 거쳐 다시 일상의 영역으로 복귀한다. 파국이 난무하는 현실에서 정작 파국은 그려지지 않는 셈인데, 그럼으로써 재난과 파국을 일상처럼 경험하며 살아야 하는 세계가 적나라하게 그 모습을 드러낸다. 그리하여 썩은 음식을 먹고 하수도의 검은 물에 찌그러진 식기를 씻는 삶이란 도시의 말끔한 일상 바로 옆에 나란히 존재하고 있음을, 일상의 파국은 그리 멀리 있지 않음을, 우리의 삶이란 이미 파국과 함께 하는 삶임을 직시하게 한다.

다음으로 종말론적 문명관이 팽배한 상황에서 문학이 역설적으로 쓸 수 있는 창세기(이자 묵시록)가 있다. 대홍수가 지나간 뒤 노아의 방주에서 나온

---

10) 편혜영, 『재와 빨강』, 창비, 2010, 178-179쪽.

생물체가 새로운 세계를 만들어가듯 재난이 휩쓸고 간 자리에 남아있는 것이 21세기의 창세기를 열 수 있을 터, 김애란의 「물 속 골리앗」이 그 자리를 가리키고 있다.

「물 속 골리앗」의 재개발지구에 닥친 재난은 수해이다. 그 수해는 "티브이 화면 위로 수재민의 모습과 구조 장면이 반복되고, 그런 게 별로 새로울 게 없던 날들"의 재난과 달랐다. 비는 "지구의 살갗 위로 번져나가는 무수한 동심원의 무늬"를 그리며 "내리고, 계속 내리고, 자꾸 내렸다." 그리하여 세계를 "거대한 수중 무덤"으로 만들고, 아버지와 어머니를 차례로 잃은 '나'를 "우주의 고아"처럼 만들었다. 21세기의 노아가 된 주인공은 물 위로 유일하게 솟아있는 구조물인 타워크레인을 붙들고 소리친다. "왜 나를 남겨두신 거냐고. 왜 나만 살려두신 거냐고. 이건 방주가 아니라 형틀이라고. 제발 멈추시라고……"

이 소설의 몸은 재난을 맞은 지구이자 자연이다. "우리의 주어"인 지구-자연은 스스로 물에 빠짐으로써 "우리의 수동성을 허락하고 우리의 피동성을 명령"한다. 스스로 주어인 것으로 착각했던 인간은 "인간이 지상에 이룩한 것과 지하에 배설한 것이 함께 엉기는 곳. 짐승의 사체와 사람 송장은 물론 잠들어 있던 망자들의 넋마저 흔들어 뒤섞어버리는 곳"에 잠겨 몰락한다. 그런 인간에게 지구-자연은 무엇을 허락하고 무엇을 명령하는가. 그것은 바로 소설의 서두에서 '나'가 바라보는 '나무'가 현시하는 바, "순응과 저항 사이의 미묘한 춤"이다.

> 한동안 방 안에 틀어박혀 나무만 봤다. 태풍에 몸을 맡긴 채 쉴 새 없이 흔들리는 고목이었다. 나무는 대낮에도 검은 실루엣을 드러내며 서 있었다. 이국의 신처럼 여러 개의 팔을 뻗은 채, 두 눈을 감고-. (…) 천 개의 잎사귀는 천 개의 방향을 가지고 있었다. 천 개의 방향은 한 개의 의지를 가지고 있었다. 살

아남는 것. 나무답게 번식하고 나무답게 죽는 것. 어떻게 죽는 것이 나무다운 삶인지 알 수 없지만, 그런 게 종(種) 내부에 오랫동안 새겨져왔다는 것만은 분명했다. 고목은 장마 내 몸을 틀었다. 끌려가는 건지 버티려는 건지 모를 몸짓이었다. 뿌리가 있는 것은 의당 그래야 한다는 듯, 순응과 저항 사이의 미묘한 춤을 췄다. 그것은 100년 전에도 똑같은 모습으로 서 있었을 터였다. 나는 그 사실이 마음에 들었다.[11]

인간은 지구-자연이 주는 가르침을 겸허히 받아들이며 자신이 초래한 재난에 순응해야 할 테지만 살아남는다는 "한 개의 의지"로서 그에 저항할 수밖에 없을 것이다. 모든 것이 물에 잠기고도 타워크레인만이 솟아있었던 것은 타워크레인 또한 순응과 저항 사이에 놓여 있었기 때문이다. 타워크레인은 자연의 중력에 저항하며 문명을 이룩했던 인간 문명사의 상징이자 그 문명이 배제하려 했던 자들의 투쟁의 터전이 되기도 했다. '나'의 아버지가 타워크레인 위에서 체불임금시위를 벌이다 죽음을 맞이하고 '나'가 타워크레인에 오름으로써 생존할 수 있었던 데에는 그만한 이유가 있다. 타워크레인을 만들었던 개인은 죽음으로 소멸되지만 타워크레인은 남아 그 후손에게 "100년 전에도 똑같은 모습으로 서 있었을" 나무처럼 "순응과 저항 사이의 미묘한 춤"을 출 수 있는 장소가 되어 주는 것이다. 소설에서 그 춤은 타워크레인 위에서 우연히 발견한 라면과 사이다를 먹으며 느끼는 "어둠 한가운데서 알전구를 씹어 먹는 기분", 또 그 순간 떠오르는 "아버지의 보호 안경 위로 비쳤을 용접 불꽃"으로 표현된다. "아버지가 평생 마주한 불빛. 그리고 내게 다른 빛을 보여주려 한 아버지의 마음도" 역시 나무의 춤과 같지 않겠는가. 21세기의 창세기는 재난이 휩쓸고 간 자리에 '타워크레인'이 남아 있다고, 인간은 그 장소에서 '춤'을

11) 김애란, 「물 속 골리앗」, 『자음과모음』 2010 여름(문학편), 47–48쪽.

출 수 있다고 말한다. 물론 그 춤은 세상에서 가장 고독한 춤이 되겠지만 말이다.

「물 속 골리앗」의 아버지가 타워크레인 위에서 마지막까지 했던 일은 맨손체조였다. "선두에 선 사람도, 중요한 간부도 아니었지만 가족을 위해서라도 그러지 않으면 안 된다 싶어", 체불임금 시위를 벌여야 했던 사람들과 교대로 올라간 그 곳에서 추위와 두려움과 고독을 잊기 위해 했던 맨손체조. 아버지의 아들 또한 그 위에서 하게 될 체조. 이 운동은 어떤 점에서 같은 작가의 소설 「스카이 콩콩」에 나오는 "스카이 콩콩을 타는 나의 운동"을 연상시킨다.

> 나는 옥상 위에서 조용히 스카이 콩콩을 타고 있었다. 세계의 소란스러움을 등지고 가로등 아래서 홀로 스카이 콩콩을 타는 나의 모습은 고독하고 또 우아했다. 스카이 콩콩을 타는 나의 운동 안에는 뭐랄까, 어떤 '정신'이 들어 있었다.[12]

문명이라는 거대한 시스템의 한 기관으로 전락했던 인간은, 그리하여 어디에나 연결될 수 있지만 언제나 혼자일 수밖에 없는 고독한 개인은, 이미 예견되어 일상의 한 자리를 차지하고 있는 문명의 파국을 바라보며 '어떤 정신'이 깃든 운동을 하고 있다. 이 운동은 「물 속 골리앗」의 아버지가 '나'에게 가르쳐준 헤엄, 그리하여 '나'가 타워크레인을 향해 헤엄쳐갈 수 있도록 해준 그 운동이자 '춤'이며, 「아가미」의 '곤'이 자신만의 세계에서 홀로 자유롭게 유영할 수 있었던 그 운동이다. 문명의 파국, 출구 없는 세계의 끝과 같은 장소에서 하는 운동이란 열리지 않는 문을 두드리는 노크와 같은 것이리라. 하여 그 운동에 깃든 '어떤 정신'이란 오지 않을 누군가를 기다리는

12) 김애란, 「스카이 콩콩」, 『달려라, 아비』, 창비, 2007, 65쪽.

마음(「물 속 골리앗」), 수신음이 들리지 않는 수화기에 대고 부르는 이름(「재와 빨강」)과 같은 것이다.

나는 다시 기다려야 했다. 큰 바람이 불자 골리앗 크레인이 휘청휘청 흔들렸다. 나는 빗물에 젖은 속눈썹을 깜빡이며 달무리 진 밤하늘을 오랫동안 바라봤다. 그러곤 파랗게 질린 입술을 덜덜 떨며 조그맣게 중얼댔다.

— 누군가, 올 것이다.[13]

좁은 사각형의 유리상자 안에서 그는 공연히 떠오르는 이름들을, 전처의 이름이나 유진의 이름 혹은 자신의 이름을 수화기에 대고 말했다. 동전을 넣지 않으면 어떠한 신호음도 떨어지지 않는 수화기는 묵묵히 그가 부르는 이름을 들어주었다. 이름을 부르는 그의 목소리가 유리상자 안에서 가볍게 공명했다. 그 이름들은 닿을 수 없는 먼 과거와 유일하게 이어진 것이었다.[14]

이 즈음을 몸/정신의 이분법이 허물어지는 장면으로 봐도 좋겠다. 부재중인 '정신'이 몸의 운동으로 몸 위에 깃들게 되었으니 말이다. 그로츠(Elizabeth Grosz)가 몸과 정신의 관계를 뫼비우스의 띠에 비유해서 설명한 것처럼 몸의 운동에는 정신이 깃들기도 하며 그 정신으로 인해 몸은 운동을 계속하게 될 것이다. 문이 (거의) 열리지 않으리라는 것을, 누군가 올 가망이 (거의) 없다는 것을 알지만 운동을 계속함으로써 현재의 지평에 파열음을 내며 구멍과도 같은 다른 지평이 열릴 수도 있는 일이다.

13) 김애란, 앞의 책, 75쪽.
14) 편혜영, 앞의 책, 234쪽.

4. 수행적인 몸

2000년대의 문학을 출구 없는 시대의 무력한 개인들의 이야기로 보는 시각은 어느 정도 보편화되어 있는 것 같다. 견고한 질서 속에서 운신할 수 있는 폭은 너무나 제한적이고 어떠한 다른 세계도 꿈꿀 수 없는 시대. 이러한 인식은 저수지나 버려진 마을과 같은 닫힌 공간으로 알레고리화되고 그 안에 갇힌 '몸'은 문명의 질서에서 누수된 각종 잔여물들로 채워진다. 수평적 공간성 위에서 표류중인 서사는 이제 인간과 비인간의 경계를 무색하게 하는 비체화된 몸의 현시에서 한 발짝 옆으로(혹은 앞/뒤로?) 자리를 옮겼다. 문명이 이룬 모든 것을 허물어뜨리는 재난의 상상력을 통해 역진화의 끝이자 시작인 지점에 이르고 있는 것이다. 그 자리에서 몸은 누군가와 연결되길 바라며 운동 중이다.

몸은 진술적인(constative) 발화가 아니라 수행적인(performative) 발화를 하고 있다. 박완서의 「겨울나들이」에 나오는 '도리질하는 노파'처럼 전쟁과 분단의 기억을 몸에 기입한 채 역사적 사실을 진술하거나 몸을 빗대어 진리를 발화하는 비유적인 몸이 아니라 멈추지 않고 운동하는 수행적인 몸으로서 발화하고 있는 것이다. 그리하여 이제 2010년대 문학이 '운동'을 통해 가닿게 될 어떤 지점, 시간성과 공간성이 뫼비우스 띠처럼 연결되어 있는 좌표 어디쯤을 가리키고 있다.

사막에서 살아가기

사막과도 같은 현실에서 살아가고 있다. 살아가면서 느끼는 실제의 감각이 사막에서 모래바람을 맞으며 서 있는 황폐함, 바로 그것이므로 이것은 어떤 의미에서 비유적인 표현이 아니다. 슬라보예 지젝은 현재의 세계를 실재의 사막(the Desert of the Real)이라 말했고, 바디우는 지난 세기를 움직인 정신의 심층을 '실재에의 열정'(passion for the Real)으로 설명한 바 있다. 실재에의 열정은 사라지고 오직 사막일 뿐인 세계에서 어떻게 살아갈 것인가. 지금의 소설은 이런 질문 앞에 서 있다.

1. 텅빈 구멍

박형서의 신작 「Q.E.D.」(『문학동네』 2011년 겨울)에는 '실재에의 열정'에 사로잡혀 자신의 생을 헌납한 한 여자가 등장한다. "수학의 심장"이라 일컬어지는 π(파이)의 근사치에 도달하고자 하는 실현불가능한 욕망에 사로잡혀 한 여자의 일생은 그야말로 헌납된다. 대학을 입학하던 해에 교통사고로 사망한 부모, 같은 학과 남학생과의 사랑 등 누구나 겪을 만한 인생의 사건들이 그녀에게도 벌어지지만 실현 불가능한 욕망에 사로잡힌 자에게 그런 굴곡들은 한없이 사소한 것으로 치부되고 만다. 오십여 년간의 열정이 도달한 곳은 'Q.E.D.' "그 순간 여자의 인생에서 가장 놀라운 도약이 일어났다. '끝'이라 쓰고 점을 깊이 눌러 찍었다. 증명이 불가능함을 받아들인 것이다." 자기만의 'Q.E.D.'(증명 종료)인 셈이다. 핑계도 자기연민도 없이 일생을 바친 허망한 결과를 받아들이며 죽음에 이른 한 여자의 삶은 숭고하기까지 한데, 실상 그 여자의 삶이란 '증명 불가능한 명제를 증명하기 위해 일생을 바쳐 증명 불가능하다는 결론에 도달한 삶'이다. 그러니 실재에의 열정에 사로잡힌 삶이라 말할 수 있지 않겠는가.

최근 출간된 『핸드메이드 픽션』(문학동네, 2011)에는 「Q.E.D.」의 여자가 도달한 'Q.E.D.'처럼 실재에의 열정이 결국 도달하는 지점을 인상적인 장면으로 보여주는 작품이 수록되어 있다. 「Q.E.D.」가 여자의 삶을 '숭고'에 가깝게 그리고 있다면, 첫 번째 수록작인 「너와 마을과 지루하지 않은 꿈」은 '너'의 삶을 관조함으로써 냉소적 '시선'의 문제를 제기하고 있다.

「너와 마을과 지루하지 않은 꿈」의 '너'는 "닭이나 돼지처럼 그저 태어나고, 밋밋하게 살아가다 조용히 늙어죽"는 삶이 널려있는 무료한 마을에서 벗어나기를 꿈꾼다. 몇 번의 가출은 실패로 끝나고 '너'의 꿈은 서서히 실현 불가능한 것에 가까워진다. 그러던 어느 날 마을 호수에 커다란 바위가 굴러떨어지고 바위에 파인 깊은 구멍에 머리를 처박고 죽어있는 시체가 발견되면서 '너'의 꿈은 되살아난다. 무료한 마을에 문득 현현한 기이하고 끔찍한 죽음은 '너'의 인생에도 지루하지 않은 무엇이 출현할 수 있음을 일깨운 것이다. 꿈 꾸는 동안의 '너'는 지루하지 않았다. 마을 사람들의 관심과 흥분이 가라앉은 뒤에도 '너'는 홀로 마을을 순찰하며 '너'의 지루하지 않은 꿈을 지속시키려 한다. 하지만 바로 그 지루하지 않은 꿈으로 인해 '너'의 지루한 인생은 막을 내리게 된다. 순찰하는 도중 벌떼에 쫓기게 되고 달빛을 받아 반짝이는 바위를 호수의 일렁임으로 착각한 '너'는 바위의 깊은 구멍을 향해 힘껏 뛰어들었던 것. '너'의 꿈을 일깨웠던 시체의 자리에 '너'가 놓이게 됨으로써 그토록 알고 싶었던 기이하고 끔찍한 죽음의 내막을 깨닫는 '희열'을 느끼게 되지만 그것은 곧 '너'의 죽음을 의미하는 것이었다.

'너'의 마을은 실재에의 열정을 잃어버리고, 반복되는 일상의 무료함만이 가득한 우리의 세계이다. 「Q.E.D」의 굴곡진 삶이 수학에의 열정으로 집약되는 것처럼, 개별체의 삶은 숱한 사연들로 꿈틀대지만 그것의 재현은 다만 "모든 죽음엔 사연이 있고, 모든 사연은 슬프다"로 요약될 뿐이다. 각각의 사연과 죽음은 무한복제의 시스템 속에서 '모든' 사연과 죽음 중 하나로서 잊혀진다. '너'의 마을 사람들이 사건을 두 번 겪으며 "서서히 긴장을 풀고는 예전의 익숙한 생활로 돌아가기 시작"했던 것처럼. 그러지 못하고 사건의 실재에 다가서고자 했던 '너'는 결국 실재와의 대면과 더불어 죽음에 이른다. 무의식적으로 실재와의 대면을 회피하고 두려워하며 애초에 꿈조차 꾸지 않았던 마을 사람들, 아니 실현 불가능한 욕망이 어떠한 결과를 가져오는지를 숱한 사연과 경험 속에 체득하고 있던 마을 사람들은 다만 스너프 무비의 관람자처럼 낯설고 기이한 죽음을 관람한다. 무한반복되는 9.11 테러의 장면을 TV로 시청하며 최초의 경악이 마침내 무덤덤해지기까지를 경험했던 우리들처럼.

그러므로 구멍에 머리를 처박은 시체, 사실은 아직 숨이 끊어지지 않은 채 굳어있는 생명을 실제로 죽게 하는 자가 마을의 바보 용철이며, 그가 머리를 빼내는 동안 두개골이 일그러지고 살가죽이 벗겨지는 잔혹한 과정이 마을 사람들 모두가 지켜보는 가운데 실연된다는 소설의 설정은 의미심장하다. 독자는 '너'이기보다는 '마을 사람들'에 가깝지 않은가? 실재와는 언제나 일정한 거리를 유지하고 그 거리로 인한 무료함은 간간히 가상현실로 때우며, 혹은 실제로 일어나는 재난조차 가상현실화하며 자신들은 안전 지대에 있다는 안도감을 확인하고자 하는 것은 아닌가? 마을 사람들이 문제에 대한 근본적 대책이라 할만한, 바위를 깨는 일에 극구 반대했다는 사실을 기억해보자. 바위의 구멍이 없어진다면 마을 사람들이 실재를 대신하여 경험할, 혹은 무료함을 달래줄 '가상현실' 관람에의 기회를 영영 잃게 된다. 텅빈 구멍을 욕망함으로써, 아무 것도 아닌 '무'를 욕망함으로써, 가상현실은 반복되고 실재와의 거리는 적절하게 유지된다. 간혹 「Q.E.D」의 여자나 「너와 마을과 지루하지 않은 꿈」의 '너'처럼 실재에의 열정에 삶을 헌납하는 자들도 있으나 그것은 실재와의 거리 조절에 실패한 자들로 간주될 뿐이다.

2. 평면과 수직낙하

황정은의 소설에는 구멍을 향해 돌진하는 열정적인 에너지가 없다. 폐허가 된 세계는 개수 구멍 없는 개수대처럼 잔여물이 빠져나갈 구멍이 없고 에너지는 순환되지 않는다. 에너지는 펑퍼짐하게 분산되어 힘을 잃고 낙하하는 중이다. 황정은의 세계는 이미 그 실상이 적나라하게 노출되어 현실을 가려줄 어떠한 커튼도 무용한, 그리하여 현실을 견디게 해줄 환상만이 '겨우' 유용한 그런 세계이다.

『파씨의 입문』(창비, 2012)의 수록작, 「낙하하다」에는 언제부터인지도 모르게 "떨어지고 떨어지길 거듭"하고 있는 '나'가 있다. 이것은 꿈일지도 모르지만 결국은 죽었는지도 모르겠다고 생각하며 밑도 끝도 없이 떨어지고 있는 '나'가 있다. '나'는 "세 개의 점이 하나의 직선 위에 있지 않고 면을 이루는 평면은 하나 존재하고 유일하다."라는 문장을 외운다. "어째서 이런 것을 아직까지 기억하고 있는지", "말하고 말해도 의미를 알 수 없다"고 하지만, 직선으로 떨어지고 있는 '나'에게 "세 개의 점이 하나의 직선 위에 있"다는 명제처럼 두려운 것도 없을 것이다. '나'를 제외한 두 개의 점이 적어도 자신과 같은 직선 위에 있지는 않아서 세 점이 만드는 하나의 평면을 만나는 날이 있으리라는 일말의 희망같은 것이 필요하지 않겠는가. "올바르게 떨어지다보면 마지막엔 무언가에 닿지 않을까"란 '나'의 자기진술과 "아무런 물질에도 닿지 못하는 빗방울이란 하염없이 떨어져내릴 뿐이라는" 야노 씨의 이야기가 이를 뒷받침해준다. 끝없이 낙하하는 빗방울의 이미지는 개수구멍 없는 개수대의 이미지와 겹친다. 야노 씨에게 빗방울 이야기를 들은 밤, '나'는 개수구멍 없는 개수대가 있는 다음과 같은 방을 떠올리며 "무서워" 한다.

> 오후를 그토록 기다리는데 어디에도 그 방에 문이 달렸다는 문장이 없어서 어떻게 되려나, 생각했다. 개수구멍도 없고 문도 없고 아마도 시계도 없는 듯한 옳지 않고 이상한 방에서, 그는 나올 수 있을까. 오후가 되어도 오후가 되었다는 것을 어떻게 알아챌까. 오후는 이미 그 방의 바깥에서 수천번 수만번은 왔다가 가버리지 않았을까. 수천번 수만번은 왔다가 가버린 뒤라서 더는 오지 않는 게 아닐까. 바깥엔 무엇이 있을까. 개수구멍도 없고 문도 없고 더는 오후도 찾아오지 않는 방의 바깥엔 무엇이 있을까. 아무도 아무것도 세계랄 것도 없는 진공이나 아닐까. 그런 진공에 갇힌 방은 어떨까. 그건 지옥일지도 모르겠다고 생각했다. 끝이 없다. 끝나지 않는다. 우주처럼 무한한 공간을 낙하할 뿐인 빗방울이나 마찬가지로 지옥적이라고 생각했다.
>
> —『낙하하다』(69쪽)

개수구멍 없는 개수대, 낙하할 뿐인 빗방울, 지옥적인 세계, 세계랄 것도 없는 진공, 이것은 실재의 사막을 황정은만의 방식으로 이미지화한 것으로 볼 수 있다. "지옥이란 그렇게 단순하게 스펙터클하거나 요란한 곳이 아니"라고 생각하는 작가만의 이미지. 황정은의 소설은 이런 세계에서 살아가는 흔적과도 같은 존재들의 이야기를 담고 있다. 그 희미한 존재들은 개수구멍을 통해 빠져나갈 수조차 없어서 문득 모자가 되거나 그림자가 되어 잉여적인 형태로 세계에 붙어있다. 「대니 드비토」의 '나'처럼 죽어서도 다른 세계로 가거나 사라지지 않고 이 세계 어딘가에 '점착'해 있다가 점차 약해지며 흩어져버리는 희미한 존재들. 이들은 선량하다. 황정은 소설의 인물들은 "스펙터클하거나 요란하지" 않은 소소한 일상을 살아가며 질투도 하고 원망도 하지만 타인이나 세계에 큰 영향을 미치지 않은 채(혹은 못한 채, 흔적과도 같은 존재들이 어떻게 영향을 미칠 수 있겠는가) 대체로 선량하다고 할 만한 삶을 산다. 「양산 펴기」에서 장어를 먹고 싶어하는 '녹두'와 화해하기 위해 아르바이트를 하는 '나'나, 「디디의 우산」에서 학창시절 돌려주지 못한 우산을 내내 기억하고 있는 '디디'처럼.

물론 다른 삶도 있다. 개수 구멍 없는 개수대에서, 빠져나갈 곳이 없어 쌓이는 쓰레기와 같은 삶을 사는 이들이 있다. 세계의 온갖 병리적 노폐물들을 품어 스스로 쓰레기가 되는 삶을 살아가기. 「묘씨생」의 '곡씨 노인'이 그러하고, 곡씨 노인 옆에서 쓰레기를 주워 먹으며 불사의 삶을 사는 고양이 '나'가 그러하다. 고양이로서 "인간의 체온을 빨아"들여 불사의 삶을 살게 된 '나'는 실재의 사막이 양산한 잉여적 존재들의 형상이다. 요컨대 이 사막과도 같은 세계에서 살아가는 방법은 '희미해지기'와 '쓰레기 되기'임을 황정은의 소설은 보여주는 것이다. 그 어느 쪽도 '끝'이 없어서 사막에서의 삶은 황량하고 또 황량하다.

천장으로 창으로 많은 양의 모래가 쏟아져들어왔다. 매우 많은 양의 모래. 그는 모래에 쓸려 구르고 뒹굴다가 목전에서 연인의 노란 얼굴을 발견했다. 그 얼굴은 그와 다름없이 모래에 묻혀가는 중이었다. 눈을 감고 있었고 입을 벌리고 있었다. 양쪽 귀는 가망 없이 묻혔고 이제 입을 향해 모래가 닥쳐오고 있었다. 그는 장을 불렀다. 장, 장, 입이 없으면 숨을 쉬지 못한다. 이미 숨을 쉬지 않는 듯한 연인의 얼굴을 덮어가는 모래를 쓸어내고 쓸어내며 흐느꼈다.

—『뼈 도둑』(190쪽)

「뼈도둑」에 그려진 세계의 위와 같은 이미지처럼, 닫힌 세계에서 차오르는 사막의 모래가 우리의 영혼을 잠식하고 있다. 이 작품은 에너지 없이 희미한 존재, 주변으로 밀려난 존재가 '의지'라는 것을 집약시켜 나아가는 한 '방향'을 가리키고 있어 황정은 소설의 변화를 짐작케 한다. 희미해지는 것만으로, 쓰레기가 되는 것만으로 더는 버틸 수 없을 만큼 황폐해진 세계에서 '살아가기'의 다른 방향을 찾고자 「뼈도둑」의 '그'는 길을 나선다. 동성의 연인을 사고로 떠나보내고 세계의 경계로 밀려난 '그'는 극심한 피로감 속에서 더 이상 상징계에 편입되어 살아갈 의지를 상실하고 스스로 유폐된다. 세계는 이례적인 추위와 폭설에 휩싸이고 "이례는 상례가 되었고 일시는 영속이" 되어 간다. 소중히 지켜오던 불이 꺼져가고 식량도 떨어져갈 즈음, '그'는 연인의 뼈가 있는 납골당을 향한다. 실상 '그'가 나서는 길은 황정은 소설이 그동안 보여준 것과 다른 방향은 아닐 것이다. 직선의 수직낙하가 한 평면을 만날 수 있으려면 한 평면이 존재하길 바라는 것일 터, 소망을 품은 직선의 운동이 평면을 발생시키는 효과가 될 수 있을 것이므로. '그'가 나서는 길은 평면을 발생시키는 효과가 될 수 있을까?

3. 재생(再生), 살아가기

「다시, 살아가는 일」(원종국, 『문학과 사회』 2011 겨울)의 '나', 유리는 생후 백일 즈음 보육원에 유기되었다가 7세에 동성 커플에게 입양되었다. 헌팅턴

무도병이라는 희귀 유전병을 앓고 있으며 게임 중독에 의한 환각 증세도 경험한 바 있다. 현재 동성 부모는 이혼한 상태이고 복제 인간의 아이를 임신 중이다. 여러모로 제도권 내에 편입된 일반적인 가족관계를 위반하고 있으며 심지어 아직까지는 도래하지 않은 복제 인간의 아이까지 임신 중인 인물. 「다시, 살아가는 일」은 이처럼 철저하게 가상의 인물을 내세운 이야기를 그럴 듯하게 이끌어가는 솜씨가 돋보이는 작품이다. 더욱이 환각 증세에 시달리는 이 인물의 현실 복귀 프로그램이 다름 아닌 '가상 현실'이라는 점이 눈길을 끈다. '나'를 진료했던 신경정신과 의사는 '행복동'이라는 사이트를 알려주고 그곳에서 "가장 마음을 열고 편안하게 대할 수 있는 사람의 아바타를 만들어 같이 살아보라고 조언했었다." 그리하여 '나'는 '행복동'에 집을 분양받고 정원에 텃밭을 가꾸며 마치 아파트 CF 속의 삶과도 같은 행복을 누린다. 화가인 남편 '달리'와 함께 "옥상에 자그마한 평상을 가져다놓고 앉아 맥주를 홀짝이곤 했다. 둘이 나란히 누워 하늘을 바라보기에 맞춤한 크기였다. 해가 넘어가고 나면 하늘엔 은하수가 쏟아질듯 펼쳐졌다." 현실에서의 우리가 아파트 CF를 통해 형성된 브랜드 이미지를 소비하며 대리만족을 느끼듯, '나' 또한 아이폰(Eyephone)을 쓰고 가상의 이미지를 체험하며 현실에서의 결핍을 메우려 한다.

현실의 '달리'는 "열네 살 천재 물리학도 이명주 군의 복제 인간"으로서 "아버지를 죽인 패륜 범죄자로 낙인찍혔다가 간신히 누명을 벗었던 불쌍한 사내"이다. 그마저도 시체가 되어 내 앞에 나타난다. 키스 켐벨 복제사 한국 지사에 화재가 발생하고 신원미상의 시체 하나가 발견되는데 그가 이명주가 아닐까 짐작된다는 형사의 전화가 걸려온 것이다. 이쯤 되면 도무지 어디까지가 진짜(real) 현실이고 어디까지가 가상(virtual) 현실인지 애매해진다. 소설 속 현실은 우리에겐 영화에서나 있을 법한 일들로 가득 하고 차라리 '행복동'이라는 '가상현실'이 친숙하게 느껴질 정도이다. 이 모두가 어쩌면 '나'가 겪는 환각일 가능성도 배제할 수 없다. 작가의 의도 또한 현실과 가상 현실의 경계를 허물고 어차피 허구인 소설의 차원을 훌쩍 뛰어넘는데 있었으리라.

이런 가운데 어떤 차원으로 튈지 모르는 이야기를 붙잡아 주는 것은 현실이든 가상 현실이든 하이브리드 현실이든 살아가는 일이란 결국 '짝짓기'라는 명제이다. '나'가 생물학 전공 대학원생으로서 부모의 이혼에 대해, 게임 아이디어에 대해 개미의 생리에 빗대어 서술하는 장면들을 보면,

> 개미들도 새살림을 차릴 때는 혈혈단신 집을 떠난다. 입속에는 씨버섯 한줌을, 저장낭 속에는 혼인비행에서 얻은 정자들을 비축해두고서. 그 외에는 모든 걸 새로 시작해서 몇백만 마리에 이르는 개미 왕국을 세운다. 엄마와 이모를 개미에 비유하는 건 뭣하지만. 암컷들만으로도 완벽하게 살아가는 개미 왕국 같던 우리 집 역시, 엄마의 혼인비행으로 끝과 시작을 맞은 셈이었다.
>
> 짝짓기, 재생, 무한 반복…… 시간의 연장, 기억의 영속, 그리고 그다음은…… 나는 차에서 내리는 대신 이런 낱말들을 혀로 여러 번 굴려보았다. 짝짓기, 재생, 무한 반복…… 아이를 낳는다거나 출산이라고 말하지 않고 재생이라고 부르니 느낌이 많이 달랐다. 다시 쓰거나 다시 살아나는 일. 재생(再生).
>
> —「다시, 살아가는 일」(『문학과 사회』 2011 겨울, 112쪽)

이런 식이다. 어차피 'real'이 사라져버린 시대의 삶이란 출산이거나 출생이 아니라 '재생'이라는 의미일 터, 소설의 제목이 '다시, 살아가는 일'인 이유이다. '짝짓기'라는 생물학적 대명제 아래에서 무한복제되는 다양한 판본들, 이성애, 동성애, 복제 인간, 그리고 그 다음의 이야기를 작가는 「다시, 살아가는 일」에서 상상하고 있다. 이는 현실과 가상현실의 관계나 그 의미를 탐색하는 작업일 수 있는데, 소설의 '행복동'에서 '나'가 '달리'에게 들려

주는 "거기가 말똥 소똥 천지인 것도 잊어버리고 모두들 초원 위에 벌러덩 드러누워서 하늘을 올려다"본 이야기가 한 실마리를 제공해준다. 현실의 비루함을 가리는 밤하늘의 영상은 멀고 먼 곳에서 도달한 환영이다. 실제 초원은 사진으로 보았던 초원과 달랐지만, 환상과도 같은 밤하늘이 현실의 비루함을 잊게 한다는 것. 현실을 가리기도 하지만 현실을 버티게도 하는 가상현실의 양가성은, 무엇이 진짜 현실인지 가늠하는 문제보다 훨씬 더 중요해 보인다.

지젝이 '실재에의 열정'이 지닌 양가성을 간파해낸 것처럼, 작가 원종국은 가상현실의 양가성을 문제삼고 있다. 박형서의 「자정의 픽션」이 가난한 부부의 배고픈 밤을 가상의 이야기로 아름답게 수놓고 있는 것처럼, 「갈라파고스」의 고양이가 진짜 인간 행세를 하는 것처럼(어쩌면 그 반대일지도 모른다), 황정은 소설의 환상이 선량한 인물들을 '살아가게' 하는 것처럼, 가상현실은 현실을 비틀기도 하고 현실을 버티게도 한다. 그럼으로써 시스템은 유지되지만 가상현실의 양가적 '효과'는 시스템 어딘가를 변형시키고 있을 것이다. 그것이 일종의 가상현실인 소설의 세계가 사막과도 같은 현실에서 하고 있는 일이다.

감정과 소통

신진 작가들의 약진이 눈에 띈다. 문장 웹진은 '웹진이 주목하는 젊은 작가 6인'을 기획했고(2011년 8월) 올해로 3회를 맞은 계간 문학동네 '젊은 작가상'은 후보 작가들 중 여러모로 가장 신예라고 할만한 손보미 작가에게 대상 수상의 영예를 안겼다. 박솔뫼, 백수린, 이유, 정용준, 최민석 등은 신진 작가로서 활발하게 작품을 발표하고 있다. 이들의 활동과 이에 대한 조명은 한국문학이 다시, 어떤 형태로든 하나의 결절점을 만들어야 할 시점임을 말해주고 있다.

1. 누구에게나 '감정'은 있다

손보미 소설의 인물들은 대체로 평범해 보인다. 그들에게선 극단적 트라우마, 절대적 빈곤, 예외적 상황, 그로테스크한 캐릭터가 보이지 않는다. 아니 사실은 표면적으로 그렇게 보인다고 해야 더 정확한 진술이 될 것이다. 그들은 표면적으로 매끄러운 일상을 유지함으로써 평범해 보인다. 「폭우」에서 어느 날 갑자기 앞이 보이지 않게 된 남자나, 사랑과 결혼의 신성함에 사로잡혀 엉뚱한 행동을 저지르는 「여자들의 세상」의 '그'와 같이 다소 예외적으로 보이는 상황에 직면한 인물들도 있지만, 손보미의 인물들은 어떠한 상황에서도 견고한 일상을 유지해나감으로써 평범해진다고 볼 수 있다. 여기에는 작가 특유의 건조한 번역투 문체도 한 몫 하고 있다. 더 정확히 말하자면, 어느 순간 매끄러운 일상을 뚫고 파열하는 '감정'의 급작스러움을 위해 그들의 일상은 평범함을 유지해왔고, 유지하고 있다고 말할 수 있다. 손보미의 소설은 '감정'이 폭발하는 그 순간을 위해 사건이 배치되고 인물이 설정되어 있는 것처럼 보인다. 그들의 '감정'은 내내 그들이 간직하고 있던 것이었지만 그것이 문득 모습을 드러냈을 때는 그들 스스로도 어떤 종류의 것인지, 무엇 때문인지 설명하지 못한 채 당혹스러워한다.

> 그렇지만 뭐랄까, 그건 정말이지 딱히 설명할 수 없는 이상한 기분이었어요.
>
> —「그들에게 린디합을」(『현대문학』 2011. 4, 105쪽)

> 그녀는 종종 남편이 마지막 수술을 받는 동안 대기실에 앉아 있던 자신의 모습을 떠올렸고, 이유는 알 수 없었지만, 그 때문에 약간의 괴로움을 느꼈다.
>
> —「폭우」(『문학동네』 2011. 가을, 335쪽)

> 어쩌면 그는 그때 어떤 질문들을 떠올렸는지도 모른다. 그러나 그 질문 속에는 아무런 내용도 없고, 그 안은 완전하게 텅 비어 있어서 온갖 미혹된 감정들과 추상적인 의혹들로만 가득 차 있었으리라. 그는 문득 자신이 설명하기 어려운 미묘한 감정의 모퉁이에 도달했다고 느꼈다.
>
> —「여자들의 세상」(『문장 웹진』 2012. 3)

스스로의 '감정'을 생경하게 바라보면서 제대로 설명하지 못하는 위와 같은 인물들의 진술은 손보미의 소설에서 자주 반복해서 나타난다. 그들이 말하는 어떤 기분, 설명할 수 없는 느낌은, 크리스테바가 말하는 '아브젝시

옹'(卑體)처럼 상징적 체계 내에서는 언어화되지 못하는 종류의 원초적인 성격을 지니는 것은 아니다. 많은 경우, 그들이 낯설어 하는 그 '감정'의 실체를 독자는 눈치채고 있다. '감정'을 둘러싼 상황들을 작가가 너무나 섬세하게 제시해주었기 때문에 독자는 그들의 '감정'에 공감하며 그것이 어떤 종류의 것인지 눈치챌 수 있다. 갑자기 맹인이 된 남편을 바라보는 부인의 고통, 일주일에 한 번씩 정기적으로 외출하는 아내에 대한 의혹, 야비한 의혹을 드러내지 않으려 애쓰며 그것이 어떤 '교양'이리라 자부하는 교육받은 중산층의 심리. 짜여진 일상을 영위해가는 소설 속 인물들과 그들을 바라보는 독자 모두가 공유하고 있는 '감정'에 관한 공식들. 손보미의 소설은 이 공식들의 토대 위에서 축조된다. 「여자들의 세상」에서 신성한 결혼관에 사로잡힌 남자는 일주일에 한 번 정도 아마추어 관현악단에 나가는 아내를 의심하고, 아내의 부탁이라는 명목으로 만나는 옛 연인에게 욕정을 느낀다. 아내의 관현악단은 여자들로만 구성되어 있었고 옛 연인은 남자친구와 함께 쇼핑을 하고 있다. 자신의 신념에 어긋나는 자신의 '감정'들을 확인받게 된 순간 화살은 자신이 아니라 타인을 향해 날아간다. "그는 가던 길을 다시 돌아가 그들에게 다가갔다. 그 짧은 시간 동안 그는 자신을 열흘 넘게 괴롭혔던 감정들을 하나하나 다시 떠올릴 수 있었다. 그는 그녀를 한번 바라보았다. 가여운 여자. 그는 그 남자에게 주먹을 날렸다." 옛 연인의 남자친구에게 주먹을 날리는 이 장면은 손보미의 소설에서 주인 역할을 하는 '감정'이 일상, 혹은 위선이거나 가식의 표면을 뚫고 폭발하는 순간이다.

계간 《문학동네》에서 주관하는 '젊은 작가상' 대상 수상작인 「폭우」에도 두 쌍의 커플이 등장한다. 갑자기 맹인이 된 남자와 그의 아내, 누구에게나 잘 어울리는 한 쌍으로 보이는 지적인 부부. 남편의 갑작스런 시력 상실은 부부의 삶을 뒤바꿔놓을 만한 엄청난 사건이지만 "그녀는 별다른 불평 없이 자신의 역할에 충실"함으로써 그들의 일상은 유지된다. 하지만 위의 인용문에서 볼 수 있듯 그녀 역시 "약간의 괴로움"은 있다. 겉으로는 전혀 문제가 없어 보이는 지적인 부부는 종종 '아이' 문제로 다투는데, 그 다툼은 자녀 교육에 대한 견해 차이에서 비롯된 것이 아니다. 삼년 전 있었던 화재. 남편은 그날 아내가 아들의 곁을 지키고 있지 않았다는 데에서 비롯된 의혹을 품고 있고, 아내는 그날 남편의 불륜(실제로는 그렇지 않았지만 진위여부는 그다지 중요하지 않다)을 뒤쫓고 있었다. 그러한 자신들의 '감정'을 숨긴 채 겉으로 잘 어울리는 지적인 부부로 일상을 영위해왔지만 쏟아지는 폭우 속에서 그들의 '감정'은 폭발한다. "그는 어떤 감정의 갈기들이 말 그대로 자신의 몸을 헤집으며 어딘가로 끌고 가려고 한다는 것을 알았다."

이렇듯 손보미 소설에서 '감정'은, 뻔히 보이는 '감정'을 두고 자기 것이 아닌 양 낯설어하는 인물들의 위선과 가식, 인간이 지닌 양면성을 가리키고 있다. 실제로 '감정'의 양가성을 인격화한 짝패들이 소설에 자주 등장하는 것도 인간의 양면성을 드러내려는 작가적 의도로 볼 수 있다. 하지만 우리에게 뻔히 보이는 것을 "알 수 없는", "설명하기 어려운", "어떤 감정"이라 짐짓 모른 체 하는 작가의 진술이 단지 '아이러니'한 효과를 창출하기 위한 것이라고 보기에, 소설의 '감정'은 깊고도 아련하며 위압적이기까지 하다. 손보미 소설의 주인을 '감정'이라 말한 것은, 짜여진 일상을 통해 애써 누르고 있던 '감정'이 폭발하는 순간 인물들은 통제불능의 상태에 빠지며, 비로소 모습을 드러낸 '감정'이 소설의 전면에 나서서 마치 '공백의 기표'와 같이 무수한 (무)의미들을 수렴/환기하고 있기 때문이다. 명백하게 의미화되지 못하는, "설명하기 어려운" 이유는 어쩌면 이 때문이지 않을까. 손보미의 소설에 매혹되면서도 그러한 매혹이 어디에서 비롯된 것인지 해명할 수 없는 독자들의 심리 또한 마찬가지이다. 우리들의 '감정'이란 원래 뻔한 것인 동시에 도저히 알 수 없는, 그런 것이다. 그것은 상징적 질서체계를 대변하는 일상의 표면을 뚫고 파열되어 나온 것이기에, 실재적인 성격을 지니고 있다고도 말할 수 있다. 실재적인 것은 언어화될 수 없다. 상징계 안의 빈 구멍, 실재의 현현을 소설의 인물들은 "어떤 감정"으로 느끼며 매혹되고 이끌린다. 이 '감정'을 피와 눈물이 난무하는 비체화된 장면, 왜곡되고 기괴한 캐릭터들을 통해서가 아니라 이토록 단정하고 세련된 구조를 통해 만날 수 있다는 것이 손보미 소설이 지닌 매력일 것이다. 아직은 신예인 탓에 '감정'의 풍부한 의미를 미처 다 보여주지 못한 것 같기도 하다. 그리고 '감정'의 실재적인 성격에 더 가까이 다가가려는 작품보다는 오히려 '감정'을 선명하게 구조화하여 보여주는 작품이 더 높이 평가되고 있기도 하다. 하지만 작가의 시도는 계속될 것이고 그 작품들의 다양하게 겹쳐진 결들 속에서 손보미 소설에서 작가가 진짜 보여주고 싶었던 '감정들'을 '느낄' 수 있게 될 것이다. 「그들에게 린디합을」에서 "길 감독이 진짜 하고 싶어했던 이야기를 '들을' 수 있을지도 모른다"고 했던 것처럼.

> 그렇게 그 영화를 보고 있노라면, 그러면, 여러분들은 성일정 씨처럼 「댄스, 댄스, 댄스」의 마지막 장면에서 무언가, 언어로는 도저히 설명할 수 없는 어떤 것을 '볼' 수 있게 될지도 모른다. 그리고 어쩌면 그들이 나누는 마지막 이야기를, (성일정 씨의 이야기를 빌리자면) 길 감독이 진짜 하고 싶어 했던 이야기를 '들을' 수 있을지도 모른다.
>
> —「그들에게 린디합을」(『현대문학』 2011. 4, 115쪽)

2. 누구나 '소통'을 원한다

백수린의 소설에서 '감정'은 별다른 거름 장치 없이 그대로 언어화되는 편이다. 「밤의 수족관」에서 스타에 대한 기억을 '실제'로 믿고 있는 여자는 자신의 고통에 대해, "아무와도 공유할 수 없는 섬뜩한 고통이 가끔씩 내 안을 찢기라도 하듯, 훑으며 지나가. 당신을 내 사람이라 말할 수 없고, 내가 당신의 사랑이라 밝힐 수 없다는 데서 기인한 고통"이라 말한다. 고통의 질감을 선명한 비유로 표현하고 그것의 원인까지 파악하여 언어화하는 화자의 진술. 그러면서 언어화되지 못하는 실체와 언어화된 것들 사이의 간극은 더 분명하게 드러나지만, 그러한 언어로 전개되는 서사는 때로 그 경계 자체에 의문을 제기하며 또 때로는 "그럼에도 불구하고 언어화될 수밖에 없는 것들"을 이야기하며 경계의 진부함을 가로질러 간다.

「밤의 수족관」은 환상에 관한 이야기이다. '나'는 스타에 대한 환상 속에서 살아간다. 스타와 비밀결혼을 하고 아이까지 있으며 아이와 함께 아쿠아리움에 갔다가 아이를 잃어버렸다는 환상 속에서 '나'의 진술은 이어진다. "내 아이는 도대체 지금 어디에 있다는 말입니까."라는 아이의 실존에 관한 질문으로 끝을 맺는 소설은 처음부터 화자인 '나'의 진술만으로 전개되어 환상을 현실로 믿게 함으로써 그 경계를 흐려놓는다. 화자가 전하는 정보들을 모두 실제라고 받아들일 수밖에 없는 독자는, 실존이란 기억을 통해서만 증명될 수 있는 것이라 했던 화자가 어느 순간 자신의 기억마저 의심하기 시작하면서 혼란에 빠진다. 아이를 잃어버린 곳이 어디인지, 도대체 아이를 데리고 나오긴 한 것인지 확신할 수 없기에 결국 아이의 존재 자체가 의심될 수밖에 없는 것. 나아가 '당신'과 '나'의 존재까지.

> 사람들은 내가 알고 있는 모든 것들이 당신의 허상에 불과하다고 말했어. 그렇기 때문에 내 바람대로 우리가 결혼을 한다 해도 나는 당신의 실체를 알고 실망하게 될 거라고 말이야. 그렇지만, 나는 정말 묻고 싶었어. 도대체, 실체란 것은 무엇이야? A라는 사람과 B라는 사람이 있다고 가정해봐. 그때, A라는 사람은 오로지 B라는 사람의 기억 속에서만 존재하는 것은 아닐까? (…) 눈을

감으면 눈앞의 모든 것이 사라지듯이 말이야. 그러니까 나는 실체가 무엇인지는 알고 싶지도 않았어. 그런 게 있다고 믿지도 않았고.

—「밤의 수족관」(『문학동네』 2011 겨울, 324쪽)

이렇듯 실체와 허상, 실제와 환상, 실존과 부재, 증명가능한 흔적과 증명불가의 기억 사이, 그 모호하고 불확실한 경계를 「밤의 수족관」은 문제삼고 있다. 이를 위해 설정된 공간이 '수족관'인 점이 의미심장한데, 유리라는 투명한 '거울'을 사이에 두고 주체와 타자의 경계가 흐려지는 장소가 수족관이기 때문이다. 작가 백수린은 바로 이 '밤의 수족관'과도 같은 지점에서 출발하여, 살아남기 위해 이야기를 지어내야 했던 세헤라자데처럼 자기 존재를, 혹은 실체를 증명하기 위한 이야기를 짓고 있다. 백수린의 개성은 그 실체가 반드시 real이 아니어도 좋다고 이야기한다는 점에서 찾을 수 있다. 그녀는 '거울'을 통해 바라보는 타자를 욕망의 대상으로서가 아니라 자기성찰의 대상으로서 사유한다.

세헤라자데와 같은 존재는 작가의 등단작에서부터 등장한다. 「거짓말 연습」(2011《경향신문》 신춘문예 당선작)의 '나'에게는 "날 때부터 곁에 없던 아버지에 대해" 계속해서 새로운 이야기를 지어 들려주는 엄마가 있다. "매번 바뀌는 엄마의 거짓말 때문에 나는 진짜 아버지가 누구인지 알 수 없었다. 그렇지만 그래서 아버지는 누구라도 될 수 있었다. 나는 이야기 속 여러 남자들 중에서 먼 나라를 떠돌며 집을 지었다는 사내를 가장 좋아했다."

「밤의 수족관」의 '나'가 환상에 빠져있었던 것과 유사하게, 「거짓말 연습」의 '나'는 소통 불능의 상태에 빠져있다. 남편의 외도, 도피성 유학, 언어의 차이에서 오는 소통 불능의 상태. 작가 스스로 "상투적"이며 "진부"하다고 규정하는 '나'의 삶은 다음과 같이 "입을 굳게 닫았다"에서 "굳게 닫고 있던 입술을 살짝 떼었다"로 이동해간다.

그러나 그들이 내뱉는 문장들은 어쩌면 그렇게 상투적이었을까. 한, 두 문장으로 요약한 타인의 삶이 얼마나 진부해질 수 있는가를 나는 그때 처음 알았다. 그와 나 사이에 있었던 무수한 시간들이, 기억들이, 몸짓들이, 지극히 통속적인 한 문장으로 완결되었다. 나는 소음 속에서 입을 굳게 닫았다.

한 발, 대화 밖으로 떨어져 나와 그것을 듣다 보니 그들의 대화는 성당에서 들었던 성가곡의 가락처럼 들렸다. 창밖은 완연한 여름이었다. 나는 눈을 감고, 그 곡조의 결을 가만가만 짚어보았다. 그리고 그 곡조가 익숙해졌을 때, 고요하게 울리는 그 합창곡에 끼어들기 위해서 나는 굳게 닫고 있던 입술을 살짝 떼었다.

—「거짓말 연습」(『경향신문』 2011. 1. 1.)

"소음"이 "성가곡의 가락"으로 달리 들리기까지 '나'는 어학원에서 대화 상대로 배정해준 르블랑 부인과의 의무적인 대화를 이어나간다. 대화라고 하기엔 너무나 불통이지만 끊어질 듯 이어지는 몇 가지 단어 속에서도 감정이 공유되는 순간이 있었고, 비로소 "우리가 하는 말이 참인지 거짓인지는 더 이상 중요하지 않았다. 이곳에 진실한 것이 하나라도 존재했다면 그것은 다만 우리가 끊임없이 서로에게 말을 건네고 있는 행위"임을 깨닫는다. 또한 엄마를 떠올리며 "엄마는 세계가 그럴듯한 거짓말들에 의해서 견고히 다져질 수 있다는 것을 나에게 알려주려 했던 것이었는지도 몰랐다. 처음으로 엄마를 이해할 수 있을 것도 같았다. 어쩌면 거짓말이야말로 엄마가 나에게 가르쳐주려 했던 가장 건전한 소통 방식"이었을지 모르겠다는 생각에 이른다. 비록 거짓말을 통해서라도 소통하려는 의지를 가진 행위이기 때문에, 때론 진실보다 더 삶을 풍요롭게 할 수 있는 행위일 수 있기 때문에 엄마의 거짓말은 "가장 건전한 소통 방식"이 될 수 있는 것이다.

「폴링 인 폴」의 세헤라자데는 재미 교포 '폴'이다. 폴의 한국어교사인 '나'는, '오피스 아워' 제도를 적극 활용하여 시시때때로 찾아오는 폴의 이야기를 듣는다. 폴의 이야기, 폴의 가족사 또한 "narrative가 진부"한, "어느 집의 역사든 다 다르지만 이야기로 만들고 나면 cliche"가 되는 그런 것이다. 70년대 말에 미국으로 건너가 세탁소를 하며 자식을 교육시킨,폴의 아버지는, 지극히 한국적인 이유로(아들이기 때문에) 폴이 철저하게 '미국인'이 되어 성공하기를 바란다. 폴에겐 그것이 "mission impossible"이다. "내가 미국인이 되어야 하는 이유가 그렇게 한국적인 것이라니"! 그는 오히려 "나는 나를 이해하고 싶었어요. 내가 벗어던지려 해도 절대, 절대 벗을 수 없는 내 피부색의 역사를 말이에요."라고 말한다. 한국에서 만난 일본인과 결혼하려는 폴과, 그에 반대했으나 결국 한국을 찾아와 일본며느리를 approve하는 아버지의 이야기까지, 폴이 들려주는 모든 이야기를 들은 '나'는 다음과 같이 생각한다.

> 삶이란 신파와 진부, 통속과 전형의 위험에도 불구하고 말해질 수밖에 없는 것들에 의해 지속되는 것은 아닐까, 하는 생각이 들었으니 말이다. 그러자 내게 실연을 안겨준 그가 더 이상 원망스럽지만은 않았다. 실연당한 여자의 자기 위안에 불과할지 모르지만, 어쩐지 그가 해준 이야기가 내 초라한 사랑에 대한 그만의 응답처럼 느껴졌기 때문에.
>
> —「폴링 인 폴」(『창작과 비평』 2011. 겨울, 248쪽)

교사와 학생 관계로 만나는 폴이 "내가 규칙적으로 단둘이 만나는 첫 번째 남자"일만큼 소통에 어려움을 느꼈던 '나'는 폴의 이야기를 들으며 그만 폴에게 빠져버리고 말았는데, 결국 짝사랑에 그치고 말았지만 폴과의 소통의 시간이 '나'를 변화시킨 것만은 분명했다. 폴의 이야기는 "신파와 진부, 통속과 전형"에 가까웠으나 그럼에도 불구하고 "말해질 수밖에 없는 것들"을 담고 있었고 그것이 '나'에게 전해졌으며 그러한 소통 행위를 통해 폴과 '나'는 변화할 수 있었다. "신파와 진부, 통속과 전형의 위험에도 불구하고 말해질 수밖에 없는 것들"이란 폴의 어눌한 한국어에 상흔처럼 남아있는 충청도식 억양과도 같은 것일 터, 감추려 해도, 의식하지 못 해도, 혹은 부정해도 남아있는 real한 것이 아니겠는가. 아니면 소통에의 욕구이거나 소통지향성에 의해 거짓일지라도 말해질 수밖에 없는 허구의 이야기 같은 것.

이처럼 백수린의 소설은 세헤라자데처럼 이야기를 계속하는 인물과 그 이야기를 듣는 인물을 통해 삶-이야기의 진부함과 그럼에도 불구하고 "말해질 수밖에 없는 것들", 그리고 그들의 소통에 대해 말하고 있다. '소통'이라는 이 진부한 가치를, 작가 스스로 진부하다 말하는 새로울 것 없는 서사를 통해 전달하는 작가 백수린. 그녀가 미더운 이유는 「밤의 수족관」에서처럼 실체와 허상, 실존과 부재 사이의 경계를 확정짓거나 해체하려는 그 어떠한 명백한 시도도 하지 않은 채, 그저 모호한 채로 지속적인 소통 행위만을 소중하게 끌어안고 있기 때문이다. 언어화되지 못하는 실체에 연연하거나 실체 그대로를 언어화하지 못하는 언어에 냉소하지 않고 언어의 화용론적 가치를 인정하면서 그것이 발휘하는 실질적이고도 따뜻한 효과에 주목하는 것. 이것이 신예 작가 백수린이 하고 있는 작업이다.

두 '젊은 작가'는 한국문학의 전통을 개성있게 이어받고 있거나, 혹은 아예 바깥에 서 있는 것처럼 보인다. 한국문학의 결절점이 '지금' 형성되고 있다면, 다양한 선들과 접속하고 자유분방하게 흡수하는 신진 작가들의 약진과, 중견작가들의 농익은 전진이 '함께' 이루어지고 있기 때문일 것이다.

상상(想像)된 파국, 종말 이후의 세계

폭염의 나날이었다. 18년 만에 최고 기온을 기록한 날도 있었다. 열대야의 밤 저편에선 지진이 발생하거나 홍수가 도시 전체를 덮쳤다. 지구 전체가 이상 기후로 들끓고 있는 셈인데, 이쯤 되자 이건 단순한 이상 기후가 아닌 지구 종말의 징후 같은 것으로 받아들여지기에 충분했다. 하물며 작가들이야 어떻겠는가. 지구 종말의 서사, 대규모의 재난 서사는 이미 블록버스터 SF영화만의 전유물은 아니다. 한국 소설 또한 일찌감치 재난을 작품의 상징적 배경이거나 음울한 세계의 유비로 활용해왔다. 그리고 이제 재난이나 종말은 더 이상 비유가 아닌 실제로서 작품에 모습을 드러내고 있다.

1. 파국의 상상력, 재난의 사회학

파국의 상상력을 말할 때 편혜영을 빼놓을 순 없다. 첫 소설집 『아오이가든』 이후 그는 문명적 존재로서의 인간이 맞이하게 될 파국을 너무도 적나라하게 파헤쳐왔다. 그것은 쓰레기가 넘쳐나고 토막난 몸이 널려있는 어떤 장소로 재현되거나, "우무질에 덮인 개구리"를 잉태한, 인간과 비인간의 경계에 놓인 몸을 통해 재현되곤 했다. 또 첫 장편인 『재와 빨강』에서는 전염병이 창궐한 C국의 도시를 통해 파국의 한 장면을 보여주었다. 이러한 편혜영의 작품에서 파국은 지금까지 볼 수 없었던 그로테스크한 장면들로 그려지는 듯 했지만, 이제와서 보면 실은 언제나 있어왔던 것들이 다소 과장된 형태로, 혹은 이것과 저것이 조합된 형태로 모습을 드러낸 것이었다. 오염물을 먹고 기이하게 변형된 물고기나 시체가 썩어가는 저수지, 신종 인플루엔자의 유행으로 가설 진료소 앞에 길게 들어선 마스크를 쓴 사람들…… 현실이 소설을 닮아가는 것인지 소설이 현실을 기막히게 재현한 것인지, 어떻든 편혜영 소설 속 파국은 현실화되어가고 있다.

편혜영의 단편 「블랙 아웃(Black Out)」(『자음과 모음』 2012 여름)에서도 하늘엔 전투기가 날고 시시때때로 사이렌이 울리는 도시를 배경으로 충분히 있을 수 있는 파국이 그려지고 있다. "입사하기 전 그를 둘러싼 세계는 비교적 무사태평했"지만 "신입사원 연수를 받으면서 그는 완전히 다른 세계로 이동했다." 화자인 조효석이 입사한 '올세이프'는 재난 대비 시설인 '벙커'를 생산·판매하는 회사였기 때문이다. 먼저 입사한 아내가 "내가 파는 건 벙커가 아니야."라고 말하는 것처럼 사실 올세이프가 파는 것은 "위기가 멀지 않았다는 두려움, 언제고 위험이 들이닥칠 거라는 긴박감"이었다. 그리고 아내는 말한다. "고객들이 정말 두려워하는 건" "가지고 있는 걸 잃는 거야. 벙커를 사려는 사람들은 하나같이 잃을 게 많은 사람들이거든. 우린 그걸 상기시켜주는 거야." 이런 식으로 작품은 '재난의 사회학'이라 할 만한 진술들을 '벙커'를 매개로 하여 들려준다. "사람들은 위험이나 재난이 평등하고 민주적이라고 생각하지만, 대개는 그렇지 않다." "위험을 불평등하게 만드는 게 바로 벙커이다." "한마디로 좀처럼 위험한 상황을 맞을 리 없는 사람들이 벙커를 산다." 위계화된 사회는 파국조차 평등하게 맞이하도록 내버려두지 않는다.

대체로 합리적이라 할 만한 사고를 가진 조효석은 그러나 "아무리 이해할 수 없는 사건이나 짐작할 수 없는 기후라도" "상상 가능한 확률 속에서 반드시 일어난다는 걸 확인"하면서 점점 더 파국이 일으키는 자가발전의 소용돌이 속으로 빠져든다. 사람들의 입에서 발화되는 순간 자본의 시스템에 빨려들어가는 이 사회의 모든 담론들처럼, 파국의 의미는 변질되기 시작한다. 파국을 이야기할수록, 그에 대해 탐구하고 그에 대비하려 할수록, 파국은 점점 더 시스템 내부에 깊숙이 들어와 몸을 불리는 자가발전을 계속하면서 파국의 실재적 의미와는 멀어지게 된다.

그렇다면 주인공 조효석이 위험에 대한 자신의 직감을 믿으며 방재 광장의 위치를 파악하기 위해 슈퍼마켓에 들어가 방재청 직원을 자처하는 해프닝이나, 자신만의 벙커를 가지기 위해 고객 벙커의 초기화 버튼을 눌러버리는, 그리하여 그 안에 갇히게 되는 작품의 결말은 파국의 자가발전에 말려든 한 인간의 어리석음을 지시하는 것인가. 그렇게 만은 볼 수 없을 것 같다. 그의 그런 행동을 부추기는 것은 위기를 끌어안고 끙끙대는 자신과는 무관하게 너무도 "태연하고 무감하고 일상적인 풍경"이다. 그 풍경은 자신이 속해있지 않은 어떤 세계를 표상한다. 그리하여 자신은 그 세계로부터 분리되어 있다는 의식, 벙커를 가진 자들의 세계라고도 말할 수 있는 그 세계로부터 모욕당하고 조롱당하고 있다는 자괴감에 빠지게 만들며 결국 자신만의 벙커를 가지기 위해 세계로부터 고립되고 마는 결말에 이르게 한다. 이것은 이 자본의 시스템 내에서 철저하게 무기력한 자들이 파국 앞에서 할 수 있는 유일한 일일지 모른다. 가장 말단에 있는 자가 벙커를 가질 수 있는 방법이란 세계에서 자기 자신을 블랙 아웃시키는 것밖에 없다는 명료하고도 귀납논리적인 결론인 것이다.

이 작품에서 벙커를 통해 상징화된 파국은, 심지어 파국일지라도 간단하게 흡수해버리는 시스템의 유연함과 그로 인해 유지되는 차별과 배제의 논리를 드러내고 있다. 그리하여 파국에 도달할지라도 이 시스템의 논리는 여전히 견고하리라는 암울한 결론에 이르게 한다. 벙커에 갇힌 조효석은 생각한다. "유구히 어두울 수만은 없었다. 그것이 이 세상의 유일한 법칙이었다." 스스로 유폐된 그를 세상이 구원할 수 있을 지는 알 수 없지만, 블랙 아웃의 상태에서도 "유구히 어두울 수만은 없었다"는 "세상의 유일한 법칙"을 떠올릴 수 있는 그의 태도를 보면, 어쩌면 블랙 아웃된 것은 그가 아니라 세상일 수도 있을 것 같다.

2. 종말 이후, 아담과 이브가 있다

경험하지 못했기에 상상으로밖에 떠올릴 수 없는 파국은 종종 종말 이후의 세계로 표상되곤 한다. 존재와 세계 자체가 소멸되는 진정한 파국은 상상력의 범주 바깥에 있는 것이리라. 그리하여 종말의 재현은 다른 세계로의 출구를 모색하는 한 방법이기도 하다. 하지만 파국을 상상하지 못하는 인간이 종말 이후의 세계를 상상하기는 쉬운 일이 아니다. 출구 없는 세계가 허락하는 상상력의 한계는 종말 이후의 세계조차 이전의 세계와 다르지 않다는 데 있다. 대홍수 이후 노아의 방주에 남아있는 생명체가 새로운 세계를 만들어가게 될 터, 결국 새로운 세계란 이전 세계가 남긴 씨앗에서 움트게 되는 것이기도 하다.

배지영의 「그들과 함께 걷다」(『창작과 비평』 2012 봄)는 종말 이후의 세계에 대한 상상이 산뜻한 작품이다. 여기서 그려지는 종말은 디스토피아적 우울로 점철되지도, 대단히 스펙터클하지도 않다. 어느날 갑자기 "징조도 예고도 없이 사람들은 한날한시 일제히 숨이 멎은 것이다." "더 놀라운 일은 그 뒤에 일어났다. 그들이 죽은 지 정확히 사흘 만에 벌떡 일어난 것이다." 시체가 된 채 걸어다니는 그들은 "'좀비'라 칭하기엔 어쩐지 박진감이 부족"해서 '최후의 인간'으로 살아남은 남자와 여자에 의해 '걷는 자'라 불린다.

영웅적인 인물이 '최후의 인간'으로 살아남는 게 헐리우드의 공식일 테지만, 여기서 살아남은 남자와 여자는 「블랙 아웃」의 조효석과 비슷하게 비천한 하위계층이다. 남자는 "하수관에 쌓인 퇴적물을 청소하고 노후한 관을 수리하는 일"을 했고 여자는 "백화점 지하 6층의 주차요금 정산원"이었다. 가장 낮은 곳에 있었기에 역설적으로 살아남을 수 있었던 자들인 것이다. 세상 모든 인간이 사라진 뒤에야 겨우, 사라진 그들이 누렸던 것을 누릴 수 있는 자들. 남자는 세상이 자신들을 "깜박 잊은지도" 모른다고 말한다.

오물을 뒤집어쓰고도 샤워시설이 없어 악취를 풍기며 집까지 걸어가야 했던 남자는 뜨거운 물이 나오는 욕실에 감탄하고, 백화점 직원이면서도 백화점 개장시간에는 들어갈 수 없었던 여자는 그곳의 물건을 카트에 담는 순간 "에덴이 따로 없어!"라고 외친다. 그러나 남자와 여자는 변하지 않는다. 그들이 특별한 이름 없이 '남자'와 '여자'로 칭해지는 것은 이전 세계 젠더로서의 '남/여'의 속성을 그대로 이어받고 있기 때문이다. 남자는 "시체들로 가득한 세상을 깨끗하고 아름답게 만들어갈, 새 세상의 아담"임을 자처하면서 무의식적으로 자신의 사회역사적 위치를 가늠하고, 성적 욕망의 발산이 남성의 상징이라는 듯 '걷는 자'를 대상으로 성행위를 하기도 한다. 여자는 성적 욕망보다는 '사랑'이라는 관념에 사로잡혀 '걷는 자'가 된 옛 연인을 창고에 가두고 그와 함께 걸어보기도 한다. 하지만 백화점의 정직원이자 유부남으로서 여자와는 다른 세계의 사람이었던 그는 종말 이후에도 역시 그랬다.

> 여자는 소리를 지르다가 별안간 입을 다물었다. S의 걸음걸이는 여느 걷는 자들과 다를 바 없었다. 두발을 질질 끌며 두손을 어디에 둘지 모르는 사람처럼 휘젓고 다녔다. 한 발을 내디딜 때마다 무게중심을 잃은 듯 휘청거렸다. 뒷모습

마저 당당하게 느껴지던 그가 아니었다. 그러나 여자는 알고 있었다. S가 여전히 변하지 않았다는 것을. 그는 다른 세계에 속해 있었다. 여자가 뺏거나 낄 수 없었다. 여자는 울음을 터뜨리고 싶었다. 대신 윗니로 아랫입술을 깨물었다.

— 「그들과 함께 걷다」(『창작과 비평』 2012 봄, 174쪽)

남자는 TV를 보고 여자는 설거지를 하는 저녁 풍경을 보면 도대체 종말 이전과 무엇이 다른지를 묻게 된다. 그것은 세상에 그들 둘만 있다는 사실일텐데 이마저도 소설의 마지막에 살아있는 다른 이들이 나타남으로써 다르지 않게 된다. 아이까지 있는 완벽한 한 가정, 낯선 이들의 위협…… 이야기는 이전 세계의 통속으로 완전히 귀환한다.

「그들과 함께 걷다」 역시 종말 이후의 세계가 그다지 다르지 않을 것이라고 말한다. 견고한 자본의 논리가 그대로 유지되는 것처럼 젠더로서의 남/녀 또한 변하지 않을 것이며 그에 바탕한 통속적 플롯 또한 지속될 것임을 말하고 있다. 출구없는 세계에서 상상할 수 있는 종말 이후의 세계는 여기까지이다.

3. 종말 이후, 아이가 남았다

조해진의 신작, 「밤의 한가운데서」(『문예중앙』 2012 여름) 또한 침몰 직전의 위태롭고 혼돈스러운 도시를 배경으로 하고 있다. 이는 또 현실적으로 겪고 있는 글로벌 금융자본주의의 위기를 직접적으로 환기하는 배경이기도 하다. "한때 천만 이상의 인구로 붐비던 현란하고 역동적인 메트로폴리탄"은 매일 밤 시위가 이어지고 실탄이 발사되며 도시기능이 마비된 종말의 공간으로 변했다.

> 이곳은 봉쇄된 국가이면서 동시에 살아 있는 실험체였다. 잦은 시위 탓에 여행 금지국가로 지정된 이 나라는 외교 및 무역 실무진조차 까다로운 심사를 통과해야만 입국할 수 있었고, 세계적 대공황의 여파로 무너진 경제 시스템과 불량국가로의 몰락은 신자유주의의 어두운 얼굴을 되비추는 창백한 거울이었다. 게다가 똑똑한 관객이라면 이 나라의 산업이 공중분해되면서 창고에 쌓여 있던 자본과 실물이 돌 수 있었고, 그 덕에 세계 경제가 공멸이라는 최악의 패를 피해 조금씩 회복되고 있다는 걸 모를 리 없다. 한마디로 이 나라는 접근하거나 참견하지 않고 그저 그 침몰 과정을 지켜보면 그뿐인 거대한 폐선(廢船)인 셈이다.
>
> —「밤의 한가운데서」(『문예중앙』 2012 여름, 123쪽)

이러한 공간에 외국인인 '나'가 자원해서 출장을 오는 이유는 이곳이 '나'의 정신적 어머니인 '메이'의 고향이기 때문이다. "내게 유전자를 물려준 사람은 J였지만 나와 물리적으로나 정신적으로 유대를 맺어준 사람은 사실 늘 메이였다." 이곳은 세계의 종말을 현시하는 곳인 동시에 '나'의 기원을 품고 있는 장소인 셈이다. 홀로 그곳을 찾아 옛기억을 더듬고 있는 '나'는 재난이 휩쓸고 지나간 뒤 홀로 남겨진 아이와 같은 존재이다. 헐리우드 영화에서라면 폐허의 세계를 재건할 청년으로 성장하겠지만 「밤의 한가운데서」의 '나'는 어디에서도 뿌리를 찾기 힘든 자신의 정체성에 대한 질문에 사로잡혀 있다. 아버지 J와는 정신적인 유대를 형성하지 못했으며, 사랑을 주었던 메이 역시 자신보다는 J를 사랑했음을, 그리하여 "나란 존재는 메이와 J의 관계를 돈독히 하기 위한 기념품 같은 것에 지나지 않다는 뼈아픈 진실"을 곱씹고 있는 것이다.

"인간과 인간 사이의 열정, 감정의 교류, 순간적인 합일과는 상관없이 의학 기술과 수학적 확률 속에서 나는 태어났으니까."라고 되뇌는 '나'는 종말 이후의 세계를 살아갈 다음 세대의 표상이기도 하다. 앞에서 종말 이후의 세계는 결국 이전 세계가 남긴 씨앗에서 움틀 수 있을 것이라 썼지만 이 작품에서 그 씨앗이란 "의학 기술과 수학적 확률"에 비유되고 있다. 저명한 언어학자인 아버지 J는 '나'의 미래가 두려워 그 미래를 자신의 손으로 설계하고 싶어 했다. 그가 두려워했던 '나'의 미래란 폐허와도 같은 도시가 현시해주고 있다. 넓게 보아 근대적 이성이라 할 수 있을 그 씨앗은 이미 자가증식하는 모순을 품고 무너져내리고 있는 것이다. 그렇다면 철저한 부정과 단절만이 새로운 세대를 가능하게 할 터, '나'가 메이의 고향을 찾아온 이유는 그 무너져내림을 바라보며 메이와 결별하기 위한 것이다. 「밤의 한가운데서」는 메이와 단절하기 위한 '나'의 회고와 독백의 서사이며 거기에 한 도시의 몰락이 겹쳐짐으로써 종말 이후의 주체를 탐색하고자 하는 작가의 (무)의식적 의도가 투사되고 있다. 하여 '나'는 시위 현장의 바리케이드에 올라 "이 거리를 뜨겁게 달구었던 사람들은 이제는 허름한 술집에 모여 앉아 마시고 취하고 다시 마시며 가짜 구원이라도 약속해줄 수 있는 저마다의 애인을 기다리고 있기라도 한 것일까."라며 "공포"아닌 "서글픔"을 느낀다.

바리케이드에서 내려온 '나'는 2028년이 시작되는 시점에서 "밤의 한가운데를 뚫고 어디로 갈지는, 아직 정하지" 못한다. 마지막에야 '나'의 이름 유진이 메이의 본명이었음을 밝히는 것은, "가장 소중한 사람이 자신의 진짜 이름을 대가 없이 내게 주었다는 사실에 기분 좋은 안도감을 느꼈던 어느 날"을 떠올리는 것은, 이전 세계의 씨앗이 "의학 기술과 수학적 확률"같은 것만은 아니었음을 말해주는 것일까.

최근에 출간된 김애란의 세 번째 소설집 『비행운』(문학과지성사, 2012)에 실린 「물속 골리앗」에도 혼자 살아남은 사춘기 소년이 등장한다. 아버지와 어머니를 차례로 잃은 소년은 대홍수로 인해 물에 잠긴 세상에 홀로 떠 있다. 문짝으로 만든 배에 테이프로 친친 감은 어머니의 시체를 태운 채 떠

내려가던 '나'는 골리앗을 발견하고 거기로 헤엄쳐간다. 절망적이긴 하지만 '나'를 마지막까지 살아있게 만드는 건 골리앗과 아버지로부터 배운 수영 실력이다. 또 하나 아버지가 골리앗 위에서 했던 체조. 용접공이었던 아버지가 체불임금 지급 시위를 하러 골리앗에 올랐을 때 추위와 외로움을 이기기 위해 했던 체조였다. 혼자 살아남은 아들은 체조를 해야겠다고 생각하며 "누군가 올 거야."라고 조그맣게 중얼거린다. 이 소설에서 이전 세계의 씨앗은 근대적 세계의 상징이자 아버지가 죽은 장소이기도 한 골리앗이다. 세상을 뒤덮은 홍수는, 곳곳에 골리앗을 세우고 자연을 뒤엎었던 인간들의 탓이 크다. 하지만 역으로 몇백년을 견뎌온 고목조차 쓰러지는 상황에서 넘어지지 않고 '나'가 깃들 수 있도록 만들어준 장소가 바로 골리앗이기도 하다.

지금까지의 소설들을 보면 이전 세계로부터 이어져온 문명의 양가성은 종말 이후에도 영향을 미칠 것 같다. 문제는 남겨진 자들과 그들의 태도일 것이다. 많은 작품들에서 남겨진 자들은 세상이 깜빡 잊었다고 말할 수 있을, 세상의 경계 바깥에 내몰린 하위계층이었다. 이전 세계의 근간은 여전하나 그 위에 서 있는 자들은 그 시스템의 속성으로부터 가장 멀리 있었던 자들이며 그렇기에 종말의 상황에서도 무언가를 할 수 있는 자들이다. 「물속 골리앗」은 골리앗에 아버지의 행위를 더함으로서 의미를 발생시키고 있다. 생전의 아버지는 골리앗에서 체불임금 지급 시위를 했었고 체조를 했었다. 그것이 아들에게로 이어져 생명을 이어가게 하고 누군가를 기다리는 힘을 만들고 있다. 출구없는 세계의 끝에서 세계의 틀을 비틀거나 다른 지평을 열어젖힐 수 있는 힘은 종말에 직면해서도 운동을 계속할 수 있는 태도에서 나오는 것이 아니겠냐고 작품은 말하고 있다.

오래된 질문과 마주하는 소설적 태도

1. 지속되는 위기, 반성과 환상이라는 출구

일시적이어야 할 상황들이 지속될 때, 미래는 불투명해지고 심리적 불안감은 가중된다. 전세계적 금융 위기는 위기라는 말이 무색할 만큼 장기화되고 있다. 물가 상승, 높은 실업율, 위험 수위에 도달한 가계 부채 등 각종 경제 지표가 국내 경제 또한 장기 불황의 늪으로 빠져들고 있음을 경고하고 있다. 불안정성은 이제 일시적인 국면이 아니라 우리의 삶 자체이다. 오늘의 '나'는 내일의 '나'를 예측하기 어렵다. 불안정한 '나'는 과거를 반추하거나 환상 속으로 빠져든다.

이재웅의 「1,210원」(『실천문학』 2012 가을)은 대학시절 이념학술동아리에서 같이 활동했던 친구 A의 죽음을 다루고 있다. 대학 졸업 후 가장 먼저 취업에 성공했던 A는 "대리 승진을 얼마 남겨두지 않고 직장을 그만두었"고 "그 이후에는 변변치 못한 일자리를 전전"하거나 "실업 상태로 지내기도" 했으며 아내와도 이혼했고, 죽음을 앞둔 무렵에는 "도시의 가장 낙후된 변두리를 전전했다." 자살한 A는 '내일'뿐만 아니라 '오늘'마저 불안정한 삶을 살았던 것이다. 화자인 '종익'은 A가 죽기 석달 전 A와 만났었고 이런 저런 이야기 끝에 "난 요즘 『공산당 선언』을 다시 읽는다."고 말한 A에게 "넌 아직도 그걸 읽는단 말이야? 그 낡은 책을?"이라고 웃으며 말했던 기억을 가지고 있다. 소설은 자살한 A의 방을 정리하며 A의 책들을 헌책방에 팔고 그 돈으로 친구들이 술자리를 갖기까지의 과정을 그리고 있는데, A가 가진 책들 중 상급으로 분류되어 가장 높은 값인 1,210원을 받은 책이 바로 『공산당 선언』이다. 그 책은 종익과 A, T, Y, P가 모두 함께 참여한 마지막 집회를 마치고 돌아가는 길에 그날을 기념하기 위해 같은 책을 사서 각자 나눠 가졌던 특별 한정판 소장용 『공산당 선언』이었다.

일종의 후일담 소설이라고도 말할 수 있을 이 작품을 기시감(旣視感)과 멀어지게 하는 부분은 우선, 종익의 솔직하고도 객관적인 자기 분석이다. 친구들과 『공산당 선언』을 나눠가질 때의 자부심을 "종교적인 거만함", 혹은 "은닉된 소영웅주의와 허영", "세상의 두려움과 고통을 충분히 경험하지 못한 얼뜨기 청춘으로서의 자신감"으로 해석한다거나 자신의 현재 처지에 대해 "친구들보다 세상의 질서를 모범적으로 밟아가고 있다는 것에 대해 내심으로는 큰 자부심을 가지고 있"다고 평가하는 부분들에서 그러하다. 또한 2000년대 금융산업의 발달로 인한 자본의 구조 변동, 다국적화되는 노동 시장에 대한 인식 등에서 이 소설이 1990년대의 후일담 소설과는 다른 현실 인식을 지니고 있음을 알 수 있다. 종익이 참여하고 있는 "프로젝트는 사실 얼마만큼은 부동산 투자나 재무 투자, 그리고 상권 장악 등을 위한 것으로 실물적인 생산성은 거의 없"는, "자본적인 투기의 성격"이었고 최근에는 "구조조정 프로젝트의 일환으로 당년 후반기까지 150여 명 정도의 직원들을 해고하는 것"이었다. 예전의 신념에 어긋나는 일을 하고 있다는 자괴감이 친구의 죽음으로 인한 자책감과 겹쳐 서술되면서도 소설은 시종일관 건조한 어조를 유지하고 있다.

친구의 죽음에 대해 슬픔의 감정을 좀체 드러내지 않는 이 소설은, 그러나 친구에 대한, 『공산당 선언』이 대표하는 그 시대와 이념에 대한 부채감에서 벗어나지 못하고 있다는 점에서 다른 후일담 소설들과 크게 다르지 않다. "『공산당 선언』에 대한 막연한 동경의 표출", "『공산당 선언』이 가리키고 있는 세계에 대한 열망의 표출"로서 나누어가졌던 『공산당 선언』의 가격이 '1,210원'으로 환산되는 시대에 대한 환멸감도 깃들어 있다. 그럼에도 불구하고 현재의 상황이나 자신의 심리적 갈등에 대해 비교적 객관적인 시선을 유지하면서 그것을 최대한 건조한 문체를 통해 이야기하고 있다는 점에서 이 소설은 주목받을 만하다. 부채감과 환멸감을 심리적 과잉 없이 객관적 상황 진단과 자기 반성으로 그려내기는 쉽지 않은 일이기 때문이다. 반성적 태도는 삶을 더욱 혼란스럽게 만들 수 있지만 출구를 찾는 출발점이기도 하다.

강영숙의 「가위와 풀」(『황해문화』 2012 가을)은 암에 걸린 '엄마'의 치료비를 대느라 돈이 필요한 '내'가 대출상담전화에 시달리다 환상 속으로 빠져드는 장면을 담고 있다. 000캐피탈의 정유미 실장에게 모든 인적 사항과 관련 서류, 심지어 자신의 취향과 관련된 부분까지 알려주고도 필요한 대출을 받지 못한 '나'는, "내 돈을 다 빨아먹은 엄마의 몸"과 "미스코리아가 생의 최종 목표였던 어린 시절의 나"를 보트에 태우고 바다로 나아간다. "신용이 불량한 자는 죽어도 싸다! 바다로 추방."이라 말하는 정유미 실장. 제1금융권에서 제2, 제3의 금융권으로 이어지는 개인정보 유출과 금융거래의 고리를 끊는 방법은 환상밖에 없다는 듯이 "나는 나무 보트에 매달린 끈을 가위로 똑 끊"고, 소설 「가위와 풀」은 걷잡을 수 없는 환상 속으로 나아간다.

> 돌아보니 저만치 정유미 실장과 도열한 사람들이 행렬을 이루어 도시로 돌아가는 모습이 보였다. 그들이 들고 있는 전화기 라인은 모두 다 백사장 속에 묻혀 있었다. 조만간 백사장이 뒤집히고 바다가 도시를 삼킬지도 몰랐다. 순간, 뜨거운 오줌이 보트 위로 흘러내렸다.
>
> —「가위와 풀」(『황해문화』 2012 가을, 175쪽)

현실에서는 가능하지 않았던 욕망의 배출이 환상 속에서 이루어진다. 어린 시절의 '나'처럼 어떤 꿈을 안고 '엄마'와 함께 바다로 나아가는 것. 강영숙 소설에서 환상은 언제나 현실에서 가능하지 않은 욕망의 배출구인 동시에 출구 없는 세계에서 배출되지 못한 '쓰레기'의 공간이었다. 「가위와 풀」에서 그것은 백사장에 묻힌 "전화기 라인"이며 "뜨거운 오줌"인데, "조만간 백사장이 뒤집히고 바다가 도시를 삼킬지도 몰랐다."는 문장은 출구 없는 이 세계가 폭발에 이를지 모른다는 경고처럼 읽힌다.

출구 없는 위기가 지속되는 상황에서 반성과 환상은 일종의 출구가 될 수 있다. 소설은 환상의 세계를 펼쳐 보여줌으로써 해방감을 주는 동시에 이 세계가 얼마나 닫혀있는지를 보여준다. 어둠만이 가득한 세상에서 빛이란 환영과도 같은 것이다. 강영숙 소설에 자주 출몰하는 환영은 세상의 어둠이 더 짙어지고 있음을 말하고 있다. 어둠 속에서 환상이 아닌 것으로 빛을 찾고자 할 때 할 수 있는 일은 무엇일지, 이재웅의 소설은 '현재'를 관찰하고 반성하는 그 한 가지 태도를 보여주고 있다.

2. 같고도 다른 '소설 작법'

김솔은 「소설 작법」(『문학과 사회』 2012 가을)이라는 이름으로 소설의 오래된 질문인 진본/위본의 문제를 제기한다. 이 작품에서 표절작가로 낙인찍힌 '도메크'는, "표절을 피하는 방법은 1인 창작에서 공동 창작으로 소설 작법을 바꾸는 것"이라며 제자인 '마사오'와 '공손승'을 통해 가짜 명품 가방을 만드는 노인의 이야기를 쓰게 한다. 전태일의 동료였다고 자칭하는 어느 노인으로부터 전해들은 이야기를 도메크가 구술하면 마사오와 공손승이 각자 맡은 부분을 기술하는 방식으로 그들의 공동창작은 진행된다. 스승과

제자의 관계인 탓에 그다지 수평적이진 않지만 어떻든 서로간의 첨삭과 합평으로 창작이 진행되면서 어느 부분은 두 개의 판본으로 제시되기도 하고 어느 부분은 수정되기도 한다.

입에서 입으로 전해지고 다양한 판본이 존재하는 구비문학의 형식을 고스란히 갖추고 있는 이들의 공동창작은 제작과 배포의 과정까지 포함하고 있으며 나아가 작가의 양산과 독자의 확산이라는 독자적인 시스템을 구축하기에 이른다. 소비자가 곧 판매자가 되는 다단계판매방식처럼, 작가지망생을 모아 강의를 하면서 그들에게 책의 배포를 맡기고 그럼으로써 종국에는 이들이 곧 작가이자 독자가 되는 메커니즘인 것이다. 다단계판매방식에서 모든 사적인 인간관계가 상품의 판매자-소비자의 관계로 환원되듯이, 작품의 예술적 감흥을 공유하는 작가와 독자의 관계는 자본주의 시스템 내에서 책이라는 상품의 생산자와 소비자의 관계로 치환될 수 있다. 마찬가지로 자본주의 체제 내에서 문학이 하는 역할이란 무수한 개별 사연들을 보편적 대중서사로 치환하여 소비시키는 것일 수 있다. 따라서 사연의 소유자는 문학의 소재를 제공한 원천적 생산자이며 출판된 책을 구입한 소비자인 동시에 독자가 된다. 이렇게 작가/독자의 관계는 생산자/소비자의 관계로 치환되면서 그 경계가 모호해지기에 이른다. 무엇이 원본인지가 불분명한 세계에서 '표절'의 경계 또한 모호해지는 것은 물론이다.

그러므로 소설 속 인물들이 공동 창작하는 이야기가 바로 가짜 명품 가방을 만드는 장인(匠人)의 이야기인 것은 우연이 아니다. "20여 년 전 동대문 평화시장에서 재봉 솜씨가 가장 뛰어났던 미싱사"인 노인은 "지적 재산권을 앞세운 자본주의가 심화될수록 가짜 명품을 사고파는 시장도 필연적으로 성장하리라는 예측"을 하고 뛰어난 솜씨로 가짜 명품 가방을 만들어 성공한다. 즉, 주류 문단에서 비껴서 행해지고 있는 자신들의 행위를 가짜 명품 가방의 제조와 유통과정에 빗대고 있는 것이다. '지적재산권'이라는 이름으로 희소가치를 유지하면서 허영심이나 자기만족과 같은 잉여적 심리를 사고 파는 '진짜'의 세계. '가짜'는 이러한 '진짜'의 세계를 모방하되 '진짜'의 폐쇄성과 억압성에서 비껴섬으로써 더 많은 대중과 실질적 가치를 공유하고자 한다. 그러므로 "자본주의가 팔지 못하는 건 없다. 가짜는 민주주의를 실천한다."라는 이들의 모토는, 모든 가시적/비가시적 물질을 상품으로 환원하는 '자본주의'에 편승하되, 그와 똑같지는 않은 차이를 지님으로써 '민주주의'를 실천하겠다는 일종의 탈식민주의적 모방 전략인 셈이다.

그러나 "문학이 위태로워진 이유가, 작가와 독자 사이에 평론가나 출판사 편집자가 끼어들어 소통을 방해하고 메시지를 왜곡하고 있기 때문"이라며 기성 문단에 비판적이었던 이들이 하는 일이란 결국 작가지망생을 모집하여 한 달에 한 명씩 책을 출판해준다는 조건 하에 브리태니커 백과사전을 강매하고 그들이 직접 서점가에 책을 진열토록 요구하는 것이다. 또 무리한 출판 일정을 지키기 위해 "시간에 쫓겨 날림으로 마무리 짓"게 된다든지, '마사오'가 집필한 책이 '도메크'를 암시하는 '노병규'라는 이름으로 출판된다든지 하는 일련의 과정들을 보면, 이들이 비판하는 기성문단과 이들의 '차이'는 흐려지고 오히려 기성문단의 폐해들이 되풀이되고 있다는 인상을 주기도 한다. 돈이 모든 가능성을 움켜쥐고 있는 지금의 현실에서 이러한 모방 전략이 저항성을 획득하기란 쉬운 일이 아니다. 작가 또한 모방 전략의 탈식민적 저항성에 초점을 맞추기보다는 문학 제도를 지배하고 있는 자본의 위력을 보여주고 나아가 후기 자본주의의 체제에서 점차 모호해지고 있는 작가/독자, 원본/위본, 진짜/가짜의 경계를 문제 삼는데 무게를 두고 있다.

> 진짜 현실에서도 가짜들은 필요한 법이오. 하지만 우리가 위험해지는 순간은 가짜가 진짜 행세를 할 때와, 진짜가 가짜 취급을 받을 때지. 그런데 단순히

> 가짜가 진짜 행세를 한다고 해서 위험해지는 건 아니고, 가짜가 진짜 행세를 하면서 진짜 권력을 행사할 때 비로소 위험해지는 것이라오. 내가 만든 가방으로 진짜 명품의 권력을 탈취했다면 그건 분명 용서받지 못할 잘못이겠지. 하지만 진품을 모방하되 의도적으로 그것과 구별 가능한 표시까지 추가해서 소비자들의 혼동을 막았으니 누구도 나에게 죄를 물을 수는 없을 것이오. 진정으로 단죄되어야 할 자들은, 내가 일부러 설치해둔 장치들을 애써 제거하여 진품과 아주 흡사하게 개조하고 폭리를 취했던 사람들이 아니겠소?
>
> ― 「소설 작법」(『문학과 사회』 2012 가을, 164쪽)

'도메크'가 '마사오'의 원고를 넘겨받아 최종적으로 수정한 소설의 결말이다. 가짜 명품 가방을 만드는 노인의 행위를 합리화시키면서 자신들의 공동창작 및 불법 배포 프로젝트를 옹호하고 있는 것인데, "가짜가 진짜 행세를 하면서 진짜 권력을 행사할 때 비로소 위험해진다"는 진술은 탈식민주의적 모방 전략이 저항성을 획득하기 위해서는 지배자의 억압적 권력이나 폭력성까지 모방해서는 안 된다는 '차이'를 강조하고 있어 주목된다. '도메크'들의 프로젝트가 '차이'를 보이진 못 했지만 진짜와 가짜의 차이에 대한 근본적인 질문을 제기하고 진짜의 억압성을 비판하는 데에는 성공했다고 볼 수 있다.

3. '이야기-날개'로 구성되는 진실

김솔의 「소설작법」이 독특한 방식의 '소설 작법'을 통해 진짜와 가짜의 경계를 허물고 있다면, 김연수의 『파도가 바다의 일이라면』(자음과 모음, 2012)은 진실과 거짓의 경계가 흐려진 세계에서 진실을 '만들어가는' 방식에 대해 질문하고 있다. 진실을 찾아가는 것이 아니라 만들어간다고 표현한 데에는 이유가 있다. 작가 김연수의 관심은 진실의 존재여부가 아니라 진실이 구성되는 방식에 있기 때문이다. 진실은 어떤 실체로서 자리하고 있는 것이 아니라 전해지기를 기다리는 편지처럼 한 점에서 다른 점으로 전달되고 연결되는 행위를 통해서만 그 효과를 발생시키는 구성적인 것이다.

한국인 입양아 '카밀라'가 고향 진남을 찾아와 진짜 어머니를 찾는 이야기 『파도가 바다의 일이라면』은 자기정체성에 대한 질문에서 시작한다. "검은 머리칼에 쌍꺼풀이 없는 두눈"을 가면으로 생각하고 진짜 얼굴은 따로 있다는 상상계적 환상 속에 머물러 있을 때 질문은 발생하지 않는다. 그것이 환상임을 깨닫는 순간 정체성에 대한 질문은 시작되고 환상이 아닌 실재(혹은 진실)를 구성하는 여정이 시작된다.

오이디푸스가 '나는 누구인가'라는 질문에 답을 찾기 위해 길을 떠났듯이, 카밀라는 한국의 진남으로 자신의 정체성을 찾아 떠난다. 그 여정은 자신에게 남아있는 몇 가지 단서만으로 과거를 재구성하는 과정이다. 카밀라가 알게 된 사실은 자신이 당시 열입곱살이던 여고생 정지은과 그녀의 오빠 정재성 사이에서 태어났다는 것이다. 자신의 어머니와 결혼했다는 사실을 알게 된 후 클로노스의 오이디푸스가 테베의 오이디푸스와 다른 존재가 될 수밖에 없는 것처럼, 자신의 이름이 '정희재'임을 알게 된 카밀라는 이전의 카밀라와는 다른 존재가 된다. 카밀라를 매개로 이야기하고 있긴 하지만 사실 인간은 누구나 어느 시점을 전후로 하여 완전히 다른 존재가 된다. "서른 이전과 서른 이후는 너무나 다른데도 우리는 그걸 하나의 인생이라고 부른다"는 한 인물의 독백에서 알 수 있듯이 삶의 실재 혹은 진실과 대면한 순간 그 이전과 이후는 다른 존재일 수밖에 없는 것이다.

모든 것은 두 번 진행된다. 처음에는 서로 고립된 점의 우연으로, 그 다음에는 그 우연들을 연결한 선의 이야기로, 우리는 점의 인생을 살고 난 뒤에 그걸 선의 인생으로 회상한다. 정상적인 사람들은 과거의 점들이 모두 드러나 있기 때문에 현재의 삶에 어떤 영향도 끼치지 못한다. 앞으로 어떤 점들을 밟고 나가느냐에 따라서 그들의 인생은 지금보다 좋아질 수도 있고, 나빠질 수도 있다. 하지만 너 같은 경우는 완전히 다르다. 과거의 점들이 모두 발견되지 않았다는 점에서 네 인생은 몇 번이고 달라지리라. 인생의 행로가 달라진다는 말이 아니라 너라는 존재 자체가 달라진다는 뜻이다.

—『파도가 바다의 일이라면』(201-202쪽)

거기에 연속성을 부여하는 것은 '나'와 나를 둘러싼 모두의 기억이다. "가족이 기억하는 유년과 친구가 기억하는 유년과 자신이 기억하는 유년이 모두 다르"지만, 저마다 다른 기억이 중첩되면서 떠오르는 어떤 형상이 실재, 혹은 진실에 가까운 그 무엇일 수 있으며 그것을 통해 우리의 삶은 연결된다. 카밀라가 나타나 질문을 던짐으로써 그녀의 어머니 정지은과 관련된 인물들은 잊고 있던 과거를 들추어 각자가 생각하는 진실을 내놓는다. 저마다의 이야기가 있고 그 사이엔 심연이 존재한다. 이 소설은 심연을 가로지르기 위해 "날개"가 있어야 한다고 말한다. "나한테는 날개가 있어, 바로 이 아이야."라고 말한 정지은이 낳은 아이, 카밀라는 모두의 기억 사이에 가로놓인 심연을 가로질러 진실에 다가간다. 서로 다른 존재인 카밀라와 정희재가 연결되고 오해와 고독 속에 갇힌 저마다의 이야기가 연결됨으로써 진실에 다가갈 수 있다고, 김연수의 『파도가 바다의 일이라면』은 말하고 있는 것이다.

희망은 날개 달린 것, 심연을 건너가는 것, 우리가 두 손을 맞잡거나 포옹하는 것, 혹은 당신이 내 소설을 읽는 것, 심연 속으로 떨어진 내 말들에 귀를 기울이는 것.

—「작가의 말」(『파도가 바다의 일이라면』, 327쪽)

이렇게 보면 작가 김연수가 하고자 하는 일은 『파도가 바다의 일이라면』에 등장하는 "다양한 이야기를 수집해서 전시하는 공간", '바람의 말 아카이브'와 같이 세상에 존재하는 수많은 이야기들을 수집하여 소설화하는 것처럼 보인다. 그리고 그 이야기들을 통해 세상의 심연을 건너가기를, 모두가 연결되기를 소망하고 있는 것 같다. 이것이 '신비'에 가까운 일이라는 걸 작가도 또한 알고 있다. 그런데도 "간절하게 원하면 이루어진다"(『밤은 노래한다』)고 쓴 것처럼, "나의 말들이 심연을 건너 당신에게 가닿는 경우"를 간절히 소망하며 소설 쓰기를 계속함으로써 '신비'에 가까운 일들이 이루어질 수 있으리라는 믿음을 보여주고 있다. 이 또한 심연과도 같은 이 세계에서 지닐 수 있는 희귀하고도 소중한 소설적 태도의 하나이리라.

'이야기'의 변이(變移/變異)

— 중견작가의 최근 작품들

1. 공통 감각에 기대어

2008년 번역·출간된 『세계문학의 천재들』(헤럴드 블룸, 들녘)은 "왜 100명인가?"라는 질문으로 시작한다. 일국의 작가도 아니고 세계문학의 그 무수한 작가들 중 100명을 거론한다는 것은 해럴드 블룸(Harold Bloom)에게도 부담스러운 일이었을까. 게다가 그 기준이란 천재성이었으니 사실상 그 책에 이름을 올린 작가들은 블룸에 의해 자의적으로 선택되었다해도 틀린 말은 아닐 것이다. 그럼에도 불구하고 『세계문학의 천재들』에서 호명된 작가들이 '세계문학의 천재들'이라는데 이의를 제기하는 사람은 없다. 모두들 그럴 만하다고 고개를 끄덕이게 만드는 공통의 감각은 참으로 설명하기 힘든 비논리성을 내포하면서도 만만치 않은 위력을 보인다.

어떤 작가에 대해 중견이라 말할 수 있으려면 우리에게도 그런 식의 공통감각이 필요해 보인다. 세계문학의 천재들 100명을 비평하는 정도의 수준은 아니지만 한국에도 꽤 많은 작가들이 있고 그중에 중견이라 꼽을 만한 작가를 언급하기 위해 합리적인 기준을 내세우기란 여간 어려운 일이 아니다. 등단한 지 이십여년이 지난 작가들을 중견이라 할 수 있을 테지만 그 횟수에도 저마다의 이견이 있을 것이고 반드시 작품 활동을 한 연륜만을 따지기도 힘든 일이며 일군의 작가들을 중견이라 호명함으로써 어떠한 의미를 지시할 수 있는지에 대해서도 논란이 있으리라 생각된다. 그러니 우리에게도 어떤 공통감각이 있다고 믿으며 이 글을 일단 시작해 볼 수밖에 없다. 중견작가의 작품세계를 언급하며 문단 내부의 구별을 뚜렷이 드러내려는 것이 아니라 블룸이 말했듯 신진과 중견과 원로가 서로에게 어떤 식으로든 '광채'가 되어 한국문학의 '모자이크'를 더욱 다채롭게 할 수 있다고 생각하기 때문이다. 새로움에 열광하는 시대여서인지 신진작가의 작품세계는 수시로 조명하면서도 중견작가에 대해서는 그렇지 못해왔던 것도 사실이다.

블룸 식으로 얘기해보자면 중견작가의 위치는 선배작가의 영향력을 어느 정도 내면화하면서 창조적 오독이 자기만의 스타일로 발현될 수 있는 즈음에 있다고 볼 수 있겠다. 실제로 살펴본 작품들은 어느 정도 전통적인 서사의 틀을 유지하면서 자기만의 창조적 변이(變移/變異)를 보이고 있었다. 최근 중견작가의 작품에는 일련의 '입양 고아' 소설들[15]이 포함되었는데, 이 또한 '존재의 기원, 자기정체성 찾기'라는 전통적 서사 형식을 이어가면서 작가의 스타일에 따라 전혀 다른 작품이 되었다는 점이 흥미로웠다. 하일지의 『손님』(민음사, 2012)은 이방인에 대한 환대 서사를 뒤집어 이방인을 호구(虎口)로 악용하는 속물적 욕망의 폐부를 유머러스하게 드러내고 있으며 최윤의 『오릭맨스티』(자음과모음, 2011) 또한 익명성의 세계 속에서 세속화된 인물들의 삶을 보여주는데 작품의 절반 이상을 할애하고 있다. 김연수의 『파도가 바다의 일이라면』(자음과모음, 2012)도 단순히 입양 고아의 자기정체성 찾기로만 해석하기에는 서사의 층과 수사의 결이 지나치리 만큼 복합적이며 다채롭다. 그러나 서사의 뼈대만을 추출해본다면 결국 존재의 기원을 찾는 여정의 서사인데, 그 전통적 형식의 틀을 이어가면서도 저마다의 빛을

15) 김윤식, 「입양 고아에 대한 문학적 성과 –김연수의 '심연', 최윤의 '오릭맨스티'에 부쳐」, 『한겨레』 2012. 11. 12.

발산하고 있는 것이다. 또한 이러한 작품들에서 결국 서사의 중심이라 할 수 있는 자기정체성과의 대면이 동일적인 무엇으로서 완결되는 것이 아니라 진실을 찾아가는 과정 자체에 초점이 맞추어져 있다는 점에서 당대적인 성격을 드러내기도 했다. 매시간 분할과 탈주의 선을 따라 미끄러지는 삶을 사는 개개인의 정체성이 동일적인 무엇으로 설명될 수는 없으며 그러한 균열을 수용할 만한 서사적 변이(變移/變異)가 있을 수밖에 없다는 의미이다.

이처럼 중견작가의 작품은 전통적인 서사의 틀이 수용할 수 있는 최대의 폭으로 당대의 담론을 내포하면서 그 외연으로서의 변이를 보이는 와중이라고 말할 수 있겠다. 어떻게 내포하고 얼마만큼의 변이를 보이는지는 되도록 많은 작품을 포괄적으로 검토한 후에야 말할 수 있을 테지만 우선 다음의 몇몇 작품으로부터 시작해보기로 한다.

2. 연결되는 '나'와 '너'의 이야기

이승우나 김연수 소설의 인물들은 끈질기게 존재론적 질문을 던진다. 그럴 수밖에 없는 것이 이승우의 인물들은 늘 죄의식에 사로잡혀 있으며 김연수의 인물들은 존재의 연속성을 해명해야할 사건 앞에 놓여 있기 때문이다. 이승우의 작품이 기독교적 원죄의식에서 출발하고 있다는 점은 널리 알려져 있는 바, 최근에 출간된 『지상의 노래』(민음사, 2012) 또한 죄의식에 사로잡힌 인간이 어떻게 구원에 이를 수 있는지를 질문하고 있다. 김연수의 작품에는 연인의 죽음(『밤은 노래한다』), 죽은 누군가가 남긴 단서(『네가 누구든 얼마나 외롭든』)와 같은 것들과 마주함으로써 그 이전과는 완전히 다른 삶을 살게 되는 인물이 등장하곤 했다. 그들에게는 그러한 단절 이전과 이후를 연결하여 삶의 연속성을 구성해야 하는 존재론적 사명이 놓여있었던 것이다.

『파도가 바다의 일이라면』의 입양 고아 카밀라에게도 '카밀라'로서의 삶과 '정희재'로서의 삶을 연결해야할 과제가 주어져있다. 정체성의 혼돈으로 얼룩진 사춘기 시절을 지나 글쓰는 일을 하게 된 '카밀라'는 우여곡절 끝에 자신의 이름이 정희재임을 알게 되지만 자신의 삶은 매끄럽게 연결되지 않는다. 사실의 실체로서 자신에게 남아있는 것은 빛 바랜 사진 한 장뿐이고 기억조차 남아 있지 않다. 사실을 추적할 수 있는 자료는 타인의 기억인데 말로써 들려주는 타인의 기억은 저마다 다르다. 정희재의 아버지는 어머니 정지은의 오빠인 정재성이라 말하는 자, 그가 아니라 정지은의 선생님인 최성식이라고 말하는 자, 최성식 혹은 최성식의 아내가 정지은을 죽게 했다는 자, 소녀 시절의 상처와 질투가 정지은을 죽게 했다고 말하는 자, "불편하다는 편견 때문에 진실을 외면함으로써" 사건에 얽힌 모두가 정지은을 죽게 했다고 말하는 자. 저마다의 기억과 이야기가 있고 그 사이엔 심연이 놓여있다. 저마다의 이야기가 연결되고 상처의 기억이 치유되어야 심연을 가로지를 수 있을 터, '카밀라-정희재'가 "날개"가 되어 모두의 기억을 아울러 진실에 다가선다. 진실의 실체는 분명하지 않지만 '카밀라-정희재'라는 존재의 현현으로 각자의 기억은 표면에 떠오를 수 있었고 그녀는 "날개"가 되어 오해와 고독 속에 갇힌 저마다의 이야기를 연결할 수 있었다. 자신의 삶의 연속성을 찾고자 하는 시도가 타인의 삶을 연결하는 매개가 될 수 있다고 김연수의 소설은 말하고 있다.

이승우의 『지상의 노래』에서는 죄의식에 사로잡힌 인물들, 후와 한정효, 퇴역군인 장, 강영호와 강상호 등이 '천산공동체'와의 인연을 통해 연결된다. 천산 아랫마을에서 살던 후는 함께 살던 사촌 누이를 유린한 박 중위에게 칼을 휘두르고 수도원으로 피신한다. 한정효는 5.16의 주역 중 하나로서 장군의 충실한 그림자 역할을 하다 천산 수도원에 감금된다. 후는 자신이 박중위와 다를 바 없다는 데 대한 죄의식을 지니고 있으며 한정효는 “권력이 만든 비정한 체제”에 가담했던 데 대해, 아내의 죽음과 수도원 형제들의 죽음에 대해 죄의식이 있다. 장은 비록 상부의 명령을 따랐을 뿐이지만 한정효를 가두고 천산수도원을 파괴하는 일에 가담했다는 죄의식을 가지고 있다. 강영호 또한 당시 천산수도원을 감시하는 초소에 근무했었고 그 때문에 천산수도원의 존재를 자신의 글에 남겼으며, 강상호는 형인 강영호에 대한 미안함 때문에 형의 글을 출판함으로써 천산수도원이 세상에 알려지는 계기를 만든다. 처음에는 수도원 벽에 새겨진 벽서의 아름다움만이 이목을 끌었으나 장의 진술로 인해 그 곳이 권력의 욕망과 관련되어 있으며 그런 연유로 천산공동체가 붕괴될 수밖에 없었음이 드러난다. 장이 죽기 직전 그러한 사실을 고백한 것은 자신의 죄의식을 덜고자 하는 마음과 관련되어 있을 것이고, 형제들을 위해 수도원을 떠났던 한정효가 다시 돌아와 처참한 광경을 수습하고 벽서를 새기기 시작한 것도 속죄의 행위로 볼 수 있을 것이다. 각자의 죄의식이 빚은 행위가 중첩되어 천산수도원의 진실이 세상에 드러날 수 있었고 수도원의 벽에는 아름다운 벽서가 남았다. 그런데 죽어가던 한정효가 미처 마무리하지 못했던 벽서를 완성한 사람은 바로 후이다. 후의 죄의식은 사실 인간이라면 누구나 피해갈 수 없을 원죄에 가깝다. 이러한 후가 누이를 찾아 세상을 떠돌다 천산수도원으로 돌아오게 되고, 죽어가던 한정효가 하던 일을 이어간다는 이야기는, 원죄를 가진 인간의 속죄행위가 후대에 이어지면서 대속의 역사가 만들어질 수 있음을 보여준다. 『지상의 노래』의 인물들이 천산공동체의 붕괴에 직접적으로 원인을 제공한 것은 아니지만 원죄를 지닌 인간으로서 속죄를 행함으로써 역사적 진실이 드러날 수 있었다. 이들의 행위는 인간 보편으로서의 대속적 삶이 개별적 삶으로는 결코 완결될 수 없으며 과거와 현재, 미래의 삶‘들’이 연결되고 중첩됨으로써 이루어질 수 있음을 보여준다.

이처럼 존재론적 질문에 답을 찾아가는 과정에서 연결이 중요하게 다루어지는 것은 한 존재의 삶에 무수한 타자의 삶이 개입되어 있음을 말해준다. 그리하여 '나'의 이야기를 하기 위해 '너'의 이야기를 함께 하지 않을 수 없으며 그처럼 무수한 개별적 삶을 중첩시켜야만 이 시대 보편적 삶의 형상이 드러나리라는 작가의 무의식적 판단을 말해주기도 한다. 서사의 방향성을 지시하기 위해 전형적 개인의 이야기에 개별 삶의 구체성이 흡수되었던 지난 시대의 방식과는 달리 '나'의 이야기와 '너'의 이야기가 연결되어 구체적 보편, 혹은 특수한 보편의 이야기가 되는 형식인 것이다. 이 시대의 자기정체성은 '나'의 이야기만으로 설명할 수 있는 동일적인 것이 아니다.

구효서의 『동주』(자음과모음, 2011)에서도 '연결'은 중요한 화두에 해당한다. 시인 '윤동주'를 매개로 하여 일본인 '요코'와 '야마가와 겐타로'가 연결된다. '요코'는 윤동주와 같은 공간에서 살았던 인연으로 동주를 바라보았고 흠모하였으며 그로부터 경계인으로서의 정체성에 대한 암시를 받는다. 후대의 인물 '야마가와 겐타로'는 '요코'의 글을 통해 윤동주의 시와 삶을 알게 되며 요코와 동주의 경계인적 의식을 보며 미처 자각하지 못했던 재일 한국인 3세로서의 정체성을 받아들이게 된다. 일본인인 줄 알았으나 아이누인이었던 '요코'는 '언어의 비단'이라는 의미의 '이타츠 푸리 카'라는 새로운 이름을 얻게 되고, 일본인으로서의 정체성만을 가지고 있던 '야마가와 겐타로'는 재일한국인으로서 '김경식'이라는 새로운 이름을 얻게 된다. 이들은 두 개의 이름을 가짐으로써 두 세계의 '사이'에 놓인다. 윤동주가 '사이의 섬' 간도 출신으로서 늘 경계인적인 의식을 가지고 모국어인 조선어로 시를 쓰고자 했으며 이러한 그의 삶이 그들을 연결해주었기 때문이었다. 윤동주에 대한 기억을 기술한 '요코'의 글이 '야마가와 겐타로'에게 전달되기까지의 과정 또한 저마다의 인연으로 요코의 글을 전달하고 간직했던 사람들이 있었기에 가능했다. 각각의 이야기가 연결되어 보이지 않았던 어떤

‘진실’이 보이게 되는 구성을 『동주』 역시 갖추고 있다.

이 작품을 다른 작품과 구별되게 하고 빛나게 하는 것은 ‘언어’에 대한 의식이다. 『동주』에는 ‘요코’의 미숙한 일본어(①)와 ‘이타츠 푸리 카’로서 마흔 넘어 배운 아이누어(②), ‘야마가와 겐타로’가 ‘김경식’이라는 이름을 얻고 의식적으로 배운 한국어(③)가 번갈아 등장한다. ‘야마가와 겐타로’가 입수한 자료 자체가 ①과 ②가 나란히 놓여있는 형식이었고 그는 ①과 ②에 대한 글을 직접 한국어로 쓴다. 일본어로 쓰고 자신 또는 누군가가 번역하는 방법을 택할 수도 있었지만 한국어로 써야겠다고 마음먹고 한국어를 배우기 시작한다. 번역되길 원치 않았기 때문이다. 자연인으로서의 윤동주가 죽음을 맞이한 곳은 후쿠오카 형무소이지만 시인으로서의 윤동주는 특고 형사가 자신의 조선어 시를 일본어로 스스로 번역하기를 강요한 순간 이미 죽음을 맞이했다고 ②는 쓰고 있다. “동주는 그때 죽은 건지도 몰랐다. 자신의 시를 자신의 손으로 훼손시켜야만 하는 참경을 당했을 때 이미.”

> 조선의 말과 글이 특별히 우월하여 동주가 그것을 지키고자 했던 것은 아닐 게야.
>
> 교진이 말했다.
>
> 우월하고 열등하고를 떠나, 누구에게나 무엇에게나 고유한 자기라는 게 있기 마련이니까. 일본과 다른 조선, 일본말과는 다른 조선의 고유한 말을 지키고자 한 거겠지. 우열을 매겨서 저마다 우등하다 칭하는 것을 취하고 열등하다 칭하는 것을 버리면 하나로 같아져 개별과 단독의 고유성은 없어지는 거란다.
>
> —『동주』(297쪽)

윤동주가 자신이 쓴 조선어 시의 고유성을 지키려고 한 것처럼, 요코와 겐타로도 자신만의 고유성을 찾고자 아이누어와 한국어를 배운다. 특히 겐타로는 자신과 요코의 이야기가 번역되기를 원치 않았고 한국어를 배워 직접 쓰는 방식을 택한다. '나'와 '너'가 연결되어 알게 되는 진실은 자신의 고유성이며 그러한 고유성을 지키기 위한 언어적 실천이 뒤따르고 있는 것이다.

이를 바디우(Alain Badiou)적인 의미에서 진실에 대한 주체의 응답이라 볼 수 있지 않을까.[16] 바디우에게 진리(truths)란 기존의 상황으로는 설명되지 않는 '사건'의 출현과 그 사건에 대한 주체의 '충실성'(fidelity)으로 구성되고 지속되는 '과정'(procedure)으로서의 성격을 지닌다. 『동주』에서 '겐타로-김경식'의 앞에 놓인 문제적인 상황(친구의 실종)은 당시의 그로서는 전혀 이해할 수 없는 '사건'이었으며 그 사건의 의미를 추적해나가면서 '진실'에 다가서게 되고 그에 대한 '충실성'(언어적 실천)으로써 진실을 지속시키려 한다. 『파도가 바다의 일이라면』의 '카밀라-정희재' 역시 존재론적 사명에 응답해야 하는 사건적 상황에 놓여있으며 그 과정에서 어머니의 죽음과 관련된 진실, 모두의 기억이 은폐하고 있는 진실을 드러내게 된다. 스스로 "날개"가 되어 심연을 가로지르는 '진리과정의 담지자'가 되는 것이다. 『지상의 노래』에서도 천산공동체와 관련된 진실을 추적하면서 인간의 존재론적 본질(원죄의식과 대속적 삶)을 깨닫게 되는 과정과 그에 충실하게 응답하는 행위(벽서)가 그려지고 있다. 연결되는 '나'와 '너'의 이야기는 존재론적 질문을 내포하면서 진실을 찾아가는 형식으로서의 외연적 변이를 도모하고 있으며, 이는 타자의 윤리학, 진리의 윤리학으로 요약할 수 있는 당대의 담론을 수렴한 소설적 응답일 것이다.

---

16) 신형철은 「'윤리학적 상상력'으로 쓰고 '서사윤리학'으로 읽기 –장편소설의 본질과 역할에 대한 단상」(『문학동네』 2010년 봄호)에서 장편소설의 기본문법으로 '사건–진실–응답'의 3단 구성을 제시하면서 황석영의 『손님』과 김연수의 『밤은 노래한다』를 분석하였다.

3. 포개지는 '나'와 '너'의 이야기

'나'의 이야기와 '너'의 이야기가 '진실'을 매개로 배치되고 중첩되는 데에는 일정한 논리성을 필요로 한다. '진리'를 찾아가는 여정 자체가 소설의 플롯이 될 수 있으며 플롯은 전통적으로 논리적 인과관계를 중요한 특징으로 삼았다. 플롯에 작용하는 논리성이 평행선처럼 보이는 '나'와 '너'의 이야기를 조금씩 기울여 어느 지점에서든 만나게 하고 바로 그 지점에서 이 시대의 진리, 혹은 진리에 충실한 주체가 탄생한다고 말할 수 있겠다. 하지만 이 시대 '나'와 '너'의 이야기를 병렬적으로 배치하는 소설 또한 한편에 존재한다. 여기서의 '나'와 '너'는 한 평면에서는 영원히 만날 수 없는 평행선이지만 전혀 다른 차원의 평면을 도입함으로써 포개질 수 있다.

한강의 『희랍어 시간』(문학동네, 2011)은 시각을 잃은 남자와 말을 잃은 여자라는 평행선의 이야기가 어떻게 포개질 수 있는지를 시적인 문장과 유려한 문체로 말해준다. 한강에게 몸의 감각은 애초부터 세계의 폭력성을 흡인하는 통로일 따름이었다. 시각이거나 후각, 통각을 통해 지독하도록 예민하게 폭력을 자각하는, 한강 소설의 몸은 그러므로 언제나 고통스럽다. 고통으로부터 몸을 보호하는 가장 수동적인 방법은 감각을 버리는 것일 터, 『희랍어 시간』에서 시각을 잃어가는 남자와 말을 잃어가는 여자의 등장은 어쩌면 한강 소설이 오래 전부터 예고해온 장면처럼 보인다.

하지만 감각을 잃었다고 해서 그들이 자족적으로 평온한 세계에 거하게 되는 것은 아니다. 유년시절의 '그녀'가 처음 겪게 된 침묵은 "말을 배우기 전, 아니 생명을 얻기 전 같은, 뭉클뭉클한 솜처럼 시간의 흐름을 빨아들이는 침묵"이었기에 코라(chora)와 같은 원초적이고도 자족적인 느낌을 주기도 했다. 언어에 있어서 유난히 민감했던 그녀는 언어를 배우고 말하면서 세상의 언어가 결코 완전하지 않음을, 그에 비해 자신의 언어는 "아무리 하찮은 하나의 문장도 완전함과 불완전함, 진실과 거짓, 아름다움과 추함을 얼음처럼 선명하게 드러내고" 있음을 감지한다. 그 간극이 그녀의 몸을 "달궈진 쇠처럼" 고통스럽게 했으므로 그녀의 감각기관은 본능적으로 세상의 언어를 거부했을 것이다. "오히려 더 밝고 진해진 정적이 어둑한 항아리 같은 몸을 채웠다." "마치 거대한 비눗방울 속에서 움직이듯 무게 없이 걸었다."는 문장에서 알 수 있듯, 유년 시절의 침묵은 오히려 자족적으로 평온한 세계일 수 있었다. 그러나 낯선 언어가 주는 자극을 놓치지 못하는 그녀의 날카로운 감각은 그녀의 몸을 고통 속으로 인도한다. 낯선 외국어인 불어, '비블리오떼끄'라는 낯선 자극을 "방심한 두 입술"이 발음하는 순간, "고통은 침묵의 뱃속에서 뜨거운 회로를 드러내"게 된다. 하여 그녀가 이혼한 뒤 아이마저 빼앗기게 되었을 때, 항암치료 중이던 어머니마저 잃게 되었을 즈음의 어느 날, 문득 말을 잃게 된 것은, 언어의 세계 속에서 살아가던 그녀의 몸 속에 차곡차곡 쌓여오던 고통이 마침내 그녀의 몸을 잠식하게 된 결과인 것이다. 유년시절의 경우와는 달리 이번에는 그녀 스스로 자신이 아는 한 가장 낯선 언어인 희랍어를 배움으로써 말을 되찾고자 하지만 그러한 시도가 무용함을 그녀 또한 알고 있는 듯하다. "처음의 침묵이 출생 이전의 그것에 가까웠다면, 이번의 침묵은 마치 죽은 뒤의 것 같다."고 그녀는 말한다.

어린 시절부터 자신이 언젠가 완전히 시력을 상실하게 되리라는 것을 알고 있었고 그에 따라 어떠한 기적도 없이 점차 눈을 잃어가는 남자의 형상은, 예정된 수순에 따라 죽음을 향해 나아가는 인간의 운명을 대변하는 것처럼 보인다. 사어가 된 희랍어의 운명처럼 "이제 모두가 그 결말을 알고 있는 수난의 시간"이 그의 삶을 채우고 있는 것이다. 그렇다면 그가 철학을 전공하고 희랍어를 가르치는 일을 하게 되는 것은 자신의 운명을 언어적 체계로 설명해내려는 이성적 욕망과 맞닿아 있을 터이다. 언어가 지닌 폭력성으로부터, 언어적 체계의 불완전함으로부터 오는 고통이 여자의 감각을 닫게 했다면, 남자의 경우 언어를 통해 세계의 불완전함을 가리려 하지만 결국 감각을 잃게 되는 자신의 운명으로써 감각적 세계의 불완전함을 현시하고 있다고 말할 수 있겠다. "완전한 것은 영원히 없다는 사실을. 적어도 이 세상에는." *"그런 바보 같은 논증 따위에 매력을 느낀다면, 어느 날 갑자기 너 자신이 성립 불가능한 오류가 되어버리고 말걸."*이라 했던 옛 연인의 말처럼.

이처럼 작가 한강은 감각과 언어, 그것으로 표상되는 이 세계의 불완전함을 일말의 회한이나 절망도 없이 아름다운 문장으로 써내려간다. 여자에게서는 고통의 감각만이 명징하게 도드라질 뿐, 희랍어를 배워도 전혀 나아지지 않는 자신의 상태에 그다지 절망하지도 않는다. 과거의 트라우마로부터 그녀의 상태를 설명하려는 심리치료사의 "명석하고 아름다운 결론" 또한 완전하지 않음을 알고 있다.("그렇게 간단하지 않아요.") 남자 역시 죽음과 소멸은 처음부터 이데아와 방향이 다르다는 서양 철학의 선명한 논리에 선뜻 동의하지 않으며 "깨끗하고 선하고 숭고한 소멸"(소멸의 이데아)에 매료된다. 그러므로 작품의 말미에 시적인 문장들로 참혹하도록 아름답게 묘사되는 남자와 여자의 포개짐에는 어떠한 화해도 위안도 없다. 소멸을 향해 나아가는 과정에서 찰나의 순간 스쳤을 뿐, 그들의 포개짐을 언어적 소통이나 정서적 교감이라 볼 수는 없을 터이다.

올해로 등단 삼십 주년을 맞이하는 작가 정찬에게 이 세계가 고통인 것은, '광주'의 기억이 그를 오랫동안 괴롭혀왔던 것에서도 알 수 있듯, '지금-이곳'이 진실을 매도하는 거짓의 말과 야만적인 폭력으로 물들어 있다는 인식 때문이다. 이곳과 다른 초월적 세계에 대한 지향은 현실에 대한 지독한 절망과 함께 있는 것이어서 정찬의 소설에는 현실세계에 대한 부정과 더불어 신적 존재에 가까워지려는 '완전한 영혼'에의 꿈이 깃들어 있다. '빛과 어둠'이라는 이원적 세계 인식 속에서 정찬의 소설은 구원의 가능성을 지속적으로 탐구해왔다. 장편소설 『유랑자』(문학동네, 2012)는 '신과 인간, 삶과 죽음'을 연결하는 통로로서 환생을 다루고 있다. 이생의 삶과 저생의 삶은 만날 수 없는 평생선일텐데 환생이라는 새로운 차원을 도입함으로써 포개지는 장면을 이번 작품을 통해 만날 수 있다. '완전한 영혼'이 깃드는 초월적 세계와, 야만적인 현실의 세계는 너무나 대립적인 것이어서, 그간의 작품세계는 그 선명한 대조 속에서 '완전한 영혼'의 아름다움이 더욱 빛나거나, 그럼으로써 오히려 초월에의 가능성이 아득해지곤 했었다. 정찬의 근작 소설에서 자주 보였던 호접몽(胡蝶夢), 혹은 변신 모티프, 도플갱어의 출현은 대조적인 두 세계의 만남을 시도한 것이라 할 수 있겠는데, 『유랑자』에서는 그것이 환생사상으로 전화되어 나타나고 있다.

폭력을 동반하는 이성적 합리성에 대한 거부는 직선적 시간에 대한 부정에 이르러, 한 생의 끝으로서의 죽음이 아니라 죽음이라는 중간 지점을 통과하며 다른 생으로 연결되는 원환의 시간관을 보여준다. 『유랑자』에서는 예수시대, 십자군전쟁 시대, 그리고 현재의 시간이 '이브라힘'과 '나'의 환생을 통해 중첩된다. 십자군전쟁 시대의 '나'는 십자군의 사제로서 예수 시대에 예수의 연인이었다는 '이브라힘'을 만나고, 현재에는 유대인(부계)/한국인(모계) 기자로서 전쟁의 참혹함을 취재하다 '이브라힘'을 만난다. '나'는 이라크 전장의 한 병원에서 죽어가는 '이브라힘'을 만나 그의 전생이었다는 십자군 전쟁 시기의 이야기를 듣는다. 그 이야기 속에서 무슬림의 기록관이었던 '이브라힘'은 십자군 사제였던 '나'를 만나 예수의 행적을 재현하는 유랑을 함께 하고 결국 '나'에게 죽임을 당한다. '나'가 '이브라힘'을 죽인 것은 자신의 논리를, 자신의 신을 완성하기 위한 행위였다. 이브라힘과 함께 한 유랑에서 만난 예수는 신적인 존재이기 보다는 인간으로서 '완전한 영혼'을 지닌 신에 가까운 존재였다. 신의 사랑을 몸소 보여주기도 했지만 한 남자로서 한 여인을 사랑하기도 했고 부활하지도 않았다. 그러므로 인간적인 예수를 말한 이브라힘을 죽임으로써 신적인 예수를 되찾고자 한 것이다. 전생에 그러한 행위를 했던 '나'는 현생에서도 "몽상을 경멸"하는, 철저하게 가시적인 진실만을 기록하는 기자로 환생한다. 하지만 이브라힘의 이야기를 들음으로써 명확한 진실의 세계는 흔들리고 어머니의 죽음까지 겹쳐, "믿을 수도, 믿지 않을 수도 없는" 환생사상에 가까이 다가서게 된다.

> 그의 이야기를 듣기 전까지는 나에게 진실이란 명확한 것이었다. 명확하지 않으면 진실로 받아들이지 않았다. 하지만 그의 이야기가 품고 있는 세계는 명확하지 않았다. 일종의 몽상적 세계였다. 나는 몽상가가 아니었다. 내가 기자가 된 중요한 이유 가운데 하나는 몽상을 경멸했기 때문이다. 그의 이야기는 나에게 경멸을 받아야 마땅했다. 하지만 나는 그렇게 하지 못했다. 그의 몽상적 세계가 21세기 벽두에, 인류 문명의 모태로 불리는 땅에서 벌어지고 있는 이 끔찍하고도 야만적 상황과 전혀 관계가 없다고 단정하기 힘들었다. 순간적이기는 하지만, 그의 몽상과 지금 눈앞에서 벌어지고 있는 현실이 내 눈에는 보이지 않는 어떤 것에 의해 연결되어 있다는 느낌까지 들었다.
>
> — 『유랑자』(66쪽)

그러므로 0년대와 1000년대, 2000년대의 시간을 아울러 '나'와 '이브라힘'의 이야기를 겹쳐 놓은 것은 가시적인 진실의 세계를 떠받치고 있는 이성적 합리성의 세계가 얼마나 야만적이고 폭력적일 수 있는지를 증거하는 소설적 형식일 것이다. 작품의 말미에서 죽은 어머니의 넋을 씻는 '넋굿'의 장면을 세밀하고도 아름답게 재현한 것 또한 그 신비로운 아름다움을 전쟁의 폭력성과 뚜렷이 대비시킴으로써 이성적 합리성의 세계를 준엄하게 비판하려는 소설적 시도일 수 있다. 사실 '나'와 '이브라힘'의 이야기는 논리적으로는 만날 수 없는 전혀 다른 시공간의 이야기이지만 환생의 개념을 통해 포개질 수 있었고, 이를 통해 논리로는 설명할 수 없는 초월적 세계와 만날 수 있었다.

최윤의 『오릭맨스티』에도 전혀 다른 두 세계가 존재한다. 전반부는 몰락을 향해 돌진하는 삶이며 후반부는 존재의 기원을 쫓는 삶이다. 전반부의 세속화된 삶이 후반부와 구별되는 핵심은 의문을 품지 않는다는 데 있다. 시스템에 접속한 기계로서의 개인은 왜 여기에 있고 왜 이렇게 살아가야 하는지에 대해 의문을 품지 않는다. 다만 타협을 하기에 적절한 타이밍을 포착하고 어느 정도의 수준에서 그 타협을 성사시킬 것인지에 대해서만 질문한다. 그렇게 결혼을 선택하고 불륜을 저지르며 횡령을 한다. 마지막 순간 '남자'와 '여자'는 그 적정 수준을 초과하고, 그 정도의 '오버'쯤은 허용되리라 여겼던 순간의 방심은 그들을 죽음으로 이끈다. 시스템이 허용하는 적정선을 초과하는 순간 기계로서의 개인은 소멸된다. 시스템에 갇힌 개인의 형상은 이 시대 다른 소설에도 곧잘 출현하지만 『오릭맨스티』의 그들이 조금 다르게 느껴지는 것은 그 삶이 그들 자신의 자유의지에 의한 선택처럼 보이기 때문이다. 하지만 전반부를 이끄는 냉엄한 시선에 의해 그 선택이 실은 불안한 내면을 가리는 자기합리화일 뿐임이 적나라하게 해부됨으로써 오히려 그들은 더하지도 덜하지도 않은 '우리'가 된다. 그러므로 전반부의 삶을 통해 독자인 우리가 보게 되는 것은 바로 우리 자신이며 스스로의 선택에 대한 책임이다. 스스로의 선택이라 여겼던 것들이 사실은 자신의 물질적 토대가 허용하는 최대치의 사치와 허영을 획득하기 위한 것이었음을 직시하라. 그리하여 진정한 자유의지에 의한 선택을 하라. 칸트가 말한 바, 오직 자유로워지라는 명령에 충실하라는 것이다. 가라타니 고진 식으로 얘기하자면, 만사에 자연필연적 인과성을 부여하는 시스템을 괄호 안에 넣고 인간으로서 자유로워지라, 즉 왜 여기에 있고 왜 이렇게 살아가야 하는지에 대한 질문을 품은 선택을 하라는 준엄한 목소리이다.

『오릭맨스티』 전반부의 진술은 '남자'와 '여자'의 심리를 꿰뚫어보며 너희의 죄값을 너희가 치르게 하리라 심판하는 신적인 목소리에 가깝다. 그에 비해 '남자'와 '여자'가 남긴 아이, 가까스로 살아남은 아이의 진술로 이어지는 후반부는 알 수 없는 부름에 응답하는 인간의 목소리이다. 순간적으로 죽음의 상태에 진입하는 일시적인 혼절, 의식불명의 블랙홀 여행은 '나'를 자신의 기원으로 이끈다. 벨기에에 입양되고 미증유의 증상에 시달리며 사춘기를 보낸 뒤 그 혼절의 끝에 내뱉은 음절, '오릭맨스티'가 이끄는 대로 '나'는 한국의 부모를 찾아나선다. 그 여정의 끝에서 "무시간적인, 그보다는 시간 이전의 원시를 닮은 풍경"을 보게 된다. 그것은 유년 시절 혼절 증상의 끝에 찾아오던 낙조의 풍경이었고 부모와 함께 한 유일한 풍경이었으며 부모를 잃은 채 혼자서 사투를 벌이던 그 절벽의 풍경이었다. "상식적으로도 과학적으로도 설명할 수 없는 일들이 자연에서는 일어납니다."라는 L씨의 말처럼, 오릭맨스티에 대해 "세상에는 뜻으로 번역되지 않는 언어의 신비로운 지대가 있다. 오릭맨스티는 그런 언어의 한 조각이다."라고 쓴 것처럼, 알 수 없는 부름이 '나'를 그 곳으로 이끈 것이다. 이렇게 『오릭맨스티』의 전혀 다른 두 세계 또한 "신비로운 지대"에서 포개진다. 마지막 순간 어머니의 간절한 기도에 대한 응답으로 '나'가 살아남은 것처럼, 인간으로서의 진실한 질문 끝에 구원이 찾아오리라!

합리적 이성의 현실적 세계에서는 전혀 만날 수 없는 선(線)들, 언어적 소멸과 감각적 소멸의 선(『희랍어 시간』), 이생과 저생의 선(『유랑자』), 몰락과 구원의 선(『오릭맨스티』)은 어떤 초월적이고 신비적인 차원에서 포개질 수 있었다. 이러한 포개짐에 논리적 인과관계가 작용하지 않는다고 말할 수는 없다. 하지만 플롯으로서의 인과성은 아니며 상이한 담론들이 맺는 형이상학적 포개짐이라 할 수 있겠다. 시각을 잃은 남자와 말을 잃은 여자가 마주하는 방식, 전생에 자신이 죽인 남자가 환생해서 자신의 전생을 말해주는 구성, 간절한 기도가 구원의 응답을 이끌 수 있다는 메시지는 형이상학적인 인과관계로 충분히 설명할 수 있지만 전통적인 플롯이 가지는 인관관계의 선에서는 벗어나 있다. 이들 작품들이 보이는 외연적 변이는 그 벗어남의 결과일 것이다. 이러한 형이상학적 구성과 메시지가 없었던 것은 아니지만 '완전한' 소멸을 '무구한/차가운' 시선으로 '아름답게/치밀하게' 응시하고 있다는 점에서 이 또한 당대 공통 감각의 자장 안에 있다고 볼 수 있겠다.

4. 응답하라! 소설

『오릭맨스티』 후반부는 어딘가 『파도가 바다의 일이라면』의 '카밀라-정희재'의 여정과 닮아 있다. 사소한 조각들로 이어지는 사람 사이의 연결이 '나'를 기원의 현장으로 이끈다는 점에서 그렇다. 또 그 여정이 언어의 문제와 긴밀하게 연관되어 있다는 점에서 어느 부분 『동주』를 떠올리게 한다. 죄에 대한 심판, 인간의 구원 문제와 얽혀있다는 점에서, 그 구원이 후대로 이어진다는 점에서 『지상의 노래』와 함께 논의될 여지 또한 있다. 이런 식으로 이 시대의 이야기는 서로 연결되고 중첩되어 있으며 그러면서도 단독의 조각으로서 고유하고 각별했다. 이 글은 다채로운 빛의 조각을 연결하여 어떤 무늬를 그리고자 했으나 역부족이었다. 공통 감각이란 모호한 말로 변명하고 있지만 바로 그 공통 감각에 따라 중견작가의 작품으로 언급되어야 마땅한 수작들이 누락되기도 했다. 정도상의 『은행나무 소년』(창비, 2012)이나 방현석의 『그들이 내 이름을 부를 때』(이야기공작소, 2012)와 같은 작품들은 전통적인 리얼리즘의 방법론을 이어받아 그것이 내포할 수 있는 최대치의 폭으로 당대의 사회적 의제를 수용·설정하며 파장을 형성하고 있다.

어느 시대 어느 곳에서나 '나'와 '너'의 이야기는 특수한 차이로서 존재해 왔다. 지난 시대의 소설은 헤겔의 총체성 개념으로 '나'의 이야기와 '너'의 이야기를 연결하여 전형적 개인의 이야기를 쓰고자 했다. 여기서의 연결은 작가의 의식 차원에서 다소 관념적으로 이루어지는 것이어서 개별 사연의 구체성은 탈각된 채 전형성에 흡수됨으로써 이루어졌다. 작가가 개별 사연의 구체성보다는 전형성을 선택했다고도 볼 수 있는데 이는 전형적 · 문제적 개인을 통해 서사의 방향을 지시하기 위해서였다고 말할 수 있겠다. 출구 없는 전지구적 시스템 아래에서 서사의 방향성을 상실한 상태를 '지금-여기'라고 본다면, 이제 '나'의 이야기와 '너'의 이야기는 어떻게 연결될 것인가. 비슷하지만 저마다 다른 '나'와 '너'의 사연에서 구체성을 탈각시키지 않은 채 무엇을 이야기할 수 있을지, '지금-여기'의 소설 앞에 놓인 난제일 것이다. 중견의 작품들은 당대 소설 앞에 놓인 질문에 충실하게 응답하고 있다.

아버지, 혹은 구원의 서사

1.

카프카의 「법 앞에서」에는 문 안에 들어서기가 허락되기만을 기다리며 문 앞에 서 있는 시골사람이 등장한다. 그리고 김숨의 「법(法) 앞에서」(『문학동네』 2013 봄)에는 학교 폭력 문제로 피고가 된 아이의 아버지가 법원 앞에 서 있다. 카프카의 「법 앞에서」에 시골사람이 죽기 직전 문을 닫으려하는 문지기가 등장한다면 김숨의 작품에는 "피켓에 줄을 달아 목에 건 일인 시위자"인 앙상한 한 노인이 등장한다. 카프카가 누구에게나 평등해보이지만 실은 한정된 자들에게만 입장이 허락되는 법의 영역을 문제 삼고자 했고 나아가 인간의 삶이란 결국 허락되지 않는 영역을 앞에 두고 평생을 기다릴 수밖에 없는 형식임을 암시하고자 했다면, 카프카의 작품 제목 그대로를 자신의 작품 제목으로 가져다 쓴 김숨은 '법의 문'이라는 경계를 통해 모든 것을 나누고 구별하는 경계 자체를 문제 삼고자 했고 나아가 경계의 혼돈 속에서 심판을 기다리는 현세의 인간들에게 남아있는, 가능한 삶의 형식을 질문하고 있다.

법원 앞에 선 '그'(아이의 아버지)는 우선 자신의 아이가 피고가 됨으로써 원고와 피고, 피해자와 가해자라는 구분에 대해 의문을 가질 수밖에 없다. 평범했던 아들이 후배에게 폭행을 가하고, "그들 부부의 첫 번째 아이이자 마지막 아이, 유일무이한 아이"였던 아들은 "후배의 머리에 콜라를" 부은 "다섯번째 아이"가 되었다. "아들을 심판할 권리"가 당연히 자신에게 있다고 여겼던 '아버지'의 자리는 "자리이자 자리조차도 아닌" 자리가 되었다. 법원 앞에 섬으로써 고유한 존재적 가치는 사라지고 '피고/원고'와 같은 구분 속에서 아무 것도 아닌 존재들이 되고 마는 것이다. '그'는 "피고 신분도, 원고 신분도" 아니며 "증인이나 배석 판사, 재판장은 더더구나" 아니었다.

작가는 "인간은 선과 악으로 이루어져 있는데, 5가 바로 짝수와 홀수 모두 들어 있는 최초의 수이기 때문"에 "5라는 숫자가 '인간의 영혼'을 의미한다"는 글을 인용하면서 "다섯번째 아이"를 통해 선과 악의 구별 또한 문제 삼고자 한다. 인간에게는 그 누구에게라도 깃들어 있는 그것들은 "같으면서 얼마나 다른가." 무엇이 선이고 악인지 심판하는 문제에는 결국 "가깝고 먼 시차"가 개입하게 되는 것은 아닌지. 아들의 학교폭력 문제에서 비롯된 '그', 혹은 작가의 사유는 '아돌프 아이히만'을 언급하며 '평범'이 '사고력의 결여'로 인해 '악'으로 전환될 수 있다는 해나 아렌트의 철학으로까지 나아간다. 터럭의 끄트러미를 붙잡고 태산을 뒤흔들 만큼의 폭과 깊이로 확대되는 셈이다. 하여 아들에게 내려질 심판은 아버지인 자신의 것이자 온 인류의 것이라 말해도 이 작품에서는 지나친 해석이 아니다. 이로써 인간이 지닌 근본악, 해나 아렌트가 "아무 생각 없음"에서 비롯된다고 보았던 '근본악'에 대한 심판은 인간으로선 불가능한 신의 영역이 된다. 불가능한 심판 앞에서 인간은 무엇을 할 수 있는가. 법원 앞에 선 노인은 그것을 보여주기 위해 그 자리에 서 있는 듯하다.

언제부터 그 자리에 있었는지조차 알 수 없는, 곧 쓰러질 것 같은, 피켓을 목에 건 노인은 카프카의 문지기처럼 입장을 허락하지 않을 수 있는 권력을 가지고 있지는 않다. 오히려 죽음이 임박한 순간까지 법원 앞에 서 있는 존재라는 점에서 문지기보다는 시골사람에 가까워 보이기도 한다. 우리가 이미 시골사람의 최후를 알고 있듯이, 법원 앞에 선 '그' 또한 자신의 미래의 모습을 노인을 통해 보게 된 것은 아닐까. 그 미래의 자신이 문지기보다 더한 무언의 힘을 가지고 법 앞에 서 있는 현재의 자신을 바라보며 법원으로의 발걸음을 붙잡고 있는 것이리라. 이렇게 김숨의 '노인'은 카프카의 시골사람이자 문지기가 된다. '노인'은 시골사람처럼 법의 영역으로 들어서기를 기다리기만 하는 것이 아니라 피켓을 목에 매고 무언가를 말하고 있으며, 문지기처럼 권력을 행사하는 것이 아니라 미래의 모습으로 현현하여 현재의 '그'를 용서하기 위해 서 있는 것이다. 파울 첼란의 「수의」에서 인용해 작품에서 "지금의 나인 이가 용서한다/ 지난날의 나였던 이를"이라 썼듯이, 시골사람이자 문지기인 '노인'은 아이가 법정에 서게 됨으로써 "아들이 아닌 자신의 인생이 고소당한 것 같다"고 느끼는 '그'를 "지난날의 나"로서 용서하고 구원하려 한다. 그 용서와 구원의 형상은 "제자리걸음을" 하고 있다.

일인 시위자, 피켓을 목에 건 노인이 돌연 제자리걸음을 한다. 토성과 같은 속도로, 가장 느리게 공전하는 별, 우회와 지연의 행성(발터 벤야민) 토성과 같은 속도로……

앞으로도, 뒤로도, 좌우 옆으로도, 시계 그 어느 방향으로 나아가지 못하는 발짝을 노인은 내디딘다.

내딛기 위해 발을 들 적마다 녹슨 용수철이 운동화 밑창에 매달려 잡아당기기라도 하는 듯, 노인이 안간힘을 다하는 것이 느껴진다. 노인이 발을 내려딛는 순간, 내려딛는 발 쪽으로 피켓이 기우뚱 기운다.

제자리에서 이탈하지 않고 어떻게든 버텨내려, 밀려나지 않으려 면면(綿綿) 걷는 사람이 있다는 걸, 사막을 건너는 낙타처럼 걷고 또 걷는 사람이 있다는 걸, 그는 노인을 보면서 깨닫는다. 노인은 자신의 두 발이 닳고닳아 지구상에

> 서 멸종할 때까지 그렇게 제자리에서 주야장천 걸을 태세로, 발을 들어 제자리에 가져다놓듯 내려놓는다. 자기 자신을 제자리로 호출하듯, 소환하듯.
>
> —「법(法) 앞에서」(『문학동네』 2013 봄, 241쪽)

무엇이 선이고 무엇이 악인지 알 수 없는 세계에서 인간이 할 수 있는 일은 다만 "제자리걸음"일 뿐이라고, 노인은 무언의 언어로 말한다. 경계의 세계에서 제자리걸음이란 가장 무용한 행위일 수 있겠지만 경계 없는 세계에서 그것은 "그 누구에게는 가장 먼 자리일 수도 있는, 난바다의 섬 같은 자리일 수도 있는 제자리"가 될 수 있다. 제 자리에서 발을 들어 다시 그 자리로 내려딛는 순간의 사이에는 토성이 공전을 하여 다시 제자리로 돌아오는 만큼의 시간이 응축되어 있다. "제자리걸음"처럼 무용해보이는 운동, 방향을 가늠하기 힘든 진전을 내포한 운동을 통해 이분법적 선과 악의 경계는 비로소 다채로운 무늬가 될 수 있을 것이다. 치매를 앓고 있는 '그'의 아버지가 흰콩과 검은 콩을 골라내는데 누구보다도 오랜 시간이 걸리는 것처럼, 선과 악에 대한 심판은 흑백의 논리로 가능하지 않으며, 제자리걸음처럼 무용해보이는 용서의 시간을 몇 번이고 통과해야 진정한 구원이 있을 수 있다는 전언을 이토록 철학적이고 상징적으로 발화하는 작가가 또 있을까. 때론 지나치다 싶게 다양한 상징을 겹쳐 사용하면서 비약하는 부분이 없지 않으나, 시대의 화두인 학교폭력 문제를 붙들고 이토록 깊이 사유할 수 있는 작가의 존재가 소중하지 않을 수 없다.

2.

이번 계절의 작품에는 '아버지'를 다룬 작품들이 눈에 띄었다. 김이설의

「한파 특보」(『문학과 사회』 2013 봄)에도 자신의 권위를 오로지 가족들의 순종을 통해 확인받으려하는 왜곡된 아버지 상이 등장하고 앞에서 언급한 김숨의 「법(法) 앞에서」도 표면적으로는 세탁소에서 평생을 보내다 말년에 치매에 걸린 '그'의 아버지와, 건설회사 현장감독으로 일하며 가족과 떨어져 살게 된 '그', 학교 폭력 문제에 휘말리게 된 아들의 이야기이다. 지난 4월에 출간된 박범신의 『소금』 역시 근대화의 과정 속에서 자신의 삶을 매몰시켜야했던 아버지'들'의 서사이다. IMF 경제위기가 다가올 즈음 김정현의 『아버지』가 '아버지 신드롬'을 몰고 온 예에서도 알 수 있듯이 경제적 위기가 닥칠 때마다 아버지 이야기가 유행하긴 했지만, 이즈음의 아버지 이야기는, 가장으로서의 존재감을 상실한 이후 실존적 정체성에 대한 질문을 제기하고 아버지의 심리적 상실감과 실질적 노고를 위로하는 차원의 서사와는 조금 달라 보인다. 김숨의 작품에서도 알 수 있듯이 훨씬 더 풍부한 함의를 지니며 깊이를 더하고 있다.

정용준의 「위대한 용사에게」(『문학과 사회』 2013 봄)는 베트남 참전 용사인 아버지와 군대에서 권총 자살을 시도한 아들의 이야기이다. 아들은 아버지와 달리 "순하고 소심한 남자"로 성장하여 "해결되지 않은 일본과의 과거사"에 관심이 많은 활동가가 되었으며 의욕적으로 입대하였으나 어느 순간 권총자살을 시도하게 된다. 아들은 군 생활이 폭력적이고 불합리하다고 느끼긴 했으나 자살을 생각하지는 않았으며 자신 안의 완전히 다른 존재가 자신을 죽이려 했다고 생각한다. 아들과 함께 있었던 다른 존재란 베트남에서 육체를 잃은 죽은 영혼, 아버지의 또 다른 아들, 이 소설의 화자인 '나'이다.

> 나는 항상 말하고 싶었다. 하지만 나는 입이 없고 몸이 없다. 내게 있는 건 오직 기억과 이야기뿐. 그것은 내 존재의 이유고 그것을 말하는 것은 내 삶의

형식이다. 이제 나는 당신께 내 이야기를 하려 한다.

— 「위대한 용사에게」(『문학과 사회』 2013 봄, 201쪽)

"시간과 공간에 지배받지 않는, 불가능을 모르는 자유로운 존재"가 그들과 함께 있음으로 인해 아버지는 베트남의 기억으로부터 벗어날 수 없었고 "감당할 수 없는 불행에 빠지게 되리라"는 불길한 예감을 평생 품고 살아왔다. 현재와 함께 과거를 살아가는 유령이 아버지와 아들에게 거하고 있었으므로 어머니는 "아들과 남편의 불가해한 친밀함"에서 기이함과 소외감을 느끼며 그들을 떠날 수밖에 없었다. 아들이 자신의 목에 총구를 겨누게 한 것도 유령의 힘이었으나 자신을 지키고자 하는 아들의 힘이 생명을 유지하게 했다.

여기서 아버지는 과거를, 아들은 현재의 시간을 대변하고 있지만, 과거는 지나간 시간으로서 끝나는 것이 아니라 여전히 유령처럼 현재에 거하고 있음을 정용준의 작품은 말하고 있다. 이를 통해 베트남 전쟁에 대한 반성적 태도, 전쟁과 군 생활의 폭력성 문제가 환기되고 있지만 작가가 보다 깊이 건드리고 있는 문제는 결국 죄의식과 용서, 구원의 문제라고 할 수 있다. 베트남 참전 용사를 둘러싼 이들 가족은 저마다의 죄의식에 빠져있다. 아버지는 아들의 불행에 대해 "내 탓이야. 내가 알아. 나는 알고 있었어. 언젠가는 이렇게 될 걸 알고 있었어."라고 말한다. 모든 것이 자신으로부터 비롯되었다는 체념적 인식은 알 수 없는 운명의 힘으로 문제의 원인을 돌린다는 점에서 구체적이고 실질적인 원인을 은폐시킨다. 소설의 말미에서 죄송하다고 쓰는 아들에게 "아니야. 네가 한 게 아니야. 내가 알아. 네가 한 게 아니야."라고 하는 아버지의 말은, 유령의 기억을 통과하여 나온 것이기에 작은 변화를 예고한다. 아버지는 아들의 시선 너머, 또 다른 아들-유령의 시선과 비로소 마주할 수 있게 된다.

당신은 나가기 전 뒤를 돌아봤다. 그가 가볍게 손을 들어 당신께 인사했다. 하지만 당신은 당신을 바라보는 그의 눈이 아닌 조금 더 높은 곳에 위치한 다른 눈을 응시했다. 너무도 오랜만에 당신은 나와 눈을 마주쳤다. 나는 감동했다. 당신은 지금 다른 누구도 아닌 나를 보고 있는 것이다. 나는 목소리가 없지만 큰 소리로 외친다.

오랜만이에요. 아버지.

당신은 말이 없다.

—「위대한 용사에게」(『문학과 사회』 2013 봄, 204쪽)

목소리를 지닐 수 없는 타자에게 목소리를 부여해왔던 정용준의 전작들처럼 「위대한 용사에게」의 목소리는 입도 없고 몸도 없는 유령의 것이다. 목소리 없는 타자에게 말을 할 수 있는 자리를 열어주고 그 말이 재현하는 기억의 풍경들을 통과함으로써 비로소 용서와 구원의 자리가 마련될 수 있는 것. 유령이 원한 것은 아버지나 아들의 파멸, 그를 통한 복수가 아니라 단지 눈을 마주치는 것이었다. 작가는 타자와의 대면이 곧 자기 자신에 대한 정직한 응시로 이어질 수 있으며 과거의 나와 현재의 나를 용서하고 타자를 환대하는 첫 걸음이 될 수 있다고 말하고 있다.

두 작품을 통과하며 살펴 본 현재의 '아버지' 서사는 아버지에 대한 정직한 응시를 통해 현재의 나를 직시하고자 한다는 점에서 지난 시대의 아버지 서사와 다르다. 현재의 '나'를 제대로 바라보기 위한 '아버지' 서사는 자칫 아버지를 대상화 시키는 이야기가 될 수 있다. 진정으로 아버지를 위로하거나 혹은 현재의 우리를 구원하기 위해서, 타자로서의 아버지에게 목소리를 부여하는 "제자리걸음"을 계속할 필요가 있다.

2부

1. 생성의 시작(詩作/始作)

- 월평 / 계절평

평행면1과 2에 관한 두 가지 견해

오래된 질문, 시적 형식의 변주

'나'와 타인을 면1과 그것에 평행인 면2에 비유해보자. 알다시피 두 평행면은 영원히 만날 수 없어서, 수많은 시인들이 이 둘의 소통불가능성 앞에서 절망했다. 대개는 투사나 동일시를 통해 면1의 자아 동일성을 확장하는 형식으로 봉합되곤 했다. 이 경우 면과 면이라는 삼차원적 비유는 사실상 성립되지 않는다. '자아'에 견줄만한 중심점의 동심원적 확장만 있을 뿐. '자아'가 의심받기 시작하자 점은 흩어지거나 사라졌고, 비로소 평퍼짐하게 산포되거나 흔적만 남아있는 '나'를 면1에 비유하는 것이 가능해진다. 여럿이거나 없는 '나'와 타인. 둘의 만남은 더 이상 시의 화두가 아니다. 무엇과 무엇이 만난단 말인가.

하지만 '나'와 타인은, 그 만남과 헤어짐은 여전히 시의 화두가 된다. 자아와 세계, 주체와 타자의 관계를 의미하는 양자의 만남과 헤어짐은 시인이라면 누구나 품을 수밖에 없는 질문의 시적인 형식이기 때문이다. 자아의 분열과 해체가 운위되는 2010년의 시단에서도 변주된 형식이 있을 뿐, 질문은 계속되고 있다.

2005년 제14회 전태일문학상을 수상하고 최근 『어쩌다가 도둑이 되었나요』를 출간한 이봉형은 여전히 소통의 문제를 고민하며 단절과 고립을 강제하는 현실의 힘을 비판한다. 그는 질문의 목적이 해답에 있지 않고 '질문의 정초(定礎)'에 있다며 질문이자 해답이 되는 자신만의 시작(詩作)을 진행하고 있다.

시집 『사춘기』(문학과지성사, 2003)와 『이별의 능력』(문학과지성사, 2007)을 통해 2000년대 시단의 새로운 흐름을 이끌고 있는 김행숙은 언제나 보이는 것 너머를 시화(詩化)해왔다. 보이는 것 너머의 '보이지 않는 것'을 말하려 하기 때문에 대개는 귀신이거나 이상한 아이들의 형상을 빌어 '너머'로 넘어가는 이행의 과정을 보여주었고, 그 이행의 과정은 흔히 이별이거나 만남의 형태로 비유되곤 했다. 근간 시집 『타인의 의미』에서도 무엇과 무엇이 만나는지, 어떻게 만나는지 알 수 없지만 계속해서 '가까운 곳'으로 가는 벡터의 운동을 보여주고 있다.

견해1. 감각의 파동과 평면의 확장: 김행숙, 『타인의 의미』(민음사, 2010)

보이는 것 너머를 보는 시인은 평행면1과 2가 접속할 수 있는 방법을 감각의 파동에서 찾아낸다. 평행면1에서 발생하는 감각은 파동을 타고 평행면2로 전달된다. 물론 발생했던 순간과는 다른 것이 되어 도착된다. '나'와 타자는 무수한 감각의 파동을 전달하며 면의 표면을 팽창시킨다. 무한히 부풀어오른 공간에서 평행면1과 2는 구별불가능한 흔적이 되어 비로소 만난다, 아니 아주 '가까운 곳'에 있게 된다. 평행면3과 4도 그렇게 한다, 혹은 2와 4, 3과 7, 1과 999999…… 무수한 감각의 파동과 평면의 팽창이 무엇을 만들어내는지는 알 수 없지만 이전과는 다른 차원이 생성되고 있는 중인 것은 분명하다. 김행숙의 시에 자주 등장하는 '골목'이나 '계단'과 같은, 평면이 교차하여 생성된 '모서리'들은 위와 같은 평행면 운동의 과정 중에 교차하고 있는 면들이다. 시인은 유클리드 기하학을 뒤집는, 근대적 원근법을 배반하는 공간적 비유법을 통해 불가능한 만남을 시도하고 있다.

> 핏기가 사라진 골목이여
> 모퉁이를 돌았는데 똑같은 골목이여
> 똑같이
> 깜깜한 창문들이여
> 구별하려는 듯이
> 너는 창문에 거의 붙어서
> 들여다본다
>
> —「가까운 위치」 부분

"모퉁이를 돌았는데 똑같은 골목"인 것은 면이 확장되는 과정에서 굴곡을 통해 다시 제자리로, 아니 제자리와 '가까운 곳'으로 휘어졌기 때문이다. 하여 "너는 창문에 거의 붙어서 들여다" 보게 된다. 구별하려는 듯이! 김행숙의 시에서 타자는 만날 수 없고 구별할 수도 없으며 다만 한없이 '가까이' 가는 운동이다. '나'의 옆에 있지만 결코 '나'일 수 없는 평행면의 겹침이며, 그 촘촘한 겹침의 겹침은 '나'가 무한히 팽창되어서 '나'와 타자의 구분이 무화되고 사라져 흔적만 남게 되는 세계이다.

사라지거나 돌아오는 평면의 겹침은 감각의 파동을 통해 가능하다. "이를테면, 모자를 쓰는 순간에 나는 귓속말이 전달되는 귀 속으로 빨려 드는 것" 같은 이유는 이어지는 시구, "이제 마악 의미가 진동하고 있어. 너무 가까워서 덜덜 떨려"에서 드러나듯, 모자를 쓰는 순간 평행면과 평행면 사이를 진동하여 감각이 전달되기 때문이다. 모자를 쓴다는 것은 곧 모자라는 타자와 한없이 '가까이' 있게 되는 순간인데 그것은 그야말로 순간이기 때문에 매 순간 다른 평행면과 접촉하게 되면서 "똑같은 모자를 열 번" 쓰더라도 "모두 다른 모자들"이 되는 것이다. "길에 떨어진 모자를 주울 때, 모자가 사라지는 길이었겠지"라고 말할 수 있는 이유도 길에 떨어지는 모자와 화자가 줍는 모자가 다른 평면에서 운동 중에 있기 때문이다.(「모자의 효과」)

볼 수 없는 것이 될 때까지 가까이. 나는 검정입니까? 너는 검정에 매우 가깝습니다.

너를 볼 수 없을 때까지 가까이. 파도를 덮는 파도처럼 부서지는 곳에서. 가까운 곳에서 우리는 무슨 사이입니까?

영영 볼 수 없는 연인이 될 때까지

교차하였습니다. 그곳에서 침묵을 이루는 두 개의 입술처럼. 곧 벌어질 시간의 아가리처럼.

— 「포옹」 전문

모자를 쓰는 순간처럼, 포옹은 타자와 접촉하는 순간이다. 그러나 '나'와 타자는 "영영 볼 수 없는 연인이 될 때까지" "가까이" 갈 수 있을 뿐이다. "침묵을 이루는 두 개의 입술처럼" 교차하게 되는 것은 그렇게 가까이 감으로써 새로운 차원이 생성될 수 있음을 암시한다. 이리가레의 '입술'처럼, "곧 벌어질 시간의 아가리처럼." 그 생성의 틈에서 '나'와 타자는 유령이 되어 만난다. "미래에/ 유령이 되어 돌아오자, 다신 돌아오지 말자"고 하는 것은 만나는 것이 곧 만나지 않는 것과 같은, 돌아오는 것이 곧 돌아오지 않는 것이 되는 '소멸=생성'의 차원에서 이루어지기 때문이다.(「가로수의 길」) 김행숙의 시는 '사라지는 중'에서 '돌아오는 중'으로 진화하고 있다. '사라지는 것'이 '돌아오는 것'이므로 그 차이는 크지 않지만 '중'이라는 진행형 표현이 생성을 가능하게 하며 '사라지는' 보다는 '돌아오는'을 선택하게 한다.

> 발이 잘리는 곳에서
> 발목부터 쓰러지는
> 그림자처럼
> 너는 세계의 일부를 덮치는가
> 너는 마침내 이 세계의 붉은내장에 검은머리카락에 노란 흙덩이에 혀를 넣어 키스하는가
> 쓰라린 피부처럼
>
> 거칠어 …진다
> 가장 얇아 ……진다
> 너는 거의 ………거의 불가능해진다
>
> 너는 떠나는 중이다
> 가까운 곳에서
> 가장 가까운 곳에서
> 너는 기어서 기어서 돌아오는 중이다
>
> —「가까운 곳」 부분

감각의 파동은 표면의 감각, 즉 촉각을 통해 감지된다. '너'라는 평면은 '나'의 세계 깊숙이, 그러니까 그 감각의 파동이 닿는 표면인 "붉은내장에 검은머리카락에 노란 흙덩이에" 피부가 쓰라리도록 깊숙이 혀를 밀어넣는

다. 쓰라린 피부처럼 거칠어지고, 가장 얇아지는 순간 '나'와 타자는 구별불가능해진다. 그리하여 "너는 거의 ……거의 불가능"해지는 것이다. 이러한 상태는 「호흡」 연작에서도 드러난다. 호흡이란 언제나 '나'를 둘러싸고 있는 타자인 공기를 '나'의 내부로 받아들이고 '나'의 것으로 전환된 공기를 타자에게로 내어놓는 운동이다. 그리하여 「호흡」 연작의 마지막인 「이 사람을 보라」는 보이는 것은 아무 것도 없는 공백이자 구멍이 된다. '너'는 "마지막 특징이 사라지는 순간"에 있고(「진흙인간」) "이제 당신에게 당신은 보이지 않고 나만 보"인다.(「보호자」) 김행숙의 시에서 '나'와 타자는 이전 세계에서 사라진 유령이며 그리하여 이후 세계를 생성시킬 명명불가능한 주체이다.

'너'는 그림자처럼 언제나 '나'의 등 뒤에, 혹은 옆에 있다. 이러한 타자는 "떠나는 중"이 곧 "돌아오는 중"이다. 한없이 가까운 곳에서 '나'와 타자는 구별불가능하며 "살았을 때와 죽었을 때"(「밤입니다」)가 다르지 않다. 사실 '나'와 '너'를 구별할 수 있었던 것은 그 기원을 확인할 수 있는 순간이었지만 평행면1과 2가 무한히 확장될 때 거기서 '나'와 '너'의 기원을 찾기란 불가능한 것, 그리하여 없는 것이 되어 버렸다. 그것은 "두 개의 손이 오른손과 왼손으로 처음 분열되었을 때/ 모른 척하기로 했던 것을/ 정말 모르게 되었을 때"처럼 "영원한 수수께끼"가 되어버렸다. 중요한 것은 "사랑은 자꾸 자꾸 답을 내놓"는다는 것이다. "그리고 너를 미워해도 이야기는 계속" 된다는 것이다.(「공진화 co-evolution하는 연인들」) 기원이 아니라 생성이, 그 운동의 지속이 중요해질 때 '가까이'는 더욱 풍부한 의미를 발산한다. 간격을 사라지게 하지는 않지만 결코 끝나지 않는 '가까이'라는 운동. 시집 해설에서 이광호가 지적한 대로 '가까이'라는 부사어는 『타인의 의미』의 의미 그 자체라 할 만하다. 가까이 가는 한없는 운동을 계속할 것. 그것만이 새로운 생성을 가능하게 할지니!

새로운 생성이 무엇인지, 어떠한 형태인지는 모르지만 중요한 것은 끊임없이 계속 '가까이' 가는 것이다. "우리가 존재한다는 걸 무슨 수로 증명할 수 있단 말인가." 바로 "붉은 벽돌을 쌓"는, 그런 운동을 통해서이다.(「꿈꾸듯이」) "왜 머리카락은 시간처럼 시간처럼 끝없이 자라는가. 왜 머리카락은 정치적인가. 마침내 누가 머리카락을 해석하는가."라는 질문처럼(「머리카락이란 무엇인가」) 끝없는 운동만이 '정치적'인 것을, 사후적인 해석을 이끌어내기 때문이다.

견해2. 계급과 '목숨': 이봉형, 『어쩌다가 도둑이 되었나요』(푸른사상, 2010)

'나'와 타인이 만날 수 없는 평행면1과 2에 각각 속해있는 이유는, 이봉형에 의하면 '계급' 때문이다. 사실 이 오래된 수직관계가 평행면이라는 수평관계에 비유되는 것은 누군가에겐 진전으로 누군가에겐 착오로 받아들여질 수 있다. 하지만 이봉형이 사용하는 '계급'이란 용어는 사람들 사이의 급을 나누는 경제적 힘, 보이지 않는 손에 가깝다. 그 힘의 자장 안에서 사람들은 수직이거나 수평인 관계를 맺고 있지만, 이봉형 시인이 보기에 그 사이에는 "계급의 벽, 기계들의 벽, 시장의 벽"이 있고 서로 완전히 분리되어 있다는 점에서 평행면1과 2의 관계로 비유될 수 있다. 평행면1과 2가 만날 수 없는 것은 이제 자가발생적 팽창을 거듭하고 있는 '계급적 힘'으로부터 자유로울 수 있는 자는 아무도 없기 때문이다. 모두는 기계가 되어 판매자-기계와 소비자-기계, 혹은 고용주-기계와 피고용인-기계로 대면할 뿐이다. 어쩌면 혁명을 통해 가능하리라 여겼던 '계급적 힘'의 소멸은 가능하지 않은 것으로, 역사적 시간에 의해 결정지어졌다. 소멸되기는커녕 그 힘의 바깥을 사유할 수 있는 정신의 힘까지 가두어버리는 현실에서 시인이 할 수 있는 일은 시쓰기를 통해 정신의 힘을 회복하는 일이며 '벽'으로 표현되는 평행면 사이의 거리를 드러내는 일이다.

편의점에 들를 때마다, 점원에게
시급이 얼마죠?
나는 묻고 싶어진다.
(…)
하지만 그만둔다.
괜히 주인과 사이만 틀어지겠지.
젊은이가 나처럼 어리숙하지는 않겠지.
점원은 친절하다.
옷이 지저분하다.
나는 되도록 다정하게 인사를 하며 편의점을 나선다.
조금 걷다가 뒤돌아보면
환하다.

—「다정」 부분

판매자와 소비자가 대면하고 있는 장면을 시화하고 있는 이 시는 소통을 지향하는 시적 화자의 내면을 그대로 진술하고 있다. 그러나 거대한 시스템 내부에서 작동하는 판매자-기계와 소비자-기계의 만남이기 때문에 아무런 사건도 발생하지 않는다. 화자는 소비자-기계에게 입력된 돈을 지불하고 물건을 사는 행위 이외에 판매자의 삶에 개입하고 싶은 욕망을 가지지만 그 욕망은 곧 스스로에 의해 지워진다. "괜히 주인과 사이만 틀어지겠지", "나처럼 어리숙하지는 않겠지"라며 합리화하고 있지만 실은 소비자-기계의 행위 바깥의 사건이기 때문이다. 사건이 발생하기란 쉽지 않다. 사건이 발생했을 때 발생하는 파장이 '나'와 타인의 삶 전체에 영향을 미칠 수 있기 때문이다. 해고되는 점원, 다른 업무에 투여되어야할 '나'의 시간들……. 이렇듯 시스템 내부의 관계는 단절되어 있다.

> 낳아준 아버지만 있는 것은 아닙니다
> 백수생활 청산하게끔 은혜를 베푸신 사장님도
> 저의 아버지입니다
>
> 하지만 아버지,
> 아버지는 어쩌다가 도둑이 되었나요
> 근래 회사에서 용역 사무실로 넘기는 돈이 이백만 원이 넘는데
> 나머지 백만 원은 어디로 가나요
> 혹시 불우이웃을 도우시나요
>
> (…)
>
> 아버지,
> 아버지는 유령인가요
> 그렇지 않다면 우리는 왜 한 번도 얼굴을 뵌 적이 없는지요
> 대체 어디에 사시는가요
>
> —「어쩌다가 도둑이 되었나요」 부분

아버지라는 친근한 어휘로 호명되고 있지만 실제로는 사장님인 '아버지'는 유령처럼 얼굴을 드러내지 않는다. "아버지는 유령인가요"라는 질문은 사장과 시적 화자 사이의 보이지 않는 힘의 존재를 암시하고 있다. 지배/피지배 관계로서 보이는 적이었던 고용주는 이제 보이지 않는 유령으로서 군

림하고 있다. 보이지 않는 돈의 행방처럼 지배의 힘 또한 보이지 않는 곳에서 작동하고 있는 것인데 이로써 시인이 드러내는 감정은 적대감이거나 저항감이 아니라 '의문'이다. "어쩌다가 도둑이 되었나요"라는 의문, "대체 어디에 사시는가요"라는 의문. 이러한 의문의 감정, 의문문으로서의 시행을 통해 시인은 관계의 아이러니를 보여준다. 아버지/자식의 친밀한 관계에서 유령이나 도둑과의 관계로 전이되는 역설. 「남편에게 설거지 시키기」라는 시에서 남편과 아내의 관계를 경제적인 관계로 전이시키는 이러한 방식을 통해 시인은 가장 친밀한 관계에서도 작용하고 있는 '계급적 힘'의 존재와 관계들 사이의 벽을 보여주고 있다.

'벽'을 사이에 둔 관계를 시화하기 위해 이봉형의 시어는 때론 문자-기계가 된다. 그 언어는 일상의 모든 것들을 도식화하고 인공화하여 그야말로 도식화되고 인공화된 현실을 재현한다. 현실이 문자-기계로 쓰이어지는 것처럼 사람은 혹은 사람 사이의 관계는 기계에 의해 구획되고 서열화된다. 기계를 사이에 두고 기계를 운전하거나 보조하는 사람과 기계를 고치거나 만드는 사람으로 나뉘어지는 관계.

> 그런 것을 아는 사람은 흰 옷을 입고
> 유령처럼 베이를 걸어 다니는 전문가들이다.
> 그들은 시커먼 배경에 녹색 그래프를 그리고 있는
> 알파벳과 퍼센트가 가득한 화면을 오랫동안 쳐다보고 있거나
> 둘 또는 셋이 둘러서서 고개를 끄덕이거나
> 우리를 불러 이것저것을 캐묻는 존재들이다.
> 그들은 중요한 존재들이다.
> 우리는 그들이 무엇을 하는지 알지 못한다.
> 우리는 그들이 환하게 웃는 것을 보지 못했다.
>
> —「조용한 일터」 부분

기계를 고치거나 만드는 '전문가들'도 고용주처럼 유령으로 표현된다. '우리'와 '그들' 사이에도 만날 수 없는 거리가 있다. '우리'는 '그들'을 기계처럼 바라보고 '그들' 또한 '우리'를 기계처럼 대한다. 이러한 관계를 재현하는 문자-기계, 이봉형의 시어에는 일말의 관념이나 추상이 끼어들 틈이 없다. 시인은 이별의 아픔 같은 감정 또한 몸-물질의 통증으로 느끼고(「어금니」) 감각조차 물질화하여 공단 안 대형식당의 물은 쇠맛으로, 공단 앞 상가의 물은 깨진 네온사인 같은 돈맛으로 느낀다.(「생수」) 이렇게 되는 것은 물론 물질이 감정을 지배하고 있기 때문이다. 「빠른 살해」에서 비둘기를 구해주고 싶은 감정을 누르고 "그냥 출근"하게 만드는 것은 다름 아닌 '돈' 혹은 '목숨'이라 명명되는 물질이다.

그러나 낭만이라 부를 만한 감정의 틈은 드문드문 보인다. "금 간 보도블럭에 핀 꽃"(「퇴근길」). 아파트 화단에서 발견한 "민들레 한 포기"(「뿌리」) 같은 것. 그러나 시인이 본 것은 낭만이 아니라 '목숨'이다. 생존하기 위해 보도블럭 사이에 피어났으며, 발로 밟아도 뿌리는 살아 "민들레는 그대로" 있을 수 있는 것이다. 시인은 말한다. "사실 목숨을 지니지 않은 존재란 없다." 하여 목숨이란 "물러나지 않는 것", 곧 '실재(實在)'를 의미한다고 볼 수 있을 것이다. 그러므로 질문은 "나는 지금 실재와 관계하는가?"가 된다. 실재와 맞닿아 있는 정신은 '앎'을 멈추지 않는 정신이다. 계속 깨달아가는 정신이다.(「목소리 찾기—시인의 시론」)

이렇게 보면 이봉형 시인에게 평행면의 만남은 질문 너머에 있다. 누가 보아도 불균형한 평행면1과 2의 관계가 무너지지 않는 것, 1이 2를 없는 듯 무시하거나 덮을 수 있지만 그렇게 되지 않는 상태를 실재로 보고 그 실재와의 관계를 멈추지 않는 것이 시인의 정신이 얻은 '앎'이다. 평행을 무너뜨리는 것이란 곧 패배를 의미하기 때문에 안간힘을 쓰며 평행의 상태를 유지하는 것이 시인이 직시하고 있는 가감없는 현실이다. 안간힘을 쓸 수밖에 없는 것은 그것이 '목숨'과 관계하고 있기 때문인데, 그러한 안간힘이 지속될 때 시인의 질문 너머가 열릴 것이다. 시쓰기는 "목숨의 소리"로서 실재와 관계하는 시인만의 안간힘이며 "일과 노래가 구분되지 않"는, "걷는 노래", "길을 내는 노래"(「노래를 찾다」)가 될 터이다.

폐허의 역설

'자아'가 의심받는 시대에 이봉형 시인은 오히려 '자아'의 정립을 이야기하고 있다. 「목소리 찾기」라는 제목의 시론이 의미하는 바는 바로 개별성을 상실하고 기계가 되어버린 '자아'의 회복으로 볼 수 있다. 이를 위해 시인은 '나'와 타인 사이의 거리를 드러내고자 한다. 엄연히 존재하는 거리가 가려짐으로써 시스템은 더욱 공고해질 것이기 때문이다. 이러한 시인의 '목소리'는 김행숙 시인이 전하는 감각의 파동과는 다르다. 감각의 파동이 '사이'를 무화시킨다면 이봉형 시인의 목소리는 '사이'를 드러내기 위해 소용된다.

여전히 존재하는 '사이'에서 두 시인의 '다른' 목소리들은 '사이'의 너머를 사유하고 있다. 자아의 동일성과 세계의 총체성이 무너지고, 찢겨진 흔적과 분열된 조각들만 널려있는 시대 그 너머에서 시인은 역설적으로 조각과 흔적이 만나 이루는 어떤 새로운 형상을 볼 수 있지 않겠는가.

'사라지는 것들'의 견고함

1. 견고한 것들의 사라짐

마르크스는 저 유명한 『공산당 선언』에서 모든 견고한 것들은 대기 속에 사라진다는 말을 남겼다. 부르조아 계급이 자신의 형상대로 세계를 개조해 가던 시대, 변혁 없는 존재의 사라짐, 신성화된 체제의 무너짐을 지시했던 마르크스의 수사는, 우리 사회에서 1980년대 이후의 급격한 변동에 대한 감상적 수사로 전유되었다. 견고했던 이념과 투쟁의 대열이 사그라들고 흩어지면서 느꼈던 회한과 슬픔, 냉소와 허무…… 그리하여 모든 견고한 것들을 사라지게 했던 부르조아 계급 또한 프롤레타리아의 혁명으로 사라질 수 있다는 마르크스의 선언은 잊혀지고 '견고한 것'에 대한 그리움과 '사라짐'이 주는 비애의 어감만이 유령처럼 떠돌게 되었다.

그러나 생존해야할 육체가 남아있고 육체의 움직임인 '노동'은 계속되고 있기에 '노동시'는 여전히 쓰이어지고 있다. 물론 노동시의 '노동'을 육체의 움직임이라는 지나치게 넓은 의미로 통어할 수는 없으며 지금의 노동시는 지난 시대의 노동시와 다르다는 점을 간과할 수도 없다. 다만 민중시는 왠지 낯설게 느껴질 만큼 설 자리를 잃어버린 반면 노동시는 여전히 통용되면서 어느 정도의 위상을 차지하고 있다는 점은 되새겨 볼만 하다. 김수이와 고봉준, 박수연 등이 노동의 개념을 두고 논쟁을 벌인 것[17]도 '노동'하지 않는 인간의 삶이란 가능하지 않으며 따라서 재현될 수밖에 없는 '노동'의 의미를 따져보아야 할 시점에 있기 때문이다. 모든 견고한 것들이 사라졌지만 노동만큼은 사라질 수 없으므로 '노동'을 통해 멈춰있는 사유를 추동해야할 시점이기도 하다.

여기 1986년 등단 이후 지속적이고도 강고하게 '노동'을 사유하는 시인이 있다. 시인이 붙잡고 있는 '노동'은 이른바 현실 자본주의의 변화가 초래한 노동 시장의 변동, 즉 사무직이나 서비스직 등의 비물질적 노동 및 정신 노동의 영역을 포함하는 확장된 의미가 아니다. 철저한 육체노동, 나아가 동물적 생존 행위로서의 노동이다. 이러한 최종천의 시는 '유연한' 노동의 시대에 함께 유연해지고 있는, 노동을 감각화하거나 에피소드화하는 유사 '노동시'들 속에서 실재로서의 노동을 사유하고 있다는 점에서 독보적이라 할 만하다. 또 1980년대의 이념적 열정을 잊지 못한 채 은근하게 일구어온 시편들을 묶어 첫 시집을 낸 시인이 있다. 변경섭의 『새는 죽었다』는 열정을 잃어버린 시인의 내면 풍경을 시화(詩化)하면서 그러한 자가 응시하는 현실은 또 어떠한 모습인지를 함께 보여준다.

지나간 것들, 이제는 사라졌다고 판정된 것들이 두 시인의 신작 시집에

---

17) 김수이, 「얼굴 없는 노동, 자본주의의 역습 :최근 시에서 '노동'은 어떻게 존재/부재하는가」, 『창작과비평』 2006 겨울/ 고봉준, 「문제는 실감이다」, 『창작과비평』 2007 봄/ 박수연, 「노동시의 확장」, 『창작과비평』 2007 가을.

김수이가 노동을 "인간이 자신의 주체성과 사물과 세계를 창조할 수 있는 최상의 사건/행위"로 규정하고 "노동의 주체가 되는 것 혹은 노동함으로써 주체가 되는 것은 이제 인간에게 남은, 자본주의 씨스템을 교란하고 부식시키는 거의 유일한 길"이라 진단한 데 대해, 고봉준은 네그리에 의한다면 자본주의 시스템 내부에서 '노동' 아닌 것은 없으며 따라서 자본의 외부는 노동으로 환원되지 않는 '활동'을 구성하는 데 있다는 의견을 제시한다. 또 박수연은 "지금의 노동운동이 실리주의적 조합주의에 머무는 한, 그 심미적 실천으로서의 노동시는 불가능한 것"이라며 이데올로기적 소통과 연대의 문제를 제기한다.

짙은 그림자를 드리우고 있다. 한 시인은 '사라짐'이 주는 비애가 어떤 모습인지를 전형적으로 보여주고 있으며 또 한 시인은 '견고한 것'은 어떻게 사라지지 않고 가려져 있는지 치열하게 사유하고 있다. 그리하여 '견고한 것'에 대한 그리움과 '사라짐'이 주는 비애의 어감만이 전부가 아님을 말하고 있다.

2. 견고한 노동과 계급의 사명

최종천의 세 번째 시집 『고양이의 마술』(실천문학사, 2011)의 표지는 첫 시집 『눈물은 푸르다』가 그러했던 것처럼 푸른 색이다. 이 짙푸른 표지는 마치 깊은 저수지의 물빛처럼 세상의 가장 밑바닥에 놓인 '무엇'을 가리키는 듯하다. 보편적 상징체계에서 푸른 빛이 갖는 의미를 거부하고 "멍을 우려낸" 푸른 눈물의 상징성을 만들어낸 시인의 신작 시집이 여전히 검푸른 빛이라는 것은 눈물이 사라지지 않았음을, 오히려 그 농도가 더 짙어졌음을 보여준다. 농도 짙은 눈물의 근원은 자본주의이다. "시집가고 장가가고/ 돈 없이도 살 수 있는 고양이"가 마술처럼 보일 만큼(「고양이의 마술」) 인간의 삶은 자본에 침식되어 있다. "자본주의가 헤어지라고 하여" 헤어지고 "자본주의가 결혼하라고 할 때까지/ 부지런히 돈을 모"으는 방법밖에 없는 이들의 눈물은 짙어질 수밖에 없다. 하지만 시인은 '눈물'을 이야기하는 대신 '노동'을 말한다. '노동'만이 자본에 맞설 수 있기 때문이다. 최종천 시집의 검푸른 빛은 바로 변하지 않는 실재로서의 '노동'을 가리키고 있다.

최종천 시인에게 '노동'은 언제나 시작(詩作)의 모티프이자 사유의 계기이며 시와 삶 그 자체였지만, 첫 시집이 푸른 눈물의 서정을 수반하고 있었던 것에 비해 이번에 나온 『고양이의 마술』은 종교적 차원으로까지 승화된 '노동'을 사유하는데 치중한다. 시인이 "노동계급이여 착취당하지 말라/ 우리는 자연의 사제로서 노동을 집행한다"(「어떻게 다를까?」)고 말할 때, '노동'은 생산 행위이거나 계급적 투쟁으로서의 의미를 넘어 종교적 사명이 된다. 인간은 노동을 통해 자연으로부터 물질를 얻고 문명을 이루어 왔지만 문명의 재생산과 과도한 문화 증식의 폐달을 멈출 수 없게 되면서 노동은 착취되고 잉여 노동이 발생하게 되었다. 시인은 인간이 자연의 일부인 동물로 되돌아가 동물적 생존 행위로서의 노동만 행해야할 때가 왔다고 판단한다. 노동이 "인간의 광합성"(「볼트를 심다」)에 비유되는 것은 이러한 이유 때문이다. 식물의 광합성에 비해 인간의 노동은 과잉의 에너지를 생산하고 있고 그로 인해 노동의 주체이자 에너지의 생산자인 노동 계급은 "조폭이나 제비족 비렁뱅이"보다도 못한 취급을 받으며 착취당하고 있다. 노동을 관장하며 과잉 생산을 초래하는 것은 물론 자본인데, 노동을 그 주체인 노동 계급이 집행하도록 하는 이 당연한 요구가 이제 투쟁이 아니라 '사명'이 되어버린 것이 지금의 현실인 것이다.

> 자연은 종의 다양성을 통하여 소멸해갈 것이다./ 문명은 단일성을 통하여 소멸해갈 것이다./인간은 착취를 통하여 개체 수를 줄이게 될 것이다./ 착취를 막아야 한다. 노동계급의/ 운명은 사명이다. 노동계급만이 사명을 가진다./ 사명을 가진 자가 司祭이다./ 인간에게 자연이 있는 이유는/ 착취를 없애기 위함이다./ 노동계급이여 착취당하지 말라/ 우리는 자연의 司祭로서 노동을 집행한다./ 우리는 자연으로부터 착취당하지 않을/ 의무와 권리와 사명을 위임받았다./ 계급의 운명을 사명으로 바꿀 때/ 노동계급은 진정한 의미의 사제가 된다.
>
> — 「어떻게 다를까?」 부분

사정이 이러하기 때문에 "일 죽이는 것 한 가지로 사는 것이 노동자"(「일

죽이기」)라는 진술이 가능하며 동맹파업 첫날 "이제부터라도 살리는 일을 시작하자"라고 말할 수 있게 된다. 잉여를 생산했던 노동이 '일 죽이기'라면 '살리는 일'이란 실재적 행위로서의 노동을 의미한다. 그러한 노동은 비실재화된 인간을 절대적 실체인 자연으로 되돌리고 그럼으로써 자연 또한 살리는 일이 된다. 따라서 "자연과 노동의 투쟁의 대상은 동일한 것"이라 말할 수 있으며 "환경 파괴로 인한 자연재해와 재앙이 노동계급의 투쟁"과 다르지 않은 것이 된다. 문명으로 인한 환경 파괴에 자연 스스로 저항하는 것이 자연재해라면, 노동이 착취되는 현실에 저항하는 것이 바로 노동계급의 투쟁인 것이다. "희박해지는 공기와 더러워지는 물은 인간에게 파업을 하고 있는 것이리라"(「파업 보름째」). '노동'을 통해 '자연'을 살리고자 하는 이러한 사유는 최종천의 시를 급진적인 생태시로 읽을 수 있게 한다.

인간은 본래 자연의 일부였지만 '노동하는 인간'이 되면서 특별한 자연이 되고 그럼으로써 자연 아닌 것이 되어 버렸다. '특별한' 자연이 된 인간은 인공의 세계를 만들어 그 주인으로 군림하며 그 자신 자연이었음을 망각해간다. 이제 '노동'은 보이지 않게 된 자연을 보이게 하는 것이며(「망치에게」) "자연에 순응하는 것이어야 한다"고(「작가수첩」) 시인은 말한다. 자연-실재를 있는 그대로 보고자 하는 사유는 그것에 헛것을 덧씌우는 예술과 종교, 나아가 문화와 이성에 대한 비판으로 이어진다. 이는 일견 문화의 영역 중에서도 가장 '정신적'인 것에 속하는 것처럼 보이는 '시'에 대해서도 마찬가지다. 하여 시인은 "시는 그렇게 죽어라"고 말한다.

> 나무를 읽는 방법에 대하여/ 나는 시를 써본 적이 없다/ 지금까지 그렇게 많은 시인들이/ 그렇게 많은 시를 써서 남겼으나/ 나무는 읽혀지지 않고 세상은/ 갈수록 핏기를 잃어간다/ 이제 나무를 읽는 방법의 시를 쓰리라/ 지구에 빙하기가 임박한 어느 날/ 누군가 나무 대신 시집을 난로에 태우며/ 말하리라!

이 시집이 나무의 유언처럼 읽힌다고/ 나무가 시집보다 귀해지면/ 시인들은 시집을 출판하지 않을 것인가?/ 나무를 읽는 방법을 알지 못했으니/ 내 시집은 그렇게 태워져라/ 그렇다, 시는 나무를 읽는 방법이어야 한다/ 이제 그런 시를 쓰고 싶다

—「시는 그렇게 죽어라」 전문

"나무는 읽혀지지 않고 세상은 갈수록 핏기를 잃어가"게 하는 시는 이제 죽어야 한다는 것, 그런 시를 계속 씀으로써 "나무가 시집보다 귀해지면" 시는 스스로 자멸하리라는 것이 급진적 생태시인 최종천의 자의식이다. 그렇다면 시인은 왜 시를 쓰는가? 시인이 보기에 지금 시대 시가 쓰이어져야 하는 이유는 동물과 인간 사이, 자연과 문명 사이에 "그 간극의 아득한 낭떠러지"가 놓여있기 때문이다. 자연이면서 자연에서 멀어진, "비영속적 존재"인 인간은 "영속적 존재"인 동물을 보면서 아득한 낭떠러지를 느끼며 그것이 주는 비애가 시를 쓰게 한다는 것이다. 「시, 너 누구야?」에서 시인의 이마를 핥는 개를 통해 "명료한 고독"을 느끼는 것은 "그 간극의 아득한 낭떠러지가 보이기 때문"이며 "만약에 내 눈에 티가 들어가 있었다면 개의 혀로 핥게 하고 싶"듯이, '시'라는 사람의 혀 또한 누군가의 상처를 핥아 줄 수 있으리라는 것이 시인의 생각이다.

이쯤에서 시인에게 묻고 싶어진다. 인간의 비애와 상처를 핥으며 위무하는 시쓰기와 나무를 읽는 방법으로서의 시쓰기가 어떻게 나란히 놓일 수 있는지를. "인간에게 성은 유일한 실재이다."(「그리운 곡선」) 이것이 시인의 간단명료한 대답일 텐데, 그 간극을 연결하는 사유는 결코 간단하지 않다. 나무를 읽는 방법이란 자연을 자연 그대로 보는 것, 인간이 동물이 되는 것인데 인간이 동물임을 증명하는 가장 실재적인 행위인 섹스는 바로 서로의 고독을 핥아주는 행위, 바로 시쓰기와 동형이 된다. 하지만 '동물-되기'에

이른 인간은 비애나 고독을 느끼지 않을 터, 영속적 존재가 된 인간에게 섹스는 "살을 섞어 새끼를 낳아 기르는" "우리의 본래의 본분"(「나는 몰랐어라」)이 되고 그러한 본분을 지키며 살아갈 때 나무를 읽는 방법으로서의 시가 쓰이어질 수 있을 것이다. 하지만 간극이 남아 있는 현실에서의 시쓰기는 비애를 핥는 시로써 나무를 읽는 시를 향해 가는 것이며, 불구의 몸으로 걷는/추는 걸음/춤이 될 수밖에 없다.

> 발레리가 말하기를 걸음은 수단이지만/ 춤은 그 자체가 목적이라/ 걸음을 배우며 아기는 춤을 잃어가리라/ 곧게 서서 죽음을 향하여 직선으로 걸어갈 것이다/ 나는 잃어버린 춤을 되찾았다/ 춤은 不具의 것이다 춤을 추는 것은/ 죽음으로 곧장 가기를 망설이며/ 말을 버리고 말하는 고장 난 몸짓이다/ 온통 不具인 삶을 보여주는 것이리라
>
> —「춤을 위하여」 부분

춤을 추기 위해서는 불구의 몸이 되어야 하는 것이 최종천의 노동시가 놓인 현실이다. "동물처럼 사물을 대하고 싶"지만 자꾸만 이성의 눈이 떠지고, "실재이게 하고 싶었던 그녀와의 사랑"은 관념일 뿐 고독은 흘러 바다에 이른다.(「그리운 곡선」) 시인은 바로 그 자리에서 "간극의 낭떠러지"를 목도하며, 관념적 사랑을 거부하며, 비애와 고독을 핥는, "말을 버리고 말하는 고장 난 몸짓"을 계속하고 있다.

3. 우울한 시대의 시

변경섭 시인에게도 '사라진 것들'은 견고하게 가슴 속에 남아있다. 시집

『새는 죽었다』(화남, 2011)를 가득 채우고 있는 정서는 지나간 시간에 대한 짙은 그리움이다. 과거는 누구에게나 그리운 것이지만 현재의 삶에서 생의 에너지를 얻지 못 할 때 심리적 리비도는 과거를 향해 흘러간다. 과거의 시간이 꽃이 만개하는 봄이거나 푸른 여름이기에 시인의 현재는 언제나 가을이거나 겨울일 수밖에 없다. 「가을, 감빛 물들어갈 때」, 「가을」, 「가을 연서」, 「秋日 抒情」, 「겨울나무」, 「겨울, 마른 꽃」 등 가을과 겨울을 시제(詩題)로 한 시들이 유난히 많은 것은 이런 까닭이다.

> 안양 망해암 일몰을 보려 올랐다가/ 가슴속 텅빈 겨울나무 보았네// 시퍼렇게 물든 겨울 하늘 아래/ 잔가지 바람에 파르라니 떨고 섰네// 요사채 방문 열리고 파르라니 머리 깎은 스님/ 하얀 고무신 끌고 겨울나무 곁에 서니// 겨울나무 한 그루 텅빈 가슴속으로/ 차가운 눈물 성큼 들어서는구나
>
> —「겨울나무」 전문

이렇게 시인의 가슴에는 차가운 겨울나무가 서 있다. 하여 꽃은 봄이나 여름의 시간으로 안내하는 모티프가 된다. '제비꽃'은 "먼 길 내다보던 목이 긴 내 누이"와 만나게 하고(「제비꽃」) 소담히 피어난 가을 국화는 '아버지의 국화'가 된다.(「아버지의 국화」) 호박꽃을 보면 "여름내 나는 어머니가 내어주는 애호박무침"을 떠올리게 하며(「뒤란에 호박꽃」) '고향집 채송화'는 "가슴속 물밀듯이 온 세상 사랑"을 느끼게 한다.(「고향집 채송화」) 하지만 거듭 반복되는 퇴행으로써 가을, 겨울의 시간을 견딜 수는 없다. 그리움의 정서와 퇴행적 시편 외에 변경섭의 시에 도드라지는 정서는 고독과 슬픔이다. 피어있는 꽃을 보며 유년의 안온함이나 청춘의 열정을 떠올렸다면, 떨어지는 꽃을 보면서는 현재의 자신을 되돌아볼 수밖에 없을 터이다. "그리하여 낙심한 내 청춘은 그만 흔적없이/ 저 어둑한 삼나무 숲속으로 묵묵히/ 걸어 들어가버

린 거야"(「꽃, 떨어지다」)라고 말하는 시인은 "들판에 나홀로 서 있다/ 아마도 발이 얼어붙을지 모르겠다"(「까마귀 날다」)며 외로움을 토로한다.

여러 사회운동 단체에서 일해 왔던 시인의 삶은 이러한 '우울'의 근원에 이념적 열정이 사라진 텅 빈 공백이 놓여있음을 말해준다. "마음속 그리운 열정마저 식어버리고/ 뒤돌아서 나는 저 먼 숲길을 간다/ 바람은 불고 나는 운다"(「추일 서정」). 열정의 대상이 사라진 자리를 채울 새로운 대상이 없는 시인에게 그 자리는 퇴행적 유년의 공간과 공허한 공백으로 메워질 수밖에 없다. 시는 과거로 퇴행하려는 시인을 현재로 끌어당기는 "작은 불씨"와 같은 것이다.

> 우울한 시대 우리에게/ 기쁨 하나 뭐 있으랴/ 하지만 나는/ 가슴속 기쁨 하나 있네// 희망없는 골방에서/ 두려움에 떨어도/ 시 한 편 쓰고 나면/ 아침 창 넘어 오는/ 따뜻한 햇살,/ 겨울밤 바람에 흔들리는/ 쓸쓸한 나뭇가지,/ 이리저리/ 넘나드는 내 마음의 풍경은/ 시를 쓰는 마음 구석/ 곰팡이 슬지않은/ 가슴 뿌듯함이다/ 그리고, 작은 불씨 하나
>
> ―「시 한 편 쓰고 나면」 전문

"우울한 시대"에 "작은 불씨 하나" 마음에 지피기 위해 시를 쓰는 시인이 힘겹게 응시하는 현재는 알레고리화된 장면으로 포착된다. 과거-현재-미래로의 방향성을 상실한 주체에게 현재의 한 장면은 연속적인 시간의 흐름 속에 있는 그것이 아니라 각각의 시점을 압축하고 있는 하나의 알레고리이다. 변경섭 시집의 표제작인 「새는 죽었다」는 시인이 응시하는 현재가 어떠한 모습인지를 가장 잘 보여주는 시편이다.

> 나는 자동차를 몰고 가다/ 새를 죽였다 시속 90km로 달리던/ 차 유리창에

멋모르고 날아가던 새/ 눈 깜짝할 새 부딪혔다 유리창엔/ 새의 체액이 흩뿌려졌다 흔적은/ 그것뿐이었다 새의 시체는 어디론가/ 날아가 버리고 나는 언짢은 마음으로/ 와이퍼를 돌려 새의 마지막 흔적을/ 지워버렸다 죽은 자는 이내 의식 속에서도/ 사라지고 살아남은 자는 무덤덤하게/ 엑셀레이터를 힘껏 밟는다/ 아무 일도 없었다

—「새는 죽었다」 전문

시스템의 가속도는 의도하지 않은 죽음을 유발한다. 시스템 밖에 있지 않아서, 혹은 있을 수 없어서 그 속도 위에 몸을 올려놓았던 '나'는 그로 인해 마주하게 된 죽음을 "무덤덤"한 듯 외면한다. "아무 일도 없었다"고 되뇌며 계속해서 속도를 유지해야만 하는 것이 지금 현재의 삶임을 이 시는 보여주고 있다. 이렇게 장면화된 시들은 아파트 복도에서 빗속을 주시하는 할머니와의 마주침(「스쳐간 풍경」), 삶과 죽음이 한 평면 위에 교차하고 있는 에피소드(「두 가지 소식」)들을 통해 닫힌 세계 안에서 어떠한 모색도 없이 허공을 응시할 수밖에 없는 존재의 고독을 담아낸다. 이렇게 변경섭 시인은 현재를 알레고리화하여 견고한 것들이 사라진 장면을 보여주거나 과거로 퇴행하는 시편들로 '사라진 것들'이 여전히 남아 있는 내면의 풍경을 시화하고 있다.

4. 나무를 읽는/보는 시

최종천과 변경섭은 시인 각자의 방식으로 '사라진 것들'의 견고함을 이야기한다. 최종천 시인은 사라진 것처럼 보일 뿐 '실재'는 사라지지 않았음을 치밀한 사유로서 강변하며 본래의 자리에서 멀어진 노동, 인간, 자연이 제

자리로 돌아가기를 희망한다. 변경섭 시인은 '사라진 것들'에 대한 끝내지 못한 애도를 계속하며 그것들이 사라짐으로써 공허하고 황량해진 현재의 장면들을 포착하고 있다. 이들의 시에서는 사라졌다고 판정된 것들이 여전히 살아 말을 하고 있는 셈이다.

한정된 시편이긴 하지만 두 시인은 모두 '나무'에 대해 이야기하며 나무를 보는/읽는 방법으로서의 시를 이야기하고 있다. 변경섭의 「나무를 보는 이유」는 "왜 나는 그동안 나무가 나무로서 보이지 않았을까/ 눈 덮힌 나무가 아닌 헐벗은 나무/ 나무에 깃든 이야기 말이다"라며 "그때까지 눈에 들어오지 않던/ 나무가 갑자기 마음 안으로 성큼" 들어섰음을 고백한다. 그래서 보게 된 헐벗은 나무는 "사람의 집과 혼음하여" 살았던 나무, "그곳에 사람의 생명을 낳고 길렀"던 나무, "사람들과 살을 부비며 품에 안았을" 나무이다. 변경섭 시인이 보고자 하는 헐벗은 나무는 시인 최종천이 "시는 나무를 읽는 방법이어야 한다"고 할 때의 그 '나무'와 다르지 않아 보인다. '사라진 것들'이 계속 남아있는 두 시인에겐 본질적이고 영속적인 존재로 현현해있는 '나무'를 발견하는 눈과 마음이 있다. 그 눈과 마음은 미래를 향해 뻗지 못하고 구부러져 있는 역사적 시간성을 공간성의 차원에서 발견한다. 허나 그 공간은 너무나 본질적이기에 관념화되어 있는 것이 아닌지, '사라진 것들'이 깃들어 새로운 꽃을 피우기엔 조금은 정체되어 있는 것은 아닌지 생각해 볼 일이다. 최종천 시인의 노동은 철저하게 물질적인 노동이지만 현실 속의 노동보다는 관념화된 노동이어서 시적 사유를 전개하기 위한 하나의 계기로만 작용하고 있으며, 변경섭 시인에게 포착된 현실은 퇴행과 자기 연민의 통로일 경우가 훨씬 더 많기 때문이다.

부정의 시적인 태도

'나'와 '너'의 만남은 우연의 섬광이다. 다른 궤도에 있는 두 차원이 만나고 충돌하여 서로의 궤도를 바꾸게 되는 일. 생을 뒤바꿔놓을 수도 있는 이 만남, 혹은 충돌이 발생할 가능성은 순전히 우연적이다. 하지만 우연한 마주침이 섬광이 되어 생의 형질전환을 일으킬만한 사건이 되는 것은 내재적이고도 필연적인 원인이 잠재해있기 때문이다.

이병률의 시에서 내재적이고도 필연적인 원인은 이별 이후에 찾아진다. 만남이 지속되는 동안에는 섬광의 강렬함에 눈이 멀어 그 깊고도 아득한 기원을 느낄 수도 깨달을 수도 없다. 기원을 향해 걸어가는 긴긴 여정은 이별 이후에 비로소 시작된다. 이병률 시에 자주 등장하는 수신 미확인의 편지들은 '너'가 아니라 '나'의 내재적이고도 필연적인 이유를 향해 부쳐진 것들이다. 기원을 향한 여정은 끝이 없는 것이기에 편지는 끝내 수신되지 못하고, 편지는 계속 쓰이어진다. 다음의 신작시에서 그 여정의 풍경은 "한 세기의 폐 사진"으로 비유된다.

굵은 나무판자를 덧댄 문 사이로 바깥을 보면
틈새로 풍경이 길쭉하게 보이듯

눈에 담기는 것은

뇌의 물살을 받고 마음의 파장을 받고
죄의 높낮이에 따라서도 좌우되겠지만
마음으로 오지 않고 눈으로 왔다, 너는

우박 내리기 직전 격렬한 대기의 파동,

그렇게 너와 한 세기는 와서
이웃이 되고 물기둥이었다가
한곳으로 흘러가지 않으면 안 되는 끝이 되고 마는구나

한 세기의 폐 사진을 보았다
폐를 중심으로 많은 관(管)들이 뻗어 있는
너의 중심은 나무의 가슴 같았다

관이 문제였다
관을 따라서
관을 통하여서
우리는 지금까지 있었다

이 생에서는 먼지나 주워 먹고 가리라
거만히 본전이나 보태다가 안 보일 때까지 도망치리라

눈에 담은 것들만 가지고 갈 수야 없겠지만
모든 죽음은 백 년의 외로움과 결부돼 있고
모든 죽음은 그 외로움이 지키는 것

한 얼굴이여, 고래여, 한 세기여
부디 서로 얼굴이 안 보일 때까지
조금만 끌어안고 있자

— 이병률, 「안 보일 때까지」(『문학과 사회』 2011 가을)

이 시에도 '나'와 '너'의 만남의 순간이 담겨 있다. "우박 내리기 직전 격렬한 대기의 파동," 그러나 시인이 주목하는 것은 순간의 격렬함보다 만남 이전의 기나긴 여정이다. 만남은 여정의 한 과정일 뿐, "그렇게 너와 한 세기는 와서/ 이웃이 되고 물기둥이었다가/ 한곳으로 흘러가지 않으면 안 되는 끝이 되고 마는" 것이다. "한 세기의 폐 사진"처럼, 나무의 뿌리처럼 만남의 순간은 얽히고설키며 맥을 형성하고 끝없이 순환한다. 이별은 만남의 끝이지만 나와 너의 '관(管)'은 끝나지 않는다. "관을 따라서/ 관을 통하여서/ 우리는 지금까지 있었"기 때문인데, 이러한 윤회(輪廻)적이고도 연기론(緣起論)적인 존재/관계론은 우연적이고 순간적인 만남을 지속적인 생성의 계기로 바꾸어놓는다. 이병률 시인이 이별 이후를 이야기하는 것은 이 때문이다. 만남을 '사건'으로서 기억하고 되새김질 하는 것. 이것은 이별 이후의 삶이자 어쩌면 전 생애의 풍경일지 모른다.

만남 이전과 이별 이후의 삶을 이야기하는 이병률의 시는, 그렇기 때문에 만남과 이별에 연연해하지 않는다. 만남과 이별의 반복으로 점철되는 현 생애에 대해서도 역시 그러하다. "이 생에서는 먼지나 주워 먹고 가리라/ 거만히 본전이나 보태다가 안 보일 때까지 도망치리라". 현 생애에서 보이는 존재가 되어버렸기 때문에 "안 보일 때까지"만 있는 듯 없는 듯 살다가겠다는 이러한 태도는 존재의 왜소화 경향이나 생의 허무주의처럼 보일 수 있지만, 현 생애 이전과 이후를 승인하고 있는 시적 주체에게는 인과관계의 귀결인 합당한 태도일 수 있다. 가시적인 세계 이전과 이후에 놓인 "뇌의 물

살"과 "마음의 파장"과 "죄의 높낮이"를 볼 수 있기 때문에 "마음으로 오지 않고 눈으로" 온 '너'를 기꺼이 받아들이고 또한 떠나보낸다. 현세의 한정적이고도 가시적인 만남을 안타까워하거나(안 보일 때까지만이라도) 평가절하하지(안 보일 때까지만) 않는, 체념 아닌 승인의 태도. 그리하여 "부디 서로 얼굴이 안 보일 때까지/ 조금만 끌어안고 있"는 순간은 우연의 섬광인 동시에 생의 형질전환을 일으킬만한 사건으로 기억될 수 있다.

당신의 수족이 어디 있냐고 바람이 캐묻는다.
당신은 귀가 없으므로 말들은 푸념이다.
수족을 부리지 못한 것은 몸 안의 먼지 때문이다.
몸 안의 기척들을 엿듣는 청진기에도 먼지가 수북하다.
한 때 수족은 거리를 활보했다. 보도블록을 믿었고
자동회전문과 에스컬레이터를 믿었다.
무릎이 90도로 꺾였으므로 길은 손쉽게 당신의 등을 밀었다.
달력을 넘기면서 당신의 수족은 수취인 부재의 우편물을 버렸다.
우편물의 안쪽에서 어둡고 축축한 단내가 났다. 수족은
묵상의 자세로 앉아 묵상의 습한 겨드랑이에 침을 흘렸다.
수족은 검은 리본을 만들고 있었다. 골목들이
천천히 자라게 내버려 둬라, 회색의 베이스 기타는
단음절의 잠 속에 빠져 들었다. 당신이 수족을 기억하는 것은
삼류 모텔의 면도날들 같은 것. 잉크가 마르지 않은
무가지 신문에 손목의 맥박들이 찍혔다.
차마, 오늘이 내일이라고 말할 수 없었다.
냉장고에 처박힌 식사들이 장례를 준비했다.
수족은 당신에게 붙은 먼지를 털고
변두리 노인들처럼 골목의 안쪽을 기웃거렸다.

— 박성현, 「수족」(『서정시학』 2011 가을)

근래의 시들은 신체의 변화를 통해 생의 형질전환을 이야기해 왔다. 사랑이 찾아온 순간의 벅찬 감동이나 이별의 아픔, 혹은 어떤 종교적 통찰이나 자연이 전하는 감성을 내 것으로 느낄 때, '우리의 뇌파나 혈압의 수치가 변동되고 또 우리의 수족은 평소와는 다른 움직임을 보인다'고 말하는 시들이 있다. 이런 시들은 뇌파와 혈압의 수치를 변동시킬 만한 내재적인 생의 이력과 그로 인한 사유의 깊이를 신체의 변화를 통해 이야기함으로써 감정의 과잉을 경계하고자 한다. 감정의 과잉은 종종 허무맹랑한 낭만이나 손쉬운 전망과 손을 잡기 때문이다. 신체를 통해 발화의 구체성을 획득함으로써 과도한 낭만성이나 낙관성과 결별하고자 하는 이러한 시작(詩作) 방식은 전혀 낭만적이지 않은 현실과 결코 낙관적이지 않은 전망이 가로놓여 있는, 부인할 수 없는 '현재'에 대해 취할 수 있는 시적 태도의 하나일 것이다.

여기 당신과 분리된 당신의 수족이 "당신에게 붙은 먼지를 털고/ 변두리 노인들처럼 골목의 안쪽을 기웃"거리는 시의 한 장면이 있다. 아마도 자살의 장면을 시화(詩化)한 것일 박성현의 「수족」은 신체의 모든 움직임을 사물의 작동방식처럼 진술함으로써 감정의 개입을 최소화한다. 이를테면 "무릎이 90도로 꺾였으므로 길은 손쉽게 당신의 등을 밀었다"고 말하는 식이다. 이러한 시작의 방식은 "잉크가 마르지 않은/ 무가지 신문에 손목의 맥박들이 찍혔다"고 말함으로써, 육체와 분리된 수족이 "당신에게 붙은 먼지를 털고" 떠나는, 죽음의 장면을 보여준다. 신체를 사물화함과 동시에 사물을 의인화하여 신체와 사물을 동급으로 만드는 구절들을 통해 스스로 목숨을 버리는 행위 또한 사물의 움직임처럼 시화한다. "달력을 넘기면서 당신의 수족은 수취인 부재의 우편물을 버렸다/ 우편물의 안쪽에서 어둡고 축축한 단내가 났다"고 말하는 시행으로 미루어, 누군가와의 소통에 실패하고 오랫동안 아파했을 '당신'은 수족을 버림으로써 "당신에게 붙은 먼지를 털고/ 변두리 노인들처럼 골목의 안쪽을 기웃"거릴 수 있게 된다. 이제 이병률의 시에서처럼 만남 이전의, 혹은 이별 이후의 여행을 떠날 수 있게 된 것이다.

감정의 과잉을 버리고 죽음의 순간마저 타자화한 「수족」은 만남과 이별, 혹은 현생에 대해 어떤 태도도 보이지 않는다. 다만 "어둡고 축축한 단내", "묵상의 습한 겨드랑이에 침을 흘렸다", "차마, 오늘이 내일이라고 말할 수 없었다"와 같은 시행들을 통해 어두운 분위기를 '느낄' 수 있을 뿐이다. 이를 통해 '수족' 앞에 놓인, 전혀 낭만적이지 않은, 결코 낙관적이지 않은 '현재'에 대한 어떤 태도를 짐작할 뿐이다.

잠의 비늘을 벗겨내고 물 뚝뚝 듣는 숲으로 가요
아주 오래전 악령들이 둥지 틀고 살던 숲으로 가요
우리에게는 아직 굶주림이 익숙합니다
굶주림을 벗어나려고 숲에 가는 건 물론 아닙니다
차라리 굶어 주는 게 나은 편이지요
세상에 숲은 많지만 우리가 이르고자 하는 숲은 그 어떤 지도에도 없습니다
악령들이 지워버린 숲입니다
고통이 우리의 밥이었다고 말하는 건 치명적인 급소입니다
우리는 그냥 입을 닫고 있습니다
우리가 신고 있는 신은 조금 작아 발가락이 아프고 물통은 비어 있습니다
숲으로 가는 데 다른 문제는 없습니다 머릿속을 박박 긁어냈습니다
일몰을 기다려 우리는 소름 뚝뚝 맺히는 숲으로 가요
아직 악령들이 영화를 찍고 있을지 모르는 숲으로 가요
숲에 이르러서도 우리는 사람의 형상을 그대로 유지하고 있을까요

다른 형상으로 바뀌게 될까요 별과 달이 없는 숲으로 가요
태양도 찾아오지 않는 아주 캄캄한 숲으로 가요
눈이 퇴화한 새들이 부르는 노래를 우리가 따라 부를 확률은 얼마나 될까요
우리를 측은하게 여길 새는 몇 퍼센트나 될까요
그게 중요합니다 우리 중 그 누구도 그 숲에 이른 적이 없습니다
밥은 중요하지 않습니다 시간이 정지해 있을 수도 있는 숲으로 가요
어제도 내일도 없는 숲이 우리를 매혹시킬까요 아무도 대답을 않는군요
다만 낙오자가 아직 나오지 않았어요 만족합니다
처참하게 짐승에게 뜯기는 잔혹을 아직은 경험하고 싶지 않으니까요
그러면 누가 우리를 인도해야 할까요 잠시의 침묵에 고드름이 돋았네요
우선 숲으로 가요 가면서 의견을 나누기로 했습니다
빨리 이곳을 벗어나는 게 유일한 길입니다 말할 수 없이 지겨웠으니까요

— 김충규, 「말할 수 없이 지겨웠으니까요」(『시로 여는 세상』 2011 가을)

현재를 부정한다면 '여기' 아닌 어디로 갈 것인가. 김충규의 「말할 수 없이 지겨웠으니까요」는 '숲'으로 가자고 말한다. 하지만 그 숲은 별과 달과 나무가 있는, 산뜻하고 풍요로운 숲이 아니다. "아주 오래전 악령들이 둥지 틀고 살던 숲", "소름 뚝뚝 맺히는 숲", "아직 악령들이 영화를 찍고 있을지 모르는 숲", "태양도 찾아오지 않는 아주 캄캄한 숲", "시간이 정지해 있을 수도 있는 숲", "어제도 내일도 없는 숲"이다. 당연하지 않겠는가. '현재'가 말할 수 없이 지겹다 할지라도, 현재에 기대고 있는 우리의 상상력이 그릴 수 있는 장소란 현재와 닮은 모습일 수밖에 없다. 또한 미래가 없는, 전망부재의 오늘을 살고 있는 우리에게 남은 '숲'이란 과거의 형상을 뒤집어 쓴 모습이 된다. 이 시의 숲이 중세의 마녀가 살던 숲을 떠올리게 하는 것은 이 때문이다.

중요한 것은 숲의 형상이 아닐 수 있다. “그게 중요합니다 우리 중 그 누구도 그 숲에 이른 적이 없습니다”라고 시에서 직접 말해지듯, 아직 가보지 않은, “그 어떤 지도에도 없”는 장소를 설정하고 상상하는 그 행위 자체가 중요할 수 있다. 또한 우리가 지닌 “사람의 형상”조차 어떻게 뒤바뀔지 모르는, “처참하게 짐승에게 뜯기는 잔혹”을 경험할 수도 있는 그 곳으로, “머릿속을 박박 긁어”내고 “발가락이 아프고 물통이 비어” 있더라도 “낙오자” 없이 기꺼이 가고자 하는 지향 자체가 중요할 수 있다. 그러한 행위와 지향이 가리키는 것은 말할 수 없이 지겨운 ‘현재’일 것이므로, 현재의 형상에 대한 부정일 것이므로.

그러므로 김충규의 시에서 가장 중요한 발화는 “말할 수 없이 지겨웠으니까요”이다. 26행에 달하는 시적 발화를 통해 제시하는 숲에 대한 가설들은 모두 “빨리 이곳을 벗어나는 게 유일한 길입니다 말할 수 없이 지겨웠으니까요”를 말하기 위해 세워진 것들이다. 마지막 행에 이르러 마주치게 되는 ‘말할 수 없이 지겹다’는 의견에 동의할 수밖에 없으므로, 어디선가 본 듯한 앞선 가설들도, 다소 지겨울 수 있는 숲의 형상들도 수용 가능한 것이 된다.

‘현재’에 대해 체념도 달관도 아닌 승인의 태도를 보이는 시가 있고, 감정이 배제된 시행을 통해 은근하게 부정하는 시가 있고, 아예 여기 아닌 저기를 말하는 시가 있다. 각각의 시적 태도들은 조금씩 다르지만 긍정하기 힘든 부정적인 ‘현재’가 우리 앞에 놓여 있다는 인식만은 다르지 않다. 한 계절에 발표된 여러 시들 중에 마주친 세 편의 시가 이러하다는 것은, 시와 ‘내’가 ‘현재’라는 지평 위에서 우연의 섬광과도 같은 만남을 가졌기 때문일 터이다.

쓴다는 것, 이토록 이상한 곳에서

1.

자신의 의지나 소망과는 무관하게 전개되는 정치적 사건들을 목도하면서 우리는 점점 현실 정치를 하나의 연극 무대처럼 관람하게 된다. 미리 예정된 어떤 결말을 향해 나아가는 듯한, 기시감 가득한 연극을 관람하는 일은 지루하고 난감하기만 하다. 마치 기시감을 현실화하기 위해 상연되는 것 같은 이 퍼포먼스는 대중을 관객화하면서 '굿이나 보고 떡이나 먹도록' 만든다. 그러나 문제는 떡이 없다는 데 있으며, 더 심각한 문제는 떡도 없이 계속되는 연극을 보기 싫다고 해서 극장 밖으로 나갈 수가 없다는 데 있다. 출구가 없는 극장 안에서 벌어지는 일들이 궁금하다면 우선 김승일의 「채찍 든 사람」을 읽어볼 일이다.

> 천장이 뻥 뚫린 무대 위에서. 그러니까 정확히는 하늘 아래서. 연출가는 서사시를 해석해준다.
>
> 고백을 거부하는 남자1을 위해 신부가 경찰을 부르는 이유를.
>
> 남자2: 나는 파면입니다. 당신은 하느님이 품위로 무장했다고 말하고 있습니다. 참고 있다고 말하고 있습니다. 당신이 원하거나 원하지 않거나. 나는 내

신분을 버립니다.

이제 나는 그분의 우아함도 그분의 인내심도 버립니다. 당신에게, 당신이 원하는 것을 드리기 위해서. 나는 내 직업을 버렸고. 내 의무를 버렸습니다. 알게 됐나요? 이 또한 하느님의 계획인 것을.

저는 나가겠습니다.

남자1: 너는 나갈 수가 없어. 우리가 밖에 있기 때문이지.

그래서 이 무대가 이런 겁니다. 연출가는 배우에게 설명해준다. 천장이 뻥 뚫린 무대 위에서. 그러니까 말하자면 하늘 아래서. 공연을 올려야만 하는 이유를.

남자1이 마지막에 신부가 되고. 남자2가 남자1이 되는 이유를. 마지막 관객이 집으로 돌아갈 때까지. 남자1이 마지막에 신부가 되고. 남자2가 남자1이 되는 이유를.

관객들이 천장으로 퇴장하다가. 바닥으로 떨어져서 다칠 때까지.

— 김승일, 「채찍 든 사람」 부분(『문학동네』 2013 봄)

이 작품을 지나치게 현실 정치적 맥락과 연결하여 해석하기는 무리이겠지만, 안과 밖이 구별되지 않는 극장에서는 관객들도 퇴장이 불가능하다는 설정과 모든 것을 이미 다 알고 있는 신에게의 "고백을 거부하는" 상황이 등장한다는 점에는 주목할 필요가 있겠다. "단순히 죽였다고 하지만 말고, 누구를 왜 죽였는지 말해주세요."라고 말하는 신부에게 고백하기를 거부하는 '남자1'의 태도는 "그렇게 안 하고 싶습니다."라고 했던 필경사 '바틀비'를 떠올리게 한다. 바틀비는 자신에게 주어진 일을 하지 않았을 뿐이지만, 남자1은 "그분이 우아하게 계속 참아서 사람들도 우아하게 참고 있구나"라고 하면서 "참지 못했던 사람들의 이야기", "자신이 쓴 극시" 「채찍 든 사람」을 읽어준다. 이를 이 시대 시인이 처한 상황과 시적인 태도라 할 수 있지 않을까. 예정된 시나리오대로 진행되는 연극에 참여하기를 거부하며 다른 시나리오를 써 보는 것. 상연될 가능성 없는 시인의 시나리오는 "참지 못했던 사람들의 이야기"이다. 그들은 "채찍 든 사람"이지만 현실에서 채찍을 쥐고 있는 사람은 그들이 아니다. 그들에게 채찍이 주어져있기에 무수한 의구심과 무력감 속에서 채찍질에 전념했을 뿐. 이 시대의 시적인 태도란 이렇게 내가 아닌 타자의 눈으로 관점을 이동하여 보는 것, 고백을 거부하며 고백하는 자들의 관점을 써 보는 것일 터이다. "너는 나갈 수가 없어. 우리가 밖에 있기 때문이지."라는 남자1의 말처럼 이미 시스템의 바깥은 없기 때문에, 또 그것을 너무나 잘 알고 있기 때문에 단지 고백을 거부할 수 있을 뿐이지만, "남자1이 마지막에 신부가 되고. 남자2가 남자1이 되는" 형식으로 관점의 이동을 '써' 보는 것.

"관객들이 천장으로 퇴장하다가. 바닥으로 떨어져서 다칠 때까지."라고 쓰고 있으므로 아직 관점의 이동을 쓰는 효과에 대해서는 말할 수 없다. 기존의 관점을 뒤집는, 이를테면 수동적인 독자의 위치를 능동적으로 재조정하는 독자수용이론과 같은 것들을(혹은 피지배자의 위치를 재조정하는 혁명이론을) 학습한 바 있지만 그런 것들이 결국은 무용지물이 되고 마는 현실을 이미 경험했기 때문이다. 젊은 세대의 목소리가 담긴 이 시의 어조가 원망이나 분노가 아닌 것은 채찍을 든 사람이 채찍질에 전념할 수밖에 없었던 이유를 알고 있기 때문이며, 그렇다고 해서 그것이 이해나 화해는 아닌 것은 또 다른 신작시 「채찍」에서 "나는 아직 썩지 않았다."라고 썼듯이 그것은 '채찍'의 입장에서도 가질 수 있는 무수한 목소리 중 하나일 뿐이라고 보기 때문이다. 김승일 시인은 「채찍 든 사람」에서 관점의 이동을 통해 모두에게 목소리를 주었지만, 그것은 관객이 떨어져서 다치는, 출구 없는 극장 안에서의 일이라는 점을 잊지 않았다.

여기 학습한 이론을 뒤집는, 뒤집을 수밖에 없는 경험적 현실을 목도한 또 다른 시인이 있다.

> 공중엔 길이 없다 모든 절체절명이 앞발을
> 날개로 바꿔놓지는 않는다 수만년, 수십만년의 발버둥 가운데
> 수백만년의 살육 가운데
> 어떤 한줌의 비명이 공중으로 구사일생했을 뿐
> 새들은 발을 잃은 불구가 아닌가
>
> 디딜 땅이 없었던 것, 땅에선 안된다는 것,
> 하지만 새가 아닌 것들에게 공중이란 무엇인가
> 새가 될 수도, 되지 않을 수도 없는 것들에게
> 공중이란 대체 무엇인가
> 포식자들은 의아해할 것이다
> 저 쇠로 얽은 둥지 위의 것들은 왜 날지 않는 거지?
>
> 돌이 날아오면 뛰는 듯 나는 듯 퍼덕거리다가
> 다시 언 땅에 언 날개를 끄는
> 저것들은 실패한 진화이다
> 참혹한 퇴화이다
> 먹을 것은 죄다 땅에 있지 않은가
>
> 디딜 땅이 없었다는 것, 하지만 하늘은 땅의 마지막
> 살이라는 것

차곡차곡 두 발로 공중을 걸어 올라가
내려올 줄 모르는 인간 새들을 보며
피 묻은 깃털을 입에 물고 포식자들은 의아해할 것이다
저 둥지 위의 것들은 왜 날개를 만들어 붙이지 않는 거지?

— 이영광, 「둥지 위의 것들」 부분(『창작과 비평』 2013 봄)

이영광 시인이 보기에 새가 되면 살 수 있기 때문에 새가 되었다는 진화론의 설명은 포식자 위주의 시선일 뿐이다. 살아갈 수 있는 날개를 얻은 새가 아니라 "발을 잃은 불구"로서의 새를 볼 수 있는 눈은, "디딜 땅이 없"어서 "땅의 마지막"인 하늘로 오를 수밖에 없었던 "인간 새들"의 참혹한 고통을 바로 우리들의 것으로 체득했기에 가질 수 있는 눈이다. 타자의 눈이 되어보지 못 하는 포식자는 "저 둥지 위의 것들은 왜 날개를 만들어 붙이지 않는 거지?"라고 의아해할 뿐이다. 땅에서 살아야 마땅하지만 공중으로 내몰릴 수밖에 없었던 자들의 고통을 그들은 짐작조차 할 수 없다. 관점의 이동이 가능한 시인의 눈을 그들도 가진다면 날개 없이 날아야 하는 "인간 새들"을 계속 공중으로만 내몰 수는 없을 터, 시인의 눈이 있는 이들은 참혹한 심정으로 철탑 위의 투쟁을 쓰고 또 쓴다. 나희덕의 「아홉번째 파도」, 박찬일의 「지쳐서 떨어지게 하는 방식 A-B」(『창작과 비평』 2013 봄), 김중일의 「타인의 투쟁」(『문학동네』 2013 봄) 등 3월의 많은 시편들이 공중으로 내몰린 이들의 투쟁을 쓰고 있다.

2.

김승일의 시가 누구나 발화할 수 있는 무대를 마련함으로써 오히려 그 무대에 선 이들 모두가 아무 것도 아닌 존재일 수 있음을 '보여'주었다면, 이제니의 시는 아무 것도 아닌 존재가 어떻게 고유하고 유일해질 수 있는지를 '노래'한다. 어느 영화의 한 장면에서 바람을 따라 거리를 나뒹구는 비닐봉지의 우아하고도 쓸쓸한 움직임을 포착해 낸 것처럼, 이제니의 시는 리본의 하늘거리는 움직임을 시인 특유의 리듬감을 통해 노래함으로써 그것만이 가질 수 있는 고유함을 생성해낸다.

너의 손목에는
리본이 길게 이어져 있다

흩날린다 흩날린다
손목에서 리본이
리본이 리본이 푸른 리본이

얇고 가늘게 하늘거리는 기분
흩날리고 흩날리면 쓸쓸해지겠지

리본의 기분
그것은 유일한 기분
말할 수 없이 좋고 슬픈 기분

고향에서는 잔디를 잔듸라고 썼다
그것은 유일한 잔듸의 기분
잔디는 유일해진다
푸른 푸른 푸른 들판 들판 들판에
잔듸 잔듸 잔듸의 기분 기분 기분아

잔디는 자란다
저마다의 속도로 각자 유일하게
그림자인 척하면서 하나하나 고유하게

— 이제니, 「잔디는 유일해진다」 부분(『문학과 사회』 2013 봄)

어느 부분 김수영의 「풀」을 떠올리게 하는 이 시는 미미하고 사소한 리본과 잔디의 움직임을 리듬감 있는 시어의 반복적 나열을 통해 표현하고 있다. 이제니의 '잔디'는 '풀'에 비해 훨씬 더 식민화된 영토에서 자라고 있으며 집단적인 움직임이 아닌 "하나하나 고유"해지려는 움직임을 반복한다. "저마다의 속도로 각자 유일하게". "그림자인 척하면서", '잔딕'라는 전유적 어긋남을 통해서만 겨우 유일한 존재감을 드러낼 수 있는 '잔디'. 하지만 이제니의 「잔디는 유일해진다」는 여리고 미미한 것들의 존재감을 항변하는 시가 아니라 상실과 슬픔에 관한 시로 읽어야 할 것이다. '너'를 쓰기 위해 시인은 "너의 손목에는/ 리본이 길게 이어져 있다"라고 쓰고 있으므로. "잃어버린 것", 이제는 없는 것, 그 부재를 쓰기 위해 시인 이제니는 "쓴다"를 반복해서 쓰고 있으니 말이다.

손목에서는 푸른 리본이
들판에서는 푸른 잔디가

너를 찾아가고 싶던 시절 이후로
너를 잃어버린 오늘의 내가 있다고

잃어버린 것은 다시 찾을 수 있다
그럴 수 있다고 믿는다고 쓰면

그것은 다시 찾을 수 있다라고 쓴다
나는 그렇게 믿고 있다

— 이제니, 「잔디는 유일해진다」 부분(『문학과 사회』 2013 봄)

그러므로 이제니의 '노래'는 '쓰고 싶은 것'의 부재하는 현존을 쓰는 시인만의 고유한 형식일 것이다. 시인이 아끼고 사랑하는 것들은 부재로만 현존하니 시인은 "다시 찾을 수 있다"라고 씀으로써 부재라는 그 유일한 존재감을 쓰는 것일 터, 리본과 잔디의 여리고 슬픈 움직임을 쓰는 시인의 행위는 그것을 통해서만이 쓸 수 있는 상실감과 슬픔을 쓰기 위한 것이다.

그렇다면 "나에 불과하다는 것"이 "나에게서 처음 목격된 흉터"라고 쓰는 시인이 "엉덩이는 가장 수상한 육체"라고 쓰는 이유는 무엇인가. 그것은 아마도 "나에 불과하다는 것"이 나의 고유성이 아니라 무엇도 할 수 없이 무력하기만 한 나의 식민성을 확인한 따름이기 때문일 것이고, 영토화된 내가 가진 유일한 탈영토화의 영역이 "엉덩이"이기 때문일 것이다.

(…) 엉덩이에게는 트라우마가 없다. 엉덩이에게는 엄살이 없다. 손과 팔과 무릎과 다리는 다른 손과 팔과 무릎과 다리를 부러뜨리거나 해칠 수 있다. 이를테면 무릎과 무릎이 부딪치면 어느 한 무릎이 깨지고, 손과 손이 부딪치면 어느 한 손이 크게 더럽혀진다. 그러나 엉덩이가 다른 엉덩이에 부딪친다면 그건 바다가 갈라지는 것처럼 장엄한 전설이 된다. 엉덩이는 가장 수상한 육체다. 그 속에 진실보다 깊은 비밀이 산다.

— 김도언, 「엉덩이에 대한 명상」 부분(『시와 반시』 2013 봄)

아버지는 애매한 나이에 죽었다. 비상하는 새보다 조롱에 갇힌 새가 아름다울 수 있다고 아무도 알려주지 않았다. 아버지가 좀 더 일찍 죽었다면 나는 새장을 짜는 기술자가 되었을지도 모른다. 그게 아니면 더러운 옷을 입고 누운 채로 구름을 보는 것을 좋아하는 사람이 되었을 수도 있다. 흰 구름 사이로 날아가다가 갇혀버린 검은 새를 상상하는 것이다. 아버지가 침묵으로 일관할 때, 형의 악보에 검은 잉크방울이 떨어졌다. 나는 형의 여자들과 불화했다. 그들의 메모를 고의적으로 형에게 전달하지 않았다. 그리고, 깨달았다. 허술한 방문을 잠그고 깊은 잠을 잘 수 없는 청춘의 헛걸음을. 형의 이름이 검둥이 조joe였다고 해도, 어머니가 이슬람교도였다고 해도 나는 나에 불과하다. 나에 불과하다는 것, 이것은... 나에게서 처음 목격된 흉터다.

— 김도언, 「불과하다」 전문(『시와 반시』 2013 봄)

김도언 시의 시적 주체는 '나'의 고유성을 구성하고 있는 실제적인 것들에 대해 질문한다. 선대로부터 물려받아 유전자에 각인된 기질과 성향, 무엇보다 육체적 특이성이 그것들일 텐데, 그토록 긴 시간을 통해 유입된 이질성과 다양성은 결국 '나'로 수렴되고 있으며 그러한 '나'는 더 이상 특별하지도 이상하지도 않다. "형의 이름이 검둥이 조joe였다고 해도, 어머니가 이슬람교도였다고 해도 나는 나에 불과하다"라는 문장에서 볼 수 있듯이, 이질성의 표지는 상처를 남기기도 했고 나만의 특이성을 드러내는 개성이 되기도 했지만, 무엇이든 자기화·동질화하는 시스템 내부의 '나'는 "나에 불과하다." '나는 나'라는 자의식 강한 외침은 "나는 나에 불과하다"는 자조적 인식으로 돌아섰다. "아버지는 애매한 나이에 죽었"기 때문에 선대의 영향력은 아주 없지도 그렇다고 강력하지도 않으며, 그렇기 때문에 "나에 불과하다"는 것이 "처음 목격된 흉터"일 수 있다. 이처럼 "트라우마"도 열정도 없이 나는 나일뿐인 고유성을 지니고 있지만 그것으로 무얼 할 수 있단 말인가. 이것이 시인이 짐작하고 있는 이 시대 '청춘'의 형상이다.

「불과하다」에 나타난 주체 형상은 김승일의 첫 시집 『에듀케이션』의 그것과 닮아 있다. 기성세대로부터 교육받은 것도 없이 형제들과의 깊은 연대도 없이 '홀로' 살아남아야 하지만 그다지 전투적이지도 않은, 원망이나 트라우마, 열정이나 분노도 없이 그저 "나에 불과"한 존재. 이제니 시의 리본이나 잔디처럼 고유하긴 하나 미미하고 사소한 '우리'들. 그러면서도 이제니의 시가 리본과 잔디의 움직임으로 고유함을 생성했던 것처럼(물론 '부재'를 쓰기 위한 것이긴 하지만) 김도언의 시는 "엉덩이"의 육체성에서 "진실보다 깊은 비밀"을 발견하고 있다. 분노 없는 자각이 오히려 투명하게 현실을 비추고 초과되지 않는 에너지가 쉽게 소진되지 않는 법이다. 충분히 절망스러운 현실에서도 좌절의 포즈를 취하지 않는 젊은 시들을 주목하게 되는 이유이다.

3.

우리 시단의 고유한 목소리, 김혜순의 신작시는 상상력의 식민화를 문제 삼고 있다. 살아있는 누구도 경험해본 적 없기에 상상력으로 포획할 수 있는 마지막 영역이라 여겨지는 '죽음.' 그 마저 상징계적 언어로 유형화하는 수사학에 대해 시인 김혜순이 질문한다. "수사학이 헌법인 나라에 살아본 적 있습니까?"라고.

> 정면충돌 사고로 부서져 내리는 자동차 앞 유리처럼
> 무너지는 풍경을 아직도 간신히 두 손으로 받치고 서 있습니다
> 내가 두 손을 든 모습은 멀리서 보면 희미한 천사 같습니까?
>
> 이제 막 죽은 사람의 뇌파가 끊어지는 그 시각

마지막으로 그가 건너게 된다는 환하게 밝은 터널속
그곳을 의인화하면 흰 옷 입은 천사가 현현합니다
의인화는 등장인물 사후 도로교통법입니까?

그 천사를 우리 사이에서 통하던 언어로 영영 증발시켜버리고 난 다음
포동포동한 재앙 에너지의 현현을 보았느냐고 물어봐도 되겠습니까?

나무가 하늘로 뻗어가는 자세와 천사가 땅으로 내려오는 자세
Y

수사학이 헌법인 나라에 가본 적이 있습니까?
두 손을 치켜든 사람들이 Y字 모양 가로등처럼 늘어서서
안개비 소음처럼 내리는 이생의 마지막 환한 터널을 향해 멀어져 가는 곳

— 김혜순, 「Y」 부분(『현대시』 2013. 3.)

아마도 실연의 아픔으로 "한밤중에 운전대를 잡게" 된 듯한 이 시의 화자는 안개 비 내리는 도로를 달리다 사고를 내고 죽음에 직면해 있다.(혹은 이러한 전개조차 화자의 유형화된 상상일 수 있다.) 화자에겐 매 순간 순간이 어떤 "의인화"의 형상으로 다가와서 실연의 슬픔마저 "나의 뇌 속으로 나방 한 마리 날아듭니다/ 원시인이 그린 동굴 벽화처럼 뇌벽에 달라붙습니다"라고 말해지며 "그렇다면 이것은 떠나간 이에 사로잡힌 뇌의 은유입니까?"라는 질문으로 이어진다. 하여 죽음의 순간까지 "흰 옷 입은 천사가 현현"하는 것으로 의인화하게 된다. 상상력이 작동하여 언어화되는 과정 자체가 이미 헌법적인 체제 내에 갇혀있으며 이는 어쩌면 인간이라는 현존재가 상징계적 체계뿐만 아니라 탄생과 죽음이라는 생명의 틀 안에 갇혀있는 존재이

기 때문일 것이다. 그러므로 김혜순 시인이 "나무가 하늘로 뻗어가는 자세와 천사가 땅으로 내려오는 자세/ Y"라고 쓸 때, 그것은 가장 헌법적인 문자 알파벳을 의인화한 것인 동시에 하늘과 땅 사이에 갇힌 인간 존재를 표상한 것일 수 있다. 상실감에 허덕이며 결국은 죽음을 맞이해야하는, 감정과 상상의 영역까지 제한적일 수밖에 없는 인간이 별스러운 회한이나 슬픔도 없이 이렇게 질문할 수 있다는 것. 김혜순의 고유함이 느껴지는 대목이다.

중요한 것은 이제니 시인이 부재를 쓰기 위해 '쓴다'라고 썼던 것과 유사하게, 김혜순 시인은 죽음을 수사(修辭)하기 위해 수사학을 문제 삼고 있다는 점이다. 수사학의 바깥으로 내몰린 죽음을 내적인 것으로 끌어와 대면하기 위해서. 이렇게 시의 영토에서 회피할 수 있는 것은 아무 것도 없다. 연극적인 현실이 우리를 기만한다고 해서, 모두의 목소리가 아무 것도 아닌 것으로 환원된다고 해서, 이다지도 특별한 내가 할 수 있는 것이 아무 것도 없다고 해서, 그렇다고 해서 말하지 않을 수도 살아가지 않을 수도 없으니, 죽음마저 시의 영토로 끌어와 쓰고 수사(修辭)하며 살아갈 일이다.

시공의 음률, 이를테면

1.

시인이, 혹은 시적 화자가 놓인 시공간은 특별하다. 시적 주체를 중심으로 생성되는 의미화의 자장 내에서 시간과 공간은 개별적 의미체계로 빨려들어 은유화된다. 그러나 근대적 시공간의 분절화와 구획화가 더욱 철저하게 진행되면서 시공간은 오히려 주체를 규정하는 주어의 자리에 근접하게 된다. 주체가 놓인 시공간은 주체의 언어, 주체의 행위를 통어하며 고정불변의 현실로 자리잡고 있다. 시인의 언어는 분절된 시공의 틈을 비집고 나와 구획을 가로지르며 시인만의 초월적 시공을 만들어낸다. 그것은 주체 중심의 의미화 체계가 만들어내는 은유적 시공과는 다르고 또 특별하다. 그리하여 고정불변의 현실에 균열을 일으킨다.

김소연의 「장난감의 세계」는 생의 '절반'에 서 있는 시적 화자의 시공이 단정하고도 담담하게 그려진 작품이다. 화자는 과거의 공간에 놓여 있지만 그 시간의 바로 그곳이 아니기 때문에 '장난감'처럼, 이미 알고 있지만 사실은 모르는 친숙하고도 낯선 공간에 둘러싸여 있다. "같은 장소에 다시 찾아왔지만/ 같은 시간에 다시 찾아가는 방법은 알지 못했다"고 쓴 것도 친숙한 공간이라 할지라도 시간적 어긋남이 그 곳을 낯설게 하기 때문이다. 하여 "장난감의 내부를 꼭 뜯어보고야 말았"던 어린 시절처럼 "강가에 앉아 깊은 생각에 잠”기는 것인데, 시공을 가로지르는 화자의 생각은 너무나 “깊어 빠져 죽기에 충분”할 만큼의 깊이를 지닐 수밖에 없다.

> 같은 장소에 다시 찾아왔지만
> 같은 시간에 다시 찾아가는 방법은 알지 못했다
>
> 없었던 것들이 자꾸 나타났고
> 있었던 것들이 자꾸 사라졌다 이를테면
> 장난감을 선물 받은 가난한 아이처럼
> 믿어지지 않게 믿을 수 없게
>
> 아침에만 잠시 반짝거리는 수만 개의 서리
>
> 하루의 절반
> 나머지 절반
>
> 오전엔 강 건너의 소가 소에게 뿔을 들이받았고
> 오후엔 어미 고양이가 아기 고양이를 물고 다녔다
>
> 개구리야, 너는 가난했던 내 어린 시절에 장난감이었단다
> 그때 나는 장난감의 내부를 꼭 뜯어보고야 말았지
>
> 개구리를 따라 강가로 한 걸음씩 걸어갔다
> 강가에 앉아 깊은 생각에 잠겼다
> 생각이 깊어 빠져 죽기에 충분했다
>
> — 김소연, 「장난감의 세계」 부분(『문학동네』 2013 봄)

시적 화자가 사색에 잠겨 자신만의 의미체계로 화자를 둘러싼 시공을 상징화하는 방식은 서정시에서 흔히 볼 수 있는 익숙한 것이지만 김소연의 시에서 화자는 세계의 중심으로서 자신의 시공을 장악하려 하지 않는다. 어쩌면 세계의 중심이라거나 시공의 장악이란 것은 지금과 같은 세계에서 애초에 성립불가능한 용어일지 모른다. 김소연의 시적 주체는 '오전'과 '오후'의 세계를 그 어느 것에도 절대성을 부여하지 않고 다만 병립시킴으로써 어떤 성찰에 이르고자 할 뿐이다. 그러한 시선이 시인의 언어에 단정한 아름다움을 부여한다.

좌우의 리듬이 점점 견고해질 즈음 터닝 포인트가 보였다
나를 응원하는 소리가 들리지 않았다
다들 고개를 숙이고 시계를 수리하고 있었다
땅에 떨어진 초침과 분침과 시침과 숫자들을
줍는 사람은 아무도 없었다

나는 누구의 이름인가

나는 상관없어지고 싶어요 그런데
어머니 그럼 저는 좀 더 시계의 방향이 되어볼게요
만일 제가 보편적이었다면 제 이름도 생각날 수 있었을까요
제 이름을 한 번만 불러봐주세요

리듬이 서서히 붕괴되어가면서 내 몸을 떠나고
결승점은 환했다

가로등 안 노란 전구에서
발이 세 개 달린 말들이 검은 빛을 씹으며 달리고 있었다
나는 그 말들을 사랑하고 싶었다
하지만 그건 불가능했다
나는 시계가 되었으므로
말들을 사랑할 수 있는 성기를 갖지 못했다

— 이성진, 「타국에서의 마라톤」 부분(『실천문학』 2013 봄)

이성진의 「타국에서의 마라톤」에도 '터닝포인트'를 지나고 있는 시적 화자가 등장한다. 이 화자의 목소리는 다소 어둡고 회의적인 빛을 띠고 있는데, 과거의 시공이 지녔던 어떤 가치를 현재의 시공은 점차 잃어가고 있다고 느끼기 때문이다. "어제 가라앉은 대륙의 언어를 배운 일"이 '과거'가 지닌 가치를 표상하고 있다면, "나는 시계가 되었으므로/ 말들을 사랑할 수 있는 성기를 갖지 못했다"는 진술은 시적 화자가 놓인 '현재'를 보여주고 있다. 열정도 격앙도 분노도 깊은 절망도 없는, "성기" 없는 목소리. '리듬'을 잃어버린 시계의 기계적인 반복만이 가능한 세계에서, 현재와는 다른 과거를 기억하는 목소리는 그러할 수밖에 없을 것이다.

하지만 "내 이름이 대륙의 언어로 오른팔의 리듬 없이/ 다른 나라의 국경을 넘고 있었다"는 시의 마지막 진술은 과거를 표상했던 "대륙의 언어"를 다시 언급함으로써 다른 세계에의 지향이 아직 끝나지 않았음을 암시하고 있다. 과거와 현재라는 시간적 대비를 공간적 횡단을 통해 무화시키려는 시도가 엿보인다. 이처럼 김소연과 이성진의 시는 현실의 시공이 지니는 인과성과 구획성을 부정하지 않으면서 주체의 성찰을 통해 그 체계에 의문을 제기하고 있다.

2.

앞의 시들은 과거와 현재의 시공이 지닌 차이를 보고 있지만 어떤 시인들에게 그것은 결국 지상의 삶에서 감각적으로 간취되는 차이일 뿐이라는 점에서 크게 다르지 않은 것으로 받아들여진다. 초월적 세계를 노래한 많은 시편들이 그러하다. 황학주의 「곳과 것」, 김재근의 「잠든 양들의 귓속말」은 현실적 시공간의 의미가 무화된 세계를 그리고 있다.

너는 가고 싶었고
네가 없었던 곳의 둘레엔
촛농이 흐른 내 입술이 있다
일테면 부리, 라 불리는 이것과 이곳

물집이 생긴 더운 말들이 가지 끝에서 가늘게 떨리는 그때
우리가 사랑하지 않아서 돌아서는 건 아니다
낙엽을 굴리는 투명한 새의, 작고 쫑긋한 발들에 대해
그 작은 발들이 디뎌온 곳들에 대해
것들을 건너온 곳들
그곳을 구부려 그것에 닿는
시간에 대해
천년 동안 내내 필경사였던 기억처럼
그곳이 있고 그것이 있다
그것이 있었고 그곳이 있었다

종종 잎사귀에 빙하의 얇은 혀를 씻는
밀어 깊이

— 황학주, 「곳과 것」 부분(『작가세계』 2013 봄)

이 시의 주어는 바람과 소리, 해, '그곳' 혹은 '그것'들이다. 바람은 소리를 모아다 놓고 "소리는 빛을 구부린다". 보이지 않는 바람이 '소리'라는 다른 감각을 통해 그것의 현존을 알리는 것처럼, 부재하는 것들은 '부리'의 형태로 잠깐씩 자신의 존재를 알린다. '나'와 '너', '우리'는 바람이나 소리, 빛과 같이 보이지 않는 것들과 동등한 형식으로만 말할 수 있다. "없었던 곳"에서 불쑥 튀어나와 말을 거는 '부리'는 이 시에서 "이것과 이곳"으로 명명되며, '나'와 '너'가 바람이나 소리로 자리를 옮겨 현존을 알리는, 바로 그 순간과 장소가 "그것", "그곳"으로 명명될 수 있다. 그러므로 "그것"과 "그곳"은 억만겁의 시간 동안 끊임없이 자리바꿈을 해온 세상만물의 존재형식이자 존재의 장소가 된다. "천년 동안 내내 필경사였던 기억처럼" 만물이 존재하는 자리가 되어왔던 "그곳". "그곳"을 거쳐간 무수한 "그것"들. 이 시의 '곳과 것'은 현실적 시공을 초월한 존재의 형식으로 시화되고 있다.

김재근의 「잠든 양들의 귓속말」에서는 직선적 시간의 선후관계와 분절적 공간의 구획성이 뒤엉킨 환상적인 세계가 펼쳐진다. "오늘 밤엔 눈이 멀어/ 눈먼 양들을 데리고/ 눈보라 속으로 여행 간다"며 시작하는 이 시는 시각적 감각을 버리고 "물고기 울음"을 듣는 예민한 청각의 세계로 진입한다. 하지만 '맑아진 귀'가 듣는 것은 소리만이 아니다. "백년 전"과 "백년 후"가 교차하고 "양들과 나"가 교감하는 환상적 세계, 혹은 실재의 세계 그 자체이다. 시각을 버리고 더 깊고 넓어진 귀를 가짐으로써 볼 수 없었던 세계를 보게 되는 것.

귀는 맑아져 백년 전의 양들과
백년 후의 내가 만나고
양들과 내가 강물에 가라앉아
울먹이는 물속에서

양들과 나의 귀는
백년 동안 울던 귀를 열고
귀 안의 울음을 캐고 있었지

귀가 더 깊어지기 전
귀가 더 넓어지기 전

귓불에 닿는 눈보라
귓불에 닿는 눈보라
눈보라 닿는 귓불의 무늬를 주워
서로를 위로했지
감은 눈이 하얗고 나의 목소리는
양의 목소리 같아
서로를 알아볼 수 없을 때
백년 후와 백년 전이 함께 돌아오고
나는 양들의 손등을 핥고
양들은 나를 끌고
강가로 나가 물을 먹여줬지

물속을 두드리면
양들은 응애응애 울고
우는 양들을 헤아려보는
나의 귀는 백년 전에 떠났던
울음이 불쌍했지만
귀를 잠그고
백년 후에 도착하는 울음을 기다렸지

양들과 나의 귀가 겹치는 곳
몸을 구부린 채,
얼굴을 다 숨길 수 있는,
귓속말처럼,

— 김재근, 「잠든 양들의 귓속말」 부분(『창작과 비평』 2013 봄)

현실의 감각을 버림으로써 더 예민하고 윤리적인 감각을 얻게 된 듯, 상징적 체계에서의 모든 질서와 구분이 무화되고 '양'과 '나'의 자리가 바뀔 즈음 귀가 열리고 그제서야 서로의 울음을 들을 수 있다. 백년 전의 울음과 백년 후의 울음까지도. 현실적 시공의 인과성을 초월한 환상적이고 실재적인 세계에서 타자와의 교감은 비로소 성립될 수 있다. 존재의 보편적 형식과 존재들 간의 진정한 교감은 이처럼 현실적 시공을 초월한 곳에서 성립 가능하다는 시인들의 전언이다.

3.

박성현의 「자정의 속도」는 완전한 소멸의 순간을 담고 있다. 순간이라는 시간적 어휘를 일정 공간에 담는다고 쓸 수 있는 것은, 박성현의 시어들이 순간을 영원화하면서 선적인 시간의식을 부정하고 있으며 그 '영원성'을 몸이라는 공간을 통해 전달하고 있기 때문이다. 과거의 기억을 현현하고 있는 몸의 흔적들을 지움으로써 과거와 현재의 시간적 인과성은 부정되며 순간은 영원화된다. 또한 "내가 내 옆에 누워/ 조용히 심장소리를 듣고 있었습니다."라는 시행에서 알 수 있듯, 한 개체가 차지할 수 있는 공간의 의미를 교란시키고 있다. 이 시의 '지금-이곳'은 귀신의 시공인 것이다. 하여 시의 제목 '자정의 속도'는 현실적 시간체계 내에서의 자정이 아니라 완전한 소멸의 초월적 시공을 지시하고 있는 것이라 하겠다.

> 손바닥에서 빈둥거리는 가죽을 벗겨내고,
> 지문을 삭제합니다. 지문이 기록했던 사건은
> 따로 저장해 이야기 목록으로 만듭니다.
>
> — 이를테면, 발목이 허물어지는 속도
> — 이를테면, 낮에 씹은 물고기의 고막
> — 이를테면, 어제의 신문이 감췄던 문장
>
> 그리고 나는
> 무수한 '이를테면'이 몸의 배란排卵이라는
> 당연한 결론을 삭제합니다.
> 누군가의 쓸모를 기다리는
> 식탁, 엄숙하게 화초를 지키는 창문,
> 근육을 감추는 어둠은 철저하게
> 개별적인 자정입니다.
>
> 나는 내 옆에 누워
> 바닥으로 진화하는 척추를 만집니다.
> 심장은 멈춰야 할 때를 알고 있습니다.
> 느닷없이 찾아오는 사건은 없는 것이죠.
> — 이를테면, 또한 이를테면
>
> — 박성현, 「자정의 속도」 부분(『현대시』 2013. 4.)

이 시에서 중심적인 어휘로 작용하고 있는 '이를테면'은 어떠한 진술을 부연하는 구체적인 사례를 제시할 때 쓰이는 접속어로서 "지문이 기록했던 사건"의 무수한 개별성과 구체성을 나열하면서 사용되고 있다. 이 "무수한 '이를테면'이 몸의 배란(排卵)", 즉 이 세상에 몸을 입어 태어난 흔적이라는 "당연한 결론을 삭제"함으로써 완전한 소멸의 순간을 준비하게 된다. 세상과의 절연인 셈인데, 그렇게 인간의 영역에서 자연의 영역으로 진입함으로써 비로소 "느닷없이 찾아오는 사건은 없"다는 자연법칙의 인과성, 보편 법칙의 순리를 수긍하게 된다. 인간의 영역에서 진행되는 속도와 자연의 영역에서의 그것은 다를 수밖에 없으며, 하여 순간은 영원이 될 수 있는 것이다.

현실의 시공을 벗어나지 않으면서 과거와 현재를 이야기하든, 아예 현실을 초월한 시공의 감각을 펼쳐보이든 '지금-여기'라는 시공을 의식하지 않고 시가 쓰이어질 수는 없을 것이다. 때론 어느 한 순간이 영원이 됨으로써 무수한 '지금-여기'의 순간들을 가리키기도 한다. 이러한 시적 시도들은 영원히 지속될 것 같은 고정불변의 현실을 저마다의 방식으로 문제 삼고 있다.

흔들리는, 불온한, 타자의 언어

모든 존재자는 타자에게로 편위(偏位, clinamen)되어 있다는 낭시(Jean-Luc Nancy)의 사유가 전하는 것처럼, 모든 시인의 언어는 타자에게로 기울어있다. 그러나 한자 인(人)의 형상과 같이 서로에게 기대어 위로받으며 '하나'가 되는, 그런 식의 안온한 공동체의 형성을 위한 기울어짐은 아니다. 존재는 늘 타자에게로 향해 '자기 밖에' 있지만, 타자는 자아의 시선이 닿는 곳에 있지 않다. 타자는 언제나 보이지 않는 곳에 불가능의 형태로 있으며 바로 그렇기 때문에 끊임없이 존재를 존재 밖으로 끌어내며 한 곳에 머물러 있지 못하게 한다. '나'와 타자는 서로의 존재를 분할, 분유하며 계속해서 서로의 바깥으로 끌어당기는 형식으로만 소통할 수 있다.

조동범의 「그린란드」는 보이지 않는 타자의 불가능한 장소를 소환해 낸다. 화자는 타자가 '있는', 혹은 있다고 기대되는 공간, '그린란드'를 향해 가지만 그곳에 "당신은 언제나 존재하지 않"는다. 화자에게 '그린란드'는 상상계적 장소이다. 그렇기에 그곳은 "이 세상에 없는 세계"로서 그곳에서의 "밤과 낮의 변주는" 오래도록 연기될 수밖에 없다. 자궁과 같은 상상계적 장소는 누구에게나 존재하지만, 그곳을 "없는 세계"로 인정함으로써 주체는 상징계로 진입하게 된다. 상징계의 주체는 "없는 세계"를 신화화함으로써 그곳을 영원한 장소로 간직하게 되고 언제 어디서나 위로받을 수 있는 '고향'을 갖게 된다. "오래 전에 죽어버린 인어들의 전설이 들려오"는 곳, "무수한 밤과 낮이 끝나지 않는 무채색의 그린"은 그러한 '고향'의 다른 버전이다. 이렇게 되면 "당신을 만나기 위해 그곳에 가려고" 하지만 그곳에 '당신'이 있는지 없는지는 그다지 중요하지 않게 된다. 신화의 세계에서 타자는 이런 식으로 지워진다. 타자는 물론 언제나 '없는' 형태로 불가능하게 존재하지만, 모든 존재자는 타자의 '있음'을 향해 기울어져 있기 때문에 신화가 아닌 '시'의 세계가 생성된다고 말할 수 있지 않을까.

당신을 만나기 위해 그곳에 가려고 해요. 지상은 모두 얼음으로 덮여 있고요. 어쩌면 당신은 그곳에 존재하지 않아요. 그린, 당신의 란드를 발음하면 유성우는 쏟아지고요. 오래도록 연기되는 밤과 낮의 변주는 이 세상에 없는 세계를 만들어냅니다. 얼음의 란드는 썩을 수조차 없고요. 내륙으로 가는 길들은 존재하지 않아요. 북극해로부터, 오래 전에 죽어버린 인어들의 전설이 들려오고 있는데, 창에 찔린 일각고래들은 붉은 피와 함께 단 하나의 태양을 바라봅니다. 단 하나의 태양과 단 하나의 날들은 오래도록 지쳐가고요. 원주민들은 무덤가에 꽃을 바치며, 죽음에 이르지 못한 일각고래들의 황폐한 해변과 참혹하게 사라진 복음을 복기합니다. 얼음의 란드, 그린으로 오세요. 세계의 모든 축복은 이곳에서 얼어붙고요. 이누이트들은 제단을 쌓아올린 채 죽은 자를 호명합니다. 유배된 당신들의 목소리는 사라지지 않아요. 이곳은 분명 그린, 당신의 란드인데……. 무수한 밤과 낮이 끝나지 않는 무채색의 그린, 폐쇄될 도로도 없는 폭설의 그린. 얼음의 그린. 잊힌 인어와 일각고래들의 그린만이……. 그린, 이곳에 당신은 언제나 존재하지 않아요.

— 조동범, 「그린란드」 전문(『현대시』 2013. 5.)

불가능한 타자의 장소를 이미지화한 조동범의 언어는 타자의 '없음'을 선험적으로 인식한 주체의 목소리라는 점에서 시적이기보다는 신화적으로 다가온다. “창에 찔린 일각고래”, “무덤가에 꽃을 바치”는 원주민들, “죽은 자를 호명”하는 이누이트들 등이 죽음도 생성도 없는 정지된 장소의 이미지를 보여주고 있지만 기원적 장소로서 역동성은 소거되고 있다. 타자의 ‘없음’을 일찌감치 선언하고 있어서인지, “당신을 만나기 위해 그곳에 가려”는 언어에서 위태로운 기울어짐이 느껴지지는 않는다. 무한히 타자에게로 다가가려 하는 목소리는 좀 더 위태롭고 좀 더 불온하고 좀 더 흔들릴 필요가 있어 보인다.

북쪽으로 검은 모자와 시계들이 둥둥 떠다닙니다 남쪽에선 이빨이 썩은 코스모스들이 악취를 풍기며 웃고 있습니다 서쪽에선 죽은 고양이들의 교미소리가 계속 들려오고 동쪽에서 아기울음소릴 내며 비가 내리기 시작합니다

당신은 이해될 수 없는 장소입니다 당신은 빨간 노끈으로 차단된 살인현장입니다 당신이 흘리는 피와 시간이 흰 천을 붉게 물들이고 있습니다 당신은 침묵하는 미궁입니다 당신은 당신을 목격하며 당신에 갇힙니다 당신 사체 옆의 당신 사체 옆의 당신 사체 옆의 무한 사체들

잘못 펼치셨습니다 당신은 썩어가는 페이지입니다 당신은 당신의 악취로 파리와 쥐 떼를 부르는 기이한 골목입니다 당신은 음모와 발톱이 자라는 사건현장입니다 당신은 당신의 접근금지구역입니다 당신은 무한히 갈라지는 무한개의 폐곡선입니다 찢어버리세요

— 함기석, 「당신」 부분(『현대시학』 2013. 5.)

‘나’와 타자는 따로 떨어져 있지 않다. 분할된 존재로서 각자 단수적으로 존재하긴 하나 복수적으로 겹쳐있기도 하다. 함기석의 「당신」은 ‘나’가

곧 타자가 되기도 하고 타자가 곧 '나'가 되기도 하는 존재의 분할을 보여준다. "잘못 펼치셨"다고 화자가 말함으로써 펼치는 행위의 주체는 '당신'이 된다. 그런데 화자는 "당신은 잘못된 페이지입니다"라고 말한다. 펼침의 주체인 동시에 펼쳐지는 존재인 '당신'. 낭시가 사유한 바처럼, '당신'은 단수적인 동시에 복수적이다. 이렇게 화자와 '당신'은 각각의 페이지로서 단수적이지만 책이라는 형태로 겹쳐지기도 하는 복수적인 존재이다. 함기석의 시에서 "이해될 수 없는 장소"이자 "기이한 골목", "무한히 갈라지는 무한개의 폐곡선"이라 말해지는 '당신'은 끊임없이 충돌하며 '바깥'을 향하는 외존(外存, exposition)의 형식을 보여준다. 타자의 장소는 이해와 소통의 공간이 아니라 불온하고 불안정한 "썩어가는 페이지"이다. '나'는 타자에게로 기울어져 '자기 밖에' 외존함으로써 단수적인 페이지를 찢고 완결된 책의 형식을 탈피하며 또 다른 페이지를 생성할 수 있는 것이리라.

이러한 타자와의 소통은 상징계적 체계 내의 합리적 의사소통과는 다르다. 오히려 합리적 의사소통이 배제하고 억압하는 것들을 고스란히 끌어안을 때 타자의 얼굴과 마주할 수 있다. 이재훈의 「거리의 왕 노릇」은 타자를 배제하는, '왕의 언어'만이 활보하는 문명의 거리를 노래한다. '왕의 언어'는 "권유와 명령"의 언어이며 "생명을 능가하고, 죽음을 능가하는" 언어이다. 시인은 "부끄러움이 없는 언어", "이 세계에 없던 언어"를 찾아 나선다. 그러한 언어는 바로 "당신의 입술"로 인해 만들어질 수 있다. 타자에게로 기울어진 시인의 언어만이 타자와 접촉하며 "중얼거리는 입술"을 가질 수 있을 터, '나'와 타자는 나뉘어진 입술로 분유된 언어를 중얼거리는, '시적인' 소통을 계속해야 한다.

> 햇살은 더 이상 찬란하지 않고
> 지루한 시간을 못 견뎌 핸드폰을 만지작대지

언제부터인가 그리워하는 시간이 내겐 없지
플래카드엔 권유와 명령만 있을 뿐
전투력 가진 말들이 길거리 여기저기서 뽐을 내지
문명의 한구석에 제 이름을 새기려는 영혼들
왕 노릇하려고, 서로 왕 노릇하려고
생명을 능가하고, 죽음을 능가하는 이웃들
나는 왕의 언어가 없고
법의 언어가 없고
왕을 심판하는 언어가 없지
부끄러움이 없는 언어의 세계를 꿈꿀 뿐이지
이 세계에 없던 언어를 찾아 나설 뿐이지
아름다운 운율은 규칙이 아니라
당신의 입술 때문에 만들어지지
중얼거리는 입술로 거리의 왕이 되지
죄와 의를 구분하지 못하는 머리들이
거리에 둥둥 떠다니고 광장엔 사람들이 자꾸 모이지

— 이재훈, 「거리의 왕 노릇」 부분(『문학사상』 2013. 5.)

링기스(Alphonso Lingis)에 의하면, 합리적 의사소통의 과정은 세계의 잡음을 배제하고 타자를 침묵시키는 과정이다. 상징계에 진입한 주체에게 소통이란, 혹은 소통을 통한 성장이란, 타자에게로 기울어진 상태 그대로 타자에게로 무한히 다가가기를 거부한 채, 어느 한 곳에 붙박이며 기울어진 자신을 곧추 세우려는 과정에 비유할 수 있겠다. 이재훈의 시에서 '왕의 언어'는 기울어지기를 거부하는, 그리하여 타인의 생명이나 죽음에도 감염되지 않는 폐쇄적 언어이다. "아름다운 운율"은 규칙에 부합하는 선율이 아니라 불규칙한 리듬이나 모호한 중얼거림에 가깝다.

보이지 않아도 닿을 때 있지
우리 같이 살자 응?
그렇게 말하는 사람을 만나면
기차를 타고
어디든 데려다 주고 싶다고 생각하다가
아직 없는 손들에게 쥐여 주는 마음 같아서
홀연하다
만져지지 않아도
지금쯤 그 골목의 끝에서 나를 기다리고 있다고
흔들리는 손가락의 미래들
나도 누군가의 홀연이었을까

같이 썩어가고 싶은 마음처럼
매달린 채 익어가는 별
너 때문에 살았다고
끝없이 미뤄둔 말들이 있었다고
사라진 행성이 그리운 금요일이면
없는 손의 기억으로
나는 혼자
방금 내게 닿았다가
지금 막 떠난 세계에 대해
잠시 따뜻했던 그것의 긴 머리카락을 떠올린다

— 이승희, 「홀연」 부분(『현대시학』 2013. 5.)

그러므로 타자와의 진정한 소통의 과정은 기울어진 채 나아가는 것이며, 그렇기 때문에 재현불가능한 타자에로의 편위는 죽음을 향한, 알 수 없는 미래를 향한 이행이 된다. 이승희의 「홀연」은 타자와의 (불)가능한 소통을 "없는 손의 기억", "흔들리는 손가락의 미래들"이라 말한다. 타자와 합일되었던 기억이 없는 '나'의 두 손, 그러나 "없는 손"은 "그 골목의 끝에서 나를 기다리고 있"을 어떤 '미래'를 향해 흔들리고 있다. "끝없이 미뤄둔 말들"처럼 타자와의 소통 가능한 미래는 끝없이 지연되지만 "방금 내게 닿았다가/지금 막 떠난 세계"의 "잠시 따뜻했던 그것의 긴 머리카락"과 결별하며 나아간다. "지워지는 그림이 그려지는 세상에서"(아래 시), 혹은 이미 그려진 그림을 지우며, 이행하며 그려지는 그림의 형식으로.

물방울이 당신의 몸속으로 떨어진다. 꽃이 지는 속도가 이러할 것이다라고 생각하는 동안 회전목마의 말들이 쑥쑥 올라왔다가 슬프게 내려가는 꿈을 살았다. 목덜미가 하얗게 언덕을 만들었다 지우고 따뜻해야 할 손들이 차갑게 손을 흔들었다. 벽을 보고 누운 당신이 출렁인다. 호수처럼 얼굴이 깊어진다. 사라진 물방울들이 서로의 손들을 잡고 오랫동안 휘파람 같은 노래를 부른다고 당신이 말했다. 회전목마가 멈추고 불 꺼진 세계에는 집으로 돌아갈 수 없는 아이들이 잠들어 있다. 태어나지 않은 세계를 살다가는 아이들이 물방울처럼 떠올라 거꾸로 매달린 꽃처럼 필 것이다. 멈춰지지 않는 그림자들은 어디로 가나. 소묘할 수 없는 소묘의 이야기들과 함께 상해버린 내일로 걸어가는 우리는 한 방울씩 떨어지던 물처럼 외로워야 한다. 그게 맞다. 롤러코스터가 멈추고 기린이 느리게 걸어간다. 걸어도 더는 자라지 않을 것이다. 지워지는 그림이 그려지는 세상에서.

— 이승희, 「43일의 43일이 43일 동안」 전문(『현대시』 2013. 5.)

링기스는 "타자의 고통을 인식하는 것은 나의 두 손, 목청, 두 눈이 지닌 감성이다."라고 썼다.[18] 이승희의 "손들"은 타자와 접촉·충돌하며 타자의 고통을 인식한다. "물방울"이 침투하듯 천천히 그러나 치명적으로, "회전목마의 말들"처럼 다가왔다 이내 멀어지는 형식으로. 하여 "따뜻해야 할 손들"은 "차갑게 손을 흔"든다. 이렇게, 타자와 소통하는 세계는 안온한 따뜻함을 전하지 않는다. "불꺼진 세계", "상해버린 내일의 세계"일 뿐, 타자를 향해 가지만 언제나 외로울 수밖에 없고 "외로워야 한다"! "거꾸로 매달린 꽃처럼" 무중력이 되어버린 세계에서 유일하게 중력이 작용하는 지점은 "당신의 몸속"이다. 그러므로 결코 닿을 수 없지만 "멈춰지지 않는 그림자들"을 이끌고 '기린의 느린 걸음'으로 그곳을 향할 수밖에. 그림을 지우며 걷지만 그 걸음이 곧 그림이 되는 세계에서 알 수 없는 미래의 형상이 어렴풋이 펼쳐지고 있는 듯하다.

타자와 진정한 소통이 가능한 세계, 혹은 공동체적 세계, 혹은 미래. 형용할 수 없는, 무엇이라 명명할 수 없는 이 세계를 시적 언어만이 어렴풋이 보여줄 수 있을 것이다. 시적 언어만이 멈추지 않고 고정되지 않은 채 계속해서 중얼거릴 수 있으므로, 계속해서 기울어진 채 흔들리며, 불온하게 타자를 향해 갈 수 있으므로.

---

18) 알폰소 링기스, 김성균 역, 『아무것도 공유하지 않은 자들의 공동체』, 바다출판사, 2013, 62쪽.

2부

2. 삶을 '짓는' 수행적 시쓰기

– 시집 서평

탁류(濁流)와 면벽(面壁)

— 이은봉, 『봄바람, 은여우』
이승하, 『감사와 처벌의 나날』

1. 탁류를 타고 흐르는 노래

시인은 묻는다. “바람은 무엇인가”라고. 『봄바람, 은여우』(도서출판b, 2016)를 읽은 독자도 묻게 된다. “과연 바람은 무엇인가”라고. 이 질문은 존재와 존재를 포함한 세계에 대해 묻는 것이기에 ‘수렴 가능한 답’이 있을 수 없다. 다만 질문에 골몰하게 하는 것만으로 시를 읽는 시간은 충만해진다.

독자의 한 사람으로서 읽어낸 『봄바람, 은여우』의 ‘바람’은 ‘에너지의 흐름’에 가깝다. 동양철학에서 말하는 ‘기(氣)’와도 통한다. 우주에 편재(遍在)해 있다가 어떤 계기에 의해 집중되어 형상을 이루기도 하고 어떤 방향으로 쏠려 흘러가기도 하지만, 소멸되지는 않고 계속해서 성질을 바꾸는 ‘에너지’의 흐름. 표제작 「봄바람, 은여우」에서 바람은 은여우와 같이 “폴짝폴짝” 뛰어다니고 “까불대”기도 하고 “따스하다가도 골이 나면 쇠갈퀴처럼 차가워”지기도 한다. 이렇게 역동적인 이미지를 지니는가 하면 “팍, 시르죽어 있는 바람”과 같이 침체된 모습을 보이기도 한다.(「골짜기에 나자빠져 있는 바람」) 바람에게 본성이 있다면 그것은 ‘어떠한’ 성질이 아니라 성질이 계속 변한다는 ‘유동성’에 있을 것이다. 시인이 직접 바람은 “기의언어가 아니라 기표언어”라고 쓴 까닭도 여기에 있지 않을까.(「바람에 관한 몇 가지 상념-시인의 말」) 형상의 물질성, 주변 물질 및 에너지와의 교섭 등을 통해 일정한 ‘기표’를 지니며 그 기표는 그렇기 때문에 임시적이고 가변적이다.

> 멈춰 있으면 바람이 아니다. 움직이는 바람, 달리는 바람, 튀어 오르는 바람, 휘몰아치는 바람……
>
> 이 부잡스러운 녀석이 좋아하는 것은 계곡이다 틈이다 구멍이다
>
> 점잖게 여백이라고도 부르는 구멍을 향해 부지런히 제 몸을 던져 넣으면서 바람은 바람이 된다
>
> —「바람이 좋아하는 것」 부분

이처럼 바람은 널리 고루 퍼져 있으면서 일정한 방향으로 쏠리고, 쏠림이 있은 후 다시 편재성을 찾으려는 지속적이며 반복적인 운동이다. '계곡/틈/구멍'과 같은 일시적 '에너지 0'의 상태가 바람의 운동에 의해 탄생의 순간이 될 수 있다는 2연의 시행은 우주의 블랙홀을 떠올리게 한다. 『봄바람, 은여우』에서 언뜻언뜻 찾아볼 수 있는 이러한 우주적 존재론은 그러나 관념론적 형이상학으로 흘러가지 않는다. 바람은 공기로서의 물질성을 지니며 기표언어로서의 임의성을 지니기 때문이다. 주변 상황과 늘 교섭하고 운동하기 때문에 '바람은 무엇이다'라 규정지을 수 없도록 늘 변화무쌍한 모습을 보인다. 바람은 "민들레 씨앗털"(「봄바람」)이기도 하고 발톱을 드러낸 새이기도 하며(「바람의 발톱」) 노숙자이기도 하다.(「지쳐빠진 바람」) 특히 「지쳐빠진 바람」을 비롯하여 「왼손으로 턱을 괴고 쪼그려 앉아있는 바람」이나 「제가 누구인지도 모르는 바람」과 같은 시편들에는 세상살이에 지친 인간군상의 모습이 엿보인다. 현실 속에서 물적 상황들과 교섭하며 운동하는 '바람'의 형상은 이은봉 시인의 '바람'이 실제적인 것임을 보여준다.

세상살이에 지친 인간 군상은 무엇보다 시적 화자 자신의 '현재' 모습이다. 정체된 삶에 대해 고뇌하고 있는 시적 화자의 내면은 때론 과거를 소환하여 "꿈을 잃어버린" 현재와 대비시킨다. "마포 어디쯤에서 미래를 키웠던가 희망을, 내일을 다독다독 가위질해 잘라냈던가/ 그렇게 내 날개는 찢겨져버렸다 부러져버렸다 꺾어져버렸다."(「꿈」)

그냥 그렇게 놀며 노래하리 온갖 열정, 그것이 만드는 고통이며 고뇌 따위 다 잊고 느리게 부는 바람이 되리
바람이 되어 먼먼 허공이나 흘러 다니리
서러운 세상, 지친 운명이나 실어 나르리
폭우가 쏟아지더라도 더는 흔들리지 않고
넘치지 않으리 황톳물 속에서도
황톳물과 함께 오직 바람의 마음으로 떠 흐르리
그냥 그렇게 탁한 세상이나 웃으며 살리
살다 보면 언제인가는 또다시 푸르른 목소리로
세상 사랑할 수 있으리 노래할 수 있으리.

— 「그냥 그렇게」 부분

「그냥 그렇게」는 시적 화자가 꿈을 잃어버린 현재를 대하는 태도를 잘 보여준다. '그냥 그렇게'는 관조나 체념이 아니다. 느리게 부는 바람, 허공을 흐르는 바람, 마음으로 떠 흐르는 바람은 세상의 변화를 수용하고 함께 변화하며 계속해서 관찰하고 소통하겠다는 '의지'를 지니고 있다. 세상의 변화에는 '바람'의 변화가 포함되어 있고 바람이 탁해지면 세상 또한 탁해진다. 바람은 세상과 분리되어 있지 않으며 세상의 부분이자 세상 그 자체이다. 그렇기 때문에 "살다 보면 언제인가는 또다시 푸르른 목소리로" 노래하

리라 말할 수 있는 것이다. 즉 주체의 관념이나 의지만으로 세상의 변화를 이끌겠다는 계몽주의나 이념 지향성과 거리를 두고 세상의 흐름 속에서 에너지 집중과 성질 전환의 계기를 포착하겠다는 뜻이다.

시집 『봄바람, 은여우』가 '바람'으로 채워진 이유는 시적 화자가 '과거'와는 매우 달라진 '현재'를 역사적으로 경험하면서 변화 자체가 만물과 세상의 본질임을 간파했기 때문일 터이다. 밝음이 가고 어둠이 오는 것이 아니라 집중된 에너지가 밝은 성질 혹은 어두운 성질을 뿜어내는가에 따라 만물과 세상은 달라진다. 따라서 흘러다니고 실어나르다 보면 성질 전환의 순간이 찾아오기 마련이며 그 순간에 "또다시 푸르른 목소리로" 노래할 수 있는 것이다. 물론 이는 부지런히 흘러다니고 실어나르는 과정을 거친 결과이므로 무작정 기다리는 것과는 다르며, 결과로서의 노래는 예전의 노래와는 다른 것일 수밖에 없다.

도대체 무슨 근거로, 무슨 이유로
당신은 바람을 지켜야 한다고 생각하는 것인가
바람은 사람, 사람은 마음, 마음은 자유……, 자유가 발길을 만들고, 발길이 역사를 만들지
바람을 지키겠다는 것은 역사를 지키겠다는 것
무엇으로, 왜, 어떻게 역사를 바람을 지키겠다는 것인가
바람은 흐르는 것, 바람은 달리는 것
그렇지 물처럼 여기저기 스미는 것
아직도 당신은 구름을 타고 있는가
당신이 타고 있는 구름은 뜬구름
손오공의 흉내 그만 두고 얼른 땅으로 내려오시게
땅에 깊이 뿌리를 내리고 미루나무처럼 하늘을 향해 머리칼을 날려 보시게

그것이 실은 바람을 지키는 일
더는 바람을 지키겠다는 생각을 해서는 안 되네
바람이 지금 당신의 여린 잎새들 부드럽게 어루만지고 있잖나.

—「바람의 파수꾼」 부분

성질 전환의 순간은 역사적 계기이기도 하다. 계기로 인해 상황과 세계가 변화하지만 변화 이후에는 그 상태 그대로 지속되기를 원하는 이들이 많다. 하지만 존재, 혹은 세계는 고착될 수 없고, 고착되어서도 안 된다. 그렇기 때문에 시적 화자는 "더는 바람을 지키겠다는 생각을 해서는 안 되네"라고 말한다. 기표언어로서의 '바람'을 시인은 이미지, 미지(未知)라 했다. 언제나 미지인 상태로 '이미지'로서 꿈틀대며 움직이고 있기 때문에 탁류를 타고 흐르면서도 노래할 수 있는 것이리라.

2. 꿈꾸는 자의 죄, 유폐된 존재의 노래

면벽(面壁)은 벽을 마주하고 세상과 감각적으로 차단된 상태에서 마음을 닦는 수행 방법 중 하나이다. 그러나 이승하 시인의 시집 『감시와 처벌의 나날』(실천문학사, 2016)에서 발견할 수 있는 '면벽'은 세상과 강제적으로 격리된 자들이 마주한, 가장 처절한 고통과 절망이다. 스스로 유폐된 자들과 타의에 의해 감금된 자들의 차이는 가늠하기 힘들 정도로 크지만, 이를 단지 '자유의지'만으로 설명할 수는 없다. 스스로 선택하여 벽을 마주한 자와 강제적으로 벽을 마주한 자의 차이가 '스스로'와 '강제'에만 있지 않다는 말이다. 벽은 이쪽과 저쪽을 구분 짓고 구분에는 차별이 뒤따르며 차별의 지속을 위해 폭력이 개입된다. 폭력의 일환으로 감금과 감시와 처벌이 병행되는 것이며 누군가는 감금과 감시와 처벌을 행하는 쪽에, 또 누군가는 감금과 감시와 처벌을 당하는 쪽에 위치하게 된다. 벽은 더 높아진다. 그러므로 '면벽'은 모든 구분과 차별, 폭력의 행사와 그로 인한 고통, 공포에 대한 사유이며 나아가 인간 존재에 대한 근원적 물음이다. 이렇게 보면, 수행방법으로서의 '면벽'이 그 물음에 대해 관념으로 답을 구하려는 행위라면, 격리된 자들의 '면벽'은 '몸으로' 그 물음을 현현(顯現)하는 행위라 말할 수 있겠다.

전자의 '면벽'을 이론적으로 가장 정밀하게 밀고 나간 이가 미셸 푸코일 것이고, 후자의 '면벽'을 가장 처절하고 처연하게 지켜본 이가 이승하 시인일 것이다. 모든 지켜본 이의 시선에는 보는 이와 보여지는 이 사이의 벽이 있기 마련인데, 이승하의 시에서 그 벽은 느껴지지 않는다. 물음의 현현을 지켜보며 시로 옮겨 적었으니, 시라는 형식이 그 벽을 지우게 했다고도 말할 수 있겠다. 물론 이승하가 쓴 시이기에 가능한 말이다.

벽 저쪽에 있는 자들의 울음을
벽 이쪽에 있는 우리는
들을 수 없다

형을 사는 자와 형기를 마친 자가
대치하고 있는 이 이승이 몹시 비좁다
(…)
벽 바깥은 결국 벽 안쪽
이 벽을 허물지 않으리
아니!
한 번은 내가 부수리 무너뜨리리

그날엔 틀림없이 너나 나나 벽을 치며 통곡하리

벽이 사라진 이 세상에서

—「벽」 부분

보는 이와 보여지는 이 사이의 벽이 느껴지지 않는 이승하의 시어는 시인 개인의 가족사와도 관련이 있을 것이고 시인으로서의 예민한 교감 능력과도 관련이 있을 터이지만, 이 시를 보면 '구분과 경계'에 대해 유달리 민감한 시인의 사유와 감각도 한 몫 하고 있음을 확인할 수 있다. 세상은 "형을 사는 자"와 "형기를 마친 자"로 구분되어 있으며 그 경계에는 '벽'이 놓여 있어 서로의 울음을 들을 수 없다. 하여 벽을 사이에 두고 안쪽과 바깥쪽은 있을 수 없다. 단지 벽을 사이에 두고 구분되어 있을 뿐. 때론 '나' 스스로 "높다란 벽"이 되기도 한다. 세계에 대한 인식이 이러하니 생에 대한 감각 또한 비관적일 수밖에 없다. "살아보니 지난날은 대부분 형기"이었을 뿐이니 살아가는 일이란 늘 탈영, 혹은 탈옥을 꿈꾸는 일이 된다. 하지만 이쪽을 '탈'하면 저쪽이고, "벽 바깥은 결국 벽 안쪽"이니 애초에 탈영/탈옥은 불가능하다. 따라서 "이 벽을 허물지 않으리"이거나 "한 번은 내가 부수리"는 동어반복이며, 벽을 무너뜨리는 상상은 환희가 아니라 통곡으로 이어진다. 벽이 있는 세상에서의 통곡과 울부짖음, 신음소리가 『감시와 처벌의 나날』을 가득 채우고 있다.

소리는 몸에서 나온다. "소원은 혼자서 숲을 십 분이라도 걸어보는 것/ 식당에 가서 밥을 주문해서 먹어보는 것"(「독방의 빛 -사형수에게」)과 같은 시행이 울부짖음으로 들리는 것은 '몸'의 언어이기 때문이다. 감시와 처벌은 '몸'에 가해진다. '몸'이 없다면 벽이 존재할 이유가 없다. 하여 "존재가 존재를 감금한다/ 존재는 존재를 변호 못 한다"(「감금과 감시」)라는 정확하고도 절묘한 시행이 가능해진다. 몸으로 증명가능한 존재가 존재를 감금한다는 것은 몸으로 증명할 수 없도록 막는 것이고, 따라서 존재는 존재를 변호할 수 없다.

「누이의 초상」을 비롯한 '누이' 시편들은 변호하고 싶은 존재를 변호하지 못하는 아픔이 만들어낸 시이다. 이성(理性)의 말로는 변호할 수 없고, 비이성은 말이 될 수 없어 변호 못 하는, "정상과 비정상 사이에" 있는 "이상(異常)"의 존재들. 시인은 "철창 박힌 창문"으로 가로막혀 있는 그 경계의 기준은 과연 무엇인지 묻는다. "방금 내가 한 말이/비정상에서 나온 것인가/방금 내가 쓴 글이/비정상에서 나온 것인가/나의 웃음과 눈물, 발언과 행동/모두 비정상임을 증명하는 것인가"(「정상인」) 이승에서는 변호할 수 없고 증명도 할 수 없는 존재가 자유로워지는 길은 저승의 세계로 건너가는 일일 뿐일 것이다. 이승/저승의 경계만이 인간이 만들어낸 경계가 아니므로.

빨리 죽어야 한다
어서 빨리 저 하늘 어드메에 가서
한 무리의 별을 이끌고 다니는
신화가 되기를 나는 기도하리

꿈꾸는 자의 죄는
이 세상 모든 벽의 무게보다
무겁구나, 벽이……
아직 벽이지…… 그렇지 않은가?
벽 속에서 기도하는 수많은 벽들아

—「면벽」 부분

'몸'을 벗고, "꿈꾸는 자의 죄"를 벗고 '혼'으로 화하는 일. "한 무리의 별을 이끌고 다니는" 신화가 되는 일. 이것이 시인의 꿈이다. 꿈을 꾸고 있으므로 시인 또한 "꿈꾸는 자의 죄"를 안고 있으며 시인 또한 벽이다. 우리 모두가 그렇다. 이승하의 시에서 보는 이와 보여지는 이 사이의 벽이 느껴지지 않는 이유는 우리 모두에게서 벽을 보기 때문이다. 이승을 떠나지 않는 한, "존재가 존재를 감금"하는 세계 속에서 살아야 하는 비극적 존재론이 이승하의 시이기 때문이다. 시를 통해 말할 수밖에 없는 꿈꾸는 자의 죄, 유폐된 존재의 노래가 『감시와 처벌의 나날』이다.

편승하며 미끄러지는 '분위기'의 힘

— 오은, 『우리는 분위기를 사랑해』

오은 시인에게 '나'와 '너'라는 단어는 무엇일까. 시인의 두 번째 시집 『우리는 분위기를 사랑해』(문학동네, 2013)를 읽으며 떠오른 질문이었다. "더 좋은 시는 단어를 사랑하는 일로부터 나온다"고 시인이 말한 바 있으니, 이번 시집에서 부쩍 빈번해진 단어를 보면 시인이 근래에 어떤 단어를 사랑하고 있는지 보일 것이다. '사이', '부조리', '단독자'와 같은 단어들…… 사실 '나'와 '너'는 시인이 사랑하는 단어라기보다는 시인의 (무)의식을 지배하고 있는 단어인 것 같다. 오은 시인은 사랑하는 단어를 감각적으로 선택하여 (무)의식적인 언어 게임을 거쳐 언어가 가진 힘을 증폭시키는 전략을 사용한다. '사이', '부조리', '단독자'와 같은 단어들이 지닌 감각적인 분위기를 사랑하며, 그것들이 다른 단어와 연결되며 펼쳐지는 언어 게임을 즐기며, (무)의식적으로 '나'와 '너'의 의미를 탐구함으로써 그 단어들이 내포한 힘을 가장 폭넓게 만들고 있는 것. 그 힘은 정치적인 것일 수도, 유희적인 것일 수도 있다. 마침 시집의 마지막을 갈무리하고 있는 시의 제목이 '힘'인 것은 우연일까.

또다른 그가 그를 물리치고
너는 또 한번 세계의 작동 원리를 이해하고

비로소 편안히 눈을 감고

지진이 난 후
지구의 가장 뜨악한 부위에서
한 그루 소나무가 솟아나듯

너는 잠시 후 또다시 발생하고

—「힘」 부분

이 시에서 "너무 강하다"고 진술되는 '그', "너를 자꾸만 빨아들"이는 '그'를 초자아적 존재라고 본다면, "또다른 그가 그를 물리치고/ 너는 또 한번 세계의 작동 원리를 이해하고"라는 시적 진술은 '그'가 상징계적 대타자로 자리잡는 과정을 의미하는 것일 테다. 오은 시를 이런 방식으로 해석하는 일은 상당히 드문 일이긴 하지만(대부분은 의미론적 해석보다는 '말놀이'라는 형식적인 측면에 더 주목하는 편이다.) 이번 시집의 '그'와 '너'의 구도는 시스템의 원리와 그 속의 타자 혹은 주체를 떠올리게 하는 것이 사실이다. 시적 화자인 '너'는 상징계적 체제 내부에서 "편안"한 듯 하지만 "지구의 가장 뜨악한 부위에서", "잠시 후 또다시 발생"한다. 시스템의 원리에 잠식되지 않고 "또다시 발생"한다는 진술은 어떤 정치적인 힘을 함의하고 있으며, 알게 모르게 헐리우드 영화의 스토리라인을 따라가는 듯한 이 시의 전개는 어떤 유희적인 힘을 발산하고 있다. 이처럼 오은 시의 정치적·유희적인 힘은 시스템의 언어에 편승하면서 슬쩍 미끄러지며 벌어지는 틈으로부터 나온다.

르네 마그리트의 그림 「이것은 파이프가 아니다」는 파이프를 그려놓고 파이프가 아니라고 말함으로써 시각 예술을 포함한 모든 재현적 언어가 사실은 사물의 실체가 아니라 이미지의 표상일 뿐임을 설파한다. 이에 대해 오은의 시는 "이것은 파이프다"라고 말한다.(「이것은 파이프다」) 시스템의 언어에 편승하는 오은 시의 언어는 기표와 기의의 약속을 파기하는, 아니 그 속에 숨겨진 비밀을 폭로하는 "이것이 파이프가 아니라는 음모"를 인정할 수 없다. "이것은 파이프다. 파이프는 파이프다. 파이프 말고 이것을 표현할 다른 수단을, 나는 알지 못한다."라고 "펄쩍 뛰"며 항변한다. 오은의 시는 바로 이렇게 시치미 뚝 떼고 시스템의 언어에 편승하면서 오히려 거기에 내재된 비밀을 누설하는 형식이다. "이것은 파이프다"라는 외침이 단지 시치미일 뿐이라는 사실은 "그리고 이것은 내가 생각했던 파이프의 도입은 아니다"라는 시의 마지막 행을 통해 알 수 있다. "이것은 늘씬하게 잘빠졌다"라고 시작되는 이 시의 재현이 "내가 생각했던 파이프"가 아니었거나 혹은 그 도입(재현)이 아니었다는 고백이다. '내'가 생각하는 파이프는 얼마든지 달라질 수 있으며, '내'가 생각했던 파이프 그대로를 재현할 수도 없다는 것. '내'가 사용하는 언어란 본래 실재를 지시하는 것이 아니다, '설익은'의 '설'이 혀(舌)에서 눈(雪)으로, 발설이나 누설이나 배설로 미끄러지듯(「설」), 고정불변의 어떤 진실을 가리키는 것이 아니다, 라고 항변하는 형식인 것.

하지만 실재와 재현의 불일치에 대한 그 항변이 절박하거나 절실한 감정을 담고 있지 않다는 점이 오은 시만의 개성일 것이다. 이는 시스템을 변화시킬 수 있는 대상으로 바라보지 않는, 선험적인 대상으로 바라보는 세대의 감성이라 할 수 있다. 이미 존재하는 시스템을 파괴하려하기보다는 그것을 조롱하거나 냉소함으로써 '힘'을 생성하려는 젊은 에너지인 것이다.

『우리는 분위기를 사랑해』는 첫 시집에 비해 유희적 에너지가 덜 느껴진다. 아마도 말놀이의 끄트머리에서 '나'라는 단어를 발견했기 때문이 아닐까. 「그 무렵, 소리들」에서 시인은 "낙오된 귀를 열어젖히는 한없이 낯선 소리, 에르호 에르호……"를 되뇌면서 "'에르호'는 테오 앙겔로풀로스의 영화 〈영원과 하루〉(1998)에 등장하는 노시인 알렉산더가 생의 끄트머리에서 발견한 시어들 중 하나로, '나'라는 뜻을 품고 있다."는 주석을 덧붙이고 있다. 단어를 사랑하고, 언어에 매혹된 시인으로서 시를 써 왔지만 종국엔 시를 쓰는 존재인 '나', 언어를 사용하고 있는 주체인 인간에 대해 고민하게 된 것이 아닐는지. 그것도 이 시스템 내부에 갇힌 존재로 살아가는 이 시대의 인간에 대해. 그렇기 때문에 '나'와 '너'가 이번 시집에 빈번히 등장하는 시어가 된 것이 아닐는지.

어디의 위에서,
무엇의 옆에서,
누구의 아래서,
너는 무적이 되었지만
그 때문에 어디에 있는지 정확히 아무도 알지 못했다

(…)

그러니까
엄마의 자궁 안에서만
가능했던 이야기

너는 이 부조리를 견딜 수 없다

— 「Be」 부분

시인이 보기에, 인간의 운명은 언어를 닮았다. 언어는 소리를 표현하는 동시에 문명의 자의적인 약속에 의해 의미 또한 지시하게 되었지만 그로 인해 언어는 실재에 닿지 못한 채 쉴 새 없이 허공을 떠도는 신세가 되었다.

먼지와 같이 떠돌다 다른 단어를 만나 결합하면 순간적으로 의미를 생성하기도 하지만 곧 제각각 흩어져 혼자만의 유영을 계속해야 한다. 위의 시 「Be」에서 be동사가 그러한 것처럼. 『우리는 분위기를 사랑해』에는 인간에 대한 이러한 실존적 이해가 스며 있어, 전작시들에 비해 서정적인 분위기를 자아내기도 한다. 또 때로는 「육식주의자」나 「부르주아」 같은 시들을 통해 공통의 항으로 묶인 문명적 집단에 대한 냉소를 내비치기도 한다. 그러나 기본적으로 언어란 고정된 것이 아니며 불변의 것도 아니듯이, 인간의 실존적 고독이나 문명사적 폐해 또한 순간의 사건으로 존재하는 것으로서 오은 시의 고정불변의 테마가 되지는 않는다. 오은의 시는 다만 존재하는 현장과 발생하는 사건을 언어로 재현함으로써, 언어가 실재로부터 거리를 두듯, 현장과 사건으로부터 틈을 생성하며 다른 어딘가로 이동할 뿐이다. 이것이 오은 시의 문법이다.

여백에서 시작한다

이 방에는 이미 많은 글자들이 있으므로
글자 그대로
존재하는 것이 거의 없으므로
규칙은 견고하고
불규칙은 물결치므로
그 틈을 비집고
새삼스러운 문장이 튀어나올 때
이 방이 조금 아름다워진다
이 방이 조금 이채로워진다
이 방이 이방(異邦)에 가까워진다

비로소

—「문법」 부분(『시현실』 2013 봄)

최근작들이 보여주는 오은 시의 경향은 유희적 '말놀이'이기보다는, 여백/사이/틈에서 시작하여 "그 틈을 비집고/ 새삼스러운 문장이 튀어나"오는 순간의 아름답고 이채로운 '분위기'에 가깝다. 그리하여 「아이디어」라는 시에서 "우리는 분위기를 사랑해/ 엄습하는 것들을 사랑해"라고 말하고 있는 것. '분위기'란 이질적인 것들이 공통의 시간과 장소 안에 모여 있을 때 발생하는 것으로서 이질적인 각각의 항들이 이합집산할 때마다 또다시 새로운 분위기를 만들 수 있는, 언제나 유동적인 것이다. 하여 오은 시의 언어는 "우리는 분위기를 장악하며/ 돌아오기 위해 달아"난다. 모든 이질적인 것들이 달아난 공간, 비워진 공간, '너'라고 지칭된 대상은 "스스로 사이가" 되어 빈 공간을 채우고 '너' 자신 또한 채운다.(「빔」)

오은 시의 '너'를 새로운 시적 주체라 말할 수 있다면, '너'는 고독한 단독자로서 "나를 덮어" '나'를 지움으로써 계속해서 변이하고 발생하는 유동적인 주체라 할 수 있겠다. 오은 시의 언어는 다양하고 풍성한 '너'를 생성함으로써 '나'를 지우고 시스템의 여백/사이/틈을 발생시킨다. "너희들이 더 많아질수록/ 너희들이 더 다양해질수록/ 나는 더 작아지고 적어진다"(「분더캄머」). "그러니 미치지 마/ 거기에 도달하지 마/ 거기에 사로잡히지" 말아야 한다. 계속해서 "더 많은 숫자", "더 많은 낱말"로 언어 게임을 멈추지 말아야 한다.(「부조리 –단독자의 평행이론」) "내 묘사가 그 누구의 동의도 구하지 못할 때까지/ 나는 손끝으로 끊임없이 너를 건드린다"(「스케치북」) 누군가의 동의를 얻는다는 것은 곧 시스템의 언어가 된다는 것, 그러므로 그렇게 되지 않을 때까지 대상의 재현을 멈추지 않아야 한다.

팬파이프 소리, 피아노의 스물네번째 건반 소리, 병든 아이의 숨소리, 마지

> 막이 가까스로 유예되는 소리, 돌들이 튀어오르는 소리, 해바라기씨가 옹기종기 모여 한꺼번에 마르는 소리, 당신의 입술이 벌어질 때 나는 최초의 소리, 모래알들이 법석이는 소리, 조개들이 통째로 기어가는 소리, 눈물이 볼을 타고 견디듯 흘러내리는 소리, 티슈 한 장이 먼지 부연 선반 위로 떨어지는 소리, 수억 광년 묵은 별똥별이 전쟁터에 불시착하는 소리, 틀어막은 여자의 입에서, 어떻게든 살아보겠다고 겨우 새나오는 비명 소리.
>
> —「그 무렵, 소리들」 부분

위의 시에서 각종 소리들이 나열되어 있는 것처럼, '너'라는 단독자 또한 이미 있는 '나'를 덮어 씀으로써, 계속해서 단어를 나열함으로써, 끊임없이 발생할 것이다. '말놀이'인 듯 아닌 듯, 서정적인 '분위기'인 듯 아닌 듯 경계를 교란하며 이미 있는 것들의 틈을 발생시킬 것이다. 시인이라면 누구나 언어의 날카로움으로 체제를 교란시키기를 욕망하겠지만, 오은의 시에서처럼 자기만의 개성을 갖기란 쉬운 일이 아니다. 그것은 언제나 아이같은 마음으로 단어를 만지작거리고, 숙련된 기술자처럼 단어를 정교하게 다듬고 배치하며, 철학자처럼 단독자의 영혼을 탐구하고, 미학자처럼 '아름다움'을 갈구하기 때문에 가능한 일일 터이다. "돌아오는 길에는, 으레 영혼을 삶는 장면을 상상한다. 어쩔 수 없이 아름답다."(「시인의 말」) 이제 오은 시인은 '말놀이'의 시인만은 아니다.

연기의 문장, 碑文 혹은 非文

— 신용목, 『아무 날의 도시』

무수한 나날들을 '아무 날'이라 말하는 사람에게 세상은 묘지일 뿐이다. 어제이거나 오늘이거나, 혹은 내일일지라도 모두 '아무 날'이 되는 것은 어제를 알지 못하고 내일 또한 보이지 않기 때문일 터이다. '아무 날'의 시간 위에서 환하게 밝혀진 도시는 완전한 어둠, 텅빈 공허의 다른 얼굴일 뿐, 영원히 폐허일 '아무 날의 도시'는 시인이 살 수 있는 곳이 아니다. 시인의 영토는 식민지. 관 속에 누워 자기 무덤의 비문(碑文), 눈먼 자들에겐 해독되지 못할 비문(非文)을 쓴다.

시인에겐 식민지인 세상을 신용목 시인은 '바람'이라는 상징으로 표현해 왔다. 그 바람이 주는 구체적인 고통의 실감과 바람 속에 단단히 박혀있는 '뼈'의 내력이 『그 바람을 다 걸어야 한다』(문학과지성사, 2004)와 『바람의 백만번째 어금니』(창비, 2007)의 갈피를 채웠다. '뼈'의 내력을 보려 했기에 과거의 나날들은 '아무 날'일 수 없었고 거기서 전해져오는 자연의 목소리에 귀 기울였으며 그것을 받아적는 시인의 서정적인 문장에는 자연이 표상하는 조화롭고 화해로운 세계에 대한 어떤 향수마저 깃들어 있었다. 그러나 "바람의 오랜 섭정에 나는 부역의 무리가 되어버렸다"는 시구에서 알 수 있듯, 이제 시인에게 세계는 어떠한 향수도 가능하지 않은 "시간의 유적지"이며 하여 시인이 쓰는 문장은 뒤늦게 원군을 청하는 "연기의 문장"일 뿐이다.(「적국(敵國)의 가을」) 『아무 날의 도시』(문학과지성사, 2012)는 꺼져버린 불꽃, 어둠, 무덤, 폐허의 이미지로 가득하다. 다 타버린 잿더미에서 허공 속으로 간신히 피어오르는 연기가 바로 시인의 문장이며 향수했던 세계의 희미한 흔적이다.

> 우럭이 관 속에 누워 있다
> 몇 마리 우럭들, 우럭의 영혼으로 헤엄친다 산 것들이 죽은 것의 영혼인 물속
> 연기의 문장으로 맴을 돈다
>
> 한생이 무덤 속이었던 우럭
> 물속에서 타 죽은 우럭
>
> 나도 가끔 창밖을 본다 철 지난 부음처럼 낙엽은 날아와 부딪치고 흘러내리는
> 손자국, 한 칸씩 허공은 투명하게 질러놓은 관짝들이다
> 가을은 눈부시게 출렁이는 공동묘지
>
> —「나도 가끔 유리에 손자국을 남긴다」 부분

'연기(煙氣)'는 한편 시인의 존재론이기도 하다. 신용목 시인은 처음부터 부유하는 주변부 삶에 눈길을 주었고 이제 폐허인 세상에서 살아가는 모든 존재는 연기와 같다고 말하고 있다. 식민지인 세상에서 역모를 꿈꾸었으나 실패하였으며 뜨거운 불꽃이 심장을 뛰게 했으나 심장은 까맣게 타버리고 연기의 형태로만 남아 있다. 그러니 수족관 속에 있는 우럭을 보고 "우럭이 관 속에 누워 있다"고 쓸 수밖에.(「나도 가끔 유리에 손자국을 남긴다」) 묘지와도 같은 세상을 살아가는 우리들도 "관 속에 누워 있"는 것과 다를 바 없다는 인식이다. 하여 우럭이 "연기의 문장으로 맴을" 도는 것처럼, "나도 가끔 유리에 손자국을" 남기는 것. "인근 재개발 문 없는 노장에서" "벽돌

하나를 집어" 드는 행위가 유리에 남기는 손자국처럼 미약하고도 희미한 것일 수밖에 없다고 하면 너무나 패배주의적으로 보일 수 있겠지만 시인이 보기엔 그것이 살아가는 일 자체이며 그렇게밖에 할 수 없도록 하는 것이 바로 이 세상이다.

그러므로 "여태 오지 않은 것들은 결국 오지 않는다는 걸/ 알면서도/ 언제나 그대로인 기다림으로/ 우리는 이렇게 살겠지"라고 쓸 때, "나는/ 비겁하니까"라고 시인이 말할 때(「우리는 이렇게 살겠지」) 그 문장을 패배적이라고 치부해버릴 수는 없는 것이다. "나는 너덜거리는 그림자를 달고 폭우 지나간 창틀 유리의 안쪽을 닦는 자"(「물의 도감」)라는 고백에서 알 수 있듯, '나'에게 주어진 세계는 창틀 안쪽의 것이며 창은 여태까지 열리지 않았던 것처럼 앞으로도 결국 열리지 않을 그런 것인데 그 안에서 내가 할 수 있는 일이란 무용하고도 미약한, "창틀 유리의 안쪽"을 닦는 일이다. 수족관처럼 닫혀 있는 세상에서 시간은 흐르지 않으며 "이제부터 나는 뒷걸음질로만 앞으로 나갈 수 있으므로" 무용하고도 미약한 일이라도 해야 한다, 아니 할 수밖에 없다는 것이 시인이 말하는 '연기'의 존재론일 터이다. 연기의 희미한 움직임이 곧 연기의 살아있음의 상태인 것처럼 이 세계를 살아가는 우리들도 "창틀 유리의 안쪽을 닦는" 것과 같은 행위 자체가 살아있음의 상태일 뿐, 그것을 두고 비관적이라거나 저항적이라는 의미를 둘 수는 없다는 것이다. 미약한 존재로 살아있을 뿐이지만, 살아있음이 부끄럽고 치욕스럽지만, 어떻든 살아가는 것은 흔적을 남길 수밖에 없으며 그것은 때로 역모를 꿈꾸는 것이 될 수도 있다는 것. "아무리 피워 올려도 구름이 되지 못하는 연기의 역사 그러나 인간이라는 거푸집에서 뜨거운 쇳물로 끓고 있는 피를" 가진 것이 또한 인간이기 때문이다.(「죽은 자의 노래로부터」) 뜨겁게 불탔던 시간이 있었기에 연기가 있을 수 있는 것처럼 인간의 역사는 피가 끓었던 시간을 기억하고 있다.

『아무 날의 도시』에 실린 「웃을 수도 울 수도 있지만」, 「맹아이며 농아인」, 「우주의 저수지」와 같은 시들에서, 반으로 접어 펼쳤을 때 양쪽이 대칭을 이루는 데칼코마니 기법과 같은 형식들을 볼 수 있다. 거기에는 의미상 대조를 이루는 단어가 서로 대구를 이룬다. 제목 자체도 "웃을 수도 울 수도 있지만"이지만 그 구절을 중심으로 "어둠에 걸어두고 온 나에게 전할 사과를 딴다"와 "빛에게 씌워두고 온 당신에게 보낼 사과를 싼다"가 포개진다. 또 시의 첫 연과 마지막 연은 다음과 같이 대구를 이룬다.

어둠은 어쩌다 사지를 잃었을까 사방을 더듬어도 몸통만 둥글다
굴릴 수도 던질 수도 있지만
익으면 꼭지가 환하게 타지,
나는 불빛을 그렇게 믿는다 모든 흙이 벽돌이 되거나 타일이 되거나 기와가 된 이후의 폐허

(…)

불빛은 어쩌다 가죽을 잃었을까 사지를 껴안아도 허공만 환하다
씹을 수도 삼킬 수도 있지만
익으면 밑동이 까맣게 타지,
나는 어둠을 그렇게 믿는다 모든 집이 무덤이 되거나 유적이 되거나 기록이 된 이후의 폐허

—「웃을 수도 울 수도 있지만」 부분

이러한 구조는 시의 형식미를 더해주기도 하지만 그보다는 시인의 세계관을 가시적인 형태로 드러내고 있는 것이 아닌가 생각된다. 예로 든 다른

시에서도 볼 수 있듯이 어둠-불빛, 밤-낮, 처음-끝, 사랑-증오, 생명-죽음, 자장가-장송곡 등 의미상 대조를 이루는 것들이 거울에 비쳐진 상처럼 마주보고 있는 형식은, 우주 만물 또한 양가적인 두 의미를 모두 품고 있으며 그러한 존재가 거하고 있는 우주 또한 그러하다는 시인의 세계관을 보여준다. 동양적 세계관처럼 보일 수 있겠으나 신용목 시인은 우주 만물의 본질이 그러하다기보다는 그렇게 되기까지의 시간성에 더 무게를 두고 있다. 가시적으로 보여지는 현 상태는 비가시적으로 누적되어온 시간의 결을 품고 있으며, 그러한 겹겹의 시간들이 있었기에 죽음은 생명을, 끝은 처음을 품을 수 있다고 시인의 문장은 말한다. 물론 폐허인 세계의 완벽한 어둠 속에서 '사랑'이거나 '불빛'과 같은 것들은 보이지 않는다. 시인의 문장은 바로 그 보이지 않는 의미를 보여주는 것이어야 한다고 믿고 있는 듯하다. 신용목 시인이 때로 비문처럼 보이기도 하는 복문들을 쓰면서 이미지를 정교하게 직조하여 펼쳐 보여주는 것은, 보이는 그대로의 세계가 아니라 보이지 않는 것을 품고 있는, 누적된 시간의 결을 보여주려 하기 때문이다. "시간의 두꺼운 책은 언제나 반으로 펼쳐져 있다"고 한다면 (「그 숲의 비밀」), 볼 수 있는 현재의 페이지 이면에 쌓여있는 무수한 페이지의 누적층이 시인의 문장에는 담겨있어야 한다는 것이 '연기의 문장'으로서의 시론일 터이다. 연기 또한 장작과 불꽃과 공기의 모든 요소들을 품고 있듯이 '지금-여기'의 폐허는 "모든 집이 무덤이 되거나 유적이 되거나 기록이 된 이후의 폐허"이므로 폐허를 말하기 위해 그토록 많은 언어와 정교하게 다듬어진 이미지가 필요했던 것이리라. 그러므로 시인이 연기에서 불꽃을, 어둠 속에서 불빛을 본다고 해서, 시인이 실감하는 고통의 무게가 덜어지거나 깊고 깊은 자괴감과 우울의 농도가 엷어지는 것은 아니다. 신용목 시인은 슬픔과 절망 속에서 어떤 출구를 발견하기보다는 더욱 더 슬프고 절망적인 이미지를 주조하기 위해 시를 쓴다. 이는 물론 세계의 실상이 그러하기 때문이거니와 폐허를 폐허로서 고통스럽게 감내해야만 지금까지의 시간들이 반으로 접혀 펼쳐지면서 폐허 이후의 나머지 반의 시간들이 전개될 것이기 때문이다.

'아무 날의 도시'를 살아가는 우리들은 모두 "눈먼 자"이다. "가라앉은 대륙의 지도"가 보이지 않으므로, "보이지 않는 것을 보지 않"으므로(「얼굴의 고고학」), '지금-여기'는 눈먼 자들이 살아가는 '아무 날의 도시'가 된다. 펼쳐진 책의 층층의 겹들을 읽을 수 없으니 앞으로 펼쳐질 페이지들도 보이지 않는 것. 그러니 어제이거나 오늘이거나, 혹은 내일일지라도 모두 '아무 날'일 수밖에. 시인은 층층의 겹을 읽어 비문처럼 보이는 복문을 쓰고 겹쳐진 이미지를 펼쳐 보여주려 하지만 시인의 시도 또한 언제나 실패할 수밖에 없다. 하여 시인에게도 이곳은 '아무 날의 도시'이며 다 타버린 잿더미이며 참담한 절망이다. 『아무 날의 도시』는 시인의 말할 수 없는 절망을 쓴 비문(碑文) 혹은 비문(非文)이다.

지구 공동의 시간, '탈분단'을 상상하는 '차이'의 시간

— 하종오, 『세계의 시간』

1. '차이'의 시간, 공동(共同)의 시간

지구에는 공동의 시간이 흐른다. 날짜변경선을 따라 각국의 시간이 저마다 흘러가지만 각종 분할선을 자유롭게 횡단하는 자본의 영향력에 따라 각국 주민들의 삶은 공동의 시간 속에 놓인다. 초국적 자본의 힘은 노동시장의 규모를 전지구적으로 확장시키고 국경을 넘어 인구를 이동시킨다. 각국에서 저마다의 시간을 살던 노동자들은 지구의 어느 한 지점에서 접속하여 공동의 시간을 살아간다.

세계 각국에 흩어져 있어도 전지구적인 자본의 영향력으로부터 한 치도 자유로울 수 없다는 점에서 각국의 주민은 공동의 시간에 놓여있다고 말할 수 있다. 일국 단위의 자본주의 하에서, 혹은 냉전 체제 하에서 세계의 시간은 국경에 따라 분할되었다. 국경을 자유롭게 넘을 수 있다는 것은 이제 더 이상, 국가가 이념이나 주의로부터 자유로워졌다는 의미를 지시하지 않는다. 국경을 넘을 수 있는 자유가 아니라 국경을 넘을 수밖에 없도록 하는 보이지 않는 힘이 문제가 되는 시대이다. 보이지 않는 자본의 힘은 국경을 넘은 노동계급 사이의 세분화된 차이를 만들어내며 새로운 배제와 차별의 질서를 편성하고 있다. 쿠웨이트의 노동 현장에서 만나는 각국의 노동자들은 '만국의 노동자'로서 연대하는 것이 아니라 그들 사이의 차이로 인해 분화되고 소외

된다. 지구 공동의 자본주의 체제 내에서도 새로운 차이를 생성하며 연대를 지연시키고 있는 것이다. 전 세계적으로 유일한 분단 국가의 시인 하종오는, 그러한 자의식을 누구보다도 오래 또 깊이 각인해온 시인 하종오는, 각국의 노동자들 중에서도 남과 북의 노동자들이 섞여있는 장면을 주시할 수밖에 없다. 남과 북의 노동자는 세계 각국의 노동자들과 함께 공동의 시간을 살아가되 분단에 의해 특수한 '차이'의 시간을 경험하게 된다. 하종오의 『세계의 시간』(도서출판b, 2013)에는 그러한 장면들이 담겨 있다.

국경을 넘어 전 세계 어디든 갈 수 있는 시대에 몇 시간이면 갈 수 있는 군사분계선을 넘지 못 하는 남북의 주민들이 국경 바깥에서 만나는 장면은 참으로 시사적이다. 그들이 국제 노동 시장에 나오게 된 배경은 경제적인 것이지만 그곳이 가까운 북한 땅이거나 남한 땅이 아닌 원인은 역사적이고 정치적인 것이며 그로 인해 지구의 한 곳에서 만나게 된 그들은 같은 언어를 쓰면서도 서로 소통할 수는 없는 처지에 있다. 시인은 이를 "세계 자본주의에서 남북 주민들은 각국 주민들과는 달리 분단 자본주의를 살아내고" 있다고 말한다.(「자서」)

> 쿠웨이트 공사장 주변에서 지내면서
> 영어 몇 마디로 뜻이 다 통하는 그들은
> 한국에서 온 중장비기사 노인철 씨와
> 식탁에 둘러앉아 식사하다가 묻는다
> 같은 나랏말을 쓰는데도 함께 말하지 않고
> 이목구비가 닮았는데도 마주치지 않으려 하는
> 저 사람은 같은 나라사람이 아니냐고
> 북한에서 온 막일꾼 리성주 씨는
> 식탁에 둘러앉아 식사하다가도

자신이 지나가면 힐끔거리는 저들 중
한 명이 한국인인 줄은 알아차리지만
인사를 나눌 수 없어 고개 돌리고,
그가 북한인인 줄 아는 노인철 씨는
베트남인 쑤언 씨와 필리핀인 알로로드 씨에게
오빠와 누이가 가 있는 한국이
이렇게 각국 사람들이 외국에 모여 일하는 시절에도
아직 북한과 등 돌리고 있다고 설명하면
무서운 나라로 보일까봐 입 다문다

출신 국가와 근무지와 직종을 생각하지 않고
어디서든 맛있게 음식을 먹는
모든 각자의 한 시간, 점심시간엔
상대방이 대답하지 않는 질문을 또 하진 않는다

— 「세계의 시간」 부분

쿠웨이트 공사장에는 각국의 노동자들이 모여 있다. 그들은 "영어 몇 마디로 뜻이 다 통하"지만 "같은 나랏말"을 쓰는 남과 북의 노동자는 "함께 말하지 않고" "마주치지 않으려" 한다. 시인 하종오가 바라보는 각국 노동계급 사이의 차이, 그 중에서도 분단 자본주의를 살아가고 있는 남북 노동자 사이의 차이는 이런 것이다. 세계 자본주의라는 경제 논리와 '분단'이라는 정치 역사적 문제는 이처럼 서로 얽혀 남북의 노동자에게 영향을 미치고 있으며 그들 사이의 연대 혹은 소통에까지 관여하고 있다. 이러한 차이를 시인은 "모든 각자의 한 시간"에 담아낸다. 이 시간은 "출신 국가와 근무지와 직종"이 다른 '차이'의 시간과 각국의 노동자가 한 곳에 모여 공동의 일상을 살아가는 "세계의 시간"이 만나는 교차점이다. 초국적 자본의 영향력에서 자유로울 수 없는 공동의 시간을 살아가지만 거기에는 저마다의 사연과 차이가 담겨있으며, 분단 자본주의라는 특수한 시간을 살아가지만 그것 역시 전지구적인 공동의 시간과 맞물려 있는 구체적 보편의 장면인 것이다.

2000년대에 들어 국내의 이주노동자, 탈북자, 농촌의 이주 여성이 등장하는 디아스포라(diaspora) 문학이 다수 생산되었고 하종오 시인 또한 『아시아계 한국인들』(삶창, 2007)과 『제국(諸國 또는 帝國)』(문학동네, 2011) 등의 시집을 통해 그러한 현상을 다루어왔지만, 이번 『세계의 시간』에서는 이를 '세계 자본주의'라는 보편성과 '분단 자본주의'라는 특수성의 교직 속에서 바라보는 시적 진전을 보여주고 있다. 하종오 시인은 『세계의 시간』에서 갈수록 차이나는 남과 북의 시간과, 그들이 만나 공동의 시간을 이루는 장면을 겹치고 또 겹쳐 놓는다.

2. 남/북의 특수한 '차이'

한반도의 바깥에서 남과 북의 노동자가 만나는 현장에는 같은 민족이면서 다른 처지에 있는 조선족과 고려인이 있고, 한국에서 일했던 경험이 있는 필리핀과 인도네시아 노동자들이 있다. 또 북한 노동자와 만나 '북조선 말씨'를 익히고 한국으로 일하러 가려는 노동자도 있다. 하종오의 시에서 이들은 저마다 지닌 한국과의 인연을 떠올리며 남과 북의 노동자를 바라본다. 이들의 시선은 현재 남과 북이 놓인 상황을 '우리' 중심의 시선에서 떼어내 객관화시키며 그로 인해 '분단'이라는 상황이 가진 모순을 분명하게 드러낸다.

각국의 노동자에게 같은 말을 쓰는 두 나라가 분단되어 있다는 사실이 선뜻 이해되기는 힘들다. 남한과 북한이 국제 노동시장에서 갖는 지위가 다르기 때문에 더욱 그러할 것이나. 남한은 국제 노동시장에서 인력을 수입하는 나라의 위치에 있고 북한은 인력을 수출하는 나라의 위치에 있다. 수요에 따라 전지구를 떠도는 이주 노동자들은 남한에서 일해 본 경험은 있지만 북한에서 일해 본 경험은 없으며, 한국말이 통하는 또 다른 나라가 있다는 사실이 생소할 뿐만 아니라 그 두 나라의 체제와 경제적 상황이 다르다는 사실도 잘 알지 못한다. 한국에서 일했던 경험으로 한국말을 할 줄 아는 네팔인 그왈라 씨는 카타르에서 만난 북조선 노동자에게 "카타르에서 번 돈을 모아 북조선에 돌아가면/ 얼마나 너른 땅과 큰 집과 많은 가축을 살 수 있는지" 묻는다.(「한국말」) 한국에서 기술을 배우고 싶어하는 "인도노동자 쑤닐 씨"는 북조선 노동자에게 북조선 말을 배우면서 "기술도 배우고 돈도 벌 수 있는/ 한국에 왜 가지 않느냐"고 묻는다.(「대화」) 이처럼 타자의 눈에 선뜻 이해되기 힘든 상황이 바로 '분단'인 것이다. 게다가 전지구적 자본주의 시대에 어떠한 주의나 이념보다 앞서는 경제 논리로도 넘을 수 없는 벽이 있다는 사실은 그들에게 이해되기 힘든 일일 수밖에 없다. 이것이 남북 노동자가 그들의 질문에 대답할 수 없는 이유이다. 아래의 시와 같이, "돈을 남들보다 더 벌어야 행복한 시대에" 남북한 당국과 남한 사용자와 북한 노동자 모두가 "절대로 손해 보지 않을 사업"도, 분단으로 인해 성사되지 못하는 이해하지 못할 상황인 것이다. 군사분계선을 넘어 인력을 이동시켜야 이득인 것이 자본의 논리인데도 그렇게 할 수 없는 '분단'의 아이러니가 드러나는 장면이다.

북한에서 외국으로 노동자를 보내어
돈 벌어 오게 할 거라면

남한으로 보내주면 훨씬 낫겠다고
채수봉 씨는 생각한다
아침마다 남한으로 출근시켰다가
저녁마다 북한으로 퇴근시키면
장기간 가족과 떨어지지 않아도 되니
외롭지 않을 테다

(…)

특근수당이나 잔업수당을 많이 준다 해도
북한노동자의 임금 수준이라면 해볼 만하다고
채수봉 씨는 계산한다
돈을 남들보다 더 벌어야 행복한 시대에
남북한 당국의 입장에서도
남한 사용자의 입장에서도
북한 노동자의 입장에서도
절대로 손해 보지 않을 사업인데
다 같이 원하지 않는 게 이해되지 않을 뿐

—「행복한 시대에」 부분

'분단'은 등단 이후 사십 여년 동안 하종오 시인이 지속적으로 탐구해온 문제이다. 통일을 말하는 것만으로도 급진적이었던 시대에 통일에 대한 열망을 노래했던 시인은 이제 경제적 논리로도 해로울 것 없는 통일이 왜 아직 현실이 되지 못하는지를 질문한다. 이는 외세의 제국주의적 억압과 비주체적 남한 당국의 태도를 주된 요인으로 꼽았던 분단 인식을 넘어 전지구적 변화에 대한 다각적인 사유를 통해 분단을 바라보고 있음을 의미하는 것이다. 민족 중심의 사유에서 타자적 시선으로의 이동이라 말할 수 있겠다. 각국 노동자의 시선에서 남북 노동자의 만남을 바라본 시들, 조선족이나 고려인, 탈북자의 시선에서 남과 북의 현실을 드러내는 시들이 『세계의 시간』을 가득 채우고 있는 것은 이 때문이다. 시집의 표제가 '세계의 시간'인 것은 분단이라는 특수한 차이를 세계 공동의 변화 속에서 바라보려는 시선의 이동을 보여준다.

세계 자본주의 체제 내에서 하위 제국적 위치에 놓이게 된 남한과, 세계에서 "가장 싸게 제품을 만들 수 있는 국가"(「이코노미 석(席)」)가 되어버린 북한의 차이는 이번 시집에서 더욱 부각되고 있다. 각국의 이주 노동자에게 한국은 일하러 가고 싶은 나라로 인식되는 반면 북한은 자신의 모국보다 더 못 사는 나라로 인식되고 있다. 『남북상징어사전』과 같은 시집에서 한국에 들어와 있는 이주노동자의 시선을 통해 과거 '피해자'의 입장에 있던 한국이 이제 하위 제국으로서 '가해자'의 위치에 서게 된 역설적인 상황을 문제 삼았던 데 비해, 이번 시집은 해외의 노동 현장에서 각국 노동자가 바라보는 남과 북에 대한 상대적인 시선을 더 자주 문제 삼는다. 특히 북한 노동자를 자신들보다 못한 국제적 하위 계급으로 바라보는 시선을 통해, 같은 민족이면서도 너무나 다른 상황에 처해있는 남과 북의 특수한 차이가 부각되고 있다. 「오해」에서 '예레나 레오노바 씨'는 "그를 한국인인 줄로 알고 반가워"했지만 "말투를 듣고 북조선인으로 알아차리고/ 기술자로 쳐주지" 않았으며, "한국으로 돈 벌러 다닐 때의 자신보다/ 훨씬 더 가난하다는 걸" 알기 때문에 그의 품삯을 깎아버린다. 그렇기 때문에 북한 노동자에게 배운 "북조선 말씨"는 "한국인이 세운 어패럴공장에서 근무하는 데" 아무런 도움이 되지 않는다.(「말씨」)

이처럼 특수한 차이를 지닌 남과 북의 분단 상황이 이번 시집에서는 남과 북 주민의 입으로 직접 발화되기보다 제3자의 눈을 통해 보여지고 있다.

최근 출간된 『남북주민보고서』(도서출판b, 2013)에서는 "서울 사는 나와 평양 사는 너"(「동승」)가 직접 등장하는 데, 그들이 서로를 바라보는 시선에는 아무래도 지나간 역사가 자아내는 눈물과 회한이 스며있기 마련이다. 그 눈물과 아픔을 감싸며 '탈분단'을 꿈꾸고 상상하는 일련의 시들이 『남북주민보고서』를 채우고 있다면, 『세계의 시간』의 시편은 세계 자본주의 내에 놓인 남과 북의 위치를 객관적으로 탐구하고 제3자의 눈으로 분단의 모순을 드러내는 데 치중하고 있다.

3. 타자의 윤리, 이해와 공감의 언어

때로 남과 북의 차이는 그다지 특별하지 않은 것으로 각국 노동자들에게 이해되곤 한다. "파키스탄에 살던 먼 친척들도 이웃들도/ 직업과 직장만 달라도 그러했으므로" "같은 언어를 쓰면서도/ 서로 대화하지 않는 두 사람"이 "생활방식도 고민거리도 다를 수밖에 없다는 걸" 이해하면서 안타까워한다.(「두 사람」) 남과 북의 특수한 차이가 어디에나 있는 차이로 이해되고 있는 것이다. 이러한 이해는 개별적 경험을 공동의 경험으로 수렴할 줄 아는 혜안과 타인의 처지를 미루어 짐작하는 윤리적 상상력에서 나온다. "인도 불가촉천민 출신 노동자 듀쉬얀단 씨"가 "북조선 인민 출신 노동자 김철동 씨"를 이해할 수 있었던 건 타인의 처지가 자신의 그것과 다르지 않을 거라 상상했기 때문이다. "인도도 북조선도 법적으로만/ 평등하다는 걸 알고 있었으므로" 그들은 "겨우 영어 낱말 몇 개로 소통하면서"도 서로 공감하고 이해한다.(「후회」)

각국의 노동자가 남과 북의 주민을 이야기할 때 사용되는 '알고 있다'라는 서술어는 공감의 언어이다. 말하지 않아도 알 수 있는 것들, 자신들의 경험에 비추어 충분히 짐작할 수 있는 일들을 그들은 '알고 있다'고 이야기한다. 그들이 '알고 있는' 일들은 "수밋 다스 씨는 방글라데시로 돌아간다고 해서/ 강을 거느릴 수 있는 집을,/ 황하기 씨는 북조선에 돌아간다고 해서/ 산을 거느릴 수 있는 집을/ 평생 지을 처지가 못 된다는 걸 알고 있었다"는(「신기루」) 계급적 인식이기도 하고, "생각이 달라서든 배가 고파서든/ 하나뿐인 목숨 부지하기 위해서라면/ 조국에서 도망칠 수 있다"는(「배신자」) 생존 욕구에 대한 이해이기도 하다. "누구의 생애도 불행하게 하지 않았다고/ 평생 자부해온 윌리엄 톰프슨 씨"가 탈북자의 증언을 들으며 "비로소 북한 사람들의 생애와/ 자신이 무관하지 않다는" 것을 알게 되는 것처럼(「또 하나의 기적」), 이들의 이해는 역사적인 연루에 의해서든 계급적 이해관계에 의해서든 모두가 연관되어 있다는 '공동'에 대한 인식과 그 안에서 '나'와 '너'의 처지가 다르지 않다는 연대감에서 나오는 것이다.

해질녘 산책 가는 세네갈 주민들 중에서
늙은 하비부 디우프 씨는 기념탑을 공사하는
북조선 노동자들을 쳐다보고 서 있었다
기념품을 만들어 관광객들에게 팔면서
겨우 먹고 사는 늙은 하비부 디우프 씨는
북조선 노동자들에 관해 잘 알지 못했다

세네갈 정부가 북조선 정부와 특별한 이해관계가 있는지
북조선 노동자들이 임금이 낮고 기술력이 좋기 때문인지
헤아릴 길 없는 늙은 하비부 디우프 씨는
자신도 솜씨 뛰어나고 품값 싼데
자신보다 센스 있는 세네갈 주민들이
기념탑을 보면 즐겁진 않을 거라고 속짐작했다

늙은 하비부 디우프 씨가 가본 적 없는
북조선에서는 아침저녁 가족들이 식사하면서
가장들이 해외에서 돈 벌어 무사히 돌아오기를 빌 것이다
젊은 날 부모형제의 끼니를 장만하기 위해
이웃나라에 가서 돈벌이한 적 있는 늙은 하비부 디우프 씨는
그때 이웃나라 주민들이 자신에게서 느꼈을 감정을 상상하다가
기념탑의 상부를 더 높이는 북조선 노동자들을 향해 싱긋 웃고 난 뒤,
잠자코 산책 가는 세네갈 주민들 사이로 내처 걸어갔다

—「기념탑」 전문

이 시에서 "늙은 하비부 디우프 씨"의 북조선 노동자들에 대한 이해는 "잘 알지 못했다"에서 "속짐작했다"로, "감정을 상상하다가" "싱긋 웃고"로 바뀌고 있다. 세네갈 원주민들의 일자리를 대신하고 있는 사정을 "속짐작"하면서도 북조선 노동자들을 향해 이해의 미소를 지을 수 있게 된 데에는 "젊은 날 부모형제의 끼니를 장만하기 위해/ 이웃나라에 가서 돈벌이한" 경험과 타자의 자리에 스스로를 위치지워보는 상상의 힘이 작용하고 있다. 국적은 다르지만 이주 노동자로서의 공동의 경험이 있어 타자의 처지를 미루어 짐작하고 상상할 수 있는 것이다. 이와 같은 윤리적 상상력과 '공동'에 대한 인식을 기반으로 타자 간의 소통과 연대가 가능해진다.

타자 이해의 토대가 되는 공동의 경험으로 자주 거론되는 것이 전쟁의 기억이다. 육이오전쟁은 각국 노동자들이 남과 북에 대해 가진 최초의 기억인 경우가 많다. 전쟁에 참전했던 기억은 전쟁 이후 남과 북이 이토록 큰 차이를 지니게 된 시간들을 되돌아보게 하며 타자로서의 남북한 노동자들에 대해 연민의 시선을 갖도록 한다.

팔순 넘은 촌로 쑨부어씬 씨는
처녀를 흐린 눈으로 바라보았다

처녀와 비슷한 나이 적에
쑨부어씬 씨는 중국군 병사로
한국전에 갔다가 겨우 목숨 건졌는데
그때 싸운 보람이 무엇인지
반백년 사이에 북조선은 어쩌다가
주민들이 도망치는 나라가 되었는지
땟거리를 거둬 먹고 먹이는 농사꾼으로 다 산 지금,
도무지 이해할 수 없었다

전장에서 스쳐 가다가
물 한 모금 나누어 마셨을 법한
북조선군 병사의 손녀가
자신을 찾아온 것 같아서
슬픈 쑨부어씬 씨는
죽을 나이가 된 그 북조선군 병사가
아들 며느리 굶어 죽자
자신에게 보살펴 달라고 보냈을 것 같은
슬픈 느낌이 들기도 했다

팔순이 넘은 촌로 쑨부어씬 씨는
처녀가 낯설지 않았다

—「슬픈 느낌」 전문

"늙은 촌부 쑨부어씬 씨"는 전쟁에 참전했던 기억으로 인해 탈북자 "처녀가 낯설지 않았다". "반백년 사이에 북조선은 어쩌다가/ 주민들이 도망치는 나라가 되었는지"는 이해할 수 없지만 스쳐간 작은 인연까지 소중히 여기며 타자에게 연민을 느끼는 촌부의 '슬픈 느낌'을 타자의 윤리라 말해도 지나치지 않을 것이다.

물론 『세계의 시간』에 등장하는 각국 주민들이 모두 이러한 타자의 윤리를 보이는 것은 아니다. 세계의 시스템은 경제논리를 최우선으로 하여 작동하고 있기에 계급적 이해관계에 따라 "한족 노동자"이든 "조선족 노동자"이든 "북조선 노동자"이든 임금이 더 싼 인력을 고용하고(「동족」), "방글라데시보다 더 가난한 북조선 노동자들이/ 중동으로 가는 바람에/ 많은 수수료를 챙기는/ 인력송출회사 사장 압둘 라티프 씨는/ 그저 즐거울 따름"이지만(「수수료」) 세계 자본주의의 주변부 국가에서 태어나 하위 계급으로 살아온 타자적 존재들은 그들 공동의 경험을 토대로 서로를 이해하고 공동의 상처와 아픔에 공감한다. 남북한 주민들의 자유로운 소통과 연대 또한 이러한 타자의 윤리를 통해 가능할 것이다.

4. 아직도 써야 할 문장이 많기에

1975년 등단한 이후 하종오 시인이 계속해서 '분단'을 이야기하는 이유는 무엇일까. 2004년 상재한 『반대편 천국』 이후 '이주'의 문제에 관심을 두며 전 세계 어느 지역도 초국적 자본의 힘으로부터 자유로울 수 없이 서로 연관되어 있다는 전지구적 시스템에 대한 인식으로 나아갔지만 분단의 문제는 그 안에서도 여전히 특수한 형태로 '분단 자본주의'를 형성하고 있기 때문일 터이다. 게다가 시인에게는 언제나 "웃음기보다는 울음기가 더 많이 들어"있는 타자의 "말소리"가 들려온다.(「저항시의 시효가 끝나고, 서정시의 시효가 끝나고」, 『남북상징어사전』) 세계에서 가장 싼 임금을 받으며 생활하는 북한 노동자의 울음, 굶어죽지 않기 위해 조국을 떠날 수밖에 없었던 탈북자의 사연이 들려오는 한, 시인은 계속 시를 쓰며 '분단'을 이야기할 것이다.

하종오 시인은 스스로의 역할을 '대필가와 기록자'라 말한다. 남북의 주민들이 "시시콜콜" 들려주는 사연들을 "기꺼이 받아 적은 후/ 문장을 만들고 다듬어 놓겠다"는 그는 "우연히 그 원고를 읽는 주민들 모두/ 저마다 자기 이야기라고 목소리를 높이면 좋겠다"고 말한다.(「대필가와 기록자」, 『남북주민보고서』) 저마다의 '자기 이야기'를 받아적는 대필가, 혹은 기록자로서의 소명의식이 시인으로 하여금 계속 시를 쓰게 하는 것일 터, 이는 하종오의 시에 압둘라 씨와 리성주 씨와 샤자드 씨와 마우두디 씨와 최해진 씨와 듀쉬얀단 씨가 일일이 호명되는 이유이기도 하다. 이름 있는 자들에게 가려진 이름 없는 타자의 비슷비슷한 사연들에 개별자로서의 특이성을 부여하고 문장으로 받아 적는 것. 이것이 시인 하종오가 하는 일이다. 『세계의 시간』은 그러한 개별 사연들의 집합체로서 저마다의 차이를 겹쳐 세계 공동의 삶을 담아내고 있다. 그리고 저마다의 차이를 넘어 연대하고 소통할 수 있는 이해와 공감의 언어를 보여주고 있다. 남과 북의 차이 또한 남북 주민들이 자유롭게 오가며 서로 공감하고 소통하면서 극복될 수 있을 터이다. 『남북주민보고서』에 펼쳐진 아름다운 상상도(想像圖)는 그 가능성에 대한 상상이자 열망이었다.

"아직도 써야 할 문장이 많기에"(「예를 들어서, 파블로 네루다 씨」) 시인은 앞으로도 뚜야왓 씨와 위랏찬트 씨와 완나흐 씨와 리성찬 씨와 고광필 씨의 사연들을 시로 쓸 것이다. 이러한 시작(詩作)은 세계 자본주의 체제 내에서 이름 없는 타자로 살아가는 주변국 하위주체에게 목소리를 부여하는 작업으로서의 의미를 지님과 동시에 지금 여기의 특수한 상황인 분단에 대한 지속적이고도 고독한 발화라는 점에서 소중한 시사적 의미를 지닌다.

'조합원'의 윤리, 시적인 '에듀케이션'

— 김승일, 『에듀케이션』

1. 발생하는 '덩어리'들

개체 발생은 계통 발생을 반복한다고 한다. 인류는 어류에서 양서류, 파충류를 거쳐 포유류의 한 종으로 진화하면서 물에서 뭍으로 이동해왔고, 한 개체의 발생과정에서 이 과정은 고스란히 반복된다고 한다. 에른스트 헤켈의 이 발생반복설(Recapitulation)은 많은 논란이 있었지만, 이전 세대가 남긴 진화의 과정을 '몸의 흔적'으로서 여전히 간직하고 있다는 맥락에서 지금까지 인용되고 있다. 이는 한 개체가 성인이 되기까지, 이전 세대가 쌓아온 정신적 · 문화적 유산을 반복 학습하는 과정을 거친다는 점에서 교육학적 비유가 되기도 한다. 이러한 계통발생적 '에듀케이션'의 과정은 이전 세대의 문화유산을 차곡차곡 축적해온 인간에게만 특수하게 긴 시간 할애된다. 이는 인간만이 이룩한 문명의 토대이기도 하고 특수한 개체성을 지우고 상징적 질서 체계로 진입시키는 사회화의 과정이기도 하다. '에듀케이션'과 관련하여 유난히 획일적이고 권위적인 방식을 내세웠던 한국의 경우 상당수의 시인이 이 상징화의 과정을 예민하게 다루어 왔다. 억압적인 성장기의 체험이 시적 우울의 기반을 이루거나 기괴한 이미지를 이끌어내기도 했고, 상징화에 저항하여 기성세대와 단절을 선언하거나 해체적인 시를 생산해내기도 했다. 이제 이 계통발생적 '에듀케이션'의 과정을 누구도 흉내낼 수 없는 자신만의 언어로 시화하는 '소년' 시인이 등장했다.

생물학적으로도, 교육학적으로도 일반화시키기엔 무리가 많은 발생반복설을 김승일의 첫 시집 『에듀케이션』(문학과지성사, 2012)을 이야기하는 자리에 끌어온 것은, 이 시인의 언어에 계통발생의 흔적이 징후적으로 출현하고 있기 때문이다. 김승일의 시는 계통발생의 흔적을 내보임으로써 이전 세대의 영향력을 부인하지 않으며 그렇다고 순응하지도 않는 독특한 매력을 발산한다.

김승일의 첫 시집, 『에듀케이션』을 갈무리하는 작품, 「홀에 모인 여러분」을 읽으면 계통발생을 압축적으로 거치고 탄생한 한 개체, 혹은 한 세대의 발생과정을 그대로 볼 수 있다. 군인들이 젖은 숲에 숨으러 가고 "젖은 숲이 불에 탄다/ 녹는 것처럼// 새까만,/ 들판이 된다". "숲이 토해낸 하천 속에서" "물풀들이 나를 문질러" 주고, 물과 뭍에서 동시에 생활할 수 있는 양서류처럼 "나는 검은 들판 위로 걸어 나온다".

물풀들은 미끄럽다 물풀들은 가래처럼 물풀들아 그만 문질러 문지르고 싶어서 물풀이 된 건 아니잖아?

발목에 감긴 물풀을 끌고 나는 검은 들판 위로 걸어 나온다 사람들이 줄줄이 따라 나온다 갈색 빛깔 물풀을 걸친 우리는

한 무리 도룡뇽,

도룡뇽 같은

—「홀에 모인 여러분」 부분

계통발생의 과정을 담고 있는 위와 같은 시적 장면은 성장 단계에서 무의식적으로 각인되고 있는 전 세대의 흔적과, 아직은 "윤곽"으로만 존재하는 자기 세대에 대한 인식을 보여준다. 「조합원」, 「사마귀 박스」, 「초록」에서

반복적으로 등장하는 미끄러운 물풀과 같은 점액질의 상태는, 미성숙하지만 어떠한 형태로도 변이될 수 있는 김승일 세대의 모습이다. "한 무리 도롱뇽" 같다는 인식 또한 마찬가지다. 물과 뭍의 중간 지대에서 어디로든 갈 수 있는 형상인 것이다. 「홀에 모인 여러분」에서 "검은 들판 위로 걸어 나온" '시적 주체가 그 곳에 불을 피우고, 시집에 등장했던 모든 이들을 불러 모아 한판 굿을 벌이고는, 자궁과도 같은 "무척 넓고 컴컴한 곳"에서 비로소 "공처럼 동그"란 자신의 존재를 인식하게 되는 것도 새로운 세대의 출현을 알리는 시적 장면으로 읽을 수 있다. "이제 나는 알 것 같아 내가 공처럼 동그랗고 자꾸 발에 채인다는 걸"이라는 시행에서 알을 깨고 나오지 못한 미성년의 자아를 보는 것은 지극히 자연스럽다. 상징화된 질서 체계에 길들여지지 않은 미성년의 자아는 아직 이름을 부여받지 못한 어렴풋한 윤곽으로만 존재한다. 하지만 이들은 개별자로 명명되기를 원하지 않고 "이름을 불길해" 한다. 자기만의 개별성을 지닌 단독자이기 보다는 그저 "당신의 저기와 나의 저기가 같다"고 생각함으로써 서로에게 위로가 되는 '대명사'로 묶인 '우리'이고자 한다.(「대명사 캠프」) 계통발생을 반복 경험하고 발생한 개체로서 이전 세대의 집단적 자아와 윤곽만 같을 뿐 전혀 다른 '우리', 자신들의 새로움을 힘주어 외치지도 않는 '새로운' 주체의 출현이다.

김승일 시의 주인공이라 할 수 있는 이 미성년 자아의 특이성은, 새로운 세대가 출현할 때 흔히 보이는 단절에 대한 강박을 보이지 않으며 스스로 미성숙함을 인정하면서도 성장에 대한 강박 또한 없다는 데 있다. 선대의 영향력으로부터 자유롭지도 않고, 그것을 부인하지도 않지만, 그 영향력이란 개체의 발생을 통해 이미 "그냥 거대한 하나"의 과정으로서 경험한 바 "하나도 새롭지 않"다고 생각하는 그들.

소포를 뜯어보니 고양이 머리가 나왔어. 누나가 울면서 자랑을 했다. 이 고양이는 내가 밤마다 밥을 주던 고양이란다.

내가 되레 걱정할까 봐. 누나는 내 머리를 쓰다듬는다. 괜찮아 더한 일도 겪었으니까. 누나는 더한 일도 겪었다.

(…)

더한 일이 만약 세 가지라면, 도망간 친구들은 몇 개나 알고 있어요? 몇 개인지는 상관없어. 더한 일은 그냥 거대한 하나. 누나는 그렇게 말했지만. 뜯으면 백 개도 될 것 같았다.

기다려줄래? 더한 일이 얼마나 더한 일인지. 준비가 되면 말해줄게. 하지만 누나가 언제 말하든. 하나도 새롭지 않을 거예요. 나도 백 개나 겪었으니까. 누나가 팔짱을 뺐다. 하나도 새롭지 않을 거라고? 하나도 들리지 않을 거예요.

—「영향력」 부분

김승일의 시에서 눈에 띄는 점 중 하나는 부모보다는 형제가 자주 출현한다는 것, 부모 없는 이들 형제들에게 남겨진 것은 배달된 상자이거나 쥐가 출몰하는 집이라는 것이다. 일련의 시들, 「방관」, 「부담」, 「화장실이 붙인 별명」에서 반복되는 "부모가 죽고 세 달이 흐르자" 다시 "네 달이 흐르는" 시간, 청소하지 않은 화장실 변기에서 쥐가 튀어나오는 상황들. 분명한 점은 부모의 영향이 미미하다는 것이고, 그 영향력은 죽은 지 세 달이나 네 달이 지난 뒤 변기에서 튀어나오는 쥐와 같이 내밀하고도 부정적인(negative) 형태로 전해진다는 점이다.(「가명」에서 "시체도 부모잖아? 쥐가 있는데/ 큰 애가 쥐를 무서워해서. 쥐를 인정하지 않았어."라는 시행들로 보아 부모와 쥐가 지닌 모종의 연관성을 확인할 수 있다.) 부모는 형제들에게 수치심이나 죄의식과 같은 부정적인 감정을 남겨주었다. 위의 시 「영향력」에서 "소포를 뜯어보니" 나온 "고양이 머리"는 쥐와 연관을 맺고 있는(부모-자식) 시적 자아의 무의식의 영역이다. 하지만 "괜찮아 더한 일도 겪었으니까."라고 위로하는 누나에게 '나'는 "나도 백개나 겪었"다고 응수한다. 마찬가지로 「방관」과 「부담」의 형제들도 '쿨'하기 그지없다. 무의식의 영역에 '흔적'으로 남아있는 선대의 영향력은 그것대로 지울 수 없는 것이지만, 형은 형의 방식대로 아침마다 테니스를 치러 가고 동생은 동생의 방식대로 학교에 가지 않는다. 그러다 집에 있는 화장실에 갈 수 없게 되면 학교에 가고, "학교에 가지 않는 양아치보다는 학교에 가는 양아치가 더 멋있다는 사실을" 깨닫는다. 그들이 원하는 것은 새로운 부모가 아니라 형제들만의 세계이다.[19] 더 정확히 말하자면 그들이 원한다기보다는 그들에게 선험적으로 주어져있는 세계가 형제들, 혹은 친구들의 세계이며 그것이 그들의 유일한 가능성이다.

부모의 영향력이 무의식의 영역에 자리잡고 있다면 「영향력」의 '누나'나 「방관」의 '형'과 같은 형제들의 영향력은 훨씬 가시적이다. 하지만 "나도 백개는 겪었으니까"라고 말함으로써 그 가시적인 영향력은 삭감되고 실제로 그들이 놓인 현실적 삶의 기반이 다르지 않기에 그들은 점액질의 상태와 같이 "언제나 함께이고 덩어리"이다.

천장을 올려다보면 물이 새고 벽을 쳐다보면 얼굴 모양 곰팡이가 찍혀 있다
가습기에서 나온 수증기가 방 안을 꽉 메운다 팔뚝을 뚫고 무언가 자라고 있다

---

19) 린 헌트는 『프랑스혁명의 가족로망스』(조한욱 역, 새물결, 1999)에서, 프랑스 혁명 직전 상당수의 문화적 텍스트에서 상징적 아버지의 죽음과 함께 부모없는 고아의 자수성가형 모험담 등이 반복 진술되었음에 주목하여 프랑스 혁명을 통해 민중들이 바랐던 것은 '새로운 부모'가 아니라 '형제들의 세계'였음을 분석해낸다. 김승일 시에 나타나는 '형제들의 세계'도 기존의 가부장적 질서가 해체된 현재의 한국적 상황을 환기하는 것이 아닌가 생각되며, 더 직접적으로는 김승일 세대에게 시적인 영향력을 가장 많이 드리우고 있는 '미래파'라는 선배 세대의 그림자가 무의식적으로 모습을 드러낸 것이 아닌가라는 추측을 해본다.

그것은 과묵하다 잡고 한참을 뽑아내면 개흙탕물이 흘러나와 시트를 적시고

비에 젖은 것들은 묵직하다 그것들은 언제나 함께이고 덩어리이다

— 「빗속의 식물」 부분

부모없는 형제들, 혹은 친구들의 세계는 이해와 공감으로 맺어진 유기체적 공동체 집단은 아니다. 위의 시 전반에 가득한 축축하고 음울한 분위기처럼, "틈만 나면 팔 때리는 놀이를" 하는 친구들(「웃는 이유」)이 있고 "체육관 천장에 목을 매려면 굴절 사다리가 필요할 거야"라고 생각하는 '나'가 있다.(「체육관의 우울」) 수치심을 나눠갖기 위해 형은 동생을 때리고(「방관」) "거의 학대 수준이었"던 유년 시절의 이야기를 "굉장한 공감대"로 여기는 친구들이 있다.(「같은 과 친구들」) "비에 젖은 것들은 묵직하다 그것들은 언제나 함께이고 덩어리이다"(「빗속의 식물」)라는 시행에서 알 수 있듯, 김승일의 시에서 형제들의 세계는 수치심과 죄의식으로 뒤엉켜 있지만 그런 것들을 공유함으로써 오히려 "언제나 함께이고 덩어리"일 수 있는 '조합원'(「조합원」)의 세계이다. 계통발생적으로 경험한 '부정적인 영향력'을 부인하지 않으며, 오히려 그것을 기반으로 '함께 머무는'[20] 조합적 공동체가 지금, 김승일의 시에서 발생하고 있다.

---

20) 슬라보예 지젝은 『부정적인 것과 함께 머물기』(이성민 역, 도서출판b, 2007)에서 "어떤 주어진 공동체를 묶는 요소는 상징적 동일화의 지점으로 환원될 수 없다. 그 구성원들을 한 데 연결하는 끈은 언제나 어떤 사물을 향한, 체화된 향유를 향한 공유된 관계를 함축한다."(386쪽)고 말한다. 김승일 시의 형제, 혹은 친구들의 세계가 "상징적 동일화의 지점"으로 묶여 있는 공동체가 아니라는 점은 분명하다. 오히려 그들을 연결하는 끈은 지젝이 말하는 어떤 사물(비어있는 상자, 때로는 고양이 머리가 때로는 토막난 시체가 들어있는)을 통해 공유된 무의식의 영역으로 볼 수 있다. 물론 지젝이 말하는 공동체와 김승일 시의 조합적 공동체가 동일한 의미 맥락을 지니는 것은 아니다. 김승일 시의 공동체는 태생적으로 공유하는 무의식의 영역 외에 어떠한 구속이나 화합도 없는 수평적인 관계로 유지되기 때문에, 최소한의 이익관계를 기반으로 철저하게 수평적인 관계로 짜여진 '조합적' 공동체라 명명할 수 있겠다.

2. '덩어리'의 내부에서 발생하는 윤리적 효과

아직 발생중인 세계에는 '알 수 있는 것'과 '알 수 없는 것'이 공존해 있다. 김승일의 시적 화자는 종종 "우리도 이미 알고 있어요"라고 외치는데, 그들이 알고 있는 것은 멀리 가면 돌아오기 힘들다는 것(「오리들이 사는 밤섬」), "내가 공처럼 동그랗고 자꾸 발에 채인다는" 것(「홀에 모인 여러분」)들이다. 또 "나는 아는 것이 많은 것 같다. 분명히 애인이, 나한테 애인이 있다는 것을 알고 있는데. 그게 누군지는 알 수가 없"다고 말하기도 한다.(「난 왜 알아요?」) '나'에 관련된 것, 그것도 어렴풋한 '윤곽'에 해당하는 것은 알고 있으나, 타자에 관련된 것, 그들의 '이름'이나 '얼굴'은 아직 '알 수 없는 것'에 속해 있다. 김승일 시의 주체와 세계가 아직 발생중인 까닭이다. 하지만 이 김승일 시의 주체는 성장, 혹은 성숙을 통해 '알 수 없는 것'보다 '알 수 있는 것'이 많아지는 진화론적 방향성을 보여주지 않는다. 다만 다원화된 시점을 통해 '알 수 없는 것'에도 목소리를 부여함으로써 일종의 '시차적 관점'을 보여줄 뿐이다.

> 오리 보트 선착장에서 관리인 아저씨가 주의를 준다. 너무 멀리 가지 마세요. 돌아오기 힘드니까요.
>
> 아저씨, 우리에 대해서 뭘 안다고 사서 걱정을 하시는 거죠? 페달 밟는 일이 힘들다는 건 우리도 이미 알고 있어요. 우리는 최대한 멀리 갈 거야. 돌아오기 힘들어도 괜찮습니다. 옛날에도 멀리 가봤거든요. 그때도 어떻게든 돌아왔어요.
>
> (…)
>
> 저기 저 다리는 서강대교군. 그러면 이 섬은 밤섬이겠네. 어떻게 여기까지 흘러왔는지 그것은 도무지 알 수 없지만, 지금 당장 뚝섬으로 돌아간대도 연체료를 내는 건 똑같으니까. 강냉이나 좀 뿌려볼래요? 엄마 오리가 될 수 있는 기

회잖아요.

(…)

어쩌면 저 오리들도 어엿한 부모들이고, 강냉이에 혼이 팔린 부모들이고, 밤섬에 새끼들을 팽개치고 온 자격 없는 부모들이란, 그런 생각은 안 해봤나요?

나는 묵묵히 페달을 밟고, 밤섬에서 뚝섬까지 거슬러 간다. 내가 보기엔 부모들 같은, 다양한 새 떼들을 꼬리에 달고.

—「오리들이 사는 밤섬」 부분

『에듀케이션』을 읽으면 동일한 시적 정황들을 시점을 달리하여 서술하는 시행들을 자주 만날 수 있다. 부모가 죽고 변기에서 쥐가 튀어나오는 장면이 반복해서 등장하는 일련의 시들은 각각 형(「부담」)과 동생(「방관」), 부모(「가명」), 제3자(「화장실이 붙인 별명」)의 시점으로 바뀌어 서술되며 「옷장」에서도 아이가 옷장 속에 들어가는 시적 정황이 아이의 시점에서 엄마의 시점으로, 후반부에 이르러서는 제3자의 시점으로 전환되어 시화되고 있다.

위의 시 「오리들이 사는 밤섬」은 이러한 시점의 전환이 무엇을 의미하는가를 잘 보여준다. "아저씨, 우리에 대해서 뭘 안다고 사서 걱정을 하시는 거죠? 페달 밟는 일이 힘들다는 건 우리도 이미 알고 있어요."라는 시적 화자의 목소리는 반항하는 사춘기 청소년을 연상시키지만, 시의 후반부에서 이 '우리'는 "집에 있는 내 자식들" 생각을 하는 부모이자 불륜 커플인 것으로 확인된다. "한강뚝섬유원지"에서 밤섬 인근까지 갔다 돌아오는 오리배의 여정은, 이들이 탄 오리배가 엄마 오리가 될 수 있는 기회를, 즉 불륜 커플이 그들의 자식들을 거느린 "어엿한 부모"가 될 수 있는 가상체험의 기회를 제공해준다. 이 과정을 통해 커플 중 한 명은 "집에 있는 내 자식들 생각"을 하고 나머지 한 명은 "저 오리들도 어엿한 부모들이고, (…) 밤섬에 새끼들을 팽개치고 온 자격 없는 부모들"이라는 생각을 한다. 시점의 전환이란 타자의 시선을 가상 체험해본다는 의미일 텐데, 이러한 시적 전개를 통해 오리배를 따라오는 오리들의 자리에 자식 혹은 부모의 시선을 놓아봄으로써 '알 수 있는 것'을 의심하고 '알 수 없는 것'을 상상하는 새로운 여정을 보여주고 있다. 즉 '최대한' 멀리 갔다가 '어떻게든' 돌아오는 오리배의 여정이란 '최대한' 낯선 타자의 시선을 경유하여 '나'에게로 돌아오는 것인데, 이것이 어떤 깨달음에 도달하는 자기성찰적 여정이 아니라는 점에서 일종의 '시차적 관점'을 보여준다고 할 수 있다. 지젝이 말하는 '시차적 관점'이란 종합불가능한 관점들의 공존을 의미하는 것이지만[21] 김승일 시의 시점 전환이 변증법적 종합(타자의 이해와 자기성찰)에 도달하기보다는 '알 수 있는 것'과 '알 수 없는 것'의 느슨한 공존을 보여준다는 점에서 일종의 '시차적 관점'이라 명명할 수 있겠다.

너와 나는 여섯 종류로
인간들을 분류했지
선한 사람, 악한 사람……
대단한 발견을 한 것 같아
막 박수치면서,
네가 나를 선한 사람에
끼워주기를 바랐지만,
막상 네가 나더러 선한 사람이라고 했을 때. 나는 다른 게 되고 싶었어. 이를테면
너를 자랑으로 생각하는 사람.
나로 인해서,

21) 슬라보예 지젝, 김서영 역, 『시차적 관점』, 마티, 2009. 참고

너는 누군가의 자랑이 되고
어느 날 네가 또 슬피 울 때, 네가 기억하기를
네가 나의 자랑이란 걸
기억력이 좋은 네가 기억하기를,
바라면서 나는 얼쩡거렸지.

—「나의 자랑 이랑」 부분

이 시에서 '나'는 "너를 자랑으로 생각하는 사람"이고 '너'는 "누군가의 자랑"이다. "선한 사람, 악한 사람…"을 배경으로 서 있는 '나'는 '너'의 시선에 의해 "선한 사람"이 되지만, '나'는 '너'를 동일한 배경 앞에 세우지 않고 차라리 '나'의 위치를 '너'의 뒤로 이동하여 '너'를 새로운 배경으로서 바라본다. 이처럼 김승일식의 '시차적 관점'은 '나'와 '너'의 자리를 고정시킨 채 동일한 대상을 다르게 바라보는 것이 아니라 '너'를 위해 '나'의 위치를 기꺼이 바꿈으로써 다른 관점을 발견하는 것이다. "나로 인해서,/ 너는 누군가의 자랑"이 되는 관점.

김승일의 시에서 하나의 '덩어리' 안에 존재했던 '나'와 '너'는 서로의 시선에 의해 특수한 존재가 된다. '너'는 "너를 자랑으로 생각하는" '나'가 있기 때문에 "누군가의 자랑"이 될 수 있다. 이런 '나'가 없다면 그런 '너'도 없다. '나'의 시선이나 욕망이 '너'를 규정짓거나 고정시키는 것은 아니다. '나'는 그저 "기억력이 좋은 네가 기억하기를,/ 바라면서" 얼쩡거릴 뿐이다. "세상에 노래란 게 왜 있는 걸까?/ 너한테 불러줄 수도 없는데."라고 할 만큼 '나'는 '너'를 중심으로 세상을 바라보지만, 그렇다고 '너'를 내 안에 가두려는 것도 아니며 '너'에게 내가 특별한 존재가 되려는 것도 아니다. 이렇듯 '나'의 시선에 의한 '너'와, '너'의 시선에 의한 '나'가 구속없이 공존하며 그로 인해 '나'와 '너' 모두 특수한 존재가 되는 윤리적인 효과가 김승일의 시에서 발생하고 있다. "네 뒤에 서서 얼쩡거리면/ 나는 너의 서러운,/ 서러운 뒤통수가 된 것 같았고,/ 그러니까 나는 몰라, 네가 깔깔대며 크게 웃을 때/ 나 역시 몸 전체를 세게 흔들 뿐/ 너랑 내가 웃고 있는/ 까닭은 몰라."라고 말하는 '나'의 시선과 위치는 진정 윤리적이라 할 만하다. 이러한 윤리적 효과 속에서 '너'와 '나'는 "몸 전체를 세게 흔들"며 웃는다. 까닭도 모른 채.

'알 수 있는 것'과 '알 수 없는 것'이 공존하는 김승일식의 '시차적 관점'은, '나'와 '너'를 까닭도 모른 채 웃게 하는 윤리적인 효과를 발생시키고 있다. 물론 이러한 효과가 김승일 시 전반에 나타나는 건 아니다. 하지만 부모 세대로부터의 수직적인 영향력에 연연하기보다 '윤곽'으로만 존재하는 공동체 내부의 수평적인 관계들에 주목하며 자주 시점을 바꾸면서 '에듀케이션'하는 김승일 시의 여정이 계속된다면 이러한 효과는 더 확산될 지도 모르겠다. 김승일의 '에듀케이션'은 "물풀"처럼 서로를 문질러주며 "지금 막 우리들이 알게 된 것을" "서로에게 가르쳐" 주려는(「홀에 모인 여러분」), 윤리적이고도 시적인 형식이다.

쌓이는 시/間/들, 깊어지는 시/들

— 이시영, 『경찰은 그들을 사람으로 보지 않았다』
문인수, 『적막소리』

1. 시적인 것

이시영 시인에게 '시적인 것'이란 무엇인가. 1969년 등단 이래 『경찰은 그들을 사람으로 보지 않았다』(창비, 2012)까지 12권의 시집을 출간하면서 시인이 늘 붙잡고 있었던 질문은 바로 '시적인 것'이었다. 이시영의 시는 단시, 인용시 등의 부단한 형식 실험을 거듭하면서 언제나 시에 대한 질문을 놓지 않았다. 그러하기에 40여년이 넘는 시간 동안 현실 참여적인 시편과 순수 서정적인 시편 양자를 오가며 고른 시적 성취를 거둘 수 있었을 터이다. 이번에 출간된 『경찰은 그들을 사람으로 보지 않았다』는 시의 형식적인 면에서나 내용적인 측면에서나 그간의 시작(詩作)을 아우르는, 그 아우름이 곧 시 자체가 되는, '시적인 것'의 발현이다.

시인 이시영이 응시하는 모든 풍경이나 사건 속에는 '시적인 것'이 깃들어 있다. 시인에게 언어는 이를 발견하고 보여주는 데 소용되는 것이다. 이번 시집에서 명편이라 꼽을 만한 아래의 시는 지금껏 이시영의 시가 어떻게 창작되어 왔는지를 잘 보여준다. 참새가 앉았다 날아간 후 목련나무 가지가 떨리는 풍경을 담고 있는 이 단아하고 서정적인 단시에는 "닿아본 적 없는 우주의 따스한 빛"을 비추려는 시인의 의도가 스며있다. 빛을 비추면 그 풍경이 품고 있는 '시적인 것'이 드러나므로 시인의 언어는 더 이상의 수식어를 동반하지 않은 채 이토록 간명할 수 있다.

> 방금 참새가 앉았다 날아간 목련나무 가지가 바르르 떨린다
> 잠시 후 닿아본 적 없는 우주의 따스한 빛이 거기에 머문다
>
> —「아침이 오다」 전문

『만월(滿月)』(1976년)에서 『길은 멀다 친구여』(1988년)에 이르기까지의 현실 참여적 시편들 또한 목련나무 가지에 앉았다 날아간 참새들처럼 떠나간 사람들, 혹은 '떠나갈 수밖에 없었던 사람들'[22]이 남긴 이야기에 빛을 비추는 행위와 같았다. 1970, 80년대의 시대적 현실을 외면하지 않았던 시인은 절실한 체험이 담긴 그들의 이야기에 의미를 부여하는 시들을 썼으나 그것이 실천적 행위를 이끌어내는 것이어야 한다는 당위가 앞섰다. 이러한 시작법이, 박수연이 평한 바와 같이 '시인의 의도적인 의미부여가 배제된 무의미시'로 나아간 데에는 실천으로 이어지지 않는 시작(詩作)에 대한 회의감이 작용했을 것이다. 그러나 이 시기부터 이미 시인의 시작법에는 모든 사물과 사건, 풍경 속에 '시적인 것'이 깃들어 있다는 시각이 작용하고 있었으며 이는 『이슬 맺힌 노래』 이후의 서정단시나 2000년대의 '인용시'에까지 이어지고 있다고 볼 수 있다. 겉으로 보기에 시인은 큰 변화를 겪은 듯 하지만 시에 대한 생각은 달라지기보다 깊어지고 있었음을 알 수 있다.

> 지상에서의 울음을 다 운 매미가 앞발과 가슴을 나무에 꽉 붙인 채 순명(順命)하고 있다. 나는 날개 달린 그것의 몸통을 떼어내 자연 속에 가만히 놓아주었다.
>
> —「자연 속에」 전문

---

22) 박수연, 「현실과 상징의 세계—이시영론」, 『실천문학』 1998 가을, 246쪽.

그러하기에 시인의 시작은 위의 시에서처럼 "앞발과 가슴을 나무에 꽉 붙인 채 순명"하고 있는 매미를 "자연 속에 가만히 놓아주"는 행위이기도 하다. '빛을 비추는 것'과 '놓아 주는 것'은 모두 '시적인 것'을 발현시키기 위한 행위이지만, '빛을 비추는 것'이 애초에 비치고 있는 햇빛에 빛을 비추고자 하는 시인의 의도가 투사된 것이라면 '놓아 주는 것'은 미약하긴 하나 그야말로 시인의 능동적인 행동이 개입된 것이라는 점에서 약간의 차이가 있다. 이를 이번 시집까지 이어지고 있는 서정단시와 인용시의 차이라 말한다면 어떨까. 「아침이 오다」나 「자연 속에」, 「이 밤에」와 같은 짧은 시들이 풍경 속에 깃든 '시적인 것'을 비추어 주는 서정 단시의 계보를 잇고 있다면, 「직진」, 「경찰은 그들을 사람으로 보지 않았다」, 「인간 없는 세상」, 「어린 노동」과 같은 '인용시' 형식의 시들은 풍경이나 사건에 깃든 '시적인 것'을 세상 속으로 "가만히 놓아주는" 참여적 시편들을 이어받고 있다.

다음은 2008년 6월 26일 새벽 광화문 새문안교회 앞 도로 위에서 시민들을 향해 물대포를 쏘아대던 두 대의 경찰 살수차를 온몸으로 막아낸 30대 '유모차맘'에 관한 기록이다.

(…)

2시 15분, 경찰 간부 한 명이 상황을 보더니 "자, 인도로 가시죠. 인도로 모시도록" 하고 지시했다. 여경들은 다시 길을 재촉했다. 어머니는 다시 외쳤다. "저는 저 살수차, 저 물대포가 가는 길로만 갈 겁니다. 왜 국민들이 낸 세금으로 국민들에게 소화제 뿌리고, 방패로 위협하고, 물 뿌립니까. 내가 낸 세금으로 왜 그럽니까." 목소리는 크지 않았지만 떨림은 없었다. 그때 옆의 한 중년 여경이 못마땅한 표정으로 "아니, 자식을 이런 위험한 곳으로 내모는 엄마는 도대체 뭐야"라고 말했다. 어머니는 대답했다. "저, 평범한 엄마입니다. 지금껏 가정 잘 꾸리고 살아오던 엄마입니다. 근데 왜 저를 여기에 서게 만듭니까. 저는 오로지 직진만 할 겁니다. 저 살수차가 비키면 저도 비킵니다."

—「직진」 부분

이번 시집에도 위의 시처럼 신문이나 잡지에 실린 기사를 그대로 가져오는 '인용시'가 다수 실려 있다. 2008년 촛불 시위 당시의 '유모차맘' 이야기를 주목하고 그에 대한 기사를 인용하는 이러한 시작법을 "자연 속에 가만히 놓아주"는 행위라 말할 수 있을 것이다. 온 힘을 다해 나무에 매달려 있는 매미처럼 온 힘을 다해 세상에 맞서고 있는 한 '유모차맘'의 이야기를 세상에 알리고 드러내기 위해 시인이 하는 일은 단지 있는 일 그대로를 '인용'하는 것이다. 이렇게 보면 시인은 '시적인 것'과 세상 사이(間)에서 '시적인 것'이 발현되도록 돕는 조력자이자 편집자의 역할을 하고 있는 셈이다. 이시영 시인에게 '시적인 것'이 무엇인지, 간명하게 밝히긴 어렵지만 지금으로서는 시인이 놓인 위치와 역할이 훨씬 더 중요해 보인다. 진실이라거나 본질이라고도 말할 수 있을 '시적인 것'을 아예 외면하는 사람들로 가득한 세상이니, 이토록 오래 지속적으로 '시'를 붙들고 시와 세상 사이에서 '말'을 전하는 시인의 작업이 소중하고 소중하다.

2. '깊어짐'의 미학

문인수 시인의 네 번째 시집인 『홰치는 산』(1999년) 이후 그의 시세계는 조금 느슨해지기 시작했다. 견고한 감각의 성채가 섬세함은 그대로 간직한 채 느슨하고 여유로워져서 그 틈새로 세상사의 풍경들을 받아들이며 품을 넓혀 왔다는 뜻이다. 그저 받아들이기만 해서는 품이 넓어지지 않는다. 대상에 자아를 투사하기만 해서는 품 밖의 타자로 '따로' 있을 뿐이다. 문인수의 시에서 시적 대상은 자아와 끊임없이 소통하는 품 안의 타자이다. '적막'마저 품 안에 들여 그 소리를 듣는, 섬세하고 예민한 감각은 타자와 소통하기 위한 소망의 발로이지 기교적 이미지즘이 아니다. 문인수의 초기 시세계가 보여준 압축된 시어의 기교, 날선 정신의 긴장감은 대상의 본질을 꿰뚫어 그 본질의 눈으로 자아를 되돌아보고자 하는 소통과 성찰의 태도에서 나온 것이었다. 흘러가는 시간마저 그저 보내지 않겠다는 듯 세월이 품은 만사의 풍경들은 고스란히 시인의 품으로 들어와 깊이 교통한다. 교감이 피워올린 이미지의 강렬함이 초기의 시세계를 견고한 감각의 성채로 보이게 했다면, 이번에 간행된 『적막소리』(창비, 2012)에서는 교호의 과정과 이후의 떠나보냄이 물 흐르듯 자연스러운 시어의 향연으로 펼쳐진다.

적막도 산천에 들어 있어 소리를 내는 것이겠다.
적막도 복받치는 것 넘치느라 소리를 내는 것이겠다.
새소리 매미소리 하염없는 물소리, 무슨 날도 아닌데 산소엘 와서
저 소리들 시끄럽다, 거역하지 않는 것은
내가 본래 적막이었고 지금 다시
적막 속으로 계속 들어가는 중이어서 그런가,
그런가보다. 여기 적막한 어머니 아버지 무덤가에 홀로 앉아
도 터지는 생각이나 하고 있으니, 소주 몇잔 걸치니, 코끝이 시큰거려 냅다
코 풀고 나니,
배롱나무꽃 붉게 흐드러져 왈칵!
적막하다. 내 마음이 또 그걸 받아 그득하고 불콰하여 길게 젖어 풀리는
저 소리들, 적막이 소리를 더 많이 낸다.
또 그 소리에 그 소리인 부모님 말씀,

새소리 매미소리 하염없는 물소리……

적막도 산천에 들어 있어 소리를 내는 것이겠다.

—「적막소리」 전문

「적막소리」는 적막을 붙잡아두거나 그 속에 파묻히지 않고 "내가 본래 적막이었고 지금 다시/ 적막 속으로 계속 들어가는 중"에 교감한 온갖 소리들을 담은, 절창의 시편이다. 적막 중의 소리에는 새소리, 매미소리, 물소리에 "그 소리에 그 소리인 부모님 말씀"이 더해진다. 『적막소리』는 이 소리들이 만들어내는 시공을 그대로 담아내면서 "내 마음이 또 그걸 받아 그득하고 불콰하여 길게 젖어 풀리는", 자아와 '소리들'간의 소통의 언어인 것이다. '소리들'은 자아를 통과하여 다시 흘러나와 고요 위에 소요를, 죽음 위에 신생을 덧씌운다.

고분군과 인접해 사는 이곳 불로동 사람들은 오히려 담담하다.

이 오랜 죽음에 대해 별 관심 없다. 다만 여름밤이면 웅성웅성 뭔가 둥글게 익어가는 소리를 듣는지, 이 집 가족들

만삭 같은 수박을 쪼갠다. 수박 세로줄 무늬가 줄줄이 시퍼렇게 살아나는 밤,

저 여러 봉분들도 잘라 전부 뒤집어놓고 싶은 밤, 그 수박 속 다 파먹으면 일가족이 타고도 남을 커다란 배가 되겠다. 일가족을 모두 두고 혼자 떠나온 먼 항해,

뒤집어쓰고 누운 것이 저 봉분들 속 독거다. 바리깡으로, 이 수박 물결무늬로, 최신식으로 얼룩덜룩 벌초해드릴까보다. 참말로 달고 시원한 맛,

살아 아는 건지 죽어 아는 건지…… 껍질 안쪽에

붉게 발린 기억은 별 내용이 없고 다만 수박 먹는 밤,

흰 달빛 또한 고군분 위에 식칼처럼 환한 밤. 不老,

불로동 사람들도 예외 없이 늙어가고, 고분군 쪽으로 운동 가고,

—「수박 먹는 가족」 전문

이처럼 『적막소리』에는 유독 노년과 죽음에 관한 성찰이 두드러진다. 하지만 문인수의 노년과 죽음의 시편은 지나간 세월에 매달리는 회한의 언어가 아니며 세상사와 작별하고 떠날 수밖에 없는 비애의 언어 또한 아니다. 고군분 옆에 사는 불로동 사람들처럼, 죽음이란 늘 우리 옆에 '있는' 것이기에, 현재를 사는 우리네 삶은 "예외 없이 늙어가고, 고군분 쪽으로 운동"가는 것으로 시화된다. "붉게 발린 기억은 별 내용이 없고"라는 시행이 말해주듯, 지나간 시간은 그저 지나간 것일 뿐 "다만 수박 먹는 밤"의 "참말로 달고 시원한 맛"의 감각만이 생의 실체로 현현한다. "만삭 같은 수박"으로 이미지화된 둥근 우주 속에서 죽음과 현생, 또 독거와 동거의 구분은 그 의미를 상실한다.

시인은 「해녀」나 「방어진의 곰, 솔」과 같은 시편들에서 노년의 삶이 죽음을 넘어 신생으로 이어질 수 있음을 시화한다. 늙은 해녀는 직립보행보다 편안한 '물질'을 통해 "저 생생한 수평선"을 넘는다. "저 너머가 어디냐", 그곳은 아마도 "그 멀고 험한 길을 전부 둘둘 말아 굵은 똬릴 틀고" 있는 방어진의 곰솔과 같은 모습일 게다. 두 편의 시에서 같이 쓰이고 있는 '진화'라는 시어는 과거에서 현재로, 다시 미래로 이어지는 시간의 적층 위에서 "오래오래 묵어가"며 점점 더 깊어지는 생의 과정을 의미하는 것일 터이다. 하여 시인의 '진화'는 물질문명의 진화와 방향을 달리 한다. 방향의 의미조차 무색하도록 오래오래 한 자리에 묵어가며 서 있는, 상승하는 동시에 깊어지는, 어떤 현존.

그녀의 프라이드는, 끊임없는 파문에 떠밀리는 마른 연잎 같다. 이 연애의

끝자리,

그녀가 안전벨트를 맨 채 울먹거릴 때
어여쁜 귀고리가 달랑대며 한사코 그녀를 지킨다. 하지만
구겨진 프라이드는 이제 폐차될 것 같다. 견인차가 도착하고
핸드브레이크를 풀자 움찔, 저를 푸는
이 프라이드는 또 무엇인가.
내리막엔 다시 한번 박차를 가하고 싶은 힘이 있다.

—「내리막의 힘」 부분

시인만의, '진화'하는 자리에서, 늙음이나 죽음은 '끝'이 아니다. '너머'를 넘어가는 해녀의 물질처럼 "그녀의 프라이드" 또한 "다시 한번 박차를 가하고 싶은 힘이 있다." "끊임없는 파문에 떠밀리는 마른 연잎"은 연약한 듯 쉽게 물러나지 않는다. "그녀"는 울고 있지만 "그녀의 프라이드"와 "어여쁜 귀고리"는 "한사코 그녀를 지킨다." 이처럼 문인수의 시적 주체는 대상과의 교감으로 힘을 잃지 않는다. 시간이 쌓일수록 노쇠해지는 것이 아니라 깊이를 더해가며 신생의 힘을 가진다. 시인의 품으로 들어오는 세상사의 풍경들은 자아와 소통하며 더 성숙한 자아를, 더 깊어지는 시들을 내어 놓는다.

'시'가 아니라 '시들'이 될 때, 한 편 한 편의 시가 겹쳐진 어떤 풍경이 보인다. '시들'은 시간의 적층이면서 그 이상의 곰삭은 의미를 발산하게 되는 것이다. 이시영과 문인수의 '시들'은 시간의 겹이 발효시킬 수 있는 두 가지 풍경, '시적인 것'의 두 형식을 보여주고 있다.

수런거리는 자정(子正)의 언어

— 장석원, 『역진화의 시작』

1. 방향

신인류의 탄생과 역진화의 운동. 서로 다른 두 방향을 가리키며 질주하는, 단선적이고 직선적인 시간 위에서는 도저히 만날 수 없는 벡터가 장석원의 『역진화의 시작』(문학과지성사, 2012) 속에서 만나고 있다. 아니 사실은 블랙홀과도 같이 휘어진 자장 안에서 뒤섞이고 있다고 말하는 편이 더 나을 것이다. 장석원의 시에서 사랑이나 혁명, 전투, 이별, 저항과 같은 기표들은 장석원 식으로 휘어진 의미의 자장 속에 내던져져 더 이상 이전의 의미소로 기능하지 못함은 주지의 사실. 하여 장석원의 시를 읽는 작업은 구부러지고 주름진 시공 속으로 우리의 몸을 내던지는 일이 된다.

장석원 시의 시공에서 "우리는 진화한다"는 발화는 블랙홀을 향해 빨려 들어가는 소멸의 운동인 동시에, 그 강렬한 에너지로 인해 발산되는 X선과 같이 '다른 무엇'이 발현될 수 있는 생성의 운동을 의미하는 것이기도 하다. 소멸인 동시에 생성인 '진화'는 곧 '역진화'인 것. 이처럼 양가적인 의미를 동시에 지니는 시어의 운용은 시인들이 흔히 쓰는 방법이긴 하지만 장석원 시어의 특이성은 소멸/생성의 운동이 극단적인 자기파괴적 에너지를 동반하며 환멸과 냉소의 정념을 유발한다는 데 있다. 완전한 붕괴만이 지금 여기에서 할 수 있는 전부라는 철저한 신념으로 무장한 '돌연변이-신인류'. 그들-"표백된 우리들"이 "열심으로 열심으로" 하는 행위는 곧 스스로를 "매장"하고 "조져야" 하는 일이니(「가소성」) 이러한 아이러니가 유발하는 냉소와 환멸은 장석원의 시세계가 환기하는 '새로운' 감성이라 할 만하다. 신인류의 행위가 이전 시기의 혁명과 닮았음을 눈치채기는 어렵지 않다. 다만 그것의 방향이 직선적 시간 위의 진보적 미래가 아닌 휘어진 시간 속의 철저한 소멸을 향해 있음을 자각할 때, 장석원 시의 냉소와 환멸이 단순한 허무주의자의 그것이 아님을 이해할 수 있을 것이다.

2. 한밤, 단절, 복종

> 우리에겐 기원이 없어요 잃어버린 진화의 고리 우리는 돌연변이예요 (…) 우리는 신인류입니다 우리는 차별받았고 노예에 불과했지만 지도자의 출현 이후 단결하여 조직을 이루고 실천과 이론을 동전의 앞뒤 면처럼 결합하여 선조들과 갈라설 수 있었어요 우리 신주체들은 주체적이랍니다 다르기 때문에 전사가 될 수 있겠어요 선명한 집단성은 우리의 이념이에요 (…) 변화 그것은 우리의 시스템 새 인류의 에덴을 창조하기 위해 오늘은 파괴하고 지금은 전투하자 관용과 용서는 인간들의 것 우리는 무성 생식으로 번창한 내일의 존재 우리에겐 단절과 도약뿐 우리에겐 이별과 망각뿐 고통과 상처는 그들에게 투척하자
>
> —N·o·n·f·i·r·e 아파트 주민의 7월 회의 녹취록 중에서

그때 우리들을 간섭했던 것들: 뉴스데스크의 오프닝 멘트 시청자 여러분 안녕하십니까 전국에 폭우가 내리고 있습니다. (…) 동시에, 열린 창문을 넘어 침입한 다른 불빛과 다른 습도의 바람과 죽도록 사랑하면서 두 번 다시 만나지 못해 심수봉의 목소리 벨 소리, 아름다운 여인들은 대개 목소리도 섹시하지

않냐며 썩소를 날리던 이혼남 (…)

— 「밤의 반상회」 부분

이번 시집은 앞서 상재한 『아나키스트』나 『태양의 연대기』의 연장선상에 있으나 우수에 찬 멜랑꼴리아의 감성보다는 역동적 혼종과 생성의 기운이 강하다. 조강석이 평한 바처럼 『태양의 연대기』의 시공이 오후 6시의 광장이었다면 『역진화의 시작』이 놓인 시공은 수런거리는 한밤의 진영(陣營)이다. 이는 사후(事後/死後)의 세계로서 현실세계의 유령들, 철저히 파멸된 주체들이, 넘치는 세계의 미세한 기미들을 끌어모아 혼종적인 그 무엇을 생성하는 와중(渦中)의 시공이라 할 수 있다. 밤의 세계, 사후의 세계는 모든 것이 정지된 "염습"의 시간만이 아니며, 진화의 완결태로서 존재하는 현실세계의 잉여이자 여백의 시공이다. 지도자와 조직, 선명한 집단성을 말하는 '신주체'는 사실 지난 시기 주체의 형상을 뒤집어쓰고 있는, 주체의 죽음 이후의 유령들이다. 이들은 '밤의 반상회'에 모여 앉아 죽음 이전의 시간을 답습함으로써 역설적으로 그와 단절하려 한다. "우리에겐 단절과 도약뿐 우리에겐 이별과 망각뿐". 수런거리는 '우리'는 "열린 창문을 넘어 침입한 다른 불빛과 다른 습도의 바람과" 각종 소음들, 냄새들의 "간섭" 속에서 "Now here we are/ Here we are in progress"를 노래한다. 이들의 "progress"는 현실세계에서 삐져나온 온갖 잔여물의 침입과 간섭, 그 혼종성 속에서 실행된다.

『역진화의 시작』이 발산하는 역동성은 생성의 기운이 아니라 파괴적 충동의 격렬함과 그로 인한 충격에 더 많이 기대고 있다. 장석원 식으로 휘어진 시공이란 시집 곳곳에 넘쳐나고 있는 파괴적 충동이 극점을 통과하며 비로소 생성으로 전환될 수 있는 지점일 것이다. 이런 점에서 장석원 시의 자기파괴적 운동은 사랑의 행위와 닮았다. 에로스의 다른 이름이 곧 타나토스이니 죽음이라는 극한의 자기파괴를 통해 사랑을 완성하겠다는 충동은 인간의 근원적 본능에 해당한다. 그러나 장석원 시의 사랑은 그 대상이 아버지-대타자이며 어떻게 해도 소거될 수 없는 아버지-대타자의 자리를 무화시키기 위한 '적과의 동침'이라는 점에서 본능을 초과하고 있다. 이 대목에서 성적인 본능을 뛰어넘는 삶의 총체적 본능으로서 에로스 개념을 사용한 마르쿠제가 연상되기도 하는데, 시를 통해 재현된 그 사랑의 형식은 훨씬 더 전위적이며 섬뜩하기까지 하다.

> 다음 생에는 내가 낳고 싶어요 아버지와 아들은 원래 자주 몸을 바꾸니까요 서로의 몸을 습관처럼 침범하니까요 먹어치우니까요 구름은 가늘고 시냇물은 옅고 가을 산은 비었는데 님이여 사랑이여 내 옆의 영원한 바다처럼 당신은 애욕에 젖어 웃고 있네요 당신을 잃은 것이 죄악이었어요
>
> —「님과 함께—DJ Ultra의 리믹스: 한용운, 『님의 침묵』」 부분

> 배를 찢고 당신이 나옵니다 (그저 바라만 보고 있지) 에이리언 같습니다 나는 숙주 당신을 죽이지도 못하고 젖 물릴 수도 없습니다 그때// 나의 눈물은 달지 않습니까 나의 사랑은 닳지 않습니까 나는 꿀통입니다 보름달을 가르고 당신의 얼굴이 나타납니다 탯줄도 없습니다
>
> —「사랑의 종말—DJ Ultra의 리믹스: 나미, 「빙글빙글」+서정주, 「부활(復活)」」 부분

> 우리의 몸을 헐어버린 냄새의 기원. 시작도 없고 복선도 없는 이야기의 해피엔딩을 위해, 아구통을 날린 사랑의 무결점 망각을 위해, 우리는 락스를 풀자, 최초부터 순결해지자.
>
> —「락스를 풀자」 부분

아버지 "당신"과 하나가 되어 소멸되기 위해 화자는 철저하게 당신에게 복종한다. 하여 『님의 침묵』의 DJ Ultra 리믹스 버전은 "당신이 나를 버리

지 아니하면 나는 복종의 백과전서가 되겠어요"가 된다. "나는 당신을 사랑한 나를 죽이겠어요 당신의 사랑의 동아줄에 휘감기는 체형도 사양하지 않겠어요"라는 화자의 '복종'은, 당신을 사랑하여 당신과 몸을 바꾸어 당신을 사랑한 나를 죽임으로써 당신을 소멸시키겠다는 "내 모든 사랑의 파괴술"(「흠향(歆饗)」)에 다름 아니다. 그리하여 생성되는 신인류는 '나'를 숙주로 하여 "배를 찢고" 나오는 '당신'-에이리언, 탯줄도 없이 "보름달을 가르고" 나타나는 "당신의 얼굴"이다. 사후의 시간을 살아가는 '신인류'는 이처럼 죽음으로 가로놓인 완전한 단절 속에 어떠한 연속성도 거부하는 에이리언과도 같은 존재이다. 물론 기괴한 존재인 에이리언이 결국 '나'를 숙주로 하여 태어날 수밖에 없다는 점에서 낯설지만 친숙한(uncanny), 내 안에 내재해있던 잠재성의 존재라는 점을 부인할 수는 없다. 이를 잘 알고 있기에 자기파괴의 충동은 더욱 강박적으로 반복되며 가속화될 수밖에 없는 것이다. 마침내 그 강도(intensity)는 락스를 풀어 몸을 표백시키며 "무결점 망각"과 "최초의 순결"을 기원하기에 이른다.

이처럼 장석원의 시에서는 당신과 나, 아버지와 아들, 에로스와 타나토스, 가학성과 피학성, 능동성과 수동성, 파괴와 생성이 수시로 몸을 바꾸며 사랑의 형식을 전위적으로 완성한다. 서정주나 김소월의 시가 리믹스되고 대중가요의 가사가 수시로 삽입되며 시의 제목이 시 본문보다 긴, 장석원 시의 실험적 형식은 이러한 전위적 사랑에 걸맞는 시적인 형식이라 할 수 있겠다.

3. 날개

장석원의 시에서 사랑은 혁명의 다른 이름이기도 하다. 사랑 자체가 혁명적 행위이기도 하거니와, 카치아피카스는 마르쿠제를 인용하며 해방을 향한 본능적 욕구로 '에로스'를 해석하기도 했다. 지난 시기의 혁명이란 유토피아적 미래상을 향해 현재를 헌납하는 형식으로서 진화와 같은 방향을 향해 있었다. 하지만 지금 시기의 혁명은 역진화의 방향이어야 한다고 시인은 말한다. 이를 다성의 목소리를 지닌 시인답게 아래의 서정적인 시편으로 이미지화했으니 이번 시집에서 가장 아름다운 시편 중 하나로 꼽을 만하다.

사랑을 위해 모든 것을 포기할 것 미래를 향해 돌진할 것 새는 온몸을 날개로 바꾸어 운동할 것 다른 것은 지울 것 점화된 새는 머리 위의 해를 삼키고 그림자 갉는 미친 바람의 노래 그 유정한 선율의 은빛 날개를 넓게 펼 것 비단폭 아랫도리를 스칠 때 온몸의 구멍을 열고 뛰어내려 다른 멍의 멍이 되고 또한 큰 멍 속의 구멍이 될 것 멍 밖의 멍으로 돌아가 구름과 달과 별이 사라진 자리 다무는 바람의 입 너머 생멸하는 어둠 밖으로 머리를 내미는 새의 선택은 오로지 날개 방향은 하늘

부드럽게 금속을 파고드는 황산처럼 하늘을 에칭하는 새는 근육에 붉은 바람을 불어넣어 대기에 한 방울 피의 수평 궤적으로 응결될 것 이빨도 제거할 것 뱉어내어 먼지의 퇴적 안으로 밀어넣을 것 온몸의 깃털을 바람의 거스러미가 되게 할 것 뜯겨나간 바람의 비늘과 파쇄된 햇빛의 박편을 몸에 두르고 날기 위해 새는 신체를 고독에 봉헌하고 태양의 프로펠러를 장착하고 지상에서 영원으로 추락할 것 아름다움을 위해 바람과 빛의 힘살을 선택할 것 이제 새는 허공의 둥근 묘혈 안에 거주하는 부동의 점

—「역진화의 시작」 전문

이러한 새의 이미지로부터 역진화의 혁명이 시작된다. 시인 장석원이 노래하는 새는 하늘을 자유롭게 비행하는, 이미 상징계에 복속되어 버린 그

것이 아니다. “이제 새는 허공의 둥근 묘혈 안에 거주하는 부동의 점”이다. 그렇게 된 것은 새에게 내재된 유기체적 속성 모두를 사랑을 위해 포기했기 때문이다. 오로지 “날기 위해 새는 신체를 고독에 봉헌하고” 신체 없는 기관이 되었다. 날개 이외의 기관은 모두 “제거”하고 하늘을 향하도록 “응결”된 ‘날개-기관’이 된 것이다. 사후의 세계에서 신체는 몰살되었지만 ‘날개-기관’의 충동은 강박적으로 반복되며 “어둠 밖으로 머리를” 내민다. 죽음을 예감하면서도 머리를 내미는, 이 마조히스트적 충동의 극한을 통해 “새의 선택은 오로지 날개 방향은 하늘”인 ‘날개-기관’의 잠재적 변용능력이 최대화된다. 바로 이것이 신체 없는 사후의 세계에서 생성의 기운을 감지할 수 있는 이유이다. 기관 없는 신체로서의 “새는 허공의 둥근 묘혈 안에 거주하는 부동의 점”이 되었지만 그럼으로써 ‘날개-기관’의 잠재성은 극대화되며 반복되는 운동을 통해 “미래를 향해 돌진”하게 될 것이다.

과거가 넘실거리는 밤의 창가에서
자네를 떠올리네 나는 나를 매우 잘 잊고
자네가 나를 보고 싶어 한다는 전갈 푸르스름하군
우리는 임종 후에 전시된 미라에 불과하다네
애인은 일찍 잠들어 깨어날 것 같지 않고
애인을 바라보는 마음의 평온함과 감격
눈물마저 증발시키는 신비한 마술

(…)

기록된 모든 것을, 문신의 요철을, 혀로 탐색하며
자네가 읽은, 털도 없고 냄새도 없는, 백색 소음에 용해된

그 몸은 나를 두려움으로 물들이겠지
바람의 관절을 애무하는 나무들의
순응하는, 부드러운 균열을 바라보네

—「시름과 검은 눈물」 부분

앞서 『역진화의 시작』이 생성의 기운으로 충만하다고 말한 바 있지만 그것이 반드시 역동적이고 혼종적인 이미지로 재현되고 있는 것은 아니다. 표제작이면서 시집의 마지막을 갈무리하고 있는 「역진화의 시작」이 그러한 것처럼 고요한 서정적 시편들이 전하는 생성은 이처럼 담담하다. 마치 혼돈과 역동의 회오리를 거느린 태풍의 눈처럼, "애인을 바라보는 마음의 평온함과 감격"은 "눈물마저 증발시키는 신비한 마술"이다. 「시름과 검은 눈물」에서, 한밤의 진영은 "과거가 넘실거리는 밤의 창가"로, 단절과 도약으로 무장한 신인류는 "임종 후에 전시된 미라"로 말해지고 있다. 마찬가지로 바람을 견디고 서 있는 나무의 순응을 역으로 "바람의 관절을 애무"한다고 말함으로써 앞서 가학적/피학적 사랑의 형식으로 격렬하게 표현되었던 혁명의 순간들이 "순응하는, 부드러운 균열"이라는 수성(水性)의 언어로서 다르게 씌여지고 있다.

역동과 고요를 동시에 말하는 시인은 어쩌면 어떠한 생성도 찾을 수 없는 폐허의 현실을 직시하면서 단지 생성을 '소망'하고 있는 지도 모르겠다. 그렇기 때문에 "견디기 위해 나는 팽이가 될 것이고요/ 견디지 않기 위해서라도 팽이가 되려고" 한다고(「미지(未知)」) 노래하는 것일 터이다. 부동으로 보이는 팽이가 사실은 부단한 운동을 계속하는 중이듯 "부동의 점"이 된 날개는 날기를 계속하게 될 터, 시인 또한 생성 없는 세계에서 생성의 시쓰기를 지속할 것이다.

'루저'들의 일그러진 웃음, 화해 혹은 긍정의 윤리

— 최금진, 『황금을 찾아서』

근대적 세계에 진입하면서 철폐되었다고 믿어지는 것 중 하나가 신분제도이다. 태어나면서부터 영문도 모른 채 어떠한 '신분'에 소속되고 그것이 한 사람의 평생을 좌지우지하게 되는 중세적 신분제도가 철폐되면서 인간의 역사는 한 단계 진보되었다고 역사책은 쓰고 있다. 어떤 '신분'으로 태어나느냐가 아니라 어떻게 살아가느냐에 따라 어떠한 인생이든 '선택'할 수 있는 시대가 열렸다고 교육받았다. 하지만 구시대적 악습이라 배웠던 신분제도가 이 시대에도 여전히 우리의 삶을 움켜쥐고 있음을 모르는 이는 없다. 신분제가 철폐되었다는 믿음은 그저 하나의 이데올로기일 뿐임을, 자본의 유무에 따라 인간의 급은 여전히 나뉘어지고 있음을 간파해낸 마르크스를 굳이 들먹이지 않더라도, 우리는 이미 몸으로 그 질기고도 완고한 '신분'이 우리의 혈관을 따라 흐르고 있음을 체득하고 있다.

최금진 시인은 지울 수도, 내다 버릴 수도 없는 이 '신분'의 혈맥을 가난의 유전자라 말한다. "가난한 아버지와 불행한 어머니의 교배로" '나'에게로 전이된 가난의 유전자는 평생 '나'의 혈관을 타고 돌면서 '나'의 삶을 '루저'의 것으로, 이방인의 것으로, 쓰레기와 같은 것으로 확정짓는다. 무엇이든 될 수 있다고 우리에게 주어진 '자유'는 그 무엇도 되지 못한 책임을 오로지 '나' 자신의 것으로 돌려세울 때만 소용이 있을 뿐이다.

일류는 아니고 이류는 된다고 믿어봤자 지방 대학을 나왔고
위대한 업적 따윈 바라지도 않는다고 큰소리쳐봤자
어차피 위대할 수 없다, 그건 출세한 가문의 자제들 몫
소주를 먹고 취해 원룸으로 돌아가는 길
왜 취했는지, 왜 그토록 화를 냈는지는 호적등본에 안 나온다
(…)
적어도 실컷 두들겨맞을 자유쯤은 있지 않겠습니까
상류층은 아니지만 중산층은 된다고 믿어봤자
이 바닥에서 한걸음에 뛰어올라가야 할
지하도의 계단은 저렇게 많고
아침이면 또 지각을 할 것이다
매번 늦도록 시계가 잘못 맞추어진 게 아니라면
도저히 따라잡을 수 없는 속도로 지하철은 달리는데
아무에게나 시비를 걸고 싶다, 흠씬 두들겨맞았으면 좋겠다
다진 고기처럼 바닥에 몸이 눌어붙는
일요일이면 교회에 가서 목이 터져라 찬송을 부른다
그래도 다행이라고 믿어봤자 다, 다, 소용없다

— 「Loser」 부분

최금진 시의 날카로움은 불편한 현실을 직설적으로 내뱉는 어투에 있는 것이 아니라 "다행이라고 믿어봤자 다, 다, 소용없다"고 말하듯 일말의 희망도 허용하지 않는 단호함에 있다. 희망이란 눈속임에 불과할 뿐임을 경험적 직관으로 꿰뚫고 있는 시인의 날카로운 시선은 우리에게 주어진 위치(Loser)가 교정 불가능한 것임을 적나라하게 보여준다. "희망은 결국 자기암시일 뿐"(「원룸 생활자」)이다.

최금진의 시가 말하는 가난의 유전자는 경제적 빈곤만을 물려주는 게

아니다. 패배감과 열패감, 자기 혐오와 같은 부정적인 정서 또한 기질적인 성분으로 대물림된다. 물론 물질적 빈궁이 부정적인 정서를 낳게 한 원인이겠지만 최금진의 시에서 그러한 기질은 너무나 태생적인 것이어서 가난의 유전자에 포함된 한 성분처럼 느껴진다. 최금진 시의 기저를 이루는, 음습하고도 주술적인 설화성의 세계는, '나쁜 피'를 대물림하는 저주받은 가계(家系)에 대한 원초적인 감정에서 비롯되었다. 하여 그 저주받은 기질 중 하나인 역마살에 의해 방방곡곡을 떠돌아 다녀도 시적 화자의 삶은 기원적인 그 세계에 붙잡혀 있을 수밖에 없다. 첫 시집 『새들의 역사』(창비, 2007)는 새처럼 떠돌고 있으나 비행(飛行)하지 못하고 비행(卑行)했던 기원을 '나쁜 피'의 역사에서 찾는 탐문의 기록이었다. 『황금을 찾아서』(창비, 2011)에서도 탐문은 계속되고 있으나 그 기원의 세계가 '기억'의 영역에서 '몸'의 영역으로 이동하고 있다.

> 굶은 꿩들이 숲속 어디에 숨어 이쪽을 내다보는 저녁
> 콩알 같은 불빛 한 점 찍어먹으며 누구나 견뎌야 하는데
> 아버지는 어째서 견디지 못했나
> 약을 먹고 넘어간 동공에 어린 나를 가득 담았을 것이나
> 결핍이 얼마나 채찍처럼 사나운지 아버지는 몰랐을까
> 아직 숨이 붙은 꿩은 깡충깡충 갈잎을 물고 달아나고
> 그 뒤를 따라가 나는 발로 걷어찬다
> 놈이 살았다면 커서 황홀한 날개의 장끼가 되겠지
> 애비도 없이 자란 나는 밭둑에서 꿩을 줍는다
> 숨이 끊어질 때 죽음은 싸이나처럼 몸에 황홀하게 퍼졌을까
> 인간과 꿩 사이에 언제까지나 이런 장면들이
> 반복될 거라는 사실을 나는 어떻게 알았을까

할머니가 캄캄한 눈으로 마당에 나와
내 소쿠리에 가득 든, 피 토하고 죽은 산꿩을 뺏어들고
연기 나는 부엌으로 들어가듯이
고모부가 변소에서 나오다가 싸락눈을 받아먹는 나를 욕하고
절름거리는 다리를 앉히고 꿩의 깃털을 벗기듯이
굴뚝으론 할아버지 앓는 기침이 하얗게 새어나가듯이
나는 머리를 오동나무에 대고
왜 이 모든 풍경들이 내 몸으로 흘러들어오는지가 궁금했다
해마다 눈은 내릴 것이고 꿩들은 배가 고플 것이고
나는 죽은 아버지 함자를 까먹지 않기 위해
손톱을 세워 나무에다 새겨넣었다

— 「산꿩이 우는 저녁」 부분

시집 첫머리에 수록된 이 시는 『새들의 역사』와 『황금을 찾아서』가 어떻게 연결되고 있는지를 잘 보여준다. 누구나 견뎌야 하는 삶을 견디지 못하고 자살한 아버지, "나에게 근본도 없는 놈이라고" 욕을 하는 고모부, 앓는 기침을 뱉는 할아버지…… 이처럼 괴팍하고 빈한한 가계에 대한 '기억'은 시간이 지날수록 잊혀지는 게 아니라 오히려 "내 몸으로 흘러들어"와 합체(incorporation)된다. 최금진의 시에서 그토록 자주 과거의 유령들이 출몰했던 까닭은 그들을 내 몸 안의 납골당에 안치해 두고 있었기 때문이다. 이처럼 '나'의 밖에 있던 타자가 내 안에 합체됨으로써 시인은 언제 어디에서나 타자의 목소리를 들어야 했고 들을 수밖에 없었다. 그러한 목소리가 기억을 소환하고 설화적 세계를 시화하게 했으며 이제 내 몸 밖에 있는 타자의 목소리에 귀 기울이게 한다. 최금진의 시가 이 시대 밑바닥 인생을 날카롭게 그려내는 것은 그것이 시인의 삶일 뿐만 아니라, 합체된 타자의 목소

리가 그들의 삶에 공감하는 능력을 유산으로 물려주었기 때문이다. 그들 또한 현실의 고통과 상처를 몸에 기입한 채 살아가야 하는, 최금진 시의 시적 화자와 같은 삶을 살아가고 있다. 「빗살무늬토기를 생각하다」에서 "불구덩이에 앉아 방화로 추정되는 불을 끝내 견뎌야 했던 사람들 몸엔/ 함부로 빗살무늬가 새겨져 있었다/ 채찍자국이었다, 그것이 자신에게 가한 것이었든 신의 징벌이었든"이라 말해지는 까닭도, "값도 안 나가는 골동품" 취급을 받는 철거민의 삶과 시적 화자의 삶이 다르지 않기 때문이다.

『황금을 찾아서』에 실린 시들의 상당수가 알레고리화 경향을 띠는 것도 이와 관련돼 보인다. 가난의 유전자가 예외적인 '나'만의 것이 아닌 '거의 모두'의 것이라는 엄연한 현실 앞에서 99%의 희망 없고 빈한한 삶은 「바퀴라는 이름의 벌레」로, 「매와 쥐」로, '광어'나 '뱀'이나 '팽이'로 알레고리화된다.

> 아버지, 우리를 이런 볕도 안 드는 곳에 버려줘서 고맙습니다
> 당신에게서 물려받은 벌레 형상을 껴입고 노동을 하고 오는 저녁
> 바퀴의 정체성은 끝없이 달아나는 데 있으니까
> 콘크리트처럼 굳은 발을 씻으면
> 이상하게도 달려가야 할 내일의 골목길이 식욕처럼 떠오른다
> 먹이를 향한 재빠른 자세로, 엎드리거나 비는 자세로
> 달려나가는 바퀴의 마지막 진화는 벌레라는 걸
>
> —「바퀴라는 이름의 벌레」

> 매가 정지비행하면서 쥐를 내려다본다
> 쥐는 바닥만 보고 사는 평면적인 생물체
> 거울이 없는 쥐는 평생 제 몰골을 보지 못한다
> 쥐뿔도 모르는 쥐의 목숨은 쥐꼬리만하다

(…)

어차피 쥐는 쥐도 새도 모르게 또 태어나니까
쥐는 형상을 잃어버린다, 국가와 고향을 잃어버린다
빠작빠작 뼈 씹는 소리가 공중에서 흩어진다
매가 바닥을 응시한다

—「매와 쥐」

중세적 신분제도가 이 시대에도 여전히 살아있음을 간파하고 있는 시인은, 약육강식의 상하관계가 인간사회를 통제하는 관계의 핵심임을 우의적 비유를 통해 말하고 있다. 상위 1%를 제외한 모두가 밑바닥 삶을 살 수밖에 없는 현실을 간파하고 있기에 "엎드리거나 비는 자세"인 바퀴벌레나 "바닥만 보고 사는 평면적인 생물체"인 쥐가 비유의 대상으로 등장하게 된다.「광어」에서는 "평생 시장 좌판으로만 기어다니신 할머니"의 삶을 "생피박리의 징벌로 최후를 맞을 운명"에 비유하고 있으며,「팽이론」에서는 "가혹행위가 금지되어 있지만 팽이에겐/ 체벌이 없으면 섭섭한 노릇이다, 마조히스트로 태어나/ 피멍 든 어깨에 짐만 지다 가는 일꾼에게 일자리를 빼앗는 것과 같다"며 바닥에 붙어 소용돌이치다 바닥을 향해 몸을 눕히는 팽이를 99%의 밑바닥 삶에 비유하고 있다. 또「뱀술」에서도 "술로 밑바닥을 기다가 객지에서 혼자 목을 맨 아버지"의 삶을 "막대기와 경멸과 바닥을 온몸으로 받아들인 자세"로 병에 갇혀 죽어있는 '뱀술'에 비유하며 그것이 "인생 막장, 그 막다른 곳에선 시커먼 뱀 한 마리가 기어나온다"는 아들의 삶으로 이어지고 있음을 보여주고 있다.

약육강식의 상하관계와 밑바닥 삶의 비루한 운명은 이제 불가항력의 것으로, 고정불변의 벽처럼 우리 앞에 버티고 서 있기에 인간의 삶은 '벌레'의 그것으로 알레고리화된다. 벌레가 된 인간이 할 수 있는 일이란 로또를 사며 일주일치의 삶을 견디는 것뿐이다. 「길에서 길까지」에서 "더는 가고 싶은 길도, 펼쳐보고 싶은 지도도/ 남아 있지 않다는 것을"이라 읊조린다거나 「그림자 개」가 "하고 싶은 건/……아무 것도 없다"라고 고백하는 긴 그래서일 것이다. 인간의 역사는, 혹은 시대를 표상하는 삶은 "인간은 어떤 식으로든 희망을 읽어야 한다고/ 내 나이 무렵을 견디지 못하고 죽은 아버지"의 시대를 지나 무기력하고 보잘 것 없는 '루저'의 시대에 이른 것인지도 모른다. 「소설의 발생」에서 이야기된 것처럼 아버지의 시대에는 별이 빛나고 있었으나 아들의 시대는 "별들이 무질서하게 떠 있는 하늘에서 별자리를 읽을 수 있었던 때가/ 과연 행복한 시대였을까"(「그림자 개」) 의심을 품을 수밖에 없는 시대인 것이다. 하여 우리 시대 '루저'가 된 아들들은 소설을 읽는 대신 만화책을 읽는다. 「나는 만화책이다」가 말하듯, 만화책이란 "불공평한 세상을 너그럽게 사는 '유머'의 교본이기도 하니까". 고정불변의 현실에 유연하게 대처할 수 있는 한 방법은 매끄러운 '유머'로 미끄러지는 것일 수 있다.

요절한 아버지는 가끔 거울을 보다가 미친 듯이 웃기도 했다는데
그것은 진실로 삶을 비웃는 자의 통쾌한 풍자는 아닐지라도
스스로 웃으면서 물로 걸어들어간 자의
힘센 표정이 아니겠는가
사랑스럽고 눈물나게 열등한 바로 그 얼굴이
인생의 전편과 후편에 매번 등장할 수밖에 없는
아비의 얼굴이고, 어미의 얼굴이고 또한
바로 자신의 모습이라는 것을
뒤늦은 사랑처럼 뜬금없이 직장을 때려치우고서야 깨달았다

— 「나는 만화책이다」 부분

타고난 신분의 근원이자 최금진 시의 기원인 "인생의 전편과 후편에 매번 등장할 수밖에 없는" 얼굴들을 "사랑스럽고 눈물나게 열등한" 얼굴들이라 긍정하면서, 시인의 시세계는 비로소 웃을 수 있게 되었다. "웃음이 가장 맛있다"고 할 때의 이 웃음은 현실을 외면하거나 냉소하는 그런 웃음이 아니다. 기괴하리만치 음습하고 어두웠던 과거의 세계가 '몸'의 영역으로 들어와 오래 똬리를 틀고 숙성됨으로써 얻어진 긍정의 윤리이다. 여기서 긍정이 윤리일 수 있는 까닭은, 운명론적 순환 속에서 자칫 무기력해질 수 있는 최금진 시의 화자들에게 일종의 출구가 되어줄 수 있기 때문이다. 태생적으로 '루저'인 자들, 99%의 밑바닥 삶들에겐 웃음조차 쉽게 허용되지 않는 것이기에 역설적으로 억지로라도 웃음을 되찾음으로써 열리지 않는 출구를 두드려볼 힘을 얻을 수 있을 것이다.

"열성인자를 물려받고 태어난 웃음은 어딘가 일그러져"(「웃는 사람들」, 『새들의 역사』) 있다는 첫 시집의 인식에서 "웃음을 가르쳐라, 웃음이 가장 맛있다"는 두 번째 시집의 긍정 사이는 멀고도 가깝다. 웃음조차 계층화되어 있다는 날카로움과 '웃음'이라도 맛있게 지어 보겠다는 여유로움 사이에는 '소설'과 '만화'만큼의 차이가 있지만 모두 같은 시인에게서 나온 '거리'이기에 미더움을 준다. 하지만 개인적·정서적 기원을 탐구하다 마주하게 된 긍정이 시대적 현실에 대한 긍정이 되어서는 곤란하다. 웃음으로서 현실을 버티는 힘을 얻어야 하겠지만 자칫 현실을 수용하는 느슨함이 될 수도 있다는 기우(杞憂)이다. 최금진 시의 독자성은 일말의 희망도 없다고 말하는 단호함에 있기에 오히려 끝까지 버티는 부정의 정신이 함께 해야 할 것이다. 개인사의 고통이 타자의 삶을 이해하는 타자성의 기반이 되어 주었듯, 기원과 화해하는 긍정의 윤리가 고통스런 현실을 끝까지 부정하며 버틸 수 있게 하기를.

선명한 세상에서, 희미해진 '우리'는

— 최승자, 『물 위에 씌어진』
이수명, 『언제나 너무 많은 비들』

1. 앓고 난 몸으로 굽어보는 세상은

최승자의 시어는 죽어야만 갈 수 있는 무덤을 미리 다녀온 자의 그것이다. 누구나 죽음을 말할 수 있지만, 시인의 '죽음'이 다르고, 최승자 시인의 '죽음'은 엄연히 다르다. 최승자의 시세계에서도 '죽음'은 언제나 있었지만 최근에 발간된 『물위에 씌어진』(천년의시작, 2016) 의 죽음은 조금 더 실제적이고 훨씬 더 초월적이다. 실제적인 것과 초월적인 것이 함께 있을 수 있는 곳이 『물위에 씌어진』의 시세계인 것이다. "감각의 무덤이 나였었다/ 아니 무덤의 감각이 나였었다"라고 시인이 고백할 때의 그 무덤은 실제로 죽은 자의 무덤이며, 그 무덤을 다녀온 육체적 감각으로 죽음을 초월하고자 하는 무의식의 고백이다. 고백이라기엔 다소 무덤덤하게 느껴지지만, 시인의 병이 실제적인 죽음을 온몸에 깃들게 할 만큼 깊었고 무참한 거기에서 긴긴 시간을 보냈으며 이제 간신히 '시'를 붙들고 무덤을 나와 우리에게 말을 건네고 있는 것이기에, 무덤덤함 뒤에 숨은 그 참혹한 고통을 어찌 짐작이나 할 수 있을지 아득하기만 하다. 시인의 시대를 살았고 그녀의 시를 읽어온 사람들이라면 어쩌면 짐작할 수 있었을지 모를 구절들이 사실은 있었다. "마음은 오랫동안 病中이었다. 마음은 자리 깔고 누워 일어나지 못했다."(『내 무덤, 푸르고』 뒤표지 글) 시인은 말했으나 우리는 듣지 못 했다. 시인의 마음으로 살지 못 했고, 시인의 말을 하나의 비유로만 받아들이며 외면하고 싶었기 때문이리라. 하여 이제 최승자의 시를 읽는 일은 시인의 마음이 되어 이를 외면하고 싶은 또 다른 마음과 고투를 벌이는 지난한 과정이 되었다. 그러나 아무리 지난하여도 시인의 것만큼이 되지 못하니 최승자의 시를 읽으며 누락되는 의미들은 고스란히 읽는 자의 몫이 될 수밖에 없다.

『물위에 씌어진』의 시편들에서 타락한 세상을 굽어보는 초월자의 시선이 느껴지는 것은 시인이 온몸으로 살아냈던 세상으로부터 이제 어느 정도 거리를 두고 있기 때문일 터이다. 거리는 두었으나 보는 시선조차 거두어들일 수 없으니 마음을 다치지 않고 볼 수 있는 자리를 찾아 헤매었었고 '구름'만이 자리를 내 주었기에 거기에 '집'을 지었다고 할까. 초월적이기는 하나 권위적이진 않고 그렇다고 도사연하며 달관적이지도 않은 시적 화자의 시선은 이렇게 해서 만들어졌을 것이다. 이를 시인이 말한 '초거대물리학, 초거대집단심리학'의 시선이라 할 수 있지 않을까.(「시인의 말」)

가을 山 국화꽃 하나 웃길래
오른 발은 西에 두고 왼발은 東에 두어 봐도
발 아래는 여전히 세상살이의 먼지뿐
먼지 자욱한 그 속에서
어디에다 내 집을 지을까

이 꿈도 아닌 저 꿈도 아닌 그 사이에서
이 꿈도 이데올로기요, 저 꿈도 이데올로기인 그 사이에서
어디에다 내 집을 지을까

—「슬펐으나 기뻤으나」 부분

산 위에서 내려다보는 세상은 '자욱한 먼지'뿐이다. 그 곳을 바라보며 '내

집'의 위치를 모색하는 시적 화자. '나'의 위치는 "이 꿈도 이데올로기요, 저 꿈도 이데올로기"임을 알고 있는 자가 찾기에 쉽지 않다. 「망량」에서 "그 그림자와 망량이 서로 싸운다"거나 "이 세계史와 저 세계史 사이를/ 찔뚝 팔뚝 걸어갑니다"라고 썼던 이유이기도 하다. "무의식 속의 무의식이 무의식에게/ 자꾸 싸움을 걸어"온 이 과정이 시인이 겪은 무참한 고통일텐데, 시인은 이토록 무심한 언어로 말하고 있다. 노자와 장자를 통과하여 얻은 듯한 '무심함'은 그러나 "노자와 장자에 있어서 더욱 중요한 것은 (神마저) 빠져 나갈 수가 없는 초거대물리학, 초거대집단심리학"이라 얘기하는 경지에 이름으로써 개인의 심리적 고통을 다스리는 수준의 '무심함' 이상의 것을 함의하고 있다. 도대체 "신마저 빠져 나갈 수가 없는 초거대물리학, 초거대집단심리학"이란 무엇인가. 불온하고 강렬한 언어로 신을 부정하고 모욕함으로써 한 시대를 견뎌왔던 시인이, 자신만의 세계에 유폐되어 신의 죽음/부재의 현실을 앓고 또 앓았던 시인이, 이제 "신마저 빠져 나갈 수가 없는 초거대물리학"을 새로이 신의 자리에 놓고 있는 것이 아닌가. 세계를 부정했던 매혹적인 강렬함 대신 그만큼의 깊이와 무심함으로 시인은 다시 이 세상을 견디려 하는지 모른다. 그렇다면 초거대물리학이란 세계를 설명하는 단 한 권의 책, 초거대심리학이란 인간을 설명하는 단 한 줄의 문장이라 말해볼 수 있겠다. 이리하여 시인은 21세기에도 바라볼 하늘이 있다고 하면서 하늘 도서관에서 낡은 책 한 권을 빌리려 하는 게 아니겠는가.(「하늘 도서관」)

저기 갑 을 병 정이 걸어간다
하나 둘 셋 넷 구령 붙여 지나간다
저기 봄 여름 가을 겨울이 지나간다
잎 피우다 꽃 피우다……

저기 저기 모든 것들이 지나간다
모든 슬픔 모든 기쁨을 등딱지에 얹고서

오늘 나는 無心히 거리를 걷고 있었는데
어느 有心이 나를 건네다 보고 있었다
그 有心은 말하자면 나를 노려보고 있었다
나는 존재의 허를 찔려 주춤하고 말았다
그런데 그 有心의 이름은 無心이었다

(오늘 죽음의 영수증을 받으러 갔다
'당신의 죽음을 정히 영수합니다')

—「저기 갑 을 병 정이」 전문

시집 곳곳에 등장하는 '인류, 문명, 역사, 모든 이데올로기들'과 같은 거대 단위의 관념어들은 아비규환의 인류사와 약육강식의 문명사를 단 한 줄의 문장으로 설명하고 싶은, 초거대물리학/초거대심리학의 시선에서 나온 것이라 할 수 있다. 이는 저기 걸어가는 "갑 을 병 정"을 "저기 저기 모든 것들이 지나간다"고 보편화하여 자신의 개별적이고도 지극한 아픔 또한 모든 지나가는 것들로 포함시키고 싶은 욕망, "사람이 사람을 초월하"여 "자연이 되"고 싶은 욕망이기도 하다.(「서서히 말들이 없어진다」) 결국 욕망을 버림으로써 자유로워질 수 있다는 도가의 전언은 최승자에 이르러 욕망을 가짐으로써 생을 붙들 수 있다는 실제적 존재론으로 역전된다. 그리하여 욕망의 다른 이름이 '虛'일 수도 있음을, 욕망의 충족이 죽음으로써만 가능하듯 '虛' 또한 '無'에 이르러야만 충족될 수 있음을, '有心'과 '無心'이 다르지 않음을 알게 된다.

이렇게 하늘에서 굽어본 세상은 "흘러가지 않는 풍경"(「흘러가지 않는」)이고 어느 날 분명 토악질을 할(「어느 날 어느 날」) "죽음의 문명"(「20세기의 무덤 앞에」)이지만, 시인은 그러한 세상을 바라보며 "신은 오후에 더욱 명료해지고/ 하늘은 밤에 더욱 파래진다"는 선명한 시선을 얻는다. 그러한 시선으로 굽어보는 세상은 시인의 마음에 흡족하진 않지만 단순하고 명료하다. 시인은 시를 긍정함으로써 점점 치유되고 있는 것처럼 보인다. 이전 시집들에 비해 『물 위에 씌어진』에 '시인'들에 관한 시가, 스스로를 시인으로 규정하는 시가 많은 것은 "신비라는 어머니가 낳은 딸들"이 바로 '시인들'이기에(「詩人들」), "달아나는 노자의 발목을 붙잡"을 수 있는 명목이 '시인'이기에 그러할 것이다.

하지만 전작들에 비해 간명해진 시어들에도 흔들림의 흔적은 여전히 남아있다. "오 명목이여 명목이여/ 물 위에 씌어진 흐린 꿈이여"(「물 위에 씌어진3」)가 괄호 안에 넣어지듯, "하루 낮에도 천국과 지옥을 오락가락하는 게 시인이 아니더냐"(「작가의 말」)가 괄호 안에 넣어지듯, 시집 곳곳에서 만나게 되는 괄호 안의 시행들은 간명한 언어 이면의 어떤 흔들림을 말해주고 있다. 시인의 흔들림이 시적 긴장의 흔적일 뿐이기를 바라는 마음은 시인의 아픔을 외면하고 싶은 또 다른 마음인가. 시인을 따라 읽는 이의 마음도 흔들리니 선명한 세상이 품고 있는 갑을병정의 세계 또한 어렴풋이 보이는 듯하다.

2. 흘러내리는 '얼굴'로 '비의 배경'이 된 '우리'는

시인 스스로 "존재하는 모든 것들은 오로지 이미지로 존재한다"(이수명 시론집, 『횡단』)고 했으니, 이미지로 시작하는 독법이 과히 어긋난 것은 아니리

라. 이수명의 시를 읽으며 떠올린 이미지는 이렇다. 어떤 공간, 아마도 평면으로 연상되는 공간 위로 '나'가 솟아나고 있다. '나'는 형태를 가지지 못 하는, 만들어가지만 곧 허물어지는 하나의 사물, 점성의 유동체이다. 이 점성체는 무언가를 토해내듯이 무수한 돌기를 만들어내며 다른 것이 되어 간다. 종종 그것들은 따로 떨어져 '너'가 되기도 한다. 발생하고 변형되는 존재들.

눈을 뜨지 않고
나는 오늘 오는 중이다.

얼음과 구름의 그래프 철과 오페라의 그래프 쏟아지는 파과들과 동시다발적인 그래프

나는 솟아나는 중이다. 여기에서 거기로

아름다운 풍습에 물들어 날마다의 밑줄들을 매달고 있는 오선지들이 탈선하고 있으니까 거기에서 지금으로 내일이 휘어진 것이라면 오늘을 돌파하지 못하겠지 그러니 이젠 아니다. 떨어져 나간 의족에 뺨을 부비고 서서 지금이 내일이다. 내일이 쏟아지는 오늘이다.

—「비인칭 그래프」 부분

이수명의 시에서 발생, 변형 중인 것은 '나'와 같은 존재자뿐만이 아니다. 시간과 공간 또한 부단히 변형 중이어서 "동시다발적인 그래프"를 그리며, "지금이 내일"이고 "내일이 쏟아지는 오늘"이 된다. 시간과 공간의 변형이란 아마도 오선지와 같이 평행하게 흘러가는 일상적 시공간의 "탈선", 어긋남

을 의미할 것이다. 이수명의 시는 이처럼 통상적인 문법에 어긋나는 문장들과 관습적 인식틀에서 벗어나는 이미지들로 가득하다. 뒤틀린 시공간의 세계에서 발생하고 변형되는 '나'의 이미지는 우선 '동일직 자아'라는 단단하고도 완결된 개념을 거부한다. 끊임없이 쏟아지고 솟아나고 흘러내리는 세계에서 '동일적 자아'란 그저 하나의 관념일 뿐이다. "순식간에 얼굴은 이루어지기에 지상에 거처를 가지지 않는다."(「의인화」)라는 시행에서 알 수 있듯 '얼굴'과 같은 정체성은 순간적으로 이루어졌다 변형되어 간다. 마찬가지로 자아의 능동적 행위도 부정된다. "내가 베어 물었을 때 너는 썩으려 한다. 단 한 차례의 생애에서 우리가 의인화되는 순간이다."에서처럼 '의인화'로 표현되는 어떤 능동적 행위가 이루어지는 순간 사물 고유의 속성은 파괴된다.

「나무의 나머지」에서도 그러하다. 시인은 '나'와 '나무'와의 만남으로 변형되는 '나'와 '나무'의 세계를 "나무와 마주칠 때 마주치고 나서 나무가 여기저기 고일 때 나는 나무의 나머지이다."라고 옮긴다.(「나무의 나머지」) 나무를 '나'의 나머지라 쓰지 않고 "나는 나무의 나머지"라고 쓰는 것은, 비대해진 '나'를 '비인칭'화하여 '나'와 '나무' 사이의 균형을 맞춰가는 과정처럼 보인다. 그러한 균형은 "나는 나무에 칼을 던진다." "칼자국들이 내 얼굴을 부수고 있다"에 이르러 서로의 정체성이 동등하게 변형되어 가는, 만남 사후의 과정에서도 나타난다. 이렇게 보면 이수명의 시는 일견 의인화된 '나'를 뒤집어 '비인칭'화하고 그럼으로써 동등하게 변형·파괴되어 가는 '나'와 '너', '우리'의 생장 그래프를 이미지화하는 시처럼 읽히기도 한다. 하지만 이것만으로 이토록 난해한 문장을 인화하여 서서히 떠오르는 이미지, 그 의미들을 읽어냈다 말할 수 있을까.

"머리를 끄집어내요/ 모자를 본떠/ 머리가 생길게요"(「8월의 아침」)처럼 끊임없이 '나'를 '비인칭'화하는데 몰두하는 시인은, 「비의 연산」에서 '나'와 타자의 관계를 연산한다, 아니 연산하지 못한다. '비인칭'의 세계에서 사랑은 "만나지 않는 선들이 그냥 떠 있"는 상태이며 "합이 도출되지 않는 끝없는 연산"이다.(「비의 연산」) 너무나 동등해서 평행으로 떠 있고 합이 도출되지 않는 그런 관계. 그런데 반복되는 시행 "우리는 비의 형식이면서 동시에 비의 배경이다."는 무슨 의미일까. 이에 답하기 위해 또 다른 시를 참조할 필요가 있겠다.

내가 너의 손을 잡고 걸어갈 때
왼쪽 비는 내리고 오른쪽 비는 내리지 않는다.

우리에게는 언제나 너무 많은 손들이 있고
나는 문득 나의 손이 둘로 나뉘는 순간을 기억한다.

내려오는 투명 가위의 순간을

깨어나는 발자국들
발자국 속에 무엇이 있는가
무엇이 발자국에 맞서고 있는가

우리에게는 언제나 너무 많은 비들이 있고
왼쪽 비는 내리고 오른쪽 비는 내리지 않는다.

— 「왼쪽 비는 내리고 오른쪽 비는 내리지 않는다」 부분

'나'와 '너'가 손을 잡고 걸어가는 장면이다. 흐물흐물한 점성체에게도 손이 있어서 서로 통과해가지 않고 손을 잡고 걸어가는 순간이 있다. 평면에

서 솟아나온 것이 '나'였듯, '나'에게서 솟아나와 있는 형상이 손이므로 손은 어쩌면 다른 '나'가 생성될 수 있는 일종의 돌기 같은 것인지도 모른다. "언제나 너무 많은 손들이 있"어서 '나'는 언제나 너무 많고도 다른 '나'가 될 수 있는 것이다. 그 손이 "둘로 나뉘는 순간"이란, 점성체의 세계에서는 너무나 이질적인 것이 '나'의 세계로 틈입해 들어왔음을 의미하는 것일 터, 그 틈입의 지점을 기준으로 "왼쪽 비는 내리고 오른쪽 비는 내리지 않는다." 다시 서두의 이미지를 가져오자면 한 평면(평면 1)에서 솟아나온 '나'가 그것과 평행인 다른 평면(평면 2)에 까지 뻗어나간 형상이라 할 수 있겠다. 우리가 보기에 평면 1이 위에, 평면 2가 아래에 있다면 솟아나온 '나'는 평면 2의 위에서 아래로 종유석(鍾乳石)처럼 돋아나와 비처럼 흘러내리게 된다. 그 종유석의 비 왼쪽과 오른쪽에 '나'와 '너'가 있다. 이렇게 그 한줄기의 비 오른쪽에 있는 '너'에게 "왼쪽 비는 내리고 오른쪽 비는 내리지 않는다." 이수명의 시는 '나'와 '너'가 걸어가는 장면에서 통상적으로 떠올리게 되는 사랑이라는 관계를 배경으로 '손'과 '비'에 대해 말하고 있는 것이 아닐런지. 그렇다면 "우리는 비의 형식이면서 동시에 비의 배경이다."라는 시행의 의미는 '우리는 '손'과 '비'의 형식으로 존재하고 있다'는 의미일 터, 우리에게 "너무나 많은 손들"이 있듯이 존재변이의 돌기가 내재해있으며, "너무나 많은 비들"이 있듯이 틈입의 가능성이 내재해있는 것. 현존하는 우리가 "비의 배경"처럼 물러날 수 있다면 내재하는 것들의 발생과 변형을 눈으로 보게 될 것이다!

이수명의 시를 읽고 떠오른 이미지가 발생과 변형이었던 것은 현재의 존재를 고정시키지 않음으로써, 유동적인 점성체로 이미지화함으로써, 내재하는 잠재성의 세계를 펼쳐 보여주려 했기 때문일 것이다. 시인이 시론을 통해 "샤르는 새로운 새를 만들어내지 않고 우리 가운데 있는 새를 불러내고 있다. 불러내 돌려주고 있다. 하지만 이미 우리에게 있는 것을 우리에게 되돌려주는 것. 이것은 상상력만이 할 수 있는 일이다."라고 했듯, 시인은 이미 우리에게 내재되어 있는 것을 우리에게 되돌려주는 시작(詩作)을 하고 있다.

이제 서두에 그린 이미지에 비처럼, 종유석처럼 솟아나와 흘러내리는 '비'의 풍경을 겹쳐 놓아야겠다. 발생과 변형의 유동적 이미지를 배경으로 너무나 많은 비들이 순간적으로 정지해있는 하나의 이미지. 다시 다른 곳으로 이동해갈 것이다.

다르지 않은 내일의 세계, 첫, 다른 소리로 쓰기

— 성윤석, 『멍게』
정익진, 『스캣』

세계를 인식하는 주체는 시간의 축을 중심으로 보는가, 혹은 공간의 축을 중심으로 보는가에 따라 서로 '다른' 세계를 보게 된다. 정확히 말하자면, 서로 '다르게' 인식하는 것. 전자가 어제와 오늘이라는 시간의 전개에 따라 나타나는 변화에 초점을 맞춘다면, 후자는 같은 시간 다르게 나타나는 형상의 총합을 인식하고자 한다. 어제의 세계가 오늘의 세계와 다르지 않고 내일 역시 마찬가지일 것이라는 인식이 팽배할 때 후자의 경우가 빈번해진다. 세계는 넓고 인간의 눈은 두 개뿐이어서 볼 수 있는 형상은 한정적이지만 몇 개의 '어떤' 형상들을 통해 주체는 그것들의 총합인 세계의 형식을 미루어 짐작한다.

성윤석 시인이 어류의 형상을 통해 삶의 원리을 꿰뚫고자 한다면, 정익진 시인은 꼴라주된 형상의 배치와 조합을 통해 세계를 '구성'하고자 한다.

1. '어류'의 전언

성윤석의 시에서 공간은 언제나 중요한 시적 모티프가 되어 왔다. 첫 시집 『극장이 너무 많은 우리 동네』(문학과지성사, 1996년)는 다른 공간인 듯 하지만 현실과 너무나 꼭 닮아있는 '극장'을 주요한 시적 무대로 삼았으며, 두 번째 시집 『공중묘지』(민음사, 2007년) 또한 삶의 다른 얼굴인 죽음의 공간을 다루고 있다. 쉽사리 '내일'의 희망을 말할 수 없을 만큼 아픈 경험이 있었고 시절 또한 그러했다. 그로부터 멀리 왔지만 지금의 세계 역시 그때의 모습과 그다지 다르지 않다. 극장이나 묘지와 같은 공간이 시인이 파악하는 삶의 어떤 원리를 함축하고 있었고 이제 바닷가의 어시장이 그러한 공간을 대체하고 있다. 하지만 "더 이상 숨을 수 없는 곳으로 가기 위하여" 바다로 갔다는 시인의 시어는 가림막 없이 좀 더 날것에 가까워졌다.

멍게는 다 자라면 스스로 자신의 뇌를 소화시켜 버린다. 어물전에선
머리 따윈 필요 없어. 중도매인 박 씨는 견습인 내 안경을 가리키고
나는 바다를 마시고 바다를 버리는 멍게의 입수공과 출수공을 이리저리
살펴보는데, 지난 일이여. 나를 가만두지 말길. 거대한 입들이여.
허나 지금은 조용하길. 일몰인 지금은
좌판에 앉아 멍게를 파는 여자가 고무장갑을 벗고 저녁노을을
손바닥에 가만히 받아보는 시간

—「멍게」 전문

성윤석의 세 번째 시집 표제작인 「멍게」는 시인이 처해있는 위치와 상황, 내면 세계의 시적 형상화 방식 등을 잘 보여주는 시편이다. 시적 화자의 내면은 시간의 축에 의해 큰 영향을 받고 있지만 거기에서 벗어나 순간에 몰입하기를 원하고 있다. "일몰인 지금" 이 순간, "손바닥에 가만히 받아" 볼 수 있는 순간의 형상에 몰입하여 "뇌를 소화"하는 무념무상의 상태를 지향한다. "바다를 마시고 바다를 버리는 멍게의 입수공과 출수공"처럼 과거의 일들은 "거대한 입들"이 되어 '나'를 삼켜버리려 한다. '나'는 과거의 일이 만들어낸 상처나 고통으로부터 거리를 두고 조용히 "저녁노을"을 바라보려 한

다. 과거와의 단절 모티프는 이번 시집 곳곳에 드러나지만 그것은 상처 입은 기억으로부터의 도피로 의미화되지 않는다. 지난 일들이 남긴 영향은 분명하지만 그것을 과도하게 의식하지 않으려는 의연함이 이번 시집의 기본 정조라 할 수 있다.

이성적 사고와 도시적 욕망에서 벗어나고자 하는 시인의 내적 소망은 "나 이 바다로 오기 위하여 책을 버렸네/ 더 이상 숨을 수 없는 곳으로 가기 위하여"(「책의 장례식」)라는 구절에서도 표현되고 있다. 여기서 책은 숨을 수 있는 논리를 제공해주는 것이 된다. 더 이상 숨을 수 없는 곳으로 가기 위해 책을 버린다고 했기 때문이다. 이성적 사고와 도시적 욕망이란, 원초적인 인간의 삶을 감추고 의미를 부여하는 논리, 더 나은 조건을 위해 삶을 조직화하려는 욕망인 것이다. 그리하여 시인은 이성적 사고와 인간적 욕망과는 대척점에 서 있는 존재인 어류에게서 생의 어떤 태도를 발견하고자 한다. 그것은 원초적인 생명의 원리에 충실한 순간들로 표현된다. 원초적인 생명의 원리를 체현하고 있는 어류의 형상을 통해 삶의 원리를 발견하고자 하는 것이다. 어류는 사고를 할 수 있는 고등동물이 아니어서 멍게처럼 뇌가 없는 경우도 있고 따라서 인간으로서 가지게 되는 집착과 질투, 상실과 슬픔 등의 복잡다단한 감정을 느끼지 못한다. 그러면서 인간의 먹이가 되고 이번 시집의 시적 화자에게는 생계의 수단이 되기도 한다. 이러한 어류의 생태와 어업과 관련된 일을 하는 이들의 물질적인 삶의 양상을 지켜보면서 시적 화자는 일종의 수행을 하고 있는 듯 보인다. 그 수행은 위에서 말한 것처럼 과도한 감정을 동반하지 않기 때문에 해학적으로 보이기도 한다.

당신에게 준 내 마음을 당신에게서 돌려받아
얼리고 얼렸더니, 그 언 살들은 얼음 창고 구석에
처박혀 아무리 찾아봐도 보이지 않고
다시 당신의 바다에 흘려, 흘려보낸 내 유자망

그물엔 아무것도 걸리지 않아,

나는 마시네
대구리배들만 선창에 오고 가고
마시네.

등 터져라. 내가 보고 있는 당신의 등.
고래는커녕, 흥!
내가 고래다. 흥!

—「고래는커녕」 전문

시적 화자가 거리를 두고자 하는 과거의 기억에는 '당신'이 있다. '당신'에게 투사했던 리비도는 다시 "돌려받"았지만 애도는 끝나지 않았다. 감정을 배제하려는 수행적 애도는 마음을 "얼리고 얼렸"다는 구절, "다시 당신의 바다에 흘려"보냈다는 구절들에 드러나 있다. 시인은 이러한 애도의 과정을 "흥!"으로 마무리함으로써 자존감을 지키려 한다. 「상어」에서 오래 굶은 상어가 "쳇, 하는 입모양으로 누워 있다."고 쓴 것처럼, 대상에 대해 혹은 세상에 대해 냉소하는 듯하면서 스스로의 존엄을 지키려는 태도를 볼 수 있다. 이것이 고래나 상어에의 비유, '흥'이나 '쳇'이라는 감탄사를 통해 표현됨으로 해학적인 어조를 낳고 있다.

이처럼 성윤석 시인은 이번 시집에서 시간의 축으로부터 거리를 두면서 '순간'이라는 프레임에 포착된 어류와 어업의 형상을 통해 과거의 상처를 치유하고 자존을 회복하려는 시편을 보여준다. 상처의 치유와 자존의 회복, 수행으로서의 시쓰기는 성윤석만의 고유한 영역은 아니지만 과도한 감정을 자제하면서 냉소적이면서도 의연한 태도를 견지하려하는 점은 『멍게』(문학과지성사, 2014)만의 특성이라 할 만하다. 또 가벼운 터치로 어류를 상징화하는 점도 눈에 띈다.

때문이야. 우리 비천하시만, 날갯짓은 기억하기로 했던 것 같아. 그게 남아 있는 게 신기해.

폐선은 바다에서 녹고 사람은 비에 녹고 있어. 날들이, 나부끼는 물결을 넘어가며. 내

눈빛을 되돌려주면 고맙겠어. 이상하지. 날이 갈수록 길에 있는 게 편해. 어쨌든 가고 있는

거잖아.

—「선창」 부분

이번 시집의 전반적인 정조와는 다소 거리가 있지만 시인의 목소리가 서정적인 울림으로 전해지는 시편이다. '비천한', 날것으로서의 현실은 받아들이면서 "날갯짓은 기억하기로", "내// 눈빛"은 돌려받기로 하는 시인의 도도하고 의연한 목소리가 느껴진다. 순간에 몰입하고자 하지만 머물러있기를 원치 않는, "어쨌든 가고 있는" 상태가 시인의 시적 수행이 지향하고 있는 방향일 것이다.

2. '스캣'으로서의 시어

성윤석의 시가 체험적 세계를 재현하고 있다면, 정익진의 시는 현실에는 없는(있을 수 없는) 세계를 구성해내고 있다. 그는 맨눈으로 보는 현실이 아

니라 일정한 렌즈를 통과하여 비춰진 인위적 '장면'을 시화(詩化)한다. 첫 시집 『구멍의 크기』(천년의 시작, 2003년)에서는 '구멍'이 렌즈의 역할을 했었고 두 번째 시집 『윗몸일으키기』(북인, 2008년)에는 '무인카메라'가 포착한 세상이 편집되어 있다. 그의 시적 장면이 현실에 있을 수 없는 세계가 되는 이유는 그것이 황당무계한 상상으로 펼쳐지는 판타지이기 때문이 아니라 현실에 있는 장면들이 아무런 연관성 없이 덧붙여지고 중첩되어 있기 때문이다.

이런 분위기에서는
더 이상 열매를 딸 수 없어
더더욱 죽고 싶지도 않아

이런 분위기에선 정말이지
내 심장 한쪽이 푸줏간에
걸린다 해도 고백하고 싶지 않아

한번 벗어나면 도저히 일어설 수 없는,
어둠과 위스키의 원액을 섞어놓은 듯한,
독수리 한 마리, 비 한 줄기,
피아노 두 대가
녹아나는 이런 분위기

(…)

서로가 표백될 것 같은
이런 분위기에서

어휴, 정말이지
제대로 죽을 수도 없어

―「이런 분위기」 부분

정익진의 시세계는 대체로 '이런 분위기'이다. "어둠과 위스키의 원액을 섞어놓은 듯한" 분위기. "독수리 한 마리"와 "비 한 줄기"와 "피아노 두 대"가 아무런 유사성이나 인접성 없이 한 장면에 모여 있다. 언어적 인과관계에 의존하고 있는 우리의 사유체계를 교란시키면서 자의적으로 배치된 몇 가지 대상들을 통해 익숙한 세계를 낯설게 보여준다. 하지만 이러한 시적 전략이 단순히 낯설게 하기를 위한 것만은 아니다. 정익진의 세 번째 시집 『스캣』(문예중앙, 2014)을 통해 "열매를 딸 수 없고", "서로가 표백될 것 같은", "제대로 죽을 수도 없"는 '이런 분위기'의 세계를 재배치하고 싶은 욕망을 읽을 수 있다.

나는 커서 외국인이 될 것입니다.
내국인의 취향에 맞춰 커간다는 것은 거의 불가능하죠.
표정이 미숙할 뿐만 아니라
그들의 성장 속도를 따를 수가 없기 때문이죠.

(…)

……나팔꽃이……
고래가……
파도가 되고 싶어요.

아니요, 외계인이 될 겁니다.

은하수 부스러기…… 달빛 조각들……
뭐, 그런 것들이 먹고 싶어요.

우주가 될 거예요.

—「나는 커서」 부분

외국인으로서의 존재인식이 아닌, "커서 외국인이 될 것"이라는 존재지향성은 "외계인", 나아가 "우주"로 확장된다. 이것은 "나팔꽃"과 "고래"와 "파도"가 되고 싶다는 개별 욕망의 총합이 아니라 '다른' 합산이다. 외부의 '다른' 존재가 되겠다는 지향성은 '이런 분위기'의 세계를 승인하지 않겠다는 의지이며, 내부의 것을 '다르게' 배치하고 조합하는 '구성'의 방식을 통한 '다른' 세계에의 모색이다. 그러므로 세계가 낯설게 보이는 것은 단지 그렇게 보이도록 하는 기술(skill)에 그치는 것이 아니라 세계의 구성 원리에 대한 근본적인 문제제기가 된다.

정익진의 시가 문제 삼는 지금 이 세계의 구성 원리는 언어적 합리성으로 증명 가능한 명징성의 원리라 할 수 있다. "얼굴 하나가 꿈속에 잠겨 있는/ 그 시각, 다른 얼굴 몇몇은/ 아침 햇살을 받으며 깨어"나는(「얼굴의 반격」), 연관성 없는 사건이 동시다발적으로 일어나는 이러한 세계는 선명한 인과관계로 연결될 수 없다. 그렇기 때문에 그의 시에서는 ""발자국" 하고 물으면 "나뭇가지에서 떨어지는 눈송이들""을, ""언덕길" 하면 "롤러코스터에서 태어난 아기""를 대답하게 되는 것이다.(「Q&A」) 또 "'그러나'의 꼭대기에서 날아가는 술 취한 녀석"과 "'그리고'의 선착순에서 멀어져가는 그녀의 모습"과 같은 구절을 통해 인과관계의 틀을 벗어난 '접속사의 체조'를 보여주게 된다.(「접속사의 체조」) 이렇게 정익진의 시어는 세계를 선명하게 재현하지 않는, 혹은 재현할 수 없는 "정체불명의 소리"(『스캣』의 뒷면 표지글)가 된다. 마치 '스캣'과도 같은. "비비딥 디들라, 비비딥디들라/ 히비히비 지비즈, 비비딥디들라비비딥디들라……"(「스캣」)

미치기로 결심했는가.
왜 이 바닥은 아직도 출렁이질 않는가.
창조할 수 없다는 그 무시무시한 공포.

국세청에서 풍향계 압류 통지서가 날아왔다.
마침내 세찬 바람이 불어온다.
불타는 숲, 절벽에서 떨어지는 짐승들, 파멸이다.
피 묻은 손으로 지휘봉을 쥐고 온몸을 떨며
선율을 뽑아내는 그 노인을 흉내 내어본다.
요트와 같은 기분이 드는가.

방이 흔들리고 꽃병과 커피 잔이 탁자에서 떨어진다.
눈을 감지마라. 그녀에게 내 몸을 고백해야 한다.
이 편지는 배 속의 태아와 새들 그리고
물고기들과 함께 읽을 수 있다.
가자, 돛을 펼쳐라.
신대륙이다.

—「요트와 같은 기분이 들 때까지」 부분

스캣과도 같은 시어로 말하려고 하는 바는 무엇인가. 스캣은 의미 없는 중얼거림이므로 이러한 질문은 우문일지 모른다. 『스캣』의 시어는 '무엇'이라는 의미를 담지 않고, 스캣과도 같은 발화 형식 자체를 통해 말한다. 우리가 확고하다고 믿고 있는 의미의 연쇄고리를 흔드는 것. 위의 인용시에서 시적 화자가 질문하는 바, "왜 이 바닥은 아직도 출렁이질 않는가." 출렁이지 않는 견고한 바닥은 "창조할 수 없다는 그 무시무시한 공포"를 자아낸다. 창조란 새로운 것의 출현이므로 견고하고 고정된 시스템 내에서는 이루어질 수 없는 것이다. "풍향계"를 압류당한 상태에서 시인이 지향하는 세계는 "요트와 같은 기분이 들 때까지" 흔들리고 흔들리는 세계, 아직 당도하지 않은 "신대륙"과 같은 세계일 터이다. 의미의 고정성, 명확성을 부정하는 시인은 '내일'의 세계가 어떤 고정된 형식을 지니길 원하지 않는다. 「마지막 장면」에서 "학생들이 주문한 음식 아직도 나오지 않았"다고 말해지는 것처럼, '마지막 장면'은 한없이 지연된다. 이러한 지연은 고정된 의미체계를 조금씩 빗겨 서는 것, 한 장면에 있을 수 없는 것들을 끌어와 이어붙이는 작업에서 비롯된다. 승인할 수 있는 '내일'의 세계가 있다면 그곳으로 가면 될 일이다. 그러나 그것은 창조될 수 없는, '오늘'의 연속일 뿐이다. 예정되어 있는 그곳, 창조될 수 없는 그곳, 다를 바 없는 그곳으로의 당도를 한없이 지연시키는 것이 '스캣'으로서의 시어가 하고 있는 일이다.

기억의 환대, 타자성의 수용

— 박정수, 『봄의 절반』
박소영, 『니날의 그물을 꿰다』

시인의 몸은 아메바처럼 무정형이며 유동적이다. 시인은 사소한 자극에도 몸을 바꾸는 세상에서 가장 예민한 존재이지만 그들에게 존재론적 사건이 되는 자극이 있다면 아마도 내부의 기억과 외부의 타자일 것이다. 근대적 시인은 존재를 뒤흔드는 불온한 기억들, 낯설고 이질적인 모습으로 진군해오는 타자 앞에서 깨지기 쉬운 몸의 균일한 형태를 유지하기 위해 고군분투해왔다. 하지만 지금의 시인은 오히려 끓어오르는 기억과 거침없는 타자의 개입을 환대하여 기꺼이 몸을 바꾼다. 애초에 가졌던 몸의 형태를 기억하지 못 하는 듯, 타자가 가진 형태가 더 부러운 듯, 어떻게 되어도 상관없다는 듯, 무심하게 그러나 끊임없이.

오래된 기억, 때 이른 귀환

시인에게 기억은 시어를 길어 올리는 우물과 같다. 박정수 시인에게도 기억은 그 시세계의 '절반'이다. "강은 금이 가지 않는 거울"이라는 시구처럼 시인은 강이거나 달빛이거나 파꽃이거나 우엉같은 것들을 거울 삼아 내면 깊숙이 가라앉아 있는 기억을 떠올리고 시화한다. 시인의 기억 속에는 "노란 전설들이 전염병처럼 번지는" 산수유 마을이 있고 "보라꽃 이야기들의 사랑방"이었던 평상이 있다. 박정수 시인에게 기억은 허물어져 가는 풍경이 품고 있는 오래된 내력이며 때마다 반복되는 신열이자 광기이다.(「옥수동」, 「선창포구」) 시인의 시작(詩作) 행위는 흔적없이 사라진 우물의 기억을 먹고 해마다 붉게 앵돌아지는 앵두나무의 붉음을 시어로 옮기는 일이며(「앵두나무」) 시인의 몸에 버리고 간 구렁이의 독기를 언어화하는 일이다.(「낮꿈」)

박정수 시인이(혹은 시적 화자가) "오월의 바람에도 툭툭" 그토록 쉽사리 기억에 흔들리는 것은 시인의 몸이 들려있기 때문이다. 인공의 세계 속에서 오직 현재에만 몰두해 있는 현대인들의 몸은 기계와 같이 입력된 행위만을 반복할 뿐이며 어떠한 바람이나 달빛에도 흔들리지 않는다. 그러나 시인의 몸은 늘 자연과 소통하며 현재와 과거, 미래를 횡단한다. 하여 시인의 몸에서는 꽃이 피기 시작하고(「문신」) "보름달이 불쑥 말을 걸어" 온다.(「영산홍」)

들려있는 몸은 죽음과도 친숙하다. 자연과 허물없이 소통하며 시공을 초월한 시인에게 죽음은 "푸른 이끼가 피어올린 꽃상여 타고/ 처음 탯줄을 따라 만삭으로 가"는 일이며(「꽃상여」) "침출된 기억"이 "산 한 켠 저수지 물을 보태줄" 일이다.(「산역」) 자궁에서 나와 다시 그러한 모태(母胎) 공간으로 회귀하는 일이 죽음이라면 인간이 삶과 죽음을 통해 세상에 남기는 것은 오직 '기억'과 '이야기' 뿐이다. 하여 시인은 기억과 만나고 기억 속 이야기를 시로 옮기는 일을 멈출 수 없다. 때로 그것이 현실의 삶을 방해하고 몸을 병들게 하는 독기가 될 지라도 말이다.

그렇다
지독히 외롭고 싶을 때가 있다
전혀 자유롭지 않을 것 같은 자유
어둠이
달빛이

기억들이 그럼에도 나는
두려움의 무게를 쌓고 있어 저 뒤뚱거림을 흉내내지 못 한다
독작의 용기 또한 내지 못한다
전봇대 옆 부패한 곳을 서성이지도 못한다
내 몸을 파고드는 달빛
나는 지금 가면놀이 중인 것이다

—「들고양이」 부분

기억의 세계와 현실 세계에 걸쳐 있는 시인은, 야생의 세계에서 이탈하여 홀로 문명의 그늘을 서성이는 들고양이-시인을 응시한다. 그러나 시인은 들고양이가 될 수 없다. "두려움의 무게" 때문인데 이는 절대 고독에 대한 두려움일 수도, 기억 속 실재(the real)와의 대면에 대한 두려움일 수도 있다. "내 몸을 파고드는 달빛"을 온전히 받아들일 때 마주하게 될 그것에 대한 두려움이 '나'에게 '가면'을 씌운다. 시인의 이러한 자의식은 종종 "일몰의 곁길로 서둘러 빠져나와야 한다"(「간월암」), "나는 서둘러 기억의 바깥으로 빠져나왔다"(「선창포구」)는 시구로 표현된다. "하루에 두 번 열리는 절" 간월암에서, "일렁이는 검푸른 파도의 흔적"을 품은 선창포구에서 서둘러 일상의 세계로 복귀하는, 혹은 복귀해야 함을 알리는 시구들은 시인이 지닌 두려움의 표현일 수도, 실재의 위험에 대한 경고일 수도 있다. 시 「독백」에서 "지금 나는 그런 기억의 정류장을 빠져나와/ 푸르고 오독되기에 좋은 행선지에 걸쳐진 셈이지"라는 시행은 박정수 시세계가 서 있는 지점을 정확히 지시하고 있다. 기억의 정류장을 빠져나오는 순간 쓰여지는 시, 그 시는 푸르지만 오독되기에 좋다. 기억의 실재를 보지 않았기 때문에 기억 그 자체를 지시하지도, 기억을 빠져나와 머물고 있는 일상의 현실만을 재현하지도 못 하는 시어의 위치.

박정수의 시는 기억의 세계와 현실 세계를 넘나들며 둘 사이 "쩍 벌어진 틈을 적신다."(「하얀 밀교」) 시인의 언어가 틈을 적시는 방법은 때마다 찾아오는 오래된 기억들, 전설들을 환대하여 '말'로 풀어내는 것이다. 시인의 시적 화자는 「영산홍」에서 "어머니의 미소가 만개한 화단 속에서 보름달이 불쑥 말을 걸어요 마당 한켠이 환해지기 시작했어요 꽃잎이 수런수런 잎을 세우기 시작하네요 나는 자꾸 말이 하고 싶어지네요"라고 고백한다. 시인에게는 낙타 등의 혹성(「낙타 등을 품은 남자」)이나 땅에 묻힌 마늘(「뿌리로의 이동」)과 같은 '우물'이 있다. 그 뿌리를 먹고서 겨울을 나는 지렁이처럼 거기서 흘러나오는 기억의 언어들로 박정수의 시세계는 채워지고 있다. 시인의 '혹성'이나 '마늘'은 언제나 마르지 않는 우물일테지만 언제까지나 거기서 길어올린 시어들로 시를 지을 순 없을 것이다. '혹성'이나 '마늘'이 품고 있는 기억은 시인의 몸을 바꾸는 치명적인 사건이 될, 혹은 되어야 할 것이기 때문이다. 하여 시인이 '두려움'을 넘어 기억의 환대를 계속할 수 있을지, 다음 시집에서 어떻게 몸을 바꾸게 될지 기다리게 된다.

'빛과 빚', 타인과 타자

박소영 시인은 불면증 환자이다. 세상사에 민감한 많은 시인들이 그러하듯 박소영 시인 또한 상처의 시간, 고통의 기억을 놓지 못해 잠이 들지 못한다. 그러나 박소영 시인이 시를 통해 보여주는 불면의 원인은 보다 직접적이고 현실적이다. 가족의 생노병사(「고서」), 이라크 전장에서 죽어가는 아들들(「사월에 온 소식」), 캄보디아 씨엠립 사원에서 만난 맨발의 아이(「빛과 빚」), 신호대기에서 출발한 택시에 뛰어든 아이(「잠들지 못하는 밤」)의 고통으로 시인은 불면의 밤을 보낸다. 가족사로 인한 상처는 안온한 유년의 기억을 통해,

혹은 죽음이라는 순간적 계기를 통해 화해하고 치유할 수 있는 것이지만 불가항력적 현실 속에서 타인이 감당해야 하는 고통은 누구도 대신할 수 없기에 '내'가 치유할 수 없는 것이다. 박소영의 시는 이러한 타인의 고통에 연민을 느끼고 공감하는 수용적 감성을 바탕으로 쓰여지며 공감만으로는 덜어질 수 없는 타인의 고통에 대한 안타까움으로 가득하다.

박소영 시인의 공감능력은 기독교적 원죄의식과 이타적 희생을 통한 속죄의식에서 비롯된 것으로 보인다. 식용 김을 "몸이 다 자라면 물 밖 세상으로 나와/ 죄를 대신한 예수처럼/ 물과 피를 다 쏟아내고/ 백짓장같이 얇아진 몸"이라며 예수에 비유하기도 하고(「김」), "신에게 다시 주문을 건다 예수의 주검에 감긴 수의 같은 하루가 화살로 지나가게 해달라고"(「모세 광야 사십 년」) 안타까운 기도를 전하기도 한다. 하지만 기독교적 세계관에만 갇혀있는 것은 아니어서 불교적 윤회사상(「자작나무」)이나 티벳의 오체투지 수행(「구름은 발자국을 남기지 않는다」)같은 동양적 종교와도 교통한다. 이러한 종교적 세계관을 수용함으로써 "고통과 환희가 자웅동체"로 공존하는 삶의 원리를 긍정하며 타인의 고통 또한 그렇게 받아들일 수밖에 없는 것임을 인정한다. "삶의 고통은 죽음과 같아 대신할 수 없는 것"이라 여기면서도 "어디엔가 나보다 더 아픈 이가 있다는 걸 생각"하는(「아프가니스탄, 트라우마」) 시인의 윤리적 감성은 불면의 원인이 되기도 하지만 생을 긍정하는 근원이 되기도 한다.

박소영의 시가 보여주는 생에 대한 긍정은 종교의 힘을 빌린 것이긴 하지만 "고통과 기아가 낙엽처럼 널린 철의 시대"(「금화」)의 일상적 고통을 외면하지 않은 결과라는 점에서 의미가 있다. "밀린 집세와 공과금은 십이월 비 되어 뼛속으로 내리고"(「이천사 년 겨울」) "기한을 넘긴 집세, 은행이자/ 등록금에 갇혀 수심 깊은 얼굴이다"(「경제전선」)와 같은 시구들은 초국적 금융자본주의가 초래한 재난을 현상하고 있다. 하지만 "협심증 환자가/ 풍선요법 수

술로 단번에 죽음에서 풀려나듯이/ 경제전선의 먹구름이 일시에 걷힌다면/ 어린 날 방죽에 피어 있던/ 여름 연꽃처럼 환해지겠지"와 같은 바람은 뼛속 깊이 파고든 고통 앞에 선 시인의 소망이라 하기엔 너무나 소박하다. 「고서」, 「거리」, 「그물을 꿰매는 남자」와 같은 시편들에서 확인할 수 있듯 시인이 겪어온 상처와 고통은 만만치 않은 것이었고 그것은 타인의 고통을 공감하는 수용적 감성의 근원이 되었지만 아직 고통의 근원에 대한 인식으로까지 나아가지는 못한 듯하다.

담장 밑에 무더기로 피어난
흰 샤스타데이지꽃
얼마나 많은 햇빛이 뛰어들어 피워냈을까
전생의 빚을 갚기 위함인가
화살보다 더 빨리 곤두박질쳐 와서
꽃판 위에 피워낸 젖빛
저 꽃 속에서
깨지 않는 꽃잠을 자고 싶은데

—「빛과 빚」 부분

햇빛을 '빚'내어 피어난 샤스타데이지꽃은 전생의 빚을 갚기 위해 꽃판 위에 젖빛을 피워내고 있다. 여기에 인간 존재를 대입시키는 시인의 존재론은 빚을 갚아야 할 대상으로서의 타자에 대한 인식으로 나아간다. 그리하여 시의 다음 연은 캄보디아 씨엠립 사원에서 만난 맨발의 아이, "언니, 원 달러"를 외치던 아이에 대한 연상으로 건너뛴다. 이러한 연상 작용만으로도 "슬픔의 안개가 가슴의 예각을 적시는데, 젖이 돈다(…) 젖가슴 꽃판에 젖이 솟는다". 「빛과 빚」은 햇빛을 '빚'으로 피어난 꽃이 젖이라는 '빛/빚'을 타자에게 온전히 내어줄 수 있는 이타성의 시적 상징이라 할 만하다. 여기서 타인의 고통에 대한 시인의 연민이 타자성의 수용으로 나아갈 여지를 발견하게 된다. 타자성의 수용이란 단순히 타자의 개입을 받아들이는 데에서 끝나는 것이 아니라 '나'의 타자성을 발견하여 '나'의 몸이 바뀌는 존재론적 사건이 되어야 한다. 시인은, 혹은 시적 화자는 꽃에 젖빛이 피어나듯 젖가슴 꽃판에 젖이 솟는 몸바뀜의 경험을 겪으며 이를 시화하고 있는 것이다.

그런데 박소영의 시에서 이러한 이타성은 자기방어적인 수준에서만 허용된다. 고통스런 기억과 화해하고 얻어낸 생의 긍정이, 그 균질한 삶의 인식이 또다시 무정형의 혼돈 속으로 걸어 들어가기란 쉬운 일이 아니다. 하여 박정수의 시와 그 몸은 자기방어적이 될 수밖에 없는데 이는 어쩌면 고진감래 끝에 얻어낸 생의 긍정이 '존재함'이라는 하나의 사건을 받아들인 홀로서기(hypostase)의 상태가 아니라 일시적 봉합이었기 때문은 아닐까. 홀로 설 수 없어서 타인을 타자로 환대하지 못 하고 '나'의 형태가 완전해지기 위한 자기반영적 타인으로서만 만날 수 있었던 것. 하지만 그물을 꿰매듯 타인의 상처를 꿰매고 싶어하는 시인(「그물을 꿰매는 남자」)이라면 타인이 아닌 타자와의 만남이 그리 멀지 않을 것이다. 애초에 가졌던 몸의 형태를 기억하지 못 하는 듯, 타자가 가진 형태가 더 부러운 듯, 어떻게 되어도 상관없다는 듯, 무심하게 그러나 끊임없이 나아갈 수 있다면 말이다.

충만한 지공(至空)의 삶

— 이명수, 『風馬룽다』

일찍이 시인 윤동주가 『하늘과 바람과 별과 시』라는 시집을 남긴 데서도 알 수 있듯, '하늘과 바람과 별'과 같은 자연물은 시인에게 특별한 영감을 주는 것 같다. 윤동주에게 '하늘과 바람과 별'은 자신을 들여다보는 거울이기도 했고 고향이나 조국에 대한 그리움을 불러일으키는 매개체이기도 했다. 또 시인 신경림은 다음 생에서 "별과 달과 해와 모래밖에 본 일이 없는 낙타"로 태어나고 싶다고 노래했다. '자연'과 멀어지는 방향으로만 진화를 거듭해 온 인간에게는, 역으로 자연과 교감하려는 본능이 내재되어 있는 것일까. 그렇다면 그 본능에 가장 충실한 부류는 아마도 시인들일 터, 이명수 시인 또한 그러한 시인으로서의 본능에 충실하여 『風馬룽다』(책만드는집, 2011)라는 '바람의 말'을 담은 시집을 내놓았다. 이명수 시인에게 하늘과 바람과 별은, 그 중에서도 특히 바람은, 인간 또한 자연의 일부임을 깨닫게 하는 매개이자 시인의 삶이 바람으로 남기고 싶은 시인의 말이다.

이명수 시인의 시적 여정은 「두고 온 왕촌(旺村)」에서 그려진 것처럼, "설핏 잠들면 바람과 별빛이 내려와/ 쓰다 만 시에 옷을 입혀주었"던 시적인 고향에 대한 그리움과, 그 곳을 떠나 떠돌며 이르게 되는 종교적인 깨달음이라는 두 갈래의 길을 보여 주었다. 시적인 고향에 대한 그리움은 자연에 가까워지려는 본능일 테고 그곳을 떠나 떠도는 유랑이란 자연과 대립하는 정신적 방황을 비유하는 것일 터, 그리하여 그 방랑이 종교적인 깨달음에 이르게 되었다는 것은 시인의 정신이 먼 길을 돌아 다시 자연의 품으로 귀의하게 되었음을 의미한다. 「솔아티 민박집」에서도 "별 하나, 별 둘"(자연)과 "방 둘, 사람 둘"(현실)을 나란히 되뇌던 시적 화자가 "방 한 칸 내 그림자 속/ 무명의 예감을 보"게 되는 어떤 깨달음에 이른다. 이명수의 시세계는 이처럼 자연에 가까워지려는 본능적 무의식과 그러면서도 멀어지고 있는 현실 사이의 길항으로 채워져있으며, 대립이나 대항이 아닌 길항을 통해 종교적 깨달음의 세계를 지향하고 있다.

빈 들녘에 룽다(風馬)가 펄럭인다
새로 태어나는 바람에게 내 바람을 적어
말갈퀴 휘날리는 깃발에 걸었다
삶과 죽음이 바람이라고 날숨 들숨 사이에서 되뇌다
바람의 나라에서 잠이 들었다

(…)

아이와 내가 물끄러미 서 있다
돈을 받기 위해 오체투지하는 척
인기척에 놀라 공부하는 척
아이와 내가 같은 길을 걸어온 것은 아닐까.

조캉 사원 주니퍼 향로에 향초를 던지며
아직 당도하지 않은 고행가족(苦行家族)을 기다린다
누가 보아주지 않아도 박수 쳐주지 않아도

누가 시인이라 불러주지 않아도
노래하고 춤출 수 있기를
무릎 꿇고 타오르는 불길에
나를 던져 넣었다

—「고행(苦行)과 만나다—티베트 순례 기행」 부분

시란 '잃어버린 나를 찾아 떠나는 성스러운 순례 기행'이라고 말하는 시인은 『風馬룽다』의 여러 갈피를 순례 기행으로 채우고 있다. 그곳이 제주 올레길(「제주 돌담」)이든 강화도 전등사 뒷산(「오규원나무 김영태나무」)이든 순례는 계속되지만, 시인의 발길을 특별히 잡아 끄는 곳이 있으니, 그 곳이 바로 카미노 데 산티아고 800킬로미터 순례길이다. 그 곳에는 룽다(불교 경전이나 진언을 담은 오색 깃발로, lungdar는 티베트 말로는 風馬, 즉 '바람의 말'이란 뜻을 가지고 있다)[23]가 바람에 펄럭이고 있다. 시인도 "새로 태어나는 바람에게 내 바람을 적어/ 말갈퀴 휘날리는 깃발에 걸었다". 「자서(自序)」에서 "어쩌면 내가 쓰는 시도 기다란 장대 끝에 적어놓은 '바람의 말'인지도 모른다"고 시인이 적었듯, 시인의 시작(詩作)은 이처럼 순례(巡禮)인 동시에 희원(希願)이다. 바람(風)을 통해 들숨으로 시작해 날숨으로 끝나는 삶과 죽음의 연속성을 깨닫고, 바람처럼 흩어질 지 모르나 또 어딘가에 가 닿을 지 모를 내 바람(希)을 적어 보는 것. 하여 시인은 삶 자체를 순례 기행으로 하고 시쓰기를 통해 '바람의 말'을 전한다.

무엇인가를 찾아 떠났던 순례지에서 시인이 만나는 것은 "현세의 야크"와 "내세의 라마승"이다.(「야크에 관한 명상 — 티베트 순례 기행」) "깡마른 몸에 슬픈 눈을 가진 현세의 야크"에게서 "내세의 라마승"을 발견하는 시인의 눈, 인간으로선 넘을 수 없는 삶과 죽음이라는 경계, 그 이편과 저편의 것

23) 김정남, 「공空으로 생生을 긷다」, 『풍마룽다』 해설, 책만드는집, 2011년, 131쪽.

을 함께 바라보는 시인의 통찰이 순례지에서도 세속의 삶을 발견하고 세속에서도 순례지에서처럼 명상을 하게 한다. 티베트 순례 기행의 길에서 만난 광장의 순례 인파, 그 속에서 "돈을 받기 위해 오체투지하는 척"하는 아이를 발견하고 "인기척에 놀라 공부하는 척"했던 자신을 되돌아 보는 시인. 이러한 시인에겐 구룡마을의 독거노인도 "성경책 한 권으로/ 남은 생 족히 거둘 수" 있는 수행자로 보인다.(「독거노인 — 구룡마을」) 현세와 내세, 몸과 마음, 있음과 없음을 나란히 놓는 시인은 『동경대전』의 '불연기연(不然其然)'을 세상 만물의 존재 원리로 삼는다.

미안하다,
시간은 나를 휩쓸고 간 강물이지만
나 또한 강물 따라 흐르는 저녁 바람이었구나
그렇지 않다, 그렇다
하늘 아래 내 것이라 잡아둘 집은 없다
머지않아 땅을 뒤엎는 광풍이 몰아치면
성북동 168, 지번도 지워지리라

나 또한 어느 집 불이었다가
캄캄한 어둠 되어 지워지리라
미안하다,
도둑고양이야, 땅강아지야, 쇠똥구리야, 애기똥풀아,
어디에도 나라고 할 만한 것 또한 없지 않느냐

그렇다, 그렇지 않다

— 「성북동(城北洞) 168번지」 부분

세상은 이렇게 "나를 휩쓸고 간 강물"(不然)과 "또한 강물"(其然)인 '나'가 함께 있는 것이며 마찬가지로 있음과 없음이 함께 있는 것이다. 내 것이라 여겼던 '성북동 168번지'도 언제 지워질 지 모르는 것이며, '어르신 교통카드'를 받는 나이에 이른 시인의 삶도 결국 "'0'으로 채워"지는 것이었다.(「지공(至空) — 상대적이며 절대적인 봄」) 지공(至空)의 삶이 불연기연(不然其然)의 눈으로 바라본 세상, 이것이 이명수의 시세계이다.

종교적 깨달음을 지향하는 이명수의 시가 관념적이거나 설교적으로 다가오지 않는 것은 시집 해설에서도 지적되었듯이 언제나 현실에 발을 딛고 있기 때문이다. 『風馬룽다』의 시편들은 공에 도달하고자(至空) 세속의 모든 것을 버리는 것이 아니라 그 속에서 일상의 구체성과 생동하는 에너지를 발견한다. 삶의 구체(具體)에서 출발하고자 하는 이러한 지향이 『風馬룽다』의 한 갈래를 자연으로서의 인간, 세속적 인간의 모습을 그려내는 데 할애한다. 「연탄재와 분뇨」에서 타워팰리스의 '너'와 구룡마을의 '나'는 분뇨를 배출하는 똑같은 인간일 뿐이다. 같은 인간이 처해있는 서로 다른 세속의 모습에 '불연기연'의 눈을 지닌 시인은 비판적일 수밖에 없다. 「독거노인」, 「보온 덮개」, 「연탄재와 분뇨」와 같은 시편들이 세속적 인간의 모습을 담고 있다면, 「각성」, 「진저리 치다」, 「가을엔 개도 외롭다」와 같은 시편들은 세상만물에 깃들어 있는 생동적 에너지로 충만하다. 봄의 꽃이 만개하는 광경, "화냥년속고쟁이가랑이"(은방울꽃의 속명)가 피고 지는 장면들에서 역동하는 생명의 기운을 포착하는 시인의 능력은 자연에 가까운 존재로서 자연과 교감하려는 본능에서 나온 것이라 할 수 있다. 그리하여 "가을엔 너 나, 모두 짐승이야/ 바람에 오고 가는 연(緣)의 홀씨일 뿐이야"라는 생명을 지닌 존재 공통의 에로스적 본능을 일깨우고 있다. 이처럼 에로스적 본능에 충실하면서도 정신적 해탈에 이르고자 하는 양가적 지향이 이명수의 시를 살아있게 한다.

사는 것은 채우는 것이요, 시 쓰는 것은 비우는 것이라며
머무르는 것은 채우는 것이요, 떠나는 것은 비우는 것이라며
시골집을 버려두고 정처 없이 떠도는
나는 지금 어디에 있는가,
비비디 바비디부~ 옴 도로도로 지미 사바하!

—「두고 온 왕촌(旺村)」 부분

이명수 시의 시적 화자가 이르게 되는 종교적 깨달음의 경지는 위의 싯구에서처럼 도가적인 것과 불교적인 것이 혼융되어 있으며, 거기에 '비비디 바비디부'라는 주문까지 곁들여 주술적인 성격까지 가미되어 있다. 도통의 경로는 하나로 이어지기 마련, 이렇게 하나의 길만을 고집하지 않는 유연한 태도가 이명수의 시를 도사연(道士然)하는 시들이 갖는 엄숙함과 편협함(이것만이 길이다!)에서 멀어지게 한다. 『風馬룽다』의 시편들이 담담하고도 유쾌하게 다가오는 것은 이 때문이다. 이는 제1회 《시와시》 작품상을 수상한 다음의 시편에서 "꿩꿩 장서방"이 불리어지고 있는 장례식 풍경과도 통한다.

백다섯의 시어머님은 돌아가기 전까지 여든넷 며느님의 치매 수발을 드셨다 합니다.
며느님이 기억의 끈을 놓지 않게 매일같이 찬송가를 부르셨는데, 치매 오기 전까지 함께 불렀던 찬송가는 깡그리 잊고, 어린 시절 동무들과 불렀던 놀이 노래를 기억해냈다는 겁니다.
치매가 가까운 과거부터 차례로 지워나가 마침내 어렸을 적 먼 과거로 돌아간다는 말은 들었지만 눈앞에서 목도하니 어안이 벙벙했어요.
"꿩꿩 장서방 무얼 먹고 사나"

당신이 떠나기 전, 며느님이 어린 시절 기억만이라도 꼭 잡고 있으라고 매일 같이 이 구전동요를 함께 불렀던 영정 속 저 시어머님이 참 장한 장서방이 아니겠습니까.

—「꿩꿩 장서방」 부분

세상의 온갖 풍파를 견디다 마지막에 여든넷 며느리의 치매 수발까지 들었던 백다섯의 시어머니. 시어머니의 장례식에서 "꿩꿩 장서방"을 부르는 여든넷의 며느리. 도통의 경지로 나아가는 길과 어린 시절로 퇴행해가는 길이 황혼녘에서 만나고 있는 장면이다. 삶의 시초와 종말은 이처럼 맞닿아 있어서 시어머니의 장례식에서 어린 시절의 노래가 불리어질 수 있는 것이다. 이는 삶의 풍파를 껴안은 포용적 사랑과 치매에 걸려서도 놓지 않은 생의 충동이 맞닿은 자리이기도 하다.

생명이 깃든 모든 것을 포용하는 사랑은 '삼순이 연작'이라 할 만한 「흘레」, 「동물성動物性, 할!」, 「무녀리」 등의 시편에서도 드러난다. "개도 생물인데 세상에 와서/ 새끼는 남기고 가야 하지 않겠나"며 흘레를 붙여 새끼를 낳아 분양하는 모든 과정을 시화하고 있는 이 '삼순이 연작'을 통해 개나 인간이나 모두 생명을 지닌 짐승일 뿐이라는 포용적 사랑의 근본 지점을 보여준다. 이명수의 시에서 생명이 깃든 모든 것에 대한 사랑은 생명을 신화화하거나 사랑의 가치를 성화(聖化)하는 것으로 나타나지 않는다. 모두가 생의 충동을 지닌 본능적 존재일 뿐이라는 존재의 공통성을 인정하면서, 자연으로서의 인간이 지니고 있는 몸과 정신 사이에서, 둘 사이를 자유롭게 오가며 오히려 둘 사이의 구분을 무색하게 만드는 시편들로 표현될 뿐이다. 공에 이르는(至空) 삶과 에로스로 충만한 삶이 나란히 있듯, 순례지와 세속이 다르지 않고 인간과 짐승이 다르지 않다. 다시 '불연기연(不然其然)'의 존재론인 셈이다.

이명수 시인은 「고행과 만나다-티베트 순례 기행 」에서 "누가 시인이라 불러주지 않아도/ 노래하고 춤출 수 있기를"이라 썼다. 고행(苦行)의 길에서 노래이자 춤인 시쓰기를 희원(希願)하는 것. 시집 『風馬룽다』는 순례를 통한 자기성찰과 불연기연(不然其然)의 존재론을 통한 지공(至空)의 삶이 담겨있다. 그것이 엄숙한 수행기이거나 설교적 잠언이 아닌 '노래'인 것은 시인의 '바람'이 그러하기 때문이며 우리 안에 바람이 들었다 나가는 것이 삶이자 죽음임을 '바람의 말'을 통해 들려주려 하기 때문이다. 이것이 "누가 시인이라 불러주지 않아도", 모두가 그를 시인이라 부를 수밖에 없는, 그가 시인인 이유일 것이다.

2부

3. 삶을 통과한 말

– 시 단평(작품론)

월경(越境)의 '문(文)/어(語)'

— 김윤이의 시

1.

이별은 사랑하는 대상이 떠나감으로써 발생하는 사건이지만 이별시는 떠나간 대상이 아니라 남겨진 '나'를 노래한다. 남겨진 '나'의 상처와 아픔을 언어화함으로써 '나'에게서 고통의 감각을 분리해내려는 시도일 텐데, 이별시를 읽으며 아픔을 느끼기보다 정화되는 느낌을 받게 되는 것은 이 때문이다. 그러나 김윤이의 이별시는 읽을수록 고통의 실감이 강해진다. 무언가 덜어지거나 더해진 채 잘못 전달되고 있는 듯한 독후감 속에서 오히려 감각의 근원이 파헤쳐지기 때문이다. 김윤이의 두 번째 시집 『독한 연애』의 '나'는 독한 고통 속에서 피를 쏟거나 지독한 고독을 낳는다(出産). 이번 신작시에서의 '나'는 쏟아진 피를 보며 ("머릿속으로") '어머니'를 낳는다. 모든 고통의 기원으로서의 어머니. 어머니를 마주하자 고통 아닌 '다른' 감각이 촉촉하게 살아난다.

2.

김윤이 시의 이별과 애도는 대상에게 투여된 리비도를 거두어들이는 방식이 아니라 대상 자체를 몸 안에 축적하여 합체(incorporation)하는 방식으로 진행된다. 「꽃만두 치읓」의 화자는 '그대'를 기다리며 만두를 먹는다. "예쁘고 화사한 것", "둥글고 물렁하여 따뜻한 살같은 것"이 되고픈 소망과, "사무치도록 함께 하고팠던" 마음을 만두와 함께 삼킨다. 하지만 "속깨나 태운 살내"가 나도록 '그대'는 오지 않는다. "도시 무엇이 탈나신 듯 그대는 오지 않고 사무치도록 함께 하고팠던 만두는 식었"지만 '나'는 "청산할 수 없는 생각만으로" 만두와 함께 '그대'를 삼킨다. "첫 입맞춤처럼 살포시 눈이 나리고 몇 번이고 몇 번이고 만두를 먹으면서 나는 또 초라한 꽃을 보았습니다." 여기서 '초라한 꽃'을 보게 되는 까닭은 만두를 삼키기 전 "내가 너무 초라하니까 예쁘고 화사한 것으로 시키고자 하였습니다."라고 썼기 때문이다. 만두를 삼키고 보게 되는 '초라한 꽃'은 "너무 초라"하다는 자기 인식과 "예쁘고 화사"함에 대한 원망(願望)이 혼재하는 형상이다. 원망을 품고 '그대'를 삼킨 결과, '나'는 조금 '다른' 것을 보게 되었다.

초라함에서 '초라한 꽃'으로의 변이는, 기존의 것을 몸 안에 삼켜 뒤섞는 '실패한' 연금술과 같다. "몇 번이고 몇 번이고 만두를 먹"지만 결국 "모두 마음의 일일뿐 변한 것은 없"다. 이것 저것을 섞어도 '다른' 것이 나오지 않는 실패한 연금술인 까닭이다. 이렇게 현실을 달라지도록 할 수는 없지만 내부 어딘가는 분명 달라졌기에 '초라한 꽃'을 볼 수 있다.

「꽃만두 치읓」의 '초라한 꽃' 이미지는 「피 빠는 여자」에서 '빨강'으로 이어진다. "낱말 하나 붙였을 뿐인데 왠지 요염하게 도드라진 색"이라는 시구가 말해주는 것처럼, 김윤이의 이미지는 이미 있는 것을 약간 첨(添)/감(減)함으로써 '왠지' 도드라진다. 「꽃만두 치읓」은 만두를 삼키듯 몸 안에 '무언가' 더해지며 혼융되는 방식으로 전개되지만, 「피 빠는 여자」는 내 몸에서 빠져나온 '빨강'을 분해하며 그 기원을 더듬어가는 방식이다. 빨강 하이힐에서 지체(肢體)를 거쳐 "깊은 곳"으로 거슬러가며 "어느 겨를에 금기된 색", "머릿속에 눈부시게 착색"된 '빨강'을 해체해간다. "흰 핀 꽂고 빨강 구두 신느라 할머니께 들은 된 꾸중"의 기억, "한때나마 영락없는 사내애로 포탄도 터뜨리면

놀았"던 기억들이 하나 하나 분해되어 나온다. 여/남의 구분, 금기들이 해체된 "깊은 곳"에는 탄생과 죽음이 함께 깃든 '어머니'의 자궁이 있다.

갇히길 자처한 것도 아니건만,
어느 겨를에 금기된 색은 말라붙어버렸네
본래 제 이름, 성 찾는 그 짝으로 빨강 힐은 다리 얽혀 나아가네
지체(肢體)에서 세상 향해 끓어오른 핏덩이 색
뒤축으로 밑을 찢고 태어난 색이네

(…)
깊은 곳 매설된 색깔의 오르가슴,
달마다 아랫배로 피가 쏠려 나 이제 빨강을 흘리네
내가 갖고 놀던 무기도, 내 몸 깊은 곳을 향해 쏘아진 포탄 같은 느낌도,
인간의 죽음과 피도, 목격한
나이가 되고 보니 어느 겨를에 알게 되었네
어머니 —

— 「피 빠는 여자」 부분(『현대시』 2017. 2)

얼핏 기원으로 거슬러 올라가는 퇴행의 시로 보이기도 하는 「피 빠는 여자」는 그러나, '어머니'를 이상향으로 그리지 않는다는 점에서 다르다. 이 시의 '어머니'는 오르가슴과 죽음과 폭력과 금기가 혼재되어 있는 '헤테로토피아(heterotopia)'이자 '헤테로크로니아(heterochronia)'라고 말할 수 있다. 모성과 같은 단일한 의미로 환원되지 않는, 불균질적인 시간이 차곡차곡 쌓인 퇴적층과 같다. 푸코가 "무한히 쌓여가는 시간의 헤테로토피아"[24]로서 박물관이나 도서관을 예로 들었듯이, 어머니의 몸에는 열림과 찢김, 탄생과

24) 미셸 푸코, 이상길 역, 『헤테로토피아』, 문학과지성사, 2014, 20쪽.

죽음, 환희와 고통의 시간들이 차곡차곡 쌓여있다. 이 모든 시간들의 퇴적층으로서의 어머니를 단지 모성이나 생명력으로 이상화, 혹은 단일화할 수는 없다. 여러 시간대가 한 곳에 동시에 존재하며 각각의 의미가 보존되면서도 결국 총합 이상의 혼재된 의미를 발산하는 장소가 바로 '헤테로토피아'이다. 김윤이 시가 이러한 헤테로토피아를 축조하는 방식은 기존의 것을 퇴적층처럼 쌓아올려 뒤섞거나, 반대로 한 겹 한 겹 벗겨내는 것이다. 세상 어디에도 없는 언어, 이제껏 볼 수 없었던 이미지가 있는 것은 아니지만, 있는 재료들을 조합하여 만들어진 '그것'은 미묘하게 '다른 것'이 되어 있다.

사진, 특히 영정 사진의 경우 '지금 여기'에 없는 시간과 장소를 포착하여 끊임없이 환기시킨다는 점에서 '시간 바깥의 장소'라 할 만하다. 죽은 몸을 미라로 만들어 영속시킬 수는 없지만 그에 가깝게 '없는 것'을 영원히 '있는 것'으로 붙박아 놓는 것이 영정 사진이다. 이를 김윤이는 「여자는 촉촉하니 살아있다」에서 "애무 받던 육체가 소멸되는 지점에 여자는 살아있다"라고 썼다. 거기에는 "꼴랑 사춘기라고 투정부리던 딸자식 형상" 또한 겹쳐있다. 정지되어 있는 어머니의 시간에 현재의 나의 시간이 중첩되어 "일말의 관심 없었어도 옴쭉할 수 없이 핏줄로 당기는 밤". 그리하여 "이제야 머릿속으로 피가 뜨거운 어머니를 낳아본다".

> 이제야 머릿속으로 피가 뜨거운 어머니를 낳아본다
> 활활 타는 죽음과의 교접에서
> 활활 여심도 꽃피울 여자를 구해본다
> 어머니는 어머니, 라는
> 내 몸에서 오래되어 어기지 못했던 수천 년 여자의 계명을 어겨본다
> 밤새 여자들은 촉촉(觸觸)할 테니, 마음껏 적셔보시라
>
> ―「여자는 촉촉하니 살아있다」 부분(『현대시』 2017. 2)

머릿속으로 낳는 어머니는 "어머니는 어머니"라는 관습적 의미를 거부하고 구체화된 몸을 지닌 개별체로서의 어머니이다. 영정 사진 속 어머니는 '나'의 몸을 거쳐 "피가 뜨거운 어머니"로 촉촉하게 되살아난다. 이제 어머니가 아니라 "여자들"로 호명되어 "밤새 여자들은 촉촉(觸觸)"하다. 접촉하고 교접하고 소통하며 생생하게 "살아있다". '시간 바깥의 장소'에서 세상 어디에나 있지만 어디에도 없는 '어머니'를 만나게 되는 장면이다.

여자들의 소통은 「경(經) 읽는 방」에서도 이어진다. 여자들의 '구멍' 이야기 속에서 '나'만 모르는 "별 하나씩의 의미"를 더듬어간다. 그것은 몸으로만 알 수 있는 의미이다. "아이를 낳아본 적 없는" 몸은 "몸이 열려야 읽을 수 있는 경"의 의미를 미루어 짐작할 뿐이다. "나는 몸에 파인 홈으로 생각을 뭉뚱그려 맞추고 있었다". "머릿속으로 피가 뜨거운 어머니"를 낳는 것처럼(「여자는 촉촉하니 살아있다」), 생각 속에서 "태고 이야기"와 "계곡 바람소리"를 듣고 "별과 오채색 꽃"을 본다. "암컷과 달리 오목하게 감싸인 여자들"은 "입술을 말아올리고 오랜 동무마냥 딸마냥" 웃으며 소통한다. 흔히 말하는 여성적 친화력과 소통방식을 보여주는 부분이다. 김윤이의 시는 여기에서 더 나아가 "아늑하고 따뜻한 오목"으로 찾아 들어가는 자궁 회귀의 욕망을 드러낸다.

> 사랑해… 사랑해… 사랑해… 사랑해… 태아가 듣던 심장박동처럼 문득 반복되는 소리가 듣고 싶었다 거죽을 벗고 여자에게 꼭 끼는 몸으로 나 그만 딸려 들어가고 싶었다
>
> —「경(經) 읽는 방」 부분

이러한 자궁회귀 욕망은 「피 빠는 여자」에서 그러했던 것처럼 퇴행과는 다른 의미를 지닌다. 몸의 언어를 통해 여자들과 소통하고자 하는 소망이자 나아가 타자와 합체되고자 하는 욕망이다. 타자와의 경계를 허물고자

하는 월경(越境)에의 욕망인 것이다. 그것은 충족불가능한 욕망이지만 "사랑해… 사랑해…" 무한히 반복됨으로써 무한히 다가서는 운동이다. 그리하여 '초라함'이 '초라한 꽃'으로(「꽃만두 치욪」), '금기된 색'이 '밑을 찢고 태어난 색'으로(「피 빠는 여자」), 영정 속 어머니가 "피가 뜨거운 어머니"로(「여자는 촉촉하니 살아있다」) 변이될 수 있다. 물론 이러한 변이는 지극히 내포적인 것이어서 외부적으로 변하는 것 없이 "머릿속으로", "마음의 일"로서 진행될 뿐이지만, "몸이 열려야 읽을 수 있는 경"에서 알 수 있듯, 차곡차곡 쌓여 범람하는 '열림'의 순간에 아주 조금씩 다가설 수 있게 한다.

「망」은 바로 그 가득 차오르는 순간에 대한 '문(文)/어(語)'이다. '망(望)'의 순간을 위해 차곡차곡 쌓아 올려지는 것이 '문(文)/어(語)'이며, "문어가 알"을 낳듯, 쌓아올려진 '문(文)/어(語)'가 어떤 경지를 열어젖힐 때 문어는 잠시 "구멍으로 사라"진다.

문어가 알 낳는가봅니다 문어가 둥실 떴다 구멍으로 사라집니다 망(望)날 하늘은 바다 속처럼 사위가 푸르스름하고, 삭(朔)날 사라진 달이 차오릅니다 예가 어딘가요 오래 전 숲에 들어선 밀월을 즐겼습니다 당신은 감감 말 없었고요 다만 손 뻗은 넝쿨이 우리처럼 둔덕배기 부드럽게 올랐지요 거무레한 어둠이 우람한 봉우리와 너울대노라면, 몸도 마음도 설키어 오르는 달밤이었습니다 달을 삼킨 듯 제 속은 환하였네요

다시금 그리웁던 마음도 동심원을 그린즉 모든 건 원위치로 돌아갑니다 그간 기다림의 수효를 세었습니다 겨울날도 얼지 않는 몸속의 피 [血] 여서 월경이고요 세상은 한 점으로 빨려 들어갑니다 망(望)날, 먹의 고아한 냄새를 풍기며 숲은 어둠에 들고 구름을 먹물 삼아 편지를 쓰는 건 문과 어를 바치는 심정입니다 오래 뵙길 희망하였습니다

—「망」 전문(『현대시』 2017. 2)

‘문(文)/어(語)’가 소실된 자리에 신화적 이미지가 넘실댄다. “달을 삼킨 듯 제 속은 환”해진다는 시구에서 달과 합체되어 몸이 열리는 순간을 맞이했음이 암시된다. 그러나 다음 연의 시작은 “다시금 그리웁던 마음도 동심원을 그린즉 모든 건 원위치로 돌아갑니다”이다. 망(望)의 순간이 지나가면 다시 문과 어를 차곡차곡 쌓아 다음의 망(望)으로 나아가야 한다. 이러한 반복과 순환이 오랫동안 달과 여성의 몸을 동궤의 이미지로 만들어왔다. 다만 김윤이의 시에서는 잠시 신화적 이미지에 자리를 내어주었던 문과 어가 “겨울날도 얼지 않는 몸 속의 피”처럼 끊임없이 차오르며 함께 순환하고 있다는 점이 다르다. 하여 “오래 뵙길 희망”할 수 있는 것이 아닐까. 지나온 시간들이 ‘문(文)/어(語)’를 통해 역사로 기록될 수 있듯이, 망(望)으로 나아갔던 시간들은 삭(朔)이라는 구멍에서 영(zero)으로 사라지지 않고 문과 어로 축적되었던 것. 여성의 구멍이 소실점이 아니라 생성점인 것처럼 김윤이 시의 반복과 순환은 무언가를 만들어낸다. 유전자의 복제와 재배열을 통해 새로운 생명이 만들어지는 방식과 유사하게 기존의 ‘문(文)/어(語)’가 재조합되어 조금씩 ‘다른’ 것을 낳고 있다.

3.

이번 신작시는 기표의 음성적 자질을 활용하여 이중적 의미를 만들어내면서 시를 읽는 묘미를 더해 주었다. 「경(經) 읽는 방」에서의 ‘경’(초경, 완경, 불경)이라든지 「피 빠는 여자」에서의 ‘빠는’, 「망」에서의 ‘문어’(문과 어), 「여자는 촉촉하니 살아있다」에서 ‘촉촉(觸觸)’ 등이 그러했고, 「꽃만두 치읓」에서 ‘치읓’이라는 명명도 산뜻하게 다가온다. 이렇게 조금씩 다르게 변용하고 배치함으로써 김윤이의 시는 달라지고 있다.

유령이 깃들도록 내버려두는 마음

— 김경주의 시

김경주의 시세계에서 음악과 인간('나')이 다른 점이 있다면 인간은 '몸'이라는 물질로 육화되어 존재한다는 점이다. 모든 소리가 음악일 수 없듯이 영혼이 깃들어있지 않은 '몸'은 '나'라는 자아로 명명될 수 없다. 그렇다고 해서 정신의 우위를 주장한다거나 영혼을 숭상하는 종교적인 성격을 지니는 것은 아니다. 하나의 몸이라는 가시적인 동일체에 가려진 다성적이고 분열적인 영혼의 목소리를 불러내는 작업, 나아가 몸이라는 물질을 가지지 못한 유령의 목소리까지도 듣고 '보는' 작업이 김경주의 시쓰기이다. 육성을 가진 목소리와 유령의 목소리를 동급('이꼬르')으로 보고자 한다면 유령을 볼 수 있어야 할 뿐만 아니라 '나'의 육성 또한 유령의 목소리가('처럼'이 아니라) 되어야 한다. '나'를 유령으로 바라보는 시선이 필요해진다는 것. 이를 위해 시인은 '유령=나'를 계속해서 무대에 올린다. 무대 위에 선 유령과 '나'는 관객이라 부를 수 있을 어떤 시선에 의해 비로소 완전한 동급이 될 수 있으며, '몸'이 아니라 그 시선에 의해 서로의 목소리를 듣고 볼 수 있게 된다. 김경주의 시가 자주 극의 형식을 띠게 되는 것은 이러한 이유 때문이다.

무대 위에서 '몸'은 임시적이다. 시간이 지나면 다른 몸으로 연기(演技)해야 한다. 인간이나 생물의 몸이 아닐 수도 있다. 몸의 처지에서 본다면 깃들었던 영혼을 계속해서 떠나보내는 일을 겪고 있는 셈이다. 김경주의 시는 몸은 바뀌어도 영혼은 바뀌지 않는다는 영혼불변론을 근저에 깔고 있지만 그것만을 강조하지는 않는다. '나' 또한 유령임을 '보는' 제3의 시선은 결국 영혼이 아니라 몸이 시연하는 무대를 통해 '보는' 것이기 때문이다. '현재'라는 시간을 붙잡아 보여주는 무대 위에서 잠시 몸을 빌려 전하는 유령의 목소리를 듣는 방법은 바로 영혼의 감각을 몸으로 '보는' 일이다. 「슬픔은 우리 몸에서 무슨 일을 할까?」에서 볼 수 있는 영혼의 감각은 '슬픔'이다. 슬픔이야말로 몸과 영혼이 겪는 일, '그것'이다. 몸은 늘 떠나보내야 하므로, 영혼은 늘 "자신을 지나가"야 하므로. 김경주의 시를 읽으며 자주 센티멘탈해지는 이유 또한 그의 시어가 우리 몸을 '지나가고' 있는 슬픔을 건드리기 때문일 터이다. 「슬픔은 우리 몸에서 무슨 일을 할까?」는 물고기, 구름, 꽃과 같은 '몸-물질'이 슬픔과 같은 감각을 지나가게 하는 임시적 장소일 뿐임을 말하고 있다.

> 슬픔이 내 몸에서 하는 일은
> 슬픔을 지나가게 하는 일이라는 생각
>
> 자신을 지나가기 위해
> 슬픔은 내 몸을 잠시 빌려 산다
>
> —「슬픔은 우리 몸에서 무슨 일을 할까?」 부분(『현대시』 2016. 3)

굳이 따지자면 주어인 '슬픔이'는 영혼 일반일 것이고 목적어인 '슬픔을'은 '지금' 몸에 깃든 영혼을 지시하는 것일 터, "자신을 지나가기 위해/ 슬픔은 내 몸을 잠시 빌려 산다"는 시행은 '지금'이 지나가면 또다시 비가시적인 '헛것'이 되어야 하는 존재론적 슬픔을 내포하고 있다. 결국 몸과 영혼의 이원론을 빚어내는 개념은 '시간'이다. 시간의 흘러감이 있기에 몸과 영혼은 분리되어 '슬픔'의 형식으로 존재할 수밖에 없는 것. 몸으로 육화되어 있는 시간과 영혼이 지나가고 있는 시간의 차이(時差/視差)가 김경주의 시어(詩語)를 만들어내고 있음은 주지의 사실이다. 그렇기 때문에 김경주의 '슬픔'은 몇 억 광년 떨어진 곳에서 지금 이곳에 도착한 별빛의 우주적 슬픔에 비유될 수 있으며, 기표와 기의의 불일치 속에서 찰나적으로 합일하는 언어를 붙잡으려는 언어적 인간의 본원적 슬픔을 가리키는 것이기도 하다.

「노숙(露宿)」에서 "아침에 이불을 털면 이슬이 떨어"지는 이유는 "사슴 한 마리"라는 영혼이 잠시 깃들었기 때문이다. 이슬은 슬픔의 물화된 형식이다. "슬픔은 내 몸을 잠시 빌려 산다"고 했지만 한 슬픔이 지나가면 다른 슬픔이 깃들어 "사슴과 이슬은 둘 다 침을 흘리고 잔다." "누군가 가만히 옆에 와서 자도록 내버려 두는 마음"이란 무엇인가. 내 몸에 깃든 다른 목소리를 듣겠다는 것. 지나가는 시간을 붙잡지 않고 내버려두겠다는 것. 붙잡더라도 놓아버릴 수밖에 없다는 것. 몸을 빌려 잠시 깃들어있지만 그것은 '노숙(露宿)'에 다름없다는 것.

"누군가 가만히 옆에 와서 자도록 내버려 두는 마음"을 무대에 올린 것이 「샴(siam)」이다. '내버려 두는'이란 체념이나 수긍이 아니라 '내버려 둘 수밖에 없는' 불가항력이다. 샴은 몸과 영혼이 분리된, 그럼에도 불구하고 '한 몸'에 깃들어있다는 사실이 중요한 김경주 시세계의 근본 원리를 알레고리적으로 보여준다. 이 시에서는 반복적으로 "너 때문에"라는 말이 사용된다. "너 때문에 난 네 남자랑 가기 싫은 놀이공원도 가야했어." "너 때문에 치마를 입는 날엔 기분이 우울해진다고." "너 때문에 난 인생이 조졌어." "너 때문에 내가 이렇게 늙었지." 이렇게 반복되는 "너 때문에"는 원망이나 증오가 아니라 "누군가 가만히 옆에 와서 자도록 내버려 두는 마음"과 같다. '너'라고 지칭하고 있지만 기실 그것은 한 몸에 깃든 다른 목소리이며 그런 의미에서 '나'에 다름 아니기 때문이다. "너 때문"이라고 부조리하게 반복적으로 발화됨으로써 결국 '내'가 유령임을 매 순간 확인해야 하고 확인할 수밖에 없음을 말하고 있다.

「채식주의자」에서는 악어와 '그'가 샵이다. 시의 도입부에서 악어와 그가 한 공간에 있게 되는 과정을 '그'를 주어로 한 문장, '악어'를 주어로 한 문장 쓰고 있다는 점은 한 몸으로 같은 행위를 하고 있지만 샵으로서/샵이기 때문에 주어는 둘, 혹은 다수가 될 수 있음을 보여준다. 주어는 다시 '그'에서 '구렁이', '댐', '물'이 되었다가 '악어'/'그'가 되고, '원숭이', '밀림', '하얀 발바닥', '수박', 다시 '악어'가 된다. 결국 이 문장들을 이어가게 하는 것은 주어의 일관성이 아니라 행위의 연속성이다. 물론 그 행위들 또한 매끄럽게 이어지지는 않지만 '채식주의자'라는 제목의 통어력(統御力) 속에서 들어오고 나가는, 먹고 먹히는 '악어와 그'의 역전하는 관계를 짐작해볼 수 있다.

> 비가 오자 그는 악어를 방으로 들여온다 문앞에 있던 악어가 방으로 기어 들어왔다 악어의 등을 베고 그는 빗물이 악어의 등에서 눈동자로 느리게 굴러 떨어지는 소리를 듣는다 수풀이 가득한 수첩 속에서 구렁이들이 흘러나간다 댐이 떨어져 나가 하늘로 솟아오른다. 물이 앵두와 수박과 칼 속으로 들어간다 그는 칼을 물에 씻어 바나나를 베었다. 그는 악어에게 바나나를 먹힌다 악어는 희미하게 웃으며 질식한다 그는 발바닥에 원숭이 그림을 그린다. 원숭이가 하얀 발바닥을 들여다본다 하얀 발바닥에 밀림이 가득하다 자정에 잠깐 들린 하얀 발바닥은 포도주 맛이 난다 미지근한 수박이 악어 뱃속에서 녹는다 희박하게 숨 쉬는 악어, 악어는 생활이 없어 수도꼭지를 바라본다. 악어가 눈을 기다리기 시작한다
>
> — 「채식주의자」 전문(밑줄은 필자, 『현대시』 2016. 3)

'채식주의자'란 육식을 하지 않는 사람을 말하지만 "칼을 물에 씻어 바나나를 베"어 악어에게 "먹히는" 과정들은 서로 먹고 먹히는 약육강식적 "밀

림"의 세계를 연상시킨다. 이것은 「짐승을 토하고 죽는 식물이거나 식물을 토하고 죽는 짐승이거나」(『기담』)에서처럼 동물 안에 식물이, 식물 안에 동물이 혼종적으로 존재하고 있기 때문일 터이다. "현존의 형태가 이미 혼종적"이라는[25] 『기담』의 해설처럼 지금 가시적으로 존재하는 '몸' 안에는 몇 억년 전의 공룡이 깃들어있을 수도, 저 심해의 긴코 키메라가 공존하고 있을 수도 있다. "비가 오자" 방으로 들어온/들여온 '악어'는 "눈을 기다리기 시작한다". "이미 혼종적"인 존재는 늘 다른 목소리를 들으며 늘 다른 것을 기다린다. 이것이 "누군가 가만히 옆에 와서 자도록 내버려 두는 마음"이며 '슬픔'이다.

그렇다면 현존하는 몸에 깃들어 있는 영혼이 늘 기다리는 '다른' 것이란 무엇일까. 물론 그것이라고 지칭하기에도 부적합하므로 그것을 말할 수 있는 적합한 언어는 없다. '나'이면서 아니기도 한, 옆에 있으며 없기도 한, 시간과도 같이 형태가 없으며 늘 변신하는 어떤 상태일 뿐이다. 그러니 '그것은 무엇'이라 말하지 못하고 늘 기다리는 그 상태만을 '보일 수' 있을 뿐이다. 「리본공장의 노동자들」은 늘 기다리는 '다른' 것에게 띄우는 편지이다. "잘 지내고 있죠?"라고 질문하면서 "집에 가서 죽"겠다는 기다림의 상태를 쓰고 있다. "공장에선 죽지 않아요/ 집에 가서 죽을래요"라는 시행은 죽음으로써만 도달할 수 있는 그것에 대한 기다림의 다른 표현이다. 계속해서 몸을 바꾸는 영혼에게 있어 죽음은 종결이 될 수 없지만 한없이 지연되는 죽음에 대한 지향은 기다림이라는 상태의 지속이라 말할 수 있을 터이다.

「리본공장의 노동자들」에서 '공장'은 몸이 발 딛고 있는 지금-여기 '그들'의 세계이다. "그들에겐 풀이 정말 많아요/ 그들은 정말 말도 많죠." "그들은 자신의 말들에게 풀을 먹이고/ 먹고살기 위해 말을 다시 잡아 먹어요"

---

25) 강계숙, 「프랑켄슈타인-어(語)의 발생학」, 『기담』 해설, 문학과지성사, 2008, 166쪽.

는 '풀-말'이라는 기의적 환유고리를 '말(馬)-말(語)'이라는 동음이의어로 이어가면서 약육강식의 현실과 더불어 언어의 위기를 환기하고 있다. 말(馬/語)이 잡아먹히는 현실이란 언어가 지시해야할 진실이 가려진, 언어가 무용해진 이 세계를 말한다. 이러한 '그들'의 세계에서 '나'는 몸으로 육화되어 살고 있지만 그 몸에는 이미 다른 영혼이 깃들어 있다. "내 엉덩이에도 꽃이 피었어요/ 병원에선 하루빨리 내 항문에 핀 꽃을 따야만 한데요" 한 몸에 꽃이 함께 거하고 있다는 사실은 '그들'의 세계에서 용인될 수 없는 일이다. 영혼의 다른 목소리를 듣는 "나는 더 이상 그들의 농가에서 젖을 짜기 싫어요"라고 말한다. "삶보단 죽음이 훨씬 더 가능성으로 열려" 있기에 '그들'의 세계에서 '싫다'고 말하며 다른 것을 기다릴 수 있다.

> 내가 듣고 싶은 말을 해주는 사람과 사랑에 빠질거예요
> 읽는 것도 보는 것도 배워서
> 내 입술과 사랑에 빠진 나비를
> 벙어리 장갑속에 넣어 죽일거예요
> 눈물을 안 떨어뜨리려면 천정을 보면 된데요
> 여기 뜨거운 공기 한 그릇 추가요!
>
> —「리본공장의 노동자들」 부분(『현대시』 2016. 3)

무엇인지 그 형태도 알 수 없고 기약도 없지만 기다려야 하는 것. 그것은 "누군가 가만히 옆에 와서 자도록 내버려 두는 마음"이며 "집에 가서 죽"겠다는 지향이다. 죽음이 지향이 될 수 있는 이유에 대해 시인은 첫 시집에서 "아무도 모르게 말라가는 것이 점점 너에게 가까워지는 것"이라 쓴 바 있다.(「파이돈 — 가늘어진다는 것에 대해서」, 『나는 이 세상에 없는 계절이다』) 이러한 마음, 혹은 지향을 이번 신작시에서는 위와 같이 쓰고 있다. 사랑에 빠지

고, 죽이고, 뜨거운 공기를 마신다고. 이 행위들 사이에서 연관성을 찾기는 쉽지 않지만 엉덩이에 꽃이 피어나듯 여러 영혼의 목소리들이 동시다발적으로 출현하면서 무언가 고조되어 가는 분위기를("뜨거운 공기") 읽을 수 있다. "그것은 실험이라고 보기에는 혁명에 가깝고, 혁명에 가깝다고 보기엔 너무나 원초적인 주저함에 가까워서 우리는 조금씩 열렬한 불순물에 가까워질 뿐이다."라는 시인의 문장처럼(시인의 말, 『기담』) 주저하면서도 끊임없이 어떤 지향을 내보일 수밖에 없는 존재가 '열렬한 불순물', '우리' 인간일 것이다.

음악을 소리의 조합이라 말할 수 있다면 그것을 조합해내는 힘은 무언가를 향한 기다림, 그리움과 같은 것이다. 간절한 지향이 한 순간 음악으로 화하고 또 다시 기약 없는 시간 속으로 흩어지는 것. 인간은 이러한 지향을 언어화하여 내뱉는 여러 영혼들의 조합이라 말할 수 있겠다. 한 순간 깃들어 있던 목소리들의 조합이 "시 같은 것"[26]으로 흘러나와 종이 위에 놓여 있다. 이미지들의 익숙한 연상 작용을 배반하며 여러 목소리들이 출현하는 한 편의 극과도 같은 시를 읽으며 우리도 "뜨거운 공기 한 그릇 추가"로 마시고 싶어질지 모른다.

---

26) 어쩌면 시간을 기묘한 형신(形神)으로 견디고 있는 그곳으로 묽게 흘러가보는 작업은 시 같은 것에 가까울지 모른다는 생각을 하곤 하는 것이다. —김경주, 시작 메모 중, 『기담』(문학과지성사, 2008) 표지.

사물의 말

— 한상철, 문선정의 시

1. 사물의 발견, 죽음 혹은 궐기(蹶起)

〈기찻길 옆 오막살이〉라는 동요가 있다. 하루에도 몇 번씩 우레와 같은 소음을 견뎌야하는 기찻길 옆에서도 아기는 잘도 자고 옥수수는 잘도 큰다. 이것이 동요의 세계이다. 하지만 현실에서는 어떠한가. 기찻길 옆의 삶은 늘 소음보다 더한 폭력과 궁핍, 학대와 비하를 견뎌야 한다. 시인은 이러한 삶에 주목하고 그 삶을 견디는 뒤틀린 내면을 응시한다. 한상철의 「기차를 삼키다」는 "옹골지게 비틀린 저 나무"를 통해 기찻길 옆 신산한 삶을 표상한다. 이는 물론 실제 기찻길 옆을 말하는 것은 아닐 터, 벼랑 끝에 내몰린 우리 모두의 삶이기도 하다.

나무는 기차가 지날 때마다 "노인네의 오물거리는 입에서 뱉어내는/ 삶의 무슨 덩어리인 양/ 몇 개씩의 이파리"를 떨어뜨리곤 한다. 여기서 '삶의 덩어리'는 핏덩이를 토해내듯 우리 몸에서 빠져나오는 체액이나 배설물 등을(아브젝시옹, abjection) 연상시킨다. 그것들을 바라보며 우리는 자신의 실체를, 세계의 숨겨진 비의를 직감한다. 그러므로 기차는 실재적인 것을 건드려 깨어나게 하는 사건과도 같은 것이다. 하루에도 몇 번씩 마주하게 되는 '이건 아니잖아'싶은 분노의 순간들, 혹은 숨겨진 욕망을 건드리는 매혹의 순간들이 바로 "혈관을 돌 듯 한 번씩" 기차가 지나가는 시간이다. 매 번 참고 넘어가지만 건드려지는 횟수가 더해갈수록 폭발의 순간은 가까워진다. "찡그리고/ 또 찡그리다가// 어느 날/ 오물거리던 나무의 입은 결국" 기차를 삼킨다. 폭발, 혹은 실재의 현현이다. 내 안의 에너지를(분노든 열정이든) 폭발시키는 것은 세상에 대한 저항이 되기도 하지만 때론 자기 삶의 파괴라는 왜곡된 결과를 초래하기도 한다. 연약한 이미지를 지닌 "이파리"가 결국 기차를 삼킨다는 시적 전개는 벼랑 끝에 내몰린 이들의 자살을 연상케 하기도 하고 '기차'라는 사건과 정면으로 마주한 주체의 결연한 태도를 떠올리게도 한다.

기차는 혈관을 돌 듯 한 번씩 돌아와
철다리 위에서 심장을 쿵쾅거린다

철다리 옆 둑방의
옹골지게 비틀린 저 나무는
혈관이 부풀어 오를 때마다
노인네의 오물거리는 입에서 뱉어내는
삶의 무슨 덩어리인 양
몇 개씩의 이파리를 떨어뜨리곤 했는데
마르고 비틀려야 삶의 얼굴이 드러나기라도 하다는 듯
찡그리고
또 징그리다가

어느 날
오물거리던 나무의 입은 결국
철다리를 건너온 기차를 삼켜버리고 말았다

— 「기차를 삼키다」 부분(『시에티카』 2016. 상반기)

「검은 기억」에도 죽음이라는 사건과 마주한 시적 주체가 등장한다. 강물을 바라보며 "그렇게 살려면 죽어버려/ 라는 외침"을 듣는다. "그렇게 살려면 죽어버린/ 그렇게 살다 죽어간/ 춥고 가난한 눈들"과 마주한다. '외침'은 내 안의 목소리인 동시에 외부의 울림이기도 하며, '눈들' 또한 내면에 대한 응시인 동시에 타자를 향하는 시선이기도 하다. "술과 한숨과 울음뿐"인 자신의 삶을 되돌아보는 시선은 회한에 젖어 허전하고 쓸쓸하지만 그 눈은 동시에 똑같이 한숨과 눈물 속에 살고 있는/죽어간 타자를 바라보고 있기 때문에, 이 시를 쉽게 자기연민에 빠진 자의 넋두리로만 읽을 수 없게 한다. '기차'와 마주하는 장면이 죽음을 의미하는 동시에 그 자체로 직시(直視, 혹은 저항)를 함의하기도 했던 것처럼(「기차를 삼키다」), 강물 앞에 선 주체의 행방은 자살이 될 수도 궐기(蹶起)가 될 수도 있다.

그러나 「책상」을 보면 이러한 양의적(兩意的) 해석에 의문을 품게 된다. 이 시 역시 "두 다리로 아슬아슬 버틴" 나에 대한 시선과 "네 다리로 굳건해온" 타자에 대한 시선이 공존하지만, 결국 "굽은 다리 끌며 사라지는 나를/ 그대는 보게 되리라"라는 시행에서 죽음이 암시되어 있음을 알게 된다. "그 이후로/ 어쭙잖던 나의 생에 대해서는/ 부디 한마디도 입을 열지 말아 달라"라는 시행은 또 어떤가. 생에 대한 짙은 냉소와 회한 외에 다른 의미를 떠올리기 힘든 것이 사실이다. 섣부른 희망이 오히려 위험한 시대이긴 하다. '열정페이'나 '희망고문'과 같은 조어들은 구체적 토대가 뒷받침되지 않은 희망이 어떻게 다시 착취의 기제로 소환되는지를 잘 보여준다. 파괴적일 만큼 더 깊은 절망이 더 진정성 있는 시적 태도일지도 모른다. 하지만 「책상」의 절망은 과정이 생략되어 추상적으로 전달된다. "힘없이 주저앉은 내가/ 세상을 꽉 잡고 서 있는 그대를" 바라보는 시선이 좀 더 팽팽하고 치열했더라면 "사라지는 나"의 뒷모습이 그토록 허망하게 느껴지진 않을 것이다. 「책상」의 절망이 추상적이라면 「사는 법」의 시행은 다양하고 구체적인 삶의 실상으로 이를 보완한다.

남 욕하고 눈알 부라리며 살거나
동네 슈퍼 의자에서 밤낮없이 졸고 있거나
술에 절어 살거나
인생 절반 감방에 앉아있거나
매일 돈 세며 살거나
하루종일 둘이 부둥켜안고 뒹굴고 있거나
공사장에서 벽돌 쌓고 있거나
밭에서 풀 뽑으며 살거나
구원해 달라고 몸부림치고 있거나
사이비 교주 노릇하거나
파고다 공원에서 바카스 팔거나
길거리 장기판 펼쳐놓고 남 등치고 있거나

—「사는 법」 부분(『시에티카』 2016. 상반기)

다른 시편들에서도 늘 살아있었지만 분명히 드러나진 않았던 타자의 삶이 이 시에서는 풍성하게 피어나고 있다. 「검은 기억」에서 "춥고 가난한 눈들"로 출현했던 타자가 「사는 법」에서는 리얼한 형상으로 살아 숨쉬고 있는 것이다. 이런 타자의 삶을 꾸준히 응시하는 시선이 죽음 앞에 선 '나'들을 뒤돌아서게 한다. 혹은 뒤돌아서지는 못할망정 머뭇거리게 하면서 삶과 죽음의 경계를 더듬어 사유하게 한다. 이파리가 기차를 삼키게 하거나(「기차를 삼키다」) 강가에서 '나'를 성찰하게 한다(「검은 기억」). 「사는 법」의 이어지는 시행은 삶의 다양한 세목들을 아울러 누구나 느끼는 인간적인 감정을 건드린다. "사는 게 다 고만고만하겠지?/ 혼자 있을 때 가끔 눈물도 흘리겠지?/ 갈 때는 어머니 아버지 생각 많이 나겠지?" 언뜻 너무나 달라 보이는 '너'와 '나'의 삶이 보편적 감정의 공유라는 점에서는 그리 다르지 않음을 말하고 있다. 다른 처지에서 비슷한 생각을 하거나 비슷한 처지에서 '다른' 생각을 하는 타자의 삶은 늘 '나'를 성찰하게 하고 갈등하게 하고 '다르게' 살도록/죽도록 한다.

시인은 전봇대를 보고도 "들판에 홀로선 저 나무"를, 그 나무의 외로움과 눈물을 떠올린다.(「11월」) '기차'나 '책상'을 보고도 그러했듯이, 시인은 사물을 발견하고 거기에 타자의 삶을 녹여내는 섬세한 시선을 지니고 있다. 그러한 시선은 '나'의 태도에 영향을 미친다. 죽음, 혹은 궐기(蹶起)의 사이에 있는 한상철의 시적 주체는 늘 경계에 있으므로 오히려 그 향방에 주목하게 된다.

2. 사소한 사물들의 발화(發話/發花)

문선정의 시를 읽으면, 이야기꽃이 피어나는 낡고 좁은 방이 떠오른다. 뜨끈한 아랫목에서 하루치 노동의 고단함을 녹이고 일상의 세세한 에피소드가 오가며 사소한 선망과 시기 질투, 동정과 비난을 나누는 풍경. 너나없이 사는 모습은 거기서 거기라는 공동의 연대감 혹은 체념이 그 곳에는 존재한다. 꿈을 가졌으나 그 꿈은 사소한 일상 속에 잊혀지고 존재마저 사소해진 '나'와 이웃들. 갑이 아닌 을, 거대하지 못한 작고 약하기만 한 '우리들'. '나'만 그런 것은 아니라는 공동의 의식은 묘하게 위로가 되기도 하여, '우리들'은 다시 일터로 향하고 살아가게 된다. 이렇게 사는 건 사는 게 아니라는 항변을 누르고 체념하고 묵인하며 살아가는 삶. 그럼에도 불구하고 삶은 지속된다. 기차를 멈출 수 없다면 기차 속에서라도 아랫목을 만들어 내는 것이 사소해진 이들의 힘이다.

「감자에 싹이 나서」의 아랫목은 "삼양라면 박스 안"이다. "첫 눈이 내린 지 여러 날" 지난 계절, "덮고 누울 눅눅한 신문지밖에 없는/ 지하 단칸방 같은 종이박스 안"에서 감자에 싹이 났다. "으밀아밀 저희들끼리 살 부비고 사는"이라는 시행은 옹기종기 모여앉은 아랫목을 떠올리게 한다. "이제 막 심장이 생긴 태아의 탯줄처럼"이나 "누가 봄을 풀어 놓았는지"와 같은 시행들은 이 공간을 더 생기 있게 만든다. "시방 감자는 거룩한 씨앗을 잉태하시었"으므로 '지하 단칸방'의 '삼양라면 박스'가 전하는 녹록치 않은 삶의 어둠이 가려지고 따뜻한 볕이 스민다.

「우리 어머니」의 '어머니'는 아랫목에서 TV를 본다. 도시화된 생활 공간에는 아랫목이 따로 없고 이웃들이 모여들지 않는다. TV는 '어머니'에게 이웃이 되어 "기쁘시다가 슬프시다가 욕하시다가" 잠들게 한다. KFC와 KT와 KTX, 후세인과 후시딘 연고, 리모컨과 레미콘이 병치되는 유쾌한 말놀이 속에 방안에는 "깨꽃 같은 웃음들"이 난만하다. 지난 세월의 풍파를 이겨낸 '어머니'의 유연함과 해학 덕분이다. "아랫목에 앉아 마음 편히 테레비를 보기 위해 달려온 시간이 하마 50년"이라는 시행은 그동안 '우리 어머니'들이 마음 편히 TV조차 볼 수 없었던 세월을 살아왔음을 말해준다. 이러한 시간이 배경으로 깔려있기 때문에 「우리 어머니」는 단순한 언어유희의 시에 그치지 않을 수 있었다. 하지만 '우리 어머니'들이 과연 마음 편하신지, 편하다고 믿고 싶어 하는 것은 아닌지 내심 불편해지는 것도 사실이다. 문선정의 시는 누추한 공간에서도 삶의 생기를 발견하는 밝은 눈을 가지고 있지만 '가까이에서 보면 비극이고 멀리서 보면 희극'이라는 말도 있듯이 삶의 깊은 주름들을 세밀하게 바라보는 눈 또한 필요해 보인다.

삶의 깊은 주름과 그림자는 「4월, 꽃이 피어도 사소해진」과 「꽃의 장례식」에서 전면화된다. "사월 하늘"에 핀 목련은 멀리서 바라본 희극적 삶처럼, 아름답고 풍성해 보인다. 그러나 가까이에서 바라본 목련은 "거뭇하게 변해버린 운동화 같은 꽃잎들"이고 "맨발의 아이들"은 "물속으로 떨어졌"다.

생일을 며칠 앞둔 아이가 찢어진 물속으로 떨어졌다네 인형 같은 아기가 예견치 못한 풍파 속으로 홀로 떨어졌다네 금호연립 사는 둘째 아이가 떨어졌다네 교복 입은 아이들이 입안 가득 비명을 물고 우르르 따라갔다네

젖은 눈빛으로 아이를 만지는 심정으로 어른들은
처량한 조문객이 되어 말없는 목련나무의 피를 나누어 마시네

툭-

잘못 뜯겨지는 달력처럼
삼월과 오월 사이로 사월이 떨어지네
아무 일도 없었다는 듯
아무런 의문부호도 없이 세월은 잘도 흘러가시네

— 「4월, 꽃이 피어도 사소해진」 부분(『시에티카』 2016. 상반기)

4월의 어둠은 찬란한 아름다움과 대비되어 더욱 사무친다. 참혹한 슬픔은 잊을 수도 없고 잊어서도 안 되지만 시인의 말처럼 "아무런 의문부호도 없이" 흘러가며 사소해지고 있다. 4월을 잔인하게 만들고, 사무친 슬픔으로 얼룩지도록 만든 많은 일들이 있었지만 거기에는 분명 대의를 위한 희생과 같은 거대서사적 의미들이 있었다. 하지만 "물속으로" 떨어진 아이들의 죽음에는 어떤 의미도 부여할 수 없다. 어떠한 의문부호도 없이 살아있어야 할 존재들이 죽음으로써, 죽은 자와 살아남은 자의 위치가 완벽하게 뒤바뀐 전대미문의 '사건'은 지금까지와 같은 형식의 애도로는 해소될 수 없는 일이다. 지금까지의 애도는 '사건'에 의미를 부여하고 기념함으로써 그것이 사건 이후의 세계에 지속적으로 살아있도록 하는 일이었지만, 아이들에 대

한 애도는 살아있는 우리가 물속으로 떨어지는 위치 바꿈을 통해서만 가능하다. 의미를 부여함으로써 우리의 죄를 면제받으려 해선 안 된다. 쉽게 잊으려 해서도 안 된다. 무한대로 '죽음' 가까이에 이르는 행위만이 4월의 '사건'을 '사소하지' 않게 만들 수 있다. "말없는 목련나무의 피를 나누어 마시"는 행위가 무한대로 가까워진 '죽음'을 의미하는 것일까. 더 참혹해져야 하고 더 가까이 가야 한다. 우리 모두.

문선정의 시는 '착하다'. 착하기 때문에 연약하고 사소한 것들에 연민을 느끼는 것이고 '감자의 싹'에 깃든 생명을 볼 수 있는 것이다. 늙고 병든 육체가 모여 있는 공간에서도 시인은 "진달래병동에 착한 꽃들이 핀다"고 쓴다.

흐린 날엔
꼬부랑 새댁이 나비처럼 날아다니고
햇볕의 한 조각을 끌어당겨 조울증을 치료하던 고만고만한 화초들이 의식을 잃는다
간다, 간다,
꽃들의 넋이 흰 당나귀에 올라타야만 허락되는 통행
꽃이불 위에 쪼글시고 있던 영순 할매 굽은 등이 어룽거리다
다시 파편으로 흩어지는 필적을 주워 담는
눈 오는 저녁

—「꽃의 장례식」 부분(『시에티카』 2016. 상반기)

이 시야말로 가까이에서 바라본 삶의 비극을 멀리서 바라본 풍경으로 이미지화한다. 물론 희극적 풍경으로 그려진 것은 아니고 한 편의 수묵화와 같은 느낌이다. 「감자에 싹이 나서」나 「우리 어머니」가 유색의 꽃이 피어나는 풍경이라면 「꽃의 장례식」은 무색의 꽃이 그려내는 파편적인 풍경

이다. “꽃들의 넋이 흰 당나귀에 올라타야만 허락되는 통행”이라는 시행은 풍경의 이미지를 의식세계로 옮겨오면서 시적 의미를 더한다. “낙엽들이 코를 박고 바닥으로 떨어지고 새는 달리고/ 하늘은 빙빙 돌며 수묵의 풍경을 그러모으고 지우고/ 공원묘지를 뛰쳐나온 바람은 몸을” 비트는 이러한 파편적인 풍경을 그리면서도 마지막 시행에서 “진달래병동에 착한 꽃들이 핀다”고 쓰는 것은 시인이 아랫목과 같은 공간을 여전히 그리워하고 있기 때문이다. 그러한 공간에서 사소한 사물들이 꽃을 피우고 발화(發話)하는 풍경. 그 이미지를 포착하고 사소한 말들을 경청하며 시에 담는 것이 문선정의 시 작업인 것이다.

다시 왜 시를 읽고 쓰는가를 질문하게 된다. 세상이 말을 걸어올 때 그 말의 무게와 난만함을 풀어내기 위해 쓰는가 하면, 내 안에 하고자 하는 말들이 끓어 넘쳐 쓰게 되기도 한다. 읽는 행위 역시 마찬가지다. 시의 말들은 내 안의 말을 끌어내고 세상이 건네는 말을 번역해주기도 한다. 이 과정에서 사물은 유용하고도 중요한 매개가 되어준다. 사물의 말에서 ‘나’와 ‘너’는 같은 것을 듣기도 하고 다른 것을 듣기도 한다. ‘나’만의 것을 고집하지도, ‘너’의 것에만 이끌리지도 않을 것. 사물에 부여해온 숱한 상징과 이미지 속에서 ‘나’만의 것을 발견하고자 하는 욕망과 발견하지 못하는, 혹은 발견할 수 없는 참담한 실패 사이에서 사물이라는 매개는 완충지대가 될 수 있다. 시를 읽는 일 또한 마찬가지다.

'다른' 세계의 '있음'

— 박강우, 유형진의 시

1.

압도적 폭력의 세계에서 시를 쓴다는 것은 '다른' 세상에의 희구일 수밖에 없다. 시를 통해서라도 다른 세상을 그려볼 수 있는 가능성이 있기에 아마도 시는 사라지지 않고 계속 쓰이어질 것이다. 캄캄한 어둠 속에서 볼 수 있는 것은 아무 것도 없지만 볼 수 있는 감각능력 자체가 사라진 것은 아니기 때문에, 어둠과 같은 현실태의 결여 속에서 우리는 감각능력이라는 잠재태를 경험하게 된다. 어둠 속에서 시를 쓰는 일은 아무 것도 볼 수 없는 무능력 속에서도 볼 수 있다는 잠재성을 계속해서 확인하는 일인 동시에 현실태의 결여를 확인하는 일이며 이로써 잠재성 또한 '있음'을 노출하는 일이 된다. 시를 통해서 현실세계의 결핍, 혹은 과잉을 계속해서 확인하게 되지만 그것이 절망으로 이어지거나 시쓰기의 중단으로 귀결되지 않는 이유는 시를 쓰는 일이 곧 잠재성 '있음'을 드러내는 일이기 때문일 것이다. 보이지도 않고 언어화될 수도 없는 잠재성의 영역을 시화하는 일은 말이 통하지 않는 상대에게 건네는 몸짓과도 같다.[27] 시를 쓰고 읽는 일은 의미의 소통을 위해서라기보다는 서로의 몸짓을 확인하는 것만으로도 기꺼운 그런 일이다.

---

27) 조르조 아감벤, 「몸짓에 관한 노트」, 『목적없는 수단』, 난장, 2009. 참고

2.

박강우 시인은 시를 통해 '다른' 존재를 만나고자 한다. 박강우의 시에서는 개체와 개체가 경계 없이 뒤엉켜 섞이곤 한다. 이러한 일은 흔히 우물, 거울, 밀실과 같은 무의식적 공간을 무대로 하여 일어난다. 「잠수함을 묻었다」에서도 잠수함이라는 밀폐된 공간이 등장하고 그것조차 화분 아래로 우물을 파고 들어가는 잠행을 감행한다. '아래'의 세상에서는 식량창고에 곰이 쌓여있고 곰은 잠수부를 때려잡는 게임을 한다. 그곳에서는 논리적 인과관계를 배반하는 일들이 자연스럽게 이어지고 사물의 형태 또한 수시로 뒤바뀐다. 하지만 우물 밖으로 나온 잠수함은 "검붉은 태양이 빛나는 계곡에서" 길을 잃는다. 현실에서는 길이 보이지 않기 때문에 박강우의 시는 계속 '아래'의 세상으로 내려가려 하는 것일까?

욕조에서도 비슷한 일이 일어난다. 「욕조에서 먹잇감이 자란다」에서는 상어가 자라는 욕조가 등장한다. 욕조에 상어가 있으므로 먹잇감도 있기 마련, 24세 비키니 여자와 4개월 여자 아이, 45세 남자, 18세 남자 아이가 그들이다. 하지만 누가 누구의 먹잇감인지는 분명하지 않다. "4개월 여자 아이의 식욕에 따라 욕조의 생태계는 변한다"고 했으니 욕조의 생태계 속에서 먹이사슬의 관계는 계속 뒤바뀌는 중이다. '욕조'와 같은 이러한 공간은 시인의 언어로 말하자면 '원시적인 공간'이라 할 수 있겠다. 인간이 최상위 포식자로 군림하며 "맛있는 먹잇감과 맛없는 먹잇감"을 구별하는 문명의 세계가 아닌, 모두가 동등하고 야만적이고 괴기스러운 그런 세계를 욕조 속에, 시를 통해 구현한다. 그러한 세계를 불러내는 주문은 "추추추 요요요 젤젤젤"과 같은 무의미한 소리이다. 무의미한 소리의 발화는 잠재성의 영역을 드러내는 몸짓과도 같다. 무언가 '다른' 것이 '있음'을 알리는 일. 박강우의 시에서 '다른' 것이란 원시적인 공간일 수 있으며 그곳의 사물이나 대상은 현실태의 형상을 벗고 '다른' 존재로 변이된다.

원시적인 공간에서 가장 자주 행해지는 일은 먹는 것, 혹은 몸을 섞는 일이다. "붉은 달을 토해내는 거미"와 "붉은 달을 삼키는 고양이"는 그리 다른 종(種)이 아니다. 그래서 "곤충채집은 거미부터 시작해서 고양이까지" 하게 되는 것. 같은 것을 먹거나 토해내면서 서로의 몸은 섞이고 변이된다.(「어린 병실의 비밀」) "나는 방울뱀이 되거나/ 낙타가" 되기도 하며 "방울뱀은 집을 찾지 못하고/ 낙타를 빨아 먹"기도 한다. "그 때 그 방에서/ 나를 골라 먹으면/ 방울뱀 맛과 낙타 맛이 났지만/ 거만해진 나를 섞어 먹으면/ 불자동차 맛이" 나기도 한다.(「골라 먹는 섞어 먹는」) 달이 30일을 주기로 형상이 바뀌고 해가 열두 달을 주기로 순환하는 것처럼, 박강우 시의 원시적인 공간은 순환적이다. 한 개체가 다른 개체로 꼬리에 꼬리를 물고 변이되는 운동은, 다시 자신의 몸으로 돌아오는 순간이 있기 마련이어서 달이나 해의 운동처럼 순환적이라고 말할 수 있다. 순환성은 자체완결적이라는 점에서 폐쇄적이기도 하다. 순환적이고 자기완결적인 '원시 공간'은 현실태와 단절되어 있기 때문에 잠재성의 영역이 되기 힘들다.

그렇기 때문에 잠수함은 길을 잃고 마는 것이 아닐까? 현실 세계와 단절되어 있던 우물 바닥, 그 곳에서 솟아올라온 잠수함은 길을 잃을 수밖에 없다.(「잠수함을 묻었다」) 「그림 이야기」에서도 "악어 한 마리를 집어 꺼내는 것으로 나는 누군가가" 될 수 있지만, "누군가는 남자이기도 하고 여자이기도 하고 악어이기도 하고 붉은 머리이기도 하고 푸른 머리이기도" 하지만, 이어 "가루가 되었다가 붉은 머리가 발송한 보고서를 읽고서 몸을 되찾"는 것으로 귀결된다. 우물이나 욕조와 같은 계열인 '그림' 속 세상에서는 계속해서 몸을 바꾸며 다른 누군가가 될 수 있지만 그림 밖을 나오면 곧 몸을 되찾는 것이다. 이렇게 시가 담고 있는 '다른' 세계가 현실과의 연결고리 없이 그저 자체완결적인 하나의 독립된 공간이기만 하다면 그것을 통해 현실세계의 결핍 혹은 과잉을 확인할 수는 있을지언정 잠재성의 '있음'을 드러내는 일이 되기는 힘들다.

그러나 빨간 약을 먹으면 실재의 사막을 보게 되고 파란 약을 먹으면 현실로 돌아오게 된다는 〈매트릭스〉의 대사와 흡사하게, "붉은 머리가 발송한 보고서를 읽고서 몸을 되찾"기도 하지만 곧 이어 "푸른 머리가 치마 입힌 악어를 데리고 왔습니다"라는 시행을 통해 다른 선택지를 열어놓고 있음을 보게 된다.(「그림 이야기」) 또 「어린 병실의 비밀」에서는 열두 번의 순환으로 닫히지 않고 "열세 번째 금관악기"를 등장시킴으로써 자체완결성에 틈새를 벌여놓기도 했다. 이렇게 박강우 시가 만나고자 했던 '다른' 존재는 뒤섞여 변환하다가 결국 회귀하는 원환의 고리가 아니라 '있음'이 분명한 어떤 것을 향한 균열의 틈을 만들어내고 있다.

3.

유형진 시인은 동화적 상상력이라 명명할 수 있을 자기만의 표상공간을 구축해왔다.[28] 현실세계와는 '다른' 세계를 시를 통해 상상하며 그 속에서 어떤 가치를 발견하려는 시도를 계속해왔다는 의미이다. 그렇다고 해서 유형진 시의 표상공간이 현실세계와 전혀 다른, 동떨어진 이미지를 가지고 있는 것은 아니다. 그가 구축한 세계에는 '피터 래빗'과 같이 우리에게 익숙

---

28) 장이지는 「사랑의 소모성, 표상공간 구축 반복(충동) 전말 ―유형진 시집 『가벼운 마음의 소유자들』에 부쳐」(『리토피아』 2011 가을)에서 유형진의 시는 점차 리코딩 장치적인 것이 퇴조하면서 "재현공간이 사회적인 공간을 종이 위에 기입하지 못하고, 재현공간이 표상적인 것들을 종이 위에 재기입"하는 '자기만의 표상공간 구축'으로 나아가고 있다고 분석한다. 또 유형진의 표상공간은 자체완결적이긴 하지만 끊임없는 반복충동에 의해 균열을 일으키게 된다고 말한다. 이러한 장이지의 분석은 유형진의 이번 신작시를 이해하는 데에도 큰 참조점을 제시해 주었다.

한 캐릭터들이 뛰어놀고 있으며 그 캐릭터들을 움직이게 하는 원리 또한 현실세계의 논리를 그대로 닮아 있다. 어린 아이들이 읽는 동화가 결코 순수하지만은 않은 인간의 맨얼굴, 욕망의 폭주를 잔혹극의 형식으로 표출하고 있는 것처럼, 유형진의 시 또한 무구한 캐릭터들이 냉혹한 자본의 맨얼굴을 드러내는 순간을 아프도록 선명하게 포착해 왔다.

이러한 유형진 시세계의 특징을 가장 잘 보여주는 신작시가 「모르텐과 똥 먹는 개」이다. 애니메이션 〈닐스의 모험〉에 등장하는 캐릭터들과, 입양한 강아지를 길가에 유기하는 사람들을 나란히 놓음으로써, 생명까지 자본의 논리에 포함되어 가는 현실을 비판하고 있다. 애니메이션 〈닐스의 모험〉은 동물들을 괴롭히던 닐스가 그 동물들보다 더 작아져서 함께 모험을 겪으며 동물들을 이해하게 되는 과정을 담고 있지만, 「모르텐과 똥 먹는 개」는 이 이야기에서 날지 못하던 거위 모르텐이 날게 된 점에 주목하면서 이를 "넌 날지 못 할 거라고 비웃던 농장의 동물들과 자신을 괴롭히던 닐스에 대한 복수"로 해석한다. 삽입되어 있는 '강아지 입양'과 관련된 시행들은, 강아지를 생산하고 유통시키며 "똥 먹는 개"라는 이유로 환불을 요구하기도 하는, 즉 "명백히 생명을 사고파는 행위를 하면서" 그것을 '윤리'라 말하는 '교양인'과 어린 닐스가 조금도 다를 바 없음을 알려주고 있다. 다른 점이 있다면, 닐스는 동물을 괴롭혔던 잘못을 뉘우치지만 '교양인'은 그렇지 않다는 점이다. 그렇기 때문에 이 시의 모르텐은 복수를 감행할 수밖에 없다. 날지 못하는 거위가 날게 되는 일은 "버려진 똥 먹는 개들이 갑자기 사람의 말을 하기 시작하는 것"과 같은 것으로 서술된다.

'똥 먹는 개들'이 사람의 말을 하게 된다면 어떨까? 이러한 질문에서 '랜드 하나리'라든가 '허니밀크랜드'같은 유형진 시의 또 다른 표상공간이 만들어질 수 있을 것이다. 이번 신작시는 그 예비단계이거나 유형진의 다른 시세계로 나아가는 진입로일지 모른다. 독특한 '랜드'를 구축하기 위해 동원되었던 언어의 장식적 요소들이 줄어들었고, 현실세계의 알레고리로 작동하면서도 현실세계와는 다른 과잉 혹은 결핍의 흔적을 담고 있던 환상적 요소들 또한 이번 신작시에서는 찾아보기 힘들다. 물론 5편의 작품만으로 판단하긴 이르지만, 환상세계의 경이로움이 아니라 자연의 경이로움에 압도되어 가고 있다는 느낌을 준다. 「구름의 미아」라든가 「결론」같은 시들을 보면, 인간이 만들어낸 세계가 아니라 시간의 흐름에 따라 순환하는 자연의 세계가 전면에 배치되어 있고 인간은 단지 그 한 부분으로서만 등장하고 있음을 알 수 있다. "메타세콰이어의 여린 잎들이 초록으로 타오르기 시작하는 유월"의 풍경이 시의 중심이고 그 풍경의 일부인 아이는 "계속 남쪽으로 남쪽으로, 빠르게" 흘러가는 구름의 미아로 표현된다. 「결론」에서도 봄날의 꽃들이 피어나는 풍경을 위해 "고생만 한 여인이 빈혈을 앓고 있는 것처럼"이라든지 "화장 안 해도 예쁜 얼굴에 틴트나 아이섀도를 바르고 외출하는 사춘기 소녀들처럼"이라는 시행이 쓰이고 있다. 사람의 성장과정에 자연이 비유되는 것이 아니라 자연의 순환을 말하기 위해 인간 성장의 주기가 동원되고 있는 것이다. 자연의 순환 또한 인간의 리사이클 시스템과 유사하긴 하지만("봄은 리사이클 소각장으로 간다.") 그것은 기계적 반복이 아니라는 점에서 "올해와 다를 내년"을 기약할 수 있다.

언어의 장식적 요소라든지 표상공간의 이미지, 캐릭터같은 것들을 걷어내고 보면 유형진 시의 메시지는 언제나 기쁨과 슬픔, 사랑과 그리움 등의 인간 본연의 감정을 다루고 있었고 그러한 감정의 희노애락을 겪으며 한 생을 살다가 결국 시간 속으로 사라져갈 수밖에 없는 인간의 실존적 운명에 대해 말해 왔다.

①

〈옷걸이요정〉은 옷걸이들의 차임 음악을 듣자 불현 듯 맹렬한 슬픔이 밀려오기 시작했습니다.

그것은 어떤 통증들이 안으로, 안으로 똘똘 뭉쳐 구를 만들어 투명한 유리구슬이 되었다가

반으로 깨져버렸을 때, 그 단면에 보이는 무늬 같았습니다.

—「피터 판과 친구들-에피소드5: 〈옷걸이 요정〉의 깨진 유리구슬의 단면 같이 찾아온 슬픔」 부분

②

〈옷걸이요정〉의 말에 의하면,

— 꽃잎들은 바람으로부터 와서 사랑을 잃고 슬퍼하는 자의 눈앞에서 놀다가 시간속으로 사라지는 것입니다.

—「피터 판과 친구들-에피소드6: 사라진 꽃잎들은 어디로 가나」 부분

①에서와 같이 감정을 시각화해서 보여주거나 ②에서와 같이 인공적 세계의 동화적 캐릭터가 역설적으로 인간의 실존적 운명에 대해 묘파하는 방식이 유형진의 시를 각별하게 만들었다. 신작시 「수은혈」에서도 혈액을 수은으로 바꿔 400년 이상을 살아가고 있는 인공적 인물이 등장한다. 1926년 갱의 일원이었던 '그'는 밀주를 판 돈으로 혈액을 수은으로 바꿨다. '그'의 이야기를 듣고 있는 '나'의 뼈 또한 납을 합금한 티타늄으로 되어 있다. 이러한 캐릭터들 역시 인공적이다. 동화적이기보다는 영화적으로 보이지만 인공적 캐릭터를 통해 필멸에 이르는 인간의 존재론적 운명을 말하고 있는 점은 흡사하다. 인간이 생물이라는 물질적 증거는 '피와 뼈'일 텐데 그것을 수은과 티타늄으로 뒤바꿔 불멸의 존재가 되었다는 이 시의 설정은 물질문

명의 어두운 그림자를 보여주고 있다. 가장 인공적인 세계를 구축하는 것처럼 보였던 유형진의 시는 결국 자연으로 돌아가야 할 인간의 운명을 직시하면서 가장 인간적인 감정과 인간을 부분으로 포함하는 자연의 세계를 희구하고 있었는지도 모른다. 「모르텐과 똥 먹는 개」에서 '똥 먹는 개'가 사람의 말을 하기 시작하는 것이 일종의 복수가 될 수 있었던 것도 인간의 언어가 만들어낸 생명경시의 물질문명을 부정적으로 바라보고 있기 때문이다. 「결론」에서 "올해와 다른 내년"을 기약할 수 있었던 것도 리사이클링 시스템이 아니라 자연의 순리였다.

그러나 유형진의 시가 자연의 섭리를 절대화하면서 자연으로의 회귀, 자연의 서정적 아름다움을 노래하는 시로 나아가지는 않을 것이다. 유형진 시인이 자연에서 보고자 하는 것은 "올해와 다른 내년"이기 때문이다. 유형진의 시세계가 자신만의 표상공간을 구축할 때는 그것이 환상적인 세계든 인공적인 세계든 현실 세계와 관련을 맺고 있었다. 현실 공간의 논리를 배반하며 구축된 공간 속에서의 놀이에 빠져있을 때에는 그 자체의 완결적인 세계에 매몰되어 있었을지 모르지만, 인간의 감정과 그 쓸쓸한 운명을 잊지 않고 늘 직시하고 있었기 때문에 잠재성의 영역인 '다른' 세계의 '있음'을 언제나 보여줄 수 있었던 것이다. 자연은 인간이 포함된 세계이기도 하고 우리의 감각능력 또한 자연의 능력이기도 하지만 '다른' 세계는 될 수 없다. 유형진의 신작시는 "올해와 다른 내년"을 만들어내는 자연의 능력을 잠재성으로서 경험하면서 현실태의 어둠을 드러내고 있는 중이지, 자연을 '다른' 세계로서 희구하는 것은 아니다. 어둠 속에 숨어 있는 어떤 '다른' 세계의 '있음'을 보기 위해, 그것이 "올해와 다른 내년"임을 확인하기 위해 유형진의 시를 계속 읽고 또 읽을 수밖에 없다.

실패하는 사랑, '발쇠'의 시

— 박연준의 시

1. "없는 고통"을 쓰는 시

철저한 자기 부정은 자기애의 다른 이름일 것이다. 에로스와 언제나 함께 하는 것이 죽음 충동인 것처럼 말이다. 박연준의 시는 생(生)에 대한 부정이 너무나 처절해서 오히려 매순간 생동하고 있는 삶을 자각하게 한다. "아기는 엄마가 흘린 죽음"이라 말하는(「안티고네의 잠」, 『속눈썹이 지르는 비명』) 시인은 매순간 생의 이면에 도사리고 있는 죽음을 의식함으로써 선연한 피의 빛깔로부터 팔딱거리는 심장의 박동을 전한다. 그러나 또 한편 생이란 동전의 양면과도 같은 평면이 아니어서 선명한 핏빛처럼 분명하지만은 않다. 에로스와 타나토스의 틈새에서 피어나는, 혹은 누수되는 무수한 (무)의식적 감정의 찌꺼기들은 선연한 피의 빛깔을 흐리며 우리의 육체를 끈적끈적하고 혼탁한 피로 물들게 한다. 혼탁한 피가 도는 육체가 곧 '나'임을 인정하고 있어서일까. 이제 박연준의 시는 철저한 자기 부정의 참혹한, 혹은 유희적인 현장이 아닌, 불완전한 육체로부터 흘러나오는 비밀스런 이야기를 '발쇠'하고 동시에 다시 그 이야기를 내 안에 합체하는 장소에 가까워지고 있다.

이를테면, "앓고 난 후 뒤늦게 대가리를 밀고 도착하는 감정"이 몰고 오는 기억들이 시인으로 하여금 시를 쓰게 한다.(「빈 잔에 숨은」) 뒤늦게 도착하는, "겨우 오는 것들"은 그동안 박연준의 시에 '당신'으로 초대되지 못 했던 타자들이다.(물론 박연준의 시에 언제나 타자는 있었지만 대개는 '나'의 또 다른 이름인 경우가 많았다.) 시간의 수직적/수평적 이동 속에서 누락된 그것들은 "버려도 돌아오는 나의 귀신들"이다. 그것은 그동안 '가족 삼각형'의 틀 안에서 호명되지 못 했던 '당신'들이며 그럼에도 불구하고 내 안에 똬리를 틀고 있었던 명명되지 못했던 감정들이다. 이제 시인은 그러한 감정과 이야기에 귀 기울이며 '발쇠'한다.

침묵 끝에 단 한 번
배우의 입술이 떼이는 순간
눈을 보는 것이 아니라
눈동자를 손으로 만진 느낌
주름에 시선이 끼인다

(…)

페스추리 같은 고통을 한 겹 한 겹 뜯어먹는
배우의 같은, 다른, 무수히 변주하는 표정들
다 먹고 난 뒤에는
없는 고통을 먹는 연기가 필요할 것이다

— 「발쇠」[29] 부분(『현대시』 2013. 10)

"잉마르 베리만의 〈페르소나〉에 부쳐"라는 부제를 갖고 있는 시 「발쇠」는 '배우'라는 직업이 상징하듯 무수한 얼굴을 가진 현대인의 내면을 '발쇠'하는 것이 다름 아닌 '주름'이라고 말한다. "눈을 보는 것이 아니라/ 눈동자

29) 남의 비밀을 캐내어 다른 사람에게 넌지시 알려 주는 짓.(박연준 시에서 재인용)

를 손으로 만진 느낌"과도 같은 것. 말을 잃은 배우와 말을 찾아주고자 하는 간호사 사이의 경계가 허물어지는 순간은 시선의 주체와 시선의 대상이 모호해지면서 주체와 대상 사이의 찰나적 합체가 가능해지는 순간이다. 그것을 가능하게 하는 것은 지속적인 시선의 교차가 아닌 "눈썹과 눈가주름", "눈동자를 손으로 만진 느낌"이다. "주름이 시선"에 끼임으로 인해 얼굴은 쏟아지고 떨어져 박살나고 비틀리며 그렇게 비밀은 누설된다. 배우의 주름을 '보는' 시인은 존재의 비밀을 '느낀다.' 시인에게 시를 쓰는 작업은 이러한 존재의 비밀을 쓰는 것, "없는 고통을 먹는 연기"와도 같은 것이 된다. 눈에 보이지 않는다고 해서 없는 것이 아님을 알고 있는 시, 그 보이지 않는 고통마저 느낄 수 있는 시를 쓰는 것. '주름'을 볼 수 있고 '눈동자'를 느낄 수 있는 감각을 지닌 자에게만 허락된 작업이자, 시가 곧 '나'인 절박한 자에게만 가능해지는 작업이다.

2. 실패하는, 반복되는 사랑

'나'를 혼탁한 피가 도는 육체로 인정하기 시작했다는 것은 그동안 박연준 시에 '당신'으로 초대되었던 타자의 형상이 비로소 '나'의 또 다른 이름이 아닌 제3자의 실물로 얼굴을 드러내기 시작했다는 의미이기도 하다. '가족 삼각형'의 틀 내에서의 '당신'(엄마, 아빠)은 결국 '나'의 정체성 구성의 인자로서 호명되는 것이며 성적 대상으로서의 '당신'은 그 대체된 대상으로서의 의미를 지녔다.[30] 이러한 박연준 시의 이자적(二者的) 관계는 늘 죽음을

30) 가장 가까운 존재/타자들인 엄마, 아빠, 남자와 호환하(지 못하)는 '나'의 삶의 시공간은 환유의 무한한 미로로 이루어져 있다. 끝없이 펼쳐진 환유의 미로를 배회하는 '나'는, 짐작하겠지만, 행복한 일체감도 생산적인 차이도 획득하지 못한 채 쓸쓸하고 헛된 이동을 되풀이한다.—김수이, 「몸에서 시가 '똥'처럼 떨어지기까지」, 『속눈썹이 지르는 비명』 해설

전제로 한, 실패가 예고된 사랑의 형태로 나타나곤 했다. 이는 박연준 시의 자아가 상상계에서 상징계로의 이행을 성공적으로 수행하지 못했다는 의미가 된다. 상상계와 상징계의 '사이'에서 수직적/수평적 이동을 반복하며 불연속적인 기억과 불완전한 사랑의 드라마를 펼치고 있는 것이 박연준의 시이다. 실패하는 사랑의 흔적, 기억의 조각들을 떨쳐내지 못 하는(않는) 시적 자아에게 존재의 변이가 발생하고 그러한 '내'가 초대하는 '당신'의 얼굴 또한 끊임없이 달라지고 있다.

> 손등 하나 볼 언저리에 머물다 시들고
> 내가 당신- 이라 부르던 사내는,
> 들은, 죄다 남의 남자가 되었다
>
> —「꽃, 가장 약한 깃발」 부분(『현대시』 2013. 10)

> 소용없을 거예요 당신은 해낼 수 없어요
>
> —「침대2 -배웅」 부분(『현대시』 2013. 10)

> 나는 종종 큰 보자기에 싸여 버려졌고
> 쉽게 들통 났고,
> 맹랑했지
> (끝내 버려지는 데 실패했으니까)
>
> —「베누스 푸디카(Venus pudica)」 부분(『현대시』 2013. 10)

이처럼 박연준의 시에는 대상이 '나'이든 '당신'이든 이미 예정되어 있는 실패가 반복된다. 「침대2」에 초대된 '당신' 또한 "소용없을 거예요 당신은 해낼 수 없어요"라는 시적 화자의 예언처럼 사랑, 혹은 섹스에 실패하고 만다.

연극적인 화법을 지닌 박연준의 다른 시들처럼 시인이 마련한 연극무대에 초대된 '당신'은 이미 짜여진 시나리오대로 '나'와의 사랑에 실패하고 "이제 가세요"라는 이별 통보를 받는다. 「꽃, 가장 약한 깃발」 역시 가상의 '당신'들이 "죄다 남의 남자가 된" 실연의 드라마이다. 실패한 후에는 '나'의 "왼쪽 새끼발가락"을 내어 주든(「침대2-배웅」), "들개의 축축한 주둥이에 물"리든(「꽃, 가장 약한 깃발」) 몸의 변화가 동반되지만 그럼에도 불구하고 '실패하는 사랑의 드라마'는 계속해서 시연된다.

박연준의 시에 끊임없이 반복되는 이 드라마를 가상의 이별 연습을 통한 자기방어로 보아야 할까. 그러기엔 몸의 상처가 너무나 깊다. 시를 곧 '나'로 자각하는 시인이기에 시를 통한 상처는 가상으로 끝나지 않는다. 그러므로 계속되는 시도는 반복 강박적 치유 행위로서 실재에 다가서려는 시도로 보아야 할 것이다. '당신'은, '당신'과의 사랑은 늘 실패하지만 그 사랑을 반복적으로 시도함으로써 존재론적 실재, 혹은 실재적 타자에 다가설 수 있지 않겠는가.

> 이렇게 깊은데 당신은 왜 시작하지 않을까
>
> 종은 계속 울리는데
>
> 모르고 핀 꽃들은
>
> 들개의 축축한 주둥이에 물려
>
> 사라, 진다

— 「꽃, 가장 약한 깃발」 부분(『현대시』 2013. 10)

"죄다 남의 남자가" 되어도, "들개의 축축한 주둥이에 물려" 사라져도 다시 피어나는 꽃. 시인은 그 꽃을 '가장 약한 깃발'이라 이름 지었다. 꽃은 울리는 종처럼, 휘날리는 깃발처럼 대상을 부르지만 대상은 쉽게 오지 않고, 오더라도 사랑은 시작되지 않거나 시작되더라도 실패한다. 하지만 계속 울리는 종처럼 가장 약한 깃발일지라도 깃발로서 흔들리고 있다는 점이 중요할 것이다. 시인은 시를 통해 가상의 이별 연습을 행함으로써 실제의 이별을 끝없이 지연시키면서 자신을 치유하고 무수한 '당신'들을 만나려 한다.

3. 시인의 모든 것, 사랑

자기애적 사랑은 섬광과도 같이 강렬하다. 이자(二者) 외에 다른 이질적 대상은 개입되지 않으며 그만큼 리비도의 집중도가 높다. 「베누스 푸디카(Venus pudica)」의 시적 자아는 리비도의 방향을 "아무도 들어오려 하지 않"는 "아름다운 틈"으로 했다가(근원적 나르시시즘), 시간이 흐르면서 점차 다른 대상으로 리비도의 방향을 돌린다. 그 대상이 바로 '당신'이자 '시'이다. 박연준 시의 '사랑'은 이미 알고 있는 것처럼 언제나 실패하는 사랑이다. 실패한 사랑 이후에 되돌아오는 리비도는 대상의 흔적을 간직하고 있다. 그렇게 되돌아와 내 안에 쌓이는 대상의 흔적들은 나와 합체되어 내 안에 무수한 타자들을 살게 하며 나의 존재를 다면체로 만든다. 그리하여 '당신'으로 호명되지 못 했던 존재들을 '보게' 되고 '당신'을 향한 감정만이 아닌 잉여의 감정들을 '느끼게' 된다. 「베누스 푸디카」의 "어느 여름 옥상"에서 알게 된 "어떤 감정"이란 그런 것이 아닐까. 순전히 이자적인 관계로만 성립하던 사랑은 이제 가능하지 않으며 흔적으로 남은 과거의 '사랑'들은 언제나 실패의 결말을 예고하고 증언한다. 비로소 그 "무엇도 더 슬프진 않"다.

어느 여름 옥상에서 어떤 감정을 알게 됐는데
떠난 사람의 길고, 축축한, 잠옷이
펄럭이는 걸 보았지

사랑이 길어져 극단까지 밀고가다
견디지 못하면
지구 밖으로 밀려나는구나
피가 솟구치다 한꺼번에
증발하는구나

후에 책상 위에서 하는 몽정이 시, 라고 생각했다가
더 나중엔 그의 얼굴을 감싼 채 그늘로 밀려나는 게
사랑, 이라고 믿었지만

일곱 살 옥상에서 본 펄럭이는 잠옷만큼은
무엇도 더 슬프진 않았고

그때부터 나는 본격적으로,
모든 면에서 가난해졌다

— 「베누스 푸디카(Venus pudica)」 부분(『현대시』 2013. 10)

그렇다면 '시'와의 사랑은 어떠한가. "목구멍에 연필이 박혀 죽을 뻔 했"다는 진술에서 알 수 있듯 시는 오히려 나를 죽음 가까이 이끌기도 했고 시간이 흘러 가느다란 시를 이어 쓰며 겨우 목소리를 되찾게 되기도 했다. 그러다 "어느 여름 옥상에서 어떤 감정을 알게" 된 후, "그때부터 나는 본격적으로,/ 모든 면에서 가난해졌다". 시인의 "모든 면"이란 '사랑'일 것이다. 감정의 흐름에 충실하며 정신분석학적 해석의 틀을 풍부하게 해주었던 박연준 시의 '사랑'이라면 "모든 면"이라 칭해져도 지나치지 않으리라. 그런데 '사랑'이 "가난해졌다"라고 쓰고 있다. 다양한 해석이 가능할 테지만, 혼탁한 피가 도는 육체의 사랑을 모든 면에서 '가난해진/가능해진' 사랑이라 쓰고 있는 것은 아닌지…… 이자적 관계의 사랑에서 내 사랑의 대상 이외의 시선은 존재하지 않기 때문에 가슴과 음부를 가릴 필요는 없다. 수치심 없이 가슴과 음부를 모두 내놓을 수 있었던 열정적인 나체의 사랑이 아니라, 가슴과 음부를 가린 '베누스 푸디카'의 사랑을 시인은 모든 면에서 가난해진 사랑이라 쓰고 있다.

그러나 한편 가난해진 사랑은 가능해진 사랑이기도 하다. 가난해진 사랑은 빈틈없이 매끈한 이자적 관계가 아니다. 물론 이자적 관계 또한 언제나 실패하기 마련이지만 그 순간에 몰입함으로써 실패의 예언이 들리지 않는, 빈 틈 없는 사랑일 수 있다. 가난해진 사랑은 틈이 많아 내 안의 무수한 실패의 흔적들이 누수되는 사랑이며, 하여 오로지 한 대상에게만 모든 리비도가 집중되는 사랑이 아니다. 따라서 가난해진 사랑은 다자적(多者的)으로 가능해진 사랑이며 이는 시인에게 '시'가 있기에 가능한 사랑이다. 시를 통해 무수한 실연의 드라마를 시연하고 실패의 흔적들을 시에 내장하고 발쇠하며 다시 그 이야기를 내 안에 합체할 수 있었기 때문이다.

어느새 박연준 시인에게 시는 '무기(武器)'가 된 느낌이다. 세상에서 가장 약한 무기. 여성 성기를 상징하는 '꽃'이 그러한 것처럼 예정된 실패를 향해 활짝 몸을 여는, 그럼으로써 어떠한 실패도 받아들일 수 있고 또 다시 피어날 수 있는 시인만의 무기. "시가 똥처럼 떨어진다"며 "다시 내 속에 넣어볼까, 살아나려나—"라고 읊조렸던, "그런데 너, 내가 더럽니?/내 시가 더럽니?" 라고(「詩」, 『속눈썹이 지르는 비명』) 도발했던 시인은 꾸준히 시와 몸을 일치시키며 '나'와 타자의 사이, 타자와 타자 사이에서 '사랑'을 시도하고 있다.

삶을 통과한 말

— 손택수, 고영민의 시

1. '구두'의 수사학

『나무의 수사학』(실천문학사, 2010)에서 각별한 은유의 세례를 입었던 '꽃'과 '나무'가 이번에는 '구두'와 '물'에 그 자리를 내주었다. 꽃과 나무는 저 유년의 고향과 황폐한 도시를 이어주는 매개이자 그 틈에서 자라는 역능(力能)이었으나 도시의 물신성이 그 팽팽한 긴장감을 잠식하게 된 듯하다. '구두'는, 특히 낡은 구두는 도시의 구획화된 삶 속에서 어느 한 곳에 정착하지 못 하고 떠도는 삶을 은유하고 있으며 '물'은 삶의 저 편, 자궁/무덤과도 같은 공간을 은유하고 있으니 시인은 이제 '사이' 혹은 '틈'의 위치에서 어느 한 편으로 기울어지고 있는 것처럼 보인다.

반서정의 난만한 흐름 속에서도 서정시의 전통을 이어가는 대표적인 시인으로 거론되는 손택수 시인은 '나무'라는 대상에 자아를 투사하여 도시의 오물을 먹고 생을 연명해가는, 치욕을 견디는 나무로 이 시대 소시민을 은유한 바 있다. 이번 신작 소시집에서 그 대상은 '구두'가 되고 있는데, 나무가 지닌 수직적 이미지에 비해 지치고 피로한 기색이 역력하며 그로 인해 연민의 정서를 자아내기도 한다. 「구두」에서 "진창을 다니느라 썩을 때로 썩은", "헐 대로 헌 구두짝"은 할머니의 품에서 위로받는다. 「구두 속의 물고기」에서는 "땀에 전 바닥에 달라붙"은 구두 속 나뭇잎을 바라보며 어린 시절 "고무신 속 각시붕어"를 떠올리기도 한다. 애초에 손택수 시인에게 나무는 도시 속 자연으로서의 힐링(healing)의 장소가 아니었다. 다만 자연에 대한 본원적 그리움을 내포함으로써 도시 속에서 상처받으면서도 그 치욕을 견디며 살아갈 힘을 지닐 수 있었던 것이다. 그러나 이제 나무는, 혹은 시적 화자는 그 힘을 잃어버린 듯하다. 유년의 고향, 모성적 장소가 아무런 매개 없이 그 맨얼굴을 내보이고 있기 때문이다. "밤사이 얼지 말라고, 냉기 속으로 발을 집어넣지 말라고" 손자의 구두를 품는 '외할머니'는 위로와 치유의 표상이 되기에 충분하지만 그러한 표상을 전면화하지 않고 내면화하면서 도시에 뿌리 내리며 일상을 견디려했던 전작들에 비해 시적 긴장감이 완화되고 있는 것 또한 사실이다.

나아가 시인은 "바다/ 속으로 나는 그냥 들어가버리고 싶"다고 말한다.(「해변의 발자국」) 고통의 깊이가 만만치 않음을 보여주는 구절이다. 여기서의 '바다'는 안온한 모성적 장소라기보다는 현실적 고통이 소거된 소멸의 장소로서의 의미가 더 강하다. 그만큼 현실적 고통이 더 이상 지탱하기 힘들 정도의 무게로 자아를 짓누르고 있음을 말해주는 것이다. 「해변의 발자국」에서 느껴지는 정서는 단순한 연민이나 위로의 갈구가 아닌, 고통의 중압감으로 인한 도피적 자아의 패배감이다. 이상과 현실의 사이, 관념과 실제의 사이에서 치욕을 견디며 어떤 역능을 발견하려했던 시인이 '사이'의 긴장을 견디지 못하고 모성적 공간으로 혹은 소멸의 장소로 기울어지고 있는 것일까. 그렇다고 대답하기엔 아직 이른 것 같다.

구두 뒤축이 들렸다 닳을 대로 닳아서
뒤축과 땅 사이에
새끼손가락 한 마디만 한 공간이 생겼다
(…)

가끔씩 한쪽으로 기우뚱 몸이 기운다는 건
내 뒤축이 허공을 딛고 있다는 얘기
이제 내가 딛는 것의 반은 땅이고
반은 허공이다 그 사이에
내 낡은 구두가 있다

—「길이 나를 들어 올린다」 부분(『나무의 수사학』에서)

백 켤레의 신발을 벗어던지고
내가 껴 신고 싶은 신발
아무도 없는 백사장에 발목을 심고 꼼지락거리면
사구들도 따라 일렁이고 덩달아
수평선 밖 어느 섬 해안에 막 당도한 물결을
몇 미터쯤은 더 밀어도 볼 수 있을 것 같은,
나는 크고 헐렁한 대지 한 켤레를 향해 걸어간다
땅거죽을 뚫고 올라와 발꿈치를 내민 나무들
껄렁하게 신발 뒤축을 꾸겨 신는 버릇을 버리질 못하고

—「한 켤레의 대지」 부분(『시로 여는 세상』 2013 가을)

위의 시들에서 나무와 구두의 은유는 만난다. 「길이 나를 들어올린다」에서 구두는 현실의 대지를 딛고 허공의 역능을 딛고 나무처럼 수직적 상승을 하고 있으며, 「한 켤레의 대지」에서 "내가 껴 신고 싶은 신발"은 "땅거죽을 뚫고 올라와 발꿈치를 내민 나무들"의 형상을 하고 있으니 말이다. 흔히 '현실에 발 딛고 선다'는 표현을 하듯이 시인의 나무는 현실이라는 대지에 굳건히 뿌리를 내리고 있는데, 그것이 구두의 이미지와 만나고 있는 것은 쉴 새 없는 발걸음으로 운신의 폭을 넓히며 현실의 변화를 모색해나가겠다는 주체의 의지가 투영된 것이라 할 수 있다. "발에 꽉 끼는 신발은 감옥 같아, 뒤꿈치를 꾸겨 신었다"는 시적 주체는 "크고 헐렁한 대지 한 켤레를 향해 걸어간다". 그리고 그 발걸음은 "수평선 밖 어느 섬 해안에 막 당도한 물결을/ 몇 미터쯤은 더 밀어도 볼 수 있을 것" 같다. 이렇게 시인에게 대지는 크고 헐렁한 구두와 같고 주체의 지속적 행위를 통해 변화할 수 있는 세계를 의미하고 있으며, 구두를 신은 주체는 '나무'라는 은유와 만남으로써 현실과 이상을 자연스럽게 매개하고 있다. 손택수의 시는 때로 현실의 무게에 짓눌려 이항의 어느 한 쪽으로 기울어지는 듯 하지만, 아직 '구두'를 신고 있기에 '나무'처럼 견디며 수직적 상승을 도모하고 있다.

이처럼 손택수의 시에서 구두는 삶의 태도이자 세계관을 표상하고 있지만, 한편으로 구두의 은유가 미적 성취에 대한 소망으로 표상된 「고호의 구두」와 같은 시도 있다. 손택수 시인의 시작법은 대상을 전유하여 자아와 세계의 상관성, 동일성을 발화하는 것이며, 이에 따라 자아와 세계의 동일성을 함축적으로 표상할 수 있는 적절한 대상을 찾고자 하는 미적 욕망을 가지고 있는 것으로 볼 수 있다. 그렇게 해서 나무나 구두와 같은 시적 대상이 전유되고 있는 바, 그 대상은 세계의 원리를 구심력과 같은 힘으로 끌어들이며 그럼으로써 매우 적절하고도 선명한 표상의 힘을 얻게 된다. 「고호의 구두」에서도 "곤한 노역 끝에 흘린 땀"과 "타박이는 먼지들"이 구두의 빛으로 모아지고 있으며 그 빛은 자연의 섭리와 노동의 신성함에 대한 통찰, 이를 "까맣게 뭉친 빛"으로 응축해낸 미적 성취를 표상하고 있다.

점 하나를 공중에 찍어놓았다 점자라도 박듯 구욱
눌러놓았다

날갯짓도 없이,
한동안,

꿈쩍도 않는,
새

비가 몰려오는가 머언 북쪽 하늘에서 진눈깨비
소식이라도 있는가

깃털을 흔들고 가는 바람을 읽고 구름을 읽는
골똘한 저,
한 점

속으로 온 하늘이 빨려 들어가고 있다

— 「새」 전문(『나무의 수사학』에서)

「고호의 구두」는 위의 시와 닮아 있다. '새'라는 한 점으로 "온 하늘이 빨려 들어가고 있다"는 시행이 말해주듯, 세계의 원리는 하나의 구심력을 향해 모아진다. 손택수 시의 미학적 성취는 이처럼 그 구심력을 날카롭게 은유하는 한 대상의 전유를 향하고 있는 것 같다. 그러나 한편 그 방향을 적절히 바깥으로 이끌어 원심력과 균형을 이루도록 하는, 삶의 구체적 세부에 대한 재현 또한 한 축을 이루고 있다. 앞서 손택수의 시가 이항의 어느 한 쪽으로 기울어진 것 같다고 말한 까닭은 이번 신작시에서 삶의 구체적 세부가 보이지 않았기 때문이다. 아직 '나무'의 힘을 잃지 않았다면 모성/무덤의 장소가 아닌 치욕스러운 삶의 현장이 손택수만의 시어로 말해져야 하지 않을까.

2. '혼자 사는 개'의 시간

고영민 시인의 시작법은 대상을 통과하여 다시 자아에게로 돌아와 자기를 성찰하거나 세계의 원리를 관념화하는 형식이 아니라 대상을 무심히 관찰하고 해학적인 언어로 옮기는 방식에 가깝다. 무심한 관찰과 거기에서 은근히 배어나오는 슬픔(서러움)이 전작시들을 지배한 정서였다면, 이번 신작시들에서 해학의 정서가 강해진 것은 삶의 연륜이 주는 여유로 볼 수 있겠다.

「봄을 기억해」와 「상상기술자」는 복사꽃과 산수유꽃, 매화와 살구나무 등을 의인화함으로써 자연의 현상을 유머러스하게 시화(詩化)하고 있다. 「상상기술자」는 만개하는 계절의 생명력을 느낀 시적 화자가 "산후 조리하는 딸을 위해 먼 고향집에서/친정어머니라도 오신 걸까"라고 상상하며 시작된다. 그러다가 "어둠 속에 묻힌 복사나무 안"에서 "놀란 두 얼굴"과 마주함으로써 인간사에 전이된 또다른 생명력을 보게 된다. 시인이 시에 적은 대로 "피식" 웃음을 머금게 되는 시편이다. 「봄을 기억해」 또한 자연이 세상에 주는 선물을 인간 세상에나 통용되는 '돈'으로 표현함으로써 웃음을 짓게 한다.

그러나 여유 속에도 날카로움이 불쑥 돌출하는 순간이 있다. 간난신고를 이겨 온 연륜으로도 쉽게 수긍할 수 없는 불합리, 배제와 억압의 논리가 여전히 세상을 지배하고 있기 때문이다. 「여름 빛깔」의 시어들은 "옥수수수염이 말랐다", "먼지가 가라앉길 기다린다"와 같은 관찰 대상의 객관적 풍경을 나열하는 듯 하다가 문득 "타워크레인, 타워크레인/ 혼자 중얼거려 보았다"라는 시행을 삽입한다. 아니, 어쩌면 이 시행을 말하기 위해 그 전의 풍경들이 읊어졌는지도 모르겠다. 시적 주체의 마음에 계속 깃들어 있던 그 언어는 발화되지 않으려 했으나 끝내 풍경의 표면으로 돌출된다. 그리고 "개를 밀어내고 방문을/ 닫는다"고 씀으로써 그 언어는 더 깊은 사색을 요구하는 것임을 말해준다. 시인의 마음을 계속 맴돌며 아프게 했으나 그 아픔의 정도나 그로 인한 사색의 내용은 말해지지 않는다. 다만 무심한 듯한 관찰의 시선이 반어적으로 그것을 가늠하게 할 뿐이다.

「월포리」에서는 치매 할머니의 "고맙습니다"라는 진술이 너무나 직접적으로 씌어있지만 그 이면에 담긴 할머니의 아픔은 오히려 담담하게 표현된다. "바다는 더 먼 곳으로부터 물을 데려와/ 푸른 핏줄이 도드라진/ 여윈 종아리를/ 만져주었다"라는 시행에는 할머니의 고된 삶과 그를 어루만져주는 자연의 치유력이 담겨 있다. 고마운 일을 당연한 것으로 여기는 세태 속에서 고마운 일을 고맙다고 말하는 할머니가 오히려 병자로 취급되는 현실에 대한 냉소도 느껴진다. 하지만 이 모든 해석은 오직 독자의 몫일 뿐, 고영민의 시는 다만 관찰자의 시선을 보여주고 있다.

> 이 저녁엔 사랑도 사물이다.
>
> 나는 비로소 울 준비가 되어 있다 천천히 어둠속으로 들어가는 늙은 나무를 보았느냐,
>
> 서 있는 그대로 온전히 한 그루의 저녁이다.
>
> —「저녁에 이야기하는 것들」 부분(『공손한 손』에서)

고영민 시의 관찰자 시선은 그 연원이 깊다. 시인의 두 번째 시집 『공손한 손』에 실려있는 「저녁에 이야기하는 것들」을 보면 "사랑도 사물"로 바라보려는 객관에 대한 선망을 볼 수 있다. "사랑도 사물"이 되려면, 아니 사물로 바라보려면 사랑이 '나'와 전혀 무관한 것이거나 관계가 있더라도 지나간 과거의 것이어야 한다. 하여 이 시의 시간은 저녁이 될 수밖에 없다. '나'를 형성한 무수한 관계들과 사건들, 그 속의 감정들을 뒤로 하는 시간. 하지만 『공손한 손』의 시편들은 아직 '울고 있는' 저녁의 시간이었다. 이제 울음

기가 걸린 고영민 시의 시간은 저녁을 지나 어디 즈음에 있는 것일까. '혼자 사는 개'의 시간, 고독하고도 독한 무시간성의 시간 즈음에 있다고 말할 수 있을까.

> 한때 저 개에게도 주인이 있었지
> 아침이면 밥그릇에
> 한가득 사료를 부어주던,
> 조이삭 같은 꼬리를 찰랑찰랑 흔들게 하던,
> 이름을 부르며 불러들이던
>
> 메리, 해피!
> 누가 불러도 쳐다보지도 않는,
> 붉은 맨드리마 옆을 지나
> 매미 우는 회화나무 밑을 지나
> 갈 데도 없으면서 어딘가로 가고 있는
> 혼자 사는 개가 있지
>
> —「혼자 사는 개」 부분(『시로 여는 세상』 2013 가을)

고영민 시인이 자아를 투사하는 대상은 '혼자 사는 개'이다. 한때는 마음의 주인이 있어 마음 줄 곳이 있었으나 이제 "제 이빨로 제 살을/ 꽉 물고 있는" "갈비뼈가 고스란히 드러난/ 고독한 개"가 되었다. "갈 데도 없"고 마음 줄 곳도 없으므로 매사에 무심해지는 것은 당연지사. 고영민 시인의 관찰자 시선은 이렇게 형성된 것이라 할 수 있겠다. 하지만 시인이 도달한 무시간성의 관찰은 아픈 낮의 시간과 울고 있는 저녁의 시간을 통과한 것이기에 결코 무색무취의 것이 될 수 없다. 제 살을 물어뜯는 독기가 남아 있으며, 해학과 냉소 또한 남아 있다. 그렇기 때문에 현실을 떠나지 않고 계속 해서 관찰하며 "어딘가로 가고 있는/ 혼자 사는 개"의 시간을, 그 언어를 또 읽게 되는 것이다.

막스 피카르트는 『인간과 말』에서 "말은 삶을 모두 통과한 후 죽음으로 들어서기를 원한다. 삶에는 말을 위한 공간이 충분하지 않다. 그리하여 인간은 말로 인하여 불멸이 된다."고 썼다.[31] 손택수 시인과 고영민 시인 모두 삶을 통과한 말을 쓰고 있다. 나무/구두의 수사학이나 '혼자 사는 개'의 고독이 쓰는 말들 모두 삶을 통과한 것이기에 우리에게 어떤 울림을 전해준다. 삶에는 말을 위한 공간이 충분하지 않지만, 삶을 통과한 말을 쓰는 시인도 충분하지 않다. 우리의 말들은 아직, 삶 가운데 있어야 한다고 믿는다.

31) 막스 피카르트, 배수아 역, 『인간과 말』, 봄날의 책, 2013년, 220쪽.

열린 감각의 정중동

— 장이엽의 시

세상의 무수한 (무)생물들은 서로 영향을 주고 받으며 관계를 맺고 사건을 만들어낸다. 그 많은 사건들 중 시인의 감각을 열어 시어(詩語)를 길어올리는 것은, 혹은 시인의 감각이 포착하여 시어를 합성하도록 허락하는 사건은 몇 되지 않는다. 시인에게 고유한 사건만이 시인의 언어로 시화(詩化)된다. 장이엽 시인에게 고유한 사건은 오늘의 일상을 흔들어 '나'라는 동일체를 깊어지도록 하는 움직임이다. 미동과도 같은 움직임은 시인이 아니라면 그저 세상의 무수한 사건들 중의 하나로 스쳐 지나갈 만한 것이어서, 시인의 감각만이 포착할 수 있고 시인에게만 고유한 그런 것이다.

이를테면 트럭 위에 계란판을 쌓는 움직임이 시인에겐 고유한 사건이 된다. 「계란판의 곡선이 겹치는 동안」에서 "호잇~짜 후잇~짜 추임새를 넣어가며" 리듬을 타는 그 움직임은 시인의 굳건한 '나'를 흔들어 깨운다.

트럭 위에 계란판을 쌓고 있는 남자
호잇~짜 후잇~짜 추임새를 넣어가며
흔들 산들 리듬을 타고 있다.
아슬아슬 높아지는 탑에게 음표를 걸어주는
저 흥겨운 몸짓,
멀뚱히 쳐다보다가 눈이 마주쳤다.

계란판 쌓는 데도 수가 있어요.
곡선허고 곡선이 만날 라도 리듬이 필요하당게요.
신명은 없고 신중만 있으면 알이 다 깨져버리지라.

야무진 입매로 지나가던 곡선 두 줄이 활짝 열린다.
신념이 신명을 받아들이지 못해 뻣뻣하게 굳어가던 나
오래된 철심 하나 뽑아내고 돌아서는 순간이었다.

—「계란판의 곡선이 겹치는 동안」 전문(『애지』 2013 봄)

무릇 사건이란 일상적 상황에 포함되지 않는 것, 일상의 동일성으로 무장되어 있는 자아를 뒤흔드는 것이어야 한다. 트럭 위에 계란판을 쌓는 이 일상적 행위가 시인에게 고유한 사건이 될 수 있는 이유는 바로 "뻣뻣하게 굳어가던 나"를 흔들어 "오래된 철심 하나 뽑아"낼만한 변화를 동반했기 때문이다. 시적 화자는 자기동일적 자아, 내면의 "신념"과 "신중"으로 충만한 근대적 주체의 형상을 하고 있다. 그에 비해 계란판이 지닌 "곡선"의 형상은 "오래된 철심"으로 표현된 직선과는 대비되는 것이다. 파동과도 같은 계란판의 곡선은 매우 유연해서 외부와의 잦은 접촉에도 쉽게 절단되거나 파괴되지 않는다. "오래된 철심"과 같은 단단한 직선은 쉽게 변형되지 않는 견고함을 가지고 있긴 하나 외부의 변화에 유연하게 대응하지 못한다. 계란판과 계란판을 쌓는 남자의 추임새, 그 리듬은 모두 곡선의 세계로서 시적 화자의 직선적 세계와 접촉하여 파장을 일으킨다. 견고한 직선의 세계가 곡선을 받아들이지 못한다면 "신명은 없고 신중만 있"어서 "알이 다 깨져버리"거나, "신념이 신명을 받아들이지 못해 뻣뻣하게 굳"는 결과를 낳게 될 것이다. 하지만 장이엽 시의 자아는 "오래된 철심 하나"를 뽑아내는 겸허하고도 단호한 변화를 보인다. 곡선의 세계가 직선의 세계에 닿아 파장을 일으키고 직선의 세계는 이를 튕겨내거나 외면하지 않고 유연하게 받아들였기에 보일 수 있는 변화이다.

곡선의 파장이 미치는 영향은 「여독(旅毒)」에도 나타나 있다. 일상의 시간이 직선이라면 여행의 시간은 곡선일테고, 여독이란 곡선이 직선에 닿아 파장을 일으키는 시간이라 말할 수 있을 터이다. 이를 시인의 언어는 "새벽녘 공원을 두 바퀴쯤 돌다가 맞이하는/ 미명의 순간", "밤하늘에 터지는 폭죽", "야금 야금 먹어 치우는 깡통 속의 견과류"에 비유한다. "천천히 녹아내리는 소금 사탕"처럼 견고한 자아가 풀어헤쳐지는 유연한 시간에 시적 화자는 매혹된다. "나는 피할 수가 없다 그 찰나의 쾌감을!" 이처럼 시적 화자가 "아무것도 집중할 수 없는 늘어짐-게으름-나른함!"의 시간에 매혹될 수밖에 없는 이유는 다음의 시행에 잘 나타나 있다.

> 고요는 흔들리며 깊어져야 하므로.
> 흔들림 없는 고요에서 깊어진 것들은
> 정말이지 대책이 없으므로
> 나는 기꺼이 치사량의 여독을 흠모하기로 한다.
>
> — 「여독(旅毒)」 부분(『애지』 2013 봄)

정중동(靜中動)의 상태에서 깨달음이 찾아오듯이, 여독과 같이 고요한 시간 속에서 내면의 흔들림을 견디는 가운데 자아의 성숙이 이루어진다고 보기 때문이다. 시인은 "흔들림 없는 고요에서 깊어진 것들은/ 정말이지 대책이 없"다고 썼다. '신명' 없는 '신중', 굳건한 신념은 강인함을 미덕으로 하지만 타자와의 만남을 게을리하거나 외부의 자극을 튕겨내기만 한다면 편견이나 아집으로 굳어질 수 있다. 시인은 그러한 독단적 태도를 경계하는 것이다. 트럭에 계란판을 쌓는 작은 움직임이 시인에겐 고유한 사건이 될 수 있는 이유가 여기에 있다. 시인은 "흔들림 없는 고요"에 빠지지 않기 위해 늘 타자와 소통하려 한다. 그러나 그 소통은 직접적인 만남은 아니다. 계란판을 쌓는 움직임을 바라보기만 했듯이, 홀로 "치사량의 여독을 흠모"하고 있듯이 시인은 고요하게 외부 세계를 관찰하며 자신만의 사건을 발견하기를 즐긴다.

장이엽 시의 시적 자아는 정중동의 상태에서 "어느 한 곳"에 자리잡고 있다.(「거처(居處)」) 끊임없이 흔들리긴 하나 그 흔들림이 유랑의 형식으로까지 나아가는 것은 아니어서 흔들리며 움직이는 방향은 늘 "어느 한 곳"을 향하고 있다. 어떠한 형식의 유랑이든 그 또한 모태와 같은 마음 둘 곳 하나를 가지고 있기 마련이지만 그 곳이 관념적인 '마음'인 것과 현실적인 '거처'인 것은 작은 차이가 아니다. 장이엽의 시는 현실적인 '거처'를 찾고자 하고 그 곳에서 '정중동'하고자 한다. "우리 산하의 깃대종들", 눈잣나무와 산양과 망개나무와 참갈겨니와 모데미풀과 팔색조와 거머리말과 상괭이와 금강모치와 오색딱따구리를 아름다운 언어로 열거하면서 그것들을 "발붙일 곳을 찾아 떠돌아야 하는 사람들의 이름"이라 말하는 시, 「거처」는 탈근대적 탈주보다는 근대적인 정착에 가까운 장이엽 시의 시적 지향을 보여준다.

그곳이 아니면 안 되는 어느 한 곳.
도처에 터가 넘쳐도 내 발 디딜 곳은 어느 한 곳.

밥이 나는 곳에 눈물을 삼키고
집을 세울 곳에 신념을 묻기도 하면서
식물이나 짐승이나 사람이나 다
거처(居處)를 마련하는 일에 목숨을 건다.

— 「거처(居處)」 부분(『애지』 2013 봄)

어느 장소든 그 곳에 가장 어울리고 그 곳을 대표하는 깃대종이 있듯이, “식물이나 짐승이나 사람이나 다” 그 곳에 뿌리내려야 한다고, 그러기 위해 목숨을 건다고 「거처」는 말하고 있다. 장이엽 시인이 일상을 살아가며 시쓰기를 계속하는 과정은, “그곳이 아니면 안 되는 어느 한 곳./ 도처에 터가 넘쳐도 내 발 디딜 곳은 어느 한 곳.”이라 말해진 그 “어느 한 곳”을 찾는 시적 도정처럼 보인다. 시인은 어떠한 사람이든 사물이든 ‘본질’이라고도 말할 수 있을 고유성을 가지고 있고 그것이 가장 잘 발현될 수 있는 “어느 한 곳”이 있으며 그 곳에서 정중동의 상태로 깊어져가는 것을 삶의 이상으로 생각하는 듯하다. 이렇게 보면 “어느 한 곳”에서 깊어진다는 것은 직선적 시간의 흐름에 따라 ‘본질’을 드러내는 깊이를 가진다는 것이며 이는 넓게 보아 자기동일성을 강화해가는 근대적 주체의 형상이기도 하다. 그 주체가 “어느 한 곳”에 정착하기 위해 목숨을 거는 이유는 그 곳에 뿌리를 내려 육체를 살아있게 하며 영혼 또한 충만하게 채울 수 있기 때문이다. 장이엽의 시는 이렇듯 관념적인 듯하지만 그러면서도 철저하게 현실에 붙박여 있다.

자기동일적인 주체의 형상을 하고 있는 장이엽 시의 시적 자아는 그렇다고 해서 동일성에 포함되지 않는 타자를 철저히 배제시키며 자기폐쇄적 동일성만을 강화해가는 것은 아니다. 직선이긴 하나 곡선의 파동을 받아들일 준비가 되어 있으며 내부를 비우고 다른 것을 받아들일 수 있는 유연함을 지니고 있다. 「너무 이쁜 여자」는 이러한 자아가 동일적 내면을 유지하면서도 외부를 향해 언제나 활짝 열려있는 감각을 지니고 있기에 가능함을 보여주고 있다. 이 시에서 “팔순 노모”는 “참 곱기도” 한 꽃 앞을 그냥 지나치지 못해 “사진하나 박아 도라”고 말하는 “여자”이며, “좋은 그릇 찬장에 넣고 싶고/ 이쁜 옷 입고 싶고/ 윤기나는 항아리는 장독대에 올리고 싶은/ 여전히 살림 살기 좋아하는 여자”이다. 이러한 일상의 삶은 단지 예쁜 것을 좋아하는 여성적인 감수성만을 보여주기 위해 제시되는 것은 아니다. 아래에 인용된 3연의 시행들이 말해주듯, "지 눈", "지 이빨", "지 손발", "지 귀", "지 코"와 같은 자신의 열린 감각을 통해 타자와 소통하는, 주체적 자아가 보여줄 수 있는 일상적 장면들인 것이다. 그러면서도 외부의 자극에 민감하게 반응하는, 주체적이면서도 감각적인, 단단하면서도 유연한 자아상을 보여주고 있다.

> 지 눈으로 보고
> 지 이빨로 깨물어 먹어야 맛나다고
> 지 손발로 움직여야 한다고
> 지 귀로 듣고
> 지 코로 숨 쉬다 가야 한다고
> 뭣이든지 지 힘으로 하는 것이 존 거라고
> 친구들이랑 짜장면도 사 먹고
> 굽은 허리 세우고 훌쩍 마실도 나갔다오는
> 똑소리 나는 여자다.
>
> 어떤 날에는
> 단풍구경 갔다 오니 불 꺼진 방이 서럽더라고
> 마당 구석에 한 촉 난 꽃이 피었는데
> 먼저 간 양반 생각나 그 앞에 주저앉아 울었노라고
> 딸에게 전화 걸어 흐느낄 줄도 아는
> 참말로 꼭 안아주고 싶은
> 너무 이쁜 여자다.
>
> ―「너무 이쁜 여자」 부분(『애지』 2013 봄)

장이엽 시의 화자는 이렇게 열린 감각으로 일상을 살아가고 때로 길을 나선다. 그는 늘 새로운 것을 찾아나서기 보다 제자리에서 본분을 지키고 본질이라 할 만한 것이 깊어지며 자연스레 드러나기를 기다리는 삶의 자세를 지니고 있지만, 어느 순간 훌쩍 길을 나선다. "나이고 싶거나 나여야 할 때/ 나인 것이 지겨워 벗어나고 싶을 때", "오늘"이라는 이름의 배낭을 "등에 지고 길 구경 나간다."(「길 구경 간다」) 여기 '길을 나선다'고 쓰지 않고 "길 구경 나간다"라고 쓴 구절에서, 시인에게 길의 의미가 무엇인지 알 수 있다. "어느 한 곳"에서 깊어져야 할 시인의 삶에서 길은 잠시의 외출과도 같은 것이다. 고요한 가운데 흔들리기 위해서, 흔들리기 위한 외부 자극과 접촉하기 위해서 시인은 "길 구경 나간다." 시인에게 길은 통상적 비유체계가 지시하듯 길 자체가 과거에서 현재를 거쳐 미래로 이어지는 삶의 도정을 의미하는 것이 아니다. 시인의 삶은 길 위의 수평적 삶의 양태를 띠기보다는 땅에 붙박혀 아래로 깊어지는 이미지를 가지고 있다. 하여 시인이 등에 지는 "배낭의 이름은 오늘이다." 자신의 삶의 자세, 삶의 양태에서 잠시 벗어날 때조차도 '오늘'이라는 구체적 현실을 등에 지고 나간다. 시인에게 길은 되돌아오기 위해 나서는 '구경'이며, '오늘'의 범위 안에서 비워진 내부를 채우거나 딱딱해진 자아를 흔들기 위한, '구경(究竟)'에 이르는 방식이다. '오늘'이라는 현실의 범위 안에서만 외부의 자극은 받아들여질 수 있으며 딱 그만큼만 '나'를 채울 수 있다. 길 구경을 통해 활짝 열린 감각으로 계란판의 곡선이 주는 파동을 느끼고 돌아온 '나'는 "어느 한 곳"으로 돌아와 '여독'의 쾌감으로 흔들리며 깊어져간다. 이것이 구경(究竟)에 이르기 위한 시인의 삶이며 시쓰기 자체이다. 흔들리며 깊어지는 오롯한 '나'의 세계!

> 오늘을 어깨에 둘러메고 집을 나서기 전에는
> 거실이며 안방이며 주방은 물론
> 베란다 한쪽에 들여놓은 나의 서재에 이르기까지

나를 비우는 것도 잊으면 안 된다.

잘 꾸려진 오늘일수록 부피는 작고 가벼운 법.

오늘을 천천히 들어 올려 본다.
자, 됐다! 나 이제 오늘을 등에 지고 길 구경 나간다.

—「길 구경 간다」 부분(『애지』 2013 봄)

장이엽 시가 지닌 직선의 세계는 곡선의 파장을 두려워하지 않는다. 그것이 흔들리며 깊어질 수 있는 이유이다. 하여 그 직선의 양태를 구도적 삶의 자세라 말해볼 수 있겠다. 장이엽 시에 나타난 구도적 자세가 독특해 보이는 것은 그 수직적 이미지에도 불구하고 상승을 지향하지 않는다는 점이다. 어떤 초월적 세계로의 구원이나 홀로 깨치는 득도의 상태를 지향하지 않은 채, '정중동'하며 깊어지기를 소망한다는 것은 시인만의 고유한 삶의 자세라 할 만하다. 이는 타자와의 만남을 통한 외부세계의 자극을 충분히 체화하려하기 때문일 것이다. 길 위에 있기 보다는 자신만의 장소에서 뿌리 내리고 깊어지려 하기 때문에 타자와의 소통이 그리 활발하다고는 볼 수 없지만 시인의 열린 감각은 작은 기미를 놓치지 않는다. 아집이나 독단을 경계하는 시적 자아는 작은 움직임을 고유한 사건으로 받아들이며 변화하고 성숙해간다. '정중동'이 정(靜)과 동(動)이라는 양면적인 의미를 동시에 포괄하고 있는 것처럼 시적 언어에서나 삶의 자세에서나 어느 한 쪽으로 치우치려하지 않기에, 독자는 장이엽의 시를 신뢰하며 열린 감각이 펼쳐놓은 언어의 향연에 고스란히 몸을 맡기게 된다.

한 세계가 들어가고 시인이 남았지……

— 박상순, 노준옥의 시

1. 언어가 있고 한 소년이 있었네

에른스트 얀들의 『다음엔 너야』 전문은 다음과 같다. "문이 열리고/ 하나가 나왔어// 하나가 들어가고/ 넷이 남았지.// 문이 열리고/ 하나가 나왔어.// 하나가 들어가고// 셋이 남았지.// 문이 열리고/ 하나가 나왔어.// 하나가 들어가고// 둘이 남았지.// 문이 열리고/ 또 하나가 나왔어.// 마지막 하나가 들어가면// 다음엔 너야.// 문이 열리고/ 하나가 나왔지.// 이제 들어간다.// 안녕하세요, 의사 선생님." 이 글은 노르만 융에의 그림과 함께 진료실로 들어가기까지 어린 아이가 겪는 심리적 긴장감을 효과적으로 표현해내고 있다. 마지막 행의 '안녕하세요, 의사 선생님'이 이 글을 어떤 구체적인 한 상황으로 귀결시키고 말았지만 그것을 지우고 다소 확대해서 읽는다면, 어떤 한 순간을 향해 있는, 좀 더 확대해서 얘기하자면 죽음의 순간을 향해 있다고도 말할 수 있는, 인간 존재의 유한성, 그 심리적 불안과 고독이 느껴지기도 한다. 이렇듯 무한한 해석의 가능성을 품고 있는 이 글의 '미니멀'함을 보라! 문이 열리고 하나가 나왔다는 단순한 문장의 반복만으로 열리는 무한한 의미들. 이 글의 번역자는 박상순 시인이다.

박상순의 시어는 갈수록 간소화되고 그 유희성은 더욱더 깊어지고 있다. 언어의 규칙을 배반하거나 외면하지 않고 최소한의 단어를 반복·변주함으로써 사건을 장면화하는 박상순의 시작법은 여전하지만, 이번 신작시들에서 그것은 어린 아이의 화법과도 같은 언어 놀이의 형식을 띠고 있다. 「장화 신고, 장화 벗고」에서 '신고/벗고'를 반복함으로써 유발되는 묘한 리듬감은 "속옷만 남으신 분?/ 그것도 ...... 벗고"가 연상시키는 외설적인 분위기를 단순한 유희성으로 전환한다. 박상순 시의 또 다른 특징이라 할 만한 그로테스크한 장면들도 장난스럽게 느껴질 만큼 가벼워졌다. 「봄밤」이나 「비에 젖는 처녀」와 같은 시에서 신체의 각 부분들은 기관화하여 따로 존재하고 자유자재로 합체·분리되기도 하면서 그로테스크한 분위기를 자아냈다면, 신작시 「여배우 김모모 양의 웨딩드레스」는 "방울 달린 머리띠"와 "하이힐 네 켤레", "청바지도, 늙음도" "남아 있는 기억은 모두 가지고" 바로셀로나에 갔지만 "엉덩이 한 쪽만을 가지고" 간 덕분에 "사진을 찍을 수는 없"게 된 "여배우 김모모 양"의 사연을 통해 희극적인 분위기를 발산한다.

어두운 골목길에 떨어져
끝까지 움직이는

한 쪽 팔

— 「봄밤」 전문(『시와사상』 2012 가을)

꽃값 대신 내 내장을 꺼낸다
꽃집 주인이 나를 향해 꽃다발을 던진다

나는, 꺼내놓은 내장을 집어넣고
꽃집에서 나온다

— 「비에 젖는 처녀」 부분(『시와사상』 2012 가을)

「비에 젖는 처녀」에서 "내 내장"이 꽃값으로 치환되는 것처럼 「여배우 김모모 양의 웨딩드레스」에서도 "- 여보세요. 내일은 받을 수 있을까요/ - 급해요"라는 시행에서 알 수 있듯 "엉덩이 한 쪽"이 배달 가능한 물건처럼 취급되고 있지만, "비에 젖은 처녀"가 "젖무덤이 깨"지며 넘어지는 장면과 같은 그로테스크로 나아가지는 않는다. 전일적 신체, 동일적 자아에 대한 환상으로부터 한 발짝, 혹은 몇 발짝쯤 더 멀어진 탓일까? 그로테스크의 심리적 기제는 언캐니(uncanny, 친숙한 낯섦)로 설명되곤 하는데 박상순 시의 신체가 그로테스크하지 않아졌다는 것은 낯선 타자의 형상이어야 할 '나'의 일부가 더 이상 친숙하지도 낯설지도 않아졌음을 의미한다. '나'의 타자성은 이미 공식화되었다. 눈 앞에 있는 신체의 부분이 원래 통합되어 있었음을 알지 못하는 유아적 인식 속에서 '신체' 없는 '기관'은 하나의 놀잇감이 된다. 흩어져 존재하는, 널려있는 '기관-자아'는 자신의 몸을 가지고 노는 유아적 유희를 즐긴다. 박상순 시의 언어 유희가 어린 아이의 화법을 닮아 있는 이유이다.

타자화된 '나'는 죽음의 순간조차 대상화한다. "오늘밤/ 코뿔소의 발 아래/ 내가 있다면,"이라는 시행이 반복 변주되는 「코뿔소의 발 아래 내가 있다면」은 코뿔소의 발 아래 있는 '나'를, 떨어져나간 신체의 일부와 같이 더 이상 낯설지도 친숙하지도 않게 바라봄으로써 세계의 모든/특별한 대상들을 불러 모은다. "오래된 둥근 달"과 "길고 긴 어둠"과 "바다"…… 문장의 반복과 변주는 분명 인접성에 기초한 환유적 문법을 따르고 있지만 이를 통해 불러들이는 대상은 맥락과 경계를 넘나드는 어린 아이의 화법처럼 자유롭다. 이로써 "오늘밤/ 코뿔소 단단한 뿔에/ 내가 무너지고 있다면,"이라는 "소멸"과 "멸망"의 장면은 "오늘밤 내가/ 코뿔소의 발 아래/ 누워 있다면,"이라는 에로스의 장면으로 치환된다. 유아적 화자는 타나토스/에로스, 소멸/생성, 나/타자의 경계를 가볍게 넘나든다. 물론 "코뿔소", "오래된 둥근 달",

"길고 긴 어둠", "바다"와 같은 것들이 환기시키는 서정적 정서와 "이것이 끝내 소멸이라면,/ 이것이 끝내 멸망이라면,"과 같은 시행들이 이 시를 다소 무겁게 만들고는 있지만 이토록 '미니멀'한 언어를 가지고 소멸/생성의 장면을 만드는 일은 박상순 시인의 '소년'만이 가능한 일일 터이다.

"코뿔소의 발 아래"가 가리키는 지점은 「공원묘지에서 만난 부엉이」에서 "궁궐"로 변용된다. "바다가 보이고, 항구가 있고, 강이 흐르"는 궁궐, "높은 지붕에/ 꽃나무 속삭이는 후원을 가진/ 궁궐." 그러나 그곳은 "꽃나무만 속삭이고/ 아무도 오지 않는, 아무도 없는/ 누구라도 오다가는/ 발목 부러질/ 함정을 가진," 그런 곳이다.

> 스쳐가는 바람만이
> 무지개가 되었다가
> 별똥별이 되었다가
> 오락가락 떠다니는 흰 구름이 되었다가
> 그래도 심심해서 뒤집기를 하다가
> 허공도 허공에서
> 굴러 떨어질
> 궁궐을 지으러 갑니다.
>
> —「공원묘지에서 만난 부엉이」 부분(『시와사상』 2012 가을)

이곳은 무덤과도 같은 곳이 아닌가. 죽음/생성의 공간만이 "바람"과 "무지개"와 "별똥별"을 불러 모을 수 있으며 "그래도 심심해서 뒤집기를 하다가/허공도 허공에서 굴러 떨어질" 만한 무위와 무연을 품을 수 있을 터이다. 「장화 신고, 장화 벗고」의 "지하실"이 모든 상징적 장치를 벗는 공간이면서 결국 '신고/벗고'의 반복만이 남아있는 공간인 것처럼, 죽음의 시공이기도 하고 어린 아이의 시공이기도 한 그곳은 아름답고 서정적이며 유희적이기도 하다.

「기린 아가씨와 뜀뛰기」에서도 "무서운 기린 아가씨", "쓸쓸한 기린 아가씨", "키 큰 기린 아가씨", "죽은 기린 아가씨"가 "뜀뛰기 연습"을 반복하고 있다. 놀이이자 운동인 '뜀뛰기'가 반복되면서 "기린 아가씨"의 키가 크듯 시간도 진행되지만, 끝없는 운동은 죽음의 순간을 끝으로 하지 않는다. 운동은 반복되고 시간은 순환한다. 이를 가능하게 하는 것이 유아적 화자의 언어 놀이이며 그 단순한 운율 속에서 독자는 아름다움을 느낀다. 시인에게 주어진 최소한의 규율은 통상적인 문법이며 그것을 최대한 단순하게 활용함으로써 어린 아이의 환상이 품은 불안과 고독, 무위와 유희의 정서를 발산하는 것. 이것이 에른스트 얀들의 '미니멀'한 언어 운용을 닮은, 아니 그것을 넘어 특유의 '유희적 서정'을 담고있는 박상순 시인만의 시학이다.

2. '얼굴'의 발견, 과정의 시학

노준옥의 시에 단단한 것은 없다. 견고한 외형을 둘러쓰고 고집스럽게 똬리를 틀고 있는 고정불변의 자아, '나'는 물론이고 타자 또한 마찬가지다. 「빵을 팔아 히아신스 두 개를 샀어요」에서 꽃을 가지게 될 '당신'은 "사라지는" 중이다. 시적 화자는 "내가 당신을 낳아줄께요/ 사라지는 얼굴에 이목구비를 그려줄께요"라고 말한다. 그렇다면 '나'는 완전한 '당신'을 바라는가? 그렇지는 않은 것 같다. 그에게 선사할 '스토리'는 "스토리없는 스토리"이며 "컨셉"도 없다. 그런가하면 "나의 상상력에는 당신이 어울리지 않아요"라고 말함으로써 사라져가던, 혹은 생성 중이던 '당신'을 부정하기도 한다. 타자에게 꽃을 주고 이목구비를 부여하는 일, 익명의 타자들을 나의 당신으로 만드는 일은 '고통'이기도 하다. 하물며 나의 당신이 내가 욕망하는 당신이 아닐진대, 타자의 단독성 그대로를 인정하며 관계를 만들어가는 것은 더한 '고통'일 수 있다. 하여 시인은 말한다. "새벽 두시와 세시 사이에는/ 고통이 종소리가 되는 때가 있지요/ 우리는 고요하지 않습니다" 타자와 만나고 헤어지는 일, 타자의 생성과 소멸을 지켜보는 일, 그리하여 타자의 단독성을 발견하는 일은 분명 "고요하지 않"은 과정이다.

「평화」에서 "그와 내가 끈질기게 바라는 것은/ 가스렌지 불꽃위에 파랗게 피어나는 평화!"라고 말해지는 까닭이 여기에 있다. '나' 혹은 '그'의 바람은 욕망충족이라는 어느 한 지점에 있지 않고, 그 과정 중에 놓여 있다. "구름 한 칸 아래층에 사는 그와// 배드민턴을 치고싶은 저녁"이지만 실제로 그렇게 되지 않더라도 "구름 한층 아래 사는 그와 무관하게// 나의 감자를 위한 시간은 흘러가고// 벽에 걸린 라켓은 훌륭해진다". 욕망 충족은 지연되더라도 그 순간을 기다리는 시간이 소중하기 때문이다. 그 과정 중의 시간은 '그'와 '나'를 위한 것이 아니라 오롯이 '감자'만을 위한 것이다. "히말라야 소금을 둘러쓴 착한 감자"는 끝이라고 부를 만한 한 지점에 이르러 "팡!" "분노를 터트리"지만 '그'와 '내'가 바라는 것은 한 지점에 도달하는 것이 아니라, 그리하여 욕망을 충족시키는 것이 아니라 "가스렌지 불꽃"이 "파랗게 피어나는" 과정이 지속되는 것이다.

타자의 단독성을 발견하고 인정하는 일은 거의 수도자의 수행에 가깝다. "혀의 맛을 알고부터 모든 맛을 잃어버린 이들을 위한 조리법"이라는 부제를 달고 있는 시 「혀를 위한 레시피」를 보면, 특별한 조리법이란 사물 고유의 특이성을 드러내고 살리는 일이며 그것은 수행을 통해서만 가능한 일임을 알 수 있다. 그리하여 그 레시피의 시작은 "피망을 믿을 것/ 양파를 받아들일 것"이 되고 마지막은 "왜 맛이 이러하냐고 묻지말 것/ 그냥 그러할 뿐이므로"가 된다.

타자를 타자로서 받아들이는 일은 곧 '나'를 '나' 자체로 인정하는 일이 될텐데, 흔히 말해지는 것처럼 '나'의 고유성이란 고정불변의 '얼굴'은 아니다. '얼굴'은 "아무도 모르는 곳에서,/ 어두운,/ 금단의 방에서,/ 코끼리로,/ 안경원숭이로,/ 도룡뇽으로,/ 독사로,/ 지네로,/ 자물쇠로, 양동이로, 물고기로" "자꾸 변"한다.(「얼굴에 대한 탐색보고서」) 이렇게 자꾸 변하는 얼굴은 '나'이기도 하고 '당신'이기도 하다. '나'의 대상인 '당신'에게는 '나'가 투사되어 있으며 '당신'의 대상인 '나'에게도 '당신'이 투사되어 서로가 서로에게 영향을 미치기 때문이다. 변하는 '얼굴'의 '나', 혹은 '당신'조차 그대로 인정하는 일은 가능한가? 시인은 "자꾸 변하는 얼굴을 버린다/ 쳐다보지 않는다/ 썩도록 두고 잊어버린다"고 쓴다. 노춘옥의 시가 머물러 있는 지점은 여기이다. "자꾸 변하는 얼굴"을 고통스럽게 대면할 것인지, 변하는 가운데에도 연속적이고 동일적인 고유성을 찾아낼 것인지, 그저 외면할 것인지…… 노춘옥 시인이 그간 '나'와 타자에 관한 탐구를 지속적으로 수행해왔다는 점과 그 과정의 반영인 다른 시들을 참조하면, 유동적일지라도 연속적인 '자아'의 단독성을 발견해내는 쪽으로 기울 것 같다. "거울속에서 죽은 거미가 기어나온다"는 마지막 시행은 수도자의 몸에서 나온다는 '사리'와 같은 것이 아닐까? 수도자의 수행이란 일생에 걸쳐 수없이 겪고 변해왔던 '얼굴'들을 두꺼운 단층처럼 겹치고 응축시키는 과정일지 모른다. 그렇게 삭히는 과정의 결정체가 '사리'라는 형태를 남기는 지도. 이렇게 노춘옥의 시작(詩作)은 수행의 과정을 닮아 있다.

얼굴은 오랫동안 고정불변하는 동일적 자아의 표상이었다. 노춘옥의 시는 '얼굴'의 견고함에서 벗어나 유동적인 자아를 인정하고 있으며 그렇게 변해가는 와중에도 자아의 고유성 내지는 단독성을 발견하려 한다. 그럴 수 있는 것은 그가 수도자와 같은 시인이기 때문일 터, 눈에 보이는 것만을 보지 않고 들리지 않는 목소리를 들으려 하기 때문일 것이다. 또한 고정불변의 얼굴을 가지지 못하는 불안을 견디며 보기 좋은 것도 과감히 버릴 수 있는 결단을 보유하고 있는 시인이기 때문이다.

> 불안에 떨게 하는 화법
> 사라졌거나 이미 들리지 않는 목소리를 살려내고
> 거기 있지 않는 자들을 위해 노래한다
>
> —「얼굴에 대한 탐색보고서」 부분(『시와사상』 2012 가을)

> 이 쓸모없는 예쁜 것들의 장난
> 좋아요! 보기좋게 만든 다음 버리도록 해요
>
> —「쿠바의 어느 해변에서」 부분(『시와사상』 2012 가을)

이번 신작시들에서 가장 아름다운 시행이라 생각되었던 「얼굴에 대한 탐색보고서」의 부분과 의미 깊게 느껴졌던 「쿠바의 어느 해변에서」 부분이다. 시인으로서 할 수 있는 가장 아름다운 일이 바로 "사라졌거나 이미 들리지 않는 목소리를 살려내고/ 거기 있지 않는 자들을 위해 노래"하는 것이 아닐는지. 「쿠바의 어느 해변에서」는 통상적으로 "예쁜 것들"이라 느껴질 만한 언어들, 그 언어가 만들어낸 장면들로 가득하다. "들판에서 자란 연한 잎사귀", "저녁놀이 비치는 밀밭", "눈이 먼 해바라기밭" 등등. 그러나 시인은 이를 "쓸모없는 예쁜 것들의 장난"이라 명한다. 시인의 눈은 그런 류의 "예쁜 것들"에 있지 않고, "사라졌거나 이미 들리지 않는 목소리"로 향해 있으니 얼마나 다행인 일인가. 시인으로서 할 수 있는 가장 아름다운 일은 앞으로도 계속될 터이니.

'통로'의 언어, 파편적인 그러나 매혹적인

— 김도언, 정영효의 시

젊은 시인의 언어는 '통로'(passage)에 있는, 이행기의 언어이다. 이 시대의 시인은 내부에서 끓어오르는 자신만의 언어와 외부 현실의 상징화된 언어를 잇는 통로에서, 파편적 이미지의 조각들을 그러모으며 끝날 것 같지 않은 통로를 걸어가고 있다. 20세기 초 파리의 벤야민 또한 그러했다. 길게 늘어선 파사주(Passage)의 이미지 속에서 온갖 잡동사니들이 빚어내는 마력에 도취되어 철학적·예술적 감흥을 얻기도 했지만 한편으론 쇠락해가는 세말의 풍경 속에서 폐허의 이미지를 보기도 했다. 벤야민이 보았던 폐허는 단순한 이미지만은 아니었다. 세계의 파국을 민감하게 포착하면서도 그 구원의 가능성을 쉽게 내다볼 수 없는, 주체의 우울이자 사회 역사적 알레고리였다.

이 시대 젊은 시인들의 언어가 알레고리적이라면, 유기적 전체성의 세계인 상상계를 지나 억압적 상징계의 차원으로 들어서려는 젊은 세대 개인의 성장 단계뿐 아니라 사회 역사적 현실의 지점 또한 '통로'에 있는 것은 아닌지 의심해볼 필요가 있다. 벤야민이 보기에, 19세기 파리의 파사주(Passage)는 근대적 도시화의 상징인 동시에 이미 생기를 잃고 몰락해가는 근대의 풍경이었다. 우리의 젊은 시인들 또한 '통로'에 서서 파편처럼 흩어진 세계의 이미지들과 조우하며 전망 없는 현실을 직시하고 있는지 모른다.

이미지의 조각, 미지의 형식

김도언의 시는 이제 막 상징계적 체제 내로 편입되려는, 문 앞에 선 주체의 이야기로 읽힌다. 카프카의 『성』이 결국 성 안으로 들어서지 못하는 측량기사 K의 이야기인 것처럼, 김도언의 「악몽, 친구들은 K에게 무슨 잘못을 저질렀나」(이하 「악몽」) 또한 상징계적 체제 내에 편입되지 못한 채 서성이는 주체의 이야기로 읽을 수 있다. 미처 완전한 동일성으로 무장하지 못한 채 서성이는 주체는 악몽에 시달리며 "슬픔과 피로에 젖어" 있다. 이러한 젊은 세대의 모습은 "눈은 붉고 두 개의 귀는 운동화 끈처럼 묶여" 있는 토끼와 같다. 거북이의 꾐에 빠져 가상의 상징계를 경험하고 나온 토끼는 그곳이 케케묵은 윤리와 "가난한 상상력"이 통용되는 곳임을 눈치채고 간신히 빠져나와 내 앞에 서 있다. 섣불리 그곳에 발을 들여놓은 동료들은, "무릎을 잃은" 친구의 옆을 그냥 지나치는 정도의 윤리의식을 지닌 자만이 살아남아 전쟁에 참가하고 있다. "K는 쓰러졌고 자존심은 걷잡을 수 없이 허물어졌다"(「악몽」). 그는 무릎을 잃은 채 문 앞에 "절을 하듯 엎어져 있다."(「의자」)

> 한여름 낡은 다세대주택 옥상, 허름한 차림의 노인이 의자를 만들고 있다. 그는 자신이 앉을 의자는 단 한번도 만들어 본 적이 없고 의자에 어떤 철학을 갖고 있지도 않다. 노인 옆에는 거의 절을 하듯 엎어져 있는 깊은 병에 든 그의 아들이 있다. 그의 등은 굽었고 어깨는 안쪽으로 활처럼 휘어져 있다. 노인은 자신이 만든 의자에 앉아 쉬어 가는 나그네를 기다리기로 했고, 그 나그네가 낡은 군복을 입은 사람이면 좋겠다고 말했다. 아들이 그 말을 듣는다. 아들은 이미 쉰 살은 돼 보였는데, 노인이 톱으로 나무를 자를 때마다 힘껏 박수를 쳤다. 변덕스러운 날씨는 간간히 햇볕과 비를 뿌렸다. 이윽고 나무를 다 자른 노인이 거친 숨을 몰아쉬며 의자의 모양을 짜 맞추고 가느다란 비명 소리가 들린

다. 노인은 휘청거렸다. 마른벼락이 내리치는 듯도 싶었다. 노인이 정신을 차렸을 때, 노인은 아들의 등과 이마에 못을 박고 있는 자신을 발견했다. 옆에는 엉성한 모양을 갖춘 의자가 아들이 그랬던 것처럼 절을 하듯 엎어져 있다.

—「의자」 전문(『시작』 2012 여름)

이처럼 김도언의 시적 주체들이 처해 있는 현실은 부조리하며 암울하다. 이 우울한 음화가 '통로'의 시인이 바라보는 폐허의 풍경이며 그의 언어로 빚은 알레고리적 이미지이다. 노인이 만드는 의자는 자신만의 성이자 회귀의 장소일텐데 일생 동안 "단 한번도 만들어 본 적" 없는 그것을 만들려 시도하고 있다는 점에서 '통로'에 서 있는 시인의 작업과 유사하다. 시인의 언어가 시인만의 것이 아니라 타자를 위한 것이기도 하듯, 노인이 만들려는 의자는 자신만을 위한 것은 아니며 "쉬어 가는 나그네"를 위한 것이기도 하다. 이들의 시도는 성공할 수 있을 것인가. 박수를 치는 아들과 간간히 내리는 햇볕과 비…… 그러나 이어지는 결과는 충격적이다. "노인이 정신을 차렸을 때, 노인은 아들의 등과 이마에 못을 박고 있는 자신을 발견했다." 노인과 아들은 주체의 두 형상일 것이고 주체와 타자를 위해 시도된 언어화의 작업은 결국 주체에게로 되돌아오고 말았다. 알레고리가 성찰과 반성의 언어이듯 시인의 언어는 타자를 통과하여 주체의 내부를 향해 되돌아오고 있으며 이를 통해 주조해내는 이미지는 자신의 언어와 외부의 현실을 동시에 가리키고 있다. 시인이 보기에 자신의 시는 "엉성한 모양을 갖춘 의자"에 불과할 테지만, 그것은 자신의 "등과 이마에 못을 박는" 성찰을 경유한 것이기에 실패한 것이 아니며 아직 끝난 것도 아니다. 「악몽」에서도 자신의 분신과도 같은 토끼를 만나는 장면이 삽입되어 있는 것처럼 시인의 언어는 언제나 자기성찰의 과정을 통과하여 나온다. 더구나 그 언어적 형상이 외부의 현실을 우의적으로 환기하는 것이기에 시인의 시작(詩作)은 기법으로서의 알레고리가 아니라 언어적 기제로서의 알레고리를 그대로 드러내는 일이 된다. 의자를 만들려고 하지만 완성하지 못하고 의자를 만들려는 몸짓은 분신을 해체하는 일이 되는 「의자」의 시적 진술은, 언어가 알레고리적으로 작동하는 과정을 그야말로 알레고리적으로 시화하고 있다.

유기적 전체성의 세계를 함축하는 상징과 달리, 알레고리적 언어는 자아의 내부는 물론 외부의 현실을 분해하여 파편적으로 표상함으로써 주체와 세계의 분열적이고 불완전한 상태를 드러낸다. 단편적인 사건, 퍼즐의 조각과도 같은 풍경을 우울한 음화로 이미지화하는 김도언의 시작법이 그러하며 이는 세계가 이미 파국을 향해 나아가고 있기 때문일 것이다. 전망을 상실한 세계에서 주체가 할 수 있는 일이란 그 분열의 극점에서 조각난 이미지를 끼워맞추는 일일 터, 김도언의 시작(詩作)은 우선 단편으로서의 이미지를 내보이는 데서 시작(始作)하고 있다. 그러나 그것이 언제나 불안과 공포의 정서로만 이루어지는 것은 아니다. 세계는 폐허일 뿐이지만 조각난 세계를 재조립함으로써 만들어진 새로운 상이 어떤 다른 방향을 가리키게 될 것이므로, 시인의 알레고리적 언어는 기꺼이 "섹스보다 안녕"이라 말한다.

> 섹스보다 안녕, 멀리서 담배 연기처럼 흔들리는 당신이 내게 말했다. 내일 아침엔 배가 뜰 거야. 우수와 농담을 다 버리고 이곳을 떠나자. 망명지에서 교복을 입은 소녀들을 바라본다. 그들은 거기에 있다. 서러운 짐승의 영은 숲으로 돌아가라. 섹스보다 안녕, 초원에서 추는 왈츠의 리듬과 절지동물들의 이름을 외울 것, 우리의 연애는 거기에서 시작되었지. 습관적으로 접두사를 사용하고 커피에 각설탕을 넣지 않을 때 당신은 완성된다. 안녕의 상상력을 흉내 낼 수 없는 섹스를 내버려 두자. 미지는 미지에서 오는 것, 섹스보다 안녕, 멀리서 바다처럼 흔들리는 당신이 내게 말했다. 화석처럼 굳어 있는 사랑을 만지고 마침내 우리는 헤어지자. 당신은 내가 모르는 최후의 사람, 우리는 모두 섹스보

다 안녕. 당신은 아는가, 우리의 섹스는 우리가 통과했던 가난처럼 귀여웠다.
당신이 흔들린다, 당신을 흔든다.

— 「섹스보다 안녕」 전문(『시작』 2012 여름)

당신은 나를 둘러싼 세계, 타자이다. "당신은 내가 모르는 사람", 당신과의 섹스는 불가해한 세계의 진실이 순간적으로 현현하는 찰나의 시간이다. "습관적으로 접두사를 사용하고 커피에 각설탕을 넣지 않을 때 당신은 완성된다." 찰나의 시간은 초월적이지만 그것이 현실의 시간에서 반복될 때 관성화·일상화되며, 당신의 완성은 에피파니를 통해서가 아니라 상징화된 일상 속에서 이루어진다. 시적 화자는 "섹스보다 안녕"이라 말함으로써 에피파니의 순간이 현실에서는 있을 수 없음을 일깨운다. "우리의 섹스는 우리가 통과했던 가난처럼 귀여"운 것일 뿐, 충만한 합일로서의 섹스는 없다. "흔들리는 당신", 조각난 세계는 말한다. 허구일 뿐인 세계를 떠나 망명지로 갈 것. 당신을 "내가 모르는 최후의 사람"으로 남겨두고 새로운 세계로 향할 것. "미지는 미지에서 오는 것"이므로. "화석처럼 굳어있는 사랑을 만지고 마침내 우리는 헤어지자."

김도언의 시는 파편적 이미지와 재조립으로의 도약 사이에 있다. 소설가이기도 한 시인은 완결된 서사 구조물을 해체하여 시 한편 한편으로 재구성하고 있는 중이다. 김도언 시인에게 소설은 서사의 방향을 잃고 닫혀 있는 완결된 형식이며 이미지의 조각으로서의 시는 서사의 핵을 품고 있되 아직 닫히지 않은 "미지"의 형식일 수 있다. 그러하기에 그 조각난 이미지들이 모여 전혀 다른 서사가 탄생할지 모른다는 기대를, 김도언의 시를 읽으며 품지 않을 수 없다.

시원(始原)과 통하는 주술의 언어

정영효 시인에게 '몸'은 시어를 끌어내는 통로이다. 시인의 '몸' 안에는 시원적 세계의 충만함으로 충전된 시어들이 가득하다. 그것들은 몸이 일시적으로 열리는 순간, 그러니까 내적으로 충만한 몸이 순간적인 파열을 일으키는, '기침'을 하거나 '하품'을 하는 그런 순간 몸 밖으로 튀어 나온다. 내부와 외부를 동시에 겪고 있는 몸이 그 분열을 견뎌낼 수 없어 파열음을 낼 때, 시인의 언어는 자폐적인 세계를 뚫고 나와 소통을 시작한다.

> 하품을 하면 잊었던 말들이 떠오르고
> 그들을 엮어 머리맡에 둘 때
> 지나친 순간에 대해 중얼거리고 싶고
> 잠시 아득하지만 뒤가 궁금해진다

— 「하품」 부분(『시작』 2012 가을)

정영효의 신작시에서 '배꼽'이나 '단추'는 몸의 안/밖을 잇는 통로이자 시어가 몸 밖으로 나오는 출구가 된다. 「배꼽」의 첫 행이 "발음이 입으로 건너온 후 배꼽이라는 말이 가장 어렵다"인 것은, 언어가 세계와 일치했던 시간을 지나 문명의 언어로 음성화될 때 가장 마지막까지 그 충만함의 세계를 간직하고 있는 기표가 바로 '배꼽'이기 때문이다. 출생의 순간을 "부력을 견디다 구멍을 밀치고 한 뼘의 거리를 지나왔을 때"라 말한다든지, 성장의 과정을 "사지와 얼굴이 쓰임에 익숙해질 동안"이라 말하는 시적 진술은 배꼽을 통로로 하여 문명의 세계에 들어선 언어가 겪는 상징화의 과정과 정확히 일치한다. 몸 밖의 언어는 이전에는 알지 못했던 분열과 혼돈, 비연속성을 경험하며("어쩌면 불안한 식감을 겪는다") "태를 벗어나 수명을 가지는 세계"

를 표상하는 데 적응해간다.

> 사지와 얼굴이 쓰임에 익숙해질 동안
> 배꼽을 가리는 건 당연한 일이 되었지
> 엉덩이에 점이 사라지고 정수리가 여물어도
> 손이 가끔 닿는 그곳에 성기보다 오래 묵은,
> 이미 한때를 덜어 낸 나이가 쟁여진 것 같아
> 배꼽을 봐야 내가 까먹은 이전과 친해진다는
> 다가올 업을 들출 수 있다는 결론을
> 혼자 만들어 믿기도 했다
>
> 돌아보면 뒤늦게 알아챈 화해가 우연을 부려 먹었다
> 태(胎)를 벗어나 수명을 가지는 세계에서
> 자라지 않는 음지를 찾아 나는 기복을 빌었으니
> 내게 처음 온 걱정거리는 배꼽이었던 셈
>
> —「배꼽」 부분(『시작』 2012 여름)

「배꼽」은 몸 밖의 언어가 겪는 난감(難堪), 그것과 정확히 일치하는 출생과 성장과정의 혼선을 다루면서 말의 재미를 놓치지 않는다. '사지'와 '얼굴'과 '엉덩이'와 '정수리'와 '손'은 모두 하나의 몸을 이루는 기관들이지만 각각의 기표로서 서로를 객체화함으로써 말의 재미를 유발한다. 그러면서 정영효의 시들이 자주 그러하듯 「배꼽」 또한 '배꼽'을 들여다보며 "자라지 않는 음지를 찾아" 기복을 비는 주술적 제의를 잊지 않는다. 떠나온 세계, 영원으로 충만한 세계, 시원적 세계에 대한 희구를 놓지 못하는 시어는 자주 그 곳으로 통하는 '통로'를 찾아 주술을 행하게 되는 것이다.

「흉문」은 한 생애에서 또 다른 한 생애로 이어지는 인류사와 문명사를 주술적 제의의 한 장면으로서 알레고리화한다. "주민들은 공터로 가 형벌이 내려진 이야기를 태우기 시작했다"로 시작하는 「흉문」은 한 생애를 "형벌이 내려진 이야기"에 비유함으로써 주술을 통해 태초의 '말'과 '글'에 가까워지려는 희원을 표현하고 있다. '글'보다 먼저 '말'이 있었던 태초는 "부르면서 묻고 부르면 답하던 시간"이었다. "인물이 바뀐 사건 따위" 다른 이야기들을 만들고 전하며 태초의 시간에서 멀어진 인류는 "고백이라는 곤란한 낌새를 미루"고 "비명"이나 "눈치"같은 것들에 가까워진다.

> 구경하던 아이들은 변성(變聲)이 가려워 성장을 뒤적였다.
> 물려받은 건 불순을 탐하는 줄거리뿐이었으므로
> 매일 그들이 어른에게 붙여 주는 욕지거리는 또 다른 근작(近作)이었다
> 애들아, 가장 무서운 일은 언제나 훗날에 머문단다
> 몇몇은 잉걸로 남은 누설을 헤집느라 분주했다
> 연기가 더 검어졌다
> 허다했던 참견이 최초의 밀약으로 변했다
> 세간사를 짓지 말자고 서로 색을 덮어 주었지만
> 귀가하는 자들의 멱은 여전히 마려웠다
>
> ―「흉문」 부분(『시작』 2012 여름)

새로운 이야기는 "구경하던 아이들"에게서 나오는 것일까. 그들의 "변성(變聲)", "욕지거리"같은 것들. "형벌이 내려진 이야기"를 불태우고 남은 것은 헤집어진 "누설"이며, 새어나간 비밀을 지키기 위해 "허다했던 참견이 최초의 밀약"으로 변한다. 밀약은 지켜질 것인가. 아마도 그렇지 못할 것이다. "세간사를 짓지 말자고 서로 색을 덮어 주었지만/ 귀가하는 자들의 멱은 여

전히 마려웠"으므로, 그것은 발설되고야 말 것이다. 그렇게 발설되는 오래된 이야기와 변성되는 욕지거리들이 혼종되어 우리 시대의 이야기는 탄생할 것. 그리고 그것은 정영효의 다른 시들을 참조할 때 아마도 시원적 세계의 이야기와 가까운 모습이 될 것이다.

이렇게 보면 정영효의 시들은 시원적 세계와 통하는 출구/통로를 찾는 주술적 제의의 형식을 띠고 있다고 볼 수 있다. 주술적 언어를 부리는 제사장은 시원적 세계와 현실 세계의 사이에서 둘 사이의 소통을 주재한다. 「단추의 한 점」은 '단추의 한 점'과 같은 통로를 통해 '너'라는 타자와 소통하려는 순간을 시화하고 있다. 시적 화자는 벼랑에 서 있는 듯하다. '너'와의 소통이 그만큼 힘든 시대인 것이리라. 화자는 완강해지는 단추를 붙잡고 "단추와 손가락 사이에 들어찬 집요함"을 느낀다. '너'의 안으로 들어설 통로인 '단추'는 수직과 수평이 만나는 한 점이며 "지척이 되면서 무한히 멀기도 한/ 긴장과 이완의 가운데"이다. 그러한 "한 점, 한 점"을 품고 있는 '너'는 "견고해 보이지만 속내는 위태롭다". 소통 부재의 현실은 몸을 닫고 외부를 경계하게 하며 내부 또한 위태롭게 한다. 위태로운 내면. 이는 정영효 시의 다른 지점을 보여준다. 그의 시에서 내부는 언제나 영원의 시간이자 시원적 공간이었으므로 그 유기적 전체성의 세계와 통하고 있는, '기침'이나 '하품'을 통해 빠져나온 언어들은 서정의 빛을 띨 수밖에 없었다. 헌데 그 내부가 위태로워졌다 함은 내/외부의 소통에 의해 내부 또한 허물어지기 시작했음을 의미하는 것일까. "기침은 끝이 아닌 계속의 형식"(『천년의 시작』 2010 가을)이라 했으므로 계속되는 소통으로 내부 또한 허물어진데도 그의 시작은 여전히 계속되어야 할 것이다. 시원적 세계와의 소통은 어찌보면 동어반복을 양산할 수 있으나 그것과의 통로를 잃지 않은 채 내부의 위태로움마저 감수하는 외부세계와의 소통은 분명 시인만의, 다른 언어를 갖게 할 것이다.

김현은 「젊은 시인을 찾아서」에서 "젊은 시인들의 시는, 내가 타자라는 것을 솔직하게 보여준다. 그들의 시는 그들의 시이면서 타인들의 시"라고 썼다. 자신만의 순수한 창작이라고 생각하는 것들이 사실은 타인들과 함께 체험하고 느끼고 생각한 것들이라는 의미이지만 김현은 이를 부정적으로 해석하지 않는다. 나와 타자의 욕망, 그 욕망의 욕망을 인정함으로써 "있는 그대로의 세계"와 "있어야 되는, 아니 차라리, 꿈으로 있는 세계" 사이의 간극을 이해하는 "긍정적인 힘"을 얻을 수 있다고 썼다. 내가 타자일 수 있고 타자가 나일 수 있음을 인정해야, "있는 그대로의 세계"와 "있어야 되는 세계"는 서로 존립하며 스며들 수 있을 것이므로.

있는 그대로의 세계를 파편적으로 알레고리화하는 시인의 언어가 세계를 재조립하고자 하는 나와 타자의 욕망을 말하고 있다고, 내부의 욕망과 외부의 욕망 사이에서 파열음을 내는 시인의 언어가 두 세계 사이를 왕래하며 "꿈으로 있는 세계"로 나아갈 수 있으리라고, 김현의 글을 통해 두 시인의 시를 이해하고 싶다. "나는 있다, 그러니까 세계는 바뀌어져야 한다. 나는 타자다, 그러니까, 세계는 바뀌어져야 한다."라고 글을 맺었던 그의 소망이 지금에도 여전히 유효하므로, 폐허의 극단 속에서 다른 세계를 보고자 했던 벤야민의 작업이 '지금-여기'에도 여전히 수행되고 있으므로.

A, B, C, ……, '나' 혹은 신?

— 금난파의 시

시인이란 자기만의 언어로 세계를 장악하려는 욕망에 사로잡힌 자가 아니겠는가. 시어로 빚은 비유의 성채가 세계를 매끄럽게 표상하기를, 절묘한 유비(anology)가 은밀하게 숨겨진 세계의 법칙을 투명하게 비추기를, 그 언어가 자기만의 것이기를 간절히 소원하는 자가 바로 시인일 것이다. 시어는 운용하기 나름이며 세계의 법칙이란 의외로 단순한 것이어서, 성장하는 시인의 눈에 그 일은 어느 만큼은 가능해보이기도 할 것이다. 허나 손에 잡힐 듯 가까이 도달했다고 느끼는 순간, 조금만 뻗으면 가능하리라 여겼던 그 곳에의 도달은 끝없이 지연된다. 움켜쥐었던 언어는 뿔뿔이 흩어지고 투명해보였던 세계는 안개에 휩싸이며 왕이거나 신이고자 했던 자신의 존재는 한없이 위축된다. 절망의 시어는 자기 존재의 부정으로 선회한다. 물론 존재의 부정이 곧 시인이기를 부정하는 것은 아니어서 시인의 시작은 계속된다. 부정함으로써 오히려 가까이 다가오는 언어의 고리들이 새로운 길을 열어주기도 하거니와, 무엇보다 시인이란 시인이 아니고서는 살아갈 수 없는 존재이기 때문이다.

금난파 시인은 자기존재의 부정을, 다른 존재의 멸(滅)을 딛고 선 '나쁜 피'의 혈통으로 표현한다. 이번 신작시에서 거미나 모스키토를 시의 화자로 내세운 것도 이 때문일 것이다. 아비의 시체를 파먹거나 다른 종족의 피를 빨아먹으며 자신의 생을 도모하는 존재에 대한 환멸과 자기 부정의 정신이 시인의 시세계를 어떤 '다른 곳'으로 이끌고 있다.

> 내게서 혼이 떠나가는 살신殺身 스스로 입안을 헐어버리고 생을 닫는 것 두개골 움푹한 골에서 짐승이 깃을 올리는 징조다 숲 속에 성을 세워 빛을 빨아먹는 나는 거미의 왕
>
> —「거미展」 부분(『시현실』 2011 겨울)

> 기침을 하다 숨이 닫히는 것은 내 영혼이 내 목을 죄어오는 것이다. 명을 다스리는 의지가 유약한 까닭, 몸소 영혼이 움직이는 거다 내가 베어버린 손목이 사막을 더듬고 있다 산 자여, 석유를 다오
>
> —「석유展」 부분(『시현실』 2011 겨울)

금난파의 신작시가 자기부정의 정신에서 출발하고 있다는 점은 「거미展」이나 「석유展」의 서두가 "혼이 떠나가는 살신(殺身)", 혹은 영혼이 목을 죄어와 "숨이 닫히는" 순간을 그리고 있는 데서도 알 수 있다. 「거미展」은 다른 존재의 살신에 기반하여 "거미의 왕"으로 화한 '나'의 생멸을 그리고 있으며, 「석유展」은 자신의 영혼에 목이 죄어 "마지막 숨을 놓아주는" 순간을 그리고 있다. 시체를 파먹으며 생을 유지하는 거미는 결코 자신의 존재를 긍정할 수 없다. "명을 다스리는 의지가 유약한 까닭"에 "몸소 영혼이 움직"여 스스로의 목을 죄는 「석유展」의 '나'는 십 수년 전부터 "죽은 자"로서의 삶을 이어오는, 존재 부정의 한 극단을 보여주고 있다. 이러한 존재부정의 끝은 어디인가. 바로 '나'라는 존재가 다른 존재의 살신에 기반하여 현세에 왔듯, '나' 또한 다른 존재의 기반이 되어주는 것이다.

> 그리하여 죄를 업고 가는 것 죄를 짓고 죽어가다 비로소 죄에서 깨어나는

것 나 죽거든 관문棺文에 집 한 채 띄워주시라 객이 들거든 주검이 혼도 없이 열반으로 마중할 수 있게 성불하고 가시라

—「거미展」 부분(『시현실』 2011 겨울)

내 살이 자식의 끼니다 살육은 곧 내게 제사를 지내는 일이니 이는 영혼이 헌집을 허무는 것과 같다 내 몸을 통해 열반하길 힘쓴다면 병도 닫힌 문을 열리라 베어도 베이지 않는 운명처럼 뼈 속까지 가시를 둘러맨 사막의 후손아, 나를 우두커니 관조하는 선인장을 향해 손 내밀며 쓰러진 내가 마지막 숨을 놓아주고 있다 산 자여, 석유를 다오

—「석유展」 부분(『시현실』 2011 겨울)

이처럼 「거미展」과 「석유展」 두 시는 모두 내 몸을 통해 열반하라는, 타자를 향한 권유로 마무리되고 있다. 그렇기에 '나'의 죽음은 타의에 의한 것이 아니라 "내가 마지막 숨을 놓아주"는 자발적 행위일 수 있으며, 이는 "죄를 짓고 죽어가다 비로소 죄에서 깨어나는" 열반과도 같은 행위가 될 수 있다.

자기부정이 자기파괴로 가지 않고, 이타적 희생으로 이어질 수 있었던 것은 자기부정의 동력이 '나'의 욕망에 있었기 때문이다. '나'의 언어로 세계를 장악하고자 하는 욕망, 언제나 '나'를 중심에 놓으려는 욕망이 있었기 때문에 '나'의 죽음은 다른 존재의 생으로 이어질 수 있는 것이리라. 이를 '나'의 인력(引力)이라 말할 수 있지 않을까. 자기부정의 에너지가 자기를 포함한 모든 것을 밀어내는 척력으로 작용하는 것이 아니라 '나'에게로 끌어당기는 인력으로 작용할 수 있었기에 금난파 시의 이타적 헌신을 '나'의 멸(滅)이 아니라 '나'의 '너'의 생(生)이라 말할 수 있을 터이다.

숲을 떠나는 새의 비상을
명상하는 일은 고독한 인력인가
동굴 속에 두고 온 유골에서 만져졌던
가장 뜨거웠던 부리를 묶는 것이
세상의 모든 곡哭을 잠재우는 일이었을까
멸종된 새의 울음을 찾아 운다는
날아가지 못한 바람이 있어
쇄골에 떨어진 깃으로 쓴 유서가
나뭇잎 속으로 날아드네
목탁소리에 등은 기지개를 켜고
먼 벼랑을 돌아온 길이 한 줄로 일어서면
새의 목젖을 그리기 위해 저승으로 떠난 바람은
환한 둥지를 갖게 되는 것일까
나는 우두커니 바람의 옷깃을 붙잡고
세상에서 가장 높은 울음을 위한
첫 잔치를 점쳐보았다

—「내일은 우리의 모든 날」 전문(『시현실』 2011 겨울)

「내일은 우리의 모든 날」에서 지상과 지하의 세계는 '나'를 중심으로 끌어당겨지고 있다. "숲을 떠나는 새의 비상을/ 명상하는 일은 고독한 인력인가" 여기서의 인력이 人力인지 引力인지는 확실하지 않으나 비상과 연관하여 引力으로 읽는 것이 시의 의미에 방해가 되지는 않으리라. 이 시의 화자인 '나'는 지상과 지하에서 일어나는 만사의 동인이자 주재자이다. '나'는 숲을 떠나는 새의 비상을 명상하고 동굴 속에서 가장 뜨거웠던 부리를 묶었으며 저승으로 떠난 바람의 안위를 걱정한다. 이런 식으로 "나는 우두커니 바람의 옷깃을 붙잡고/ 세상에서 가장 높은 울음을 위한/ 첫 잔치를 점"치고 있다. 여기서의 '나'가 진정 왕이거나 신은 아닐 테지만 신 없는 시대에 신의 위치에 닿고자 하는 어떤 보편자 정도로 생각해볼 수 있겠다. 의외로 단순해보이는 세계의 법칙을 파악하고 있는 자, 단순해보이는 그것이 실은 복잡한 여러 국면들을 포함하고 있음을 눈치챈 자, 거기에 절망했지만 그럼에도 그저 자신의 생을 묵묵히 살아갈 수밖에 없는 자…… 이런 보편자가 금난파 시의 목소리가 된 것은 세계를 장악하고자 하는 욕망과 그런 자아를 부정하고자 하는 욕망이 양가적으로 공존하고 있기 때문일 것이다. 신의 위치를 지향하지만 신이 될 수는 없는 어떤 보편자의 목소리가 금난파의 신작시를 이끌고 있다. 하여 "가장 뜨거웠던 부리를 묶는 것이/ 세상의 모든 곡哭을 잠재우는 일이었을까"라는 물음은 시인 자신의 시작(詩作) 방식에 대한 질문이 될 수 있다. 세상의 모든 곡을 일일이 노래해야 하는지, 그 뜨거웠던 부리를 묶어 담담하게 열반의 길로 이끌어야 하는지…… 신이라면 두 가지 모두 가능하겠지만 신이 되지 못한 시인은 질문을 계속할 수밖에 없다. 시인이 택한 방식은 후자에 가까워보인다. 「거미展」이나 「석유展」의 목소리처럼 '나'를 이끌어 '너'의 타자성에 닿게 하는 방식이거나 「내일은 우리의 모든 날」이나 「코스모스 C」처럼 개별의 삶을 보편자의 그것처럼 노래하는 것.

나는 도시를 사랑한다
철로를 안고 누운 마음과 마음을 근심하는 석양이 있고 강을 넘어가는 음영과 기시감을 가로지르는 운명이 있다
불 지피는 아버지에게 인사하고 돌아서 표를 끊는 결심 뒤로 코스모스처럼 흔들리는 누나의 손수건이 아름답다

> 형의 방문을 닫고 일어서는 내 뒷모습은 먼 내일의 도시를 사랑하는 것이다
> 달걀을 깨는 의지 속에 잠든 병아리가 차창에 어른거리고 굴다리를 통과하는
> 숨소리가 기나긴 여정을 예감한다
>
> —「코스모스 C」 부분(『시현실』 2011 겨울)

「코스모스 C」의 화자는 고향을 떠나 도시로 온 한 청년이다. "불 지피는 아버지"가 있고 "코스모스처럼 흔들리는 누나"가 있는 고향을 떠나 온 '나'는 "어머니의 편지가 이불을 적시고 내 고장 명물 청송(靑松)이 벌목된 소식을" 들으며 고독한 도시생활을 하고 있다. 도시의 삶은 녹록치 않아서 "형이 걷다 쓰러져 길이 된 돌담길에 기대어 나를 걱정하는 법 없이 가고 싶은데" 도시는 나를 "길가에 세워" 두기만 한다. 물론 시의 전반을 아름답게 수놓고 있는 금난파 시인만의 서정성이 이 시의 요체이겠지만 한국 현대시의 주인공이 되어 온 한 전형적인 인물을 이 시에서 '다시' 보게 되는 것 또한 사실이다. 아련한 그리움으로 침잠하는 대신 "시간이 머지 않은 기라"는 아버지의 담담한 울먹임으로 마무리되고 있긴 하지만 그러한 감수성조차도 한국 현대시의 한 전형이 되어왔다는 점에서 '코스모스 C'라는 이 시의 제목은 예사롭지 않다. 꽃이름 코스모스cosmos가 우주를 뜻하기도 하는 것처럼 「코스모스 C」는 개별자인 C를 통해 cosmos적 삶을 말하고 있는지도 모르겠다. 모스키토 A가 있고 코스모스 C가 있으니 그들의 총체, 어떤 보편자인 '나'를 금난파 시의 목소리로 상정하는 것이 가능할 수 있다.

이처럼 금난파의 신작시는 하나의 사물을 통해 한 우주를, 개별자인 A, B, C, ……, 그리고 '나'를 통해 보편자의 삶을 말하고자 하는 한 시도로 볼 수 있다. 거미나 모스키토를 통해 생과 멸을 통과하며 순환하는 우주적 삶의 비의를 누설하거나, 상경한 한 청년의 삶을 통해 이 시대의 보편적 삶을 전하려 하는 식이다. 이번 신작시의 대부분이 한 사물이나 동물을 제목으

로 하면서 그것을 알레고리화하는 방식으로 전개되고 있는 것도 이 때문이 아닐까. 「모스키토A」 또한 혈통으로 비유되는 인간세계의 층과 급을 환유하고 있다. 통상적으로 회자되는 A, B, AB형이라는 혈액형을 빌려 이야기하고 있지만, "상류가 하류와 어깨를 나란히 하는 것은 수치"라고 하거나 "알파벳 A가 우위에 선 것에 이견이 있을 수는 없습니다"라고 하는 풍자적 진술들은, 이 시를 "순수혈통"의 허구성, 인간계를 나누는 층과 급의 불합리성을 간파한 작품으로 읽을 수 있게 한다. 「거미展」 또한 거미라는 형상을 통해 인간사회를 알레고리화하고 있다. 이 시의 화자 "거미의 왕"은 "면류관을 쓴 살생의 후손"이며 그 거미가 다스리는 나라는 "환각과 광기에 슬피 흥망하는 나라"이다. 하지만 「거미展」의 전개가 별다른 계기 없이 열반의 길로 이어졌던 것처럼, A나 B 개별의 삶들은 별다른 독자성 없이 보편자의 삶으로 표상되고 있는 것은 아닌가. A와 B와 C의 삶이 '나'의 삶이 될 수는 있지만 '나'의 삶이 곧 A이거나 B인 삶이 되지는 않듯, 금난파의 시는 앞으로 더 많은, 더 독자적인 A나 B의 삶을 말해야 할 것이다. 이는 얼핏 시간이 해결해줄 수 있는 문제로 보일 수 있는데, 「코스모스 C」의 아버지가 "시간이 머지 않은기라 시간이 머지 않은기라"는 전언을 남긴 것은 시인 또한 이를 눈치채고 있기 때문일지 모른다. 시인 개인의 시간은 무수히 남아 있을 수 있으나 A나 B의 삶이 보편자의 삶으로 표상될 수 있는 시간은 머지 않아 종료될 수 있다. 이미 총체성의 시대는 마감된 것으로 판정되었으니 A나 B의 삶은 더 독자적이어야 할 것이며 시간의 겹으로 채워지는 다수가 아닌 순간적으로 생성되는 다수가 '시'를 채워야 할 것이다.

금난파의 시에는 세계를 장악하고자 하는 욕망과 자아를 무한히 축소하여 타자성에 닿고자 하는 두 가지 욕망이 길항하고 있다. 세계를 장악하려는 욕망은 좌절될 수밖에 없고 자기를 부정하려는 시도와 맞닿아 있으니 두 개의 욕망이란 실은 나란히 있는 하나이다. 하지만 세계를 장악하려는 시인의 무모한 욕망이 사라지지 않고 나란히 있기에 자아의 부정은 '나'와 '너'의 상생으로 이어질 수 있으며 '너'를 통해 우주 전체를 들여다보려는 시도를 계속할 수 있다.

언어에 대한 자의식 넘치는 시들을 발표하며 문단에 나온 금난파 시인은 언어가 세계를 표상하는 방식에 대해서도 자의식 넘치는 고민을 보여주고 있다. 신작시에 나타난 양가적인 항목들, 즉 자기부정과 이타적 헌신, 익숙한 서정과 낯선 기괴가 동시에 한 시인의 세계로 자리할 수 있는 것은, 현대적 언어 감각을 가진 시인이 오히려 전통적 작가의식을 펼치려는 작업을 하고 있기 때문일 것이다. 스스로 신이 되고자 하는 초과된 욕망은 신 없는 시대에 있어서는 '다른' 욕망일 수 있기에 이 시인의 시도는 소중하다.

언어에의 매혹, 시인의 운명 혹은 책무

— 송찬호, 「버드나무 不忘記」

송찬호 시와의 만남은 『고양이가 돌아오는 저녁』(문학과지성사, 2009)에 실린 「기록」이라는 시로 기억에 남아 있다. 거기서 시인은 "서기(書記)된 자로서의 책무"를 이야기했다. 시인은 있는 그대로를 기록하거나 남의 말을 받아 적는 일을 자신의 책무로 생각하는 듯 했다. 유달리 언어를 갈고 다듬는 일에 민감하고 시적 완성도를 높이는 일에 몰두하는 시인이기에 선뜻 이해하기 힘든 대목이기도 했다. 신작시 「버드나무 不忘記」를 읽고 다시 꺼내어 본 「기록」에서 시인이 말한 "서기된 자로서의 책무"가 무엇을 의미하는지 되돌아 생각해볼 수 있었다. 그것은 사물의 실체, 혹은 존재의 본질을 있는 그대로 드러낸다는 의미로 읽혔다. 「버드나무 不忘記」에서도 송찬호 시인은 서기된 자로서의 책무를 이어가고 있었다.

> 대체 서기(書記)된 자로서의 책무란 얼마나 성가신 일인가 언젠가 나는 길을 잃고 헤매는 코끼리 떼를 흰 종이 위로 건너오게 한 적이 있었다
>
> 나는 그들의 숫자, 나이와 성별, 엄니의 길이와 무게, 무리의 지도자 습성, 이동 경로를 기록했다
>
> 그리고, 그들의 길고 주름진 코로 노획한 물건들-옷핀, 금발 인형, 가발, 빈

콜라병, 탐정용 돋보기, 야구 사인볼, 샌들 한 짝, 담배 파이프, 테러리스트의 복면 등, 온갖 문명의 잔해들도 자세히 적었다

그들의 다리는 굵고 튼튼하다 포도주를 짓이겨 대지의 부은 발등에 붓고 거친 나뭇가지와 뿌리를 씹어 엽록의 공장을 돌리고 낫처럼 휘어진 거대한 비늘기로 곡식을 베어 눕힌다

그들에게 실향이란 없다 황혼이 오면 그들은 목울대를 움직여 그들이 사랑하는 악기, 튜바의 삼각주로, 전 세계에 흩어진 천 개의 코끼리 강을 부른다 달콤한 무릎 관절의 샘이 흰개미를 불러 모으듯, 다이아몬드 광산이 총잡이를 부르듯,

홍해가 갈라지는 아침, 찢겨진 범선 같은 귀를 펄럭이며 한 무리의 대륙이 새로운 길을 찾아 천천히 이동해 가는 것을 나는 보았다

—「기록」 전문

"길을 잃고 헤매는 코끼리떼"는 "흰 종이 위로 건너오"는 언어화의 과정을 통해 시인만의 '언어의 집'으로 초대된다. 이제 시인이 기록하고자 하는 코끼리떼의 실체를 보여야 하겠지만 그러기엔 코끼리떼를 감싸고 있는 "온갖 문명의 잔해들"이 너무나 두텁다. 시인의 언어는 그것을 지우지 않고 "자세히" 기록한다. 문명의 잔해 또한 그들의 일부이니 "굵고 튼튼"한 다리로 일군 "엽록의 공장" 또한 그대로 기록하는 것. 이처럼 문명화된 변형과 가공이 있을 뿐, "그들에게 실향이란 없다". '고향'으로 표상되는 이데아적 본질이 코끼리 자체에 내장되어 있다고 보기 때문이다. 그들의 변형과 가공은 바로 언어적 체계에서 비롯된 것이다. 사물을 재현하는 방식에 해당하는

언어적 변형과 가공이 본질을 훼손하는 결과를 초래하고 있는 것이 지금의 현실이지만 그렇다고 시인이 문명에 대한 비판의식에만 빠져있는 것은 아닌 것 같다. "그들에게 실향이란 없다"는 시행은 문명 바깥의 이상향에 대한 회의감의 표현으로도 읽을 수 있다. 다만 숨겨져 있는 이데아적 본질을 드러낼 수 있다면, "홍해가 갈라지"며 드러나는 길처럼 문명 내부의 다른 길을 찾을 수도 있을 것. 하여 시인은 기록한다. "한 무리의 대륙이 새로운 길을 찾아 천천히 이동해 가는 것을 나는 보았다"라고.

이렇게 보면 시인은 언어의 속성과 한계를 간파하면서도 언어에 매혹되고 나아가 맹신하는 양가적인 태도를 지니고 있는 것 같다. 문명의 폐해가 눈에 뻔히 보이듯 언어의 한계 또한 명백하지만 언어에 사로잡힌 시인은 더욱 철저히 언어를 갈고 닦음으로써, 즉 언어에 대한 견고한 '장인정신'을 유지해나감으로써 사물의 실체, 존재의 본질에 다가가려 한다. 따라서 송찬호의 시를 읽으며 보게 되는 것은 실체이거나 본질이기보다는 거기에 다가서는 과정이다. 코끼리의 모든 것을 기록하고 그 행로를 그대로 재현하는 것이 바로 코끼리의 본질에 다가서는 시인만의 방식이다. 그렇기에 다시 "새로운 길을 찾아 천천히 이동해 가는 것"을 바라보며 계속해서 기록하고 있는 것이다.

내가 그 젊은 버드나무를 처음 만난 건 봄날 강변에서였다 갈대와 안개의 상단商團을 따라 이리저리 흘러다닌다고 했다

다음에, 부유해진 버드나무를 만났다 쇠붙이를 엄청 모았다고 했다 칼이며 냄비며 숟가락 따위가 버드나무 몸에 척척 달라붙었다 버들잎을 끊어 오래 씹으면 산고기 냄새가 났다

그 후, 휘휘 늘어진 화류花柳에서 다시 만났다 화류의 빚을 갚느라 화류 마굿간에서 말똥을 퍼내고 있었다 면경面鏡같은 여자가 깨져 울었다 그래도, 화류 생활은 좋아라 !

훗날, 어느 절집 마당에서 늙은 불목하니로 언뜻 스쳤다 파르란 머리의 산림승山林僧처럼, 佛經불경에도 어둡다 했다

시절 지나 그 옛 봄날의 강변에서 다시 만났다 누군가 빗돌처럼 작은 버드나무 한 채 세워 놓았다 지붕도 없고 기둥의 주렴도 없이! 갈대와 안개의 상단이 하류로 흘러 흘러 갔다

—「버드나무 不忘記」 전문(『시와표현』 2012 가을)

송찬호의 신작시 「버드나무 不忘記」도 시인만의 언어의 집으로 초대된 버드나무와의 만남을 '기록'하고 있다. 버드나무 또한 "길을 잃고 헤매는 코끼리떼"(「기록」)처럼 "이리저리 흘러다"니고 있다. 언어의 옷을 입게 된 버드나무는 문명의 이기, 혹은 문명의 잔해들을 몸에 붙인다. 언어화, 문명화가 가져온 결과는 버들잎에서 "산고기 냄새"가 나게 하듯 존재의 본질을 훼손하는 것으로 나타난다. 그러나 송찬호 시의 특성이 그러하듯, 훼손에 대한 비관이나 원상태로의 복원욕망에 빠지지 않은 채, "그래도, 화류 생활은 좋아라!"라고 하거나 "불경(佛經)에도" 어두운 "늙은 불목하니"로 살아갈 뿐이다. 언어의 속성을 간파하면서도 언어에 매혹되는 시인의 태도가, "화류의 빚을 갚느라 화류 마굿간에서 말똥을 퍼내"지만 "그래도, 화류 생활은 좋아라!"라고 말할 수 있게 하고, 문명에 비판적이면서도 순진한 이상주의에 빠지지 않는 태도가 불경에 어두우면서도 "늙은 불목하니"의 삶을 이어가

게 하는 것이다.

시인이 걸어온 시적 궤적도 이와 같다. 초기 시세계가 언어의 한계와 훼손된 세계에 대한 비관으로 어두운 색채를 띠었다면, 이어 동물적 이미지가 가미된 '동백'이라는 독특한 상징체계를 통해 새로운 시인만의 길을 보여주었다. 탈속주의적 색채로 문명을 비판하는 듯 하더니 이내 동화적 상상력으로 자신만의 언어의 집을 구축했다. 이제 다음은 어디인가. "시절 지나 그 옛 봄날의 강변에서 다시 만났다 누군가 빗돌처럼 작은 버드나무 한 채 세워 놓았다 지붕도 없고 기둥의 주렴도 없이!" 빗돌처럼 세워진 버드나무는 언어적 상징화의 체계에서 빗겨 서 있는 버드나무-실체일 것. 이제 시인이 믿고 있는 사물의 실체, 존재의 본질이 모습을 드러내고 있는 것인가. 그것은 물론 원형 그대로 보존되는 순수한 그 무엇은 아닐 터, "화류 생활"과 "불목하니"를 모두 겪고 그 흔적이 고스란히 간직된, 어쩌면 그 모든 과정을 빗돌처럼 기념하고 서 있는 상태, 그러고도 끝나지 않는 언어적 생성의 과정일지 모르겠다.

기억의 서정성, 외경(畏敬)의 시학

— 윤성택, 「정류장」

시인은 옛 연인과의 만남을 기억하고 있다. 기억이란 (무)의식 깊은 곳에 가라앉아 있지만 어떤 매개를 붙잡고 표면에 떠올라 변형된 형태로 다시 가라앉는다. 윤성택 시인의 「정류장」에서 옛 연인에 대한 기억은 '정류장'을 매개로 떠올라 풍성한 감각의 세례를 받는다. 타고난 시인의 감각은 차창 밖 풍경을 향해 활짝 열려있으니 어떤 기억이든 서정적으로 언어화할 수 있을 터, 하물며 옛 연인에 대한 기억이니 감각의 세례라 말해도 그리 지나치지 않을 것이다. 하지만 떠올려진 기억이 그저 아름답게만 포장된다면 그것은 시로서 언어화되기 힘들다. 시인의 감각은 길어올려진 기억을 통해 '나'를 되돌아보는 성찰의 시간을 가진다.

"이 눈부신 햇빛의 제목"으로 시작되었던 시행이 "정류장에서 그날은 비가 내린다"로 마무리되는 것은 이러한 이유 때문일까. 성찰의 시간이 눈부시지만은 않을 터이다. "눈부신 햇빛"에 "승차권 바코드"와도 같은 "잎맥"까지 선명했던 정류장의 풍경, 꽃들이 "서로에게 흔들리면서 목걸이처럼 찰랑이는 오후", 시인의 시간은 '기억' 속으로 빠져든다. 기억 속의 '나'는 "빗방울 습기 한 점"이었기에 "텅빈 시간의 기압에서" "비의 냄새"를 맡고 "먹빛 구름"을 본다. 여기서 시적 자아는 "빗방울 습기 한 점"으로 표현될 만큼 미약한 존재로 인식되고 있지만 바로 그 다음, "나는 그곳을 다녀간 내 수많은 성향"이라는 시행을 통해 미약하나 복수인 '나'가 겹쳐있는, 독특한 존재

인식을 드러낸다. 지나간 시간의 결만큼 무수히 많은 '나/들'은 모두 내 안에 깃든 낯선 '타인'이기도 하다. 이질적이고 다층적인 '나'가 겹쳐있는 존재가 지금의 '나'라는 인식. 시적 화자가 "햇빛은 습기를 공중에 적는다 기억할수록/ 점점 타인이 많아진다"고 적는 까닭이 여기에 있다.

이 눈부신 햇빛의 제목
잎잎은 승차권 같은 바코드를 잎맥에 입혀 환승 중이다

실눈이 좁게 우회하는 길밖으로 꽃들을 부빈다
서로에게 흔들리면서 목걸이처럼 찰랑이는 오후
정류장은 종일 누군가를 기다린다

오래전 빗방울 습기 한 점이 나였던 적이 있다
나는 그곳을 다녀간 내 수많은 성향이다
햇빛은 습기를 공중에 적는다 기억할수록
점점 타인이 많아진다

버스에 올라 정류장 푯말을 바라볼 때
텅빈 시간의 기압에서 느껴지는 비의 냄새,
어느 길에서는 먹빛 구름이 차창이다

사랑에 대해 점괘를 확신하고 있으면
정류장에서 그날은 비가 내린다

—「정류장」 전문(『시와표현』 2012 가을)

내 안에 깃든 낯선 '타인'을 바라보는 시선은, 시집 『리트머스』의 표제작

「리트머스」에서 공중전화부스 안의 외국인노동자를 "색이 뚜렷"하게 알아보고 그토록 서정적으로 그려낼 수 있게 했다. 윤성택 시인 고유의 서정성은 외국인노동자가 처한 현실을 외면하지 않으면서도 그를 "그리움이라는 색깔로 반응하는 목소리"라는 감각으로 시화하였다. 『리트머스』에 실린 시편들에서 각박한 현실에 내몰린 존재에 대한 연민이나 디지털 시대의 정체성에 대한 탐구를 자주 찾아볼 수 있는 것도 수많은 '타인'들을 '나/들'로 볼 수 있는 시인의 눈을 가졌기 때문일 터이다. "어디에도 있는 나를/ 어디에도 없게 하는 로그아웃"(「로그인」), "녹화 테이프가 수없이 되돌려 재생되고 있는/ CCTV 안, 나는 아직 살아 있다"(「지하에서의 실종」)는 시행들은 '나'에 대한 탐구이자 '타인'을 알아보는 눈이며 나아가 현실을 외면하지 않는 시선이다.

시인은 자주 기억 속으로 빠져든다. 「아틀란티스」와 같은 시편에서 시인의 기억은 "거대한 유적"에 비유된다. 사라지지 않고 끊임없이 귀환하는 무의식적 트라우마처럼 기억은 "필사적으로 자라 오"르며 "나를 부른다". 많은 시인들이 현재의 생을 잡고 흔드는 과거의 기억으로부터 자유롭지 못하지만 윤성택 시인의 경우 그 기억은 벗어나고 싶은 악몽이거나 고통이기보다는 아련한 추억이며 생을 지탱하는 그리움이다.

바다 속 석조기둥에 달라붙은 해초처럼
기억은 아득하게 가라앉아 흔들린다
미끄러운 물속의 꿈을 꾸는 동안 나는 두려움을 데리고
순순히 나를 통과한다 그리고 아무도 없는 곳에 이르러
막막한 주위를 둘러본다 그곳에는 거대한 유적이 있다
폐허가 남긴 앙상한 미련을 더듬으면
쉽게 부서지는 형상들

점점이 사방에 흩어진다 허우적거리며
아까시나무 가지가 필사적으로 자라 오른다
일생을 허공의 깊이에 두고 연신 손을 뻗는다
짙푸른 기억 아래의 기억을 숨겨와
두근거리는 새벽, 뒤척인다 자꾸 누가 나를 부른다
땅에서 가장 멀리 길어올린 꽃을 달고서
뿌리는 숨이 차는지 후욱 향기를 내뱉는다
바람이 데시벨을 높이고 덤불로 끌려다닌 길도 멈춘
땅속 어딘가, 뼈마디가 쑥쑥 올라왔다 오늘은
차갑게 수장된 심해가 그리운 날이다
나는 별자리처럼 관절을 꺾고 웅크린다
먼데서 사라진 빛들이 떠오르고 있었다

— 「아틀란티스」 전문(『감에 관한 사담들』, 문학동네, 2013)

'아틀란티스'가 폐허의 유적임과 동시에 현재의 삶에서 충족되지 않는 무언가를 간직한 실재적 공간인 것처럼, 「정류장」의 '정류장' 또한 과거의 기억과 현재의 삶이 치환되는 환승의 공간임과 동시에 현재의 신산스러움으로부터 비껴서서 '나'를 돌아볼 수 있는 성찰의 공간이 된다. 그러나 윤성택의 시는 자주 무수한 '나'를 알아보고 부대끼는 대신 손쉬운 봉합으로 선회하고 만다. '아틀란티스'와 같은 공간을 마음 속에 간직하고 살아가는 일은 분명 삶의 에너지가 되고 따뜻한 위로가 되는 일임에 분명하지만 그것이 진정 실재적 공간이라면 현재적 삶의 지반을 뒤흔드는 균열까지도 감수할 수 있어야 하지 않을까. 기억을 통해 불러낸 무수한 '나'들이 겹치고 부딪히는 풍경은 현재의 삶을 교란시키기에 충분하지만 윤성택의 시는 거기에 이르지 않는다. 물론 "정류장에서 그날은 비가 내린다"라는 시의 마지막

행이 "이 눈부신 햇빛의 제목"이라 표현되었던 현재적 삶의 이면을 암시하고 있긴 하지만 '옛 사랑에 대한 추억' 이상의 의미를 내포하고 있는 것 같지는 않다. 이는 어쩌면 윤성택 시인이 언어에 대한 지나친 외경심에 사로잡혀 있기 때문일 지도 모른다. 언어의 체계란 굳건한 현재적 삶의 시스템에 다름 아니므로 언어를 외경하는 자가 시스템의 균열을 도모하기란 쉽지 않은 일일 것이다. 언어에 사로잡혀 있으나 언어 이상의 무엇을 추구하려는 자가 시인이니, 언어에 대한 외경심으로 고유의 서정성을 간직해온 시인이라면 쉽지 않은 그 너머도 내딛을 수 있으리라 기대하게 된다. 「리트머스」에서처럼, '나'를 돌아보듯 '타인'을 알아보는 눈을 가진 시인이기에 더욱 그러하다.

이것은 말놀이가 아니다

— 오은, 「란드」

'나'는 어디에서 어떻게 태어났는가. 「란드」의 시적 화자는 "란드에서 태어났다 부동산에서, 재화에서/ 어머니와 아버지의 중개로, 써비스로"라고 말한다. 오은의 전작시들을 읽어 본 독자라면 이쯤에서 벌써 오은식 말놀이가 시작되고 있다는 것쯤은 눈치챌 수 있을 것이다. 그리고 '나'의 출생의 비밀을 고백하는 데서 시작하는 이 시가 결코 평범한 성장 스토리로 이어지지는 않을 거라는 예감, 혹은 기대까지 품어보게 된다.

'나'가 고백하는 출생의 비밀이란 사실 공공연한 것이다. 이 시대 인간의 가치가 한낱 재화에 불과하다는 것을, 어머니와 아버지의 '사랑' 아닌 생물학적 성행위란 서로의 중개, 혹은 써비스에 지나지 않는다는 것을 모르는 자가 누구이겠는가. 하지만 「란드」에서 진술되는 '나'의 출생과 성장담은 결코 자본의 논리에 잠식당한 인간에 대한 비유이거나 휴머니즘적 비애가 아니다. 오은의 시가 갖는 특별함은 바로, 인간의 삶과 사회가 운용되는 원리의 최종심급에 다름 아닌 자본이 놓여 있음을 아무런 감상도 상념도 없이 오히려 유쾌하게 인정한다는 데 있다. So cool! Why not? 이런 태도는, 난 인정하지 않겠다며 두 주먹 불끈 쥐었던 자들이 아는지 모르는지 자신들이 인정하지 않았던 바로 그 논리의 동조자가 되어 온 데 대한 젊은 세대의 조롱섞인 냉소이기도 하고, 도무지 가능한 것이 없어 보이는 현실 앞에서 가능한 것이란 그저 쿨하게 인정하는 것밖에 없는 세대의 반동적 에너지이기도 하다. 이 에너지는 그저 즐기겠다는 순수한 유희적 본능과 결합하여 오은식 말놀이를 합성하고 있다.

오은의 「란드」는 핀란드/폴란드/네덜란드/그린란드/아이슬란드의 차이를 무화시키며 (반)성장하고 있는 초국적 시스템 내부의 무국적 아이들, '나'를 시적 화자로 내세운다. 비행청소년의 상징이 되어버린 껌과 '나'의 유사성은 핀란드와 자일리톨의 상업주의적 인접성과 결합하여 "핀란드에서 나는/ 이가 나면서부터 자일리톨이 잔뜩 들어간 껌을 씹었다"와 같은 문장을 만들어 낸다. 이러한 오은 시의 언어 합성 과정은 광고 카피의 연상 작용을 그대로 받아들여 "단물 빠진 껌을 앉니 뒤에 숨기면서부터 비밀을 간직하는 법을 배웠다"로 이어지고, "해맑게 웃으며 거짓말하는 법을 배웠다"는 문장을 덤으로 덧붙이는 듯 삶의 비의를 '살짝' 드러낸다. 이처럼 오은의 시는 상징계적 차원의 언어운용원리를 그대로 차용하는 듯 하면서 거기에서 파생되는 잉여-문장을 통해 시스템 밖으로 미끄러진다. "양들처럼 두가지 일을 능숙하게 처리했다 침묵하기, 동시에 무럭무럭 자라나기"라고 말하는 「란드」의 '나'처럼 오은의 시는 두 가지 방식을 능숙하게 수행하고 있는 것이다. 편승하기, 동시에 미끄러지기.

오은의 시를 미끄러지도록 하는 힘은 물론 유희 본능을 장착한 젊은 에너지이다. 때론 유희에만 집착하다 미끄러지기보다는 미숙해지기도 하고, 계속되는 편승에 염증을 내거나 냉소로 기울기도 하지만, 오은 시를 오은 시이도록 하는 것은 역시나 말놀이에 대한 본능적인 탐닉일 것이다. 그런 면에서 보자면 신작시 「란드」는 키득거리며 즐길 수 있는 말놀이이기보다는 삶의 비의를 누설하기 위한 언어 게임에 가깝다. "호기심은 낯설고 결핍은 낯익었다 낮 뜨거운 일들은 밤에 벌어진다는 걸 알았다 낮은 이미 충분히 뜨거웠으므로"와 같은 시행처럼 '낯'과 '낮'을 퍼즐처럼 이어붙여 '낮'과 '밤'이 동시에 존재하는 삶의 전모를 드러낸다. 마찬가지로 핀란드/폴란드/

네덜란드/그린란드/아이슬란드를 끼워맞춰 "네가 와서 살 수도 죽을 수도 있는, 해맑게 웃으며 거짓말을 해도 아무도 뭐라 하지 않는, 아무리 참말을 해도 믿어주지 않는, 온화하고 냉혹한 땅", '란드'를 조합해낸 시가 바로 「란드」이다.

다면체로서의 삶과 세계의 이면을 들여다보며 모두가 어른이 되어가듯 「란드」의 '나' 또한 어른이 된다. "란드에 남은 마지막 에스키모와 키스를 한 순간, 나는 주인공이 되었다 어른 이누크가 되었다". 흥미로운 것은 "지하에 있던 자원들이 하나 둘 얼굴을 내밀기 시작"할 때 "그 발견의 순간", 주인공이 "이누크"라고 외친다는 점이다. 지하자원을 발견하며 그린란드어로 '인간'을 뜻하는 말인 '이누크'를 외친다는 이 상황은, 서두의 "나는 란드에서 태어났다 부동산에서, 재화에서"라는 시적 진술을 떠올리게 한다. '재화'에서 태어나 '자원'으로 발견되는 인간의 성장기. "나는 란드에서 태어나 란드에서 자라났다". 이렇게 보면 이 세계의 주인공은 '나'가 아니라 '란드'가 된다. '란드'의 일부로서 지하자원으로 발견되는 것이 '나'이므로, 마찬가지로 세계의 최종심급엔 인간이 아닌 자본이 놓여 있으므로. 제목이 '란드'인 이 시는 이리하여 '나'의 성장담이 아니라 '란드'의 제국주의적 확장기(擴張記)가 된다.

「란드」는 우리의 예감, 혹은 기대처럼 '나'의 평범한 성장 스토리는 아니지만 오은식 말놀이의 진수를 보여주지는 못 했다. 하지만 오은의 시가 말놀이이건 아니건 독자가 오은의 시를 읽으며 느끼는 즐거움은, 르네 마그리트의 그림을 보며 느끼는 통렬한 쾌감에 비유될 수 있을 듯하다. 바라건대 시스템의 언어를 카피해놓고 '이것은 언어가 아니다, 혹은 이런 게 언어다'라고 쓰는 오은의 시를 읽는 즐거움이 지속될 수 있기를.

감각, 기억, 우주

— 조용미, 「열 개의 태양」

매끄러운 표면만 보고는 내부의 격렬한 파동이나 은밀한 숨결, 억만 겁의 깊이를 알아차리기 힘든 법이다. 그러니 조용미 시의 고요하고 매끄러운 언어들 뒤에 숨은, 치를 떠는 아픔과 분노, 고통과 환희의 순간들을 아우른 깊고 깊은 사유의 폭을 짐작하기란 쉬운 일이 아니다. 물론 조용미 시의 표면이 너무나 단정하고 유려해서 그것이 지닌 아름다움을 음미하는 것만으로도 충분할 수 있다. 하지만 그것만으로 조용미의 시를 충분히 느꼈다고 얘기하기에는, 그 내부에 너무나 풍요로운 감각들, 포개지고 다져진 겹겹의 결들이 숨어 있다.

"침대 밑 가장 구석진 곳에 둥글게 모여 있는/ 민들레 씨앗 같은 먼지들의/ 외로움을 생각"하는 데에서 "별과 내가 곧 우주"라는 깊은 통찰에 이르고 있는 신작시 「열 개의 태양」은 더욱 그러하다. "감각의 극지는 감각을 기꺼이 닫는/ 서늘하고 뜨거운 곳/ 몸이 나의 정신과 한 치의 빈틈없이 꼭 들어맞는 곳"이라는 한 치도 넘치거나 모자라지 않는 문장들을 보고, 기꺼이 닫음으로써 활짝 열리는, 서늘함과 뜨거움이 함께 거하는 시인의 감각과 사유의 깊이를 가늠이나 할 수 있을 런지 아득하기만 하다. "내가 감각하는 나는 열 개의 태양이/ 기억하는 각각의 우주,"라는 시행을 빌려, 먼지와 티끌과 흙 한 줌이 모두 저마다의 기억을 가지고 있고 그것들이 또 저마다의 우주가 된다고 주석을 다는, 이 글의 작업이 과연 필요하기나 한 것일까.

정갈한 밥상에 수저 한 벌 얹는 심정으로, 길지 않은 이 시에 3번의 '감각'과 5번의 '기억'과 또 5번의 '우주'가 등장한다는 사실로부터 시작하기로 한다. 단어의 사용빈도가 중요한 건 아니지만, '기억'과 '우주'는 단연 이 시의 키워드라 할 만하다. 조용미의 최근 시집 제목이 『기억의 행성』(문학과지성사, 2011)이었던 데서도 알 수 있듯, 시인에게 기억은 하나의 행성, 나아가 우주의 구성 인자이다. 곧 하나의 우주인 나를 구성하는 것도 기억이라는 말이 되고, 뒤집어 말해, 기억이 없다면 나도 우주도 존재하지 않는 것이 된다. 살아가는 모든 일이 기억이 되고 그 기억을 곱씹으며 사는 것이 인간의 삶이라지만 그것이 하나의 행성이자 우주가 되려면 내 육신이 죽어 다시 '나'로 태어나는 억만 겁의 시간이 필요하리라. 하여 '기억'과 '우주'를 말하는 이 시는 윤회의 존재론을 펼치는 것이라고 말할 수 있겠다. 그런데 "열 개의 태양이 기억하는 우주란 어떤 곳일까". 기억이 우주를 구성하고 있는데 열 개의 태양이 기억하는 우주라니? "별이 내뿜는 빛들을 먼먼 우주의/어느 한 점에서 바라본다는 건/(…)/ 별과 내가 곧 우주라는 것"이 힌트가 될 수 있다. 내 안에 열 개의 태양과도 같은 또 다른 '나'가 있어 그 열 개의 태양이 기억하는 각각의 우주를, 나의 감각은 '감각한다'. "감각의 극지"에서, "몸이 나의 정신과 한 치의 빈틈없이 꼭 들어맞는 곳"에서 '나'는 또 하나의 태양이 되고 또 다른 '나'의 안에 깃든다. 이제 또다른 '나'(이를 '너'라고도 칭할 수 있겠다)는 열한 개의 태양이 기억하는 각각의 우주를 감각하게 되리라. 이렇게 태양의 자리와 감각의 극지를 끊임없이 자리바꿈하는 시간이 우주를 구성하는 억만 겁의 '기억'인 것이다.

이렇게 해서 "별이 내뿜는 빛들을 먼먼 우주의 어느 한 점에서 바라본다는 건" '나/너'가 곧 별이요, 또 다른 '너/너'가 먼먼 우주의 어느 한 점에서 그 빛들을 바라보고 있다는 말이 된다. "별과 내가 곧 우주라는 것" 또한 '나'와 '너'가 곧 우주라는 것으로 읽을 수 있다. '나'는 '너'의 기억을 받아들여 또 다른 '나/너'가 되고 또 다른 '나/너'의 기억이 '나/너'가 되고…….

이 과정은 「가을밤」에서 "마늘과 꿀을 유리병 속에 넣어" "마늘도 꿀도" 아닌 "마늘이고 꿀"인 마늘꿀절임으로 비유된다. "내 속의 당신은 참 당신이 아닐 것이다 변해버린 맛이 묘하다"라는 시행처럼 '나/너'는 끊임없는 자리 바꿈으로 변전되며 합체(incorporation)되어 하나의 우주가 된다. 「열 개의 태양」은 "마늘꿀절임"과도 같은, 우주 생성의 오묘한 원리를 담고 있는 시라고, 그럼으로써 내 안에 깃든 '너'를 말하는 타자성의 시학이라고도 말해볼 수 있겠다.

시인은 「기억의 행성」에서 "지구는 사실 기억이 얼마 남지 않았지요"라며 기억의 자원이 점차 고갈되어 간다고 말한 바 있다. 「열 개의 태양」에서도 "우주의 기억을 되찾기 위해/ 무성한 기억의 숲으로/ 몸을 데리고 들어가보자"고 말한다. 태양의 자리는 감각의 극지를 기억해야하고 감각의 극지는 태양의 자리를 기억해야 한다. '나'와 '너'의 곡진한 기억이 차곡차곡 쌓일 때 우주는 미세한 결과 다채로운 깊이로 채워질 수 있을 것이다. 시인이 처음으로 단호한 어조로 얘기하듯, "광역적외선탐사망원경으로 너의 운명을 엿보는 저녁은 없다". 기억은 속도를 위반해서 얻을 수 있는 것이 아니며 살짝 엿볼 수 있는 것도 아니다. 기억은 "가장 가까운 곳"에 있는 것도 '나'와 "250만 광년" 떨어져 있어서 "오래" 들어야만 볼 수 있는 "푸른 빛들"이다. 기억은 별빛이 내게 닿을 만큼의 시간, "푸른 빛"에도 "더 갈데없는 미세한 초록"(「초록을 말하다」)들이 있음을 깨달을 만큼의 시간이 쌓여 만들어지는 것이다. 「열 개의 태양」은 어쩌면 그러한 시간을 단축시킴으로써 생명을 단축시키고 있는 지구 행성에 대한 경고등일 수도 있겠다.

「열 개의 태양」에 5번씩의 '기억'과 '우주' 말고도 3번의 '감각'이 등장했다는 점을 기억하기로 하자. '기억'이 모여 '우주'가 되는 데는 몸의 '감각'이 필요하다. 시인 또한 "무성한 기억의 숲으로/ 몸을 데리고 들어가보자"고 하지 않았던가. 하여 '기억'과 '우주'의 의미를 늘어놓은 이 글의 과정은 잊고 시의 정갈하고 아름다운 언어들만을 '감각'하기로 하자.

환영이 출몰하는 세계의 우울한 음화

— 김성규, 「사육제」

시어(詩語)로 빚어진 시인의 세계는 현실 세계와 환상 세계의 사이에 놓여 있다. 현실과 환상이 스치듯 조우하는 순간의 형상이 가난한 시어에 뼈와 살을 붙이고 우리 앞에 현현한다. 현실 속에 출몰하는 실재의 환영과, 환상의 배면에서 어른거리는 현실의 그림자를, 끊임없이, 번갈아, 점프컷(jump cut)하면서, 혹은 둘을, 교묘히, 오버랩(overlap)하면서.

김성규의 시가 그러하다. 그의 등단작인 「독산동 반지하동굴 유적지」에는 독산동 반지하 방에서 세 구(具)의 시신이 발견된 현실의 사건과 선사시대 "들소와 나무와 강이 새겨진 동굴"의 환상이 나란히 놓여 있다. 짐승의 한 종(種)으로서 약육강식의 현실을 견뎌야 했던 선사시대의 인류와, 젖먹이와 함께 독산동 반지하 방에서 생을 마감해야 했던 한 가족의 운명이 조금도 다르지 않기에 현실과 오버랩되는 유적지의 환상은 자연스럽다. "지금도 발굴을 기다리는 유적들/ 독산동 반지하동굴에는 인간들이 살고 있었다"고 말하는 김성규의 시어는, 과거의 환영을 현재에 덧씌우는 환유의 언어이다. 해서 시인은 공사장 인부의 추락사 장면에서 "콘크리트 철근 사이에서 새 한 마리가 날아오"르는 환영을 보게 되는 것이다.(「땅속을 나는 새」) 하지만 김성규의 시어는 거기서 멈추지 않는다. 그 새가 "하늘에서 땅속으로" 날아가는 장면으로 점프컷되는 것처럼, "종일 공사장의 진동이 멈추지 않는다"는 진술로 이어지는 김성규의 시어는 사물과 언어의 경계를 가로질러 더 깊은 곳을 응시하려 한다.

그 곳은 현실과 환상의 경계를 무너뜨리고 상호침투하는 지점을 향해 있다. 바다를 건너오는 검은 새를 보며 "너는 잘못 날아왔다"고 말하는 「불길한 새」의 시적 장면은 이미 현실과 환상의 경계를 넘어서있다. 검은 새와 "검은 눈송이"의 구분이 불가능한 공간, 경계가 사라진 경계, 실재계의 구멍과도 같은 그 곳에서는 비의를 누설하는 파열음이 들려온다. "너는 잘못 날아왔다/ 너는 잘못 날아왔다" 이것이 우리의 발 밑을 뒤흔드는 위험하고 불온한 목소리인 것은 자궁을 뚫고 나온 우리의 존재 자체를 부인하는 말이기 때문이다. 또한 세계는 이미 모든 생명체에게 '잘못 날아온 장소'가 되어버렸다는, 어떻게도 변형될 가능성이 없다는, 애써 묻어둔 비밀을 발설하고 있기 때문이다.

김성규 시인이 현실과 환상 사이에서, 혹은 그 경계가 무화된 지점에서 길어낸 이미지는 어둡고 불길할 수밖에 없다. 시인이 어둡고 무거운 이미지를 선호한다거나 시인의 세계관이 그러해서가 아니다. 실재계의 환영이 그 모습 그대로 시어의 옷을 입고 현현한 것이기에 그러하다. 그러므로 「사육제」에서, 늙은 권력자가 죽고 젊은 권력자가 선출되는 문명사의 절차와, 동물의 사육제가 겹쳐지는 것은 단순한 비유가 아니다. 함돈균이 평한 바와 같이, 그것은 "'실재'가 된 알레고리"이다. 축제의 제물이 된 고기를 먹던 아이들이 고기가 되어 접시에 오르는 기괴한 「사육제」의 장면은, 그것이 우리 문명사의 '실재'이기에, 비유 아닌 알레고리가 된다. 여기서 젊은 권력자가 선출됨으로써 아이들이 고기가 되지 않을 수 있는 '다른 세계'는 상상될 수 없다. 강한 종(種)의 축제를 위해 약한 종(種)이 제물로 쓰이듯, 가난뱅이들은 "마지막 남은 핏방울마저 혓바닥으로 핥아먹"고 종래는 "그들의 얼굴이 흰 접시위에 올려져 잔칫상을 장식할 것"이고, 부자들은 "가난뱅이들의 표정을 젓가락으로 집어먹으며" "음식의 풍부하고 다양한 맛에 감탄"할 것이다. 이런 모습으로 순환하는, 끊임없이 반복되는 비극만이 예측가능할 뿐, 다른 세계로의 출구는 막혀있다. 김성규 시의 알레고리가 상상계에서 상징계로의 이행을 돕는 교훈적 알레고리와 구별되는 것은 이 때문이다.

「사육제」의 시인은 "마실수록 취하는 술을 취하지 않을 때까지 마시며/ 내 몸을 짜서 오늘 한 편의 시를 쓰는 밤"을 보낸다. 그는 "찌그러진 과일을 즙에 담그어도 원형을 회복하지 못하듯/ 내가 쓴 시가 지나간 시간을 되살릴 수 없다는 것을 안다". "술을 뿌려도 아무도 다시 살아나지 못한다는 것을 안다". 그럼에도 불구하고 "이야기를 듣지 않는 아이들에게 지나간 이야기와/ 이야기의 무력함과 그래도 말할 수밖에 없는 이야기를/ 접시의 가짓수만큼 풀어 놓는다". 벗어날 수 없는 세계가 운명과도 같이 가로놓여 있을 때, 시인이 할 수 있는 일이란 앞으로도 무한 반복될 비극적 이야기를 묵묵히 계속하는 것. 「사육제」의 시인은 이러한 운명을 거역하지 않는다. "돼지가 그들의 얼굴을 잊어버리고 고기로 변해 나오듯" 이제 곧 고기가 될 아이들이 "아저씨, 재미없는 이야기 좀 그만하세요!"라고 외친다 하더라도.

김성규의 신작시 「사육제」는 문명을 이끌어가는 권력이 "인간의 피"를 짜서 세워진 것임을 보여주는 우울한 음화(陰畵)이다. 하지만 양화를 드러내기 위해 음화를 반복하는 것은 아니다. 김성규의 음화는 인간 문명의 그늘, 그보다 더 깊은 곳을 응시하면서 문명의 바닥을 뒤흔드는 실재적 목소리에 귀를 기울인다. 그러므로 그 환영이 시도 때도 없이 출몰하며 불온하고 음울한 목소리를 들려준다 하더라도 시의 아이들처럼 "이제 좀 그만하라"고 외칠 수는 없을 것이다.

너를 내 안에 두는 슬픔

— 최금진, 「살아남은 자의 슬픔」

'살아남은 자의 슬픔'이라니! 브레히트가 노래하고 한국의 386세대가 즐겨 전유하였으나, 이제 후일담도 애도도 지나간 시기에 '살아남은 자의 슬픔'을 읊조리는 자는 누구인가. 최금진이라면 그럴 만하다. 여전히 있는 '가난'을 하나의 스테레오타입으로 취급하던 시기에, 지워지지 않는 '가난'의 유전자를 기입한 채 우리 앞에 나타났던 최금진이라면, 이 시대 '살아남은 자의 슬픔'을 이야기하기에 그럴 만할 뿐 아니라 충분하기까지 하다.

시인은 편의점에 앉아 컵라면을 먹으며 "나는 살아있네, 살아서 이렇게 라면을 먹고 있네"라고 읊조린다. 연인과 헤어졌을 때 "장미를 라면 속에 넣고 끓여 먹은" 기억을 떠올린다. 그렇게 라면을 먹고, 설사하고 그녀를 잊었다고 생각했지만 다시 기억은 떠오르고 "편의점 맞은편 담장 아래서/ 너의 음부에 꽂아두고 오래 보고 싶었던 그 장미들이/ 빗물을 타고 흘러내리는 것을 보"고서야 "다 가버렸"음을 깨닫는다. 이렇게 최금진의 신작시 「살아남은 자의 슬픔」은 이별시로 읽힌다. 연인을 떠나보내고 남은 잔여의 감정마저 떠나보내려는 자의 회한. 이를 정신분석학에서는 '애도'의 과정으로 설명한다. 타인을 사랑하는데 너무 많은 리비도를 투여한 나머지 갑작스레 방향을 잃고 방황하는 리비도를 다시 철회하는 과정이 애도이다. 지나치게 사랑했던 만큼 지나치게 되돌아오는 리비도를 감당하지 못하여 자학을 넘어 죽음충동을 불러일으킨다면 이를 우울증이라 부른다. 시의 맥락으로 보면 장미와 함께 "너에 대한 혐오, 너에 대한 집착, 사랑의 양가성"을 팔팔 끓여 먹고 설사까지 했으니 '장미-타자'와 타자에 대한 양가적 감정까지 배출된 셈이고 이렇게 애도는 마무리되는 것처럼 보인다. 하지만 편의점에 앉아 컵라면을 먹으며 다시 떠올리고 말았으니 애도가 실패했음이 판명되는 순간이다. 물론 장미 라면을 먹은 시기에서 편의점 라면을 먹은 시기까지 지속적으로 애도가 진행되었다고 볼 수 있다. 시인의 의식은 애도가 끝났다고 여겼으나 무의식은 끝나지 않은 애도를 계속하고 있었던 것. 그리하여 애도의 과정을 보여주는 시로 읽을 수 있는 「살아남은 자의 슬픔」은 무의식의 대상 상실과 연관되면서 우울증에 대한 시가 된다. 우울증은 회수된 리비도가 자아를 공격하며 자기학대와 비하, 자살충동을 불러온다. "사랑은 가고, 사랑이라 여겼던 무지와 치욕마저 가고/ 나는 살아 있네, 살아서 이렇게 라면을 먹고 있네"를 보면 확실히 이 시의 시적 자아는 우울증에서 비롯된 자기비관에 시달리고 있는 것 같다. 우울증적 주체는 자신이 사랑한 대상이 무엇인지 알지 못하여 근원적 결핍을 상실로 전이한다. 시적 자아가 느끼는 "너무 많은 허무", "코끝으로 소용돌이치며 몰려" 드는 원인 모를 상실감. 장미 라면을 먹어도 편의점 라면을 먹어도 '나'의 결핍은 메워질 수 없으니 '나'의 애도는 끝나지 않는다. 라면의 본질은 '허기'에 있으니 아무리 라면을 먹어도 허기가 가시지 않는 것.

최금진의 전작시들을 보면 과거의 그림자가 짙게 드리워진, 가난한 유령들에 둘러싸인 시적 자아를 발견할 수 있다. 어린 시절의 기억, 저수지에 빠져죽은 시체, 돌아오지 않는 아버지, 지지리도 가난한 친적들…… 역마살을 피의 유전자로 물려받은 시적 자아는 어느 곳에도 정착하지 못하고 떠돈다. 이렇게 최금진 시세계의 한 축은 과거의 유령과 더불어 있었다. 이들을 떠나보내지 못하고 자기 안에 '합체(incorporation)'하였기에 그의 전작시들은 시시때때로 흘러나오는 이들의 목소리로 채워져 있었던 것이다. 「살아남은 자의 슬픔」의 '나' 또한 '너'를 떠나보낸다고 생각하면서 실은 계속 자신의 내면 깊은 곳에 가라앉히고 있다. 라면을 먹는 행위는 '너'를 잊기 위한 것이 아니라 고스란히 간직하기 위한 것이다. "너를, 너였던 것을, 너 아닌 것을 후루룩" 마심으로써 '너'는 '나'의 일부가 된다. 그러므로 이 시의 시적 자아가 "나는 살아있네, 살아서 이렇게 라면을 먹고 있네"라며 자괴감에 빠져있는 것은 내 안에 있는 '너'의 목소리를 듣고 있기 때문이다.

내 안에 있는 '너'의 목소리는 언제나 어디에서나 들려온다. 마찬가지로 "너의 음부에 꽂아두고 오래 보고 싶었던 그 장미들"은 보지 않으려 해도 곳곳에서 발견되곤 한다. "온몸으로 장맛비를 붕대처럼 감고/ 자신의 붉은 색에는 끝내 도달하지 못한" 장미는 내 안에 있는 '너'이자, 외부로 흘러나온 '나'의 모습이기 때문이다. 내 안에서 이미 합체된 '너'이기에, 이제는 구분 불가능한 '나/너'이기에 장미는 언제나 어디에나 있다. 채워지지 않는 허기를 편의점 컵라면으로 간단히 해결하려는 청춘들을 어디서나 볼 수 있는 것처럼, "자신의 붉은 색에는 끝내 도달하지 못한" 열패감으로 자기비관을 넘어 자살충동에 시달리는 인생들이 어디에나 있는 것처럼. 그러므로 「살아남은 자의 슬픔」은 우리 시대의 상실, 그 근원적 결핍을 노래한 시이기도 하다.

이렇게 보면 최금진 시의 우울증적 주체는 그 시세계의 일관된 목소리의 주인이자 불현 듯 출몰하는 무수한 유령들의 얼굴이다. 그의 시는 밑바닥 삶의 가난과 그로 인한 날 것 그대로의 분노를 드러내기도 했고, 기억의 연원이 되는 유령들의 장소, 그 설화적 세계를 그려내기도 했다. 과거와 현재를 가로지르는 그의 시세계는, 떠나보내지 못한 과거의 유령들을 내부에 합체하고 그들의 목소리를 내 것처럼 들었던 우울증적 주체의 세계라 할 수 있겠다. 시인의 내부에 오래 똬리를 틀고 있는 과거의 세계는 '너'의 이야기를 '나'의 이야기로 합체하는 타자성의 능력을 유산으로 물려주었다. 이것이 살아남은 자가 슬픈 이유이며 「살아남은 자의 슬픔」이 가진 윤리의 토대이다.

익숙하고 낯선 '마법의 장소'

— 유형진, 「피터 판과 친구들」

유형진은 동화적인 세계를 구축하고 조합하는 데 남다른 재주를 가진 시인이다. 무수한 레고 조각들을 조립하여 자기만의 세계를 '창조'해가는 어린 아이처럼, 시인은 '랜드 하나리'이거나 '허니 밀크 랜드'와 같은 세계를 만들고 거기에 시적 운율과 서정적 감성을 덧입혀 우리 앞에 내놓는다. 그러나 시인에게는 레고 왕국을 완성해놓고 환호하는 유사 창조자로서 의 희열이 찾아오지 않는다. 초국적금융자본주의의 왕국에서 모두가 상품-기계가 되어 조작되고 있는 현실 세계와, 자신이 창조한 세계가 너무도 닮았음에 경악하고, 이미 사라지고 있는 조립물들의 "깨진 유리구슬의 단면 같이 찾아온 슬픔"에 눈물을 흘릴 뿐.

'랜드 하나리'나 '허니 밀크 랜드'의 창조자로서의 유형진 시인은 마법사를 닮았다. 작동을 멈춘 놀이공원에 주술을 걸어 잊혀진 캐릭터들을 풀어놓고 그들이 말하고 행동하게 한다는 점에서 그렇다.(유형진·유희경 대담, 『현대시』 11월호) 하지만 시인의 주술은 최초의 순간에만 효력을 발휘할 뿐이어서 캐릭터의 말과 행동은 주술에 의한 것이 아니라 자가발전동력에 의한 것이다. 이에 따라 자가발전이 흔히 그러하듯 그들은 점차 희미해지고 마침내 사라진다. 그들의 자가발전을 멈추게 하는 것은 물론 외부의 힘이다. 돌아가면 갈수록 자본의 현실과 유사해지는 이율배반의 동력 속에서 독자적인 캐릭터는 점차 상품-기계의 대열 속으로 빨려들어간다. 여기서 주목할 점은 간혹 이율배반의 동력을 미달의 속도로 위반하며 튕겨져 나가는 것들, 오작동으로 인해 결락되는 것들의 행방이다.

「피터 판과 친구들」 연작은 '허니 밀크 랜드'의 '초록코털 괴물', '옷걸이 요정', '풍선머리 조종사'에 관한 이야기이다. 그 중 「피터 판과 친구들 -에피소드5: 옷걸이 요정의 깨진 유리구슬의 단면 같이 찾아온 슬픔」에는 '옷걸이 요정'이 "계절관리와 수면관리 시스템의 장애"로 "제일 싫어하는 계절"인 봄에 깨어난 이야기가 전개된다. 이런 장애가 발생한 원인은 "1,700원 어치"의 행복이 필요한 '옷걸이 요정'에게 "900원 어치"의 행복만 제공되었기 때문이다. 시스템의 작동에 따라 생명체의 주기적 활동인 수면이 관리되고 자연의 순환 주기인 계절 또한 관리된다는 것부터, 행복이 금전 단위로 환산된다는 데 이르기까지, 「피터 판과 친구들」의 세계는 자본의 시스템을 그대로 모방하고 있다. 이러한 시스템 내에서 귀엽고 깜찍한 통상적인 요정의 캐릭터와는 달리 "언제나 곧 사라질 것처럼// 희미한 새벽 가로등 같은 얼굴"을 한 '옷걸이 요정'은 "오늘 치 행복을 사지 못할까봐" 불안해 한다.(「피터 판과 친구들 -에피소드 9: 동쪽으로 해가 지는 언덕의 초록 코털 괴물과 옷걸이 요정」) 그런데 정작 '옷걸이 요정'이 오늘 치의 행복을 사지 못하게 된 원인은 '초록코털 괴물'이 "그날따라 알 수 없는 표정과 눈빛으로 900원 어치를,/ 그것도 돈도 받지 않고 팔겠다"고 했기 때문이다. 현실의 시스템을 그대로 모방해놓고 정작 그 속의 인물들은 그 시스템의 원리를 위반하고 있는 형국이다. 그러한 위반의 결과는 무엇인가. 바로 「피터 판과 친구들 -에피스드6: 사라진 꽃잎들은 어디로 가나」에 의하면 "우리는 어디서 왔을까? 어디서 와서 여기에 있고,/ 어디로 가는 것일까?"라는 질문에 대한 대답을 찾게 되는 것이다. "꽃잎들은 바람으로부터 와서 사랑을 잃고 슬퍼하는 자의 눈앞에서 놀다가/ 시간 속으로 사라지는 것"이 '옷걸이 요정'의 대답이다. 이렇게 '에피소드6'과 '에피소드9'를 빌리고 '에피소드5'를 중심으로 살펴본 「피터 판과 친구들」 연작은 '초록코털 괴물'과 '옷걸이 요정'과 '풍선머리 조종사'의 이야기이자 우리들 보편의 실존적 이야기이다.

그러므로 정작 이야기를 들려주는 시적 화자가 말하고 싶은 것은 "바람으로부터 와서" "시간 속으로 사라지는" 존재의 슬픔일 것이다. 누구나 알고 있지만 애써 외면하고 있는 진실을 들려주기에 동화만큼 적합한 형식은 없다. 유형진의 동화는 익숙하면서도 낯선 캐릭터, 기표와 기의간의 자의적 관계를 내놓고 배반하는 명명법을 통해 익숙한 진실을 낯설게 들려준다. '허니 밀크 랜드'는 "흙탕물과 폐유가 뒤섞여 흐르는 여름날의 아스팔트"와 닮았고(「피터 판과 친구들 –프롤로그」) '옷걸이 요정'이 "어떤 통증들이 안으로, 안으로 똘똘 뭉쳐 구를 만들어 투명한 유리구슬이 되었다가/ 반으로 깨져 버렸을 때, 그 단면에 보이는 무늬"같은 슬픔을 가지고 있을 때, '허니 밀크 랜드'와 '옷걸이 요정'은 관습적 이미지를 벗어나 그것이 배반되는 낙차만큼이나 큰 폭의 아이러니한 감정을 불러일으킨다. 마치 신비한 구슬을 닦고 또 닦아 보게 되는 장면이 그저 있는 그대로의 '나'일 뿐임을 알게 되는 순간처럼. 익숙하면서도 낯선 풍경과 인물들이 꺼내 보여주는 별것 아닌 진실이 이토록 애잔하게 느껴지는 것은 이 때문일 것이다.

널리 알려진 대부분의 동화가 알고 보면 비정한 잔혹극인 것처럼, 유형진의 동화 또한 순진무구의 세계가 아니라 행복마저 거래되는 비정한 현실을 다루고 있다. 거기에는 순진무구하지는 않지만 '순수'에 가깝다고는 말할 수 있을 '캐릭터'들이 등장한다. 놀랍게도 '피터 판과 친구들'이 시스템에서 이탈될 수 있었던 힘은 '슬픔'과 '불안'을 느끼고 '눈물'을 흘릴 수 있는 능력에 있었다. '진심'으로 슬퍼하는 캐릭터들의 능력은 시스템이 부여한 만큼의 '행복'이 아닌 미달의 행복을 증여함으로써 시스템으로부터 이탈하여 존재의 진실에 다가서게 된다. 이처럼 유형진의 동화적 세계는 기표-기의의 규칙을 위반하는 즐거움과 함께 아이러니한 슬픔을 느끼게 한다. 유형진-마법사의 주술에 힘입어 깨어났던 캐릭터들은 시스템의 규칙을 위반하며 서서히 사라져간다. 스스로 구축한 세계가 사라져가는 슬픔에 마법사는 눈물을 흘릴 수밖에 없지만, 유형진-마법사는 지치지도 않고 또 다른 '마법의 장소'를 물색할 것이다.

겹쳐진 날들의 풍경, 해적판이 되다

— 김성대, 「시민 해적판」

김성대의 시에는 시간적 모순어법이 자주 등장한다. 그의 첫 시집 『귀 없는 토끼에 관한 소수 의견』에 담긴 이미지들이 부조리하게 다가오는 것은 그 속에 엇갈리는 시간의 풍경이 놓여 있기 때문이다. "이미 일어난 일에 대한 예감"처럼 시간적 어법을 배반하는 문장들은 시간의 방향과 속도를 배제한 채 '순간'을 통해 '영원'을 통찰하려는 시인의 의식을 보여준다. '순간'의 풍경에는 소리가 존재하지 않으며—소리를 듣기 위해서는 그것이 발생한 최초의 지점에서 파동을 통해 전달되기까지의 시간이 필요하다— 그래서인지 토끼들에게 있어야 할 귀가 없다. 시간의 연속적 흐름에 파묻혀 보이지 않던 장면과 소리들이 김성대 시의 부조리한 이미지를 만들어내고 합리적으로 조직화된 시간 이전의 어떤 세계를 보여준다. 그 세계에는 고독 주위를 빙빙 도는 토끼들이 있고, "그가 던진 공은 그만이 받을 수 있다"는 '아랍인 투수 느씸'이 있다.(「귀 없는 토끼에 관한 소수 의견」) 얼핏 실존주의적 부조리극의 분위기를 풍기기도 하는 김성대의 시편들은 귀 없는 토끼의 침묵 속에서 존재의 고독을 곱씹으면서 "소리와 의미가 일치하는 기이한 세계"의 부조리함을 폭로하고 있다. 기실 소리와 의미는 아무런 상관성을 지니고 있지 않은데 언어의 자의성이라는 이제는 도무지 자의적으로 느껴지지 않는 언어의 본질적인 성격에 의해 일치하게 되었으니, 시간을 거슬러 시원적이고 본원적인 통찰에 가 닿으려는 시인의 의식은 소리와 의미가 일치하는 세계를 기이하게 바라볼 수밖에 없다.

이 기이한 세계에서 기이하지 않은 세계를 볼 수 있는 방법은 무엇일까. 이것이 김성대 시인만의 시작(詩作) 방법론의 시작(始作) 지점에 있는 질문이며 시간적 모순어법을 사용하게 된 계기이기도 할 터, 순간 순간이 포착된 사진을 한데 포개놓고 거기에서 볼 수 있는 어떤 형상을 시로 옮겨적는 것이 바로 시인의 시작 방법론이자 세계를 보는 눈이라 할 수 있겠다. 사건의 방향과 속도가 배제된 순간, 그 순간에 함축되어 있는 역사성 속에서 시인은 의미가 생성되기 이전의 세계를 보고 있다. '태내적 귀'와 같은 그 세계에서는 "양초가 들리니 양초를" 켜고 "화분이 들리니 물을" 준다는 시행(「태내적 귀」)에서 볼 수 있듯 행위와 실제가 직접 만나고, "몇십 년 후의 가지가 1950년의 잎을 흔들고 있다"(「1950년의 창고」)는 싯구처럼 새로운 과거와 오래된 미래[32]가 만난다. 슬라보예 지젝이 말하는 '시차적 관점'과 같이, 시인의 눈을 통해서 이제까지의 의미와는 다른 형상으로 과거, 혹은 미래가 '발견'되고 '순간' 속에서 조우하고 있는 것이다. 이렇듯 의미 이전의 '태내적 귀'와 같은 세계를 보고자 하는 시인의 의식은, 시차적 관점을 통해 상대주의적 다원주의를 넘어 새로운 관점을 발견하고자 하는 지젝의 시도처럼, 과거와 미래가 겹쳐진 새로운 날들의 풍경을 만들어 내고 있다.

김성대 시인의 최근작인 「시민 해적판」에서도, "오전 열시의 싸이렌"이 울리는 순간 속에서, 과거와 현재가 만난다, 혹은 오늘 속으로 어제가 비집고 들어온다. 수많은 어제들 속에서 길들여진 '우리'의 육체와 정신은 '태내적 귀'를 잃어버리고 "어제를 싸이렌으로" 들으며 바뀌지 않은 "오랜 자세들"을 취한다. 길들여짐의 시간들이 결코 좋았다고 할 수 없는, 한때는 좋았다고도 할 수 없는 '우리들'이기에 "우리는 여직 그 변두리 팀을 응원"하며

32) 김행숙, 『귀 없는 토끼에 관한 소수 의견』 표지, 민음사, 2010.

'시민 해적판'이 되어 있다. 시민이 시민으로서 호명되고 그 호명을 들을 수 있는 귀가 없는 시대이기에 '우리'는 시민이 아니라 간신히 시민 해적판이 되어 있는 것이다. 오늘 속으로 비집고 들어오는 어제처럼, 바뀌지 않는 동작들처럼, 오늘 또한 붙박이면서 '해적판'이 되어간다. "잊지 않고 오늘을 해적판으로 들을 거라는 것"이라는 시의 말미는 오늘 또한 수많은 어제와 같은 운명이 될 것임을 암시하고 있다. 하지만 원본을 카피하되 원본과는 또 다른 아우라를 갖게 되는 해적판이 그러하듯, 해적판으로 듣는 '오늘'은 어제와 같은 듯 하면서 다른 모습이 될 터이다. 김성대 시인의 해적판은 같은 듯 다른 수많은 어제/오늘의 사진들이 겹쳐져 만들어지는 것이기 때문이다. 여기서 김성대 시의 정치성이 발원한다. 오늘도 어제와 같은 날이 될 것이지만, 어제처럼 "다만 살아남기 위해 박한 운을 다 써버릴" 테지만, 그러한 날들의 무수한 겹침을 통해 해적판과도 같은 다른 날이 만들어질 수 있음을 암시하고 있으니 말이다. 「시민 해적판」에서 어제/오늘의 무수한 겹침은 "무한정 순수한 파울"에 비유되고 있다. "승리도 패배도 무의미해질 때까지 무작정 오래 끄는 것/ 승리가 패배를 빌 때까지/ 무한정 순수한 파울"이라니! 이 얼마나 정치적인가!

김성대 시에 자주 등장하는 시적 화자, '우리'는, "불운을 나누느라 운을 다 써버"린 복수의 소수자들이다. 『귀 없는 토끼에 관한 소수 의견』 곳곳에 출몰하는 외국인, 이방인의 형상이나 시집 제목에서 드러나는 '소수 의견'에서도 알 수 있듯, 김성대의 시는 언제나 '소수자'의 눈으로 "변두리 팀"을 응원한다. 하지만 이기기 위한 응원은 아니다. 다만 "시합을 지속시키기 위해서 계속 비기"면서 "무한정 순수한 파울"을 반복하기 위한 응원일 뿐이다. 졌다고 포기하는 '우리'이거나 이기려고만 하는 '우리'가 아닌, 무한정 순수한 응원을 계속하는 '우리'를 시 속에서 만나기는 참으로 오랜만의, 어쩌면 처음인 일이다.